张菊玲先生，1937年生，江苏南京人。1960年北京大学中文系文学专业毕业。1960年至1965年，师从吴组缃教授攻读北京大学中文系古典文学研究生。任教于中央民族学院汉语言文学系（即今中央民族大学文学与传播学院）近20年，担任该系教授及该校满学研究所研究员。先期的研究方向为明清章回小说，自20世纪80年代以来，致力于满族文学研究，主要学术著作包括《清代满族作家诗词选》（合作）、《清代满族作家文学概论》、《旷代才女顾太清》、《纳兰词新解》（合作）等，发表《清代满族作家在中国小说史上的贡献》等学术论文数十篇。

张菊玲教授、孙玉石教授夫妇与张菊玲先生的部分弟子合影

前排右起：关纪新　孙玉石　张菊玲　赵志忠　李红雨；后排右起：朱俊玲　陶 玮　梁沙沙　洪坚毅　吴 敏　李金希　李亚平

师友赓飏集
——张菊玲师生述业文丛

张菊玲 等著

中央民族大学出版社
China Minzu University Press

图书在版编目（CIP）数据

师友赓飏集/张菊玲等著. —北京：中央民族大学出版社，2014.10
ISBN 978 – 7 – 5660 – 0838 – 1

Ⅰ. ①师… Ⅱ. ①张… Ⅲ. ①满族—少数民族文学—文学研究—中国—文集 Ⅳ. ①I207.921 – 53

中国版本图书馆 CIP 数据核字（2014）第 235279 号

师友赓飏集——张菊玲师生述业文丛

著　　者	张菊玲等
责任编辑	李红雨
封面设计	布拉格
出 版 者	中央民族大学出版社
	北京市海淀区中关村南大街27号　邮编：100081
	电话：68472815（发行部）　传真:68932751（发行部）
	68932218（总编室）　　68932447（办公室）
发 行 者	全国各地新华书店
印 刷 厂	北京宏伟双华印刷有限公司
规　　格	787×1092（毫米）　1/16　印张：29
字　　数	450千字
版　　次	2014年10月第1版　2014年10月第1次印刷
书　　号	ISBN 978 – 7 – 5660 – 0838 – 1
定　　价	68.00元

版权所有　翻印必究

本书缘起

张菊玲

佛家有《师友传灯录》，前贤有《师友文传录》。不揣浅陋，本书效仿名之为《师友赓飏集》，以纪念20世纪末，我们师生，在中央民族学院，求学、问道、解惑，所结下的深厚文学情缘。

编辑本书的动议，始于去年6月，我遭炉火之灾，严重烧伤头脸的大难后，旋又罹患结肠癌，在即将被推向手术台的前两天，特意请假从医院跑回家一趟，为的是了却一个心愿：拟编一部师生合著的文集。

我乃一介书生，生命只在青灯古书间研读、三尺讲台上讲课中度过，一生价值，唯此唯大。既然患上生死未卜的绝症，早已过了古稀之年的我，本知"死去原知万事空"，不须立什么遗嘱、亦无有什么遗产安排、更不要买墓地立碑，独有此事，心想尽早实现。

一生以教师为职业，前后教过数批各种各类的学生，都曾与他们留下过难忘的情谊。而35年前，走进中央民族学院，开始我后半生的专业学术研究与教学工作，倾注了无限心血，是我的全部生命之重。其中与77级、78级、79级的本科生，以及后来几届由我指导的硕士研究生，我们之间产生的情谊，最让我心存不尽的感念。

30多年来，师生情谊从未间断，尤其是这次，在我生命危难时刻，当年近八旬的丈夫无力照料、海外的女儿不能前来之际，是他们一个个为重病的我惊愕神伤，急急忙忙地来到病榻旁，执弟子礼侍奉我，尽心守护我，送汤送药安慰我，时时为我的病情担忧，设法寻请名医治疗，手术前后的诸多事宜，全都一一代为办理妥当。他们每个人都有自己的事业与家庭的重担在肩，却还要为我如此奔波操劳、不辞辛苦，真正难能可贵，也总让我深感不安。他们则说："古来尊师之道就是：'一日为师终身为父'，我们做的这些，都是当学生的，应该做的。"医院病友对此交口称羡、校内外学友赞扬不绝，重病的我更觉得，此是自己一生最大幸事，如果生命就此结束的话，我也十分欣慰地向大家表示："能有这样好的学生，此生足矣！"

于是，决定将我专著外发表过的论文与我指导这些学生撰写的学位论文，一齐集结成书出版，以志纪念。2013年6月3日，大家齐聚在我的客厅，连远在桂林、深圳、上海的学生也都同时打来电话，共襄此举。

当然，集结本书，亦有其独特的学术价值。

在中文系，我原本从事明清文学与中国小说史的教学与研究工作，20世纪80年代初，因民族文学学科建设需要，开始专攻满族文学，经过努力搜寻大量资料，进行刻苦钻研，随即率先在全国高校开设出"满族文学"选修课。同时，我还十分注意培养能够进行研究工作的接班人。从77级、78级听选修课的学生中，选择出几个人，由我直接指导他们撰写有关满族文学的毕业论文，最早的，是赵志忠、关纪新、李红雨。他们毕业后留校，赵志忠专修满语，我则率关纪新、李红雨一道进行清代满族作家诗词的选释工作，并于1987年出版《清代满族作家诗词选》一书。1990年初，我在研究专著《清代满族作家文学概论》出版之后，开始担任硕士研究生导师，有洪坚毅、刘亦文、刘晓梅、梁沙沙、银长双、李金希、李亚平、茹绛丽、吴敏、吴雪梅、朱俊玲，另有陶玮在中央民族大学读本科期间，都曾先后跟我学习明清文学与满族文学。在他们硕士论文选题时，我尽可能的让他们选择有关满族文学的研究课题，诸如对于著名的纳兰性德、顾太清、《儿女英雄传》等满族作家作品进行深入研究，对文昭、永忠、《夜谈随录》、铁保等，前人少有提及的重要满族作家作品进行初步探寻，等等，为的是能将满族文学研究，更加深广地得以继承与发展。他们这批20世纪的新一代大学生，学习态度坚定专一，学习精神刻苦努力，以致均能获得较高水平的研究成果，成功地取得了学位。

时光荏苒，30多年，很快就过去了，我研究满族文学的工作，并未因退休而停止，不但一直继续至今，而且扩大了范围，从清代，一直延伸到了民国文坛。而这些学生们，现在早成为各自工作岗位上的骨干，其中，

本书缘起

最早的几位，已是博士生导师、全国学术研究领域里的领军人物之一，他们对满族文学研究的贡献与成就，早就大大地超过了我所做的一切。将我的文章与他们大学时代的学位论文集结在一起，是为纪念我们这批民族文学研究的开拓者，于20世纪，当民族文学研究、特别是满族文学研究尚处荒芜之际，曾经"筚路蓝缕，以启山林"。

同时希望，本书不仅是我们自己的珍贵纪念，也想以此期冀来哲，更进一步地将民族文学、满族文学研究工作，继承发扬光大。

2014年5月20日，北京海淀蓝旗营

目 录

上 编

满族和北京话
　　——论300年来满汉文化交融 …………………… 张菊玲（3）
略论清代满族作家的诗词创作 ………… 张菊玲　关纪新　李红雨（20）
论清代满族作家在中国小说史上的贡献 ……………… 张菊玲（34）
清代词人纳兰性德身世探赜
　　——《纳兰词新解》序言 ………………… 张菊玲　李红雨（49）
产生《红楼梦》的满族文化氛围 ……………………… 张菊玲（65）
《红楼梦》女性观新探
　　——《红楼梦》与满族文化研究之二 …………… 张菊玲（78）
"一梦红楼感纳兰"
　　——《红楼梦》与满族文化研究之三 …………… 张菊玲（98）
"为人间留取真眉目"
　　——论晚清满族女作家西林春 …………………… 张菊玲（112）
中国第一位女小说家西林太清的《红楼梦影》 ………… 张菊玲（132）
"时尚土风朝暮改"
　　——《草珠一串》所记清代后期嬗变中的满族习俗 … 张菊玲（144）
清末民初旗人的京话小说 ……………………………… 张菊玲（150）
"驱逐鞑虏"之后
　　——谈谈民国文坛三大满族小说家 ……………… 张菊玲（165）

1

香山健锐营与京城八大胡同
　　——穆儒丐笔下民国初年北京旗人的悲情 ……… 张菊玲（178）
阅读老舍，记住曾被遮掩的民族历史文化 ………… 张菊玲（201）
《正红旗下》悲剧心理探寻 ……………… 孙玉石　张菊玲（209）
侠女玉娇龙说："我是旗人"
　　——论王度庐"鹤—铁"系列小说的清代旗人形象 … 张菊玲（226）

下　编

满族文学源流及其发展 ……………………………… 赵志忠（247）
"几回掩卷哭曹侯"
　　——清代宗室诗人永忠和他凭吊曹雪芹的诗 ……… 关纪新（260）
清代满族作家和邦额与《夜谈随录》 ……………… 李红雨（277）
文言情爱小说叙事时间的基本模式 ………………… 洪坚毅（287）
论纳兰性德的诗学主张与创作实践 ………………… 刘亦文（298）
骚动的女娲
　　——论中国古代小说中的悍妻妒妇形象 …………… 梁沙沙（317）
蓦然回首的困惑
　　——中国古代商业题材小说探寻 …………………… 银长双（333）
清代满族诗人铁保 …………………………………… 李金希（352）
《儿女英雄传》版本定型过程考论 …………………… 李亚平（365）
太清词成因初探 ……………………………………… 茹绛丽（378）
论太清词的艺术美 …………………………………… 吴　敏（394）
论清代宗室诗人永忠的生平与创作 ………………… 吴雪梅（405）
论描写清末旗人生活的子弟书 ……………………… 朱俊玲（420）
《红楼梦》"芙蓉"辨
　　——论"芙蓉"的象征意义与黛玉、晴雯形象、命运
　　　的构思 …………………………………………… 陶　玮（429）
后　记 ………………………………………………………（451）

师友赓飏集

上编

满族和北京话

——论300年来满汉文化交融

张菊玲

几句引言

满族和满族文化，在20世纪初年及中叶，曾经有过众口排斥与人人讳言的时期。如今，据最近一次全国人口普查结果，公布满族人口总数已跃居国内各族人口第三位，我们这一代，有责任掀开沉重的历史帷幕，抹去历史尘埃，实事求是地研究满族以及满族文化对中国的贡献，从而给予符合历史原貌的、科学的、公正的评价。近十多年来，这方面的研究确实已经取得了前所未有的发展：黑龙江、吉林、沈阳、北京等地满学研究机构相继成立，颇有学术价值的满学研究刊物与专著也先后出版问世。可以说，满族历史、满族文学、满语的研究工作，正在日益兴旺。

可是，从全国学术界看，依然有一个由来已久的历史情结解不开，"两部文学史，两张皮"的现象还普遍存在着。尽管各少数民族的文学史已经陆续出版，而诸本综合文学史仍可以视而不见，大家分别在那里各说各调、互不相干。仅以1992年12月出版的《清诗史》为例，这是一部题为"中国分体断代文学史"的学术专著，长达30万字，自称采取唯物主义的科学态度研究清代诗歌，却通篇不谈清代满族的诗人以及其他少数民族诗人的诗歌创作。我们不能不深表遗憾地说，这是一种带有民族偏见的畸形研究，对于中国文化史的阐述，是不应有的残缺。试问：有清一代，作为一个统一的多民族国家，作为一个由满族人当皇帝、满人享有特权的封建王朝，介绍清代文化，怎么可以撇开满族和满族文化不提?! 当然，时至今日，已不会再有"反满、排满"，不过，学术界仍流行一种理论，时常可以见到有这种说法："清代，满族征服了汉族，但是最终还是汉族文化以其强大的力量征服了满族，满人汉化、满族文化消亡了。"这正是现今许多学者无视满族文化的理论误区。

乍看起来，所谓"满人汉化、满族文化消亡"论，似乎是无法否认的，其实，此种观念是种汉族中心论，无视中国是一个多民族统一的国家。中国文化从来不是单一的民族文化，而是由各民族共同创造的，各个民族的发展尽管有先后，水平有高低，有的是用自己民族的语言，有的则是用汉语言进行创造，都共同为中国文化的发展做出了自己的一份贡献。每个民族不论大小强弱，在中国文化史上都有着不可取代的位置。长期以来的理论误区，使人们对少数民族的文化的认同，极为有限，对于那些少数民族用自己的语言创造的文化，还能予以肯定，对于少数民族用汉语言创造的文化，承认起来就相当困难，满人用汉语言创造的文化即属此例。

17、18、19这三个世纪的260多年里，满族入关，在中国居于特殊地位，满族文化发展也产生了特殊的现象：一方面，本民族的语言文学被逐渐放弃；另一方面，满汉文化日益交融，满人表现出善于学习、善于创造的突出才能，为清代文化的繁荣做出了新贡献。

本文拟从满人在主动放弃母语的过程中，对于近世北京话形成所发挥的作用谈起，权当引玉之砖，作为重新全面认识满族文化的开端。

从满汉兼通到清脆京腔

人们都知道这样一个事实：老一代北京人中，唯有满人的北京话说得最地道、最悦耳动听。老舍先生在他自传体小说《正红旗下》当中对书中人物——"一个熟透了的旗人"福海二哥，写下过这么一段评论：

至于北京话呀，他说的是那么漂亮，以至使人认为他是这种高贵语言的创造者。即使这与历史不大相合，至少他也应该分享"京腔"创作者的一份儿荣誉。是的,他的前辈们不但把一些满文词儿收纳在汉语之中,而且创造了一种清脆快当的腔调;到了他这一辈,这腔调有时候过于清脆快当,以至有时候使外乡人听不大清楚。

被誉为"语言大师"的老舍,是北京土生土长的满族人,他用纯熟的北京话进行创作,对北京话也相当有研究。这一番借书中人物说的话,是他长期对北京话琢磨、考查、研究的结果。一些满语学者也曾指出:北京话的声腔、音韵与北京郊区的四乡八镇完全不同,而与遥远的黑龙江语音有近似处,明显是受到了较重的满语语音的影响。清代末年,宣统元年(1909),兰陵忧患生的《京华百二竹枝词》中,有一首竹枝词这样写道:

各省语言各到家,都城清脆最堪夸。有人习气兼官派,月白京腔真肉麻。

诗末作者自注说:"边省人士,言语不通,不得不强学京话,以便交谈。而今日言语素通之邻省,凡在京者,亦喜操之,舌僵口钝,字眼不能清脆,唯觉习气官派,令人闻之难堪,故人嘲之曰:'月白京腔。'"作者夸赞京腔清脆动听,嘲笑邻省人撇京腔,因说不好,听起来很难听,戏称为"月白京腔"。为什么邻省的汉人说不好北京话,满人却能说得十分清脆响亮,限于当时没有现代化录音手段,不能留下实况记录,使我们难以详尽北京话的发展演变过程。可喜的是,清代满族作家的文学作品,有一些资料,给我们提供了有益的启示。

学习语言的过程,需经过模仿—变化—创造三个阶段。满人入关之初,大多数人只会讲满语,不会讲汉语,在学习汉语时,自然十分重视模仿汉语的语音与词汇。康熙年间首先用汉文进行文学创作的满洲贵族,他们在作品中常表现出对北京语音与词汇的关注,最突出的例子是宗室诗人文昭,他一生写了大量的汉文诗,虽然他为王士祯入室弟子,接受汉族老师的启蒙,可是写诗仍有自己风格,尤其是喜欢采用俚俗的北京土语入诗。此种诗风自然不是"神韵说"的主张,而是满族作家自身对汉语的独特敏感。例如文昭有一首小诗,题为《八月》:

四时最好是八月，单夹绵衣可乱穿。晌午还热早晚冷，俗语唤作戛戛天。

这首京味十足的小诗，简直如同诗人打着京腔说话。北京的天气，四季中以秋季最好，而八月秋凉之时一天温差变化很大，诗中直接用北京土语"晌午"、"戛戛天"，与全诗口语化语言融为一体，纯粹、质朴、晓畅、富于浓郁的北京味儿。更为有意思的，诗人还十分关注北京街头的叫卖声，不断地写进自己的诗里，例如："听卖街前辣菜声"（《立冬夜作》）、"马乳蒲桃马牙枣，一声听卖上街初"（《里门望雨》）、"漏探车马各还家，通夜沿街卖瓜子"（《年夜》）。这类京城里叫卖的市声，亏得他如此细心地收拾到诗里，真是化俗为雅，十分难得。正是这一声声京腔京韵，使文昭这位爱新觉罗皇族成为清代最早的北京乡土诗人。

从乾隆间起，大多数满人已经是满汉兼通地操双语了，他们"入则讲满，出则讲汉"，处在汉族汪洋大海之中，满人在家说满语，外出说汉语，充分训练了他们的语言表达能力。此种满汉全能的语言现象，标志了满人学习汉语进入"变化——创造"阶段。令人注目的是一些满族作家在通俗文学领域里，如子弟书、牌子曲、岔曲等满族曲艺方面，创造了一种标名为"满汉兼"的作品，从而留下了弥足珍贵的满族语言演变的文献资料。

满族子弟书中专有一种"满汉兼"子弟书，是满语、汉语混合运用的曲本，它不同于满语、汉语分别开来的"满汉合璧"子弟书。"满汉兼"指在每句之中既有满语，也有汉语，汉语用汉字记，满语用满文记。曲本为了方便阅读，在每一行满文旁侧附小体汉字注释，这种旁译是参考满语意思的注释并非原文。演唱时只唱原文，该唱汉语时唱汉语，该唱满语时唱满语，不论满语、汉语全按一种汉语韵律押韵。下面，举一著名的"满汉兼"子弟书《螃蟹段儿》为例加以说明。这段书讲的是一位满族青年偶然从街上买回螃蟹，和妻子一起，不认识为何物，不知道如何吃法，因而引起一场有趣的喜剧故事。全部曲调活泼生动，满语与汉语的运用也全采取新鲜的生活俗语，满语词汇尤为丰富，很有研究价值。现摘录最末一段如下（其中满文改用字母注音）：

上　编

跌　　婆　夫妻
belci eigen sargan 接在手，
　　　　到　　口
将黄儿 angga de isinafi 把嘴一呬。
　　　　笑盈盈
gege 吃的 injeršeme 心中乐，
　　　　喜　悦
age 吃的 urgunjeme 笑哈哈。
　　　　亲丈夫
叫了声："eigen haji 再去买，
　　　　莫惜钱
千万的 jihabe ume hairara。"
　　　　有滋　　有味
amtan amtanggai 吃了个净，
　　　　彼此　散了
ishunde 笑个不了，才 facaha.

　　这里满语、汉语交错贯串成句，妙在既合满语语法，又合汉语语法，句尾押韵则按汉语韵律的"发花辙"相押，如"呬"　"哈"，即"hairara"、"facaha"，显示出已经完全掌握了汉语的满人，仍念念不忘母语，他们运用能够自如地操满汉双语的本领，创造出此种风格独异的文体。

　　据学者考证，《螃蟹段儿》大约在嘉庆年间相当流行，现存有多种不同版本。再往后发展，"满汉兼"子弟书又出现另一种形式，即全书皆用汉字，句中满语词也用汉字记音，在汉字左侧注上满文，全句句型皆为汉语语法。例如大约出现在嘉庆、道光年间的"满汉兼"子弟书《升官图》就是此种形式，它的开头这样写道：

西门庆调情把钱大史花
请潘金莲去裁那包衣达（booi da）
王婆子他倒上门军躲出去

西门庆他色胆如天把司狱发
走到跟前伸炮手
将潘金莲的袖子一苏拉（sula）
满脸嘻嘻那护军校
说趁若没人偺们乌真辍哈（ujen cooha）

全书讲的是西门庆与潘金莲通奸之事，取名为《升官图》是因这种形式中必须每一句都有一词为当时的官职名称，取其谐音双关之意。此种语言文字游戏在汉文中早已流传，只是这里"满汉兼"了，即句中夹用满语官职名称。全书72句之中，用了将近40个满语语词，只取他们汉字音译谐音时的双关作用，在汉字右侧注上满文。这种作品当然也是出自满汉兼通的满族作家之手，他们具有十分娴熟的满语汉语的运用技能，信手拈来地玩弄着这类娱乐性的语言文字游戏。

其他满族曲艺如单弦中的牌子曲和岔曲，也有"满汉兼"体，与上述"满汉兼"子弟书相同，句中用汉字译音书写，边侧写满字。例子如牌子曲《鸟枪诉功》中《叠断桥》曲，如下：

破着我这分粮，
我正懒怠当。
驳回大营即是天堂，
进播硕库我也掌上档。
（bošokū）
千总面有先，
戳头腰内桩。
三月官来我也去下仓，
三色吃完我也分转账。
我先治衣衫，
热车我坐一辆。
苏拉莫几格是我的伴当，
（sula mejige）
使唤他也不放降我也扛起腔。

每日上印房，
多鲞呢巴得当差外跨黄档房；
(daroni bade)
大夸兰呢达见面也无谦让。
(kūwaranī da)
是我的本势强，
官事有个商量。
精奇呢武布我先当。
(jingkini ubu)
那笔特式在我的头上晃。
(bithesi)
我先进档案房，
对若众鸟枪，
叫住专呢达打闹一场，
(juwan i da)
定和他可就闹一闹。

岔曲《八旗叹》，有一段唱词是：

嘎不什先不押众，
(gabsihiyan)
扭腰飞腿似醋桶。
鸟枪巴牙拉像醉龙，
(bayara)
终朝每日玩铁筒，
马步箭都是三等，
听见放达混剐清，
(ola)
戛拉达的跟前胡进供。
(galai da)

这些"满汉兼"曲词，满语已经只作为音译词语在句中出现，全句的语法、全曲的韵律皆为汉语形式。这时期北京话中满语词汇较多，上述曲词讲述的是满族八旗军营里的事情，语言上北京味儿已浓，只是今天读起来，因音译词较多，不大易懂了。

　　到了清代末期，满族曲艺已不再有"满汉兼"体，夹杂的满语语词也不再写上满文，人们对北京话融进一些满语词汇已经习惯成自然了。清末的子弟书全为汉文，道光年间著名的子弟书作者鹤侣（即宗室文人奕赓），用纯熟的北京话，写作了不少反映当时满人现实生活的作品，产生过较大的影响。他的《少侍卫叹》有一段唱词是：

　　这如今虽然补上了苏朱密，那远荡儿跑的我头晕眼睛红。不是我在众人跟前言言语语，皆因是章京行事样样不公。又搭着我口快心直无意之中将人得罪，咱们这儿的乌布想要不能。就说前日那个阿拉密，论年份我当差的年份与他岁数同。小兄弟们俱各全望高下手，撒娇儿围着章京屁股哼哼。那像咱们兄弟们干筋巴骨，良心话既是朝廷臣子就当竭力尽忠。不过是既在其位而谋其政，什么参银咧褂银咧也遮不住黑眼睛。就是这点子乌布哇说着他又将嘴一咧，隔窗望望复又悄语低声。说是咱们说现在没有外人在此，满瞧着算不了一捆大勾葱。

　　鹤侣笔下，这个"手头撒漫衣帽鲜明"的满族年轻侍卫，来这般"嘴头滑顺"的"神侃"，活脱脱是十足的"京油子"典型。这番话中的满语词汇，已和北京土语熟溜地黏在一起，使人听起来浑然不觉了。正如鹤侣自己在《括谈》一文中指出的那样："常谈之语有以满汉兼用者，谈者不觉，听者不知，亦时习也。"在鹤侣的时代，确实如此，北京满人说话全是漂亮的京腔，不但不会说满语，而且大多数人连北京话中吸取的满词汇也是"谈者不觉，听者不知"了。

京语教科书的独特奉献

　　以上满族曲艺留存的资料，让我们看到，三百年满族语言演变的历史培养训练了满人学习语言的能力，他们从只会说满语，发展到能够满汉兼通，最后则变为只会说汉语，造就了满人具备得天独厚的语言天才，先后出现了一个又一个优秀的满族作家，成功地运用自己时代新鲜活泼的北京话，创作出脍炙人口的长篇白话小说：18世纪的曹雪芹写了《红楼梦》、19世纪的文康写了《儿女英雄传》、20世纪的老舍写了《骆驼祥子》等。他们卓越的成就具有双重意义：一方面，在中国文学史上，开拓着新的发展道路，推动了中国近现代白话文体的日趋成熟；另一方面，在中国语言发展史中，成为京语教科书，促进了近世纪北京话的形成以及现代中国标准语的创造。

近代作家们曾经充分肯定满人的语言天才。胡适在《〈儿女英雄传〉序》中说："旗人最会说话，前有《红楼梦》，后有《儿女英雄传》，都是很好的记录，都是绝好的京语教科书。"周作人在《小说的回忆》一文中也评论说："《红楼梦》的描写语言是顶漂亮的，《儿女英雄传》在用语这一点上可以相比，我想拿来放在一起，二者运用北京话都很纯熟，因为原来作者都是旗人。"

我国自明代起长篇白话小说兴盛，推动运用白话口语进行创作的文学发展新潮流奔涌向前，最早《三国演义》的语言还是半文半白，《水浒传》、《金瓶梅》则启用山东方言，《西游记》、《儒林外史》用的是长江流域官话。到了《红楼梦》，开始运用北京话写作，充分展现出曹雪芹非凡的语言艺术才华，他对北京话进行提炼加工，使《红楼梦》语言自然流畅，准确生动，兼具华美与朴素之长，达到了炉火纯青的成熟境界，成为中国文学语言发展史上的一座丰碑，对于近世北京话的形成具有重大意义。现代语言学家王力教授于20世纪40年代初，在抗战后方图片资料匮乏的情况下，仅靠一部《红楼梦》钻研中国现代汉语语法，撰写出在中国语言学史上富有创造性的《中国现代语法》一书。

300年来，人们喜欢《红楼梦》，尤其对《红楼梦》成功的语言赞叹不绝。老舍在一次与青年剧作者谈话时，做过一篇题为《语言·人物·戏剧》的报告，在分析《红楼梦》高度的语言技巧时，引述了《红楼梦》第三十九回刘姥姥进大观园与贾母的一段对话：

贾母道："老亲家，你今年多大年纪了？"刘姥姥忙立身答道："我今年七十五了。"贾母向众人道:"这么大年纪了,还这么健朗,比我大好几岁呢。我要到这么大年纪,还不知怎么动不得呢。"刘姥姥笑道:"我们生来是受苦的人,老太太生来是享福的。若我们也这样,那些庄稼活没人作了。贾母道:"眼睛牙齿都还好?"刘姥姥道:"都还好,就是今年左边的槽牙活动了。"贾母道:"我老了,都不中用了,眼也花,耳也聋,记性也没了。你们这些老亲戚,我都记不得了。亲戚们来了,我怕人笑我,我都不会,不过嚼的动吃两口,睡一觉,闷了时和这些孙儿孙女顽笑一回就完了。"刘姥姥笑道:"这正是老太太的福了。我们想这么着也不能。"贾母道:"什么福,不过是个老废物罢了。"说的大家都笑了。贾母又笑道:"我才听见凤哥儿说,你带了好些瓜菜来,叫他们收拾去了,我正想个地里现撷的瓜儿菜儿吃。外头买的,不像你们田地里的好吃。"刘姥姥笑道:"这是野意儿,不过吃个新鲜。依我们想鱼肉吃,只是吃不起。"……

老舍评论这段《红楼梦》精彩片断,说:"这里是两个老太太的对话。以语言的地方性而言,二人说的都是道地北京话。她们的话没有雕琢,没有棱角,但在表面平易之中,却语语针锋相对,两人的思想、性格、阶级都鲜明地表现出来了。""这种语言看着平易,而是用尽力气写出来的。"老舍曾经不止一次地对《红楼梦》语言无比赞美:"看看《红楼梦》吧!它有多么丰富、生动、出色的语言哪!专凭语言来说,它已是一部了不起的著作。"

老舍对《红楼梦》语言如此赞不绝口,更使我们看到,一代又一代满族作家坚持不懈地努力探索北京话文学语言的创造,不断地提炼着近世白话文的审美功能与表现方法。这里,还可追溯到嘉庆年间宗室文人裕瑞的《枣窗闲笔》一书,这是"红学"史上十分受垂青的一部早期评论专著。裕瑞在评论中,称赞《红楼梦》语言高度成就时,明确指出,其成功的原因是作者在市俗语言基础上,进行提炼加工的结果。例如《〈红楼复梦〉书后》一文,裕瑞批评这类《红楼梦》续书的弱点说:

其写闺阁嬉笑戏谑,亦欲仿前书。惟口角过于俗亵市井之谈,有乖雅趣,竟使许多贫嘴恶舌,出于钗、黛,唐突西子矣,雪芹必不为者。作者或自辩曰:雪芹数十年前人,其所用谚语,皆当时常谈,今若跬步依之,则漫无新趣,不得不取今时谚语装之。无奈时谚下趋尖巧俗亵,即现时闺谑,亦不免学此,故书中聊复尔尔。使雪芹此时尚在,若自续其书,或亦采取时谚耳。余料作者心中必有此辨。虽然,数十年前,非甚远,当时岂无俗亵之言?一经雪芹取择,所收纳者,烹炼点化,便成雅韵,究其乎笔俊耳!难以时谚之故,粉饰笔拙也。

争论的焦点,成败的关键,在于有关文学语言的加工提炼,裕瑞驳斥续书作者的,不能不加选择地使用原生状态的口语。曹雪芹与续作者们"笔俊"、"笔拙"的分野,即是曹雪芹将生活中的俗语,经过取择,再经过烹炼点化,最终才成雅韵,成为更精确、简练、富于表现力的文学语言,这是凡庸的续书作者望尘莫及的。

身为满族文学评论家,裕瑞亦有独特的语言天才,他不仅满语、汉语兼通,还通晓西蕃语,故在评论小说时,十分强调小说语言运用得准确适当,对于《红楼梦》诸本续书的评论,常仔细分析其中的语言,将"用字眼不当者"一一剔出,予以纠正。例如《〈后红楼梦〉书后》一文中裕瑞指出:

书中用字眼多不合京都时语,如"搭脸"必曰"抹脸",或有当用"顽闹"、"顽耍"、"顽意"、"顽笑"、"顽戏"等等字眼,当分别之处,惟用"顽儿"二字,不别加字眼分别,多不成话;当用"我们"处,全用"咱们",当用"算计"处,全用"打谅"。如此口吻,不合时语者不胜屈指。

裕瑞时期的北京满人,已经是纯熟的北京话的掌握者,他们不仅能够说出响亮上口的北京话,而且十分讲究语词的运用,从裕瑞上文列举的词语看,他细致认真地区别不同场合、不同语词运用应有不同,充分注重并维护北京语汇的丰富性与表现力的独特性。它标志了满人在近世北京话的发展中,起着明显的促进作用。这种优良传统,也一直为后代满人保持与发扬。

继《红楼梦》之后,大约在同治年间,满族作家文康又以生动谐趣的北京话写作了长篇小说《儿女英雄传》,这部书的京腔京韵"北京味儿"

更浓了。胡适在《〈儿女英雄传〉序》中评论道："《儿女英雄传》也用北京话，但《儿女英雄传》出世在《红楼梦》出世之后一百二三十年，风气更开了，凡曹雪芹时代不敢采用的土语，于今都敢用了。所以《儿女英雄传》里的谈话有许多地方比《红楼梦》还生动。如张亲家太太、如舅太太，她们的谈话都比《红楼梦》里的刘姥姥更生动。"胡适此论并不过分，打开《儿女英雄传》，确实到处听得见清脆悦耳的北京话，就以舅太太为例，她常用一口京片子唠叨，极富北京满族老年妇女特点，当何玉凤要认她作干娘时，她对安太太说了一番推心置腹的心里话：

"姑太太！今日这桩事，我可梦想不到，我也不图别的，你我那几个侄儿，实在不知好歹；新近他二房里，还要把那个小的儿叫我养活。妹妹知道，那个孩儿更没出息。我说作什么呀，什么续香烟咧，又是清明添把土咧，哦！我心里早没了这些事情了。我只要我活着有个知心贴己的人，知点疼儿，着点热儿，我死后落两点真眼泪，痛痛的哭我一场，那我就算得了济了。"

这位寄居安府的孤寡老太太，操着比刘姥姥更带京味儿，与今日北京方言全似的北京土语，诉说她晚年为人处世的内心想法，开朗豁达，近情近理，纯粹是现实生活中常见的满族老太太的谈吐。

与《红楼梦》语言不同的现象，还在于《儿女英雄传》常夹杂运用满语音译词汇，如"克食"、"阿哥"、"格格"、"包衣"等等。在第40回又极其特殊地写了一段满语对话，为了阅读方便，书中自然全用的是汉字音译：

公子一一回明，提到见面的话，因是旨意交代得严密，便用满洲话说。安老爷"色勃如也"的听完了，合他说道："额扒基孙霍窝扒博布乌杭哦乌摩什鄂雍窝，孤伦寡依扎喀得恶斋斋得恶图业木布栖鄂珠窝喇库。"公子也满脸敬慎的答应了一声"依是挈"。那时候的风气，如安老太太舅太太，也还懂得眼面前几句满洲话儿，都在那里静静地听着。

安氏父子这番对话，翻译出来的意思是：安老爷说："此话关系重要，外人面前千万不要泄露。"公子回答了一声："是。"书中如此描写两人用满洲话打谈，自是说安公子向安老爷回禀天子陛见时的教训密旨，必须如此恭敬、谨慎地保密；同时也带着满人以之为尊的炫耀心理。满文、满语直到清末宫廷也还形式地维持着。

尽管人们对《儿女英雄传》评价，远不如《红楼梦》那样赞誉，至今学术界看法也仍莫衷一是。不过，对于《儿女英雄传》纯熟、生动、漂亮的"京味儿"语言，还都是众口称道的。《红楼梦》、《儿女英雄传》也确实在 20 世纪以来，成为人们的京语教科书。

语言大师老舍

擅长运用北京话写作的满族作家，一代又一代辛勤探索着北京话的文学表现力，传播着京语教科书的影响。在《儿女英雄传》之后，老舍之前，还有一部已经鲜为人知的京话小说《小额》。

1908 年，北京的满族报人松友梅，曾以评书形式写过七万字的《小额》，内容是清末北京专放阎王账的旗人额少峰，因碎催与人打架吃了一场官司，生了一场病，最后方改恶从善。小说不论是叙述语言，还是人物对话，一概用北京方言，并夹杂不少满语。

《小额》中描写善良的满族老人伊老者一家时，有一段家常小景，这样描写道：

少奶奶这当儿先给老者倒了碗茶，说："阿玛您歇歇儿吃饭哪。"老者端着碗茶说："我不饿哪"，说："善金哪，你哥哥还没回来哪？"善金说："他不是见天四下儿钟下馆吗？横竖也快哪，您饿了一早晨啦，嫂子您打点去吧，我还找补几个哪。"少奶奶说："包得了的煮饽饽，快当。"善金又问伊老者，说："您喝酒哇，我给您打去。"老者说："那们你打他二百钱的去，给我带点盒子菜来。"

各人的话语都透着相互关怀体贴的情意、尊老爱幼与"您"、"你"称呼的区分，都让人感到普通满人家庭的和睦温馨。言语之中，有满语称父亲为"阿玛",更多的是北京土语"歇歇儿"、"见天"、"横竖"、"打点"、"找补"、"包得了"、"煮饽饽"、"快当"等等,京味儿十足。

但是,如前文所述,曹雪芹与续书作者高下之分,在于文学语言和方言俗语,一定意义上是矛盾的统一,作者既要吸收活生生的方言俗语来丰富自己,又不能满纸土语,仅仅停留在方言的原生状态。《小额》语言的运用,有时浅白但俗得过分,显出让人难以明白之处,例如书中一个外号叫票子联的地痞,他对伊老者的长子善金说的一段,是这样的:

"老大,你别这们你我他们三(阴平声)的,听我告诉你,咱们是本旗太固山(音赛),你阿玛我们都是发小儿,我们一块儿喝茶的时候儿,那还没你呢!"

为了读懂这段话,作者已在土语词后注了音,但是还不够,还要对一连串北京方言俗语进行解释,才能让读者明白:票子联是北京满人,满人礼数大,十分敬老,北京话中的"你"与"您"是有区别的,小辈对长辈不能称"你",必须尊称为"您"。这位老满人又习惯话中带有满语名词,像"太固山"、"阿玛",这里是说票子联与善金同属一个八旗基层组织,而"发小儿"又是北京土语,即自小的朋友。票子联训斥善金,倚老卖老地说:"我和你爸爸是自幼的朋友,我们一起喝茶的时候,你还没出世哩!"其中一会用"我们"、一会儿用"咱们",又是按满语和北京土语习惯界限分明,"咱们"包括了善金;"我们"则只指他与伊老者。小说中多处出现这种语言状态,使外省人阅读起来有一定困难,未能在全国广大地区流传。尤其是作者思想落后于当时迅速发展的革命形势,不久就发生了辛亥革命,这部小说几乎被人们遗忘,后人写《晚清小说史》时都未提及。

到了20世纪30年代,北京的满族作家老舍,又以浓郁的北京味儿小说蜚声文坛,经过长期努力,终于成为"五四"以来唯一享有"语言大师"殊荣的现代作家。老舍的成功,与他是土生土长的北京满人,具备天时、地利、人和有关,满族语言学家罗常培曾称赞老舍有"学语言的天才",文学家林语堂很喜欢老舍在文章中运用地道的北京话,认为:老舍是旗人,北京话说得俏皮那是不必说了。老舍的成功,更由于他有意识地

上 编

学习满族先辈作家语言艺术的经验,锲而不舍地探索北京话的文学表现力。老舍大约有 20 万字专门讨论文学语言的文章,几乎涉及有关语言艺术的所有方面,在现代作家中是罕见的。老舍一生勤奋努力,不断熟练地运用北京口语,创作了 800 多万字的文学作品。北京话经过他的艺术加工提炼,形成简练俏丽、风趣幽默、娓娓动人、具有浓郁的生活气息的独特艺术风格,所达到的艺术语言成就,在当今文坛独一无二。

老舍说着一口标准的北京话,也相当喜爱北京话。开始写小说时,一下手便拿出自幼用惯了的北京话,以后穷毕生之精力,极大地提高北京话的审美功能。他的作品中不用文言、不用欧式语句、不用诗词、不用典故、不用文白夹杂的句子,彻底地运用白话口语,是他一生不渝的创作原则。老舍写对话,用的都是北京口语,以其新鲜自然来体现人物性格。这里我们不妨也举他笔下北京老太太的说话为例,如《离婚》中的房东马太太对老李隔窗说的一番话:

"孩子们可真不淘气,多乖呀!"老太太似乎在就寝时精神更大。"大的几岁了?别叫他们自己出去,街上的车多,汽车可霸道,撞车哪,连我都眼晕,不用说孩子们,还没生火哪?多给他们穿上点,刚入冬,天气贼滑着呢,忽冷忽热,多穿点保险!有厚棉袄啊?有做不过来的活计拿给我给他们做,戴上镜子,粗枝大叶的我还能缝上几针呢。反正孩子们也穿不出好样。明天见。上茅房留点神,砖头瓦块别绊倒拿个亮。明儿见。"

穷科员老李刚从乡下把妻儿接到北京,租了马老太太的房子住下,善良的老太太看这一家艰难的情景,十分关怀、同情,这一番话似乎是老太太的碎嘴絮叨,都充满着人间的温情,北京四合院里这样好心肠的老人,老舍是熟悉又敬爱的,现在这样朴实真切地写出来,达到了他所追求的语言的自然美。这自然美不是原始口语堆砌,而是经过作者认真处理的。老舍自己说,他是出着声写作的,特别是写到人们的对话,是耳、口、手并用的:口中念出来,耳朵听着顺,手才写下来。如此精心提炼,正像他所说:"白话的本身不都是金子,得由我们把它炼成金子。"老舍成功地将北京话炼成了金子,老舍作品的语言,既是通俗易懂的白话,又高度凝练,极富表现力,充分显示出北京话的特色与神韵。老舍把白话文体的创作,提高到了一个新的水平。他进一步提出，应将人物语言与叙述语言都彻底地口语化。如前文引述过的那样，老舍赞美推崇《红楼梦》人物语言表现出的高度艺术技巧，但是他在《我怎样写〈二马〉》一文中，也指出《红楼梦》叙述语言的不足："《红楼梦》的语言多么漂亮，可是一提到风景便立刻改腔换调而有诗为证了。"《红楼梦》的这种现象，是我国古代白话文体发展过程中常见的，到了老舍，他则认为应该改变，人物语言与叙述语言都应该是新鲜自然的白话，取得和谐一致的统一性，所以在文章中，他接着提出了极为重要的美学追求。

我试试看：一个洋车夫用自己的语言能否形容一下晚晴或雪景呢？假如他不能的话，让我代他来试试。什么"潺湲"咧，"凄凉"咧，"幽径"咧，"萧条"咧……我都不用，而用顶俗浅的字另想主意，设若我能这样形容得出呢，那就是本事，反之则宁可不去描写。这样描写出来，才是真觉得了物境之美而由心中说；用文言拼凑只是修辞而已……英国人烹调的主旨是不假其他材料的帮助，而是把肉与蔬菜的原味，真正的香味，烧出来，我认为，用白话著作倒须用这个方法，把白话的真正香味烧出来，文言中的现成字与辞虽一时无法一概弃斥，可是用在白话文里究竟是有些像酱油与味之素什么的，放上去能使菜的色味俱佳，但不是真正的原味儿。

老舍一生用白话著书，始终用这个方法，把白话真正的香味烧出来。在写作中老舍"留神语言的自然流露，远过于文法的完整，留神音调的美妙，远过于修辞的选择"，从而构成老舍语言表现方法的特点。老舍的作品，"脱去了华艳的衣衫，而露出文字的裸体美来"，展示了京腔京韵的原汁原味的自然美与本色美。试以一段老舍写的北京城夏初景色为例：

又到了朝顶进香的时节，天气暴热起来。卖纸扇的好像都由什么地方一齐钻出来，挎着箱子，箱子上的串铃哗啷啷的引人注意。道旁，青杏已成堆叫卖，樱桃照眼的发红，玫瑰枣儿盆上落着成群的金蜂，玻璃粉在大瓷碗内放着层乳光，扒糕与凉粉的挑子收拾得非常利落，摆着各种颜色的佐料，人们也换上了浅淡而花哨的单衣，街上突然增加了许多颜色，像多少道彩虹散落在人间。

这是色彩绚丽的北京，用的全是素淡的白话进行描写，老舍说过："我生在北平，那里的人、事、风景、味道和卖酸梅汤、杏儿茶的吆喝声音，我全熟悉。一闭眼我的北平就完整的、像一张彩色鲜明的图画浮立在我的心中。我敢放胆的描画它。它是条清溪，我每一探手，就摸一条活泼泼的鱼儿来。"是的，老舍的作品中创造出一个多么有声、声色、有味儿、可亲、可爱的"北京城"！而这有着浓浓京味儿的艺术世界的塑造，正是由北京话描写出来的，绝对不是任何其他语言可以替代的，老舍是当之无愧的语言大师。我国现代白话，正是由于老舍卓越的创造，才大大丰富了审美表现力，促进了言文一致。早在人们祝贺老舍创作 20 周年时，何容就曾有过高度评价：

中国语言的成熟有赖于施耐庵、曹雪芹、罗贯中、燕北闲人、老残……诸人，如果不避捧嫌，我们可以说老舍也是其中之一。

是的，近三百年来，曹雪芹、文康、老舍等满族作家，采用北京话写作的杰出作品，在我国产生了巨大的影响，极大地促成了 20 世纪 20 年代把北京话定为标准国语的文化运动，以及 50 年代以北京语音为标准音，以北方话为基础方言的普通话的推广。

一代又一代满族文学语言巨匠，对近代中国各民族共同语的形成，做出了创造性的贡献。

（原载《文艺争鸣》1994 年第 1 期）

略论清代满族作家的诗词创作

张菊玲　关纪新　李红雨

我国的古典诗词,在唐、宋两代取得了辉煌成就。后世文学史家对于清代诗词的评论,遂常常贬多于褒;而对于清代满族作家的诗词,除纳兰性德之外,其余更极少提及。显然,这与历史的本来面貌不尽相符。本文试图发掘、探讨一下清代满族作家运用汉文创作的一些诗词作品,以使读者看到这里也有着丰富的宝藏,值得我们深入研究。

一

满族是一个善于学习、勤于创造的民族。早在他们还处于文化落后和骑射尚武的年代,其杰出人物就已经开始致力于学习汉族文化。

清太祖努尔哈赤在少年时代,曾经满怀雄心壮志,广泛阅览汉文典籍,尤其喜爱读《三国演义》和《水浒传》,极力从中学习"谋略"[1]。清太宗皇太极为了夺取全中国的最高统治权,一面大力加强军事力量,一面极力推行一系列尊崇儒家经典的措施,下令"译《通鉴》、《六韬》、《孟子》、《三国志》、《大乘经》"[2]。这些满文译本的陆续印行,对于提高满族文化水平起了促进作用。清王朝定都北京之后,为了巩固封建统治,便进

---

[1] 《博物典汇》本卷24,《奴酋》载:"奴酋稍长,读书识字,好看《三国》、《水浒》二传。自谓有谋略,十六岁始出建地。"
[2] 魏源:《圣武记》卷13。

一步推崇儒家思想教育，掀起向汉族文化学习的热潮。朝廷专门设置翻书房，"凡《资治通鉴》、《性理精义》、《古文渊类》诸书，皆翻译清文以行。其深文奥义，无须注释，自能明晰，以为一时之盛。"① 八旗子弟在官学里，除善习骑射之外，更要学习满文、汉文，讲读《四书》等经典。而上层贵族，则纷纷延请汉族名士教习自己的子弟，例如岳端为安和亲王之子，"其邸中多文学之士"、"安王因以命教其子弟，故康熙间宗室文风以安邸为最盛。"② 第一批用汉文进行创作的作家，就是从满洲贵族的王公大臣中产生的。

乾隆、嘉庆间汇编八旗诗集的铁保，在介绍满族作家创作汉诗的最初情况时说："其时人才代兴，如敬一主人、鄂貌图、卞三元于天聪、崇德年间，究心词翰，开诗律先声，厥后源远流长，一倡百和……"③ 鄂貌图，即清太宗时满洲科目解元，入主中原曾屡立战功，每于征战之暇写诗抒怀，被清初诗坛领袖王士祯誉称为"满洲文学之开，实自公始"，成为最早以汉诗形式写作的满族作家。当然，毋庸讳言，这些来自白山黑水间的北方少数民族作家，进入诗坛的初期，模拟唐、宋诗词曾不乏失败之作；但也有不少成功作品，思想内容或艺术风格都有明显特色，给古老的中华民族文化，输入了新的血液。

满族作家中首屈一指的大诗人，是人所共知的纳兰性德。他才华横溢，成绩卓著，蜚声词坛，既有情意婉转、缠绵悱恻的婉约华章，也有激昂慷慨、高亢哀厉的豪放佳作。作为一个北方少数民族诗人，纳兰性德在文学史上的独特贡献，当是那些描绘北方民族生活的作品。"桦屋鱼衣柳作城，蛟龙鳞动浪花腥，飞扬应逐海东青"（《浣溪沙·小兀剌》），生动地反映了吉林兀喇地区满族人民的习俗及松花江一带的特产。"毡幕绕牛羊，敲冰饮酪浆"（《菩萨蛮》），典型地写出北方民族日常游牧生活的情景。他的《采桑子·塞上咏雪花》，立意新颖，借物咏怀，歌颂塞上雪花是"冷处偏佳，别有根芽，不是人间宝贵花"，刻画出世居塞上苦寒之地的北方民族的直刚毅的性格。纳兰词中，那些打着鲜明的清初满族军旅生活印痕的名篇，更是脍炙人口。请看：

---

① 昭梿：《啸亭续录》卷1。
② 昭梿：《啸亭杂录》卷6。
③ 铁保：《选刻八旗诗集序》。

万帐穹庐人醉,星影摇摇欲坠。归梦隔狼河,又被河声搅碎。还睡!还睡!解道醒来无味。(《如梦令》)

山一程,水一程,身向榆关那畔行,夜深千帐灯。风一更,雪一更,聒碎乡心梦不成,故园无此声。(《长相思》)

两词写于 1682 年 3 月,纳兰性德随从康熙帝东巡时期。"万帐穹庐人醉","夜深千帐灯",意境多么壮美。这是新兴的清帝国军威的体现,是前人未曾撷取过的宏伟画面。王国维赞之为"千古壮观",并指出:"纳兰容若以自然之眼观物,以自然之舌言情,此由初入中原,未染汉人风气,故能真切如此。北宋以来,一人而已。"[①] 王国维这番评论,可谓独具慧眼,准确地道出了纳兰词独树一帜的卓越成就。

清初其他满族作家,虽然风格各异,成就不一,但共同之处在于:都能把北方风光写进诗词,并以自己特有的感受,从题材的开拓和意境的创造上,丰富汉诗的表现力。例如,岳端的"四野苍茫不见人,碧天如覆琉璃碗"(《中途口占》),僖同格的"天永塞鸿悲似笛,夜深霜月小如珠"(《京居杂兴》),都能以新颖的想象,描绘北方的碧天与霜月。康熙帝玄烨《松花江放船歌》以歌行体挥写了"松花江,江水清,夜来雨过春涛生,浪花叠锦绣縠明"的诗句,气势开阔,运笔自然。赛尔赫的小诗《马上口占》:"苍崖白水驻残阳,夹道红云一径长。九月黄花山下路,熟梨风过马头香。"四句话,绘出苍崖白水、红云残阳、山路黄花、秋风梨香的北国秋色,富有一种粗犷直拙的美、豪放质朴的美,充满浓烈的北方民族特有的色彩与气息。长海的《枣花》,专咏北方常见的"大树小树家家开"的枣花,它是高雅的荼蘼花无法比拟的。这不仅因为枣花有清新的幽香,而且它还能结成果实,"一斗可易十升米",为平民百姓充饥。长海从这一角度歌颂北方名产枣之花,也是以往作品不常见的构思。

北方民族骁勇善战,崇尚武艺。在清代初期,广大满族将士守卫边疆,为奠定祖国版图,维护祖国的独立和统一,做出了重大贡献。他们留下的爱国诗篇十分令人瞩目。康熙帝曾亲自出征,为完成维护多民族国家

[①] 王国维:《人间词话》卷上。

统一大业,进行了艰苦的努力。在击败噶尔丹之后,他写诗说:"冲霄望见旄头落,幕北已奏烟尘空。兹行永得息兵革,岂惜晓暮劳予躬。"(《自宁夏出塞,滨河行系自塔,乘舟顺流而下,抵湖滩河朔作》),充分表现了这位对中华民族历史发展有贡献的君主所具有的政治家气概。面对沙俄帝国的侵略,为了祖国的安定统一,满族将士以誓死报国的精神驰骋疆场。他们的诗篇洋溢一种奋发昂扬、乐观向上的情绪。佛伦的《从军行》即是典型的代表:

神蛟得云雨,铁柱焉能锁!壮士闻点兵,猛气怒掀簸。赤土拭剑锋,白羽装箭笴,矫首视天狼,奋欲吞么么。鲸牙如可拔,马革何妨裹?行色方匆匆,妻孥无琐琐。送复送何为,别不别亦可。亲朋劳祖饯,且立道之左。请看跃骅骝,扬鞭追伴伙。长天碧四垂,乱山青一抹。大筛高飞扬,万马迅风火。一鸟掠地飞,先驱者即我!

17、18世纪的中国疆域,比汉、唐全盛时期都大,这首诗中奋发向上的英雄气概,是时代精神的反映。同是《从军行》,这里却全无半点前人凄婉悲别的调子。这位整装待发的战士,听说点兵出征,表现出猛气填膺、气吞天狼的斗志,对于妻孥与亲朋的送别,则是"送复送何为,别不别亦可";他要快马扬鞭,奔赴行军前列,最后结以"先驱者即我"的壮语,令人精神为之一振。类似的爱国诗篇,还有何溥的《述怀》,诗中表明以身许国的决心:"古来豪杰士,束发志请缨,扬威万里外,义重身命轻。"他本人亦确如诗中表述的志愿那样,在征讨噶尔丹战役中阵亡。清初,满族诗人以自己的鲜血和生命,在中华民族历史上,在中国古代诗歌史上,写下了光辉的篇章。

满族诗人进入诗坛的初期,面对浩如烟海的汉诗,有见识的作家能够做到,一方面"转益多师",努力学习前人,一方面又力戒因袭模仿,主张自己独创,通过诗词表达自己在生活中的真情实感。正是满族人民特有的生活经历哺育了自己的作家,清初一批诗人,如纳兰性德、岳端、博尔都、何溥、纳尔朴、赛尔赫、长海等,都写作了不少具有明显民族特色的诗篇。其中,纳兰性德最早获得高度成就,除了他个人才华之外,还得力于他有明确的诗歌创作主张。他曾经尖锐地批评明代学古而不能自立的诗风:"诗之学古,如孩提不能无乳姆也,必自立而后成诗,犹之能自立而后成人也。明之学老杜、学盛唐者,皆一生在乳姆胸前过日。"[①] 纳兰性德还专门撰写了论文《原诗》,详细说明自己的看法。针对清初的诗风,他一针见血地指出:"十年前之诗人皆唐之诗人也,必嗤点夫宋。近年来之诗人皆宋之诗人也,必嗤点夫唐。万户同声,千车一辙。"他坚决反对模拟、复古的创作。在自己的创作实践中,如同他所主张的那样,"人必有好奇缒险伐山通道之事,而后有谢诗;人必有北窗高卧不肯折腰乡里小儿之意,而后有陶诗;人必有流离道路每饭不忘君之心,而后有杜诗;人必有放浪江湖骑鲸捉月之气,而后有李诗。"纳兰性德的词,也是他这个清初满洲贵族青年特殊境遇和独特个性的产物。所以,不但描绘北方山川和军旅生活的词,有鲜明的时代与民族特色;就是那些历来被人称道的缠绵悱恻的儿女情词,也绝非南唐李煜词的翻版。如纳兰性德的《减字木兰花》("相逢不语")、《金缕曲·亡妇忌日有感》、《南乡子·为亡妇题照》等,以白描的语言,吐露自己内心深挚的感情,情真意切,感人至深。纳兰词所创立的浑朴纯真的艺术风格,对于清词中兴,起了极大作用。

清代初期的诗坛领袖王士禛,在康熙间的"太平盛世",以达官兼名士的身份,提倡诗歌创作以"不著一字尽得风流"的"神韵说",对宗室诗人岳端、博尔都、塞尔赫、文昭等人的创作有较深的影响。这些诗人追求一种浑朴而冲淡的艺术情趣,其中包含着这批并不得势的宗室回避现实的消极成份。如,岳端的诗中带有一种超逸的味道,其《咏怀二首》中写道:"人世相纷争,纷争利与名。仆将利让人,树名思自荣。拥书或达旦,得句时夜兴。近好黄老言,颇知生死情。虚名复何益,日夕常营营。枯骨不借润,徒招人妒生。"表现一种看破利与名而虚无的黄老思想。他的另一首《竞渡曲》,哀叹屈原的沉冤,无可奈何地说:"嗟呼!世途不可处,水底不可留。我劝大夫一杯酒,庶几醉乡还可游!"全然是不与黑暗势力抗争,得过且过的人生哲学。岳端能诗善画,在当时流行的作画题诗的风气里,他写过一组《题画绝句》,内中《画葡萄》一首是:"曾闻诗胆大如天,请看狂生画亦然。乱点葡萄十数个,只求神似不求圆。"这种要求神似的文人诗画,体现了这位天潢贵胄的超然飘逸、落拓不拘的艺术风

[①] 纳兰性德:《渌水亭杂识》4。

格。岳端的诗与画,以及这种"只求神似"的风格,对于后世的满族作家有着明显的影响。文昭是岳端的侄孙、王士禛的"入室弟子"。他的诗歌创作极为丰富,当时曾有人用"神韵说"的理论评赞他的诗是"撷诸家之精华,其味在酸咸之外。"① 文昭虽为宗室,却辞爵家居,整日学道作诗。他曾在一首《自题写真》的题画诗中,描绘自己是"乱头粗服葛天民,枯木寒灰漫浪身。我亦似渠渠似我,问渠端的是何人?"颇似他的叔祖岳端。但是,二人又不尽相同,文昭长期居住在京郊赵村,较能与普通百姓接触,并非超然现实之外,他留下了数量不少反映社会民情的诗篇。如《八月》《攘场》《见城中少年》《校猎行》等诗,能以简练的笔墨,明白如话地描绘出康熙年间北京的风土人情。请看他的题画诗《题东峰二弟春郊步射小照》:

辫发高盘绿染油,春风扇物手初柔。挺身独立花荫下,臂挂雕弓揿靶头。

诗人抓住画中人物的辫发高盘、臂挂雕弓等特征,传神地点染出善于骑射的满族青年的英姿风采。清代文人善作"京师竹枝词",文昭也有《京师竹枝十二首》,专咏一年12个月中北京街头的不同景物,语言质朴,富有淳厚的乡土气息,给人一种亲切之感。如写七月的北京:"坊巷游人入夜喧,左连哈达右前门。绕城秋水河灯满,今岁中元似上元。"写十二月的北京:"催办迎年处处皆,四牌坊下聚俳谐。关东风物东南少,紫鹿黄羊叠满街。"这些不同的描写,经过诗人留意选取,每月都有带典型意义的景物,亦是弥足珍贵的民俗资料。文昭的诗少文饰、轻雕琢、尚真意、重古朴,具有清微朴老的风格,乾隆时八旗蒙古著名作家法式善,称赞文昭的诗"健比牧之,清如坡老"。② 文昭可以算作纳兰性德之后,又一个较有成就的满族诗人。

---

① 文昭:《紫幢轩诗集》前王式丹序文。《梧门诗话》卷12。
② 法式善:《梧门诗话》卷12。

二

清代中叶，我国诗坛流派众多，诗歌创作和诗歌理论都相当丰富。这时期的满族，早已发展成为一个具有较高文化水平的民族，并且多已通用汉语、汉文，故吟诗联句之风日盛。乾隆时著名诗人袁枚介绍说："近日满洲风雅，远胜汉人，虽司军旅，无不能诗。"在这种情景下，满人汉化程度日益加深，所写诗作多数也和汉人诗词无甚区别；而整个满族文学，则已发展到成熟的高峰时期。满族作家在小说创作中，虽然类似清代前期那种具有北方民族特色的作品已大大减少，但由于满族作家特殊的地位与处境，其诗歌的思想内容仍有独特意义。这些满族作家的作品，着重暴露封建社会内部错综复杂的矛盾，揭示日趋腐朽没落的封建贵族的种种世态人情，表达他们内心的愤懑与不平，从而获得了较高成就，使他们在文学史上能够卓然独立。

乾隆间，有一批满洲官吏在外省任上，把自己所见所闻写成诗篇，反映了一定的社会情况，描绘了各地的风光。德保《广州将军邀阅水操》，记叙了作者在广州虎门观看水兵操练的情景，"年年会虎门，众志维金汤"，写出水兵们保卫海防的昂扬斗志。全魁曾经奉命出使琉球，他的《自南台登舟泛海抵中山即事十四首》描绘出海上各种奇景。任过广东主试的博明，写有一组《舆人言》，是以民歌形式记录广东舆人艰辛劳动的诗歌，下面选录其中三段：

上连台，台高努力上复上，一级一尺，百级十丈，痛彻于心，两脚掌。舆中人，坐而仰。

上坡路，奔向前，下坡路，拽在后。前支足，后曲手，泥在身，汗覆首。一筒米，三钟酒，俟归来，养我母。

且歌，谁敢歌？官有紧事清晨发，张髯慎目十走卒，行行若迟便打咄。

作者直接用舆人口吻说话，通过明白流畅的语言、简短有力的节奏，

上　编

真实地反映出舆人所受到的剥削与压迫的痛苦情景。第一段，鲜明的对比展示了贫与富的不平等。第二段，细致地写出抬舆劳动的艰苦，所得的报酬却极微薄。第三段，又进一步揭示了舆人受到官差的压迫。诗人以痛苦的心情，为舆人一唱三叹，使舆人的形影跃然纸上。

在乾隆年间，有一个十分值得注意的文学现象：随着满汉文化交流的深入和满族文学的发展，在清王朝统治的中心北京，出现了一个满族作家群。他们是弘晓、弘旿、曹雪芹、和邦额、墨香、永忠、永瑢、书诚、敦敏、敦诚、庆兰、明义等人。诚然，他们并非近代有组织、有纲领的文学团体，我们所以称其为满族作家群，是因为他们在曹雪芹生前与身后的30多年间，互相通过无数交错纵横的线索联系在一起，在人生观和艺术追求上有不少共通之处，又都有较高的文学艺术修养，分别在诗歌与小说创作上取得了不小的成就。我们认为，这一作家群的出现，标志着满族文学迈上了自身发展的高峰。他们中间杰出的代表——曹雪芹，为中华民族贡献出了堪称世界文学瑰宝的《红楼梦》。

这一作家群和满洲上层贵族的政治斗争有着密切的联系。爱新觉罗家族内部的皇权之争，从顺治间诸王与多尔衮之间的斗争，经过康熙间夺嫡斗争，又衍成雍正帝与诸亲王之间的斗争，涉及的面愈来愈广。这一作家群中的不少人的父祖诸辈，皆属历次斗争失败集团的。墨香、敦敏、敦诚是在争夺王位失败后被赐自尽并黜了宗籍之阿济格的后代。永忠的祖父允禵曾被雍正长期锢废，几濒于死。弘晓原袭爵位封为第二代怡亲王，后又被削爵。弘旿为永忠的堂叔，曾两次被贬。而永瑢、书诚则是闲散宗室。因此，这些满族作家本人的生活，大都失去轻裘肥马的显赫地位，没有施展政治才能的客观条件，只得远避名场、淡于世事，追慕魏晋文人风度，并借佛道思想作为自己的精神支柱。于是，醇酒妇人成了他们痛苦的人生寄托；吟诗、作画、撰写小说，是他们施展才能的人生追求。

试看永忠的《过嵩山见神清室壁悬长剑戏作》：

笑君长铗光陆离，日饮亡何空尔为？怀铅提椠老蠹鱼，行年四十犹守雌。我少学剑壮无用，英雄气短风月辞。不如乞我换美酒，醉歌《金缕》搏纤儿。

这首题为"戏作"的诗,在解嘲之中,反映出这样一个严酷的现实:永㥣于 15 岁时,就曾以善射名噪京城,可是已经到了 40 岁,却仍然长剑悬壁、空无所用,只能在狂饮醉歌中打发时光。永㥣自己也和了一首《重为长剑篇戏示曜仙兼以自嘲》,发出"学书学剑真徒劳",只得"剑换美酒书换鳌"的慨叹。他们这种情绪,与清代前期宗室诗人岳端一脉相承,但又绝非全然消极。这批没落的皇族,在追慕魏晋文人风度的醉酒狂歌中,流露了他们对人生的执着追求。这种共同的思想情绪,使这些人沿着文学之路聚集到一起。敦敏曾形容他们在一起醉酒狂歌的情景是:"其中欢呼豪歌,杜少陵所谓'谁能更拘束,烂醉是生涯'矣!"① 在醉酒之中,他们可以不受任何拘束,可以傲视世俗。敦诚那首著名的《佩刀质酒歌》,即是酣畅淋漓地在醉酒狂歌中,抒发曹雪芹和他对于黑暗现实的愤懑与不平。曹雪芹与敦敏、敦诚之间友谊极厚,堪为知音。敦敏的《题芹圃画石》诗云:

傲骨如君世已奇,嶙峋更见此支离。醉余奋扫如椽笔,写出胸中块垒时。

这是一首素为"红学家"们所珍视的诗,因为诗中极为深刻地揭示了曹雪芹的思想性格,并给予极高评价。从这里我们也可以了解,这批满族作家在那噤不能言的时代,借醉酒、借诗中隐晦的典故,曲折地唱出了"盛世"哀音,虽说已与汉族作家作品近似,却是那个时代这一满族作家群的特殊的抗争形式。他们在诗与酒中,抒发了多少胸中郁闷难倾的"块垒"。

风流多情,是这一满族作家群中多数人共同的另一特征。他们既不愿与黑暗现实同流合污,于是,或是去种花植草,表明自己的高洁;或是去醉酒妇人,标榜自己的多情。永㥣一生不得志,在自家园中手植梅花,色香俱佳,每值花时,必邀朋友赏花饮酒。为了种好梅花,他颇费辛劳。敦诚曾经问他:"先生不亦劳乎?"他回答说:"与其屈曲于人效奔走,何如为花所役耶!"② 就是他们愿意过这种风流生活的最好回答。永㥣还像陶渊

---

① 敦敏:《敬亭小传》。
② 敦诚:《鹪鹩庵笔尘》。

明那样喜欢菊花，以菊叶酿酒，名曰"彭泽春"，赠送给这些满族诗友，并写有《访菊》《对菊》《梦菊》《簪菊》《问菊》组诗。庆兰是一个"家世簪缨，三代俱登宰辅"的贵公子，与这些潦倒的宗室不尽相同，却也和他们有共同的生活追求：他不愿去做官，并且搬出大宅府第，独自居住在陋巷老屋，种竹植兰，过着风流自在的生活，布衣终身。他的诗得到袁枚的称赞。他还写作了文言短篇小说集《萤窗异草》。明义与庆兰是好友，两人都和苏州伶官云郎交往，书信频繁，三人相互赠答的诗词多达40余首。明义在《和似村题云郎词序韵》中，不无自诩地说："钟情我辈人还几，拟共知音樽酒论。"这一作家群不少人都十分多情，敦诚曾赋香奁诗12首，弘晓特意请人把它绘成图册。永忠的《嬉春古意册》专写闺房风雅，敦诚题序赞之为"好色而不淫"。永忠写诗给"爱读情诗"的墨香，称他是"年少风流"（《墨香索女儿香戏缀二首》）。这种风流多情自有没落贵族阶级的局限，但也算是一种不与黑暗现实同流合污的表现。

很显然，生活在这一满族作家群的环境中的曹雪芹，思想与他们共通而又更为深刻。他把由盛而衰的家世、世态炎凉的感受、白眼世俗的孤傲性格，以及半生中耳闻目睹的异样女子，全部一字一泪地写进了《红楼梦》之中。因此，这部小说的许多描写，都可以从这些满族作家生活中看到原来的素材；同时，曹雪芹又把这些内容升华到时代先进思想的高度，从而使《红楼梦》成为不朽的巨著。正因如此，曹雪芹的小说一脱稿，弘晓就组织人力抄写。明义、永忠看完《红楼梦》以后，知音激赏，写诗盛赞。永忠说："传神文笔足千秋，不是情人不泪流。"在《红楼梦》刚刚问世不久，就获得如此高度的评价！难怪这部小说不胫而走，很快得以广泛流传。这在我国古典小说史上，堪称难得的文学现象。

乾隆间，袁枚提倡"性灵说"，强烈反对宗唐祧宋的复古、拟古风气，提出"不学古人，法无一可；竟学古人，何处著我？"[①] 主张"口头话，说得出便是天籁"。[②] 于是，乾嘉时期"性灵派"创作的一种语言明白流畅，形式生动活泼，抒发作者才能个性的诗歌十分流行。这一时期出现的满族诗人铁保，自然受到这种诗歌理论和创作的影响；但是，他又有自己独立的主见。铁保注意作家的主观性情和客观社会生活的密切关系，认为"诗

---

① 袁枚：《续诗品·著我》。
② 袁枚：《随园诗话补遗》卷2。

随境变，境迁则诗亦迁"。① 所以他反对复古、拟古，斥之为"拾前人牙慧，忘自己性情"，铁保这方面的理论与纳兰性德有共同处，并且进一步指出："于千百古大家林立之后，欲求一二语翻陈出新，则唯有因天地自然之运，随时随地语语记实，以造化之奇变，滋文章之波澜，语不雷同，愈真愈妙。我不袭古人之貌，古人亦不能囿我之灵，言诗于今日舍此别无他法矣。"② 这种打破传统束缚，而又比较全面的理论，是比"性灵说"更加深入地论及了生活是创作源泉的艺术规律。铁保还运用这一理论，分析自己在不同时期、不同境遇中，写作的各自不同的诗篇。他的诗在学习前人基础上有所突破，题材和意境都有新的开拓和创造。晚年他谪戍新疆时的诗作，尤有特色。如《塞外听雨》：

一夜毡庐雨点粗，何人为觅引光奴？晓来泼墨秋山上，欲写米家从猎图。

铁保以一个著名书法家兼诗人的独特艺术敏感，面对夜雨初晓的边塞风光，立即联想到可以绘一幅米家泼墨山水画，从而创造出别具一格的艺术境界。他还写有《塞上曲》组诗，这本是前人写熟了的题目，铁保却做到"我不袭古人之貌，古人亦不能囿我之灵"。诗中写出"猿臂一声飞霹雳，平原争羡射雕人"和"陌上健儿同牧马，一声齐唱大刀头"等雄浑豪放的诗句，这里表现的昂扬向上的精神及高亢嘹亮的军歌，在满族作家汉化程度已经很深的时期，极其难能可贵。铁保不仅自己在诗中力求保持民族特色，还曾经竭力搜集八旗诗人作品和生平资料，主持汇编成《熙朝雅颂集》，共得诗人200位、诗40卷，为清代满族文学保存了大量的珍贵资料。铁保夫人滢川，是一个满族气质很重的妇女。铁保曾经在《自题临榆关望海图照》一诗的序中称赞说："……内子已携元儿徘徊于云影天光之外，相视大笑。余喜其意气豪迈，乘风破浪之想，竟得之闺阁之中，有非寻常流辈所能几及者。"于是，夫妇俩作诗一唱一和。滢川还工书画，又能骑射，非汉族闺秀可比。她所写《郊外试马》、《登太白楼作》等诗，胸怀洒落，无巾帼柔弱之意。

---

① 铁保：《梅庵诗钞自序》。
② 铁保：《续刻梅庵诗钞自序》。

嘉庆、道光年间，具有进步倾向的英和，能关心人民疾苦，在《瞻云》、《春夜风雨》中，写下"所望丰邦域"、"闲情宛转为农忧"等诗句。《徐星伯匹马关山图》这首题画诗，既为徐星伯怀才而常遭挫折鸣不平，也为自己屡遭宦海风波而喟叹。还写了《石狮子谣》，从另一侧面对"假者恒多真者寡"的社会现实流露了不满。英和晚年黜戍东北时的作品，如《打牲乌拉》、《龙沙物产十六咏》等，描绘了嫩江流域满族聚居地的风光民俗，介绍了蘑菇、貂、乌拉草等当地著名土产。英和还特意写了《识俗》诗四首，记录达斡尔、鄂温克等民族的奇风异俗。这些作品，有一定认识意义。

这一时期最后一位满族诗人奕绘，是清代宗室当中较有才学的学者。他曾与考据学者王引之合著《康熙字典考证》，还曾学过拉丁文。他的诗词作品不少，却没有当时一些学者兼诗人在诗中掉书袋、卖弄典故、"把抄书当作诗"的毛病。奕绘用明白流畅的语言写诗，并有相当数量的作品描写百姓的疾苦，例如《棒儿李》、《炮手儿》、《采苦荬》、《牧羊儿》、《挖煤叹》等等，对于下层人民的贫苦悲惨生活和艰苦辛勤的劳动，表示了同情和哀叹。这种作品，能够出自一位爱新觉罗皇族之手，尤属难得。

三

1840年鸦片战争之后，中国一步步沦为半封建、半殖民地社会。满洲贵族过着腐朽寄生的生活，下层旗人的贫困化则更为严重，这时期没有出现思想和艺术成就较高的满族诗人。

唯有奕绘的侧室太清，词的艺术成就较为突出。她活到1877年，比早逝的奕绘创作时间长，故算作晚清时期女诗人。太清是位贵族妇女，受到生活条件的局限，反映社会生活的内容很少，诗词的题材比较狭窄。但是，她才华过人，又有家学渊源，所以她的词作浑朴清新，散发异彩。请看《迎春乐·乙未新正四月，看钊儿等采茵蔯》：

东风近日来多少？早又见蜂儿了。纸鸢几朵浮天杪，点染出晴如扫。暖处有星星细草，看群儿缘阶寻绕，采采茵蔯茎苴，提个篮儿小。

这是一幅美丽的春色图画，东风乍起，蜂儿飞来，天际飘着纸鸢，春意融融的草地上，孩子们提着小篮采茵蔯，从母亲眼中看到的这一切，描绘得清新而又绚丽夺目。另一首词《喝火令》，题下注是："己亥惊蛰后，一日雪中访云林。归途雪已深矣，遂拈小词书于灯下"，在词中她这样描写归途的深雪："醉归不怕闭城门。一路琼瑶，一路没车痕。远山近树，装点玉乾坤。"这里的太清，一洗妇女纤弱铅华之气，在北国雪景的衬染下，显示出满族女子特有的豪情逸致。她还有些记梦词，如《鹊桥仙·梦石榴牌》，写她在梦中怀念一个死去的婢女，悲哀之情意真切感人。太清记梦的佳作，当数《江城子·记梦》：

烟笼寒水月笼沙，泛灵槎，访仙家。一路清溪，双桨破烟划。才过小桥风景变，明月下，见梅花。　梅花万树影交加，山之涯，水之涯。影塔湖天，韶秀总堪夸。我欲遍游香雪海。惊梦醒，怨啼鸦。

词的第一句化用杜牧的名句，一开头就显得不同凡响。全词挥洒自如地描绘梦境的美，泛灵槎、破烟划、小桥清溪、明月梅花、影塔湖天，梅花万树的香雪海，如烟一样朦胧，如仙境一样秀美。比起前人诸多记梦的诗词，太清这首词可谓一曲不可多得的优美的梦幻诗了。有清一代，满族作家的词作大大逊色于诗，词集几乎寥寥无几，故对太清的词也就分外重视了。有人曾将她与纳兰性德相提并论："八旗论词，有男中成容若，女中太清春之语。"此说虽未免夸大，但从中可以看出太清在满族文学中的重要地位

晚清的满族作家中，缺乏具有改良主义启蒙思想和反映时代精神的诗人。仅见个别作家偶有稍能反映现实的诗篇。德普的《少年行》勾画了晚清贵族子弟的形象，是"双眉楚楚似图画"，"暮醉红楼朝紫陌"，游手好闲，虚度时光，与清代前期诗人文昭笔下那种英姿飒爽的满族少年形象完全不同了。文冲《和邓懈筠先生七夕感作兼呈少穆尚书》一诗，含蓄地表露了他对林则徐、邓廷桢的赞赏和对国家命运的担忧。庆康在《鸦片烟行》诗中，对于西方资本主义用鸦片烟毒害人民，表示非常愤慨。宝廷在30岁入仕之前，曾写诗描述自己贫穷的生活，同时也写了一些反映民生疾苦的诗，例如《冬日叹》，描写了1886年北方地区冬日受水灾侵害的情

景，并揭露了吏役如同豺狼般欺压百姓的行为。宝廷在《糖葫芦》一诗中，写有"外貌尽光华，中心隐枯朽"的诗句，恰好可以作为那个行将崩溃的清王朝形象的隐喻。

（原载《中央民族学院学报》1985年第1期）

论清代满族作家在中国小说史上的贡献

张菊玲

满族人素有喜爱小说的历史传统。

早在金朝，女真人对"说话"艺术就有特殊的癖好。《三朝北盟编》载有完颜亮的弟弟完颜充听说话人刘敏讲"五代史"的情形[①]。《金史》中亦有关于张仲柯、贾耐儿等金朝说话人的记载。[②]

清太祖努尔哈赤和清太宗皇太极都特别喜爱《三国演义》等明代通俗小说。崇德四年（1639）皇太极命令翻译《三国志通俗演义》等书，"以为临政规范"[③]。顺治七年（1650）第一部满文译本《三国演义》告竣[④]，小说在满族中产生了巨大影响。

清帝国定都北京后，著名的满文学者和素，曾经出色地把《西厢记》、《金瓶梅》译成满文。昭梿在《啸亭续录》中称赞说："有户曹郎中和素者，翻译绝精，其翻《西厢记》、《金瓶梅》诸书，疏栉字句，咸中綮肯，人皆争诵焉。"[⑤]现今存于北京故宫图书馆的满文书籍中，有满文翻译小说30余种，多为历史演义和明末清初流行的才子佳人小说[⑥]。

[①] 《三朝北盟会编》卷243 苗耀《神麓记》中说："有说书人刘敏讲演书籍，至五代梁末帝，以弑逆诛友珪之事，充拍案厉声曰：'有如是乎！'"

[②] 《金史》卷104《完颜宇传》载："贾耐儿者，本歧路小说人，俚语诙嘲以取衣食。"卷129《佞幸传》载："张仲柯，幼名牛儿，市井无赖，说传奇小说，杂以俳优诙谐语为业。"

[③][⑤] 昭梿：《啸亭续录》卷1。

[④] 此书存北京故宫图书馆、大连图书馆。

[⑥] 见《国立北平图书馆、故宫博物馆图书馆满文书籍联合目录》。

上　编

　　随着满、汉文化交流的发展，康熙年间，出现了一批运用汉文写作诗文的满族作家。到了乾隆年间，满族则已普遍使用汉语汉字，喜读小说之风益盛，"士大夫家几上，无不陈《水浒传》、《金瓶梅》以为把玩。"① 于是，用汉文创作和评论小说的满族作家前后相继出现：乾隆年间有满洲正白旗包衣人曹雪芹写作长篇白话小说《红楼梦》，满洲镶白旗人和邦额写作文言小说《夜谭随录》、满洲镶红旗人庆兰写作文言小说《萤窗异草》；嘉庆年间有裕瑞写作评论小说的专著《枣窗闲笔》，同治年间有满洲镶红旗人文康写作白话长篇小说《儿女英雄传》，在中国古代小说史上，这些满族作家做出了独特的贡献。

一

　　曹雪芹的《红楼梦》，在中国小说史上的巨大贡献是举世周知的。但是，谈到曹雪芹的《红楼梦》是满族对中华民族的伟大贡献，则至今仍有异议。我们认为，曹雪芹和《红楼梦》的出现不是偶然的、孤立的现象。《红楼梦》和乾隆年间进步的满族文化分不开，曹雪芹来自乾隆年间生活在北京的满族作家群。这批满族作家有弘晓、敦诚、敦敏、墨香、永忠、永憓、和邦额、明义、庆兰等人。尽管其中有的人不曾与曹雪芹谋面交识，但无数纵横交错的线索把他们联系在一起。

　　曹雪芹系满洲正白旗包衣，祖父曹寅深得康熙皇帝的信任和赏识，曹家亲属中如富察昌龄、纳尔苏、福彭等都是满洲贵族。可以说，曹雪芹一直在满族环境中按照满族生活方式生活。他的《红楼梦》，艺术地再现了清代乾隆年间居住北京的满族贵族的生活。这些，已为许多红学家所指确。下面，我们着重论述乾隆间这一批满族作家的思想与生活以及他们与曹雪芹和《红楼梦》的关系。

　　这一批满族作家，多为康熙、雍正和乾隆三朝，皇权争夺失败者的后裔。他们看到皇族内部、兄弟之间"恨不得你吃了我，我吃了你"的自相残杀之后，心灰意冷了。于是，便转而从事艺术创作，成为乾隆间名噪一

---

① 昭梿：《啸亭续录》卷2。

时的诗人作家。

弘晓,生于康熙六十一年(1722),死于乾隆四十三年(1778年)。自号冰玉道人(冰玉主人),为第一代怡亲王允祥第七子,在激烈的政治斗争中,他虽逃脱了其他弟兄被镇压的遭遇,当了怡僖亲王,但仍于乾隆八年被解除职务,从此结束了他的政治生涯[①]。弘晓颇有文学修养,著有《明善堂诗集》。他酷爱阅读小说,评点了才子佳人小说《平山冷燕》;还曾组织人分头抄写《红楼梦》。在为《平山冷燕》写的序文中,弘晓提出了自己推崇小说的文艺主张:

尝思天下至理名言,本不外乎日用寻常之事。是以《毛诗》为大圣人所删定,而其中大半皆田夫野老妇人女子之什,初未尝以雕绘见长也。迨至晋,以清读作俑,其后乃多艳曲纤词娱人耳目;浸至唐宋,而小说兴;迨元,又以传奇争胜,去古渐远矣。然以耳目近习之事,寓劝善惩戒之心,安见小说、传奇之不犹愈于艳曲纤词乎!夫文人游戏之笔,最宜雅俗共赏。阳春白雪虽称高调,要之举国无随而和之者,求其拭目而观,与倾耳而听又焉可得哉?[②]

这里,弘晓指出文学作品"最宜雅俗共赏",而小说比之其他形式,更易达到此目的。他说那些以雕绘见长的"阳春白雪",虽被尊为高调,却不易为人们接受,举国无人随和;而被斥为"稗官野史"的小说,则由于描写的是日用寻常、耳目近习之事,致使田夫野老、妇人女子也能明白其中劝善惩恶的用意。弘晓的这些提法,虽然仍未摆脱封建文学观念的樊篱,但他重视小说描写日用寻常之事,强调小说雅俗共赏,在当时是有积极意义的,在喜读小说的满族人中,也是具有代表性的思想。由于曹家与怡府关系密切,弘晓这种小说主张,无疑会对曹雪芹产生影响。

曹雪芹在《红楼梦》第一回,开宗明义就表示:自己反对那些"作者要写出自己的那两首情诗艳赋来,故假拟出男女二人名姓,又必旁出一小人其间拨乱,亦如剧中之小丑然"之类的"千部一腔"、"千人一面"的作品。他一再强调,要符合生活真实,遵循客观规律,不能凭空捏造、穿

---

① 见《爱新觉罗宗谱》甲册。
② 弘晓:《批点〈平山冷燕〉题词》。

凿附会，主张要选取生活中的"事体情理"，写出"事迹原委"，"至若离合悲欢，兴衰际遇，则又追踪蹑迹，不敢稍加穿凿，徒为供人之目而反失其真传者"。

可以看到，曹雪芹阐发的这些创作思想，与弘晓的主张是声气相通的，而且，他把弘晓的小说主张朝着现实主义的理论方面大大发展了。

敦敏，生于雍正七年（1729），卒年约为嘉庆元年（1796）；敦诚，生于雍正十二年（1734），死于乾隆五十六年（1791）。两兄弟是清太祖努尔哈赤第12子阿济格的五世孙。在争夺王位的斗争中，阿济格被赐自尽并黜了宗籍①。所以到敦敏、敦诚这一代早已不是显贵了，他们的生活与一般满族文人一样，只是饮酒、赋诗。敦敏著有《懋斋诗钞》，敦诚著有《四松堂集》。在宗室诗人中兄弟齐名，敦诚尤著。曹雪芹是他们的挚友，他俩的诗集中留存不少与曹雪芹有关的诗篇，成为我们了解曹雪芹思想与生活最为珍贵的资料。在这些诗篇中，他们感叹曹雪芹"秦淮旧梦忆繁华"、"举家食粥酒常赊"的盛极而衰遭遇，他们称道曹雪芹"步兵白眼向人斜"的不屈性格，他们盛赞曹雪芹"诗胆如铁""抑塞欲拔"的艺术才能。敦敏、敦诚深厚的友谊，给予处于困顿生活中的曹雪芹莫大安慰，两兄弟可谓曹雪芹的知音。

墨香，名额尔赫宜，是敦诚、敦敏的幼叔，年龄比敦诚还小10岁。乾隆四十一年（1776），永忠的一首题为《过墨翁抱瓮山庄》的诗，这样描绘墨香的生活环境：

荆扉多野趣，满眼菜畦青。近水因穿沼，连林别趣亭。主人容啸咏，过客漫居停。黄菊全开日，还来倒酦醄。

墨香这座远离闹市、满眼碧绿菜畦的山庄，也是这批满族文人经常聚集的地方。和邦额在这首诗的稿本上，题有"无一妄语"的批语，可见此诗是这批满族文人远避名场，诗酒生活的真实写照。墨香笃于感情，乾隆三十二年（1767），永忠特意把自己的《悼亡诗》送给墨香看，并附有眉批："墨翁爱读情诗"，"懋斋（敦敏）可同识也。"第二年，永忠又在

---

① 蒋良琪：《东华录》卷6。

《墨香索女儿香戏缀二首》中，写下了"知君年少爱风流"的诗句①。具有如此生活与思想作风的墨香，喜爱并收藏《红楼梦》抄本，又传给永忠阅读，是十分自然的事。

明义，字我斋，富察氏，满洲镶黄旗人，与墨香同任过乾隆帝侍卫。著有《绿烟琐窗集》。他与大学士尹继善的六公子庆兰关系密切，两人都是多情的风流人物。他们和苏州伶官云郎交为朋友，书信往来，赠予云郎的诗词竟多达30余首。明义与庆兰酬唱的诗中说："钟情我辈人还几？"明义也是曹雪芹的诗友，他写有《题〈红楼梦〉》组诗，题下自注中说："曹子雪芹出所撰《红楼梦》一部，备记风月繁华之盛"，"余见其钞本焉。"这一组诗共20首，是曹雪芹在世时评论《红楼梦》最多的诗作，为后人提供了不少有关曹雪芹所著《红楼梦》初稿的材料。

永㤭，生于雍正七年（1729），死于乾隆五十五年（1790），亦为宗室诗人，著有《神清室诗稿》。永忠称赞他是"风流王子多才思，春柳诗名并阮亭"。在永㤭诗集中，有题为"访菊"、"对菊"、"梦菊"、"答菊"、"问菊"的诗多篇，《红楼梦》中有同名的诗题，永㤭曾以菊叶自制酒，名曰"彭泽春"，《红楼梦》中也写过用合欢花浸酒。很显然，同时代满族作家的诗题和生活习俗的细节，在《红楼梦》中都有反映。

永忠，生于雍正十三年（1735），死于乾隆五十八年（1793），祖父允禵为康熙帝第14子，是王位争夺的失败者，被雍正帝锢废，几濒于死。永忠出生那年，正值乾隆帝即位，允禵获释，永忠父亲弘明被封授多罗贝勒。允禵原为精明矫健之人，在康熙朝曾屡立战功，受挫败后，皈依佛道。永忠在祖父、父亲的影响下，亦参禅学道，并且起了"臞仙"、"栟榈道人"一类的字、号。永忠在22岁那年，被封授辅国将军，这其实只是虚有其名的闲职。永忠多才多艺，精通书法，擅长绘画，诗作在宗室诗人中享有盛名，永㤭誉他为宗室异人②，敦诚称他是三杰之一③。永忠在写《赠栟仙宗兄》一诗中，对于华年辞官，居灌读草堂汲井种菜的书诚十分赞赏："早辞荣禄隐林泉，不为轻身伴地仙，抱瓮灌花斜日下，研朱读《易》晚凉天。"当他读到《红楼梦》这部不朽巨作时，简直是伴着眼泪

---

① 永忠这些诗，均见北京图书馆藏永忠手稿本《延芬室诗稿》。
② 永㤭：《延芬室诗稿·跋》。
③ 永忠：《延芬室诗稿》丙午本诗题小注。

读完的，他说："不是情人不泪流"。他为没能见过曹雪芹而悔恨："可恨同时不相识，几回掩卷哭曹侯。"《红楼梦》使这位潦倒的、自号臞仙的天潢贵胄，产生了多么痛苦而又多么强烈的共鸣！

1932年侯堮先生在《永忠年谱》中曾经指出过，"臞仙十七岁，即与剩山和尚如此相契，观剩山跋语，宛如《石头记》中僧道之言，曹雪芹濡染旗内宗室文人之习惯甚久，笔墨亦相似。"这一见解，符合曹雪芹写作《红楼梦》时的历史实际。正因为《红楼梦》深深地打着满族作家思想与生活的烙印，才能如此强烈地震撼着永忠的心。

穷愁潦倒的曹雪芹于北京西郊写作《红楼梦》时，他的好友敦诚、敦敏便写诗鼓励他"著书黄叶村"。而几乎在曹雪芹写作的同时，他的满族亲友即对《红楼梦》进行评点，并且把这部小说传抄出去。约在曹雪芹去世前10年左右，《红楼梦》前80回即已传抄问世。现在发现的《红楼梦》最早的抄本——己卯本，经红学家们考定，已确知为怡亲王府抄本，即是弘晓组织人进行抄写的。这些都充分表现了曹雪芹周围这些满族作家对曹雪芹艰苦创作的支持。

《红楼梦》传抄问世以后很快得以广泛流传，这和满族作家对它的高度评价分不开。永忠在乾隆三十三年（1768）写作的《因墨香得观〈红楼梦〉小说吊雪芹三绝句》，冲口而出的第一句话即是"传神文笔足千秋"！在《红楼梦》问世初期，就极高地评定这部巨著的千秋功绩，确实独具只眼。可以说，满族人是作为《红楼梦》最早的读者群、最早的评论者和支持者，向中华各族人民推荐这部不朽巨著的。

二

《夜谭随录》和《萤窗异草》，是清代满族文言小说的双璧。

这两部小说集都受到蒲松龄《聊斋志异》的影响。《夜谭随录》的作者和邦额，字闲斋，号霁园主人，满洲镶白旗人，乾隆甲午（1774）举人，曾任山西乐平县令[①]。他与永忠、墨香等人往还甚密，在永忠《延芬

[①] 见铁保：《熙朝雅顺集》卷98和邦额简介。

室诗稿》的稿本上，乾隆四十一年（1776）、乾隆四十二年（1777）的诗稿上每首诗都有和邦额的评语。乾隆五十一年（1786），永忠写了一首《书和霁园邦额蛾术斋诗稿后》诗：

  暂假吟编向夕开，几番抚几诧奇哉。日昏何惜双添烛，心醉非关一覆杯。多艺早推披褐日，成名今识谪仙才。词源自是如泉涌，想见齐谐衮衮来。

  永忠在这首诗的第五句下注了一句话："先生绮岁所填《一江风》传奇，早在舍下。"通过这首诗，我们可以了解一些和邦额的简历：他可能是永忠长辈，早年写过《一江风》传奇，以后又写志怪小说，并著有《蛾术斋诗》，而被永忠称赞为"想见齐谐衮衮来"，是指和邦额的文言小说《夜谭随录》。

  乾隆五十六年（1791），和邦额在《夜谭随录》序文中，声称此书"非怪不录"，他录写这些听到和见到的怪异之事，原因"谈虚无胜于言时事"。和邦额的这种表白式的托词，隐含了这些满族作家经历残酷政治斗争之后，所产生的难言苦衷，"时事"不能言、不敢言，只好托之狐鬼怪异，以他们喜好的小说艺术形象，曲折地反映当时的社会生活。

  《夜谭随录》最鲜明的特色，是描绘了满族下层人民的贫困生活。乾隆年间，"八旗生计"问题已发展得十分尖锐突出，八旗下层兵丁因兵役的负担和八旗制度的束缚，生活日益贫困。任过县令的和邦额，在北京又与潦倒的宗室诗人们交往，有机会接触到下层市民，从而通过传奇志怪小说，表示了自己的同情与不平。《某马甲》叙述一旗兵马甲的贫困家庭生活，妻子难以维生，为鬼所缠，几欲悬梁自尽。《谭九》则是托写鬼域，实写北京郊区贫民生活，衣不蔽体、泪睫惨黛的旗装少妇、呱呱待哺的饥儿、上垣及肩的矮屋、空无所有的土炕、为生活奔波的老媪，这些岂是泉下惨状的描绘，实在是活生生现实的写照。篇末感叹说："鬼而贫也，尚有阳世以为不时之需；人而贫也，其将告助于谁氏耶？"更表明了作者托写鬼蜮的良苦用心。

  书中还通过狐仙助人的故事，寄同情于广大穷苦人民。《红姑娘》描写一个狐仙化为身着红装的姑娘，帮助年老贫病的步军赫氏的故事。这位八旗老兵赫氏，每夜到京城角楼值宿时，若无酒食，红姑娘就预备了酒撰来作陪。赫氏家中困难，一有急需，红姑娘必周以巨金。《香云》写狐女香云与孤儿乔氏结为患难夫妻。乔业操舟，为人诚笃知义，香云衣粗食淡，埋首舱中，甘作舟子妇，协助丈夫共同与强暴势力做斗争。《梁生》则写穷书生梁生因贫穷娶不上老婆，受到妻妾成群的富家子汪、刘二生的嘲笑。后来梁生成了狐婿，狐女具有天姿国色，不仅使梁生也成了富翁，并且施小术严惩了不怀好意的汪、刘二生。篇末说："此狐大为贫友见侮于富豪者吐气！"点明了作者的用意。

和邦额生活在经历了家庭盛衰的没落贵族朋友中间，对于世态炎凉有极深的感触，所以在《夜谭随录》中，淋漓尽致地摹写了此种世情。最有代表性的作品是《崔秀才》和《袁翁》。《崔秀才》写世家子刘君，"少倜傥好客，挥霍不吝，车马辐辏，门庭如市"，可是在刘君"资产荡尽"、"一贫如洗"后，到了年关去求助昔日的至戚良朋，却得不到一文钱，这时来了一个崔秀才，慷慨赠金，致使刘君又成富翁，于是，在高朋满座的生日宴席上，刘君把亲友赠礼都分送给亲故中的贫困落魄者，并让儿子即席吟诵一首谴责世态炎凉的五言古诗，最后才点明：崔秀才"实艾山一老狐"。这篇故事前半部尚属平平，后半部情节安排出人意料，又以"人不如狐"的慨叹结束，更加强了对世俗薄情的揭露。《袁翁》的主题是谴责为富不仁、见危不济。袁翁在已饥饿数日的窘境下，只得检些破衣襦到典肆去典当，却遭到肆主的斥责，袁翁无可奈何，痛不欲生，回家路上向天号泣，这时候奇迹出现了："忽破衣为棘刺所牵"，袁翁由此拾得棘下松土中的二万金，逐成富翁。小说中如此得意外之财而绝处逢生的处理方法，并未脱善恶相报的窠臼。但是，肆主不顾穷人死活的言谈举止，被描绘得十分逼真，为旧社会北京典肆主人的典型形象。作者还以无情的笔锋，通过《赵媒婆》《某太医》等篇作品，嘲讽了媒婆、太医趋炎附势、奔走豪门的丑态。

鲁迅先生在《中国小说史略》中提及《夜谭随录》时，曾指出："记朔方景物及市井情形者特可观。"[①] 这部文言小说确有不少篇记录北京的奇闻异事，使作品有较浓的北京乡土气息。例如《三官保》中，描写两个满

[①] 鲁迅：《中国小说史略》第22篇《清之拟晋唐小说及其支流》。

洲旗人打架斗口的情景：

佟大言曰："汝既称好汉，敢于明日清晨，在地坛后见我否？"保以手拊膺，双足并踊，自指其鼻曰："我三官保，岂畏人者？无论何处，倘不如期往，永不为人于北京城矣！"

这段话，用文言把两个在北京土生土长的旗人形象，刻画得惟妙惟肖。

论及《夜谭随录》的艺术成就，诚然不如《聊斋志异》。和邦额的文笔显得粗糙一些，人物缺乏特色，想象不够丰富，曲折多变的情节也不多。不过，《夜谭随录》不能与一般效颦于《聊斋志异》的文言小说同日而语。《夜谭随录》的出现，拓展了文言小说的题材领域，浓郁的北京乡土气息以及对下层人民贫困生活的同情，在中国小说史上皆是难能可贵的。

《萤窗异草》的作者庆兰，字似村，章佳氏，满洲镶红旗人，大学士尹继善第六子，家世显赫，兄弟子侄皆侍郎、尚书，胞妹嫁仪亲王永璇为嫡福晋[1]。可是庆兰本人只于乾隆十二年（1747）参加过一场科试，以后遂自号"殿试秀才"，不就官职[2]。他独居相府外的陋巷老屋，赋诗种竹，过着被好友明义赞羡的"赵女秦筝堪乐岁，青鞋布袜好寻春"[3]的生活。庆兰擅长诗歌，有《小有山房诗集》、《绚春园诗钞》。

庆兰的《萤窗异草》，艺术成就比《夜谭随录》略高，但思想内容却又不及《夜谭随录》。描写男女之情的内容占《萤窗异草》很大比例，其中既有健康、纯洁的爱情故事，也有陈腐庸俗的男欢女乐，甚至有专写好男色的故事。

《萤窗异草》中内容健康的爱情故事，以《宜织》、《秦吉了》为佳。庆兰借狐仙、神鸟这些志怪小说特有的形象，使自由恋爱的男女青年终成眷属。《宜织》情节曲折、复杂，虚幻与现实结合，文字优美动人，成功地描写柳家宝与狐女宜织的恋爱、婚姻故事。柳家宝原是一个腼腆拘谨的

---

[1] 见《清史稿》卷370，列传94，《尹继善传》。
[2] 袁枚：《随园诗话补遗》卷4。
[3] 明义：《和庆兰似村韵》诗句。

书生，为争取婚姻自主，他机智地进行种种合法斗争，人物性格有明显发展变化，最后终于与意中人结为夫妻。整个故事曲折多变，柳家宝的形象鲜明突出。《秦吉了》则歌颂秦吉了鸟，叙述它舍生忘死帮助一书生与大户人家婢女恋爱结婚的故事。秦吉了虽为鸟类，但仗义助人的牺牲精神可钦可佩。《珊珊》、《落花岛》等篇，庆兰驰骋浪漫主义幻想，用神奇瑰丽的描写，叙述海上遇难的人，漂流到异岛，绝路逢生，又遇美女，在岛上过着神仙般生活。在众多清代文言小说中，这些作品闪现出难得的异彩。《落花岛》一篇纯用幻想之笔淋漓酣畅地描绘如同仙境般美丽的落花岛："山径皆落花，约寸许，别无隙地，踏花前进，滑软如茵褥，而香益袭鼻，神气为之发越。"主人公申无疆在海上遇风沉船，死里逃生，来此佳境，又见到了"一美女子通体贴以落花，宛如衣锦，手提一小竹篮亦贮落英"，于是便有了一段十分浪漫的恋爱故事。随园老人评点时，不禁赞叹说："落花岛之景，令我时时神往。"

书中也记奇闻异事，如《折狱》、《假鬼》等篇，都是当时作者笔录的传闻。《折狱》讲述一位18岁的少年进士当了县令，他"据事断案老吏弗如"，在其父的协助下，破了一起重大杀人案。《假鬼》描叙一穷苦女子，因有老母在堂，而无兄弟奉养，母女二人生活无着，女子只得在大道旁的古塚里装鬼，吓唬过往行人丢下钱财，以此维持生活。这些奇闻异事，一定程度上反映出当时社会的黑暗现实。

《萤窗异草》虽然各篇故事良莠不齐，但它的浪漫主义幻想色彩，在文言小说中是有特色的。

三

在古典小说理论方面，满族作家的贡献也十分显著。

乾隆年间，周春写出分条评论《红楼梦》的专书——《阅〈红楼梦〉随笔》，是最早的一部"红学"专著。到了嘉庆年间，裕瑞又写成《枣窗闲笔》，共收评论《红楼梦》续书和评论《镜花缘》的八篇论文，成为我国古典小说史上不多见的评论小说的专著。

裕瑞，号思元斋、思元主人，生于乾隆三十六年（1771），死于道光十八年（1838）。豫良亲王次子，封辅国公，官镶红旗满洲副都统。嘉庆十八年（1813）农民起义军攻进紫禁城，起义军同党曹纶父子系裕瑞属下，故裕瑞以"未察之咎"，"发往盛京，永不叙用。"第二年，又以"劣迹""严密圈禁，派弁兵看守，不拘年限。"①

裕瑞亦是一位多才多艺的满洲贵族文人，他"通西蕃语"，又"尝画鹦鹉地图，即西洋地球图。"② 著有《思元斋集》、《萋秀轩诗草》、《沈居集咏》等。明义是裕瑞的母舅，所以从明义等长辈处，裕瑞知道了一些曹雪芹的情况，并对《红楼梦》十分推崇。他写《枣窗闲笔》为后人提供了有关曹雪芹和《红楼梦》早期流传的宝贵资料，并从理论上发展了前辈满族作家的小说观。对于小说的评论，裕瑞首先着眼于小说作者的创作思想，他认为《红楼梦》诸本续书所以不如原书，主要原因是命意不当。在《海圃〈续红楼梦〉书意》一文中，一针见血地指出：

余谓此书不合雪芹作书本心，前书谓石头是补天之余，因遗才不用，久已无意于功名出世矣。故隐于儿女消遣壮怀，信陵醇酒妇人之意。岂希借境复起，为补天之冯妇耶？以通灵之独善，何必定借补天始显？余之此论，或稍足慰雪芹于地下乎！

此种理论，明显地与前辈满族作家的思想一脉相承。他反对续书作者"极俗热中"的"圆梦"，是违背原意"大杀风景"，并嘲讽说："作者其禄蠹乎？"从而捍卫了曹雪芹《红楼梦》主题的严肃性。根据这一思想，他还批评了《镜花缘》让书中主人公热衷功名的缺陷。裕瑞说："唐之闺臣，又何必附周之女科以求荣？"也是有一定道理的。

在论小说的艺术构思时，裕瑞主张"自建一帜"，"不妨自成结构，不必拘于求一色矣。"他严厉斥责诸本续书中荒唐不经的描写，认为那些谈鬼说神、来生再嫁、甚至闺人上阵斗法等等情节，未脱历来的小说窠臼，纯系艺术败笔。对于人物描写，他提出"忌过露"的观点，不同意有些续书把贾母王夫人描写得过于无情。

小说是语言的艺术，裕瑞深知此理，他盛赞曹雪芹驾驭语言的非凡才

---

① 见《大清仁宗睿皇帝实录》嘉庆十八年十月己未谕、嘉庆十九年四月乙卯谕。
② 盛昱、杨钟羲：《八旗文经》卷59。

能，在《红楼复梦书后》一文中说："俗亵之言，一经雪芹取择，所收纳者，烹炼点化，便成雅韵，究其手笔俊耳。"对于诸本续书的语言进行了较多的分析，把"用字眼不当者"——剔出，予以正误。

对于《镜花缘》的评论，裕瑞未免失之公允。他没有论及《镜花缘》作者的进步思想内容，也未肯定书中一些精彩篇章。而在批评镜花主人过于炫耀自己奇巧学问这一缺点时，裕瑞甚至根据王公府邸的经验，主观猜想《镜花缘》可能是作者请若干人来家中一齐拼凑而成的。凡此种种，令人遗憾地使这篇与《镜花缘》作者同时代的评论文章，未能对《镜花缘》做出恰当的正确评价。

《枣窗闲笔》在中国古代小说理论建设方面的贡献，是十分突出的。

四

清代最后一个杰出的满族小说作家，是著名的白话长篇小说《儿女英雄传》的作者文康①。

文康，字铁仙、悔庵，费莫氏，满洲镶红旗人，大学士勒保次孙，官至观察，晚年生活困顿②。文康经历由盛而衰的生活后，欲写书"自遣"，通过小说叙述"离合悲欢、荣枯休咎的因缘"，从而"以作善降祥为当头喝棒"、"借褒弹为鉴影而指点迷津"，达到教育包括自家不肖诸子在内的八旗子弟的目的。

《儿女英雄传》的构思和旨趣，都有意地和《红楼梦》对立，这是必须首先指明的。书中虚构了一个幸福美满的汉军旗人家庭：安老爷是半老儒者，安夫人是慈祥忠厚的半老婆婆，他们的独生子安骥是温文儒稚的公子。随着小说故事情节的展开，安家父子经历了官场升降和一连串的人生风波。最后，安公子受恩典升了阁学，放了山东学台，作为观风整俗的钦差，又有张金凤、何玉凤和长姐儿二妻一妾，夫贵妻荣，子孙绵延，安老夫妻寿登期望。

同封建社会文化中常出现的情况一样，有些作品往往是糟粕和精华同

---

① 《儿女英雄传》最早刊本，为光绪四年（1878）北京隆福寺聚珍堂刊行。
② 见英浩：《长白艺文志》。

时存在，交错杂揉在一起。《儿女英雄传》尽管有严重局限性，但在艺术上继承和发展了清代满族小说作家优秀传统方面，还是有价值的。

首先，满族作家鲜明的语言风格，在《儿女英雄传》中表现得特别出色。打开小说，到处可以听见清脆悦耳的北京话。清朝科举考场门前，当差的侍卫公们谈得正热闹："这个叫那个道：喂！老塔呀！明儿没咱们的事，是个便宜。我们车口外头新开了个羊肉馆儿，好整齐的馅儿饼，明儿早起，咱们在那儿闹一壶吧！"这些话中，"咱们"、"我们"区别运用，动词"闹"运用得生动，有纯正的北京味儿。一位寄居安家的孤寡舅太太，在何玉凤认她作干娘时，也有一段北京味儿极浓的说话："姑太太！今日这桩事，我可梦想不到！我也不图别的，你我那几个侄儿，实在不知好歹，新近他二房里，还要把那个小的儿叫我养活。妹妹知道，那个孩儿更没出息。我说作什么呀，什么续香烟咧，又是清明添把土咧，哦！我心里早没了这些事情了。我只要我活着有个知心贴己的人，知点疼儿，着点热儿，我死后落两点真眼泪，痛痛的哭我一场，那我就算得了济了。"一连串的"儿"化音，新鲜上口的土语，全然是地地道道的北京旗人老太太的语言。书中这些人物通过大量的具有鲜明北京色彩的口语，使读者如闻其声，如见其人，有较强的吸引力。

运用写实方法，细致地描绘北京市民的生活，是清代满族作家独特的艺术风格。他们的小说，不论是白话小说，还是文言小说，都带着浓厚的北京乡土气息。文康在这方面的艺术成就也很突出，小说中描写的北京旗人生活，好似清代社会的风俗画，一幅幅地呈现在读者面前。

在《儿女英雄传》中，我们看到旗装打扮的妇女"走道儿却和那汉装的探雁脖儿，摆柳腰儿，低眼皮儿，跷脚尖儿，走的走法不同，她走起来大半是扬着个脸儿，振着个胸脯儿，挺着个腰板儿走"；看到满族妇女见面时，"不会拜拜"，只是"拉拉手"，答谢时，"用手摸了摸头把儿"。第21回，还专门描写了旗人的祭礼：

大家把祭品端来摆好，玉凤姑娘看了一看，那供菜除了汤饭茶酒之外，绝不是庄子上叫的那些楞鸡、區丸子、红眼儿鱼、花板肉的十五大碗。却是不零不搭的十三盘；里面摆着全羊十二件，一路四盘，摆了三路，中间又架着一盘，便是那十二件里片下来的攒盘，连头蹄下水都有。

上　编

只见安老爷拈过香，带着公子，行了三拜的礼。次后安太太带了张姑娘，也一样的行了礼。姑娘不好相拦，只有接拜还礼。祭完，只见安太太恭恭敬敬，把中间供的那攒盘撤下来，又向碗里拨了一撮饭，浇了一匙汤，要了双筷子，便自己端到玉凤姑娘跟前，蹲身下去，让她吃些。不想姑娘不吃羊肉，只是摇头。安太太道："大姑娘！这是老太太的克食，多少总得领一点儿。"

这里，详尽地描写了"八旗吊祭的老风气"，其中安太太说的"克食"是满语。从民俗学的角度，《儿女英雄传》提供了不少资料，现在一些清史学者甚至也从这部小说中得到论述满族历史的证据[1]。

文康生活在清代末年，又是由富贵荣华降为穷困潦倒的满洲贵族，他留恋那失去的"天堂"，在这些描写北京旗人的种种繁文缛节中，流露出无限怀旧的心情。例如第35回，曾详尽地描绘长姐儿伺候主人的情景：

太太才叫了声："长姐儿！"早听得长姐儿在外间答应了声："嚛！"说："奴才倒了来了。"便见她一双手，高高儿的举了一碗热得透滚、得到不冷不热、温凉适中、可口儿的普洱茶来。只这碗茶，她怎的会知道它可口儿，其理却不可解。只见她举进门来，又用小手巾抹了抹碗边儿，走到大爷跟前，用双手端着茶盘翅儿，倒把两胳膊往两旁一撬，才递过去。原不过为是防主人一时伸手一按，有个不留神，手碰了手，这大约也是安太太平日排出来的规矩。大爷接过茶去，她又退了两步，这才找补着请了方才没得请的安。那个安大爷是父母之所爱亦爱之，父母之所敬亦敬之，远远儿的合着腰儿，虚伸了一伸手，说："起来，起来。"这才回过头去喝了那碗茶。那长姐儿一旁接过茶碗来，才退出去。这段神情儿，想来还是那时候的世家子弟家生女儿的排场；今则不然！今则不然！[2]

家生女奴给安公子倒茶，这一动作，竟用了长达400余字的篇幅来描绘，而且作者流露的惋惜之情，也令今天的读者反感。但是，毕竟这些繁

---

[1]　郑天挺《清史探微·清代包衣制度与宦官》、莫东寅《满族史论丛·八旗制度》均引证说："《儿女英雄传》所述长姐儿，即分给功臣家之罪犯子女。"
[2]　以上《儿女英雄传》全部引文，均见上海锦章书局印行《绘图评点儿女英雄传》。

47

缛礼仪的描写，给今天读者认识封建社会奴仆制度的历史，留下了难得的资料。此外，书中还用大量篇幅，详细备至地描写了科举制度的从准备考试一直到发榜报喜的情景，今天读者在批判文康歌颂功名富贵的封建思想之后，又不能不被这些19世纪中国社会生活的逼真图画所吸引。

最后，在结束本文时，我们还要指出，正由于清代满族作家在中国古典小说史上的贡献，才使我们更加清楚地联想到，当代语言艺术大师、杰出的满族作家老舍在小说创作中的巨大成就。老舍作品中那丰富而又深刻的北京生活画面，饱满的北京下层人民形象，生动而又典范的北京话，正是清代满族作家长期形成的优秀文学传统的高度发扬。无论在古典小说史上，还是在现代小说史上，满族作家都以其独特的艺术创作，贡献了焕发异彩的宝贵财富。

（原载《民族文学研究》）1983年创刊号）

清代词人纳兰性德身世探赜

——《纳兰词新解》序言

张菊玲　李红雨

300多年前,一位正黄旗满洲贵族青年,以一阕《金缕曲·赠梁汾》,使"都下竞相传写"①,名噪一时,此即满族词人纳兰性德。在清代康熙初年,纳兰性德既葆有浓厚的满族传统,"数岁即善骑射"②;又聪敏过人,过目成诵,努力学习汉文化,"日则校猎,夜必读书"③。这位聚满、汉文化于一身的年轻人,尤为喜爱汉族文学中体裁具有音乐美感,擅于表达跌宕起伏情感的长短句——词。他倚马挥毫,"以自然之眼观物,以自然之舌言情"④,笔下的一阕阕动人词章,抒发对人生的无限慨叹,展现出他真挚、坦诚的忧郁灵魂,感染了一代又一代读者。在他仅31岁的年轻生命中,留下的340余阕词作,历来受到广泛喜爱,各种纳兰词的版本,一直盛传不衰,纳兰性德是第一个享誉中国文坛的满族天才作家。

---

① 徐釚:《词苑丛谈》卷5《品藻三·成容若贺新凉》,上海古籍出版社1981年版,第93页。

②③ 徐乾学:《纳兰君墓志铭》,《通志堂集》卷19《附录上》,上海古籍出版社1979年版,第745页。

④ 王国维:《人间词话》,唐圭璋《词话丛编》,中华书局1986年版,第4251页。

一

清顺治十一年十二月十二日（1655年1月19日），满族第一词人纳兰性德出世，他的生命很短暂，31年后的康熙二十四年（1685年）五月三十一日，因7日不汗，突然病故。为后世留下了一部纳兰词，记录着他独特的生命轨迹。

纳兰性德是满族入关后，在北京出生的第一代年轻人，中国大地上刚经过地覆天翻的改朝换代，战火还没有停息，作为异族统治的新王朝的皇亲国戚，纳兰性德有着与周围的汉族士大夫迥然不同的前世今生。

在纳兰性德尚未出生的60年前，他的祖先，还只是长白山下、松花江畔女真部落叶赫部的一个小酋长，为求发展，女真各部之间，时而联姻交好，时而相互讨伐，以至争夺激烈，骨肉相残。明万历十六年（1588），叶赫部的孟古格格嫁给建州部的努尔哈赤，万历二十年（1592）孟古格格生努尔哈赤第八子皇太极。以后，努尔哈赤日益壮大，万历四十四年（1616）努尔哈赤建立金国。就在纳兰性德出生的36年前，金天命四年（明万历四十七年，1619）努尔哈赤征叶赫，逼叶赫贝勒、纳兰性德的曾祖父金台石投降，在叶赫高台下，金台石的亲外甥皇太极向金台石喊话劝降，金台石不屈，最终努尔哈赤绞杀了金台石，叶赫贵族及降众弃叶赫故地，归建州，努尔哈赤完成了女真各部的统一大业。

天命十一年（1626）皇太极登汗位，翌年为天聪元年（1627）。10年后，在纳兰性德出生前的19年（1636），是满族开国史上的一个新纪元，这一年，皇太极正式即皇帝位，改元崇德，定国号为大清，并立即封授大臣和妻室，叶赫纳喇氏家族因姻亲关系，获取不少封爵，占据着王朝的许多重要位置。皇太极是大清王朝第一个当皇帝的满族人，在位17年中，一直在关外征战杀伐，为了夺取全国统治权，他不但继续在辽西与明朝展开激烈的争夺战，又不断派遣大军入关伐明，松锦决战极其惨烈，而前后5次大规模进关伐明，在沉重打击明朝实力的同时，也给广大百姓带来深重灾难，亦为大清王朝，奠定了基础。

无论是努尔哈赤，还是皇太极，都是马背上的英雄，他们凭借北方民

上　编

族崇尚武功、骁勇善战的民族精神，以武功创业，以武功获取一切。因为原本女真人没有严格的长子继承法，努尔哈赤去世，皇太极被"拥立"，靠的是他的"战功卓著"。而崇德年间征明决战中，皇太极的异母兄弟阿济格、多尔衮、多铎，多曾依战功获赏晋爵。阿济格是纳兰性德的外祖父，为努尔哈赤第12子，"生而雄勇，屡专征伐，积战功授贝勒"。崇德元年（1627）"叙功晋封武英郡王"。顺治元年（1644）"四月，入山海关，破走流贼，平定燕京俱有功，十月，册封和硕英亲王"①。

崇德八年（1643）八月初九日，皇太极暴病身亡，于是在帝位继承问题上，斗争异常激烈，最终让6岁娃娃、皇太极第9子福临在盛京继位，由叔父郑亲王济尔哈朗和睿亲王多尔衮辅政，改元顺治。随即多尔衮等，在吴三桂的接应下，率10万清兵入关。顺治元年（1644）九月，福临在济尔哈朗护送下抵达北京，成为满族君临天下第一人。这都是纳兰性德出生前11年发生的大事。

当福临未亲政之前，皇太极长子豪格与大权在握的多尔衮，关于帝位的争夺斗争一直暗暗地持续着。与多尔衮为同母兄弟的阿济格，支持多尔衮，曾公开表示说："郑亲王乃叔父之子，不当称叔王。予乃太祖之子，皇帝之叔，宜称叔王。"未曾料到，大权独揽的多尔衮于顺治七年（1650）十二月，突然病死在喀喇城，并由阿济格护灵回京。顺治八年正月十二日（1651年2月1日）福临宣布亲政。而阿济格被告发护灵回京时"欲为乱"，被"议削爵幽禁；逾月，复议系别室，籍其家，诸子皆黜为庶人；十月，监守者告阿济格将于系所举火，赐死"②。纳兰性德的外祖父、战功显赫的英亲王阿济格的结局，竟是被顺治帝命令自尽，此事发生在纳兰性德出世的5年前。

以上这些发生在纳兰性德出生前的史实，全与纳兰性德的一生息息相关，是他的家族史，也是满洲民族的发展史。一个原本在关外靠渔猎为生的少数民族，社会发展还处于部落酋长统治的时代，却依靠骁勇善战的民族精神，在60年的时间里，在杰出的民族英雄率领下，迅速崛起，不断征

---

① 鄂尔泰等：《八旗通志·初集》卷140《宗室王公列传十二》，东北师范大学出版社1985年版，第3677、3679、3682页。

② 赵尔巽等：《清史稿》卷217，《列传四·诸王三·太祖诸子二》，中华书局1986年版，第9018页。

战杀伐，一直打进关内，最终开创了中国最末一个封建王朝——大清帝国。这是古老中国的政治历史舞台上，最后一个统治了全中国的少数民族，他们与17世纪中叶的西方资产阶级同时崛起，却未与西方资产阶级同步前进，且在政治、经济、文化上，也都大大落后于中原汉族，他们要完成历史的转型，必须付出惨痛代价，得到的同时也是失去的历史的悲剧命运，不可避免。他们在创造辉煌战绩的时候，不但给广大人民带来沉重苦难，也不断地将亲骨肉残杀于血泊之中。满族通过血与火的洗礼，得以自身迅速发展，帝王霸业的成功与家族悲剧的发生，在努尔哈赤、皇太极、福临、玄烨直至胤禛的时期，几乎都是同时形成的。纳兰性德出生在这个时代、这个民族、这个家族，他的前世今生，命中注定。当他拿起笔，走向词坛时，凭他的天资卓绝，凭他敏感的悟性，必然对人生有着独特的体验与理解，而其诗词基调也必然是惆怅悲怆的。这是古老的中华文化中，其他民族文化未曾有过的特质，只有阅读了充满悲情的满族开发史，阅读了在历史的偶然与历史的必然中出现的大清王朝开国史，才能真正读懂纳兰词。

二

纳兰性德，名成德，叶赫纳喇氏。出生于顺治十一年腊月十二日（1655年1月19日），乳名冬郎，原名成德，后来为"避东宫嫌名"，改名性德，字容若。满洲正黄旗人。其父明珠，时为銮仪卫云麾使，年方16。其母觉罗氏，英亲王阿济格正妃第五女，顺治八年（1651）阿济格被赐死之后，嫁明珠。顺治十八年（1661）福临病死，由8岁幼童、福临的第3子玄烨继位。康熙元年（1662），阿济格受株连的子孙恢复宗籍，照例封爵。明珠为金台石之孙，佐领尼雅哈之子，9岁入关，聪慧过人，学会满汉语文，熟悉典章制度，自康熙元年（1662）迁内务府郎中，康熙三年（1664）擢总管，康熙五年（1666）授弘文院学士，从皇帝大管家内务府总管转向朝政中枢机构任职，康熙八年（1669）鳌拜集团被惩治以后，明珠更是一路升迁，先后出任都察院左都御史、兵部尚书、吏部尚书等要职。

上　编

康熙十年（1671）玄烨恢复其父曾经举行过的经筵日讲，遴选德才兼备、学识渊博的大臣，以原衔充任经筵讲官，帮助皇帝学习儒家经典与汉族文化，明珠也被入选。这件事关系重大，表明了明珠在满族大臣中，具有较高的汉文化素养，对儒家经典的研究有颇深造诣，这是幼年随父入关、在北京长大成人的明珠难能可贵之处。汉族文士尚且要经过10年寒窗苦读，才会逐渐达到的境界，一个自幼习武的满人，先要学会汉语言，再学好汉文字，方才能去阅读浩如烟海的汉文古籍，这一切，谈何容易。但，这却是满洲贵族入关后，面临的挑战。大清王朝初年，一方面国内反清复明的叛乱，此起彼伏，必须遵祖训，靠国语、骑射安定天下；一方面为维护和巩固对全国的统治，又必须学习汉文化。最高统治集团的新一代福临，自14岁亲政之后，就立即刻苦攻读，涉猎各种经史典籍，领悟儒家"文教治天下"的义理，也阅读小说戏剧。福临执政时期虽短，但他广泛接受汉文化熏陶，不断地改善清代入关后的最初统治局面。与福临年龄相仿的明珠，正是在这种氛围中，受到强烈影响，经过勤恳努力，成为一个能以饱学之士的身份，教小皇帝习读汉文典籍的近臣。自此后，精明睿智的明珠，遂亦日益得到玄烨的信任与重用，康熙十六年（1677年）明珠被提升为内阁武英殿大学士。明珠在辅佐玄烨调整政策，缓和满汉民族矛盾，消除割据势力，抵御沙俄侵扰等方面，均有突出贡献。对于满汉文化交流的展开，起过积极促进作用。曾充任《世祖章皇帝实录》副总裁，《太宗文皇帝实录》、《太祖实录》、《三朝圣训》、《平定三逆神武方略》、《明史》诸书的总裁官。康熙二十一年（1652）明珠加赠太子太傅，终成康熙朝一代名臣宰辅。在纳兰性德去世后，康熙二十七年（1688），明珠遭参劾，被解除内阁武英殿大学士之职。综观纳兰性德31年的生命历程，几乎全部在父亲的升迁顺势中度过。

才华出众、日益荣升、有着炙手可热权势的父亲，给予纳兰性德成长所需的富裕物质生活与充足的精神文化条件。尤其是明珠自己满汉文化兼通，更欲将自己长子培养成文武双全的人才。纳兰性德五六岁，即习骑射技艺，其"上马驰猎，拓弓作霹雳声，无不中"的本领，自不在话下，而得风气之先的是能够系统学习汉文化。满洲贵族聘请汉族文士充当家庭教师，在清初一时蔚然成风，明珠府邸当更为优先。纳兰性德有名师指导，家中藏书丰富，为参加科举考试，必须诵读儒家经典，练习写作八股文。

他"自幼聪敏,读书一再过即不忘",以至经多年努力学习,青年的纳兰性德得以兼通"四书"、"五经",精熟全史。到康熙十年(1671),17岁的纳兰性德"贡入太学",就已显露出非同一般的才学,受到国子监祭酒徐元文的好评:"司马公贤子,非常人也。"在国子监学习时期,接受当时的高等教育,纳兰性德不仅表现出对悠久的汉文化的酷爱,在汉字书法技艺上,亦大大长进,徐乾学夸奖纳兰性德练习书法是:"摹褚河南、临本禊帖,间出入于《黄庭内景经》。"[①] 纳兰性德写成了具有独自风格的一笔好字。同期在国子监学习的汉军旗人张见阳,与纳兰性德结成终生挚友。

19岁前,有关纳兰性德的生活资料,没有留下太多的文字记录。从19岁开始的11年,是每个人最具生命活力的青春岁月,更是他最宝贵的青春10年。30岁一过,其生命就戛然而止。纳兰性德这10年里,留下了两条明显不同的生命划痕:一方面是家庭、社会安排他走上科举道路;一方面则是依据自己兴趣爱好,肆力于诗歌古文辞。

康熙十一年(1672),18岁的纳兰性德应顺天乡试,中举人。正、副考官为蔡启僔、徐乾学。同榜有曹寅。第二年参加会试中式,为贡士,即将廷对,忽患寒疾,未能参加殿试,一时间功败垂成,虽然以后还有机会,但对于一直奋进的纳兰性德毕竟是一次打击。好在父亲安慰说:"吾子年少,其少俟之。"此后,纳兰性德更为刻苦地学习汉文化,就在廷试未果后不久,即去座师徐乾学处接受引导传授:"自癸丑五月始,逢三、六、九日,黎明即骑马过余邸舍,讲论书史,日暮乃去。"[②] 纳兰性德聪敏好学,向徐乾学致书说:"承示宋元诸家经解,俱时师所未见,某当晓夜穷研,以副明训。其余诸书,尚望次第以授,俾得卒业焉。"[③] 徐乾学自然愿意接纳满洲权贵之子,以利自己的升官晋爵,对纳兰性德这样的好学生更是非常满意。后来他称赞纳兰性德说:"益肆力经济之学,熟读《通鉴》及古人文辞,三年而学大成。"[④] 康熙十五年(1676),22岁的纳兰性德

[①] 徐乾学:《纳兰君墓志铭》,《通志堂集》卷19《附录上》,上海古籍出版社1979年版,第744页。
[②] 徐乾学:《通志堂集序》,《通志堂集》,上海古籍出版社1979年版,第2页。
[③] 纳兰性德:《上座主徐健庵先生书》,《通志堂集》卷13,上海古籍出版社1979年版,第522页。
[④] 徐乾学:《纳兰君墓志铭》,《通志堂集》卷19《附录上》,上海古籍出版社1979年版,第740页。

"应殿试,条对剀切,书法遒逸,读卷执事各官咸叹异焉"①,考中二甲第七名进士。

纳兰性德原本怀抱远大政治理想,企望通过科举,走上仕途,报效国家,特别在当时,三藩之乱未平,国内战火未息,能文能武的纳兰性德,曾有过从戎征战的宏愿。可是,高中进士一年多时间里,一直未等到被授予任何官职。最后仍依"勋戚之贤","特擢宿卫,给事禁中"②。康熙十六年(1677)秋冬间,纳兰性德始任乾清门三等侍卫。这个看似只有满洲皇亲国戚才有的特权,能够伴皇帝左右威武荣耀的职位,对于纳兰性德来说,却因不能施展抱负,成为极大遗憾:"平生纵有英雄血,无由一溅荆江水。"(《送荪友》)身任侍卫,与其志向、理想的实现,个性、才华的发挥,兴趣、爱好之所在,均不相符,并非所愿。可叹的是,纳兰性德以后未再任他职,只依次晋升为二等、一等侍卫。前世注定的悲剧宿命,今生又逢无法摆脱的仕途安排,纳兰性德进入社会后,现实处境与个人追求的无法调和,内心的烦恼与痛苦,永无休止。

御前侍卫的职责是"御殿则在帝左右,扈从则给事起居"。纳兰性德虽贵为大学士明珠长公子,却仍具早期满族男子彪悍威武品格:"容若数岁即善骑射,自在环卫,益便习,发无不中";"性耐劳苦,严寒执热,直庐顿次,不敢乞休沐自逸,类非绮襦纨绔者所能堪也。"③ 纳兰性德曾司马曹之职,姜宸英在《纳腊君墓表》中记述过纳兰性德在此期间的一段经历:"尝司天闲牧政,马大蕃息。侍上西苑,上仓促有所指挥,君奋身为僚友先。上叹曰:'此富贵家儿,乃能尔耶!'"④ 文武双全、满汉兼通的纳兰性德,还能"据鞍占诗,应诏立就","令赋乾清门应制诗,译御制松赋,上皆称善"⑤。"其扈跸时,雕弓书卷,错杂左右。日则校猎,夜必读

---

① 徐乾学:《纳兰君墓志铭》,《通志堂集》卷19《附录上》,上海古籍出版社1979年版,第740页。

② 张玉书《进士纳兰君哀词》,《通志堂集》卷19《附录上》,上海古籍出版社1979年版,第770页。

③ 徐乾学:《纳兰君墓志铭》,《通志堂集》卷19《附录上》,上海古籍出版社1979年版,第743—744页。

④ 姜宸英:《纳腊君墓表》,赵秀亭、冯统一:《饮水词笺校·附录一》,辽宁教育出版社2001年版,第447页。

⑤ 韩菼:《纳兰君神道碑铭》,《通志堂集》卷19《附录上》,上海古籍出版社1979年版,第760—761页。

书，书声与他人鼾声相合"①。他是第一个将自己民族的精湛骑射、皇家的围猎活动，生动自豪地写进词中的满族词人。他也是对故乡朔方景物特别留意描绘的作者，通过北方民族自己的眼睛，向人们展现出京畿大地、白山黑水的苍茫、辽阔，所达到的艺术境界，一时无人能比。

这样特异于常人的纳兰性德，尽管与玄烨是同龄人，也系表亲，但毕竟是伴君如伴虎，"禁廷严密"，他"服劳惟谨"，"进止有常度，不失尺寸"，采取"性周防，不与外庭一事"②的谨慎小心的态度。每天的侍卫生活"无事则平旦而入，日晡未退以为常"，如果"值上巡幸"，则需"时时在钩陈豹尾之间"，好友严绳孙观察了解到纳兰性德对于这种生活的内心隐痛，他分析说："且观其意，惴惴有临履之忧，视凡为近臣者有甚焉。"③这样的侍卫生活，既无个人自由，更无法施展抱负，长此以往，纳兰性德自觉青春早逝，痛苦不堪，无法摆脱，没有别的出路，只能在矛盾与无奈中，继续走完他的人生旅程。

可是，如果仅限于此，还不能真正解读纳兰词。纳兰性德并非只为个人理想抱负不能实现而自怨自艾，北方民族宽宏博大的胸怀，以及不断努力学习而获得的丰富学术知识，使他能够跳出自身地位处境的局限，对于人生与历史进行更为深入地观察与思考，即徐乾学所说，纳兰性德"于民物之大端，前代兴亡理乱所在，未尝不慨然以思"④。由于纳兰性德经常扈从出巡，得以到近畿、河北、山西一带，以及江南等地视察。特别是康熙二十一年（1682），先是扈从康熙帝返回祖宗发祥地，后又于秋冬季节，随都统郎坦执行"觇唆龙"的任务，几乎一年大部分时间均在关外度过。这些出行考察的经历，大大开阔了纳兰性德的眼界，看到大地山河经过战乱后的一片残破景象，深深地受到刺激。通读过史书的他，明了历史上的改朝换代、沧海桑田的变化，从来都只是造成生灵涂炭，一将功成万骨枯，于是，悲天悯人的思想融入进他个人固有的感伤情怀、郁结的人生，

---

① 徐乾学：《纳兰君墓志铭》，《通志堂集》卷19《附录上》，上海古籍出版社1979年版，第745页。

② 韩菼：《纳兰君神道碑铭》，《通志堂集》卷19《附录上》，上海古籍出版社1979年版，第762—763页。

③ 严绳孙：《成容若遗稿序》，《通志堂集》，上海古籍出版社1979年版，第5—6页。

④ 徐乾学：《纳兰君墓志铭》，《通志堂集》卷19《附录上》，上海古籍出版社1979年版，第746页。

上　编

由其特有的敏锐以及过人的卓识穿引，进而产生出一种纳兰性德式的、发自肺腑的，对于历代兴亡、人世沧桑的无限痛苦与悲怆的深刻领悟，并发出了慨然长叹的时代悲歌。这，正是我们要读懂哀伤惆怅的纳兰词，最为关键的切入点。

三

极富朝气、蓬勃上进的纳兰性德，凭着青春活力，以及家庭丰富深厚的文化环境，不畏艰难，坚持不懈地学习浩繁深邃的汉文化。在师从徐乾学，至其邸舍讲论书史期间，"先生乃尽出其所藏本示余小子曰：'是吾三十年心力所择取而校定者。'余且喜且愕，求之先生，钞得一百四十种……请捐资经始，与同志雕版行世"[①]。就这样，一个20岁还不到的满族年轻学子，出于对儒学经典的热忱，得知老师尚未付梓，就决定出资开雕，同时联合其他汉族学儒，共同努力刻印成书，因为工程浩大，直至纳兰性德去世后，才最终完成这部阐述儒家经义的丛书《通志堂经解》，共计有140种、1788卷。当然，全套书以纳兰性德书斋"通志堂"命名、只署"纳兰性德辑"，实为欠妥，却亦系那个时代托大的社会习气所致。不过，纳兰性德的确也花了不少时间进行搜集校勘工作，撰写有71种经解的64篇序跋。纳兰性德在等候任职期间撰写的《合订大易集义粹言》，朱彝尊为其作序评介说："吾友纳兰侍卫容若，以韶年登甲科，未与馆选，有感消息盈亏之理，读《易》渌水亭中，聚《易》义百家插架，于温陵曾氏《粹言》、隆山陈氏《集传精义》，十八家之说有取焉，合而订之，成八十卷，择焉精，语焉详，庶几哉有大醇而无小疵也乎。"[②] 清初欲强化文化思想统治，从满洲皇帝起，都懂得"治天下，以人心风俗为本，欲正人心，厚风俗，必崇尚经学"[③]。纳兰性德父子自然也深明其理，遂大力提倡研究

[①] 纳兰性德：《经解总序》，《通志堂集》卷10，《经解序一》，上海古籍出版社1979年版，第361—362页。
[②] 朱彝尊：《曝书亭集》卷34，《合订大易集义粹言序》，国学整理社1937年版，第421页。
[③] 《清实录》第六册《圣祖仁皇帝实录》卷258"康熙五十三年四月乙亥条"，中华书局1985年版影印本，第552页。

经书，只可惜天不假年，纳兰性德没有几年即离世，未成儒学大家；尽管如此，梁启超说过："使永其年，恐清儒皆须让此君出一头地也。"① 纳兰性德从19岁那年开始，至考中进士的三四年间，随手将自己阅读经史的心得体会、平日与汉族文士交谈的耳闻杂感等，记录下来结撰成《渌水亭杂识》4卷。因他积极学习汉文化历史经验，内容涉猎极广，并介绍有他接触到的外国科学技术资料，致使此书能够得到梁启超的称赞。在清代满族学者笔记之中，《渌水亭杂识》应该算是一部重要著作了。

　　本来天资就极其聪慧，再加上十分勤恳地学习，醉心于汉族文化艺术的纳兰性德，培养了自己多种艺术才能：他的书法艺术，被赞为："工书，妙得拨灯法，临摹飞动。"② 府邸拥有丰厚的艺术收藏，纳兰公子搜集名砚，选用佳笺，求石治印，讲究裱贴，"间以意制器，多巧侄所不能"③。严绳孙称赞纳兰性德："游情艺林，而又能撷其英华，匠心独至，宜其无所不工也。"④ 由于有大量物力、财力，又具有高度文艺修养，纳兰性德还精于鉴赏，能识别古书画的真赝，于书画评鉴，亦甚精当。一个不到30岁的满族青年，能如此多才多艺，将满汉文化兼备一身，在清代初年，实属难能。

　　兴趣广泛的纳兰性德，最喜好的，则是文学创作，他在《与韩元少书》中，坦诚地说过："仆幼习科举业，即时时窃喜为古文词，然不敢令师友见也。"原来，像许多年轻人一样，纳兰性德也具有叛逆的真性情，在家长与社会安排他的生活道路之外，有着自己独立的爱好与追求。这位极富艺术创作才华的满族年轻人，具有一种与皇帝侍卫迥然不同的文学气质，从19岁起，他开始"跃马弯弓偏彩笔"，写作诗、文、词、赋等各种文学作品。尤其特别的是，纳兰性德偏偏爱上并不为正统文学看重的填词。他说："诗亡词乃盛，比兴此焉托。往往欢娱工，不如忧患作。"（《填

---

① 梁启超：《饮冰室合集》第5册《饮冰室文集之四十四（下）·书籍跋·成容若渌水亭杂识》，中华书局1989年版（1936年版影印），第8页。
② 韩菼：《纳兰君神道碑铭》，《通志堂集》卷19《附录上》，上海古籍出版社1979年版，第765页。
③ 徐乾学：《纳兰君墓志铭》，《通志堂集》卷19《附录上》，上海古籍出版社1979年版，第745页。
④ 严绳孙：《成容若遗稿序》，《通志堂集》，上海古籍出版社1979年版，第6页。

词》）他的老师徐乾学说他："性喜作诗余，禁之难止。"① 他曾遍读前人词作，学习前人创作经验，编辑过《词韵正略》、《今词初集》等书。有这种偏爱的原因，朋友的分析是："爱作长短句，跌宕流连，以写其所难言。"② 纳兰性德以自己独特的创作灵感，享受着填词的愉悦。

在创作中，他强调情的作用，珍视创作个性，一再说："诗乃心声，性情中事也。"③ 主张独抒性情，是为纳兰性德创作的理论核心，也是我们解读纳兰词的一把钥匙。作为过来人，他将科举业与作诗进行对比，告诫人们说："举业欲干禄，人操其柄，不得不随人转步。诗取自适，何以随人。"④ 当然，一个异族青年，学作诗，首先必要学古人，但因他强调作诗言情，诗人必须自抒胸臆，故特别反对向古人一味顶礼膜拜，还曾形象地比喻说："诗之学古，如孩提不能无乳母也，必自立而后成诗，犹之能自立而后成人也。明之学老杜、学盛唐者，皆一生在乳母胸前过日。"⑤ 这里，年轻的纳兰性德对明代拟古派作品，一针见血地道破其症结所在。同样，他也大胆地指斥当时的文坛说："近年来之诗人，皆宋之诗人也，必嗤点夫唐。万户同声，千车一辙。"⑥ 对于此种时弊，纳兰性德非常不满，他毫不客气地说："盖俗学无基，迎风欲仆，随踵而立，故其于诗也，如矮子观场，随人喜怒，而不知自有之面目，宁不悲哉！"⑦ 在清初文坛诗派林立之际，纳兰性德强烈反对因袭模仿，力主创作必须有作家自己的个性，在理论上，是另树一帜的，惜尚未得以发展为独立一派，即英年早逝。但他自己提笔创作时，正是这种文学主张，促使他旺盛的青春生命、过人的智慧才华，在他写下的诗词作品中，得以充分地、美好地发扬光大，因而也才有了皇家侍卫、富贵公子之外，在中国文学史上留名的、得到一代代读者喜爱的杰出词人纳兰性德。

纳兰性德的词集，初名《侧帽集》，约刻成于康熙十五年（1675），在与顾贞观结交之后。以"侧帽"为名，是取晏几道《清平乐》之"侧帽

---

① 徐乾学：《〈通志堂集〉序》，《通志堂集》，上海古籍出版社1979年版，第1页。
② 韩菼：《纳兰君神道碑铭》，《通志堂集》卷19《附录上》，上海古籍出版社1979年版，第764页。
③ 纳兰性德：《通志堂集》卷19，《渌水亭杂识四》，上海古籍出版社1979年版，第697页。
④⑤ 纳兰性德：《通志堂集》卷19，《渌水亭杂识四》，上海古籍出版社1979年版，第699页。
⑥⑦ 纳兰性德：《通志堂集》卷14，《原诗》，上海古籍出版社1979年版，第558页。

风前花满路"句中词语，以示自己对晏词的服膺；更为明显的，是用了北魏贵族、先世为匈奴人的独孤信的故事："信在秦州，尝因猎日暮，驰马入城，其帽微侧。诘旦，而吏民有戴帽者，咸慕信而侧帽焉。"① 以此标志亦善射猎，而又风华正茂的满族青年纳兰性德所特有的自豪的民族感情。《侧帽集》是满人入关后的第一部词集。由于顾贞观的关系，曾被带到关外的吴兆骞处，又因朝鲜使臣至，以重金购去，遂流传外邦。一位朝鲜诗人读后盛赞说："谁料晓风残月后，而今重见柳屯田。"② 将纳兰性德比作北宋的著名词人柳永，是域外人对纳兰性德最早的赞誉。康熙十七年（1678）由顾贞观料理，纳兰性德新词集出版，更名为《饮水集》，取义于《五灯会元》载道明禅师答卢行者的话："如鱼饮水，冷暖自知。"几年来，纳兰性德人生多有变故，增添无数慨叹，以此佛学禅宗语名之，与取"楞伽山人"自号，同为纳兰性德在寻求精神上的一种解脱。此纳兰词的二种刻本，今皆不见传。在纳兰性德去世后，康熙三十年（1691），师友们为其编刻了《通志堂集》20卷。其中词4卷，共300首。同年，好友张纯修又刻《饮水诗词集》，其中词3卷，共303首。道光十二年（1832年），汪元治结铁网斋刻《纳兰词》5卷，共得词326首。此外，尚有许迈孙编《纳兰词》、陈乃乾《通志堂词》等刻本。今人赵秀亭、冯统一的《饮水词笺校》本，5卷，共得词347首，为迄今最完善的纳兰词版本。

短短的31年中，纳兰性德的文学创作生涯，仅有11年。不惯侍卫生活的他，回到独自的个人生活中，遂将无拘无束的天性，在填词创作时充分地、尽情地加以抒发。正如王国维所指出的那样："纳兰容若以自然之眼观物，以自然之舌言情。此由初入中原，未染汉人风气，故能真切如此。北宋以来，一人而已。"③ 这一评介，准确地抓住了纳兰性德所体现的北方民族淳朴、热情、真诚的品格特征，以及他独特的创作天才。

最难能的，首先是他身处荣华富贵，却不忘自己的根本，常在给友人书信后落款为："长白"、"长白山人"、"松花江渔"，这些字号并非附庸风雅之虚名，而是纳兰性德内心真实的自白。他曾写诗明志说："我本落拓人，无为自拘束。倜傥寄天地，樊笼非所欲。嗟哉华亭鹤，荣名反以

---

① 令狐德棻等：《周书》卷16，《列传第八·独孤信》，中华书局1974年版，第267页。
② 徐釚：《词苑丛谈》卷5，《品藻三·菊庄词》，上海古籍出版社1981年版，第93页。
③ 王国维：《人间词话》，唐圭璋《词话丛编》，中华书局1986年版，第4251页。

辱。"(《拟古》第三十九首)他保存着自己民族天生不受拘束、自由自在地驰骋于天地间的质朴本性，不愿受富贵樊笼束缚，对荣名十分地淡漠。繁华热闹的京师皇城，在他眼中是"正复支公所云：'卿自见其朱门，贫道如游蓬户'耳"①。朋友们极其称道纳兰性德此种异于常人的品德："君虽履盛处丰，抑然不自多，与世无所芬华，若戚戚于富贵，而以贫贱为可安者。身在高门广厦，常有山泽鱼鸟之思。达官贵人相接如平常。而结分义，输情愫，率单寒羁孤、佗傺困郁、守志不肯悦俗之士。其翕热趋和者，辄谢弗为通。或未一造门。而闻声相思，必致之乃已。"②纳兰性德有着北方民族豪爽侠义的性格，非常愿意周济困郁之士，在自己个人的生活领域里，能够按照自己的喜好待人处事，虽是一介贵公子，却爱结交"于世所称落落难合者"③。当满汉民族矛盾还相当尖锐的康熙初年，纳兰性德能与一些江南失意的汉族文士，只凭人品与才学，结成肝胆相照的莫逆之交，这种友情显得十分珍贵。对于曾闻才名、从未谋面、久配绝塞的江南名士吴兆骞，应好友顾贞观的请求，纳兰性德力赎其生还，生馆死殡，于赀财无所计惜，其仗义之举，更是得到社会的广泛赞许。

在自己家中，纳兰性德以个人的闲情雅致，营造了一个书画收藏丰富、"缥缃插架，丹黄满家"④的精致的读书环境、典雅的艺术氛围；又以盟主身份，经常在府邸的渌水亭，举行文人雅集，参加者有汉族文人名士翁叔元、朱彝尊、梁佩兰、顾贞观、严绳孙、姜宸英、陈维崧、秦松龄等。主雅客勤，在景色优美、书香四溢的气氛里，或论说文史，或掌摩书画，终归诗意大发，一齐饮酒赋诗。这样无拘无束、各自抒情的诗文酒会，在当时，一切似乎相当美好；其实，只不过是一个20岁左右才华洋溢的满族贵公子，凭借父亲权势的庇荫，按照年轻人的浪漫诗意，想学学魏公子信陵君招揽天下贤士的短暂风雅行径。然而，清代初年的社会气氛绝

---

① 纳兰性德：《致张纯修二十九简·第二十九简》，赵秀亭、冯统一：《饮水词笺校·附录二》，辽宁教育出版社2001年版，第459页。
② 韩菼：《纳兰君神道碑铭》，《通志堂集》卷19《附录上》，上海古籍出版社1979年版，第763—764页。
③ 徐乾学：《纳兰君墓志铭》，《通志堂集》卷19《附录上》，上海古籍出版社1979年版，第748页。
④ 张玉书《进士纳兰君哀词》，《通志堂集》卷19《附录上》，上海古籍出版社1979年版，第770页。

不同于战国时期，渌水亭的来客也各有各自的打算，现实是不可能将这种满汉文士的诗酒聚会长期维持下去的。聚会大约从康熙十二、十三年（1673、1674）开始，到了康熙十八年（1679），随着"博学鸿儒"的举荐，渌水亭的常客也就逐渐风流云散了。而入世渐深、感慨日多、满怀感伤情调的纳兰性德，在后来与诸友的书信中，常怀念渌水亭的欢聚，尤其在深感侍卫生涯束缚自己、青春耗尽、益觉疲顿之际，更是叹息说："曩昔文酒为欢之事，今只堪梦想耳。"① 严峻的社会现实早已打破了纳兰性德的梦想。

四

作为年轻人，对爱情的表达，当然是抒写性情的重要内容。纳兰性德19岁提笔创作，所喜爱的文学形式，是传统汉族文人视为"诗余"的词。他倾心阅读的前人词集是充满艳词的《花间集》，而他自己填写的爱情词，则为纳兰词中最闪光的亮点。因为，比起受到千百年封建礼教传统束缚的汉族士子，纳兰性德有着完全不同的民族文化传统，具备与众不同的气质与性格。在满汉文化融合的初期，出现了这样一个满汉文化兼具一身的青年词人，为古老的中华民族文坛，吹来一股清新的风。

远在关外的东北老家，满族与其他北方少数民族一样，男女之间没有大防。女子不缠足，与男子一样，能骑马、射猎、作战。由祖宗传承下来的萨满教信仰，以及由众多女神组成的萨满神话故事，其葆有的母系社会对女性英雄的崇拜，一直深入人们心灵。满族家庭的习俗，是一夫多妻，众妻间，分先后，不分尊卑。家中由"女子持家"，并特别有"重小姑"的风俗。男女之间的爱情淳朴炽热。凡此种种，在进关初期，并未有多大改变，反映到男子思想意识中，像汉族男士那样顽固的男尊女卑的思想极少，而对心爱女子一往情深的倒不少。这些满洲男性毫不掩饰自己的痴情，尊贵为皇帝的皇太极、福临也都曾为爱妃的死，而痛不欲生。至情至性的纳兰性德，更是一个对爱情"一往情深深几许"的情种。他一生拥有

---

① 纳兰性德：《致严绳孙五简·第二简》，赵秀亭、冯统一：《饮水词笺校·附录二》，辽宁教育出版社2001年版，第462页。

过四个女子：庶妻颜氏、嫡妻卢氏、继室官氏、妾沈宛。年轻多情的满族公子，选择了原本是和乐而歌、后只成为长短句书面文学形式的词，将自己内心丰富而又缠绵悱恻的无限爱意，通过填词方式，委婉曲折而又尽情尽意地表达了出来。他对女子充满真情、真意、真诚的爱心，即使潜意识里也绝无大男子主义思想，所以，纳兰性德特有的对女子的尊重、赞美、体贴、呵护，在他的词章里，都显得极其自然、真切、动人。在那个时代，那些青春期中少男少女们相爱、相恋、相思所表现出的种种激情、烦恼、欢愉、哀伤，也只有这位年轻的满族公子，才能无所顾忌地写出来。而且是用诗意的灵性、多情的彩笔，将人性的真情，最清纯、最健康、又最难得地展现了出来。

在人生最美好的年华里，纳兰性德曾有过如花美眷，似水流年。20岁的他与嫡妻卢氏，新婚宴尔，伉俪情深，花前月下，幸福美满。可是，万万未曾料到，仅过3年，卢氏竟因难产，撒手人寰，突然间，天人永隔，年轻的纳兰性德实在难以承受这巨大的打击，故从爱妻离世起，他就不断地通过填词，来倾诉心中的无限悲戚之情。在中国文学史上，虽不乏情深意切的悼亡词，但像纳兰性德这样，"知己一人谁是"，将妻子引为知己、知音，以致终身以哀怨之至的深情为其悲痛着的人，为数不多。在他有限的生命时间里，悼亡词的写作，一直延续着，此举真正是"非容若不能作也"。纳兰性德，中国文学史上难得的情种。

他一阕又一阕动人心扉的情词，纯任性灵、妍艳清新、婉丽俊逸，既从《花间》、李后主、晏殊、柳永等等前代汉族词人承继过来，又完全是纳兰性德自己特有的，正像他在《原诗》中，引述过明末清初诗人钱澄之的一段对话那样：钱澄之不但不愿被人称誉像陆游、白居易、杜甫，甚至对这种攀比十分生气，大怒说："我自为钱饮光之诗耳！何浣花为！"纳兰性德十分同意钱澄之的观点："此虽狂言，然不可谓不知诗之理也。"他认为钱澄之这种狂言，是明白诗歌创作必须有个性的道理。后代的评论者，亦喜欢将纳兰性德与前人相比，多"以为重光后身也"[1]。其实，我们也不必将纳兰性德与前人去比附，纳兰性德就是纳兰性德，满洲300年，只出此一个纳兰性德！唯其在朝代更迭之始、满汉文化碰撞交融之初，才会出

---

[1] 况周颐：《蕙风词话续编·附录·夏敬观〈蕙风词话诠评〉》，唐圭璋《词话丛编》，中华书局1986年版，第4588页。

现这样的满族敏感天才，虽然短暂，却慷慨激越。他用自己的思考与感悟，用自己的激情与生命，用美奂动人的彩笔，勾画出一个时代里，一个民族的思想、感情、生活的剪影，从而留下了中国历史发展中一个独特的时期、一个独特的民族所具有的独特心灵的历史纪录。

最后，再捎带说一句：纳兰词未入《四库全书》。今天的我们看来，这并不重要。四库馆臣们的选择，左右不了300多年来广大读者的品评。一代又一代的后来人，对纳兰词不忍卒读、爱不释手，而那些进入《四库全书》的大词家们，除专业研究者外，又有几人，能为今天的读者们所知晓？历史的选择，永远留给为时代、为民族、为自己真情吟唱的诗人。纳兰性德的生命是短暂的，纳兰词的艺术生命却是永恒的。21世纪青春焕发的现代青年们，早已不知《四库全书》收进的词章为何物时，却被多情的纳兰公子所倾倒。纳兰词真切歌咏青春热恋的欢愉、深沉表现惆怅人生的悲情，拨动了人们最柔软的心弦，一批批不同的时代的读者，为此而阅读纳兰词、阅读纳兰性德，感悟纳兰词、感悟纳兰性德。

（原载《北京大学学报》2013年第4期）

产生《红楼梦》的满族文化氛围

张菊玲

在很长的时间里，特别是辛亥革命以来，人们多从汉族的思想文化意识这个侧面来分析与研究《红楼梦》，有人甚至专门论证过曹雪芹的反清复明思想，而往往忽视了隶满洲正白旗的曹雪芹及其《红楼梦》所体现的满族意识和文化特征。近年来海内外"红学"家中，已有人撰文开始研讨曹雪芹与满汉文化冲突的思想矛盾等问题，接触到这部伟大名著产生的一个被忽略了的领域。本文想大体沿着这一思路从满族文化发展的角度，描述《红楼梦》在清代满洲八旗生活的特殊环境中产生与流传的情况，进而论及《红楼梦》所表现的与汉族文化相异的某些特征。

一、从一段被删的文字谈起

《红楼梦》第六十三回有一大段文字，在脂本系统的庚辰本、己卯本和有正本均见，而在彼得格勒藏抄本与程本系统的刻本中则被删去了。这段文字在最新出版的中国艺术研究院红楼梦研究所校注的《红楼梦》[①]一书中已全部补入，为了说明问题现将此段文字照录于下：

因又见芳官梳了头，挽起鬏来，带了些花翠，忙命他改妆，又命将周

---

① 《红楼梦》，人民文学出版社1982年3月第1版。

围的短发剃了去，露出碧青头皮来，当中分大顶，又说："冬天作大貂鼠卧兔儿带，脚上穿虎头盘云五彩小战靴，或散着裤腿，只用净袜厚底镶鞋。"又说："芳官之名不好，竟改了男名才别致。"因又改作"雄奴"。芳官十分称心，又说："既如此，你出门也带我出去。有人问，只说我和茗烟一样的小厮就是了。"宝玉笑道："到底人看的出来。"芳官笑道："我说你是无才的。咱家现有几家土番，你就说我是一个小土番儿。况且人人说我打联垂好看，你想这话可妙？"宝玉听了，喜出望外，忙笑道："这却很好。我亦常见官员人等多有跟从外国献俘之种，图其不畏风霜，鞍马便捷。既这等，再起个番名，叫做'耶律雄奴'。'雄奴'二音，又与匈奴相通，都是犬戎名姓。况且这两种人自尧舜时便为中华之患，晋唐诸朝，深受其害。幸得咱们有福，生在当今之世，大舜之正裔，圣虞之功德仁孝，赫赫格天，同天地日月亿兆不朽，所以凡历朝中跳梁猖獗之小丑，到了如今竟不用一干一戈，皆天使其拱手俛头缘远来降。我们正该作践他们，为君父生色。"芳官笑道："既这样着，你该去操习弓马，学些武艺，挺身出去拿几个反叛来，岂不进忠效力了。何必借我们，你鼓唇摇舌的自己开心作戏，却说是称功颂德呢。"宝玉笑道："所以你不明白。如今四海宾服，八方宁静，千载百载不用武备。咱们虽一戏一笑，也该称颂，方不负坐享升平了。"芳官听了有理，二人自为妥贴甚宜。宝玉便叫他"耶律雄奴"。

究竟贾府二宅皆有先人当年所获之囚赐为奴隶，只不过令其饲养马匹，皆不堪大用。湘云素习憨戏异常，他也最喜武扮的，每每自己束銮带，穿折袖。近见宝玉将芳官扮成男子，他便将葵官也扮了个小子。那葵官本是常刮剔短发，好便于面上粉墨油彩，手脚又伶便，打扮了又省一层手。李纨探春见了也爱，便将宝琴的豆官也就命他打扮了一个小童，头上两个丫髻，短袄红鞋，只差了涂脸，便俨是戏上的一个琴童。湘云将葵官改了，换作"大英"。因他姓韦，便叫他作韦大英，方合自己的意思，暗有"唯大英雄能本色"之语，何必涂朱抹粉，才是男子。豆官身量年纪皆极小，又极鬼灵，故曰豆官。园中人也有唤他作"阿豆"的，也有唤作"炒豆子"的。宝琴反说琴童书童等名太熟了，竟是豆子别致，便换作"豆童"。

  从文化价值角度来看，这段文字很可玩味。曹雪芹为某种忧虑所驱使，一再隐讳《红楼梦》所写故事与现实之间的关系，在小说一开始，他就曾反复表示，此书"无朝代年纪可考"；在叙述故事及人物的时候，也竭力隐晦他们发生的时代与民族的特征。但是，由于曹雪芹忠实于生活的精神和艺术创造的力量，从《红楼梦》对于大家族历史兴衰的再现中，读者仍然可以清晰地看出，清代满族上层家庭生活的生动情景，可以明显地感受到满族特有的思想、情操、性格、气质以及生活习俗。上述抄录的一大段文字，则更是作者满洲民族意识直接表露的明证。

宝玉让芳官女改男妆，第一件事是必须薙发："将周围的短发剃了去，露出碧青头皮来，当中分大顶"；葵官改妆时，因为"本是常刮剔短发"，"打扮又省了一层手"，此种将周围头发剃去，只留颅后发，然后编结为辫的发式，是满族男子独特的传统，在《红楼梦》这段文字中描述得具体明确，是全书仅见的一段有关满族男子特有发式的描述文字。

再看让芳官改换服饰的描写，也全是按照满族的习惯：满族无论男女的袍褂上都不缝领子，穿着时只按季节的不同，附加一条质地不同的带子做领子，夏天几乎不戴带子，春秋天用绸缎细布做成，冬天用绒皮做成，这里说："冬天作大貂鼠卧兔儿带"，指的是用貂鼠皮做的带子，穿在外褂里面，翻出来象卧兔儿一样。至于脚上的鞋子，满族男子一般都穿靴子，这也是骑射民族的一种生活习惯，而下级士兵或衙役差官，为了轻便利步，也穿"净袜厚底镶鞋"。经过从头到脚如此一番装扮，我们看到的芳官形象，纯然是一个精神十足的清代满族青年小伙子了。

在宝玉与芳官的对话中，自与全书一样，绝不露出满语。不过，应该指出在这段对话中，"我们"与"咱们"的区分极为严格，同在一句话里，一会儿用"我们"，一会儿用"咱们"，绝不相混，此种用法是明显地受满语影响，与汉族南方方言无此区分全然不同。《红楼梦》如此界限分明地运用"我们"与"咱们"，说明作者非常熟悉满语的习惯用词，也说明乾隆年间能够流利地说北京话的满族人，已把自己母语中的一些特点引进到汉语中来，这样做的结果丰富和发展了汉语的词汇与表现力。

当然，这一大段文字，不仅是穿着打扮、语言词汇方面显露出一些满族特征，更为重要的是，在人物对话的具体内容中，浸透着曹雪芹深沉复杂的民族意识。当芳官装扮成小伙子，可以充当宝玉的小厮时，话题涉及到了满洲贵族的家奴问题。满族入关前，正处于从奴隶制末期向封建制过渡阶段。战争中的战利品之一就是俘虏。胜利者占有俘虏、强迫俘虏为奴，这是理所当然的事。从后金的努尔哈赤开始，一直是按军功将俘虏分给将士。满族入关后的军事镇压行动中，也执行同样的政策；康熙、雍正、乾隆各朝仍都严格保护满洲贵族们世代役使战俘后代的合法权益。故此，曹雪芹笔下的贾家侯门公府里，自然有着"先人当年所获之囚赐为奴隶"，并且"现有几家土番"。上叙所录的描写，说明作者不是像今天一些研究者所说"已经认同汉族"，恰恰相反，在当时标举与贯彻"首崇满洲"民族统治原则的社会环境里，曹雪芹意识深层是以满洲优等民族自居的，他让主人公说出一串为满洲民族称功颂德之语，称满族为大舜之正裔、颂扬清朝对国内其他少数民族的征服，很难说这是为了保护自己而添上的违心之笔。

不过，这只是曹雪芹深层意识的一个侧面，我们仔细研究这段文字，还可以看到另一个侧面：曹雪芹在发表这些满族优越论的同时，又毫不掩饰地写出自己对入关一百多年后满族发生变异的隐忧。表明作者正在以清醒的头脑对于满族民族精神进行着纵深的历史透视。

满洲民族在自身发展进程中，发生着一场获得的也正是失去的悲剧。早在皇太极正式即皇帝位，定国号为"大清"之初，就曾发表过著名的"骑射"政论，他认为，一方面为了取得统治全中国的地位，满族必须向先进的汉民族学习，以便迅速地提高政治、经济、文化的水平；另一方面，鉴于前代少数民族统治汉族失败的历史教训，他又时刻担心本民族特点消失，导致自己的后世也发生"待他人割肉而后食"的灭顶之灾。因此，皇太极"凡事都照〈大明会典〉行"[①]，仿照明政府制度，设置国家各级机构。同时，他又立下了"不废骑射，传之子孙"的祖规[②]。随着历史的推移，发展到太平盛世的乾隆朝，满族八旗子弟在民族优越感驱使下，又过着封闭式的享有特权的生活，于是，既不从事生产劳动，"国语骑射"也日渐荒疏，正如上引文中指出：很少"操习弓马，学些武艺"，八旗子弟们只在悠闲嬉戏中，"鼓唇摇舌"、"坐享太平"。满族民族精神的变异，潜伏着生存危机，曹雪芹在他盛极而衰的家族经历与沉痛思考中，已经感受到这一点，他的描写已经透露了自己忧患意识。这一大段文字如

---

① 《天聪朝臣工奏议》卷上《高鸿中陈刑部事宜奏》。
② 《清太宗文皇帝实录》卷32。

此直接地评论满族精神的变异，大约正是后人加以删刈的主要原因。

作为一位对满族嬗变中的致命弱点有着切肤之痛的满族文人，曹雪芹带着一种危机意识，通过《红楼梦》中具体生动的艺术形象，尖锐地把满族权贵们还在拼命掩饰的民族慢性自杀的弊病暴露在读者面前。

二、民族历史悲剧的深沉再现

17世纪初，在部分女真部落基础上形成的新的民族共同体——满洲族，是在血与火的洗礼中登上中国历史舞台，展开自身发展的历史。满洲民族的奠基人努尔哈赤，开创了统一帝王的霸业。努尔哈赤一系列辉煌的业绩，不但始终伴随着残酷的厮杀争战，而且作为新兴的奴隶主，为了加强和发展自己的统治权力，他曾诛戮妻兄、鸩灭兄弟、处死爱子……不断地将骨肉残杀于血泊中。努尔哈赤之后，自皇太极即位起，满族社会急剧地由奴隶制向封建制过渡，在这无法抗拒的历史发展趋势中，皇太极、福临、玄烨、胤禛，各自都为维护皇权、加强封建专制而同诸王旗主不断发生激烈斗争，从而酿成爱新觉罗皇室、满洲上层贵族内部一幕又一幕骨肉相残的悲剧。

清代是中国漫长的封建社会中最后一个封建王朝，立国初期的皇帝尚能励精图治，康熙帝玄烨成为中华民族历史上有所作为的封建君主之一。到了乾隆帝中期，中国封建官僚阶级根深蒂固的腐朽性又日益蔓延，上自乾隆帝自己奢侈享乐、挥霍无度，下至大小官吏贪污成风、鱼肉百姓，形成清王朝盛极而衰的不可避免的历史趋势。在日益激化的封建社会错综复杂的矛盾中，满、汉官员动辄褫职、籍家、流边，昔日高官厚禄、富贵荣华，一朝沦落赤贫如洗的现象在清代中叶以后屡见不鲜。

出身于满洲贵族的一批作家，生活在上层社会的文化氛围中，对于统治集团内部发生的大大小小的悲剧，有着更为痛切的感受。因而他们的作品往往带有浓重的人生无常的感伤色彩。这里，我们仅以与曹雪芹有密切关系的满族作家为例加以分析：如曾经组织人力抄写过《脂砚斋重评石头记》的弘晓，他是第一代怡亲王允祥的第七子，虽在雍正、乾隆朝争夺皇位斗争中，逃脱了其他兄弟被处分的遭遇，袭位当上了怡僖亲王，但是，也于乾隆八年（1743）受到处分。他的诗文集《明善堂集》中，有一首题为《君马黄》的诗，诗里写道："君马黄，我马白，马色参差，同君共大陌。论心投分应交人，如何交富不交贫？世情轻薄都如此，贫富移心复可耻。君不见洛阳世上数家楼，五陵裘马少年游，千金一掷不四顾，豪情百尺谁堪俦？一朝冷落繁华已，贫富原来无定耳！"这样的诗句反映出弘晓对世情轻薄乖张、贫富变幻莫测的人生忧患意识。又如曹雪芹的挚友敦敏、敦诚兄弟，是努尔哈赤第十二子阿济格的五世孙。阿济格在争夺皇位失败后，被赐自尽并黜了宗籍，所以到了敦敏、敦诚这一代，虽名为宗室，实际生活却已达到"典裘为春服"的地步，两位努尔哈赤的嫡派子孙深有人生悲凉之感。敦诚有位忘年交席特库（字璞庵），曾经任过都统、将军，但晚年褫职、籍家之后，赤贫无以度日，遂于83岁垂暮之年卖掉自己的棺材来养家糊口，敦诚知道此事后，特意写了一首诗慨叹人生无常。不久，席特库逝世，敦诚在哀辞中十分感伤地说："人生亦何所乐哉！""下视人寰兮悲浩劫之茫茫"，一种强烈的盛衰对照的悲剧感萦绕在这些失势的满族作者的自省意识之中，逐渐形成了这部分满族文人特有的思想与心态。

曹雪芹生活经历比起这些宗室虽然不尽相同，但他在身历与目睹中仍然不免受到满族上层社会这种矛盾斗争、荣辱兴衰及人生无常的悲凉意识的浸染，从这个角度观察，可以说《红楼梦》能够突破大团圆结局的模式，写成一部震撼人心灵的大悲剧，其中一个原因，就是反映了特定时期一部分满族作家文学传统中的人生悲剧意识。《红楼梦》故事悲剧的深广性远远超越了此前的文学作品，不仅是一个文学技巧高下的问题，更与曹雪芹的深刻反思紧密相关。曹家是与清代宫廷有着特殊关系的百年望族，曾经有过极其奢华的生活，也曾使曹雪芹亲眼目睹兄弟间恨不得你吃了我，我吃了你的自相残杀的情景。满族社会生活的这些特殊感受，不能不熔铸到他的创作构思之中，于是，在"秦淮风月忆繁华"与"举家食粥酒常赊"这样从生活到意识的强烈反差中，曹雪芹一字一泪地写作的《红楼梦》，必然打着部分满族文人的心理与意识的烙印。应当说，贾府由盛而衰的故事，是他家庭悲剧的写照，也是他预感"忽喇喇大厦将倾"的颓势、痛感回天无力，从而不避嫌忌绘出的满洲民族的自画像。

小说第七十四回描写"抄检大观园"时，曹雪芹曾借探春之口，发出了自己沉痛的心声：

"你们别忙，自然连你们抄的日子有呢！你们今日早起不曾议论甄家，自己家里好好的抄家，果然今日真抄了。咱们也渐渐的来了。可知这样大族人家，若从外头杀来，一时是杀不死的，这是古人曾说的'百足之虫，死而不僵'，必须先从家里自杀自灭起来，才能一败涂地！"

这一见解，表述了曹雪芹的"大族人家"的危机意识，它代表了满族作家中有识之士的清醒认识：一个兴旺的大家族，乃至一个盛极一时的统治民族，仅仅来自外力，"一时是杀不死的"，必须是"先从家里自杀自灭起来"，才能导致家庭或民族"一败涂地"的悲剧结局。曹雪芹这种思考，自然包含着对历史古训的总结，更为重要的是凝结着他对满洲民族历史惨痛经验的警悟。"从家里自杀自灭"隐含了过去几代清室王权更迭和皇族自相戮杀的血痕，也隐含了作者由历史与现实教训得来的十分痛苦的对于民族衰亡的预感。这种民族意识的获得比书中某些外部民族特征的描写显然要艰难得多。别林斯基说过，民族性不仅仅是最多的"保存在下层人民里面"，"一个民族的高级生活主要的是表现在它的上层中，或者更正确地说，在民族的整个概念中。"① 曹雪芹的"大族人家"的危机意识，即是一种民族整体概念的反映，它潜藏着作家对一个民族大悲剧的最深隐忧和批判。这种民族性超越于一般风俗、习惯、理解与情操之上，而呈现为一种更深层的心理和意识之中，它是由一个民族高级生活的上层跌入衰败生活窘境的没落文人作家，在自己作品里无意中所"完成的民族性"。

这样一部"大族人家"兴衰史，首先引起了曹雪芹周围一些有相同经历、感受的满族亲友的共鸣。敦敏、敦诚对于在困顿生活中艰难地进行创作的曹雪芹，很早就曾经给予安慰与鼓励。几乎在曹雪芹写作的同时，他的满族亲友，如脂砚斋等人即已对《红楼梦》十分喜爱而加以评点与传抄了，很快就使这部小说流传开去。

在《红楼梦》的传播中，尽管不同的读者从中见仁见智，但有一点是公认的：《红楼梦》写的是满洲贵族家庭的故事。据说，乾隆末年的权相

---

① 别林斯基：《文学的幻想》，见《别林斯基选集》第1卷，时代出版社1953年版，第148—149页。

和坤还曾将《红楼梦》呈给乾隆皇帝阅览,并请示皇帝小说究竟写的满洲谁家之事,弘历读后说:"此盖为明珠家作也"。① 明珠即著名满族词人纳兰性德之父,康熙朝显赫一时的大学士,曾经权倾朝野,后来被参、抄家。故纳兰府与贾府有相似遭遇,纳兰性德与贾宝玉也是性格相似的满族贵公子。不了解文学创作特征的皇帝,只能如此联系并作出这样臆测的断语。从这种说法中,我们可以了解到,《红楼梦》给人的印象与满洲上层大家族兴衰的事实密切相关。

以后,在满族内部,对于《红楼梦》产生了两种截然不同的态度。例如,同治年间梁恭辰在《北东园笔录》中有一段记载:

满洲玉研农先生(麟),家大人座主也,尝语家大人曰:"《红楼梦》一书,我满洲无识者流每以为奇宝,往往向人夸耀,以为助我铺张。甚至串成戏出,演作弹词,观者为之感叹欷嘘,声泪俱下,谓此曾经我所在场目击者,其实毫无影响,聊以自欺欺人,不值我在旁齿冷也。其稍有识者,无不以此书为诬蔑我满人,可耻可恨。……"那绎堂先生亦极言:"《红楼梦》一书为邪说诐行之尤,无非糟蹋旗人,实堪痛恨,我拟奏请通行禁绝,又恐立言不能得体,是以隐忍而行。"

从这段资料看,曹雪芹通过小说创作揭露满族上层社会大家庭的腐败、荒淫与衰落,深切地反思本民族的悲剧,在满族内部产生了强烈的反响:一方面不少满族读者视《红楼梦》为自己民族的"奇宝","向人夸耀",《红楼梦》悲剧故事被"串成戏出,演作弹词,观者为之感叹欷嘘,声泪俱下。"另一方面,小说也震动了著名的满族大臣玉麟和那彦成,他们则斥责《红楼梦》"为诬蔑我满人","蹧跶旗人,实堪痛恨"。但是,权贵们无力禁绝《红楼梦》的传播,小说脍炙人口,以至京师兴起了"闲谈不说《红楼梦》,读尽诗书是枉然。"②的时尚。直至晚清,那位断送了清王朝统治的慈禧太后,亦是"最喜阅《红楼梦》"③的读者。

这些褒贬不一、喜恶相异的记述,其爱憎原因可以尽有不同,但有一

---

① 蒋瑞藻:《小说考证》,《拾遗·〈能静居笔记〉》。
② 得硕亭:《草珠一串·时尚》。
③ 徐珂:《清稗类钞》,《著述类》。

点却大体一致的，就是《红楼梦》没有给人们一个迎合世俗的大团圆故事，没有仅仅满足人们愉悦要求的浅层次的满洲民族的风俗画，小说深刻的悲剧意识以及形象生动的种种描绘，引起了人们的兴趣与反映。共鸣者，视为奇宝，以至感动得声泪俱下；痛恨者，以为诬蔑旗人，恨不能禁之。至于慈禧太后的喜阅，或是出于生活与艺术情趣的嗜好，或是品味大家族盛极而衰的悲凉，或是对清室繁华生活的追忆，也都符合一个末世统治者的心境。清朝最后的覆亡，深刻地证实了小说所预示的"大厦将倾"的悲剧的历史法则。可以认为：一部《红楼梦》成了清王朝半部历史的缩影，《红楼梦》体现的具有丰富历史特征和民族特征的悲剧性，充分说明曹雪芹不仅是时代的优秀儿子，也是满洲民族的优秀儿子。

三、满族文人的人生价值观

满族原本是一个崇尚武艺的民族，具有骁勇善战的民族精神，在东北地区崛起之初，他们的人生理想是驰骋疆场、献身报国。清朝建国后，满族最高统治者吸取前代少数民族马上得天下、马上失天下的教训，认识到不能只靠武功，还需加强"以文教治世"，于是很快就恢复了科举取士制度，并且大量刊行儒家经典著作，极力倡导程朱理学，加速儒家思想对全民族与全中国的统治。这一系列文教措施，促成了满族自己从生活方式到思想意识与民族素质都发生了明显变化。努尔哈赤时代，他的子侄中文盲还占多数，满洲将士几乎多不识字。到了乾隆时期，不但早已从贵族中产生了一批用汉文创作的满族作家，而且满洲全民族也已成为具有较高文化水平与艺术修养的民族了。

当不再需要浴血奋战的时候，满族人的人生价值观则产生了变异。由于满族人折节读书、赋诗著文、参加科举考试进入仕途等等，并非祖宗传承下来的本务，因此，满族文人并不像汉族文人受千百年来"学而优则仕"的影响，一心只想读书做官。在无须驰骋疆场的"太平盛世"，满族人有许多特权，"国家恩养八旗，至优至渥"，既有"铁杆庄稼"（指每月发给旗人的钱粮）作为生活保障，在满族特有的人生悲剧意识主宰下，满族文人遂容易看轻官职、禄位，形成一种淡于名利、追求闲适的人生价值观。特殊的八旗制度，在入关以后则造就了一批"无事忙"、"富贵闲人"。

例如，当满族作家刚登上文坛之际，"第一词人"纳兰性德就以其独特的思想作风十分引人注目：他富为势焰熏灼的明珠的长公子、贵为康熙皇帝的御前侍卫，却表现出"视勋名如糟粕、势利如尘埃"的异样气质，对于高贵的家庭出身，他认为是"偶然间，缁尘京国，乌衣门第"（〈金缕曲·赠梁汾〉），坦率地表白自己是"别有根芽，不是人间富贵花"（〈采桑子·塞上咏雪花〉），他甚至激烈地呼喊出："吾本落拓人，无为自拘束。倜傥寄天地，樊笼非所欲"（〈拟古〉第十四首）。纳兰性德的家居生活也与一般贵公子不同，他的密友顾贞观在祭文中曾经描绘纳兰性德"闭门扫轨，萧然若寒素。客或诣者，辄避匿。拥书数千卷，弹琴咏诗自娱悦而已。"这位年青的满族贵公子如此不寻常的言论与行为，致使后世读者在阅读《红楼梦》时，很容易产生"一梦红楼感纳兰"的联想，纳兰性德与贾宝玉确有些许相似之处。当然，康熙初年的纳兰性德，直至31岁的年轻生命结束的时候，仍然痛苦地在御前任职。而纳兰性德之后的满族作家，则逐渐发展成为干脆远避名场，辞官闲居。例如被誉为"辽东三老"之一的康熙间满族诗人长海，先世为乌拉部长，按例受荫封职，可是任命文书下达时，他却"坚卧不肯起"，并对母亲说，自己所以这样做的原因是"逃死，非逃富也"，终于以布衣身份度过一生。他喜好读书，博学多识，通金石，嗜书画，他的诗与画皆名重一时，王公贵族争欲购之，长海却仍不为名利所动，落落放任如故，仍曰"画笔诗情两其闲"。[①] 再如康熙间著名的宗室文人文昭，也"辞俸家居，扫轨谢客，学道之暇，颇事吟咏。"（《夏日闲居》题序）文昭长期居住在右安门外赵村，过着"除却吟诗百不为"的生活，写下了大量诗篇，成为宗室文人中创作最丰的作家。

到了乾隆时期，辞官家居之风在满族文人中盛行一时。例如敦诚曾一度奉母旨出仕，37岁时母亲去世以后，遂辞官归家。敦诚曾写了一篇散文《闲庸子传》自况，他称自己"既闲且庸，自少废学百无一成，泊长不乐荣进。"又在家中构筑一室，取名"宜闲"，表示"不以裘马竞时轻惹世尘，而世人亦不能触热来恩主人，世与我淡然两忘。"他写了这篇《宜闲馆记》，一再声明自己"宜闲不耐拘束"、"宜闲好客而所交无要人"。可

[①] 李锴：《马山人传》。

以说在一定意义上，此种没落贵族闲适的生活方式，正是他们对于人生的一种独特的抗争形式，而具有如此生活志向与情趣的敦诚，方才成为曹雪芹的知音。又如另一满族文人、乾隆间满族文言小说《萤窗异草》的作者庆兰，其祖父、父亲皆官至大学士，兄弟亦任侍郎、尚书等职，胞妹为仪亲王永璇的嫡福晋，可是他本人只参加一场科试，以后就自号"殿试秀才"，再也无意仕进。他还从大宅搬至陋巷小屋，吟诗种兰、倚红偎翠、自由自在的生活。① 北京城里曾有一批引为同调的满族文人，如弘晓、弘旿、和邦额、墨香、永忠、永𪻐、书诚、敦敏、敦诚等，他们的人生寄托与生活方式，与《红楼梦》所反映的生活与价值观念颇相近，贾宝玉形象的塑造亦可以说是从这些满族文人身上得到了创造的灵感与不少生活素材。

当然，《红楼梦》中反映的满族文人的人生价值观念并不一定为所有的人们理解，比较一下续书作者与曹雪芹意识的差异就很能说明问题。《红楼梦》续书的作者多为汉族文人，他们不理解曹雪芹代表的这种满族文人思想，从汉族传统功名利禄观点出发，有憾于小说的悲剧结束，于是续书作者们，有的写林黛玉病愈后、经赐婚，与贾宝玉结成夫妇；有的则写原书人物或归仙界，或归地府，又与人间相互往来，各享荣华等等，成为一部又一部续貂之作。对于《红楼梦》以后的续书，嘉庆年间宗室文人裕瑞专门写了一本《枣窗闲笔》详加评论，他一针见血地首先指出，续书不如原书的主要原因是续作者不理解曹雪芹"久已无意于功名出世"，他们在续书中"极热衷"地进行"圆梦"，裕瑞嘲讽这些"大杀风景"的续作者们说："作者其禄蠹乎"。比较《红楼梦》与诸续书创作意图的差异，是探讨曹雪芹所生活的满族文化氛围及一些满族文人人生价值观念的一个极好角度，而这种文化氛围及价值观念正是《红楼梦》产生的基础及民族特征的表现。从这个角度来看裕瑞的评论，就有特别值得珍视的意义，裕瑞对曹雪芹创作意图的分析，不仅仅是写出两种文人的人生价值观念的差异，更重要的是作为满族作家对另一个满族作家思想观念的独特理解。这种理解显示出《红楼梦》及其作者曹雪芹所具有的满族文人的人生价值观，从而正确地阐发了曹雪芹写作《红楼梦》的"本心"。

---

① 铁保：《庆似村传》。

四、禅道之癖与宗室文化

满族在关外时，原先信奉萨满教。以后，受蒙古族、汉族的影响，逐渐改信佛教。面对帝王霸业的成功与家族悲剧的迭演，为了得到心理上的平衡，寻找灵魂的解脱，清朝皇帝多数人笃信佛教，参禅学道之风也在清廷贵族中蔓延。一代又一代宗室文人都给自己取了法名雅号，他们皆极少从政，视富贵若浮云，喜禅慕道，过着超尘出世的生活，把精力与才华付于蒲团养生、吟诗作画。他们这种生活情趣进一步促成本民族文化从"朔方健儿好驰骛"，向长于典雅的琴棋书画方面转化。

乾隆年间，曹雪芹周围的宗室文人，多为康熙、雍正、乾隆三朝皇权争夺失败者的后裔，他们更趋于虚静恬淡、寂寞无为的佛道精神。例如郑献亲王济尔哈朗的六世孙书诚，援例袭了个"奉国将军"，40岁盛年之际即托病辞职。书诚"心已成灰身未果"，在府邸过着抱瓮灌花、研朱读易的生活，代表着乾隆时期一批宗室文人超然世外的典型生活方式。至于永忠本人，此种特点更为突出。永忠的祖父允禵，在康熙朝诸皇子争夺王位斗争中失败，雍正帝即位后，允禵遭迫害几死，直至乾隆帝即位，允禵方获释，于是万念俱灰、皈依佛道。永忠接受人生惨痛教训，尊从父祖之训，从佛道的教义中慰藉心灵的苦痛。他曾经先后起过一系列雅号：臞仙、臞禅、且憨、香园、觉尘、纯素、琨林子、九华道人、五海生、栟榈道人、如幻居士等等，佛道色彩均极为浓烈。永忠22岁时援例封"辅国将军"，他在这一年诗稿的扉页上题诗道："过去事已过去了，未来何必预商量。只今只说只今话、一枕黄粱午梦长"。当年叱咤风云的努尔哈赤，何尝会料到他的后世子孙竟然会如此心灰意冷地打发人生！这种嬗变正是满洲民族获得的也正是失去的悲剧！

作为宗室文人，永忠是极富才华的艺术家，简直可以说是诗人、画家、书法家、音乐家兼备一身，与他的生活态度相映照，朋友们形容永忠："痴时极痴，慧时极慧"，赞之为"宗室异人"。[①] 永忠还嗜好习射、

---

① 永恚在《延芬室诗稿》乾隆四十一年稿本后的跋语。

养花、植竹、藏书、蓄砚、酿酒，一生过着"万卷书中消永日，一枝笔下写遥天"（《晓起吟》）的艺术型生活。永忠和一批乾隆间满族文人把本民族文化推向自身发展的高峰，其中禅道之癖形成的幽寂高推的艺术风格，则是这时期宗室文化的显著特色。曹雪芹生活在这个文化氛围中，也有着浓厚的佛道思想，他所写的《红楼梦》亦必然打上这种思想与文化的鲜明烙印。不了解这时期宗室文化参禅论道的环境，就很难理解小说中弥漫着的浓厚的挽歌情调和"色、空、梦、幻"的宿命色彩。《红楼梦》真实地再现了满族文人特殊的思想习尚，正因为如此，这部小说才引起了永忠强烈的心灵震撼，他几乎是和着眼泪读这部小说的，以自己特有的感受，"几回掩卷哭曹侯！"从而对《红楼梦》给予"传神文笔足千秋"[①]的最高评价。

（原载《民族文学研究》1989年第2期）

[①] 永忠：《因墨香得观〈红楼梦〉小说，吊曹雪芹三绝句》。

《红楼梦》女性观新探

——《红楼梦》与满族文化研究之二

张菊玲

千百年来,浩如烟海的中国古代文学作品,一贯表达的是"男尊女卑"的传统观念,直至明代后期,崇尚女性的思想才开始萌发,继而在通俗文学艺术领域内新潮涌起,出现了一系列被赞为情种、情痴的男性形象与丰富优美的女性形象,诸如《三言》、明末清初的才子佳人小说、花妖狐魅幻化为美女的《聊斋志异》等众多作品,皆以各自不同的艺术魅力吸引着广大读者。不过,受民族传统心态的制约,他们描绘的故事呈现着复杂性,男性中心的道德标准仍居创作思想的主导地位。等到清代乾隆年间《红楼梦》问世,情况才有根本改变。居住在北京西郊八旗营地里的满族作家曹雪芹,以前所未有的崇尚女性的态度,创作出这部旷世杰作。打开这部不朽巨著,第一回前赫然大书:"念及当日所有之女子,一一细考较去,觉其行止见识,皆出于我之上。何我堂堂须眉。诚不若彼裙钗哉!"正是在这种崭新的思想意识指导下,曹雪芹以十年辛苦,和着血与泪,倾注于对女性美的探求之中。《红楼梦》全书有名有姓的人物440余,女性就有210多,她们打破了汉族传统文化中的女性模式,以闪烁异彩的动人形象屹立于小说中心。中国小说史上,能以这样多的女人来写故事,已数古今第一了;而"千红一窟、万艳同悲"的女性悲剧,给予读者震撼心灵的艺术感染力,更是任何一部古代小说无法比拟的。

历来红学家们都充分肯定《红楼梦》崭新的女性观,并且力图探究其由来。近世许多学者根据资本主义萌芽时期的民主思想因素,进行过深刻的论证，详细说明明代中叶以后时代民主主义思潮中的女性观对《红楼梦》创作的深远影响，这些论著，诚然有助于《红楼梦》研究；但亦毋庸讳言，《红楼梦》中的一些现象，并非全能由民主思想因素得以诠释。本文试图更换一下研究问题的视角，另从满族的民族历史文化背景的角度，进行一些补充探寻，或许可以加深对这部伟大著作新异美学趋向的全面理解。

一、独尊女儿

如果说，《红楼梦》一再宣扬的"凡山川日月之精秀只钟于女儿，须眉男子不过是渣滓浊沫而已"的女性观，早于南宋人文章中已有类似的说法，如庞元英《谈薮》中引述谢希孟说过："英灵之气，不钟世之男子，而钟于妇人。"[①] 清代初年的才子佳人小说《平山冷燕》（这部小说曾由与曹家关系密切的第二代怡亲王弘晓在乾隆五年写过题评）的男主人公也说过："如此闺秀，自是山川灵气所钟"，"天地既以山川秀气尽付美人，却又生我辈男子何用"等高论；那么，唯有贾宝玉的那句名言："女儿是水作的骨肉，男人是泥作的骨肉，我见了女儿，我便清爽，见了男子，便觉浊臭逼人。"是曹雪芹非同凡响的自创。这句话，用水和泥作譬喻，生动形象而又鲜明强烈地表达出女尊男卑的独特意识。可以比较一下：宋人谢希孟赞扬的单指被正统文人歧视的"贱倡女"、《平山冷燕》中才子平如衡叹羡的是他意中的佳人，而贾宝玉却是对天下男子与女子的普遍好恶，概念的外延要广泛得多。产生贾宝玉这一奇谈怪论的因素，自然是多元的，时代进步思想因素影响之外，满族不同于汉族的女性观与传承心理，亦是不可忽视的原因。

属于通古斯人种的满族，妇女在社会与家庭的地位，不像汉族那样低下卑微。一方面，日常生活中，妇女与男子一齐参加生产劳动，骑马、射箭、打鱼、狩猎都与男子一样；另一方面，满族人的观念形态中，存在着崇尚女性的传统。满族社会由母系氏族社会进入父系氏族社会并不是太遥

---

① 参见廖仲安：《反刍集·〈红楼梦〉思想溯源》。

远的过去,习俗中仍保留不少女性本位的原始法则。满族人信奉的萨满教,系一种原始宗教,留有浓烈的母系氏族社会的神秘色彩。从现在收集到的资料看,满族神话最突出的特点是由300多位女性神祇构成了灿烂辉煌的女神神系[1]。女神崇拜的长期传承心理,对于满族的生活习俗与思想观念,有着极为深远的影响。虽然入关以后,受到汉族文化的熏染,满族的一些民族特色日益减退,但是深层意识中的历史积淀,难以抹掉。"女儿是水作的骨肉",即是萨满文化的传承观念,"与汉人认为女人脏、男人干净的观念不同,满族认为女儿是干净的,女人是水,是纯洁的"[2]。曹雪芹让《红楼梦》主人公说出这句名言,绝不是偶然间的怪诞之语。

在其他一些满族作家作品中也曾表现出明显不同于汉族作家的女性观,例如清代另一部由满族作家撰写的长篇白话小说《儿女英雄传》,近代学者周作人曾经评论说:"书中对女儿的态度我觉得颇好,恐怕这或者是旗下关系。""若《水浒传》之特别憎恶女性,为废名所指摘,小说中如能无此等污染,不可谓非难得而可贵也。鄙人所言颇似多捧在旗的人,好在此刻别无用心,止是直抒胸臆,想知者亦自当知之耳。"[3] 这段评论周作人首先指出,《儿女英雄传》对女儿态度较好,其原因是作者为满族人;其次又与其他古典小说比较,指摘《水浒传》对女性特别憎恶,因而肯定《儿女英雄传》的难能可贵;最后则担心这种对《儿女英雄传》的赞扬有吹捧满人之嫌,在辛亥革命排满浪潮中若肯定满人的优点,是会受到责难的,好在如今已别无用心,自己不过是直抒己见而已,满人对女人态度颇好,也是大家知道的事实。这段评论是公正的,表明从晚清末年生活过来的人十分了解满族尊重女儿的习俗。而从这段评论末尾的解释中,也说明自辛亥革命以来,学者们如果从肯定满族的角度进行文学批评,会遇到一些麻烦;从而也透露出近代红学家们很少以此视角论述《红楼梦》的原因;甚至可以由此联想到具有民主主义革命思想的蔡元培先生,专门撰写《石头记索隐》,错误地考证出《红楼梦》作者具有反清排满意识,亦毫不奇怪了。

《红楼梦》秉"须眉诚不若裙钗"的创作意旨,于第五回贾宝玉的梦

---

[1] 禹宏:《从传承方式表现内容看满族神话民族特色》,《民族文学研究》1990年第2期。
[2] 富育光、孟慧英:《满族萨满教研究》第3章《满族的萨满》。
[3] 周作人:《知堂书话》下,《儿女英雄传》。

境中，扑朔迷离地描绘了一个纯为清净女儿之境的女神世界——"太虚幻境"，在"光摇朱户金铺地，雪照琼窗玉作宫"，"仙花馥郁，异草芬芳"的仙境里，仙子们"皆是荷袂蹁跹，羽衣飘舞，姣若春花，媚如秋月"。曹雪芹如只写至此并不算新奇，前代作家有过不少神仙境界的描写，《红楼梦》不落窠臼之处，是写贾宝玉闯进仙境之后，这位人间至尊至贵的公子，竟被认作是"浊物""污染这清净女儿之境"，吓得贾宝玉"果觉自形污秽不堪"。这种境遇，是男性中心思想的作家绝对写不出的。虽然不必过分牵强地把太虚幻境说成是满族神话的复制，但其中强烈映出的女尊男卑意识，仿佛让人听到母系氏族社会曲折的回声。以后，随着故事情节的发展，曹雪芹将太虚幻境返照回人间，在《红楼梦》中建起了一座美丽的大观园女儿国，给人一种全新的美学享受，这一独特的艺术构想，只有从崇敬女儿的满族女性观中，才能找到较恰当的答案。

贾宝玉曾经说，好女儿"正配生在这深堂大院，没的我们这种浊物倒生在这里"（第十九回）。当作者以生花妙笔造好大观园这座令人艳羡的人间仙境后，很快地，极为自然地让一群天真烂漫的女孩儿与在她们面前自认"浊物"的男子贾宝玉住了进去。于是，《红楼梦》美丽凄婉、令读者回肠荡气的动人故事，就以贾宝玉和这些女儿们在大观园"旷性怡情"的生活，逐步深入地展开了。

第二十三回写刚进入大观园时情景：

且说宝玉自进花园以来，心满意足。再无别项可贪求之心。每日只和姊妹丫头们一处，或读书，或写字，或弹琴下棋，作画吟诗，以至描鸾刺凤，斗草簪花，低吟悄唱，拆字猜枚，无所不至，倒也十分快乐。

美丽的花园，正配纯洁美丽的少女居住，而美丽的少女周围，正应有贾宝玉这样品高性雅的男子环绕，他们在大观园内这种天真无邪、无忧无虑的生活，将读者带进诗情画境，产生无与伦比的强大艺术魔力。大观园的女儿们一个个"行止见识"不同凡俗，整日生活在诗书与花丛之中，她们有才、有情，年轻而又美丽。贾宝玉处于珠围翠绕、柳绿花红之中，全依他独特的尊崇女儿的意识维持一切。早在宝玉未出场前，介绍他那句赞颂女儿的名言时，作者已通过书中人物之口郑重声明，说这种奇谈怪论的贾宝玉绝不是色鬼。在太虚幻境又让警幻仙子特别推重地说："如尔则天分中生成一段痴情，吾辈推之为'意淫'。"《红楼梦》着重强调的是，只有具有这种独特品格的男子，方能"为闺阁增光"，使大观园成为最为理想的纯净美好的女儿国。

异性相吸，男女之间既有情，也有性。《红楼梦》独创性地提出"意淫"，看重的是男女之间的情。贾宝玉的痴情，与明清之际同类男主人公不同之处，就在于他对女儿十分爱慕、尊重与无微不至地关怀、体贴。至于男女之间的性，书中并非一概反对，只是要求应以体贴女儿为基础，否则即使不被斥为皮肤滥淫，也不值得赞扬。例如有一次，茗烟公然于大白天里，与卍儿在小书房做爱，被宝玉撞见，宝玉完全为这个丫头着想，让她"快跑"，要她"别害怕，我是不告诉人的"。当宝玉听说茗烟连卍儿的岁数也没问过，就责备说："连她的岁数也不问问，别的自然越发不知了。可见他白认得你了。可怜！"贾宝玉自己，除了在进大观园之前，曾与袭人初试过云雨情外，进入大观园以后，再也没有与任何女孩儿发生性行为，即便对朝夕相处的晴雯，也是各不相扰。贾宝玉与林黛玉相知至深，相爱至挚，他们刻骨铭心地苦苦追求心灵感应的爱情，曲折缠绵，哀婉动人，直至今天仍能打动读者，这在中国旧小说里，怕是绝无仅有的了。

《红楼梦》第三十八回有一段描写贾宝玉与众姐妹在大观园吃酒题诗的情景：

> 林黛玉因不大吃酒，又不吃螃蟹，自令人摆了一个绣墩倚栏杆坐着，拿着钓竿钓鱼。宝钗手里拿着一枝桂花玩了一回，俯在槛上掐了桂蕊掷向水面，引的游鱼浮上来唼喋。湘云出一回神，又让一回袭人等，又招呼出坡下的众人只管放量吃。探春和李纨惜春立在垂柳阴中看鸥鹭。迎春又独在花阴下拿着花针穿茉莉花。宝玉又看了一回黛玉钓鱼，一回又俯在宝钗旁边说笑两句，一回又看了袭人等吃螃蟹，自己也陪着他饮两口酒，袭人又剥一壳肉给他吃。黛玉放下钓竿，走到座间，拿起那乌银梅花自斟壶来，拣了一个小小的海棠冻石蕉叶杯。丫环看见，知他要饮酒，忙着走上来斟。黛玉道："你们只管吃去，让我自斟这才有趣。"说着便斟了半盏，看时却是黄酒，因说道："我吃了一点子螃蟹，觉得心口微微的疼。须得热热的喝口烧酒。"宝玉忙道："有烧酒。"便令将那合欢花浸的酒烫一壶

来。黛玉也只吃了一口便放下了。宝钗也走来过，另拿了一只杯来，也饮了一口，便蘸笔至墙上把头一个"忆菊"勾了，底下又赘了一个"蘅"字。宝玉忙道："好姐姐，第二个我已经有了四句了，你让我作罢。"宝钗笑道："我好容易有了一首，你就忙的这样。"黛玉也不说了，接过笔来把第八个"问菊"勾了，接着把第十一个"菊梦"也勾了，也赘一个"潇"字。宝玉也拿起笔来，将第二个"访菊"也勾了。

曹雪芹写的大观园这次雅聚，是史湘云做东，大家吃螃蟹后，饮酒题写菊花诗。这一段文字描写，不禁使人想起康熙年间长州人褚人获改编的长篇小说《隋唐演义》，其中第三十回也有一段写道：

炀帝坐在中间，四围观看，也有手托着香腮，也有颦蹙了画眉，也有看着地弄裙带的，也有执着笔仰想的，有几个倚遍栏杆，有几个缓步花阴，有的咬着指爪，微微吟咏，有的抱着护膝，卿卿呆思。炀帝看了这些佳人的态度，不觉心荡神怡，忍不住立起身来，好像元宵走马灯，团团的在中间转。往东边去磨一磨墨，往西边镇一镇笺；那边去倚着桌，觑一觑花容；这边来靠着椅，衬一衬香肩。转到庭中，又舍不得这里几个出神摹似，走进轩里，又要看外边这几个心情。引得一个风流天子，如同戏台上的傀儡，提进提出。

褚人获顺应明末清初盛行言情小说的潮流，在改编隋唐故事时，不但把专写英雄传奇的《隋史遗文》和专写风流皇帝的《隋炀帝艳史》合并在一起，而且在大部分照抄两部小说原来文字之外，有时也增添了自己写的男女风情故事。上段即为原来《隋炀帝艳史》中没有的部分。褚人获通过增删工作，力图显现隋炀帝曾经对后妃"钟情一世"[1]，并且称赞隋炀帝"原算是个情种"[2]。

将这两段文字比较一下，乍一看似乎画面大致相同，都写许多女子酝酿作诗的各种不同神态，又皆写到有一个男子围着他们转来转去。仔细比较一下，不难发现它们的格调全然不同，褚人获笔下隋宫的妃子们，是被

---

[1] 《隋唐演义》第48回杨义臣语。
[2] 《隋唐演义》第50回曹后语。

这位风流天子赏玩的，她们为了讨他喜欢，才奉旨作诗，赌唱新词。男子是画面中心人物，所有女子都是他的附属陪衬。而曹雪芹写的大观园里才华横溢的少女们，个个自由自在，自斟自饮，自寻乐趣，写诗为自己抒写性灵。展施她们的聪明才智，贾宝玉是她们的知己，对她们体贴入微，而在她们面前却又总显得自愧弗如。字里行间洋溢着大观园女儿们潇洒飘逸的才情。两篇文字，貌似相同的情节，却鲜明地显示出不同作家的不同女性观。《隋唐演义》在将风流皇帝算作情种时，仍未脱男性中心、女人祸水的套路。《红楼梦》以不同的文化历史背景，写出了贾宝玉尊重女儿、女尊男卑的独特行径。这种不同民族传统心态的差异，还表现在描写妇女美丽的姿容时，曹雪芹按满族审美习俗绝不赞扬妇女缠足，通篇《红楼梦》找不到对妇女足部的描写，更无一处有如《聊斋志异》常写男子的爱悦女人"绣履一钩""把玩裙下双钩"之类内容，以至被有"爱莲癖"的"红迷"们认为《红楼梦》只写"半截美人"。

　　当然，我们也必须指出，贾宝玉这句千古绝响的名言，与"男子"对立并举的概念，不是"女子"，而是"女儿"。为什么会出现这种提法？为什么《红楼梦》涉及姨娘、老婆子、奶妈等妇女形象时，并非全持尊重态度？如果全从现代意识的妇女解放等民主思想方面解答，是很难说清的，而从满族习俗看，却可以了解到，贾宝玉独尊女儿的思想行为与满洲旧俗重小姑的传统有关。在满族家庭习惯中，未出嫁的女孩儿有着尊贵的地位。徐珂曾于《清稗类钞》中介绍说："旗俗，家庭之间，礼节最繁重，而未字之小姑，其尊亚于姑……"①《红楼梦》正面写出这种独特传统的是吃饭时的座次，贾府总是按旗俗：婆婆上座、小姑侧座、媳妇侍立于旁。第三十五回这样写道：

　　贾母扶着凤姐儿进来，与薛姨妈分宾主坐了。薛宝钗史湘云坐在下面，王夫人亲捧了茶奉与贾母，李宫裁奉与薛姨妈。贾母向王夫人道："让他们小妯娌伏侍，你在那里坐了，好说话。"王夫人方向一张小杌子坐下……少倾饭至，众人调放了桌子，凤姐儿用手巾裹着一把牙箸站在地下。笑道："老祖宗和姑妈不用让，还听我说就是了。"贾母笑向薛姨妈

---

① 徐珂：《清稗类钞》，《风俗类·旗俗重小姑》。

道:"我们就是这样。"薛姨妈笑着应了。于是凤姐放了四双,上面两双是贾母薛姨妈,两边是薛宝钗史湘云的,王夫人李宫裁等都站在地下看着放菜,凤姐忙着要干净家伙来。替宝玉拣菜。

贾母与客人薛姨妈上座,两个女孩下座,而王夫人、李纨、凤姐全站着,不时地端碗奉茶,只有在贾母特许下,王夫人才能在一张小杌子上坐下,等到饭菜来了,仍旧站在地下看着放菜,自始至终,二位小姐一直端坐未动,倒是薛姨妈可能因见姐姐王夫人站着,自己想要谦让,贾母却笑着说:"我们就是这样。"这一句话里,"我们"是依满语习惯用语,不包括受话人,与包括受话人在内的"咱们",明显有区别,说明贾府习惯与别家不同。

《清稗类钞》谈及"旗俗重小姑"时,还提到由于有此风俗,使得满族女孩儿能够得到比汉族女孩儿更多一些的自由,以及更多一些接受文化教育和发挥才能的机会。曹雪芹生活在有别于汉族风俗习惯的家庭里,和女孩儿有较多的接触与了解。原本不如汉族男尊女卑那么强烈的女性观中,独尊女儿的思想就更显得突出了。至于满、汉贵族家庭共同具备的封建妾媵制度、一夫多妻制度,《红楼梦》并未从根本上反对,而且是认可的。所以,贾宝玉尊重体贴女儿的同时,对老奶妈、老婆子却非常反感;林黛玉为贾宝玉"见了姐姐忘妹妹"而苦恼,却可以真心地打趣称袭人为"嫂子";探春不孝生母、不认亲舅舅,并且俨然振振有词;作者还不止一次地丑化赵姨娘及所生之子贾环等等都是满族大家庭真实情况的写照。不能不说,《红楼梦》表现的满族女性观有着矛盾与困惑,这是受时代所限,我们无法苛求。

二、女子持家

《书经·牧誓》有一段被后人奉为经典的信条:"古人有言曰:牝鸡无晨,牝鸡之晨,惟家之索。今商王受。惟妇言是用。"意思是周人责备商王,听信妇人之言,商朝终于灭亡了。因之"牝鸡之晨,惟家之索"成了千古不破之理。母鸡不能打鸣,一旦母鸡打鸣,就是家庭衰败的征兆,人们始终忌讳出现这种现象。在汉族家庭里,"男主外,女主内",一贯是指女人只管家务琐事。一切家中大权完全掌握在一家之主的男人手上,方才符合正常秩序,否则,如果由女人持家,就会预示家庭必然败亡。

我们现在评论《红楼梦》时,有一种通行的说法,堂堂国公府,竟由一个年轻媳妇掌管大权,"不能不是个奇特的反常现象",是作者有意通过这种"牝鸡司晨"的"反常现象","深刻地表现出这个封建大家庭必然没落的历史命运"①。此种见解沿袭汉族传统旧观念,也不了解满族家庭的习俗。

其实,满族家庭与汉族不同,从来是由女子持家的。直至民国初年,在北京郊区满族营房居住的旗人,仍然保持着这种民族习惯。在他们那里,"男女没有什么太大区别,女子持家,女人知道的事比男人多的多",在家里谈话时"甚至没有男人说话的份"(金启孮《北京郊区的满族》)。"红学家"们常将《红楼梦》第十三回写秦可卿大出丧与《金瓶梅》第六十三回写李瓶儿丧事两相对照,指出《红楼梦》受到《金瓶梅》的影响,我们也恰恰从这两位不同时代、不同民族的作家、各按自己习俗描写之中看到不同之处:西门大官人的夫人关月娘在这次丧事中,只能起着给丈夫看管银子的作用,毫无指挥决断之权;而王熙凤则是大权在握,纵横捭阖,操管着《金瓶梅》中由西门庆主持的事务,充分显示出她非男人能比的聪明才干。《红楼梦》的这些描写完全依据满族上层贵族家庭习俗,平日贾府由凤姐持家,凤姐生病的时候,又可让未出嫁的小姐出来协助持家,在满族家庭里都不是反常现象。至于涉及贾府的必然没落,作者并未曾指责是女儿持家造成的,第五回《红楼梦》曲子说的"箕裘颓堕皆从敬,家事消亡首罪宁"即是明证。

满族家庭里,既由女子持家,也不像汉族那样有着严格的男女大防,所以一些在汉族传统绝对禁止的事,《红楼梦》则是作为正常现象描写的。例如,遵元妃之命、贾母之意,贾宝玉顺理成章地成为大观园女儿国唯一的男性公民;身为叔辈的贾宝玉可以到侄媳妇的卧房里睡午觉;当嫂子的凤姐可以拉着小叔子宝玉同坐一车……事例不少,尤其是第六回写当婶娘的凤姐与已婚成家的侄儿贾蓉当面说话的情景,被一些红学家们公认是作

---

① 沈天佑:《金瓶梅红楼梦纵横谈》,北京大学出版社1990年版。

者暗写凤姐与贾蓉的暧昧关系，以显贾府淫乱不堪，实则又不明满族习惯，满族学者启功先生曾于《〈红楼梦注释〉序》中特意进行了纠正。他按照满族习惯，说明凤姐对宝玉、对贾蓉的行为都是允许的：

生活细节上，有时也不太按"礼防"来避忌。所以凤姐可以那样对待宝玉，也可以那样对待贾蓉。当贾蓉和凤姐纠缠时（六回），在程伟元、高鹗的再版刻本中（即所谓程乙本），不知谁在"那凤姐只管慢慢吃茶，出了半日神"之下给加上了"忽然把脸一红"一句，大概修订者认为这样可以暗示她们之间有些暧昧。其实作者并不需要这类"廉价标签"来贴"意淫"情节，因为在习惯上，她们之间是许可接近的。

习惯的不同，反映出不同民族的深层意识并不相同，满族满不在乎的事，而汉族却严格防范。男尊女卑的传统观念，造成生活中汉族人有着严格的"男女授受不亲""叔嫂不通音问"的行为准则。例如，差不多与《红楼梦》先后问世的另一部长篇白话小说《歧路灯》，描写汉族家庭浪子回头的故事，作者宣传的是"牝鸡司晨，惟家之索"的观点，一再告诫必须恪守男女有别，不能听信妇人之言，该书第九十五回中让一个正派人物义正词严地发表了一番训话：

从来男女虽至戚不得过通音问。咱丹徒多隔府隔县姻亲，往来庆贺。男客相见极为款洽。而于内眷，不过说，"禀某太太安"而已。否则丫头嬛妇代之，在屏后说："谢某老爷某爷问，不敢当。"虽叔嫂亦不过如此。从未有称姨叫姈，小叔外甥，穿堂入舍者。盖尊礼存问者多，妇人之性，久而久之，遂不觉权移于内。防微杜渐，端在此人不经意之间。

这段谈男女有别的训词，道出防微杜渐的目的，在于严防"权移于内"看似小事，实为男性中心的大问题，从歧视妇女的根本观点出发，绝不能让女人掌握家政大权，这就是汉族家庭关系中十分顽固的心态。

清史学家们分析满族家庭关系时，还提到满族有"尊重内亲之习惯"①。从人类发展史看，此亦系母系氏族社会遗迹。《红楼梦》在写女子持家的同时，也写了贾府"亲近母系亲属"的现象。例如林黛玉寄居在外祖母家，薛姨妈一行到京，不住自家房子，偏带着儿子与未出嫁的女儿来住姐丈家，且非小住，一住就是几年，还有尤二姐、尤三姐、李纨的母亲及李纹、李绮、邢岫烟等等，一批又一批，先后都是靠着内亲关系进入贾府，全书故事也由这些交错复杂的人际关系不断发展，甚至来打抽丰的刘姥姥，也是因与王夫人祖上有关系找上门来的。相比之下，贾姓亲属的来往，则极为稀少。汉族家庭以男性为中心的宗法制度，只承认父系亲属为直系亲属，相互往来密切，母系亲属只算是外姓人，不可能有如此重大而频繁的往来活动。

谈及《红楼梦》写女子持家，论王熙凤的文章极多，对在贾府具有至高无上权威的老祖宗——贾母的论述却相对较少。而且我们曾经过多批判贾母的享乐，无视作者塑造这位祖母形象的赞颂之意，也嫌失之偏颇。应该看到，贾母是曹雪芹独具匠心的又一成功创造，在中国文学的女性画廊中，极为引人瞩目。

《大戴礼记·本命》宣扬的妇道是："妇人，伏于人也。是故无专制之义，有从之道。在家从父，适人从夫，夫死从子，无所敢自遂也。"千百年来汉族妇女在家庭中的地位就是如此，无论是当女儿、当妻子、当母亲的各个时期，她都必须服从男人，即使尊为高堂老母，也不具有绝对权威。但是满族不同，满族由女子持家，妇人有掌握家政大权的合法地位。满族历史上有不少妇女是参与政事的，像康熙时期的抗俄将领萨布素夫人苏穆、乾隆时傅恒夫人完颜氏、乾嘉时期铁保夫人滢川，她们凭自己的智慧才能、在家中起着不小作用，更有时参与决策大事，深受尊重，她们的一些故事至今仍有流传和记载。清史上著名的老祖母——康熙帝玄烨的祖母，最为光彩夺目。这位皇太极的孝庄文皇后博尔济吉特氏，经历了清代开国之初的天命、顺治、康熙三朝，对清初政治有过重大影响。康熙帝玄烨自幼备受祖母爱护与培养，成长为中国历史上屈指可数的有作为的英明君主，清宫沿此习俗，清末又出现了历经咸丰、同治、光绪三朝的慈禧太后，她对导致清朝灭亡负有不可推卸的责任。值得一提的是，慈禧在独揽

---

① 孟森：《心史丛刊·附录〈世宗入承大统考实〉》。

大权时,十分喜读《红楼梦》,并且"时引史太君自比"①,现代读者不解其故,又认为是"反常现象";"照常理,像慈禧这样的女暴君,是不会喜爱《红楼梦》的"②,其实并不反常,因为《红楼梦》中至尊至贵的贾母形象积淀着深沉的满族历史文化心理因素,处于清朝末世的慈禧,通过读《红楼梦》自娱,以史太君自比,寄托自己内心无限的钦羡、无限慨叹之情。

在《红楼梦》中,参加国公府盛大庆宴的贾母,身穿礼服无比辉煌的形象,留给读者的印象远不如大观园日常生活中的贾母深刻,其中最为典型的描写是在第三十九回:

> 平儿等来至贾母房中,彼时大观园中姊妹们都在贾母前承奉。刘姥姥进去,只见满屋里珠围翠绕,花枝招展,并不知都系何人。只见一张榻上歪着一位老婆婆,身后坐着一个纱罗裹的美人一般的丫环在那里捶腿,凤姐儿站着正说笑。

二进荣国府的刘姥姥,到贾母房中拜见,见到的就是日常生活中被众人拥戴承奉着的贾母,大观园的女儿们是在贾母带领下,过着一种无忧无虑的欢乐生活。《红楼梦》中有着数不清的吃饭、看戏、玩牌、行酒令、听音乐、猜灯谜、说笑话、讲故事……正是贾母让关在园中的宝玉与众女孩儿充分享受到生活的这些乐趣。他们也满心感谢这位会吃、会玩、会享受的老祖宗,曾称赞说:"我们也想不到这样,经得老太太带领着,我们也得开些心胸。"

贾母不仅懂得生活、懂得享乐,更懂得年轻人心意,她经常尽可能让他们自由自在地取乐,例如第二十二回写道:

> 贾母亦知贾政一人在此所致之故,酒过三巡,便撵贾政去歇息。贾政亦知贾母之意,撵了自己去后,好让他姊妹兄弟取乐的。
>
> 且说贾母见贾政去了,便道:"你们可自在乐一乐罢。"一言未了,早见宝玉跑至围屏灯前,指手画脚,满口批评,这个这一句不好,那一个破

---

① 邓之诚:《骨董琐记》卷6。
② 洪文:《慈禧喜读〈红楼梦〉》,《中国青年报》1991年3月10日。

的不恰当，如同开了锁的猴子一般。

原先有贾政在场，宝玉他们喝酒猜灯谜，气氛十分拘束，谁也不敢多说一句，贾母下令将贾政撵走，又让儿孙们自在地乐一乐，贾宝玉也就如同开了锁的猴子一样欢快。《红楼梦》这番前后对比的描写，充分显示贾母对儿孙们的慈爱之心。应该说，当我们充分肯定贾宝玉反对封建束缚、崇尚个性自由等"新思想"时，必须指出培养这个"新人"的正是这位具有至高无上权威而又让他们可以自在乐一乐的贾母，有贾母之意，宝玉才能进大观园女儿国；有贾母之爱，才可能在宝玉受贾政毒打时得到保护；有贾母之熏陶，宝玉才具有品高性雅的人格。还可以任意举一个例子看看，如第四十回这样写道：

宝玉来至上房，只见贾母和王夫人众姊妹商议给史湘云还席。宝玉因说道："我有个主意。既没有外客，吃的东西也别定了样数，谁素日爱吃的拣样儿做几样。也要按桌席，每人跟前摆一张高几。各人爱吃的东西一两样，再一个什锦攒心盒子，自斟壶，岂不别致？"贾母听了，说："很是"，忙命传与厨房。

贾母在三日一小宴、五日一大宴的生活中，为避免俗套，力求花样翻新，尽量凑趣取乐。这里的描写，不仅写出贾母毫不专制，乐于听取小孩子的意见，立即传令照办，充分体现她对宝玉的疼爱与看重。同时，也写出宝玉受祖母培训，也十分不愿千篇一律应酬，专在生活中寻找别致有趣的方式，让大家自由地展示个性。正因如此，红楼的宴饮方才不使人厌倦，大观园的生活也才显出丰富多彩。

这位无比高贵的老妇人，自然有着不同凡响的光荣历史，《红楼梦》中一再地写出贾母在众人颂扬声中回忆她辉煌的过去，并且常与已经非常精明能干的孙媳妇王熙凤相比，当年主持荣国府家政的贾母，她的见识、才情和办事的干练，都是王熙凤所不及的。第三十五回特意让薛宝钗赞颂说："我来了这么几年，留神看起来，凤丫头凭她怎么巧，再巧不过老太太去。"贾母接着说："我如今老了，那里还巧什么。当日我像凤哥儿这么大年纪，比她还来得呢。"是的，如今福寿双全的贾母，凭着她"经过见过"的深厚文化素养，在充分享受着人间的荣华富贵。

入关百余年后的满族，到了乾隆盛世，已经变马背上尚武生活为追求闲适风雅习尚了。曹雪芹将满洲贵族在吃、穿、住方面的讲究，通过《红楼梦》的精彩篇章，尤其通过描写贾母的嗜好、情趣，进行了酣畅淋漓的展示。我们在批判贵族享乐之外，不能忽视他们在促进满族文化以至全中国文化发展方面的贡献。

贾府的饮食文化，已经因曹雪芹留在《红楼梦》中记载，由现代人编成了《红楼食谱》，在各种酒楼里让今天的中国人遍享"红楼菜系"的口福。贾母喝茶有讲究，不吃六安茶，要喝老君眉；贾母吃饭有讲究，"把天下所有的菜蔬用水牌写了，天天转着吃"，贾府烧的茄鲞"倒得十来只鸡来配它"，真可谓吃尽人间美味了。最令今天的美食家难想到的，还是第三十五回贾宝玉想吃的"那小荷叶儿小莲蓬儿的汤"，连凤姐也笑着说："听听，口味不算高贵。只是太磨牙了，巴巴的想这个吃。"原来，做这种汤，需有精致的银模子，它们"有一尺多长，一寸见方，上面凿着有豆子大小，也有菊花的，也有梅花的，也有莲蓬的，也有菱角的，共三四十样，打的十分精巧。"贵夫人薛姨妈看了之后，也称奇叫绝说："你们府上也都想绝了，吃碗汤还有这些样子。若不说出来，我见这个也不认得是作什么用的。"确实如此，在吃的上面如此锦心绣口，比起原本讲究吃的汉民族，满族进关百余年后的发挥创造，似乎毫不逊色了。

清代满族王府与达官显贵的宅第，在建筑方面也追逐典雅豪华达到极为精致的水平，《红楼梦》的大观园即是当时园林艺术的集中反映。无数后世读者因大观园的吸引，不断地在北京寻觅"京华何处大观园？"今天在中国的南方、北方都先后出现了仿制的大观园，但是《红楼梦》的建筑艺术水平，是为后世拙劣的仿效者难以企及的，这里，我们主要谈一下，在曹雪芹一步一步深入展示大观园美好的诗情画境时，曾极力推崇贾母关于园林艺术与室内装潢的高度审美能力。第四十回先写贾母到长满翠竹的潇湘馆，见到绿窗纱旧了，马上发表议论说："这个纱新糊上好看，过了后来就不翠了。这个院子里头又没有桃杏树，这竹子已是绿色的，再拿这绿纱糊上反不配。"她命人去找一种银红色的"远远的看着就似烟雾一样"的"软烟罗"换上，"凤尾森森"的潇湘馆，加上茜色窗纱点缀，增添了几分迷人的春色。对于房间布置，贾母的审美观是什么环境配什么样摆设，必须依据主人性格爱好，适宜有度。贾母见薛宝钗的房间一无陈设，就主张重新布置："把那石盆景儿和那架纱桌屏，还有个墨烟冻石鼎，这三样摆在这案上就够了。再把那水墨字画白绫帐子拿来，把这帐子换了。"她十分自信地说："包管又大方又素净。"贾母确实堪为"最会收拾屋子的"艺术家，大观园中各人的住处，既都典雅别致，又各有独自风格，构成古今说部未曾有过的极富个性的意境，不能不首推贾母指导有方。

贾母还十分擅长欣赏音乐，第四十回史太君两宴大观园，让戏班演戏，她出主意说："就铺在藕香榭的水亭子上，借着水音更好听。"于是书中写道：

不一时，只听得箫管悠扬，笙笛并发。正值风清气爽之时，那乐声穿林渡水而来，自然使人神怡心旷。

隔水听音乐的绝好艺术享受，只有具备贾母如此高的文化修养和艺术鉴赏能力的人，才能独出心裁想得出来。这次宴会有刘姥姥添趣，达到大观园生活的欢乐顶峰。林黛玉等贵族小姐们也得到封建时代罕有的生活乐趣。以后，发展到贾府渐至衰败时，第七十六回也写听音乐、也写由贾母提议举办一次别具一格的赏月方式，贾母说："如此好月，不可不闻笛。""音乐多了，反失雅致。只用吹笛的远远的吹起来就够了。"于是，另有一幅山上赏月听音乐的情景：

正说着闲话，猛不防只听那壁厢桂花树下，呜呜咽咽，悠悠扬扬，吹出笛声来。趁着这明月清风，天空地净，真令人烦心顿解，万虑齐除，都肃然危坐，默默相赏。听约两盏茶时，方才止住，大家称赞不已。于是遂又斟上暖酒来，贾母笑道："果然可听么？"众人笑道："实在可听。我们也想不到这样。须得老太太带领着，我们也得开些心胸。"贾母道："这还不大好，须得拣那曲谱越慢的吹来越好。"……大家陪着又饮，说些笑话。只听桂花阴里，呜呜咽咽，袅袅悠悠，又发出一缕笛音来，果真比先越发凄凉。大家都寂然而坐。夜静月明，且笛声悲怨，贾母年老带酒之人，听此声音，不免有触于心，禁不住坠下泪来。众人彼此都不禁有凄凉寂寞之意……

往日缀锦阁下欢乐热闹的场面早已消失,秋风萧杀之气即将横扫大观园。这位聪敏过人的老太太,品味着呜呜咽咽的笛声,自然会倍感凄凉,《红楼梦》前八十回中这最后一次音乐欣赏,回荡着催人泪下的凄凉寂寞之情。只是非常遗憾,见不到曹雪芹后四十回原稿,不知他将如何描写这位老祖母生活的最后岁月。

曹雪芹满怀着民族敬老敬祖的思想感情,极力写出贾母慈祥亲切、见多识广、谈笑风生的可敬可爱形象。甚至于盛赞贾母深刻的艺术见解时,借以宣扬他自己的审美观点。最突出的例证便是第五十四回"史太君破陈腐旧套",脂砚斋在总批中曾明白指出:"首回楔子内云古今小说千部共成一套云云,犹未洩真,今借老太君一写,是劝后来胸中无机轴之诸君子不可动笔作出。"[①]"单着眼史太君一席话,将普天下不近理之奇文,不近情之妙作一齐抹倒,是作者借他人酒杯消自己块垒。"[②] 曹雪芹于全书开始批评当时流行的才子佳人小说千部一腔之后,意犹未尽,又再借史太君之口,细细地深入评论。作者对这位老祖母的崇敬,自是不言而喻的。

三、爱红的毛病

贾宝玉的女性崇拜,被袭人斥为爱红的毛病,并非全如我们所赞赏的具有民主思想的叛逆行为。贾宝玉在尊重、体贴女儿,甘愿为女儿尽心服务的同时,书中也写他的外形与性格日趋女性化,并对同类的美男子有着非同一般友情的爱慕。应该指出,这方面正是当时满洲贵族八旗子弟中一种男性雄风锐减习气的如实反映。

《红楼梦》写贾宝玉出场,其形象极富女性美的特征:

> 头上戴着束发嵌宝紫金冠,齐眉勒着二龙抢珠金抹额,一件二色金百蝶穿花大红箭袖,束着五彩丝攒花结长穗宫绦,外罩石青起花八团倭缎排穗褂,登着青缎粉底小朝靴。面若中秋之月,色如春晓之花,鬓若刀裁,眉如墨画,鼻如悬胆,睛若秋波。虽怒时而似笑,即瞋视而有情。项上金

[①] 庚辰本《脂砚斋重评石头记》第54回开始总批。
[②] 有正本《脂砚斋重评石头记》第54回总批。

蟠璎络。又有一根五色丝绦，系着一块美玉……一回再来时，已换了冠带，头上周围一转的短发，都结成小辫，红丝结束，共攒至顶中胎发，总编一本大辫，黑亮如漆，从顶至梢，一串四颗大珠，用金八宝坠脚，身上穿着银红撒花半旧大袄；仍旧带着项圈、宝玉、寄名锁、护身符等物；下面半露松绿撒花绫裤，锦边弹墨袜，厚底大红鞋。越显得面如敷粉，唇若施脂；转盼多情，语言若笑。

这里描绘的宝玉不论外出盛装，还是居家常服，作者强调描写的总是他的俊美长相："面若中秋之月，色如春晓之花""面如敷粉、唇若施脂"。这位满族少年可爱得如同一个光艳夺目的少女。几年之后，已经长大了的宝玉，作者仍不忘写其模样的女性化，第五十回写大观园女儿们踏雪寻梅，又特意写了贾母误把宝玉当成女孩儿的情节。至于贾宝玉在大观园里的住所，也与其他女孩儿的闺房无异，逛大观园的刘姥姥醉后闯进怡红院，误认为"这是那个小姐的绣房，这样精致？"小说更有多处着重描写贾宝玉性格的女性化。最早是凤姐说的："好兄弟，你是个尊贵人，女孩儿一样人品，别学他们猴在马上。"贾宝玉从抓周开始，就有爱红的怪癖，自幼喜吃女孩儿嘴上的胭脂，长大后仍然精通调脂弄粉的方法，对女孩儿们色色想得周到，使贾母认为他是不是女儿错投了胎，最了解宝玉心事的茗烟，曾经祝愿说："保佑二爷来生也变个女孩儿。"凡此种种，《红楼梦》写尽了贾宝玉的"痴""傻""呆"的爱红毛病，真可谓是"古今不肖无双"，难怪今天拍摄电影《红楼梦》时，实在找不到合适的男演员，只能让一位女演员来扮演贾宝玉了。

爱红的毛病还表现为贾宝玉喜爱也同样具有女性美的男子。我们论述贾宝玉与秦钟关系时，不应回避不谈他们之间有"恋风流"的一面。小说第九回曾明明白白地写出："自宝、秦二人来了，都生的花朵儿一般的模样，又见秦钟腼腆温柔，未语面先红，怯怯羞羞，有女儿之风，宝玉又是天生成惯作小服低，赔身下气，情性体贴，话语缠绵，因此三人更加亲厚，也想不得那起同窗人起疑心……"最终在这所封建大家族的学堂里，由于子弟们的同性恋行为，爆发了一场大打出手的闹剧。第十四回又写出于同一心理，一向并不喜见达官显贵的贾宝玉，听见父亲叫他去见"才貌双全、风流潇洒"的北静王时，他十分欢喜，见到这位王爷果然是"面如美玉、目似明星、真好秀丽人物","宝玉忙抢上来参见"。确实，不论贫富贵贱，只要是秀丽的美男子，宝玉都是愿意相交的，即使是唱戏的伶人也如此。贾宝玉与蒋玉菡一见面就互赠礼物，使薛蟠也直率地评说："你怎么不怨宝玉在外头招风惹草的那个样子？""那琪官，我们见过十来次的，我并未和他说一句亲热话；怎么前儿他见了，连姓名还不知道，就把汗巾子给他了？"我们分析贾宝玉爱红的毛病，如果全从平等民主思想阐述，并不能得其要领。

在乾隆年间的满洲贵族八旗子弟中，结交伶人并非新奇个别现象。例如家世簪缨、三代俱登宰辅的满洲贵公子庆兰，自称"殿试秀才"一生不入仕途，远避尘嚣过着倚红偎翠的风流生活。他与写过《题红楼梦》20首的明义过从甚密，二人都与苏州伶人云郎一见倾心，写诗赠答、书信往还。明义的《绿烟琐窗集》留下明义赠云郎诗词多达42首，其中诗句多如"一种秋波别样娇，歌酣颊畔晕红朝"，"芙蓉双颊汗光融，星眼低迷半笑中"，称赞云郎具有娇柔的女性美；又以"酩酊态教我倍生怜"，"烟绿灯红景尚存，最难割处是情极"抒写对云郎的绵绵情意。以后，明义又遇到另一伶官庆郎，感到"柔情丽质酷有类之者"，于是"怜新忆旧，愁不胜情"，写了《庆郎诗》10首。最后在《绿烟琐窗集》的篇末，明义又写《题符郎所赠歌扇》，是为伶官符郎歌扇上题的诗，仍表达自己"新情无那旧情多"的心态。可以肯定地说，曹雪芹所写贾宝玉与蒋玉菡的关系，当时屡见不鲜，这些贵族八旗子弟也以风流多情自命，毫不避忌地将这类诗词编入诗集之中。

养尊处优的贵族生活，使八旗子弟身材气质发生变化。粗犷剽悍的雄风退去之后，乾隆间满洲贵族八旗子弟都以文静儒雅为时尚。曾于乾隆末期参加乾隆皇帝八十大寿庆典的朝鲜诗人柳得恭，写过一首诗，题为《满洲诸王》：

和硕多罗贝勒公，芝兰玉雪四筵同。金源本纪留神读，深恨年来变旧风。

小诗简要地表达这位域外诗人见到满洲诸王的感想，他看到诸位王公皆是风度儒雅，完全改变了原有民族风貌，从而十分忧虑，后两句诗即写应该读《金史》，吸取金代亡国的教训。由于诗人感到意思尚未说清，又在诗末清楚地加了较长说明：

> 余所见诸王贝勒甚多，眉眼妍秀，皆玉雪人也。佛寺市楼或见皇子皇孙笔，多学薰，中州才子无以过之。百余年前，在白山黑水时，必不能如此异哉。
>
> 热河房中识明安，亦宗室公也，年二十余，端雅如美秀才，为学其所居胡同，约访，及到燕京，匆匆未能也。
>
> 《乾隆御制集》多引金世宗语，叹升平日久，八旗子弟如鹰居笼，日饱肉不能奋击。可谓深长虑也。①

柳得恭见到满洲王公贵族，都是端雅妍秀的"美秀才"，皇子皇孙题匾也遍挂佛寺市楼，想到在百余年前，他们的先人生活于白山黑水之时，必定不会是这个样子。最后他谈到乾隆皇帝已经在《乾隆御制集》中引述过金世宗的话。乾隆皇帝也遵皇太极遗训，不断以金世宗语为戒，十分担心升平日久，满族人处于相对封闭的优裕环境中，如同笼中的苍鹰，天天饱享肉食，不思奋击了。柳得恭认为皇帝的忧虑是极其深远的。

身为满族读书人，曹雪芹也以清醒的头脑，预感到满洲民族命运的危机。他笔下的贾宝玉即为满洲贵公子的典型，虽非八旗子弟中的纨绔之辈，却也是无事忙的富贵闲人。小说中的贾宝玉整日只在女儿面前转，以清净纯洁的女儿们为自己的精神支柱，他与她们一样多愁善感，见花洒泪，对鸟说话，他精心地为她们簪花弄粉，而对于骑马狩猎不再感兴趣。《红楼梦》曾经写贾宝玉见到贾环演习骑射，斥之为"淘气"。并教训说："把牙栽了，那时才不演呢！"还有一次，宝玉将芳官女扮男装，取名为"耶律雄奴"，第六十三回中写下这次宝玉与芳官有一段相当长的谈话，其中写道：

> 芳官笑道："既这样着，你该去操弓习马，学些武艺，挺身出去拿几个反叛来，岂不进忠效力了。何须借我们，你鼓唇摇舌的，自己开心作

---

① 柳得恭：《滦阳录》卷1，《满洲诸王》。

戏，却说是你功颂德呢。"宝玉笑道："所以你不明白。如今四海宾服，八方宁静，千载百载不用武备，咱们虽一戏一笑，也该称颂。方不负坐享升平了。"芳官听了有理，二人自为妥贴甚宜。

谈话涉及的即是民族风习的变异的问题，宝玉他们不去操弓习马，只会鼓唇摇舌，开心做戏，太平盛世里这种不再奋击进取、民族精神的异化，促使经历了家族盛极而衰之后的曹雪芹痛定思痛，敏感地产生一种危机意识，他和着血泪着力塑造贾宝玉的形象，既寄托着他的爱、他的理想、他的追求，也寄托着他的痛苦、他的矛盾、他的彷徨，这一切都饱含着他对于自己民族危机命运无可奈何的隐忧。

所以，贯穿《红楼梦》始终的基调，是强烈的感伤主义色彩。主人公贾宝玉的女性崇拜充满着矛盾、困惑以及无法解脱的苦痛。贾宝玉多么希望"与众姐妹天天在一起，永不分离"，在因金钏儿和蒋玉菡之事受贾政毒打，遍体鳞伤之时，他向知心的黛玉发过誓愿："就便为这些人死了，也是情愿的。"可是，这些话都无法实现。事实是，失却顽强生存竞争能力、满是软弱女儿态的贾宝玉，在挨打后，尽管越发在女儿们面前尽心，对她们更加同情与温存和气，却无力去抵御日益逼近大观园的风雨，连"茉莉粉替去蔷薇硝，玫瑰露引来茯苓霜"之类的纠纷，贾宝玉也只能代人受过，掩盖矛盾；一旦"抄检大观园"的风暴袭来，他根本无招架之功。于是，当纯净的女儿国不复存在，当众女儿皆难免于千红一哭、万艳同悲时，无力相救、凄惶迫切的贾宝玉，唯一的精神支柱被轰毁，剩下的，只有皈依佛门。

（原载《中国语言文学》，中央民族学院出版社 1992 年版）

"一梦红楼感纳兰"

——《红楼梦》与满族文化研究之三

张菊玲

自打《红楼梦》出现,社会上就掀起一股《红楼梦》热,有人评点、有人索隐、有人猜谜、有人评论、有人续写,二百余年来,从未间断。当然,"仁者见仁,智者见智"、一千个读者心中,有一千个哈姆莱特,阅读伟大的文学作品,古今中外读者都有不同的接受情景,至今热潮未减的"红学",更是如此,正如鲁迅先生所言:

《红楼梦》是中国许多人所知道,至少,是知道这名目的书。谁是作者和续者姑且勿论,单是命意,就因读者的眼光而有种种;经学家看见《易》,道学家看见淫,才子看见缠绵,革命家看见排满,流言家看见宫闱秘事……

在我的眼下的宝玉,却看见他看见许多死亡;证成多所爱者,当大苦恼,因为世上不幸人多。①

鲁迅先生用不多的几句话,深刻尖锐地一语点破了各派"红学家"的真谛;而他自己所说:"在我的眼下的宝玉,却看见他看见许多死亡",则可以算是最接近《红楼梦》作者命意的观点了。

一打开《红楼梦》,就听到了曹雪发出"大无可如何之日也!"的浩叹声;在标示书名时,题写的一首绝句是:

---

① 《鲁迅全集》第8卷,《〈绛洞花主〉小引》,人民文学出版社1981年版。

上　编

> 满纸荒唐言，一把辛酸泪！都云作者痴，谁解其中味？

作者一把辛酸泪，写出这满纸的荒唐言，有谁能解其中味？在甲戌本凡例后，有诗云：

> 浮生着甚苦奔忙？盛席华筵终散场。悲喜千般同幻梦，古今一梦尽荒唐。谩言红袖啼痕重，更有情痴抱恨长。字字看来皆是血，十年辛苦不寻常。

有着人生大阅历、大悲痛、大感慨的曹雪芹，对人间世事具有明显的"色空"、"梦幻"思想，庚辰本第一回，明白指出："此回中凡用'梦'、用'幻'等字，是提醒阅者眼目，亦是此书立意本旨。"但是，一般读者真能解其中味的，实在太难；越是如此，也就越加引起前前后后无数红迷的狂热兴趣，至今"红学"研究专著已经是汗牛充栋了。

本文只打算从曹雪芹与满族第一大词人纳兰性德的遥相感应谈起，进而对曹雪芹融合满汉思想文化，创作的中华民族文学艺术瑰宝《红楼梦》，稍加分析、判断，以期能够略微有助于我们今天对曹雪芹和《红楼梦》的阅读。

有关《红楼梦》的索隐资料，最早，要算是乾隆皇帝在读后进行的猜测，据清人笔记传闻：

> 谒宋于庭丈（翔凤）于葑溪精舍。于翁言：曹雪芹《红楼梦》，高庙末年，和珅以呈上，然不知所指。高庙阅而然之曰："此盖为明珠家作也。"后遂以此书为珠遗事。[①]

以后，有人又进一步提及贾宝玉即明珠子性德：

> 容若，原名成德，大学士明珠子，世所传《红楼梦》贾宝玉，盖即其人也。《红楼梦》所云，乃其髫龄时事。其诗善言情，又好言愁，摘录两

---

① 《能静居笔记》，蒋瑞藻编《小说考证》下，《拾遗》原第121，人民文学出版社1957年版，第556页。

首，可想其人："予生未三十，忧愁居其半，心事如落花，春风吹已断，行当适远道，作计殊汗漫。寒食白草长，薄暮烟溟溟，山桃一夜雨，茵箔随飘零，愿餐玉红草，一醉不复醒。""幽谷有佳人，无言若有思，含颦但斜睇，吁嗟怜者谁？予本多情人，寸心聊自持，私心讬远梦，初日照帘帷。"诗中美人，即林黛玉耶？①

至清末民初，一些笔记中，亦多证此说。有《西神客话》提及：

又樊山近句云："一梦红楼感纳兰"，其说亦与余同。②

当然，在清朝满洲官员中，也有认为《红楼梦》是"诲淫"之作：

满洲玉研农（麟），家大人座主也，尝语家大人曰："《红楼梦》一书，我你满洲无识者流，每以为奇宝，往往向人夸耀，以为助我铺张。""其稍有识者，无不以此书为污蔑我满人，可耻可恨。""那绎堂先生亦极言：'《红楼梦》一书为邪说诐行之尤，无非糟蹋旗人，实堪痛恨。'"③

这里，我们引述这些资料的目的，是为了让今天的读者了解，在清代旗人中，无论对《红楼梦》是赞美，还是反对，有一点是共同的，即他们都承认《红楼梦》属于满洲旗人作品。这一点，对于我们走近曹雪芹、理解《红楼梦》至关重要，也是本文对曹雪芹与纳兰性德进行比较研究的出发点。④ 今天，在谈纳兰性德与曹雪芹时，我们必须指出：近100年来，人们从反满、排满以及对满洲八旗文化历史发展缺乏了解，以至或视而不

---

① 张维屏：《国朝诗人徵略》2编，卷9，道光二十二年刊本。转引自一粟编《红楼梦卷》第2册，中华书局1963年版，第363页。

② 载1915年《小说海》第1卷第2号，转引自一粟编《红楼梦卷》第2册，中华书局1963年版，第420页。

③ 梁恭辰：《北东园笔录》4编，卷4，同治五年（1866）义文斋刊本，转引自一粟编《红楼梦卷》第2册，中华书局1963年版，第366页。

④ 关于论述《红楼梦》与满族文化的关系问题，笔者已曾写过两篇论文：《产生〈红楼梦〉的满族文化氛围》（载《民族文学研究》1989年第2期）；《〈红楼梦〉女性观新探》（载《中国语言文学》第1辑，中央民族学院出版社1992年出版。敬请参阅。

见，或避而不谈，或背道而论等习惯了的错误解读。我们应该看到：纳兰性德、曹雪芹，他们都是满洲旗人，虽然远祖血统为蒙、汉，但随着历史衍变，纳兰家与曹家，此时早已成为与大清王朝最上层皇家关系密切的簪缨望族，他们的生活环境、风俗习惯、礼仪家法，社会交往，也全然是当时满洲旗人所具有的特色。我们更应该承认：满洲族是一个善于学习、善于创造的民族，在入关后的267年中，接受和融合了汉族文化，从而为中华民族贡献出清初第一学人纳兰性德的《饮水词》和乾隆时期文学创作顶峰的曹雪芹的《红楼梦》，它们都是至今国人引为骄傲的艺术瑰宝。

性德，姓纳兰氏，远祖为蒙古土默特氏，高祖金台什为海西女真叶赫部首领，金台什之妹嫁给努尔哈赤为妃，生下了未来的清太宗皇太极。当努尔哈赤在天命四年（明万历四十七年，1619）完成女真各部统一，消灭叶赫，妻兄金台什战败被围自焚未死，被俘后，被努尔哈赤下令用绳子绞死。皇太极继位之后，纳兰家隶满洲正黄旗，是满洲上层贵族中著名的八大姓之一。性德的父亲明珠，满汉文化兼通，康熙三年（1664）擢内务府总管，深得康熙帝宠信，康熙十六年（1671）升为武英殿大学士，康熙二十一年（1682）加太子太傅，晋太子太师。权倾一时，广结党羽。在性德病逝之后，康熙二十七年（1688）被郭琇疏劾，康熙帝罢黜明珠，不久，虽又有所任用，却再也没恢复大学士之重任。明珠的第二子揆叙才华出众，勤学好问，廉洁自好，受到康熙皇帝的提拔重用，也颇得人心。由于介入了皇宫内围绕康熙帝继承人的明争暗斗，在死去7年之后，还遭到当了皇帝的雍正帝的报复，下令将揆叙墓碑改刻为"不忠不孝柔奸阴险揆叙之墓"，到乾隆二年（1737）由性德之孙上奏，得乾隆帝"允之"，才得以磨掉。

性德生于清顺治十一年（1654），为明珠长公子，在这样的"乌衣门第"里，锦衣玉食，享尽人间富贵；也与清初满洲贵族子弟一样，受到满汉文化的系统训练，天资聪慧的性德，"数岁即可骑射，稍长工文翰"。到了18岁那年（康熙十一年，1672）中顺天乡试举人，拜谒主试官徐乾学时，已经达到"谈经史源委，及文体正变，老师宿儒，有所不及"的程度[①]。以后，师从徐乾学，不断加强经史典籍的学习；又努力钻研历史、

[①] 徐乾学：《纳兰君墓志铭》、《通志堂集》卷19《附录上》，上海古籍出版社1979年版。

地理、天文、历算、佛学、书法、鉴赏、考证、音乐、诗词等，终于，年轻又具卓绝才能的性德，被誉为"清初学人第一"（梁启超语），其才华洋溢的词章，被王国维赞为"北宋以来一人而已"，康熙十五年（1676）22岁的性德，考中殿试二甲，"赐进士出身""选授三等侍卫"，以后依次晋二等侍卫、一等侍卫，直到31岁病逝。性德所任的职务，始终是他的同龄人——康熙皇帝的侍卫，出入扈从、服劳惟谨。康熙二十四年（1685）五月，性德不幸患病，竟至7日不汗而逝，一代天才，生命如此之短促！

曹雪芹的祖父曹寅是性德的朋友，生于清顺治十五年（1658）。曹家归旗得早，远居辽东时，已隶满洲内务府包衣正白旗。从龙入关，祖父曹振彦开始为官。因曹寅"母为圣祖保母"的特殊关系，曹寅自幼侍康熙皇帝读书，通经史、工诗文。康熙二年（1663）曹寅的父亲曹玺以内务府郎中任江宁织造，曹寅与弟曹宣随父之任。曹家自始居江南。曹玺直任至康熙二十三年（1684）卒于江宁织造任。曹寅在16岁时，也已是御前侍卫，21岁至24岁时，仍在銮仪卫职。曹寅与性德有较长时期共同在宫里当差。以后，曹寅任过内务府郎中，康熙二十九年（1690）出为苏州织造，后又兼江宁织造，康熙四十六年（1707）在江宁织造任又兼盐差任。康熙五十一年（1712）曹寅55岁病故于江宁织造任。曹寅时代为曹家鼎盛时期，康熙皇帝六次南巡，有四次下榻江宁织造府，曹寅的两个女儿均由皇帝指婚，嫁与满洲王子，"皆为王妃"，长女嫁多罗平郡王讷尔苏。所生儿子福彭，后来袭多罗平郡王，即曹雪芹的姑舅兄弟。曹寅具有较深的文化修养，擅长诗书、并善词曲，在江南广泛结交汉族名人雅士，拥有大量藏书，曾经主持刊刻《全唐诗》，著有《谏亭诗钞》等。康熙五十二年（1713）曹寅之子曹颙继承父职，任江宁织造。曹寅身后巨额亏空，令曹寅内兄李煦代管盐差所得余银清完。康熙五十四年（1715）曹颙病故，令曹宣子曹頫承祧袭职。雍正二年（1724）李煦获罪，奉旨将曹頫交与怡亲王照管。雍正五年（1727）李煦交刑部治罪；年底罢曹頫江宁织造，旋合查封曹頫家产。雍正六年（1728）曹氏籍家回京，雍正十二年（1734）平郡王福彭为定边大将军。乾隆四年（1739）平郡王福彭因属下生事，自请议处。

曹雪芹和《红楼梦》，都是世代红迷们难猜的迷。诸如曹雪芹的生卒年、生平事迹、创作经历等等，均缺乏可靠的佐证资料。现今，我们只能依稀知道，曹雪芹童年在江南，长于富贵场中、温柔乡里；尚未成年，突遭变故，家产被抄；回到北京，生活日渐困顿。青年时期，诗酒放浪，傲兀不驯。中年之后，贫居西郊，"著书黄叶村"，留下半部《红楼梦》，"传神文笔足千秋"！

纳兰性德与曹寅的交往，留在他们诗文集中的文字记载，是有关江宁织造署里楝亭的。曹玺曾在署内手植一株楝树，曹寅在父亲去世后，即盖楝亭以为纪念；并绘楝亭图，广征名人雅士题诗。性德在康熙二十三年（1684）冬，扈从康熙皇帝首次南巡，曾入织造署，到过楝亭。康熙二十四年（1685）春，填词一阕题《楝亭图》第一卷，并作记云：

满江红·为曹子清题其先人所构楝亭，亭在金陵署中

藉甚平阳，羡奕叶，流传芳誉。君不见，山龙补衮，昔时兰署。饮罢石头城下水，移来燕子矶树。倩一茎、黄楝作三槐，趋庭处。　　延夕月，承晨露。看手泽，深余慕。更凤毛才思，登高能赋。入梦凭将图绘写，留题合遣纱笼护。正绿阴、青子盼乌衣，来非暮。

曹司空折植楝树记

《诗》三面篇，凡贤人君子之寄托，以及野人游女之讴吟，往往流连景物，遇一草一木之细，辄低回太息而不忍置，非尽若召伯之棠："美斯爱，爱斯传"也。又况一草一木，倘为先人之所植，则睠言遗泽，攀枝执条，泫然流涕，其所图以爱之而传之者，当何如切至也乎！余友曹君子清，风流儒雅，彬彬乎兼文学政事之长，叩其渊源，盖得之庭训者居多。子清为余言：其先人司空公当日奉命督江宁织造，清操惠政，久著东南；于时尚方资黼黻之华，闾阎鲜杼轴之叹，衙斋萧寂，携子清兄弟以从，方佩觽佩韘之年，温经课业，靡间寒暑。其书室外，司空亲栽楝树一株，今尚在无恙；当夫春葩未扬，秋实不落，冠剑廷立，俨如式凭，嗟乎！曾几何时，而昔日之树，已非拱把之树，昔日之人，已非童稚之人矣！语毕，子清愀然念其先人。余谓子清："此即司空之甘棠也。惟周之初，召伯与元公尚父并称，其后伯禽抗世子法，齐侯及任虎贲，直宿卫，惟燕嗣不甚者。今我国家重世臣，异日者子清奉简书乘传而出，安知不建牙南服，踵武司空。则此一树，先人之泽，于是乎延；后事之泽，又于是乎启矣。可

无片语以志之。"因为赋长短句一阕。同赋者，锡山顾君梁汾。①

作为多年同在宫中值勤的朋友，性德称赞曹寅风流儒雅，具有兼文学政事之长的特质，他认为，所以能如此，是因曹寅受到良好的家教。于是，随即记录下两位友人之间的一段珍贵对话。曹寅满怀对父亲的深情，对性德回忆说：当童稚之年，他们兄弟二人，跟随父亲在衙署，学骑射之外，更要不分寒暑地温经课业。（我们需要指出：曹寅说到的"佩觿佩韘"，觿是古代用以解结的用具，用玉制成，形如锥，清代作为佩饰。韘是射箭时戴在右手拇指上钩弦用的扳指。这两件东西，当时旗人男子身上的必备品。这里，是说当男孩刚到可以学骑射的年龄，同时，又让他们学习儒家经典。曹玺极其注重从小培养孩子接受满汉文化的双重教育。）这一切情景，父亲在书房外亲手种植的楝树，成为最好的见证。为感念父亲的恩泽，曹寅特置建楝亭、绘楝亭图、题楝亭诗。性德听后，很受感动，对曹寅说了一番鼓励的话，他说：这株楝树在曹家会承前启后，既记下先人之泽，又开启后事之泽，相信曹寅会出任重职，异日将有更大作为。

非常不幸，五月初，性德刚刚题完词；五月三十日就突然染病，过早地过世了。十年以后，曹寅在江宁织造任的一个秋夜，与性德挚友张纯修，还有施世纶在楝亭夜话，并绘图、题诗，曹寅的《题楝亭夜话图》篇末兼感性德云：

忆昔宿卫明光宫，楞伽山人貌姣好，马曹狗监共嘲难，而今触痛伤枯槁。

家家争唱饮水词，纳兰小字几曾知。斑丝廓落谁同在，岑寂名场尔许时。②

另据叶恭绰先生旧藏《夜话图》卷墨迹，"伤枯槁"作"伤怀抱"；"小字"作"心事"；"斑丝廓落谁同在"作"布袍廓落任安在"；"岑寂名场尔许时"作"说向名场此一时"，比较起来，这墨卷原文意思更深。曹

---

① 以上资料，均转引自周汝昌《红楼梦新证》第7章《史事稽年·中期》，人民文学出版社1985年版，第309、310页。

② 曹寅《楝亭集》卷2，上海古籍出版社1978年影印本，第66页。

寅回想起当年，与品貌狡好的性德一同在宫中值勤，相互为近侍之职解嘲的情景。进而深切痛惜性德英年早逝，对于现如今家家争唱性德的词章，又能有多少人了解他的心事，而发出无限感叹。

相隔约三四十年后出世的曹雪芹，与曹寅、性德虽已隔代，可是，从《红楼梦》里，人们清楚地听到与纳兰词遥相呼应的声音，其中的最强音，是感慨人生的苦闷、悲凉；而这声音是由享尽荣华富贵的盛世佳公子发出的，也就更加具有撼人心腑的震撼力。

人，一般在贫穷与困苦中，易发人生悲怆之音。性德富为声势显赫的权相家长公子，贵为最高皇帝的贴身侍卫，又身处满洲人刚入主中原、势不可挡之初期，他的诗词，似乎应该是充满颐指气使、不可一世的骄奢之气；而性德却恰恰相反，他的挚友顾贞观在祭文中说："吾哥胸中浩浩落落，其于世味也甚淡，直视勋名如糟粕，势利如尘埃。"又曾说："容若词有一种凄婉处，令人不忍卒读。"现在，让我们试举几阕为例：

残雪凝辉冷画屏。落梅横笛已三更，更无人处月胧明。　　我是人间惆怅客，知君何事泪纵横。断肠声里忆平生。(《浣溪沙》)

林下荒苔道韫家，生怜玉骨委尘沙。愁向风前无处说，数归鸦。半世浮萍随逝水，一宵冷雨葬名花，魂似柳绵吹欲碎，绕天涯。(《山花子》)

何处，几叶萧萧雨，湿尽檐花，花底无人语，掩屏山，玉炉寒。谁见两眉愁聚倚阑干。(《玉连环影》)

只有三四十字的小令，却满是无限愁情。有人曾做过统计，在现存的纳兰词中，用"愁"字90余次，"泪"字65次，"恨"字39次。人们将他比作李后主，"《饮水词》得南唐二主之遗"[①]，"倚声家直笙为李煜后一人"[②]。梁启超也说："容若小词，直追李主。"[③] 可是，李后主的伤感，是"故国不堪回首月明中"；而处在承平之世的性德，身为新王朝的满洲权贵，没有亡国这痛，为什么也会感叹"兴亡满眼，旧时明月"(《忆秦娥·

---

① 陈维崧：《词评》。
② 见北平图书馆藏莫友芝旧藏《通志堂集》。
③ 梁启超：《饮冰室文集》卷77。

龙潭口》）呢？

其主要的原因，首先应从满族历史谈起，满族崛起于白山黑水间，在征战杀伐中壮大，努尔哈赤靠十三副铠甲起兵，完成统一女真各部的事业，最终这个成长于北方的少数民族，得以入主中原，取代了大明王朝的统治。满族发迹的历史，充满着各部族之间，以至血肉至亲之间的血与火的争斗；更何况，当他们登上中国政治舞台时，中原王朝也早已上演过无数次通过残酷的战争改朝换代的历史剧（他们的大清王朝终于成为最后一个专制王朝）。满洲新贵们即使坐在最高统治的宝座上，也决不能抹去心中的伤痕和深深的忧虑。作为出生于北京的第一代满洲旗人，聪颖敏感的性德是明智而清醒的，见到原本是大明王朝繁华昌盛的首都北京，遭受战乱之后，竟会变得如此萧条荒凉，因此，他唱不出豪情满怀的胜利赞歌，写下的只有别是凄凉滋味的感伤。

性德曾经登上北京西山八大处最高处的宝珠洞，极目远望，沙荒烟冷，一片茫茫，他填写了一阕《望海潮·宝珠洞》：

漠陵风雨，寒烟衰草，江山满目兴亡。白日空山，夜深清呗，算来别是凄凉。往事最堪伤，想铜驼巷陌，金谷风光，几处离宫，至今童子牧羊。　荒沙一片茫茫，有桑乾一线，雪冷雕翔。一道炊烟，三分梦雨，忍看林表斜阳，归雁两三行。见乱云低水，铁骑荒岗。僧饭黄昏，松门凉月拂衣裳。

看到耕地荒芜，田园废弃，性德发出"江山满月兴亡"的慨叹，眼前的凄凉景象，往日曾经的铜驼巷陌，金谷风光，变成了今日的寒烟衰草，童子牧羊，如此凄凉，怎让性德不伤感，无可奈何之中，以"僧饭黄昏，松门凉月"，透露出佛家出世之想。

等他来到明十三陵时，写下小词《好事近》，并非取得胜利的满族英俊侍卫，骑在马上，指点江山的激扬文字，竟然是兴亡之叹，让人感到，仿佛是明朝的遗老，来十三陵凭吊：

马首望青山，零落繁华如此。再向断烟衰草，认藓碑题字。　休寻折戟话当年，只洒悲秋泪，斜日十三陵下，过新丰猎骑。

在夕阳下,新朝雄壮的猎骑队伍中,有个威武的骑士,看到当年繁华的前朝祖陵,现在凋残零落,于断烟衰草中,从长满苔藓的石碑上辨认题字,只能"休寻折戟话当年",不免洒下了悲愁泪。

等到康熙二十一年(1682)春,性德随康熙帝东巡到松花江一带自己民族的发祥地时,这种兴亡之感,才触及性德最敏感的神经,道出他心中最深的隐痛。在吉林乌拉(兀喇)地区,性德填写了著名的《浣溪沙·小兀喇》:

桦屋鱼衣柳作城,蛟龙鳞动浪花腥。飞扬应逐海东青。　　犹记当年军垒迹,不知何处梵钟声,莫将兴废话分明。

词的上阕,性德仅用三句话,就欢快而生动地描述出自己同胞的生活情景,记录了清代初年东北满族人民渔猎生活的珍贵资料。人们植柳为城墙,居住在用桦木、桦皮建成的房屋内,穿着以鱼皮制作的衣裳;松花江上跳动有大如蛟龙的马哈鱼;天上飞翔着名贵的猎鹰海东青,好一派充满活力、生气勃勃的北国风光。可是,下阕却陡然把镜头一转,当他看到当年的军垒遗迹时,心情则截然不同了。性德先世叶赫部与乌拉部同属海西女真,就居住在松花江流域,努尔哈赤曾在此地进行过激烈战斗,先后征服了海西女真的乌拉部与叶赫部,完成女真各部的统一,满族也就是如此在血肉相残中,得以壮大、发展。70年后,当满族又一代新人,做了全中国皇帝的爱新觉罗氏的玄烨和成为新朝显贵的叶赫纳喇氏的性德,一起来到了这里,性德无法表述,只能忍住内心的伤感,"莫将兴废话分明",就如此这般,又一次随着佛家的钟声,将一切送入虚无。

所以,性德给自己取号为楞伽山人,以求精神解脱。对于都市的富贵荣华,在给友人信中,他说:"至长安中,烟海浩浩,九衢昼昏,元规尘污,非便面可却。以弟视之,正复支公所云:'卿自见其朱门,贫道如游蓬户'耳。"[1] 他还在信中,吐露出自己的心声道:"鄙性爱闲,近苦鹿鹿,东华软红尘,只应埋没慧男子锦心绣肠,仆本疏懒,那能堪此。"[2] 在常人看来无比荣耀的事情,性德在与好友的信中,却直接说出了自己不以为

---

[1] 纳兰性德致张纯修手简第29简。
[2] 纳兰性德致张纯修手简第28简。

荣、反以贵为皇帝近侍、东华软红尘的生活,而困苦不堪的知心话。因此,韩菼在《纳兰君神道碑铭》中评介说:"若戚戚于富贵,而以贫贱为可安者。身在高门广厦,常有山泽鱼鸟之想。"

在许多诗词里,性德不断地抒发此种心情,他说自己"别有根芽,不是人间富贵花。"(《采桑子·塞上咏雪花》)又说:"吾本落拓人,无为自拘束。倜傥寄天地,樊笼非所欲。"(《拟古》第三十九首)感叹着"锦样年华水样流"(《浣溪沙》);即使写传统的咏梅主题,也隐有自己的寄托,《眼儿媚·咏梅》这样写道:

莫把琼花比澹妆,谁似白霓裳。别样清幽,自然标格。莫近东墙。
冰肌玉骨天吩咐,兼付与凄凉。可怜遥夜,冷烟和月,疏影横窗。

个人的秉性、接受的教养,使年青而又才华横溢的性德,胸怀的理想追求是"别样清幽,自然标格,莫近东墙"的高超境界。一旦遇到知己,性德长期埋在心中的此种激情,一下子迸发了出来,这就是在与顾贞观相识时,写下的著名词章《金缕曲·赠梁汾》:

德也狂生耳!偶然间、缁尘京国,乌衣门第。有酒惟浇赵州土,谁会成生此意。不信道、遂成知己,青眼高歌俱未老,向樽前、拭尽英雄泪。君不见,月如水。　共君此夜须沉醉,且由他、蛾眉谣诼,古今同忌。身世悠悠何足问,冷笑置之而已。寻思起、从头翻悔。一日心期千劫在,后身缘、恐结他生里。然诺重,君须记。

好一句孤标卓绝的开场白,时方22岁的性德,响亮地唱出:"德也狂生耳,偶然间,缁尘京国。"多少年来,能有谁懂得自己此种心意,想不到,遇到了顾贞观,竟得知己。虽然,两人年龄有差距,却相逢恨晚,遂结成忘年交。性德笃友情、重然诺,甚至愿来生再结缘,其深情满溢词外。有词评家曰:"词旨嶔崎磊落,不啻坡老稼轩。都下竞相传写,于是教坊歌曲间,无不知有《侧帽词》者。"[①] 这首词即成为纳兰性德的成名之

---

① 徐釚《词苑丛谈》5。

作。其可贵之处，还在于，性德这位"履盛处丰"的贵公子，对于"达官贵人相接如平常"，对于趋炎附势的"征逐者流，见而走匿"，却能以此真情至性，冲破民族、地位、年龄等界限，结交并不得意的江南汉族布衣文士，最重要之点，是他们都鄙视富贵荣华，追求任情放达。担任皇帝侍卫，不但不能施展雄心抱负，而且，"伴君如伴虎"，性德得采取"性周防"的谨慎态度，时时压抑着自己，"惴惴有临履之忧"。加以官场充满尔虞我诈、钩心斗角，父亲明珠的权势正炙手可热，性德内心更是充满隐忧。苦闷异常的性德，与这些汉族文人雅士，在思想境界与艺术追求上找到了相通，于是，率真的性德和他们倾心相交。顾贞观之外，还有严绳孙、秦松龄、陈维崧、姜宸英等，皆为性德挚友。他们在明珠府上的渌水亭雅集，一起饮酒赋诗、论说文史、掌摩书画，《渌水亭宴集诗》的序言中性德说："宁拘五字七言，不论长篇短制，无取铺张学海，所期抒写性情。"正为性情相投，满汉文人才能相互真情地寻求着友情的慰藉。

也正是在这一点上，满汉文化交融，才会碰撞出特殊的艺术火花，清代初期，满洲贵族接触汉族文化，在尊孔读经方面，很难深入通达。而在诗词、戏曲、书画方面，属于抒写性情的闲适文艺，则能倾力其间，吟咏性情。例如清王朝定都北京的第一位皇帝福临，"勤政之暇，尤善绘事"，他临摹王羲之的书法、学习宋、元文人的山水画，常将自己的画作赐赠近臣，至今尚有他于顺治十二年绘的《山水图》轴传世。在中国绘画史上，福临是清代第一位满族书画家。另一位没有当上皇帝的皇太极的第六子高塞，长期居住在盛京，他工诗画、精曲理，如同老衲枯禅，将一生精力消磨其中。王士禛曾评高塞绘画说："尝见仿云林山幅，笔墨淡远，摆脱畦径，虽士大夫无以踰也。"① 所以礼亲王昭梿曾说："国朝自入关后，日尚儒雅，天潢世胄，无不操觚从事。"儒雅成风气，延请汉族名士进府邸教习子弟，也成风气。有钱、有闲，为足不出户的满洲宗室才子，打开了较为方便的艺术之门，进而逐渐改变着满族人的人生价值取向与艺术追求。

如果说苦闷的性德，还要骑射扈从，而在他之前后相继出现的宗室文人，则无须金戈铁马、无须科举应试。因受皇室争斗牵连，被革为置身朝政之外的闲散宗室，他们接受汉族诗酒文化影响，采取视富贵如浮云、回

---

① 转引自铁保《熙朝雅颂集》高塞诗前序。

避现实的人生态度，比性德更为解脱，完全埋头书斋饮酒、写诗、作画，过着风流儒雅的生活。康熙十年（1671）出生的岳端，是努尔哈赤的曾孙，初为勤郡王，后降为固山贝子，终于康熙三十七年被革爵。这位年轻而抑郁的满洲王孙，他的短暂一生，只有"闲时作画醉时眠"[①] 来打发生活。他的短暂一生，只能是"题诗作画旧生涯，游戏霜毫度岁华。"[②] 岳端超尘脱俗的诗画成就，对于康乾时代满族文化有着深远影响。

到了乾隆中期，王朝不可避免的盛极而衰的历史趋势，使曹雪芹和他周围失意的闲散宗室文人，积淀在内心世界的人生悲剧意识更为强烈。满洲民族发展到这个阶段，八旗子弟在统治地位中，无须追求功名利禄，过着封闭式享受特权的优越生活，民族精神与人生价值取向，早已发生变异。曹雪芹对于社会、家庭内外种种矛盾、倾轧造成的荣衰悲剧，有极其痛切的体会，纳兰性德等前辈们苦闷的声音，更深沉地在他心中回响。于是，他以清醒敏锐的感悟，用生花妙笔，写出一部震撼人心灵的人生悲剧，唱出"忽喇喇大厦将倾"的乾隆盛世哀音。

这部小说与汉人小说的最大不同，在于它拂逆了"大团圆"的传统习惯。《红楼梦》通过对贾府这个世家大族，从荣华富贵、娇妻美妾、子孙满堂，到头来落的个一场空的悲剧描写，充分展示出一种无可逃避的命运。曹雪芹那样着力描写这一贵族家庭的生活场景。目的不是在炫耀那些豪华的排场、精美的饮食、华丽的服饰、幽雅的园林，而是力图从这些奢靡的生活中，唤醒人们懂得"盛筵必散"的危机，他以无可奈何地感喟，极其尖锐地，将满洲贵族们还在醉生梦死中的民族慢性自杀的弊病，沉重而无可挽回地暴露在读者面前。

曹雪芹在《红楼梦》中，成功地塑造了一个"古今不肖无双"的主人公贾宝玉。贾宝玉生长在贾府这个钟鸣鼎食之家，却感到"'富贵'两字，不料遭我荼毒了"。"我只恨天天圈在家里，一点也做不得主，行动就有人知道，不是这个拦，就是那个劝，能说不能行"。他聪慧伶俐，却不喜欢为作八股文而读书，讽刺八股文不过是"饵名钓禄"之阶，骂那些循着科举考试轨道"读书上进"的人为"禄蠹"、"国贼"，把劝他"立身扬名"，留意"仕途经济"，这些封建社会的至理名言，骂成是混账话。由于祖母

---

① 《玉池生稿·松间草堂集·题画绝句·菊之六》。
② 《玉池生稿·松间草堂集·题画绝句·四时杂花》。

的宠爱，贾宝玉独特地生活在大观园"女儿国"里，他赞美与热爱这里的女孩子，发出"女儿是水做的骨肉，男子是泥做的骨肉，我见了女儿便清爽，见了男子便觉浊臭逼人"这样惊世骇俗的言论。作为无事忙的富贵闲人，在大观园里，他与林黛玉、薛宝钗、史湘云等才女们结社吟诗；为小姐、丫鬟们调胭脂；关起门来，他与丫鬟们不分尊卑地相处，一起嬉笑，丫鬟们有的骂他，他也不抗议……这样的贾宝玉成了同封建秩序、封建礼教格格不入的叛逆。

　　小说中，描写了贾宝玉与林黛玉，在大观园独特环境里，长期共同生活中，形成了思想与精神上的相通、产生了感情上生死不渝的爱情，这种爱情的真挚美好与爱情的最终毁灭，是《红楼梦》全书写得最打动人心弦的故事。贾宝玉是在男性中心的封建社会里难得的情种。可是，贾宝玉是软弱的，既找不到自己的生活出路，又对周围环境无可奈何。当他看到一个又一个年轻女子的不幸悲惨遭遇时，感到"万箭攒心"的痛苦，特别是心爱的林黛玉死去之后，他只有了却尘缘，走上出家当和尚的道路。

　　《红楼梦》中的贾宝玉，多情与脱俗、才华与丰姿、失望与痛苦，使这个人物形象具有中国古代小说中，从未出现过的、特立独行的、耀眼夺目的光彩，对读者产生一种新奇的艺术魅力。人们极为感兴趣地讨论着，贾宝玉的原型是谁的问题，二百多年来，众说纷纭，我们可以这么说，贾宝玉可能是纳兰性德、可能是曹雪芹、可能是脂砚斋、就是不可能是汉族作家笔下的男性人物，诸如《金瓶梅》中的发迹变态、纵欲而亡的西门庆，根本无法相比；《歧路灯》中回头的浪子，更比不上；即使是《儒林外史》中，略具叛逆思想的杜少卿，亦不相同。《红楼梦》是清代满洲八旗生活的特殊环境中产生的，贾宝玉是满汉文化整合形成的一代满族文人形象的典型代表。

"为人间留取真眉目"

——论晚清满族女作家西林春

张菊玲

名噪晚清词坛的女词人顾太清,有一串难解的问题:她是满人,还是吴人?是否真姓顾?才丰貌美的太清是贝勒奕绘的侧福晋,她在荣王府的地位,是否仅为奕绘贝勒的宠妾?这些问题都因王府家事外人难以得知,长期以来,扑朔迷离,莫衷一是。好事者又出流言,说她与著名诗人龚自珍有一段浪漫的恋史,甚至说太清因此事而在奕绘死后被逐出王府,后半生境遇不好等等,以讹传讹、混淆视听,虽经学者严密考证,加以驳斥,终因太清诗词集的足钞本流失异邦,国人难以得见,太清传记一直无人撰写。从20世纪80年代开始,先是太清后裔金启孮教授陆续撰文介绍太清正确姓氏、名号、籍贯与身世。后又有学者撰文考证小说《红楼梦影》的作者是太清,惜因未全面介绍藏于日本的《天游阁集》原钞足本内容,对这位满族女作家79岁的一生,经历嘉庆、道光、咸丰、同治、光绪五朝的生活与创作情况,仍缺乏详尽论述。笔者于1975年,利用在大阪大学任教之便,到大阪的杏雨书屋阅览了明治时代著名学者内藤湖南博士收藏的原钞足本《天游阁集》,归国后,即开始对这位一代满族才女进行深入的研究,现将粗浅看法简略阐述如下。

解开身世之谜

日本所藏原钞足本《天游阁集》共有太清所写诗七卷、词六卷,起于入荣王府之初，直至光绪二年（1876）辍笔，以诗记事、以词言情，为了解她的生平思想和艺术创作留下大量第一手资料。加上金启孮先生提供的材料，现已基本解开太清的身世之谜，以事实铁证驳斥那些无稽之谈。

西林春，生于嘉庆四年（1799）正月初五，卒于光绪三年（1877）十一月初三。姓西林觉罗氏，名春，字梅仙，号太清，常自署：太清春、太清西林春、云槎外史；晚年也署：太清老人椿、天游老人。满洲镶蓝旗人。因系乾隆间大学士鄂尔泰之侄鄂昌的孙女，鄂昌为胡中藻诗钞冤狱获罪赐死，太清嫁贝勒奕绘为侧福晋时，遂伪以荣府护卫顾文星之女报宗人府，以后也一直以顾太清名世。

太清之父鄂实峰与香山富察氏女结婚，居香山健锐营，虽系罪人之后，但家学渊源深厚，子女们都有较高文艺修养，太清及仲兄少峰、七妹霞仙均能诗文。鄂实峰、鄂少峰父子以游幕为生。太清早年生活坎坷。十一二岁时曾到过闽海、江浙一带。江南秀丽如画的风景，给她留下终生难忘的印象。

后来，太清投奔旧戚荣王府，作格格们的家庭教师，并与奕绘相慕相爱，几经周折，终于道光四年（1824）春纳为奕绘画侧福晋。奕绘、太清同岁，奕绘的福晋妙华夫人长一岁。奕绘青年时代的作品《写春精舍词》中，有不少描写他对太清真挚感情的词章。妙华夫人于道光十年（1831）逝世后，奕绘未另娶。奕绘的祖父是乾隆皇帝第五子荣纯亲王永琪，父是荣恪郡王绵亿，均擅长诗文书画，藏书极丰，荣府文风昌盛。奕绘笃好风雅，诗文词章皆知名于世，是清宗室中著名学者之一。太清自入嫁荣府后始有诗作留存，婚后生活美满，尤其在妙华夫人逝世、奕绘自请解职之后，他们夫妇二人互敬互爱，或一起在府邸读书论道、品画习书；或联骑并游，登临览胜，随时吟诗填词，相互酬唱。如此神仙美眷般生活，令文士倾慕，太清才名也传遍京师。与奕绘号太素相应，西林春号太清；与奕绘画诗词总集《明善堂集》相配，太清诗词总集为《天游阁集》；与奕绘词集《南谷樵唱》相配，太清词集为《东海渔歌》。太清共生有三子四女，即五儿载钊、八儿载初、九儿载同，以及女儿孟文、仲文、叔文、以文。（后来，因嫡长子载钧无后，载钧逝世后，袭爵者皆为太清所出。）

道光十八年（1838）奕绘病逝，嫡长子载钧袭爵，家难旋即发生：太福晋命令太清携所生子女移居邸外。此家难纯系满洲皇族家庭矛盾造成，矛盾爆发之初，十分艰苦的太清，在诗作中数次详尽书写到载钧的昏聩横暴；也在诗中暗示自己盛名之下，婆媳关系有不白之难处。四年后，道光二十二年（1842），太清所生之子载钊按制受二品顶戴，太清他们也搬回府邸，太清就再也没提过家庭矛盾了。事实上，太清在宗室的地位与声誉，在奕绘逝世后，并未减弱，甚至更高一些；太清的社交圈子也比前稍扩大些，朝野名士官眷多以得一赠答为荣。在赁宅居住期间以及重回府邸的最初几年里，太清生活中有一重大事件，即是以她为中心，集结了一批满、汉才女组成女子诗社，她们经常一起雅集，每次必有诗词唱和，这是太清除本人创作之外，对中国女性文学的又一贡献。以后，诗社诸姊妹星流云散。太清自己的诗、词、绘画创作仍持续不断，她与几个位亲密的闺友，也一直有诗词交往。晚年，太清还撰写了《红楼梦》续书《红楼梦影》，成为中国第一位女小说作家。至于清末民初播扬一时的太清与龚自珍有一段恋情之说，则是一些连太清姓名、身世都未弄清的人，既不谙满族习俗，又没能看到太清全部作品，只据龚自珍的诗词，加以臆测，传播蜚语流言，甚至于还杜撰小说，恣意胡编，虽有学者严加驳斥，至今犹有人津津乐道。现在，以此合足本《天游阁集》为证，在铁的事实面前，一切流言蜚语当不攻自破。

夫妇唱酬丰富

当妙华夫人在世时，奕绘、太清仅在道光六年（1826）清明全家出游时，留下了他们两人第一件唱和诗作。以后一直到道光九年（1829），奕绘任东陵守护大臣，太清携幼子载钊同去，这里远离京师城府邸，只有太清婢女随侍，他们相互唱和的诗篇才多了起来。在这"卉木见真趣，图书森古香"[1] 的宁静生活中，奕绘、太清两人共同的雅趣，打开了他们婚后生活崭新的一页，或是"手开清浅引山泉，一窦相通小似拳"[2]；或是"软段相随上小岑，斜阳坐话古松阴"[3]；或是同游鹦鹉湾；或是共赏名画；他

---

[1] 《东山草堂二首》之一。
[2] 《乙渠联句》。
[3] 《山楼绝句》之二。

们的东陵生活真可谓赏心适性之至。太清后来谈到自己的平生喜好时说过："予性好登临，略知画事。"① 东陵时期中，正是这对满洲皇族夫妇典雅生活的开始。

一年后，妙华夫人病逝。奕绘不再娶，也未另立侧室，他与太清，一夫一妻情深意笃地共同生活了9年，有研究者用"九年占尽专房宠"②之类的话来加以说明，不但观点陈腐，也与事实不符。奕绘这位多情王孙，一开始与太清就是因情投意合而相恋相爱，屡经曲折方得结合，太清的身份决非一般侍妾。奕绘十分尊重与称赞太清不同凡俗的过人才华。他俩都曾有诗、词赞赏赵明诚、李清照夫妇雅好古玩、相互酬唱的伉俪之乐，他们自己的诸种生活，也是与之媲美的效仿。而太清、奕绘两人一起吟诗、填词、题画为数之多，超过了历代传为美谈的夫妇唱和作品。满族女子能骑马，太清、奕绘二人常联骑并辔，寻访京郊名胜，"大好河山得胜游"，"诗卷经年富唱酬"。到了鲜花盛开的季节，善果寺看红藕花、三官庙赏桂花等等，都有不少诗词歌咏。在清宗室诗人中，他们继文昭之后，又为北京留下大量描绘乡土景物的优秀诗词。道光十六年（1836），他们38岁那年的春游极其欢畅："晓起出丛林，岚光深复深，放怀同策马，悦耳杂鸣禽。"③ "风雨杏花稀，残英没马蹄，裹粮探古迹，联辔渡慈溪。"④ 两人先后都接连写了数首诗、词记叙此游。太清还有一阕《浪淘沙·春日同夫子游石堂，回经慈溪，见鸳鸯无数，马上成小令》：

花木自成蹊，春与人宜。清流荇藻荡参差，小鸟避人栖不定，飞上杨枝。　　归骑踏春泥，山影沉西，鸳鸯冲破碧烟飞。三十六双花样好，同浴清溪。

春色宜人，花木成蹊，夕阳下，一对对鸳鸯戏水，令人心旷神怡，与丈夫联骑并游的太清不禁诗兴大发，马上吟成这首小令。后来这首词被广

---

① 《生日》诗句"遇佳山水留诗句，对好花枝费笔尖"后自注。
② 冒鹤亭：《太清遗事诗》。
③ 《二十日游戒坛，晚宿南谷》。
④ 《二十四日同夫子联骑渡慈溪，游万佛堂，观孔水，得开元石刻一、吴郡庐襄诗碣一，遂以十金易于山僧，载归。而大历碑已不复睹矣》。

为流传，后人对太清骑马出游的形象，增添了许多渲染。"性喜登临"的太清，很爱爬山，这也是缠足的汉族妇女难以做到的。她曾于《续读石画诗十八首·同夫子作》一诗中，对着"翠峰疏雨"的石画，抒发自己的情怀说："何时得遂云霞志，独立高峰最上头"。这次春游，在大南峪，他俩爬上了清风阁后的山峰。太清写诗记叙说：

步上最高峰，峣岩小径通。阴崖飞异鸟，绝壁走憨童（童子段八能攀峭壁采山花）。山豁东南阔，花光西北丰。登临渺下界，目断四天空。（《二十七日登清风阁后西北最高峰》）

地处房山的大南峪，被奕绘选作佳城之所，亲手绘图设计，清风阁最先落成，在春、秋两季景色极佳的时候，奕绘、太清到大南峪来，就宿于清风阁。

奕绘、太清生活在19世纪中期，清王朝正面临不可救药的崩溃前夕。奕绘虽是清高宗第五子荣纯亲王之孙，但只是内大臣，进不了军机，也就决无回天之力，作为一个具有高深学术造诣的学者，奕绘在37岁壮年时，自请解去各项职务，欲消闲岁月于山林泉石间。享有爱新觉罗子孙的特权，在归田之后，奕绘仍蒙恩赏食半俸，从此，他与太清更是"野鹤闲山无罣碍"，他们或读书论道，或相伴邀游，超脱世俗，追求一种精神高雅享受的生活方式。经历过生活磨难的太清，自然也能与奕绘一起接受道家思想，分别取号太素、太清；同时请人画两张道装像，分别自题诗词；太清在太平府邸的居室命为"天游阁"，取《庄子·外物》"心无天游，则六凿相攘"之意。道光十四年（1834）奕绘曾作《天游阁回环吟四首示太清》说："读书深喜同吾好。""道在一心清净得，学从万卷会通来。"太清次韵答之，也作四首七言，其中第二首：

那能得句似春雷，女子惭无济世才。两赋蓼莪感明发，五枝棠棣忆悲来。事君画礼原非过，入道深心喜渐开。三十六年如梦过，观生观化实悠哉。

当年尝遍苦酸辛的太清，岁月匆匆，现在已过早地白发添鬓，使她深惜36年人生如梦，念父母、感兄弟，悲从中来。由于与丈夫学道，方得以彻悟，心胸渐开。老、庄道家哲学的超功利、超社会、超生死的主张，倡导人们鄙弃人世一切内在、外在的欲望，去实现"与道冥同"的境界。太清为使自己能以悠然心情观生、观化，努力做到"澄其心而神自清，自然六欲不生"，特将"天游"二字书于室眉，并将自己的诗词总集也定名为《天游阁集》，直至晚年还自号"天游老人"。基于去欲守静、追求超脱的思想，奕绘、太清进一步向全真教靠拢，先是去白云观看道场，以后又结识了白云观住持张坤鹤老人。全真教不与世隔绝、不烧丹炼药求长生不老，一些有较高文化修养的道士，宣传的长生久视之道，是以清心寡欲为要。这种人生哲理，太清是乐于接受的，她曾不止一次虔诚具礼地描述去白云观听传教的过程。奕绘解职后，他们有更多机会相伴出游，在"如乐无过山水间"的大自然中，不管人间得失，身外无它累，且自忘忧颐养，奕绘在与太清同题作的一阕《金错刀》中说："渺焉生死寻常事，物我乾坤万古春"；太清的《浪淘沙·偶成》则说：

人世竟无休，驿马耕牛。道人眉上不生愁，闲把丹书窗下坐，此外何求？　光景去悠悠，岁月难留，百年同作土馒头。打叠身心安稳处，顺水行舟。

这里，不去为人世无休止的竞争烦恼、洁身自好、清静无为的人生态度，代表了当时一些满洲贵族知识阶层所追求的一种无可奈何的生活方式，毋庸讳言，这对于他们自家正日趋崩溃的王朝，有弊无利。

多才多艺的满族才女太清，对绘画艺术有着较深造诣。贝勒府邸收藏不少名家绘画精品，奕绘、太清一起披图共话，相互研讨，把心得体会同题于画册。在品画题写的诗词中，他们情趣相投，不时产生和谐的共鸣。从道光九年（1829）起，太清开始读画，至道光十四年（1834），太清方提笔作最初的一幅花卉图画，这幅画赠予已出嫁的奕绘二女孟文，奕绘在此画的题诗中，立即表示对太清绘画才能的赞赏，他说："卿宜为画我为诗。"[①] 在已难见到太清原画的今天，奕绘、太清相互唱和的题画诗、词，

[①]《题太清画二绝句》。

实为了解太清绘画艺术成就的宝贵资料。太清喜画花鸟，以淡泊胸襟，寄情于画，正如奕绘在《十月朔日辛亥·太清画菊·四用前韵》诗中说："功名劳碌等闲事，水墨萧疏亦大观。"太清的墨牡丹扇，奕绘的题词是：

冲淡精神富贵花。墨香酣扫半开苞。笔尖到处，清露长仙芽。　云想衣裳嫌太艳，风吹魂梦恨难拿。新春正月，眉样一痕斜。(《琴调相思引·新正三日太清墨写牡丹扇·题以小阕》)

牡丹花，国色天香，是太清常画的花卉。这次新春佳节，太清墨香酣扫，以冲淡精神来画此人间宝贵之花，使奕绘分外赞赏。太清自己也题词一阕：

侬，淡扫花枝待好风。瑶台种，不作可怜虫！

仅用16个字，超凡脱俗地点出画品、人品、词品、花品。中国画中传统的梅竹图，自是奕绘、太清十分喜爱的，太清画过一幅《梅竹双清图》，他们两人曾为此画用一调各填了一阕《意难忘》：

一径幽香。傍猗猗修竹，疏影扶将。横斜深院宇，冷艳小池塘。才雪后，乍芬芳，尽无雨持觞，向夜阑巡檐索句，特费思量。　相思难话衷肠。想佳人空谷，一样情伤。帘栊灯黯黯，离落月昏黄。多少事，意难忘。似不自禁当。更怕他新愁旧梦，虚度年光。(太清：《意难忘·自题梅竹双清图》)

心境悠然，正寒梅初发，疏映琅玕。清凉香雪海，幽僻竹林园。君不见，小帘前，正月色娟娟。照双清高怀朗韵，叶淡花鲜。　同心其臭如兰。尽拈来微笑，悟处忘言。佳人翠袖薄，仙子石床寒，杯酒后，梦魂旁。似暗惜芳年。惹相思闲情一片，画里难传。(奕绘：《意难忘·题太清梅竹双清图》)

画的是深院、修竹、寒梅，以及月光下有一持觞的佳人，两人都用《意难忘》词牌本意，抒发"画里难传"的一片深情，太清说："无语持筋。""多少事，意难忘。"奕绘说："杯酒后，梦魂旁。""惹相思闲情一片。"这似乎是他俩现存唯一的、带有情爱色彩的唱和词章，虽系说画，尚或亦可谓二人情深意切的曲折寄托。

和这幅《梅竹双清图》相近，还有一幅太清自绘的听雪小照，据介绍："听雪小照，又称听雪图，系一手卷，著色。夫人著月白敞衣，深蓝色褂，梅、竹挂雪，色泽鲜明。手卷中题跋甚多。"[①] 这幅画，太清自己的题词是《金缕曲·自题听雪小照》：

兀对残灯读，听窗前、萧萧一片，寒声敲竹。坐到夜深风更紧，壁暗灯花如菽。觉翠袖衣单生粟。自起帘钩看夜色，压梅梢，万点临流玉，飞霰急，响高屋。　　乱云堆絮连空谷。入苍茫、冰花冷蕊，不分林麓。多少诗情频到耳，花气熏人芳馥。特写入生绡横幅。岂为平生偏爱雪，为人间、留取真眉目。栏干曲，立幽独。

太清夜对残灯读书，风吹竹叶，一片萧萧声。夜深的寒意，感到衣单生粟，撩起窗帘一看，却原来已是漫天飞雪，苍茫大地，雪压梅梢，冰花冷蕊，激起自己无限诗情画意，于是取此景作了一幅自画像，并在题词中唱出了发自心底的声音："岂为平生偏爱雪，为人间、留取真眉目。"展示了这位典型的北国女词人无限丰富的情感世界，表达了她超凡脱俗的精神追求。此画作于道光十七年（1837），奕绘早已如愿地自请解职，依赖皇族特权，过着散淡悠闲的生活，因此奕绘在题画诗中充满自适情趣：

飞素暗群山，寒云幂空谷，晚装淡将卸，函书初罢读。窗灯明炯炯，翠袖依人独，倚栏正倾听，皛然天地肃。雪声不在雪，乃在梅若竹，寒香扑鼻孔，清音慰心曲。斯情正堪画，此景良不俗，远胜暴富家，高楼纷酒肉。行年垂四十，日月车转毂，归去来山中，对酌春岩绿。（奕绘：《题太清听雪小照》）

远离荣华富贵的尘世，清幽淡泊的高雅生活，在奕绘、太清看来是

[①] 《明善堂文集校笺》注文。

"远胜暴富家，高楼纷酒肉"，他们为自己能够"归去来山中，对酌春岩绿"感到十分畅怀。很快，他们都到了40岁，太清在自己生日那天，对于"诗卷经年富唱酬"颇为欣慰；当奕绘生日时，更是兴奋地庆贺说："八十平分赋好春。"并随即在此诗句后加一小注云："予与夫子同生于己未。"她还赞美奕绘"万言诗句垂千古"[①]，他们夫妇生活此时真是幸福美满之极。可是，人生无情，没过多久，40刚出头的奕绘竟一病不起、撒手归西，剩下太清一人陷入夫亡、家难起的极端痛苦之中。

闺友集结诗社

在太清携未成年的儿女赁宅寡居最痛苦的日子里，是闺友们的亲爱友情抚慰着她。道光十九年（1839）以太清为中心，结成了由满、汉才女组成的女子诗社。先后参加的人有许云林、许云姜、石珊枝、李纫兰、沈湘佩、钱伯芳、项屏山、栋阿少如、栋阿武庄、富察蕊仙等。她们有的是江南名媛，随丈夫来京；有的是太清的姻亲。第一次结社时，是太清寡居第二年春，太清邀请诸姊妹小集赁宅的红雨轩看海棠，每人分韵填词。以后的社日活动，或是一起饮酒赏花、听琴观画；或是相邀去都门外临水登山、访古探幽，每次都必定有互相唱和的诗词。这些香南雪北的才女情趣相投、声气相通，又都擅长传统文人喜爱的琴、棋、书、画。雅集时，酒殇之间，听琴、品画、限题作诗填词，悠然自得。诗社不见命名，活动时期大约在太清41岁至44岁的4年间，后因有人离京、有人病逝，诸多姊妹星流云散，很难再以诗社形式聚集了。诗社活动冲淡了太清的孤独与寂寞，为太清一生增添光彩，社中姊妹"知己谈心，人生乐事"，是她终生难忘的回忆。晚年太清写作小说《红楼梦影》时，写有"探春姊妹邀诗社"的情节，第19回写探春等人作的9首《消寒诗》，干脆完全采用了自己在道光二十二年（1842）与社中姊妹少如、湘佩同作的《消寒诗九首》，一字也未做改动。

太清与诸姊妹的结交，是在道光十五年（1835）春天，法源寺赏海棠

---

① 《上元后一日恭祝夫子四十寿》。

时，奕绘、太清夫妇第一次结识了阮福、许云姜，许谨身、石珊枝，钱宝惠、李纫兰夫妇，自此他们与阮、许、钱三家往来颇为密切，是太清走出王府，与这些名门闺友频繁交往的开端。太清是一个极具丰富感情的诗人，结交之初，她们就以激动的心情，相互赠诗送画，许云姜等江南才女，秉承家学渊源，具有能诗善画的才能，太清与她们一起，虽不能如男子有广泛的社交活动，却也在赏花遨游、诗词赠答之中，尽情享受到女性交往时所特有的温馨情意。通过许云姜等人，太清与阮福之父、大学士阮元，许云姜之母梁楚生，也都有诗词酬唱。许云姜之姊许云林，许氏姊妹的同社诗友、著名的江南女作家沈湘佩以及项屏山等人，先后也随做官的丈夫来到北京，都与太清结下亲密友情。太清在创作最旺盛的壮年时期，与这些闺友赠答的诗词最多，不仅具体详尽地描绘出当时这些具有高度文艺修养的满汉上层妇女交往的生活内容，而且充分展现出太清内心丰富的感情世界，成为中国女性文学史上难得的篇章。

例如，道光十七年（1837）元月八日许云姜夫妇南归，太清思念不已，看到天上高飞的大雁，许云姜走后20天时，她填了一个《浪淘沙·正月廿七雁雁忆云姜》：

别后数征邮，应到扬州。相思一日似三秋。恼煞雁行天天字，字字离愁。　　回忆春游，花底句留，三分春又一分休。屈指海棠开日，不见归舟。

多情的太清思念友人，真是到了"一日不见如三秋兮"的程度，天天抬头远望，等不到消息，只见天上的雁行，仿佛字字都写着离愁，令人更加烦恼。回忆当初相识时，一起赏花吟诗的情景，屈指一算，马上又快到海棠盛开的日子，可是，云姜并没有归期。正是在这种心情下，一旦收到云姜的来信，太清兴奋的心情可以想见，她当即写了一首令人称许的《江城梅花引·雨中接云姜信》：

故人千里寄书来，快些开，慢些开，不知书中安否费疑猜。别后炎凉时序改，江南北，动离愁，自徘徊。　　徘徊、徘徊，渺予怀。天一涯，水一涯。梦也梦也，梦不见，当日裙钗。谁念碧云凝伫费肠回。明岁君归重见我，应不是，离别时，旧形骸。

这首词如此明白流畅，而又含蕴深厚，十分准确地表达了人们接到盼望已久的信件时，一瞬间涌起的欢欣与思念交织的激动感情。太清用朗朗上口的语言，一任感情直泻千里，益加显得真挚动人。

因受传统藩篱限制，感情如此丰富的太清，并没有留下直接抒发与丈夫相亲相爱的爱情诗词，只有这些馈赠女友的作品传世。中国古典诗词中，充满了男性作家们写作的离愁别恨的作品，相比之下，太清词不仅写出女人之间的深情厚谊，更由于她自出机杼，别具一格，太清丰富的情思，敏感而又深挚，洋溢着一种不可遏止的创作冲动，充分显示出东方女性独具的艺术魅力；加上满族女子的豪放，使太清词闪现出强烈感人的精神力量。有一首《喝火令》即为成功的代表作，词前小序说："己亥惊蛰后一日，雪中访云林。归途雪已深矣，遂拈小词于灯下"：

别后情犹热，交深语更繁，故人留我饮芳樽。已到鸦栖时候，窗影渐黄昏。　　拂面东风冷，漫天春雪翻，醉归不怕闭城门。一路琼瑶，一路没车痕。远山近树，妆点玉乾坤。

己亥年，是道光十九年（1839），在孤寂的寡居生活中，太清冒雪访友。她与许云林"别后情犹热，交深语更繁"，两人的开怀畅饮，大大排解了太清内心的伤痛。满怀难舍难分之情，太清才醉归。漫天大雪，拂面冷风，一派北国风光，才华横溢的北国女子太清，又恢复了激情歌唱，"一路琼瑶，一路没车痕。远山近树，妆点玉乾坤"，展现了壮阔的北国雪景，畅叙出满族才女豁达的胸怀。知己谈心，人生乐事，与诸姊妹的交往，促使太清摆脱了个人生活的种种烦恼，以后，诗社的集结、丰富多彩的活动，更是太清后半生生活的新篇章。

在诗社诸姊妹中，已经跻身当时文坛、名载文学史册的是沈湘佩。当道光十七年（1837）沈湘佩带着自己刚出版的《鸿雪楼初集》，到天游阁来拜访太清时，太清欣喜之极，连写四首诗表达自己的心情："初逢宛似旧相识。"她盛赞湘佩："从容笑语无拘束，始信闺中俊逸才。"南北两位才女，第一次见面就心有灵犀一点通，自此开始了她们以后近30年的深厚友谊。湘佩和太清一起相伴的时间最长，除了一道"登山临水借蛮笺"以记遨游之外，更为重要的，是两位女作家在文学创作上的互相支持与鼓励。那个社会没有给女子施展才能的机会，这些才女只能在相互酬唱中，借诗词艺术，抒发自己的人生感受，展现出她们较高的艺术天赋。女中豪杰沈湘佩，感慨"闺阁少知音"，不忍闺秀人才被埋没，于是做了大量蒐集整理工作，并以自己的美学观点，对清代众多女性作家的诗篇加以评论，著成一部长达12卷的《名媛诗话》，她介绍太清说："才气横溢，挥笔立成。待人诚信，无骄矜习气。""太清工倚声，有《东海渔歌》四卷，巧思慧想，出人意外。"此语应算作最早将太清以及太清词以充分的肯定与赞许推荐给文坛的珍贵资料。湘佩对太清文学创作的最大支持，是晚年敦促太清完成《红楼梦影》的写作。她在索看太清尚未完成的原稿之后，立即就为之写了一篇序文；以后又催促太清说："姊年近七十，如不速成此书，恐不能成其功矣。"太清、湘佩如此情同手足的友谊，在湘佩临终前，两人订下"世世为弟兄"的誓盟。作为平生难得的知己，对湘佩的逝世，太清无比哀痛，一连写了5首《哭湘佩三妹》七绝诗，第一首中太清无限惋惜地说：

卅载情如手足亲，问天何故伤斯人？平生心性多豪侠，辜负雄才是女身。

这一首又一首的诗篇，写不尽太清对老友的沉痛哀悼，她俩的晚年，国势垂危，时局动荡，更使太清痛哭断肠。两位老人订下世代为弟兄的盟誓，感人至深，不禁令人想起，康熙年间，满族词人纳兰性德在临终前，与好友无锡顾贞观立下过的同样誓盟，满汉作家之间这种友谊，诚为清代文坛佳话。

太清与诸姊妹的来往始于道光十五年（1835）春日游法源寺。以后一起去崇效寺看牡丹时，同时增添陈素安外，又遇陆秀卿、汪佩之。冬日在天宁寺赏雪时又加能鼓琴的佩吉，还有珊枝、素安、云林、云姜、纫兰数位姊妹。湘佩来京最晚，参加交游在奕绘逝世之后。诗社成立后，从《天游阁集》看，有诗10余首：《秋柳·社课》、《寻辽后梳妆台故址·社课》、《忆西湖早梅·社课》、《红叶·社课》、《冰床·社课》、《暖炕·社课》、

《女游仙·社课》、《冬日季瑛招饮绿净山房赏菊,是日有云林、云姜、湘佩、佩吉诸姊妹在座,奈予为城门所阻,未得尽欢,归来即次湘佩韵》、《谷雨日同诸友集天游阁看海棠,庭中花为风吹损,衹妙香室所藏二盆尚娇艳怡人,遂以为题各赋七言四绝句》、《消寒九首与少如、湘佩同作》、《同云林、湘佩游花之寺看海棠,即席次湘佩韵》。从《东海渔歌》看,有词六阕:《玉烛新·咏白海棠,用周清真韵·社中课题》、《惜余春慢·闰三月三日邀云林、湘佩红雨轩赏海棠,座中分咏,即用有正味斋韵》、《凄凉犯·咏残荷,用姜白石韵·社中课题》、《高山流水·听琴·社中课题》、《鹊桥仙·牵牛·社中课题》、《塞上秋·雁来红·社中课题》。这些当场限题、限韵的作品,与上述与姊妹们往还唱和的诗词相比,诚然不那么生动、感人,算不上太清的上乘佳作;但是,这种上层妇女们兴之所至的高雅集会,扩大了太清的社交圈子,充实了她的生活内容,结识了情趣相投的莫逆之交,对太清极其重要,直到晚年,太清回忆起这段往事,还十分动情;同治元年(1862)64岁的太清,重又在红雨轩的乱书堆中,捡得咏海棠旧作,不禁感慨万千,写下一首七律《雨窗感旧》,诗题下有一段委长的小序:

  同治元年长夏,红雨轩乱书堆中,捡得咏白海棠诸作,旧游胜事,竟成天际浮云;暮景羸躯,有若花间晓露。海棠堆案,红雨轩争咏盆花;柳絮翻阶,天游阁分题佳句。今许云姜随任湖北,钱伯芳随任西川,栋阿少如就养甘肃,富察蕊仙、栋阿武庄、许云林、沈湘佩已作泉下人,社中姊妹,惟项屏山与春矣!二十年来,星流云散,得不伤心耶!
  最难解处是萦牵,往事思量在眼前。小院连阴成积潦,幽窗兀坐似枯禅。书能引困消长画,境不如心促短年。回忆旧时诸姊妹,几游宦海几归泉。

  社中姊妹情深谊长,旧游胜事,永远是太清一生中的光彩华章。

名噪晚清词坛

  有清一代词学昌明,词派纷呈,名家辈出,才华出众的太清亦以优美的词章享誉当时。太清自入荣王府后，方有诗存，诗似日记，记下她一生发生的大大小小的事件，有时极为详尽，平生行谊，均可由诗考见，现在本文论述的不少材料，即是太清诗作直接提供的。她的倚声填词，则较作诗稍晚一些，但很快显露出太清在这方面所具备的卓越才能，虽因贵族妇女闺阁生活所限，太清词的题材不外咏花、题画、赠答、记游、抒情等内容，可是她不造作、不模仿、不猎奇，充分挥发自己的灵性，以明白通畅的语言，声情吻合地构成极富诗情画意的优美词境，在太清所处的晚清末期，词到太清手中还能有此卓异造诣，实属不易。

学词之初，当多读古人旧作，以得其气味。太清一开始就广泛阅览两宋词，曾经选了3卷宋词选，并先后集宋词选中七句得绝句73首，可见是下过工夫进行学习的。填词之初，也是和宋人词、用前人韵，尤喜柳永、周邦彦、姜白石、吴梦窗。很快，她就以自己的感悟，翻前人意，自创出独特的美感境界。例如：在与云姜分别之后，太清因未收到云姜来信而焦虑时，填了一首词《浪淘沙慢·久不接云姜信，用柳耆卿韵》：

又盼到、冬深不见，故人消息。况当雪后，几枝寒梅，萼绿如滴。对暗香疏影思佳客。细思量、两地相思，怕梦里，行踪无准，各自都成悲戚。　无极，九回柔肠，十分幽怨，几度写付宫阙，鸿雁空延伫。虽暂成小别，也劳心力。回首当初，在众香国里花同惜。　恁无端，寒来暑往，天天使人疏隔。知何时，共剪西窗烛，万千言与语，叨叨向说，却还愁，说不尽、从前相忆。

柳永的原词《浪淘沙慢》是"久作天涯客"的男子，深夜自思念远方佳人、回忆往日两人欢会情景的绝词：

梦觉透窗风一线，寒灯吹熄。那堪酒醒，又闻空阶夜雨频滴。嗟因循、久作天涯客。负佳人、几许盟言，便忍把从前欢会，陡顿翻成忧戚。　愁极，再三追思，洞房深处，几度饮散歌阑，香暖鸳鸯被。岂暂时疏散，费伊心力。云尤雨，有千般万种，相怜相惜。　恰到如今，天长漏永，无端自家疏隔。知何时、却拥秦云态？愿低帏昵枕，轻轻细说与，江乡夜夜，数寒更思忆。

自古以来，中国文坛所传颂的友情诗篇，多为男子间相互往来酬唱之作，直到明末，始有知识才女相互文学交往，但流传下来女子间友情诗篇也并不多。太清与闺友们酬唱的诗词，大大丰富了人间友情的内涵。这首思念云姜的词，将柳永原来细写男欢女爱的情词，换了身份、变了对象，却又继承了一往情深之意，把她对女友的无限思念之情，表达得真切感人之至。词学家况周颐称赞说："朴实书情，宋人法乳，非纤艳之笔，藻缋之工所能梦见。"① 依谱填词的创作，太清能够做到这种程度，表明她极力想在这受多重约束的小小艺术空间里创造出一个独立的、只属于她自己的宇宙，既不同于无数在词坛早已做出辉煌业绩的前贤，也不同于终日相依相伴的奕绘。她与奕绘，经常是歌咏同一对象，而表现方法、艺术风格并不相同，有时太清明显地表示出自己另辟蹊径、别具一格的艺术追求。例如，有一次，奕绘买到一枝古玉笛，十分高兴，夫妇二人分别填词歌咏，奕绘填了一阕《翠羽吟·以十金易得古玉笛一枝，喜度此曲》：

赤羽旗，黑豹衣，大破蚩尤归。化被万方，洞庭张乐宴群妃。武功始成之曲，铙钹鼓角追随。遂继之登歌清庙，黄钟十二宫移。　　风起云卷落花飞，冰弦轻泛，玉笛闲吹。此际蛮鬟鬓美目，两两素女连蜷舞袖垂。仙仙百兽披靡，哕哕鸣凤来仪。此乐今亡矣。此玉笛不异当时。七孔玲珑陆离，五千年上手曾持。土花斑驳，幸未敲残，永世宝之。

太清则只填一小令《苍梧谣·夫子以十金易得古玉笛一枝，且约同咏，先成〈翠羽吟〉一阕，骊珠已得，不敢复作慢词，谨赋〈十六字令〉，聊博一笑》：

听！黄鹤楼中三两声。仙人去，天地有余青。

一枝土花斑驳的古玉笛，引起博古通今、精于音乐的奕绘、太清浮想联翩，他俩都想到当年这枝玉笛可能吹奏过各种美妙的乐曲，贝勒奕绘，想到宫廷庆功时的庄严壮丽的庙堂乐中，此玉笛闲吹时的情景；才女太

---

① 西泠印社本《东海渔歌》，此词后况周颐评语。

清，想到黄鹤楼头，乘鹤飞去的仙人，人去楼空之后，唯余仙人的三两声玉笛声，飘荡在天地之间。太清的这种想象，当然更显超尘出世，她那独特的心灵感受，是一种非凡的天赋。太清谦虚说已有奕绘佳作在先，自己不敢再作慢词，实际上，她选的小令，只16个字，简单得不能再简单了，要表达出奕绘在长篇慢词中所说的内容是很难的，可是善于倚声填词的太清，无须复杂的章句，只用几个富于暗示的联想，通过含义丰富的典故，就得心应手地完成了这一篇精美的词章。首句只一个"听"字，立即吸引住人们的注意力，让读者一起来听这古老的玉笛吹奏出的仙曲，三两声仙音，在天地间廻荡，仙人已乘鹤去矣，结语留给读者无尽的遐想。词之难于令曲，犹如诗之难于绝句，总共不过10来个字，却要表达出长篇慢词所有的含义，一句一字均不得闲，末一句尤应有不尽之意，太清填词，充分发挥灵性，喜兴来落笔，故尤擅长小令，而这一阕《十六字令》当是极成功之作。

词，是最富音乐性的文学形式，产生之初，必依乐家制成曲调，让句度长短、字音轻重，一一与乐声的抑扬高下适应谐和，主能付之管弦，为歌人所唱。词乐消亡之后，所有依前人形式填词者，只能就其文字细加揣摩，先注意其音节、态度，某调宜写某种感情；再就句读之长短、字音之轻重以及协韵疏密变化，最终求得此曲调所宜表现的情绪。太清涉览既多，对于词的浓重音乐色彩极为关注，在她的时代早已不能如柳永、周邦彦、姜白石等人精于音律、创作新调。但听琴、赏乐，是太清家庭生活和社交雅集时的赏心乐事，她所具有的较高音乐修养，使她虽处于词曲早已消亡的晚清，也还能用心选调选词，只要在心中找到能够表现自己的音艺，就能注意句度的参差长短、语调的疾徐轻重、协韵的疏密清浊，一样可将声调之美随文字流出，铿锵和匀、抑扬高下，产生出一种自然合拍、明快流动的音乐美。上文提到的《江城梅花引·雨中接云姜信》就颇具此种音乐美，全词急中有缓，张弛并宜；以清灵之笔，把拆信前的急切心情和对友人的离愁别绪，一下子全部倾泻于笔端，语言自然快畅，一任感情直泻，滔滔奔流不停。不仅将有意义的文字合成一首诗，还像音乐家一样，让声响随字流出，以声传神，这一气呵成、充满激情的韵律，唤起人们的共鸣共感，太清词的艺术魅力也即在此。在以小令见长的太清词中，尚有不少具有明快音律的佳作，再略举一二：

深胭脂,浅胭脂。细蕊繁英压满枝,清香入梦迟。乍开时,欲谢时。铁干铮铮瘦影欹,东风着意吹。(《长相思·为陈素安姊画红梅小幅》)

春将至,晴天气。清闲坐看儿童戏。借天风,鼓其中,结彩为绳,截竹为筒。空!空! 人间事,观愚智。大都制器存深意。理无穷,事无终。实则能鸣,虚则能容。冲!冲!(《惜分钗·咏空冲》)

太清善画,第一阕是她为女友作画的题词,画的是一幅红梅,春风满纸,铮铮铁干,深红浅红的细蕊繁花压满枝头。太清爱梅,表字为梅仙,花卉画又是她的擅长,这幅红梅图,音调谐和,词句动人,有色、有香、有声、有味,朗朗上口,颇具可读性。第二阕是咏物词,寄意深远。空冲即儿童玩具空竹,'截竹为筒',筒是空的,中有圆柱连接,游戏时用绳子抖动圆柱,使其旋转,竹筒便发出嗡嗡声响。太清先在上片叙说自己春日消闲,坐看孩子们抖空竹,并将这个小玩具的构造作了介绍。下片,则借空竹构造特点,引发出含有生活哲理的议论,道出"实则能鸣,虚则能容"的真谛。此词三字句多,短句促节,先用去声韵,再换平声韵,皆能使轻重缓急与辞相合。两片尾处用"空"字、"冲"字,字音响亮,本是抖空竹时发出的拟声词,叠用之后,更增响亮程度,"空!空!","冲!冲!"响彻万里晴空,具有无限动感,既是孩子们不停地抖空竹情景的入神写照,又是女词人努力钻研事理的出神思考。这两阕词,还明显太清词造语多以浅近文言,有时甚至不妨掺入适当的白话。词句浅显,不等于内蕴的浅显,太清词的好处,就在于"寄深于浅"。此一用语特点,也是当时画面语发展的时代趋势,当然亦反映出太清醇熟驾驭语言的能力,晚年,太清能以浓厚的北京方言创作出通俗白话小说《红楼梦影》自非偶然。

作为画家的太清,继承中国画的诗画结合、相得益彰的传统,深知"诗是无形画,画是有形诗"[1] 的道理,在她众多的题画诗词中,充分表明她"须知画意即诗情"[2] 的艺术主张。太清的艺术创作生活,常常是"写就新图颜色嫩,书成小令墨痕香"[3]。她一生所写的题画诗词数量相当可

---

[1] 郭熙:《林泉高志》。
[2] 《醉红妆·自题海棠折扇赠云林》。
[3] 《浣溪沙·谢云林妹见赠自画樱筍团扇》。

观：题画诗150首，题画词有98首，共248首。这些诗词，将画意恋诗情，以诗情补画意，为中国传统题画诗史，增添了新的乐章。太清曾为许云林画像题过一阕为人传诵的词章《醉翁操·题云林湖月沁琴图》：

悠然，长天，澄渊，渺湖烟。无边，清辉灿灿兮婵娟，有美人兮飞仙。悄无言，攘袖促鸣弦。照垂杨、素蟾影偏。　羡君志在、高山流水。问君此际，心共山闲水闲。云自行而天宽，月自明而露溥。新声和且圆，轻微徐弹，法曲散人间。月明风静秋夜寒。

画中的江南才女许云林，在月明风静的秋夜，于烟波浩渺的湖畔操琴，词中仿佛可以听到轻微徐弹、新声和且圆。长天、湖烟、月色与志在高山流水的弹琴人，和谐地融成一片，古典诗词的美妙、古典音乐的悠扬和中国画特有的情调尽在其中，韵味隽永。

出自画家的慧眼，太清写的一些记叙生活小景的词，清新自然，明白如画。例如《迎春乐·乙未新正四日看钊儿等采茵蔯》：

东风近日来多少？早又见蜂儿了。纸鸢几朵浮天杪，点染出晴如扫。暖处有星星细草，看群儿缘阶寻绕，采采茵蔯茎苴，提个篮儿小。

几句近乎平常的语言，却勾勒出一幅生气盎然的图画。先绘出词的基本色调：初春天气，风和日丽，晴空如扫，蜂儿飞来，纸鸢浮天杪，太清在以画笔填词，这阕小词，简直是精巧的风景画！到了词的下片，又打破一般单纯抒情的格式，接着将一位母亲眼中所见、心中所感描写了出来：几个孩子，提着小篮儿，缘阶寻绕，采摘新鲜草药，与上天的风景连成一片。太清绘画的功力，增添了词中意象的具体性和意境的深远，不仅仅是一时一地的写照，而且有着普遍、永恒的意义，太清以母亲的心，歌颂人类生命的春天，而又与歌颂自然界春天相响应，此种纯然天籁、沟通物我的高超境界，正是太清词的过人之处。

画家对色彩的敏感，还使太清填词时，十分注意颜色的搭配，先以一首小词为证：

好时光,恁天长。正月游蜂出蜜房,为人忙。　　探春最是沿河好,烟丝裹。谁把柔丝染嫩黄?大文章!

春天来了,在北京,到什么地方去探春?太清敏锐地发现:去河边最好,那里,自然造化最早把柳梢染成嫩黄。于是她说:"探春最是沿河好,烟丝裹。谁把柔丝染嫩黄?大文章!"这真能称得上是北京早春景色的典型画面,只有太清的大手笔,才能如此准确地抓住它,做出这般绝高格调的大文章。以"春"命名的太清,写春天的词,似乎佳作不断,还有一首名篇《早春怨·春夜》:

杨柳风斜,黄昏人静,说稳栖鸦。短烛烧残,长更坐尽,小篆添些。红楼不闭窗纱。被一缕、春痕暗遮。淡淡轻烟,溶溶院落,月在梨花。

一笔一画,精工细刻,似全为景语,却又情味浓至,绘成一幅春夜静谧温馨的图画。在上、下片换头处,通过"不闭窗纱",将月光洒在梨花树下的融融夜色,与室中的"短烛烧残"、"小篆添些",融成为一片飘着淡淡轻烟、摇荡人心魄的境界,不愧是有声之画。

况周颐评论太清词说:"佳处在气格,不在字句,当于全体大段求之,不能一二阕论定,一声一字为工拙。"[①] 此评颇有道理,所谓气格,大体上指的是作家在全篇作品中流荡的气势与格调,太清词表现的气势格调整的整体美,极为突出,具有充分代表性的作品是《江城子·记梦》:

烟笼寒水月笼沙,泛灵槎,访仙家,一路清溪,双桨破烟划。才过小桥风景变,明月下,见梅花。　　梅花万树影交加,山之崖,水之涯,影塔湖天,韶秀总堪夸。我欲遍游香雪海,惊梦醒,怨啼鸦。

整首词是对一段十分美好的梦境的记叙。少年时代的江南之行,使她永生难忘;几位亲密的闺友都是来自江南,几十年来,江南美景一直魂牵

[①] 西泠印社本《东海渔歌》序。

梦萦，曾不止一次地在诗词中提到对江南的美好回忆。现在，她索性将自己的江南梦游全部描绘下来，让她心灵世界的追求得到一种艺术外化。一阕《江城子·记梦》实在是一幅画梦图：先以唐诗名句开头，固定了全词所写梦境的时间与地点，一下子就引入人们所熟知的意境，紧紧抓住了江南月夜袭向人们心灵的一缕迷人的感受，既是江南水乡月夜，迷蒙着一片烟雾的实景；又是在梦中，浸透着一种朦胧的梦幻美。又接连用一串动景，画出泛舟寻梦：朦胧如烟的月色下，一叶急划的轻舟，驶过清清的溪流，经过常见的古风小桥，突然，风景变了，月光照着一片梅林，在山之崖、水之涯伴着影塔湖天，有万树梅花开放，这就是人们夸耀的"香雪海"！太清心摩手追，将进入梅林的美景，一气呵成，连用"泛"、"访"、"破"、"划"、"过"、"见"几个动词，移步换影地勾勒出瞬间变化的风景。于是画面停在"梅花万树影交加"前，梅花冰姿玉洁的仙态是那么高雅，这令人陶醉的月色与芳香，使作者不由自主地喊出一句发自肺腑的心声："我欲遍游香雪海！"可是，一声啼鸦，把这场好梦惊了，笔入高湖，却戛然而止，这一"惊"一"怨"，结得突兀，用意则极深远。在倚声填词方面具有过人天赋的太清，使词成为她宣泄内心情感最成功的工具。一直到 78 岁暮年，当生命即将结束时，太清的绝笔，仍填的是一阕词：

寻得夕阳小寺，梅月初放崖阿。一湾清水绕陂陀，细路斜通略约。
好梦流连怕醒，偏教时刻不多。登水临山乐如何？好梦焉能长作。

已经双目失明的天游老人，此时的灵性情思依旧，平生喜爱登山临水的无穷乐趣，又使她梦游夕阳寺。小寺夕阳、梅月初放、流水绕山，诸般美景，仍是她的魂牵梦萦；只是，她知道，自己的时刻已不多，十分清醒地说出了这句对人生的透彻感悟："好梦焉能长作！"

词，这一独特的中国古典文学形式，在太清手中，一生从未中断地用来明晰逸丽地曲传心声。

中国第一位女小说家西林太清的《红楼梦影》

张菊玲

清代光绪三年（1877）出版的《红楼梦影》，扉页题为"云搓外史新编"，卷首有《红楼梦影序》，为咸丰十一年（1861）西湖散人撰，全书24回，13万字，每回前题"西湖散人撰"。1989年《红楼梦学刊》第3辑赵伯陶的《〈红楼梦影〉的作者及其它》一文，考证云搓外史是清季著名女词人太清，西湖散人是太清闺中密友、清季才女沈善宝。1993年《满族研究》第3期《著名红学家周汝昌与著名满学家金启琮聚谈纪要》一文，金老说："刻本每回前题'西湖散人撰'，那是为了纪念湘佩的假托。湘佩卒于同治元年，《红楼梦影》光绪三年始刊行。湘佩去世时，《红楼梦影》尚未成书。"1995年末，笔者在日本大阪访书，得观杏雨书屋珍藏太清《天游阁集》钞本，对上述二文未曾详尽说明的情况作了认真考察，写有《东瀛访书记：西林春（顾太清）著〈红楼梦影〉考证》，此处遂不再赘述。

现在，我们已能充分肯定太清是我国小说史上第一位女作家，本文拟专门介绍她的这部鲜为人知的中篇小说《红楼梦影》。

一、前梦后影

《红楼梦》的问世、传抄、评点，出现"纸贵京都，雅俗共赏"现象，是和满洲民族密不可分的，上自乾隆皇帝、慈禧太后，下至普通旗丁，无不喜读《红楼梦》。以至有以为民族奇宝，向人夸耀。出身满洲名门望族的太清，于《红楼梦》又多一段逸闻，据金启孮老先生多次介绍："太清是奕绘祖母亲王永琪西林觉罗福晋的内侄孙女，与奕绘的关系，恰如《红楼梦》中的贾宝玉与史湘云。奕绘的姊妹，也都能诗，所以清末民初外三营有一个传说，认为《红楼梦》是以荣王府为背景写成的。其原因当即出此。其实并没有这回事，这个传说现已失传。"[①] 当然是没有这回事，曹雪芹写《红楼梦》在前，奕绘、太清的爱情、婚姻事实在后，传说本是些喜读《红楼梦》的满人，常爱联想起满洲世家，先已有说是写明珠家事，后来又有此说，现在，全都失传了，不过，这些传说却也从另一个侧面说明了《红楼梦》和清代满洲民族特殊的文化氛围有着紧密联系。同时，在奕绘青年时代的诗作中，也确写有关于《红楼梦》的《戏题曹雪芹石头记》诗一首[②]：

梦里因缘那得真，名花簇影玉楼春。形容般若无明漏，示现毗卢有色身。离恨可怜承露草，遗才谁识补天人。九重斡运何年阙？似向娲皇一问津。

此时奕绘21岁，这位正值青春年华的满洲贝勒，对《红楼梦》的浓厚兴趣溢于言表。以后发生了与太清相慕相爱的事，由于太清家世问题，历经曲折，终于道光四年（1824）纳太清为侧室。可以想象，两人在太平湖府邸，相互诗词唱和的幸福生活中，对曹雪芹留下的遗憾，会有过多少次探讨。不幸，奕绘40岁即病故。与奕绘同龄的太清一直活到79岁，不但将子女培育成人，自己的两个儿子先后袭了爵位，而且在晚年还续作《红楼梦》，在她去世的那年（光绪三年）刊印出版，小说扉页印有"京都隆福寺路南聚珍堂书坊发兑"，与另一部满人小说《儿女英雄传》为同一书坊刊印。只是文康的《儿女英雄传》稍晚一年，初印本为光绪四年。

120回的《红楼梦》，让无数读者"几回掩卷哭曹侯"，起而接续前篇者缕缕不断，成功之作则无，正如沈湘佩在《红楼梦影序》中指出的：

---

① 金启孮：《妙莲集和写春精舍词——奕绘青少年时期的著作》。
② 奕绘：《观古斋妙莲集》卷2。

"此无他故，与前书本意相悖耳。"嘉庆中期，裕瑞《枣窗闲笔》8篇文章，有7篇评论《红楼梦》续书，几乎全都"多贬少褒"，斥之为"续貂"。《红楼梦》书之难续，直至200多年后的今天，也仍是未能逾越的事实。各个时代身世不同的作家，对于人生有着各自不同的经验与感悟，别人的著作难续的首要原因即在此，像《红楼梦》这样的传世名著，续作起来，更是难上加难。与太清同时代的文康，读完《红楼梦》，另起炉灶，写了一部旨意相反的小说《儿女英雄传》，尽管对文康思想，人们评价不一，但这部小说本身还是取得了成功的反响。太清知难而上，续作成书，并且得以刊印出版，则仍被冷落，而其诗词集——《天游阁集》仅以手稿流传，却能产生名噪一时的效应。《红楼梦影》淹没在众多的《红楼梦》续书之中，连作者即是著名的词人西林太清，也很长时间无人知晓。

叙事体的小说，不同于抒情体的诗词；续作原书，不同于独自创作。太清接续时，已是儿孙绕膝、子袭镇国公的满洲贵族老夫人。她新编小说的中心意思在于表明"荣府由否渐亨，一秉循环之理"、"善善恶恶，教忠作孝，不失诗人温柔敦厚本旨"①。故事从贾政在毗陵驿遇见宝玉，从一僧一道那里将宝玉救回开始，随即又是贾赦赦罪贾珍复职，以后展开的故事全是叙述贾家否极泰来；不但宝玉、贾兰叔侄入翰林，贾家诸多亲戚也都高中，第十五回写道："贾琏进来，满脸喜色，都请了安，问了好，对王夫人道：'咱门家真是喜事重重。'"书中最为突出是贾政形象，不但是一位"最能容人容物的忠厚长者"，从头至尾不断地描述他对贾赦兄弟情意深笃的故事。贾政更是一位清廉正直的好官，第五回写芝哥满月，周家送来灯戏，众人夸灯戏很好，宝钗笑道："这出戏的行头就是五千块洋钱，自然是好。"贾政叹道："什么好，不过是刮了百姓的脂膏在亲友面前作阔。"第十六回荣府办喜事，当了云南曲靖府知府的荣府奴才赖尚荣，特意孝敬五千银子、一百两金子，贾政很生气说："知道他是穷官，这刮地皮的钱断乎不收。"书中写贾政接连升官，先是升为吏部尚书，后又拜了东阁大学士，成了贾相国、贾中堂，连带贾环、贾赦都有封员。身为大清王室贝勒的侧福晋，太清本着当官效忠朝廷，尽职尽力，持家讲究伦理道德的思想写作，按照中国人通常不愿看悲剧，喜欢大团圆的心理续编故事

---

① 沈善宝（字湘佩，号西湖散人）：《红楼梦影序》。

情节，应该说完全是可以理解的、合乎其情理的事情。虽然这时的大清王朝早已是"残灯末庙"，我们现在倒也不必过于苛求这位年已六七十岁的老太太。全书最后部分，写贾政告休、贾琏辞差、惜春对宝玉"生公说法"、宝玉又梦游太虚幻境等等，较为浅露地匆忙结束了故事。

综观全书内容，如此前梦后影的种种构思，实难与原书相提并论。沈序过誉的赞许《红楼梦影》将与《红楼梦》并传不朽，未能成为事实。

二、宝玉涉世

在曹雪芹原书中，主人公贾宝玉、林黛玉、薛宝钗等人，大都还是少男少女，可以多描绘一些他们在大观园天真浪漫的活动，而别人要续写下去，不可避免地应写出他们长大成人后的种种日常生活内容，贾宝玉究竟会成什么样的人，将是最关键的问题。根据太清的人生观，她自然认为："理当涉世，以了应为之事。"所以《红楼梦影》中的贾宝玉如同常人一样，被贾政从毗陵驿领回后，到家就是宝钗生子。第十回写当了父亲的宝玉："抱着芝哥站在栏杆前看牡丹。""探春笑道：'更能干了，练的会抱孩子了。'宝玉笑道：'这就是如抱赤子了。'"宝玉的孩子芝哥长得精灵可爱，宝玉将自己那块通灵宝玉给了孩子，第六回这样写道：

> 只见那一头拴着个金钱合青线织的络子，络着那块宝玉。李纨说："宝兄弟，怎么拿他拴呀？"宝玉说："他又算什么呢？"王夫人就从探春手里接过，说："越大越荒唐，这是你胎里带来的宝贝，最能避邪，如同你的性命根子一样。"宝玉说："既能避邪，怎么闹出那些事来？"王夫人说："那是你轻慢的原故，才招出那些事来。"宝玉说："太太说我轻慢他，他就恼我。如今我给这小孩带罢，横竖他不会得罪他。"说的众人大笑起来。王夫人就把这玉解了下来，给芝哥带上。

这里既回顾前踪，将这块原书曾闹得天翻地覆的宝玉作了交代，又写出成人后的宝玉，虽然依旧"轻视奇珍"，但已不是幼时哭闹摔玉的娇态，而是显示了他的成熟与理性。

成家后的宝玉，自要到社会上立业。《红楼梦影》中，写"宝玉叔侄入翰林"以后，需要上衙门当差，不断地会客应酬。不过并未变成老于世故的俗人，李纨说过宝玉："都有了儿子了，还这么孩子气。"宝玉曾针对袭人给蔡和羹的评语"倒是个爽快人"，一针就见血地说："爽快？那是练成了的江湖派！"当官后，家里人曾因提及宝玉"最怕打架"之事，在第二十一回有一段对话：

贾兰说："有一天，下了衙门走了不远，遇见打架的，顶马知道脾气，绕着小胡同回来。"尤氏说："要派你出兵打仗呢？"宝玉说："横竖我一辈子不当那差使。"说的大家都笑了。

仍是一个"憨宝玉"、仍是会引大家大笑的人。续书写探春又想起诗社，取名群芳社，为用12个月应时花卉作题，需凑足12人，想把不会作诗的人拉上，到时候由宝玉、贾兰替作，于是引起众人一场笑闹：

邢岫烟笑道"我们如何作过翰林先生们？"湘云冷笑道："那位兰太使的大作，没多见过，若论宝老先生，是领过大教的。在这群芳社里只怕又是例数打头呢。"说的众人都笑起来。宝钗笑道："咬着个舌子，专爱克薄人！"探春说："不好了，二嫂子急了，云妹妹快赔不是罢！"湘云走过来拉着宝钗的手说："好姐姐，别生气，宝哥哥的诗也好，文章也好，字也好。不但我说好，自天子以至庶人都说好，不然怎么点翰林呢。"招的众人哄堂大笑。宝钗推着湘云说："讨人嫌的，贫嘴！"

太清这里将红楼从姊妹的口吻神情、她们对宝玉的善意取笑，揣摩酷肖，在她们心中当了翰林的宝玉还是大观园的那个宝玉。

《红楼梦影》做到了"虚描实写，傍见侧出，回顾前踪，一丝不漏"[1]。一草一木，一言一行都会犯陈事，引起对那时候的种种回忆，深情的宝玉"处处睹物发呆，脸红"，对林妹妹的思念更是情不能已。此书第六回写宝玉看到一个雕刻着唐明皇游月宫故事的旃檀香臂隔道：

---

[1] 沈善宝（字湘佩，号西湖散人）：《红楼梦影序》。

上　编

宝玉听了，便接过一看，那里是广寒宫，竟是太虚幻境的样子。看那嫦娥时，宛然是林黛玉的小照。便从唐明皇想到杨贵妃，又转到林黛玉身上。想那六军不发原是为国家大事，才弄的个"君王掩面救不得"。林妹妹又是为什么呢？被众人瞒神弄鬼，生生害了性命！那明皇时，竟有人去"上穷碧落下黄泉"，替他寻找。如今那里有李少君、临邛道士一流人物，也替我传个消息。此时宝玉心中真是千头万绪，呆可的看那臂隔。不禁的就念出一句"能以精诚致魂魄"来。

一代才女西林太清，当然不会以前人诸种续书的"谈神说鬼，回生再聚，加以女将立功等下下笔法"① 描绘贾宝玉、林黛玉的生死之恋，她按照奕绘早年诗中的观点："梦里姻缘那得真"，在《红楼梦影》第八回写了一段"一帘风雨祀花神半夜绸缪偿孽债"情节，让宝玉在黛玉 20 岁生日那夜去潇湘馆祭奠，二人在梦中相见，宝玉解释说："并非我负心，因是双亲之命。自你仙逝后，我时时在念，刻刻难忘。你若不信，拿出心来你看！"以后宝玉情不自禁，二人一夜绸缪缱绻。宝玉醒后，"想方才的梦景，若说是梦，又历历分明；若说非梦，仍是我一人在此。也不管他是不是梦，也算了结了我二人的心愿。"可以说，这样的情节描写，也是太清续作所要了结的心愿。

三、闺事琐录

中国以往的小说，不管文言、白话，长篇、短篇，作者几乎全是男性，太清是最早提笔著小说的女子之一②。她以为人妻、为人母的经验与感受进行创作，所描绘的家庭生活内容，自有男性作家未曾观照的视点，尤其是叙述已然长大的原书中的少男少女，他们娶亲出嫁、生儿育女等人生必经的大事，都成为《红楼梦影》风格独具的篇章。

---

① 裕瑞：《枣窗闲笔·雪坞续红楼梦书后》。
② 清代女作家中，汪端（？—1838 年）节录《明史》，授采佚事，用平话体著成《元明佚史》，但此书曾否刊行，现已不可考。（参见谭正璧：《中国女性文学史话》）所以我们只能认为西林太清是中国第一位女小说家。

第四回先是宝钗临产，有王夫人、薛姨妈的关怀，麝月等人伺候，顺利地添了一个"好大个胖小子！"与之同月、同日、同时，湘云生了一个姐儿。第九回写平儿生子的经过十分详细：

……平儿急的说："这是怎么说。"只觉心头突突乱跳，及至醒来，觉得身子底下精湿一大团，吓的说："赵奶奶快起来罢，可不好了！"赵嬷嬷从梦中惊醒，听见儿啼。偏是灯又灭了，鞋又找不着，就光着脚下地摸火纸点灯，口里说："我的小奶奶，你倒是早些言语呀。"平儿说："我还不知道呢！"贾琏原未睡实，听见婴儿啼哭，又是他们两个人说话，就把丰儿叫起，对了个灯，看了看表，正是子正。自己也披衣过来，见赵嬷嬷还在那里找火纸，见拿了灯来说："丰姑娘你把他抽起来，我好招拂孩子。"丰儿跳上炕来抽平儿，平儿说："你慢着些．我还起不来呢。"赵嬷嬷掀开被一看，才忙着把平儿的小衣褪下，见胎胞婴儿搅在一处，伸手就抱。贾琏见他赤着脚，抓了来把血，又是着急，又是好笑，说："妈妈，你把袜子穿上罢，看着了凉。"便叫丰儿扶平儿坐起。自己到厢房窗外把巧姐儿的李嬷嬷叫来。李嬷嬷上了炕，把胎胞合孩子理清。此时老婆子们也都起来，烧通条熬定心汤。李嬷嬷把脐带剪断，包好孩子交给平儿抢着，又把炕上的血迹收拾干净。贾琏见是个男子，想起将才的梦来。

一场女人深夜突然生产、众人措手不及的景象，被描绘得如此细致入微，前人小说从未有过。

又如写袭人患妇女病，第十八回中湘云问："你们大姨奶奶作什么呢？"麝月说："快交立冬，又犯了病了。姨太太给的白凤丸，吃着倒好。"湘云道："都是那年在怡红院玩水，弄成终身之患。"显示出女作家的精细处。

贾环的婚事是王夫人让经常在府里走动、唱鼓书的李先儿说媒，这位瞎姑儿将蔡如玉"赞的就像鼓儿词一样"，终于保成亲事。贾兰则不同，由东平郡王提亲，娶了东平王内侄孙女、掌院学士曾继圣之女曾文淑。巧姐嫁周乘龙，郎才女貌，先是周乘龙金榜题名，中了解元，"按南边规矩"报喜的到贾府讨赏，后来巧姐出阁时，"这里陪送十分体面，那周家也学了许多京派。"这些情节安排，合乎各个人物身份，亦是太清信手拈来的社会常情描写。《红楼梦影》中，由作者特别编撰的婚姻故事，该是贾宝玉、薛宝钗的儿子芝儿与史湘云的女儿掌珠定亲；贾琏、平儿的儿子苓儿与薛蟠、香菱的女儿仙保定亲。在二十一、二十二、二十三回中都有喜气洋洋的叙述文字。第二十二回写道：

> 王夫人笑道："既是如此，一言为定。就学那小人家，珍大奶奶是吉祥人，就给你两个妹妹换个盅儿。"尤氏站起身来，把湘云、宝钗的酒杯拿过来满斟两杯，说道："今日换杯，夫唱妇随，白头到老，我是大媒！"说完，把两杯酒换过。招的连伺候的婆子、丫头都哄堂大笑，竟把琴、绮二位姑奶奶笑倒……

这样欢乐的气氛，怡红院很久没有过了，第二十三回继续接着写：

> （宝玉）说："今日怡红院好热闹。"宝钗说："岂止热闹，喜事重重，定了两个媳妇。"宝玉问："都是谁家？"宝钗道："芝儿定了掌珠姑娘，苓儿定了仙保姑娘："宝玉听了十分欢喜，说："我要作公公了。"又问："谁的主意？"宝钗说："老爷叫太太托妈妈作媒；那门亲事是琏二嫂托咱们亲家母的。"把个宝玉乐了个事不有余。……宝玉道："怪不得前日在园子里，老爷瞧见妞儿很夸，就把自己常常带的那块麒麟佩摘下来给他带上。真也巧，他母亲有金麒麟，他就有玉麒麟。"

这里的"巧"，无非是太清对曹雪芹"因麒麟伏白首双星"情节未能写完的一种补笔，其实，她对儿女婚姻的主张，已是完全遵从封建伦理了。《红楼梦影》中，宝钗最不愿提起宝玉、黛玉、湘云的往事，每次总设法岔开。

这部小说中的孩子形象，出于生育过三子二女的太清母爱之心，一个个都写得十分惹人喜爱。第十二回中连贾赦见奶子们抱了芝哥、苓哥进来给爷爷请安，也接过来一边抱一个，对贾政说："这才是人生第一乐事呢！"第十三回有对三个孩子的具体描写：

> 王夫人道："提孩子，他们怎么没看来？"玉钏儿道："看了一早起了，

才我过去取手巾,听见在那学舌呢。芝哥说:'苓哥兄弟不会说,让我告诉爷爷罢。'就滴滴搭搭的连说带比,把老爷乐的了不得。"正说着,贾芝、贾苓还有掌珠妞儿三个孩子,都是一样大红戳纱短衫,松绿戳纱裤子,老虎鞋,背后挂首许多节景,葫芦,五毒,粉额上着首未砂"王"字。王夫人笑问:"谁给你们画的?"贾苓说:"姐姐。"贾芝拉着王夫人的袖子说:"我叫姐姐也抹这个,他不抹。"王夫人说:"那么大姑娘也抹这个?"芝儿说:"妹妹怎么抹呢?"说的众人都笑了。

孩子们端午节的衣饰打扮,天真的说话,真正是人见人爱。书中还总是一再夸史湘云的妞儿,连贾相国大人也喜爱至极,如第二十二回写道:

到滴翠亭,见几个孩子扑蝴蝶。看见老爷,贾芝、贾苓都过来请安,垂手伺立那一个也过来请安。贾相见三个人一样打扮,就问宝玉:"这是谁家孩子?"宝玉说:"史大妹妹跟前的妞儿。"相国说:"我看着不像男孩子,很秀气又不认生。初次见,怎么好呢?"说着回手向腰里摘下个荷包,拴着个白玉麒麟,连这荷包亲自给妞儿挂上。他竟知道又请个安,谢谢。把个相国乐的了不得。

如此招人爱的小妞儿,竟是小时候非常淘气的史湘云的女儿,作者同时也在这里为后面将她许给宝玉之子,作了独特的铺垫。

其他方面,例如晚清妇女闺中得中解闷的玩意儿,也写了不少,第五回说巧姐、平儿、袭人、麝月、莺儿、素云六个人在房里玩赶老羊。第二十一回写王夫人让宝玉、贾琏退出说:"你们去罢!好让我们解闷。"于是,玉钏问:"作什么?好预备。"尤氏说:"人多摇摊好。"王夫人说:"那倒有趣!"这是一群妇女在家中进行的一种小型赌博,书中写得比较详细:

正说道,回进来二位亲家太太来了。才说了个:"请!"只见薛姨妈,李婶娘一同进来……玉钏笑道:"又来了两位送钱的老太太。"薛姨妈见桌上摆着筹码盒子,就知是摇摊,便问玉钏:"你怎么知道我们送钱?"玉钏笑道:"姨太太那一回要不输呢?"尤氏问:"谁摇哇?"李纨说:"你摇罢！"尤氏说："我钏，叫琏二妹妹摇！"于是大家押起摊来。玉钏算，增福打水钱。玩了半天，到吃饭的时候一算账，庄上赢了一百七十六千有零，薛、李二位太太倒输了六十多千。薛姨妈问玉钏说道："你可说着了！"玉钏笑道："我们琏二奶奶下村的盘缠有了！"

至于闺阁雅趣——众姊妹起诗社，联吟诗词，更是名噪词坛的西林太清的拿手戏，她本人就常与闺友一起，在府邸天游阁里诗词唱和。《红楼梦影》写众姊妹填词作诗都能得心应手。第十四回"赏荷花席上联吟"第一次先写填词《调寄爪茉莉·即景联句》，在评议时，有一段对话如下：

李纨道："据我看，'坠'字合'碎'字押的都响亮。'是何处断续蝉声？'问的有趣，'绿杨外，残照里。'答的更妙。"宝玉道："也不过是从姜白石的'闹红一舫'，苏东坡的'琼珠碎又圆'套来的。"李纨道："套古人不怕，套只要用的好。就是你们那应制诗文，也未必不套古人罢？"湘云拍手笑道："阿弥陀佛，也遇见劲敌了。"宝玉笑道："只好让你们人多，我不说了。"

很显然，这是太清词成功运用前人成果的一次自我表白。第十九回又在芦雪亭赏雪时，让众姊妹由贾政命题，写了九道消寒诗，最后史湘云的《寒窗》、《寒月》、《寒鸦》得了贾政的上赏。9首诗也都还表现出北国女子对寒冬的体验。正像此回末语所说："这是荣国府诸位闺秀，竟不去作那'刺绣五纹添羽线'的女工，每日无非说说笑笑，就把光阴虚度。"

四、虚描实写

在荣王府邸度过大半生的太清，续述贾府故事时，备各府第旧时规矩，不会出现曾被裕瑞嗤笑的《后红楼梦》作者"写食品，处处不遗燕窝"之类的俗笔。太清的密友沈湘佩在《红楼梦影序》说："云搓外史以新编《红楼梦影》若干回见示，披读之下，不禁叹绝。"因而她盛赞太清能够充分发挥小说创作"虚描实写"的特点。在《红楼梦影》的一草一木、一物一事的描写中，常折射着太清现实生活的影子。

看戏，在曹雪芹原书中，已有不少精彩篇章，续作当然少不了写此内容。不过有丰富生活素材的太清，还另辟新路，第五回详细地写看灯戏，新奇火爆。第十三回贾蓉说："他请我们在城外吉祥会馆听戏。"这里提到的戏馆，即是从晚清保留至今的吉祥戏院。此外，第十三回写端阳佳节，在大观园赛龙舟，也是原书未曾有过的有趣片断。

清朝帝王都喜在北京西郊营建园林别墅，宗室诗人文昭曾有"西直门西绣作堆"的赞美诗句。奕绘也在畅春园宫门西双桥寺建有新寓，他的《明善堂文集》中多有题咏。太清作续书，不必再重复叙述大观园景致，熟悉的西郊名园，即成她信手拈来的原型。于是，第十一回"置别墅赦老隐居"，第十二回"诸闺秀花径游春"，《红楼梦影》另外描绘了一座离城18里远的隐园。其中提到隐园山前洞门上刻着"云根"二字的石头，至今仍存在于海淀的蔚秀园中。书里说到隐园"原是前朝附马的园子，尽后头就是那公主的妆楼"，这也正是紧靠蔚秀园的另一座园林——承泽园的写照。太清特写那公主妆楼的景色："五间朱楼高插云汉，两边接连着都是游廊。""嫣红笑道：'太太不上楼瞧瞧去，花园子比大观园还好呢。看西山不知有多远呢！'邢夫人说：'自然好，这是真山真水。'平儿道：'又搭着昨日那几点雨，更看的真。'"现在承泽园西北隅，还保留着这座楼阁，承泽园原是道光皇帝第六女寿恩公主的赐园，她只活了38岁，于咸丰九年（1859）去世。[①] 站在这座楼上，向西远眺，苍翠青绿的西山，遥遥在望，令人赏心悦目。

这部书中写的一些细微末物，也能在太清生活中得到印证。如第八回写莺儿用木香花穿成花簪，甚为新颖奇特，而太清闺友许云林就曾以夜来香编鹦哥、纫素馨为架，奕绘、太清均有词题咏。奕绘曾以十金购得一古玉笛，吹起来声音悦耳动听，夫妇二人特为写过词唱和，第二十一回写如玉吹笙，宝钗接过竹一看："我当是漆的，竟是个墨玉的，实在滋润！"不是太清这位知音，很难写如此夸赞。

曹雪芹写的贾府饮食，早借薛姨妈之口说是"你们府上也都想绝了"。太清续作则尽理写些北京普通食品：第十四回写"玉钏进来捧着个荷叶式

[①] 参见侯仁之：《燕园史话》。

的翡翠盘子,盛着一盘茉莉花。盒子里是一碟水晶角儿,一碟豌豆糕",第二十回写下酒菜是"金华火腿,香糟鲥鱼,烹活虾",等等。较值得一提的是《红楼梦影》中,专门写到清末京西海淀出产的名酒莲花白:

  此刻已摆上饭来,宝玉道:"弄点烧酒来。"探春向婆子道:"合琏二奶奶要,他说有自己蒸的莲花白,寻些来。还请他这里吃饭。"婆子答应去了,不多时,抱了两个玻璃瓶来,说:"琏二奶奶说,这是自己蒸的莲花白,这是四月里的嫩荷叶泡的。"

  奕绘曾在《清明双桥寺新寓二首》诗中写过:"六郎庄上酒,旧数莲花白。"至今北京仍有此酒出售。
  至于满人生活习俗的描写,《红楼梦影》中自然不少:第四回,宝钗生子,探春回娘家探望,并说:"瞧着侄儿上摇车再回去。"薛家于孩子出生第12天,"送来一只肥羊、一个摇车儿"。第七回说薛蟠要贩皮货,柳湘莲将随他"出山海关逛逛医吾闾山"。第十回平儿生日,薛姨妈赏食是"八宝小猪儿,口蘑馅的寿桃"。第十二回贾赦生日,"又有本家子弟们都来拜寿,吃了面,约着在柳林中间那条坦平黄土道上去试马"等等。需要提出注意的是,晚清末年,满人汉化日深,许多习俗观念都已改变,例如满族妇女是天足,《红楼梦》绝无汉族文人赞赏的女子足下风光。但是《红楼梦影》第十六回写梅瑟卿花千金买了江南歌妓给柳湘莲为妾,家人夸说:"长的就和咱们太太里间屋里挂的那个吹箫的画儿似的。真是个美人儿,一点的小脚儿,见了人说话很和气,一家子都喜欢。"美人小脚又成一种审美时尚了。
  与太清同时代的满族作家文康,创作小说《儿女英雄传》,用的是评书体,全书语言纯系北京土语,生动诙谐、雅俗共赏。著名词人太清,则以她驾驭语言的卓越才能,写续书时,则将北京话加以提炼点化,便成雅韵,《红楼梦影》语言的精练淳熟,可以说是与原书相差无几。难怪沈湘佩称赞说:"诸人口吻神情,揣摩酷肖。""接续前书,毫无痕迹。"

(原载《民族文学研究》1997年第2期)

"时尚土风朝暮改"

——《草珠一串》所记清代后期嬗变中的满族习俗

张菊玲

"竹枝词"这种七言四句、专门描绘风土时尚的特殊诗体,在清代颇为盛行。描绘北京风土时尚的"竹枝词",以乾隆末年杨米人的《都门竹枝词》影响最大,继它之后,写北京"竹枝词"的作者很多,其中嘉庆二十二年(1817)刊行的、满洲旗人得硕亭的《草珠一串》(《京都竹枝词》)尤具特色。

《草珠一串》共有108首诗,分为:总起、文武各官、兵丁、商贾、妇女、风俗、时尚、饮食、市井、名胜、游览、总结,共11个部分。作者旨意在《叙》中说得很明白:"竹枝之作,所以纪风土、讽时尚也。然于嬉笑讥刺之中,亦必具感发惩创之意。故诽词谑语,皆堪借以生情;即巷议衢谈,不妨引以为证。"得硕亭受当时流行的一部北京竹枝词的启发,诗情勃勃地写了一连串途歌巷语,希图达到纪风土、讽时尚、寓箴规的目的。

得硕亭这部北京竹枝词,突出的内容是较多地记述了清代后期北京满族习俗的变异。身为满族作家,他对北京的满族习俗极为谙熟;处于嘉庆末年,面对江河日下的大清国局势,对满族入关后民情风俗的流变,有着极深的感触,因而使别具一格的《草珠一串》,为后世了解与研究北京满族习俗提供了珍贵资料。

上 编

一

嘉庆年间，满族入关已经有一个半世纪的历史。随着满族的社会地位、经济条件以及生活环境的变化，满族习俗发生了明显的变化。从前，在关外久居苦寒地区，满族同中国北方其他少数民族一样，善于骑射，骁勇顽强，充满奋发进取精神，终于以叱咤风云的战绩，夺取了全中国。可是，到了清代后期，生活在大清国首都的满族人，长期受八旗特殊待遇的供养，在他们习焉不察的日常衣食住行中，已然形成了与原来民族精神有着强烈反差的另一种生活方式——以闲暇为乐趣的独特生活方式。得硕亭注意到此种旗俗的变异，在《草珠一串》中有这样的记述：

小帽长衫著体新，纷纷街巷步芳尘。闲来三五茶坊坐，半是曾登仕版人。

诗末得硕亭注释说："内城旗员，于差使完后，便易便服，约朋友茶馆闲谈，此风由来久矣。"清代北京城里，到处有着各式各样、大大小小的茶馆，例如有书茶馆、酒茶馆、大茶馆、清茶馆等等，它们成为北京市民文化生活的重要组成部分。当然，来的茶客也是各种各样的人。可是，久而久之，旗人泡茶馆，则似乎成为一种最符合旗人身份的专门形态，如同得硕亭诗注中介绍的那样，京城里满族人与朋友在茶馆中小聚闲谈，享受着一种独特的宁静与闲适，在嘉庆末年，已经是由来已久的风气了。

《草珠一串》中"兵丁"描绘八旗兵丁的形象则是：

衫敞前襟草帽横，手擎虎叭喇儿行。官差署了原无事，早饭餐完便出城。

在"虎叭喇儿"一词后，诗人注释说："鸟名，即伯劳也。"这里，得硕亭又绘出了清代后期北京城里提笼架鸟的旗人典型形象。当年，朔方健儿驰骋射猎时，臂上架着的猛禽海东青，现今已蜕换为遛街时，供赏玩的鸣禽伯劳了。

入清以来，北京的戏园日益兴盛，其原因也与旗人有关，八旗子弟看戏、听戏以至票戏成为又一闲适生活的乐趣。《草珠一串》"市井"中，有一首诗写道：

茶园楼上最消魂，老斗钱多气象浑。但得隔帘微献笑，千金难买下场门。

诗人在"茶园"一词后说明道："演戏之所。"在"老斗"一词后说明道："小旦，呼悦己者曰老斗。"无所事事的八旗子弟耗财买乐，京戏在有清一代的发展，不能不归功于他们在消闲中的文化创造。以至清朝灭亡了，曾经世代为满洲名臣之后的程砚秋，亦成为近世著名的京剧四大名旦之一。

满族人的享乐意识的滋长、漫溢，令人担忧的是日益颓靡。《草珠一串》"时尚"部分写出了嘉庆末年京师嗜鸦片成瘾的情景：

人人相见递烟壶，手内须拈草子珠。扇上若无鸦片鬼，此公缺典定糊涂。

做阔全凭鸦片烟，何妨作鬼且神仙。闲谈不说《红楼梦》，读尽诗书是枉然。

作者在讽刺中"寓箴规"，第一首诗末特意详尽注释道："近时患鸦片瘾者极多，好事者特画此，以作前车之戒。竟有持此扇而吸此烟者，此扇直卖银十二两一把，大抵踵事增华，故竟皆有以此为荣。"第二首"做阔"词后说明道："京师名学大器派者曰做阔。"朝政的腐败，导致中国成为西方列强的争夺目标，首先通过毒害民族身心的鸦片打开了缺口。从《草珠一串》这两首诗中，可以明显看到，自从乾隆后期鸦片大量入口以来，到了嘉庆末年早已自南而北吸毒成瘾成风，而问题的严重性，则表现在人们不以为毒，竟以抽鸦片显示自己的大气派，以抽鸦片为荣！得硕亭的用意，是"志在移风易俗，聊为逎铎謦箴"，可是一直走下坡路的民族，已不会被这种"途歌巷语"所拯救。耽于闲适玩乐的习俗、束缚旗人的八旗制度，使得下层旗人日渐贫困化，旗人靠借债度日也屡见不鲜了。

得硕亭以沉重的心情记述了旗人受高利贷者的剥削，"市井"部分有一首诗写道：

利过三分怕犯科，巧将契券写多多。可怜剥削无锥地，忍气吞声可奈何。

为了说明借高利贷的具体情况，在第二句诗后得硕亭写了一段注释："近日山西……放债，率皆八分加一。又恐犯法，惟于立券时逼债钱人于券上虚写若干，如借十串，写作百串之类，旗人尤受其害。"这里，诗人看到自己民族蜕变到如此地步，也只能发出无可奈何的哀叹。一种风俗的盛衰消长，联系着一个民族发展的历史轨迹，满俗入关后的变化，体现出满族历史深刻的悲剧性。

二

情况常常是这样，街头妇女的服装与发饰所流行的款式，最能反映出一个民族一定时期的某种历史文化心理。得硕亭从当时北京街头妇女的穿着打扮上，注意到了满族原有的浓烈的民族色彩在逐渐消失。例如《草珠一串》的"妇女"部分第一首诗就写道：

名门少妇美如花，独坐香车爱亮纱。双袖阔来过一尺，非旗非汉是谁家？

原先在关外时，满族以狩猎为生，满族妇女也能骑马射猎。入关初，康熙年间满族词人纳兰性德笔下的北京满族少妇还是"有个盈盈骑马过"，"见人羞涩却回头"。而今妇女早已不再骑马过市，她们穿着时髦的服装坐在香车上招摇而过，显露出她们的丰姿美貌。对于这种随着骑射生活消逝而变了样的服装，引起诗人责问："双袖阔来过一尺，非旗非汉是谁家？"因为原来为了骑射生活的需要，满族袍褂的衣袖比较狭窄，且于袖口前边再接出一个半圆形的袖头，称为箭袖，以便于盘马弯弓。以后既不再骑射，袍褂上的衣袖逐受汉族服装影响，不但不再接袖头，而且越做越阔大了。得硕亭带着一种感叹的心情，紧接着又写了一首诗，仔细地描绘了完全走了样的满族妇女的头饰与服装：

头名架子甚荒唐，脑后双垂一尺长。袍袖直如弓荷袋，可能恭敬放挖杭？

在这首诗中，得硕亭一连写了三个注释，释文字句大大超过了原诗。"架子"一词，诗人注道："近时妇女，以双架插发际挽发，如双角形，曰架子头。"是对被诗人斥之为"荒唐"的满族妇女当时流行的发式所做的详细说明。第三句诗末，诗人注道："近因袍袖太宽无褂，不甚雅相，故皆将袍袖头移于褂上，直无袍矣。""挖杭"一词，诗人注道："清语袍袖也。旗礼，妇女见尊长必放袍袖，今则亡矣。"即是说明服装的变化又引起了民族仪礼的丧失。箭袖，在满语中音译是"挖杭"，在满族礼节中，向长者施礼时，必须先将箭袖敏捷地放下，然后再行全礼，此种以示恭敬的动作称之为"放挖杭"。传统的旗人是相当讲究礼节的，所以得硕亭这位满族诗人对于赶时髦的妇女服装颇为不满，他遗憾地表示，"袍袖"没有了，满族人的礼仪又如何进行呢？

三

《草珠一串》的"饮食"部分有8首诗。食俗，作为一种传统风习，也是一个民族宝贵的文化积累。清代的北京，常有从关东运来的狍鹿、鳇鱼，也常使居住在北京的满族人萌发一种寻根意识。例如《草珠一串》"饮食"部分的第五首诗说道：

关东货始到京城，各处全开狍鹿棚。鹿尾鳇鱼风味别，发祥水土想陪京。

一种土特产，一件小食品，虽然是细屑的微物，却关联着每个人的饮食习惯，标志着鲜明的民族风情。满族居住北京以后，也带来了独具特色的满洲食品。《草珠一申》"饮食"部分第六首写道：

内城果局物真赊，兼卖黄油哈密瓜。我到他乡犹忆食，山查糕与奶乌他。

"奶乌他"一词，得硕亭注释说："即酥酪也。乌他系清语，叶韵而已，并非本字，不为出韵。"满族与其他中国北方民族一样，喜食奶制品，这种"奶乌他"，在清末满族作家富察敦崇的《燕京岁时忆》中介绍说："洁白如霜，食之口中有如嚼雪，真北方之奇味也。"这些小食品牵动着人们的乡情，即便离开北京，犹使人思念不已。

当然，同满族服饰一样，入关后满族食俗的变化也不小。《草珠一申》"饮食"部分第四首诗写道：

满洲糕点样原繁，踵事增华不可言。惟有悖张遗旧制，几同告朔饩羊存。

第三句诗末，得硕亭又注释说："悖张即悖悖包子也。旧时旗礼，一切婚丧大事，俱有悖张，今渐无矣。"

随着岁月的流逝，一个民族的习俗，在递续传家过程中，必然会出现明显的变异现象。得硕亭在《草珠一串》最后的"总结"部分写下自己的无限慨叹：

帝京景物大无边，梦笔生花写不全。时尚风土朝暮改，年年沧海变桑田。

在中国历史上，满族沧海桑田的变化，是发人深省的。得硕亭于"细雨秋风里"，穿成这串草珠，表达了他深沉的忧思。

（原载《中央民族学院学报》1989年第3期）

清末民初旗人的京话小说

张菊玲

清朝，满族人统属满洲八旗，故通常称之为"旗人"、"旗族"、"在旗"；北京的满族人又称"京旗"。老一辈人都知道这样一个事实：旗人的北京话说得最地道、最悦耳动听。胡适说："旗人最会说话，前有《红楼梦》，后有《儿女英雄传》，都是绝好的记录，都是绝好的京语教科书。"（《儿女英雄传》序）周作人说："《红楼梦》的描写语言是顶漂亮的，《儿女英雄传》在用语这一点上可以相比，我想拿来放在一起，二者的运用北京话都是很纯熟，因为原来作者都是旗人。"（《小说的回忆》）到了20世纪30—40年代，被誉为语言大师的老舍，这位土生土长的北京旗人，注意学习先辈作家语言艺术经验，成功地创作了《骆驼祥子》等蜚声中外的小说。中国小说史研究者们在充分肯定从《红楼梦》到《儿女英雄传》到《骆驼祥子》这一由旗人作家用北京话写作小说的优秀传统时，曾有一种论断说：这一传统在清末民初之间出现过中断现象。我们认为：此说与实际不符。事实是由于政治原因有些作品一度被人们避而不论了，久之，后人也就无从知晓；其实，清末民初有过为数不少的京话小说。本文打算专门介绍一下这批被遗忘的清末民初旗人的京话小说，进而说明：一代又一代擅长运用北京话写作的旗人作家，从未中断过自己的辛勤奉献，这些人所作的成绩也许各不相同，但他们的努力却都是不能忽视的。

上　编

旗族报人小说家

晚清，随着民族危机的日益尖锐化，从皇帝开始，朝野上下各层人士也都纷纷卷入立宪救国的潮流之中。受梁启超开通民智、唤醒国民以改良群治的思想影响，京师一批旗籍人士也先后出来开学堂、办报纸。光绪三十二年（1906）前后，半年多时间里京师新出报章十余种，遂使京中风气大开。据长白山人管翼贤《北京报纸小史》[①] 的记载旗人最早办的报纸有：

《公益报》设于崇文门内方巾巷，社长文实权，编辑蔡友梅（损公）、白云衼（睡公）、文子龙（懒儒）、王咏湘（冷佛）。体裁白话。以普及教育为宗旨，每日一张。

《进化报》设于东单北大街，社长蔡友梅（又署名松友梅），编辑杨曼青、乐缓卿、李问山。体裁白话。蔡氏等皆为旗族，故其言论新闻，注意在八旗生计问题。

以后宣统年间至民国初年旗人报纸有：

《大同报》设于琉璃厂土地祠，社长恒诗峰。体裁文言，日出一大张，以变通旗制，促进宪政为宗旨，与杨度在日本东京所刊之《大同杂志》相呼应。

《京师公报》设于宣武门外后铁厂，社长文实权，编辑文子龙、杨曼青、黄佛舞、赵静宜。体裁白话，日出一张，与《国民公报》有紧密联络，主张君主立宪。报虽小，实为旗族人士之言论机关。

《官话政报》设于宣外北柳巷，社长李仲悌（啸天），编辑斌小村、刘省三、戴正一。体裁白话，日出一小张。其主张实行君宪，与《京师公报》有密切联络。

《国华报》社址琉璃厂万源夹道，社长乌泽声，编辑穆都哩（辰公别字儒丐）。日出两小张，为安福系言论机关。

《群强报》社址樱桃斜街，社长陆哀（慎斋别字瘦郎），初为端方子继康侯所办，后归陆氏。经理戴正一，编辑王丹辰、杨曼青、勋荩臣。白话

[①] 载于《新闻学集成》第6辑，"中华新闻学院"1943年版。

小报，以提倡戏剧、登载戏报作营业之基本。

《燕都报》社址宣外裘家街，社长文实权，编辑文子龙、白云祉、陈重光。白话小报，以小说著称，如西太后小说、《梅福结婚记》皆为市隐所编，以提倡旗族生计为目的。

《爱国白话报》社址西草厂，社长马太朴，编辑王冷佛、权益斋。白话小报。

上述一些报纸与当时最受欢迎的《京话日报》一样，是预备立宪时代的宣传工具。民国以后欢迎者日减，除继续关注八旗生计问题外，也只在小说、戏剧方面发挥旗族人士的特长。引人注目的是，他们在报纸上开辟文艺一栏，名曰"杂俎"，由《公益报》发起始载小说，首登之小说即是文实权（笔名市隐）的《米虎》，为破除迷信而作。受梁启超提倡小说革命，"欲改良群治必自小说界革命始；欲新民必自新小说始"等思想影响，这批旗族报人为"爱国保种"，先后在所办报纸上陆续用北京话撰写通俗小说，进而形成一支报人兼小说家的创作队伍，影响甚为深远。光绪三十三年（1907）创办的《进化报》小说栏，连载了社会小说《小额》。德少泉谈到此书写作缘由时，作过如下说明：

丁未春北京进化报社创立。友梅先生以博学鸿才，任该馆总务。尝与二三良友曰："比年社会之怪现象于斯极矣。魑魅魍魉无奇不有。势日蹙而风俗日偷，国愈危而人心愈坏，将何以与列强相颉颃哉？报社以辅助政府为天职，开通民智为宗旨。质诸兄有何旋转之能力、定世道之方针？捷径奚由，利器何具？"是时曼青诸先生俱在坐，因慨然曰："欲引人心之趋向，启教育之萌芽，破迷信之根株，跻进化之方域，莫小说若！莫小说若！"于是，友梅先生以报余副页，逐日笔述小说数语，穷年累日，集成一轴。①

很明显，这批旗族人士在大清王朝风雨飘摇之际，认定肩负辅助政府的天职，力图通过报纸来开发民智，并以小说作为安邦定国的利器。此番慷慨言辞，不过是梁启超语言的重复。在宣统预备立宪时，各省名流共同

---

① 1908 年和记排印局发行《小额》单行本序言。

组织国会请愿团，八旗代表即是文实权。当时革命派报纸《国风报》，与这些君宪主义报纸笔墨交锋，各不相让。甚至在武昌起义、京师震动时，文实权等人还组成君主立宪维持会，恒诗峰等人组成君主立宪期成会。毕竟革命潮流势不可挡，随着清王朝的覆灭，这批旗族人士有的退出了历史舞台，也有人见风使舵成了新政府的议员政客，领着党部的津贴办报赚钱。清末民初北京的这些大报小报，号称极盛，实也充斥着黑暗与腐败。正如当时戊午编译社《北京新闻界之因果录》一文所说："北京之新闻界大率分为苦乐两界：属于经理者则豪奴怒马、趾高气扬；而记者界则无日不在凄风苦雨中也。其间苦乐之悬殊方之大地主之于劳动者犹突过之。""大凡北京报纸之为经理者多受某方或某有力者之津贴而来"，"雇一编辑不过三四十元"，此种情形下每日报纸之出版不过是编辑"手执大剪一把，将外埠报纸割裂无数，再斟酌前后而连属之，勾之以红笔，粘之以浆糊，不一时，而两大张之日报成矣"。（见《民国日报》1919年1月9日）穆儒丐在民国初年的《国华报》当编辑，后来，就将自己在编辑部所见所闻，写进小说《北京》，借主人公宁伯雍之口说："我皆因饥饿所驱，才当了一名暗无天日的报社编辑。"他描绘这所报社编辑部工作的景况是：

只见他们把通信社的稿子，往一块粘了粘，用朱笔乱抹一气，不够的，便拿了剪子，向交换报上去寻。不大工夫，新闻、电报都算有了。交给馆役，往印刷厂送。他们腾下手来，又作论说、时评，还要来两首诗。伯雍在旁边看看，却很惊讶的，这样忙忙乱乱的胡抓一气，居然也能出两大张报，却是不易了。

旗人穆儒丐是和平稳健的人，民国以来，对社会持一种消极主义的态度，纯粹以卖文生活，不断在各家报纸发表小说。像他一样，还有一些旗籍作家，他们写的反映清末旗人生活的作品，在报纸上留存了下来。以后因排满声波逐渐高涨的革命形势，使这些小说被人们淡忘了。直至20世纪80年代，研究中国近世小说史的学者方才又开始提及他们。现将这批旗族报人小说家简况介绍一下：

文实权，名耀，笔名市隐，又名燕市酒徒。《公益报》、《京师公报》、《燕都报》社长。自《公益报》始载小说《米虎》，还在《爱国白话报》、

《燕都报》载有《西太后外传》、《梅福结婚记》、《武圣传》、《闺中宝》等。

王冷佛,名王咏湘。《公益报》、《爱国白话报》编辑。据市隐日记提供材料,著《春阿氏》,载于《爱国白话报》。

蔡友梅,又名松友梅,笔名损公。《进化报》社长、《公益报》编辑。著小说《小额》,载于《进化日报》。另有《新鲜滋味》数十种,分刊于《顺天时报》、《京话日报》。

李仲悌,本名志恺,笔名啸天。《官话政报》社长,《平报》、《实事白话报》小说编辑。以《京尘影》最著称。

穆儒丐,名穆都哩,字辰公、六田。《国华报》编辑,著小说《梅兰芳》,连载于《国华报》、《群强报》、《盛京时报》。

勋芸臣,《群强报》编辑,著《白话聊斋》,刊于《群强报》。

这些人中间,以蔡友梅、王冷佛、穆儒丐成绩最为突出。蔡友梅于光绪三十四年(1908)出版的《小额》、王冷佛于宣统三年(1911)写作的《春阿氏》、穆儒丐于民国十二年(1923)发表的《北京》,均曾经产生过较大影响。《小额》传到日本,至今受到欢迎;《春阿氏》在二三十年代曾一再出版。在20世纪即将结束的今天,我们可以通过这些描绘历史转折时期旗人生活的纪实作品,来回顾一下逝去不久的历史陈迹。那些在20世纪初年还是京师内城各条胡同里四合院主人的、讲礼讲面的旗人,以及梳两把头、穿花盆儿底鞋的旗装妇女,他们种种并不相同的命运,以及悲欢离合的故事,虽出于不算是一流手笔的作家的如实描绘,带给我们的认识价值,却大大超过了艺术审美的愉悦,不仅能使新时代的读者从中找到无数抹不掉的历史记忆,而且人世的沧桑更让人感慨良深。

"咱们旗人是结啦"

清末民初,这批旗族报人作家写小说的初衷,并不愿意仅仅将它们当作反映旗人生活的作品来读,而是作为社会小说来写社会黑暗、腐败的。杨曼青在为《小额》单行本写的《序》中曾特别指出:"倘以旗人家政而目之,恐负良匠之苦心也。"只是事实上,这些小说在揭示社会种种怪现象方面，远不如已获成功效应的汉族作家《官场现形记》、《廿年目睹之怪现状》等作品。《小额》、《春阿氏》、《北京》首先吸引人们注意的，在于它们生动、形象地描绘出清末民初北京城里普普通通的旗人生活。这是一个动荡的时代，前后十几年间，北京旗人生活，经历了天翻地覆的变化。三位作家带着深沉痛切的民族感情，将这一切做了如实的描述。

北京城里旗人居家生活的唯一来源，是靠朝廷发放饷银。二百多年的积弊到了这时期，大清王朝与满洲民族的双重危机，早已暴露无遗。《小额》的故事，就是由旗人到旗下衙门领钱粮写起。那一天"又到钱粮头儿上啦"，人们都起早到衙门领饷。衙门口有好几百口人等着关钱粮。可堂官却迟迟不到署，大家都抱怨连天：

有一个老者有五六十岁，左手架着忽伯拉（鸟名，本名叫虎伯劳），右手拿这着个大呕壶儿，一边儿喝一边儿说："咱们旗人是结啦（谁说不是呢），关这个豆大的钱粮，简直的不够喝凉水的。人家左翼倒多关点儿呀（也不尽然，按现在说还有不到一两六的呢）。咱们算丧透啦，一少比人家少一二钱。他们老爷们也太饿啦，耗一个月关这点儿银子，还不痛痛快快地给你，又过平啦过八儿的。这横又是月事没说好（月事是句行话，就是每月给堂官的钱，照例由兵饷里克扣）。弄这个假招子冤谁呢？旗人到了这步天地，他们真忍心哪。唉，唉。"

这位极有代表性的北京老旗人，一手架着鸟，一手拿着茶壶，边喝边发着牢骚。八旗兵丁及其家属按定制，不准经营农、工、商，每月仅靠钱粮维生。物价飞涨，饷银依旧，普通旗丁早已很难维持生活。《春阿氏》中，三蝶儿的母亲德氏就曾喊嚷道："好可恶的奸商，每月领银子，银子落价，买点荤油猪肉，连肉也涨钱。这是什么年月！""你说这个年头可怎么好！一斤杂合面全部要四五百钱。我长这么大，真没经过！"所以，这位老旗人一开口就说："咱们旗人是结啦！"这一点儿钱粮，当官的老爷们也不痛痛快快地发下来，还要从中克扣。他无可奈何地感叹说："旗人到了这步天地，他们真忍心哪！"末世旗人内心无限酸楚的这席话，勾起聚在旗衙前众多旗人的自叹自怜。

晚清旗人生活的艰窘，《春阿氏》中，写聂玉吉在父母亡后坐吃山空，见天叫个打鼓担儿来靠变卖东西过活。不少旗人等不到发饷银，就揭不开锅了，只得去向放高利贷的账局预借。这种账，有死钱有活钱，有转子有印子，名目繁多。《小额》的主人公额少峰，"所放的账目都是加一八分。要是一分马甲钱粮，在他手里借十五两银子，里折外扣，就能这辈子逃不出来"。每月领钱粮时，有账局跑账的，来旗下衙门领取钱粮包儿，在额少峰父亲手上"每月的钱粮包儿真进个一千包、两千包儿的"。"反正没有杀孩子的心不用干这个"。额少峰扬言："别管他是谁，概尔不论。姓额的放得就是阎王账，不服自管告我去。营房司坊南北衙门，我全接着！"这类专吸旗人脂膏，在旗下称霸的现象，清朝末世的北京城里到处都有。正如《小额》开场白所说："北京城的现象除了黑暗就是顽固；除了腐败就是野蛮。千奇百怪，称得起什么德行都有。"

最终，辛亥革命推翻了腐朽的大清王朝。进入民国以后，满洲贵族可以靠原有的房地产和金银财富依旧能过寄生生活；一些官吏也可摇身一变成为民国大员，依旧享受富贵荣华。而无数指着每月可怜的一点钱粮勉强维持生活的普通旗人，则一下子陷入无米下锅、无法维生的悲惨境地。社会小说《北京》，极为详尽地写出民国初年军阀统治时期北京旗人的苦难生活。清朝定制，旗人不准经营农、工、商，一旦没了钱粮，身无一技之长，旗人出路就是：男人卖苦力去拉洋车。小说第一章，就写主人公伯雍乘洋车上报社的路上，与车夫的一段谈话：

伯雍在车上问那车夫道："你姓什么？"车夫道："我姓德。"伯雍道："你大概是个固赛呢亚拉玛。"车夫道："可不是！现在咱们不行了。我叫德三，初在善扑营里吃一份饷，摔了几年跤。新街口一带谁不知跛脚德三！"伯雍说："原先西城有个攀腿禄，你认得么？"德三说："怎不认得！我们都在当街庙摔过跤。如今只落得拉车了，惭愧得很。"伯雍说："你家里都有什么人？"德三说："有母亲、有妻子，孩子都小，不能挣钱。我今年四十多了，卖苦力气养活他们。"伯雍说："以汗赚钱，是世界头等好汉。有什么可耻？挣钱孝母养活妻子，自要不辱家门，什么职业都可以作。从前的事也就不必想了。"德三说："还敢想从前！想起从前，教人一日也不得活。好在我们一个当小兵的，无责可负。连庆王爷还腆着脸活着呢！"

清朝完了，是清朝统治者的覆灭。亡国后的旗人，自力更生靠劳动汗水挣钱生活，劳累辛苦是可想而知的。可是如果家中没有男劳力，旗籍妇女的命运就十分悲惨了。《北京》第八章写道："东城禄米仓改了被服厂。""那些女工劳动十一小时仅仅获得六枚铜元的报酬！"而且连这样的工作也很难找，尤其是需要养活全家老小时，没有更多的工厂可去。腐败的社会、不良的政治，不断扩充八大胡同。逼得良家妇女，无奈何以当妓女为职业。小说第二章写十四五岁的雏妓桂花下窑子前，母女二人生活无着，贪心爱财的姨母黄氏来挑唆桂花的娘，让把桂花送到窑子去：

黄氏见说笑道："我说你傻你真傻透了！你也不想想，如今是什么时候，如今是民国了！你别想碴碰硬正的当你那分穷旗人了。如今是笑贫不笑娼的时代。有钱的忘八都能大三辈！有人管他叫老祖宗……如今什么事都大翻个儿了，窑子里的生意好不兴旺呢！好几百议员，天天都在窑子里议事，窑子便是他们的家。我看着别提多么眼馋了……你天天老在家里活挨饿，外头的事情你知道什么？现在八大胡同了不得了！热闹得挤也挤不动。"桂花的娘说："那个地方虽然有钱，岂是咱们所去的地方。咱们究竟是皇上家的世仆，当差根本人家。虽然受穷，廉耻不可不顾。"黄氏见说，把脸一沉，透着有点生气，咬一咬牙，指了桂花的娘一下，说："你呀你呀，可要把我呕死！我问你，锅里能煮廉耻吗，身上能穿廉耻吗？什么都是假的，饿是真的。如今没有别的法子，先得治饿……别想再当旗人了！"

尚是十四五岁小孩子的桂花，就这样被送进八大胡同的泉湘班。用书中人物妓女秀卿的话说："贫寒人家的女子，为什么一到了没饭吃，就得下窑子？仿佛这窑子专门是给贫寒的人开的一条生路，除了走这一条路，再找第二条路实在没有了。"

普通旗人在清朝亡国后的苦难生活，在社会小说《北京》最早得到了纪实的反映。尽管今天的读者对小说作者当年的创作立意，以及小说中诸多直白宣传，自不会全都认同，但是展现在读者眼前的清末民初旗人生活命运的变迁，则令人震颤发人深省！

"闲来三五茶坊坐"

茶馆，在清代北京十分兴旺发达。因为它是旗人在京城消闲的最好去处。嘉庆年间，满族作家得硕亭在《草珠一串·文武备官》中，就已如此介绍说：

小帽长衫著体新，纷纷街巷步芳尘。闲来三五茶坊坐，半是曾登仕版人。（内城旗员于差使完后，便易便服，约朋友，茶馆闲谈。此风由来久矣。）

年久形成的风气，使京城大小胡同各类茶馆林立。旗人也最讲究上茶馆。直至清末，仍然如此："汉人少涉足，八旗人士虽官至三四品，亦厕身其间，并提鸟笼曳长裾就广坐作茗憩，与圉人走卒杂坐谈话，不以为忤也。"[①] 在《春阿氏》书里，探兵当差、侦探破案，最常去的就是茶馆。如天津侦探张瑞珊到北京来办案，"亦不暇拜望戚友，先往各茶楼博采舆论"。钰福等4个探兵领了侦察任务后，径直就去鼓楼东公泰茶社：

四人拣了座位，走堂的提壶泡茶。各桌的茶座儿有与这四人相熟的，全部招呼让茶。有问钰福的道："老台你那红儿呢？怎么没提了来？"钰福道："咳，还提哪，昨儿我回去洗笼子来着，稍一疏忽，猫就过来，您猜怎么着啊？蹲忽一下子，就他妈给扑啦！我当时一有气，把食罐儿、水罐儿，也给摔啦。可惜我那对罐儿，听我们老头儿说，那对瓷罐儿跟那副核桃，都是一年买的两样东西，光景五两多哪。"那人亦赞道："嘿，可惜！这是怎么说哪！听说塔爷那个黑儿，昨儿个也糟践啦。"连升接声道："富爷您别提啦，小钰子的话，养活不了玩艺儿。打头他工夫不勤，没工夫儿溜，那就算结啦完啦。"

[①] 徐珂：《清稗类钞》。

旗人提笼架鸟，这些养活的玩意儿，天天要带到茶馆来。什么"红儿"、"黑儿"，都是鸟名。经过训练，可以打弹、衔旗、叼纸片、咬核桃等等，旗人把它们当作心肝宝贝似的。钰福说花五两多银子买的食罐儿、水罐儿，都是喂鸟用的，为了心爱的鸟儿，养活玩意儿的旗人是在所不惜的；当猫一下子把鸟给扑了，钰福盛怒之下，把这么值钱的器件砸了，更是旗人的脾气。这种大茶馆里闲话的内容，自然离不了玩意儿和传播新闻。有的在衙门附近的小茶馆，既可喝茶，也有些简单吃食，纯是用作议事的。例如《春阿氏》第七回，写北衙门对面的小茶馆："这茶馆也没旁人来喝茶，左右是提署当差、营翼送案的官人，其余是监犯亲友来此探监的人，或是衙门里头有外看取保的案子，都在茶馆里头去说事。"茶馆真是八旗社会经事练本领的所在。难怪《小额》中的碎催摆斜荣说过这番话："您都瞧啦，这个兄弟的话呀，是才出萌儿，浑天地黑，茶馆儿短喝两回大茶，简直他全不懂。"在这种茶馆里喝过茶，方才会世事洞明、人情练达。旗人社会、与茶馆，简直不能分开。

此外，还有一种专供听玩意儿的书茶馆，以演述评书为主。像小额这样的人，"见天也上什么通河轩啦福禄轩啦，听听书去"。关于小额去的什刹海通河轩的情景，《小额》书中描绘得十分详细：

那天书坐儿，上的还是真不少。天才一点多钟，人已经快满啦，可是生人很少，反正是那把书腻子占多数。内中废员也有，现任职官也有，汉财主也有，长安路的也有，内府的老爷们也有。大家一瞧，小额进来啦，真是一盆火似的。这个说"大兄弟才来呀"，那个说"少峰老没见哪（小额的号叫"少峰"），喝，这个也招呼，那个也招呼。小额也都一一的周旋了一阵。原来小额每天听书，老是坐在靠着西北的那张儿桌儿。跑堂儿的李四，笑笑嘻嘻的说道："额老爷您怎么老没来呀？"小额说："竟有事吗。"李四说："我知道您今天准来，您瞧茶壶都给您涮得了，这儿搁着呢。"小额微然的一笑说："你倒会算。"这挡儿童儿拿出茶叶来，交过跑堂儿的，给小额又把水烟袋灌上水。李四又拿盅儿倒过碗漱口水来，又打了盆脸水。童儿拿出手巾来，拧了两把。小额擦完了脸漱了漱口，站起来又到各桌儿上让了让，甚么"你喝这个吧"，又甚么"换换吧"。大家伙儿说："您喝吧"，"您请吧"。小额让完了人，来到自己的桌儿上，小童儿早斟出一碗茶来,又点着了火纸捻儿,把水烟袋递过去。小额接过烟袋来,一边儿抽,一边儿跟旁边桌儿上一个五十多岁的老头儿说话,说:"您这两天常来呀?"那个老者说:"啊,这两天我倒是见天来,昨儿个是哈辅元的末天吗。过了这两天的随缘乐,还是双厚坪过来,要讲说评书里头,真得数的着人家。"小额说:"那是自然哪。"那个老者又说:"今天的玩意儿也不错。您瞧见报子啦没有?"小额说:"真个的我还没瞧见呢。"说着走到台头啦,一瞧两边柱子上都挂着一个牌子,上头贴着黄纸的报子是:"本轩四月初七八两天,特约子弟随缘乐消遣风流焰口、五圣朝天、别调岔曲、别田乱箭"。左边儿,另飞了一个签子,是"外定双子",右边儿写着是"每位茶票七百文"。

作者把旗人听书前的一整套讲礼讲面的礼节,如实录一般,丝毫不嫌烦琐地记了下来:书座儿上多数是见天来的书腻子。他们相互寒暄、对话、一大堆客套;跑堂的伙计能说会道;在这种书茶馆听书喝茶,客人自带茶叶。贴在台前的海报,有当天的节目的内容和茶票价目。

什刹海一带,俗称河沿儿,是市民游乐的热闹场所,有很出名的书茶馆。小说提到的说书艺人哈辅元、双厚坪,都是常在这一带说评书的著名艺人。这一天,来书茶馆唱玩意儿的,是旗人最爱听的唱岔曲艺人随缘乐。岔曲起源于八旗军中,清代宫廷、民间一直十分欢迎。到了随缘乐登台献艺时,把岔曲整顿了一次,他改编的许多岔曲甚为流行。这天他来通河轩献艺,那把书腻子,包括小额,全都冲他来的。不出名的双子是给随缘乐引场的,先由双子唱一个岔曲儿,又说一个笑话,随缘乐才上场。可以说《小额》这部小说将北京茶馆文化特有的八旗京味儿,表现得淋漓尽致。

至于八大胡同娼妓营业中比班子差一级的茶室,名之为茶室,可绝非一般喝茶的地方,而是逛胡同的嫖客只需花一块钱就能与姑娘找乐的场所。清末民初,这三部旗籍作家的京话小说提供的北京茶馆的变异资料,使我们深刻意识到:20世纪50年代,著名的满族作家老舍成功地撰写话剧《茶馆》,并且一直在北京舞台上演不衰,绝非偶然。

上　编

风光不再的旗人众生相

　　松友梅的《小额》标明是"社会小说"；王冷佛的《春阿氏》标明是"实事小说"；穆儒丐的《北京》标明是"社会小说"。他们都是通过清末民初那个动荡时代形形色色的人物故事，来揭示社会的腐败与黑暗。但是，因为他们都是旗籍作家，不会如同时代排满志士那样，"穷形极相地绘出旗人"，不论是清末干过坏事的额少峰，学识过人的翼尉乌珍，本分当差的探兵钰福，还是民国后当上议员的报社总理歆仁，这些旗人绝不是《廿年目睹之怪现状》中"十足的衣冠禽兽"的苟才（"狗才"谐音）式人物。三部小说，没有夸张，较为如实地绘出了清末民初旗人的众生相。

　　例如《春阿氏》第二回写春英被杀，文光去甲喇厅报案的情景。这样写道：

　　迟了半日工夫，甲兵掀起竹帘，从外走进一人，穿一件稀烂破的两截褂儿，惊惊恐恐的进来。文光忙的站起，甲兵道："这是我们大老爷，有什么事你迳着说罢。"文光听了，忙的陪笑道："我们家里头有点儿逆事，没什么说的，又给地面儿上找点儿麻烦。"那人道："那儿的话哪，我们地面儿上当的是差使，管的着就管得着。居家度日，都有碟儿磕碗儿碰，要是怎么的话，很不必经官动府。这话对不对您哪？咱们是口里口外的街坊，我也是这里的娃娃。我姓德，官名叫德勒额。"甲兵也喝道："大老爷的话是心直口快，听见了没有？要是怎么的话不必经官。俗话说的好：'门前生贵草好事不如无。'说句泄场的话：'衙门口向南开，有理没理拿钱来。'是不是街坊？"文光听了此话，那里受得下去，因陪笑道："大老爷的意思我很领情。但是无缘无故家里不出逆事，谁也不敢经官。方才半夜里，我们儿媳妇把我儿子害了。难道谋害亲夫的事情能不来报官吗？"德勒额不待说完，一听是人命重案，不由的捏了一把汗，遂喝道："你的儿媳妇呢可别叫他跑了。我们跟着你瞧一瞧去。"说着，跑至里间儿，先把凉带儿扣好，又带上五品顶戴的破纬帽，拿了一根马棒，喝着甲兵道："讷子哈子咱们一块儿去。叫搭齐布醒一醒儿，正翼查队的老爷过来，叫

161

他们赶紧去。"甲兵等连声答应，慌手忙脚的穿了号坎儿，点上铁丝儿灯笼，随向文光道："走罢走罢，别楞着啦。"文光连连点头随了德勒额、甲兵等一路而行。路上，德勒额先把文光的旗佐职业、并家中人口，一一问明。

半夜三更儿子被杀，文光慌慌忙忙去甲喇厅报案，还不忘讲礼讲面，说些"又给地面儿上找点麻烦"之类的客套话。甲兵与甲喇被叫醒，也还是实在人。先讲了番想息事宁人的大实话，等到一听是人命案，立刻赶紧就走。清末地方小吏，穿着稀烂破的两截褂儿，戴着五品顶戴的破纬帽，窘态毕现。作者没有漫画式地丑化，更显真实。

这批报人作家，十分熟悉北京城里旗人，自己就生活在他们中间。《小额》、《春阿氏》中各色各样的市井旗人描写有三四十人。《春阿氏》甚至把市隐（文实权）自己也写进书里，真是名副其实的写实小说。至于旗装妇女形象，在那时的小说中也不多见，《小额》、《春阿氏》中都还有相当出色的描写。《春阿氏》第十三回，写旗装少女在闺房梳妆的情景：

这里丽格又忙着拿瓶子取梳头油，又替三蝶儿去温洗脸水，前忙后乱的闹个不了。三蝶儿放了木梳，笑吟吟的道："谢谢你费心。天儿这样热，我不擦粉了。"丽格执意不听，一手举着粉盒笑眯眯的道："姐姐你擦一点儿罢，不着老太太又碎嘴子。"说着，挤过身来，帮他取了手镜，又帮他来缝燕尾儿。三蝶儿道："咳，小姑奶奶，你要忙死我！我的燕尾儿不用人家缝。"说着，接过丝线，自己背着镜子慢慢缝好。丽格笑道："敢情你的头发好；我有这样头发，也能叫它光溜，不但没有跳丝儿，管保苍蝇落上都能滑倒了。"说着，拿了粉扑儿，自己对着镜子匀了回粉，又把自己的燕尾儿整了一回。

这部分特写，将旗人妇女独特发式——燕尾（音 yi 念上声）儿梳理的方法，作了详细说明。在梳两把头时，要将脑后头发左右分开，下成两歧，梳成两尖角燕尾式，扁髻垂于脑后用丝线缝制，不使松散。三蝶儿头发好，不易松散，用不着别人帮忙，自己就能梳得光溜、漂亮。可是这位青春美丽的三蝶儿却十分苦命：不幸的婚姻使她在成为春阿氏之后，整日在痛苦中煎熬,心如死灰;表弟聂玉吉为救她而杀人,酿下大祸。性情善良柔顺而内心十分坚强刚烈的她,为了执着坚贞的爱情,决心独自承担一切。于是,这无辜的少女在狱中受到非人待遇,最终致于死命。书中写她临死前的情景真是惨不忍睹:

阿氏"嗳呦"了一声。细看牢门以外,不是外人,正是母亲德氏凄凄惨惨在那里叫他小名儿,又央看牢的女牢头开门进来。走近床前,哭道:"孩子!宝贝儿!都是为娘的不是,耽误了你,难为你受这样罪!"说着扯住阿氏手,母女对哭。见阿氏浑身是疥,头部浮肿红烧,可怜那一双素手,连烧带疥,肿似琉璃瓶儿一般。揭起脏被一看,那雪白两弯玉臂,俱是疥鲜;所枕的半头砖以下,咕咕咙咙成团论码的,俱是虱子臭虫。德氏看到此处,早哭得接不上气了。阿氏亦连哭带恸,昏迷了一会,复又醒过来。看母亲这样,越加惨切,颤颤巍巍的道:"奶奶放心。女儿今生今世不能尽孝的了!"说着把眼一翻,要哭没有眼泪,哽哽咽咽的昏了过去。

一个如花似玉的女子被折磨成这样。春阿氏的冤狱,当时震动京师。《白话报》等传媒不断有报道,引起舆论界轩然大波。《春阿氏》小说以纪实体写成,钞本为宣统三年(1911),初版本为民国三年(1914),春阿氏的名字家喻户晓。至今台湾女作家林海音在《晓云》中,还提到:"还记得她讲了一个旗人的故事,那个女主角叫春阿氏。她说著书人写道,要把春阿氏的故事尽量地讲给人听,那么死去的春阿氏的灵魂,冥冥之中会在窗外感激你的。所以每次讲这个故事时,我都不由得回头看看,黑黑的窗外仿佛那里立着一个梳两把头的女人,就像《四郎探母》里铁镜公主的打扮。"诚然,小说中难见到的旗人女子形象,在《春阿氏》中写得真切感人。

在辛亥革命"驱逐鞑虏恢复中华"之后,一时间,旗人不仅是汉族作家谴责小说中的反面形象,即使在北京街头,旗人往日优越荣耀的光彩也一扫而光,甚至抬不起头来,不再敢承认自己是旗人。《北京》第九章,描写了一幅发生在北京街头旗人受辱骂的场景:

这时只听那光棍模样的人,不干不净地问那个老人说:"你是怎样?你到了没钱吗?你别不言语呀!你当初借钱时说什么来着,恨不得管我叫祖宗。如今真个装孙子来了。今天有钱则罢了,如若没钱,我碎了你这老忘八蛋造的!你当是还在前清呢,大钱粮大米吃着。如今你们旗人不行了,还敢抬眼皮吗!你看你这赖样子,骂着都不出一口气。你是有钱没钱哪?你今天再没章程,我便教我伙计拉你一个地方去!"……这时伯雍在人圈外边,看了这个情景他是气极了,暗道:便是要账也不许这样暴横,何况无情无理的辱骂人。他由不得气往上一撞,分开众人进到圈里,向那光棍厉声问道:"你是要账呢?你是骂人呢?他该你钱,须不该你骂。何况你又把旗人都拉在里头。旗人现在虽然没有势力,你有权力辱骂么?"……伯雍回头又和那光棍道:"你问他要钱,我固然管不着,但是你为什么涉及旗人?"光棍见伯雍这样一问,他把伯雍细一看,他心里已然起了狐疑。他连忙改口道:"我并没有说什么呀!我当初也是旗人。"伯雍道:"你未必是旗人。你当初也不过认个干老改个名,白吃一分钱粮的假旗人。如今钱粮没了,翻脸便要骂旗人……"

作者强烈的民族情绪溢于言表。这个小说主人公伯雍身上,打着鲜明的作家自己思想烙印;书中许多故事,也是依据作家自己在民国初年的一系列经历写出的。伯雍是个世居北京西山的旗人,大清国的东洋留学生,毕业归国后正赶上辛亥革命。作者介绍说:"伯雍为人,并不是不喜欢改革。不过他所持的主义,是和平稳健的。他视改革人心、增长国民道德,比胡乱革命要紧的多。所以,革命军一起他就很抱悲观。"于是到老同学主持的报社,当一名记者,实行一种消极主义,一心在文学上多用点功夫。小说最后,以报社主编因拥护袁世凯复辟帝制失败、报馆被查封、伯雍回乡结束。

可以说,宁伯雍这个清末民初旗人知识分子的形象,以其丰富复杂的心灵历程,成为处在清王朝覆灭、辛亥革命不彻底的转折时期,日趋衰败的旗人的一类典型。这是近代小说史上未曾有其他作家涉及的极其复杂的难题。中国文坛回避、遗忘这部小说与这类形象,已经超过了大半个世纪。现在我们将这类旗人形象介绍给今天的读者,以期得到更深入的探讨与研究。

(原载《中国文化研究》1999年春之卷)

"驱逐鞑虏"之后

——谈谈民国文坛三大满族小说家

张菊玲

本文所谈的内容，或许会触动过往的文学史家都绕开的话题，多少有些另类的。

改朝换代，本是中国历史上常见现象，每当在此种历史转折时期，也总会出现一些忠于故国、思念故土的作家、作品，史家往往予以肯定，尤其是对宋末元初、明末清初的遗民文学，在近百年兴起的《中国文学史》论著中，更以为是"爱国主义"文学，十分崇尚。

整整一百年前，伟大的革命先行者孙中山先生喊出"驱逐鞑虏，恢复中华"的口号，发动了轰轰烈烈的革命，推翻了清王朝，结束了中国延续千年的封建帝制，20世纪的中国从此开始了战乱频仍、灾难深重而又发生翻天覆地的变化。由于时代不同和变革性质的差异，也因为有着对"异族"的复杂心理，在五四以来的新文学研究中，一反以往对于元末明初、明末清初遗民文学的一贯态度，对于清末民初经历历史巨变后，专写满族悲情生活的"遗民文学"，诸多学者几乎均是视而不见、避而不谈。即使现如今盛谈"重建文学史"、"重写文学史"的时候，也极少见有倡导者从少数民族文学角度加以论述的。

实际上，千百年来的民族融合，早已形成了中华民族文化的多样性，新世纪文学史研究拓宽的领域里，正确阐述各民族的文学贡献，更应是不可或缺的。仅就民国文坛来说，就可以看到有一批满族知识分子，在国破家败之后，依靠卖文维生，艰难地走上了中国新文坛，他们继承本民族擅长小说创作的优秀传统,和着血与泪,为"驱逐鞑虏"之后,在逐渐实现民族融合中,失去了自己文字、语言以及民俗的自身民族,留下了抹不掉的历史记忆。

本文暂且从三位作家谈起,他们是,人们最熟知的著名作家老舍,以及近年又重为读者接受的武侠小说作家王度庐,还有一位是至今仅在东北文学界提及的报人作家穆儒丐。先看一下他们的身世:穆儒丐,光绪十一年(1885)6月17日生于北京健锐营,满洲正蓝旗人。1911年辛亥革命时26岁。老舍,光绪二十五年(1899)2月3日生于北京小羊圈胡同,满洲正红旗人。辛亥革命时12岁。王度庐,宣统元年(1909)7月29日生于北京后门(地安门)里,满洲镶黄旗人。1911年辛亥革命时2岁。三位作家均可算作曾经是清朝的满洲旗人,现在将他们联系在一起来论说,并不是非要给他们贴上"遗民"标签、硬要说他们的作品是"遗民文学",只是,他们虽然各属不同的年龄段,各有不同的思想与经历,却均处于本身民族的重大历史转变时期,不可避免地都在自己作品中,表现出独特的民族悲情,这就是本文所要关注的文学现象。

最先直接身受"驱逐鞑虏,恢复中华"冲击的,当然是年纪最长的穆儒丐。由于19世纪末叶,清政府采取的一系列教育改良措施,穆儒丐自幼接受传统的八旗教育,后来,进了维新学堂,并被派送日本留学,一直是沐浴着清王朝的皇恩。20世纪初,穆儒丐在早稻田大学学习了6年,他钦慕日本明治维新的政绩,面对清朝吏治腐败,力主维新改良。在东京留日学生掀起排满高潮时,他站在与革命派对立的立场,拥护君主立宪,期望自己学成归国后,能为清王朝改革新政效力。1911年,正当穆儒丐毕业回国,被钦授法政科举人,武昌起义的消息传到了北京,清帝逊位,击碎了他一切政治幻想。以后,穆儒丐选择了当报纸的文艺编辑,专以卖文为生。在《我的报馆经历》一文中,他自叙道:"在民国元、二年,有朋友介绍我入党,并许给我一名议员,因我的招牌是合资格的,党里面也希望我进去。不过,我是呆子,凡事讲究理论与定义。那时的党,在我看,不过为的是升官发财,我实在不能与他们同流合污,自损清白,所以我一概拒绝,慨然以卖文为活。由民国成立,以至今日,我所历的报社,已有数家,我始终不曾离开文艺版,这虽然是命运所驱使,也算是我的逻辑。""我想我的生活,是合于逻辑的。《聊斋》上有句话说:'自食其力不为贪,卖花为业不为俗。'我今把'花'字改为'文'字，也就是我的注脚了。"① 他到沈阳，进入《盛京时报》后，将原来字"辰公"，改为笔名"儒丐"，"丐"即深含自己在文坛求生不易之酸楚。

穆儒丐一生确实只作报馆文艺编辑，不参与政治、不加入党派、不做官发财，总以报人记者"超然公正为最可贵"。但是，身处国家重大历史变革之中，绝对超然公正是不可能的。他一直具有鲜明的思想倾向：不主张革命，主张改良。从晚清时期起，面对强大的"驱逐鞑虏，恢复中华"的排满势力，他的民族意识极其强烈，与汉民族间的对立情绪很大。到了民国，政局动荡，军阀混战，打着"五族共和"的旗号，其实民族间是不平等的，穆儒丐体会尤其深切，1925年8月17日、18日在《盛京时报》儒丐刊载短剧《两个讲公理的》，差不多是用纪实形式，发表了当时北京政府的陆军总长与旗民代表的一次对话，其中有一段的内容是：

旗民代表质问陆军总长道："贵部有意要拍卖外三营旗房官产么？""拍卖之后，这几十万旗民应当到那里住去呢？旗民为五族共和之一，理应受国家保护；如今不加保护，也就够了，怎会由万劫旗民身上又敲起骨头来。""我们不要求你及履行优待条件，只求你不要没收我们的房子。"

陆军总长答道："你们还想优待条件么？我们不杀你们，不剐你们，也就算天高地厚之恩了！"

陆军总长要拍卖旗营官产，为的是能赚十几万，中饱私囊。面对旗民代表根据"五族共和"向他提出保护国民的要求，他竟然说"我们不杀你们，不剐你们，也就算天高地厚之恩了！"这就是当时的现实，民族歧视、民族不平等，政府当局不执行真正的"五族共和"政策，让北京旗民日渐陷入生活窘境，更使穆儒丐的民族情绪日益对立。

以后日寇入侵，沈阳发生"九一八"事变，再后在日本扶持下，建立了"满洲国"，作为曾经是日本的老留学生，又深受皇恩的满洲旗人，穆儒丐拥护帝制、拥护独立建国，并且以日为师、以日为友。在"七七"事变爆发，中国掀起全面的抗日战争以后，他依旧未改变自己的思想态度，

---

① 穆儒丐：《我的报馆经历·（二）》，1926年4月23日《盛京时报·神皋杂俎》。

也一直在《盛京时报》服务，直到1945年日本投降，报纸停刊。不过，他始终以卖文为业，只在《盛京时报·神皋杂俎》从事编辑工作与进行文学创作。尤其是在这二十多年里，将自己的写作重点，放在关注北京满族民众的生存状态方面，他不停地以悲天悯人的情怀，用写实的文字，描绘出一个又一个民国年间北京满族平民悲剧生活的故事。

由于现在的读者已不大能见到穆儒丐作品，这里，特对其有关此方面具有代表性的小说作些简单介绍：

1922年2月21日至1922年4月30日连载哀情小说《同命鸳鸯》。描写民国初年，时代巨变，北京香山健锐营已残破不堪，旗民难以维生之时，发生的一对青年男女的爱情、婚姻悲剧故事。这是作者充满民族悲情、饱含热泪，在家乡一真实事件的基础上，加工而成的。

1922年6月27日至1923年8月31日连载社会小说《徐生自传》。以自传体小说形式，详尽叙述健锐营的旗人徐生，在北京与日本读书生活的所见所闻，徐生留学归来，遇上辛亥革命，功名无望，返回香山。基本书写的是作者自己的经历，既写到清末社会动荡、庚子事变、八国联军和义和团，表达作者认为急需改良的主张；还写在日本留学期间，正值留学生中革命派势力强劲，而作者则力主学习日本，保皇维新，改良社会、人心的愿望。

1923年2月28日至1923年9月29日连载社会小说《北京》。描绘了北京旗人在民国之后的生活境遇，充溢着浓郁的感伤情调。走投无路的旗人，有些男人去拉洋车卖苦力，一些年轻女子只得被逼为娼，北京的贫民生活十分悲苦。在主人公伯雍身上，深深地打着穆儒丐于民国初期的五六年间在北京生活的烙印，与《徐生自传》是连接的。

1934年8月4日至1935年10月30日连载社会小说《财色婚姻》。写北京一个式微的皇族家庭，父亲金岩，生于末世，守着祖上传下的虚爵，辛亥以后，忧郁而亡。独由程夫人艰辛地将一双儿女抚育长大。儿子金珠自幼与文淑良青梅竹马、相亲相爱。可是，金珠大学毕业后，去外地供职，进入官场，陷入财色包围之中，旋即另结婚姻，不久，客死他乡。在《〈财色婚姻〉脱稿述略》中，穆儒丐说自己写作此书，"可谓殚心尽力"，"一连刊载五百多天"，"每日不断地写到终篇"，力图通过"一人一家的事"，提出"社会国家的问题"，写出"一个时代的历史"。基于这种创作思想，作者在叙述金珠二十余年的生活史的同时，对贤妻良母的程夫人勤苦自励的精神，十分钦佩；对金、文两家三代世交情谊，有着温馨描述，表现出他对于坚守传统道德、力行孝悌友爱的赞许，对纸醉金迷的时代社会颓风的谴责，对满洲贵族无人改变门庭，充满失落感。

1937年7月22日至1938年8月11日连载历史小说《福昭创业记》。穆儒丐钻研了《清史稿》、《清朝实录》、《东华录》、《开国方略》以及日本、朝鲜等有关史书，用长篇历史演义形式，对自己的民族英雄——清太祖、太宗，进行了热情歌颂。他在叙述太祖、太宗统一满洲、建立帝国的历史时，加入了大段大段具有强烈民族主义情绪的评论。此种主观的过激思想，使得历史叙述中，夹着作者的褒贬，对太祖、太宗在历史发展中的作为，有避恶扬善之嫌。该书获得"满洲国"1939年民生部大臣文艺赏。

1941年7月6日至1942年1月13日连载社会小说《如梦令》。描写健锐营乡亲们，辛亥后一些人搬进城里，住在西直门、德胜门一带，发生的一段真实故事：蓝老八30年前将家业花光，卖了亲生女儿环姑娘；30年后，环姑娘成为贵夫人，登报寻找到亲生父母。本该是全家团圆美满，却因父母兄弟改不掉好逸恶劳的毛病，以至挥霍金钱、卖烟土、嫖私娼，致使骨肉之间发生隔膜、争吵，最终历经磨难的女儿不得已远走外国。这是穆儒丐描写满族同胞生活的最后一部小说，他从清末写到民初，写到如今辛亥30年后，一步一步如实地写出了自己民族落入衰落的窘境。这个30年前发生，30年后结成意外果实的真实故事，让作者看到，沦为社会底层的旗人，受不到教育，人心变坏。他找不到答案，只能慨叹说："社会是什么？伦理是什么？人类又是什么？真是很难解答的一个问题了。"①

上述作品，从20年代30年代写到40年代，跟踪展示着北京满族民众生活景况，尽管作者有些与时代潮流不合的思想倾向，甚至是错误、失败的。但因他在进行文学创作时，采用的是写实白描的手法，遂能在这些小说中，留下了北京普通满族民众民国以来日渐衰落生活的真实记录。同时，也因作者始终充满深切的人性关怀，遂使其强烈的民族悲情，具有一定的感染力，进而也使这一系列作品，给我们这些与之持不同见解的后人，能够从中了解到民国期间北京满族社会的变化，为这一段中华民族发

---

① 穆儒丐：《如梦令·第一章》，1941年7月6日《盛京时报·神皋杂俎》。

展史，提供了可贵的资料，起着一定的警醒作用。

晚生了14年的老舍，他的经历、思想就与穆儒丐不同了。老舍的父亲是守卫北京城的护军，已经腐旧的八旗制度，让这些底层的旗人，住在破旧的大杂院里，过着贫穷的生活。义和团起义那年，老舍还不满2岁；八国联军占领北京，攻入地安门，老舍的父亲在与联军巷战时殉国。老舍自己曾做过这样的介绍："自从我开始记事，直到老母病逝，我听过多少多少次她的关于八国联军罪行的含泪叙述。""母亲的述说，深深印在我的心中，难以磨灭。"父亲的国殇和母亲的刚强，给予这个生长于民族苦难、后来成为作家的老舍终生深刻影响，幼年"是个抑郁寡欢的孩子"，"刚懂得点事便知道愁吃愁喝"。① 辛亥革命、建立民国，是在他读小学六年级的时候，老舍从未提起过，他只一再说明具有典型满族妇女坚忍性格的母亲给他的影响："我自幼便是个穷人，在性格上又深受我母亲的影响——她是个楞挨饿也不肯求人的，同时对别人又是很义气的女人。穷，使我好骂世；刚强，使我容易以个人的感情与主张去判断别人；义气，使我对别人有同情心。"② 在旗人无奈地隐藏着自己民族身份的年代，成长了的老舍，不卑不亢，更为孤高了，他曾说过："因为穷，我很孤高，特别是在十七八岁的时候。一个孤高的人或者爱独自沉思，而每每引起悲观。自十七八到二十五岁，我是个悲观者。"③

14岁时，老舍考入食宿全部免费的北京师范学校，离家寄宿。不满19岁，因为穷，要养家糊口，他做事了，不久，北京发生的五四运动，他没参加，他叙述说："我看见了五四运动，而没在这个运动里面，我已作了事。""对于这个大运动，是个旁观者。看戏的无论如何也不能完全明白演戏的。"④ 23岁，他成了基督徒。27岁出国，从1924年至1929年老舍在伦敦教书。这期间，老舍接受西方资产阶级启蒙主义思想影响，又因八国联军入侵种下的国恨家仇，便使老舍产生了强烈的爱国思想情绪，他说："那时在国外读书的，身处异域，自然极爱祖国；再加上看着外国国民如何对国家的事情尽职责，也自然使自己想作好国民，好像一个中国人能像

---

① 老舍：《吐了一口气》，1961年2月21日《光明日报》。
② 老舍：《我怎样写〈老张哲学〉》，《老舍全集》第16卷。
③ 老舍：《我的创作经验》，《老舍全集》第16卷。
④ 老舍：《我怎样写〈赵子曰〉》，《老舍全集》第16卷。

英国人那样作国民，便是最高的理想了。个人的私事，如恋爱，如孝悌，都可以不管，只要能有益于国家，什么都可以放在一旁。"① 老舍大量地阅读欧洲经典文学名著，深受影响，他认为："假如我们只学了汉文，唐诗，宋词，元曲，而不涉及别国的文艺，我们便永远不会知道文艺的使命与效果会有多么崇高，多么远大，也不会知道表现的方法有那么多的变化。"② 他被许多伟大作家的伟大作品感动，读了一本又一本，"昼夜地读小说，好像是落在小说阵里"③。于是，老舍自己也动笔写作小说了。比较起来，很明显，老舍与穆儒丐，有着不同的时代背景、不同的生活经历，创作的思想起点也就不同了。

对于小说创作，老舍是这样认识的："小说是人类对自己的关心，是人类社会的自觉，是人类生活的记录。"④ 他也是这样选择自己的小说创作题材的。在伦敦写的第一部小说《老张哲学》"其中的人与事，多半是真实的"，但是，在当时社会条件下，他必须隐去人物的"旗人"身份。他说过："一想起幼年的生活，我的感情便掐住了我的理智……""假如我专靠着感情，也许我能写出相当伟大的悲剧，可是我不彻底；我一方面用感情顺摸世事的滋味，一方面我又管束着感情，不完全以自己的爱憎判断。这种矛盾是出于我的性格与环境。"⑤ 老舍最关心、最熟悉的是自己生身民族的生活，靠着他刻骨铭心的民族情感，将北京满族乡亲生活真实地记录下来，会是相当伟大的悲剧，可是，在相当长的时间里，迫于环境，他只能管束自己的感情，压抑地将最深的隐痛，埋藏于作品的字里行间。他的长篇小说《骆驼祥子》打响了他作为职业作家的第一炮，在中国现代作家中，能够如此出色描写洋车夫生活的，可以说是空前绝后，因为这是他自幼接触到的真实的社会与人生，"思索的时候长，笔尖上便能滴出血来"⑥。细心的读者不只可以从有名无姓这一特点，看出祥子其实是个旗人，更可以从祥子艰难奋斗一生的步步足迹，折射地看到民国以后，广大满族下层人民的悲苦境遇。同样，短篇小说《月牙儿》的创作，亦是如此，它描写

---

① 老舍：《我怎样写〈二马〉》，《老舍全集》第16卷。
② 老舍：《如何接受文学遗产》，《老舍全集》第17卷。
③ 老舍：《写与读》，《老舍全集》第17卷。
④ 老舍：《怎样写小说》，《老舍全集》第16卷。
⑤ 老舍：《我怎样写〈老张哲学〉》，《老舍全集》第16卷。
⑥ 老舍：《我怎样写作〈骆驼祥子〉》，《老舍全集》第16卷。

一家母女均为生活所迫，沦为暗娼的苦痛故事。老舍说："它本是《大明湖》中一个片段。《大明湖》被焚之后，我把其他的情节都毫不可惜的忘弃，可是忘不了这一段。这一段是，不用说，《大明湖》中最有意思的一段。"① 其原因，也是因了民国以后生活无着的北京满族下层妇女苦痛无奈的命运，刺痛着具有大爱精神的老舍善良的本心。民初北京八大胡同里，有些就是被逼为娼的满族女子。尽管小说中没有写出这对母女的民族标记。

1934年，老舍曾经有过写作清末满族生活的准备，他的挚友、满族语言学家罗常培先生，在1944年记念老舍创作二十年时，曾经介绍说："老舍自有他'不废江河万古流'的地方……十年前他就想拿拳匪乱后的北平社会作背景，写一部家传性质的历史小说。当时我极力鼓励他，并且替他请当地父老讲述，替他收集义和团的材料，七年的流亡生活，遂不得不使这个计划停顿了。然而我觉得只有他配写，只有他能写，他写出来的东西，一定比瞬息京华和风声鹤唳一类的玩艺儿深厚，我尤其希望文艺界能够助成他的盛业！"② 在抗战中，老舍舍家别母，全力以赴，投入抗日救亡工作，写作历史小说的计划搁下了，抗战八年过去了，又一个八年过去了，动荡的局势，逝去的岁月，虽未能使老舍有写作自传体历史小说的条件，却让他在时代的风雨中受到磨砺，具有了更成熟的思想，对于满族的历史悲剧，有了更深层次的理性思考。终于，在1957年写成的话剧《茶馆》中，他第一次让剧中人物常四爷在舞台上大声地说："闹来闹去，大清国到底亡了。该亡！我是旗人，可是我得说公道话！……我是旗人，旗人也是中国人哪！"如此掷地有声的话语，比起之前穆儒丐等满族作家，只有老舍才能写得出。在大变革时代自己民族同胞所承受的历史悲剧，始终是缠在老舍心中不解的情结，痛苦地探索半个世纪之后，作为具有巨大民族良知的作家，没有了前辈们过于偏激的民族情绪，他站在民族平等、民族自重的立场，以一种现代思想与眼光，对本民族进行冷峻而热烈的审视，用大智慧、大悲悯和大爱的人文关怀，走进了对中华民族历史文化的深入开掘。

---

① 老舍：《我怎样写短篇小说》，《老舍全集》第16卷。
② 罗莘田（常培）：《我与老舍——为老舍创作二十周年作》，1944年4月19日昆明《扫荡报》副刊。

于是，20世纪60年代初，老舍开始呕心沥血地以家族为背景书写满族历史的长篇小说《正红旗下》。书中通过对人物的叙述，表达了他对自己生身的民族清醒的反思，留下了含着血与泪的深刻自省："二百多年积下的历史尘垢，使一般的旗人既忘了自谴，也忘了自励。我们创造了一种独具风格的生活方式：有钱的真讲究，没钱的穷讲究。生命就这么沉浮在有讲究的一汪死水里。"再没有人能像老舍这样，如此深刻地道出满族由盛而衰的历史真谛了！怀着对中华民族的无比厚爱，老舍希望将这一令他万分痛苦的历史现象，用艺术方式记录下来，作为人类生存的经验教训，留给自己、留给后人。现在能够看到的《正红旗下》仅存的几个章节，就已经有了震撼人心灵的精彩开篇，按计划完成的话，它将是中国文学史上难得的鸿篇巨制。可是，残酷的现实，又不让老舍写下去了。1966年4月末的一天，山雨欲来风满楼的日子，在北京香山，老舍对身处逆境的老友王莹说："可惜这三部已有腹稿的书，恐怕永远不能动笔了！……这三部反映北京旧社会变迁、善恶、悲欢的小说，以后也永远无人动笔了！……"说到这里，情绪激烈，热泪不禁夺眶而出。[①] 历史的悲剧没有写成，现实的人生悲剧却又发生了：1966年8月24日，身受史无前例的批斗殴打之后，自幼刚强孤高的老舍，悲壮地自沉于太平湖，给我们后人留下的，永远是《断魂枪》里那句悲凉的"不传！不传！"

是的，老舍之后，无人再能倾一生的才力，和着血与泪，以现代作家觉醒的历史意识，书写这个民族兴衰的历史了！

晚清末年出生的王度庐，贫穷使他小学毕业即辍学，靠自学、打工维生。抗战爆发，他正寄居在青岛姻亲家，成为沦陷区居民后，选择了写作武侠小说，卖文稿，混饭吃，他将自己原名葆祥改为"度庐"，意思是想靠此混一混，渡过这段困苦时期。1938年决定卖文前，在《海滨忆写》一文中，也曾自称"文丐"。1938年11月16日至1939年4月29日在《青岛新民报》连载武侠小说《宝剑金钗》，一举成名。以后不但连续发表十多种武侠小说；还同时左右开弓，又连续发表《古城新月》等社会言情小说。即使这些通俗文学作品不涉及时政，王度庐也不再如前辈作家专写清末民初旗人的苦难。可是，血液里流淌的是满洲民族精髓，悲惨的命运是

[①] 谢和赓：《老舍最后的作品》，1984年8月《瞭望》。

逃不掉的,民族心理是与生俱来的;尽管从记事起,王度庐早已是民国的国民,贫穷的家境与谋生之艰难,使他在饱尝人生冷暖后,更加无言地体味到民族衰落的悲凉,遂也成为一个沉默寡言、内向而又具悲观性格的人,特别与杰出的民族先辈吟唱的悲凉沧桑的纳兰词,产生了强烈共鸣。所以,王度庐的创作,在武侠小说领域里独树一帜,继承晚清满族小说家文康的"儿女英雄"之思路,打破了其他各派作家或写"江湖传奇",或写"奇幻仙侠",或写"武打综艺"的框框,与人们熟悉的武侠小说全然不同,专写江湖女儿的侠骨柔情,令读者动情不已,故评论者说:"惟以写情之缠绵徘侧,写义之慷慨侠烈;而又千徊百转,动人心魄者,殆无过于王度庐和以血泪之作。"① 王度庐自己在《宝剑金钗》初版自序中也说明:"频年饥驱远游,秦楚燕赵之间,跋涉殆遍,屡经坎坷,备尝世味,益感人间侠士不可无。兼以情场爱迹,所见亦多,大都财色相欺,优柔自误。因是,又拟以任侠与爱情相并言之,庶使英雄肝胆亦有旖旎之思,儿女痴情不尽娇柔之态。"② 他将自己的身世经历感受到的无以言说的悲凉,与受到纳兰性德悲怆情调的影响,全都融进对侠义英雄与红粉佳人故事的描绘中。王度庐擅于抒写生死缠绵的儿女情、英雄泪,情节跌宕起伏,可歌可泣,"尤其是'纳兰性德式'的情感色调,悲怆而又孤傲,执着而又哀凉,是别人无法模仿的"③。于是,他形成了侠情一派,"他开拓的这条路——悲剧侠情"④,"学术界尊王度庐为近代武侠悲情小说'开山立派的一代宗师'"⑤。

三位满族作家相互间并不认识,民国后期又分别住在三座不同的城市。在20世纪30年代,曾经出现过的"京派作家",也不包括他们三位在内。与海派作家相对应的那些京派作家,基本是从外省到京客居的知识界人士,其创作内容与风格,和三位满族作家的京腔、京韵与充分反映北京最普通的平民百姓生活的小说,是不相同的。现在我们将这三位满族作家联系起来,可以明显看到,他们独具特色的作品,丰富发展了的京味文化,他们的小说中,有响亮的"京片子",有令人痴迷的京戏艺术,有幽

---

① 叶洪生:《武侠小说谈艺录·"悲剧侠情"哀以思》,台湾联经出版公司1994年版。
②③ 转引自徐斯年:《王度庐评传·"鹤—铁五部的诞生"》,苏州大学出版社2005年版。
④ 章赣生:《民国通俗小说论稿·王度庐》,重庆出版社1991年版。
⑤ 徐斯年:《〈卧虎藏龙〉修订本序》,长江文艺出版社2006年版。

默生动的鼓词岔曲，更有北京人生活的酸甜苦辣、喜怒哀乐、离合悲欢，这一切全在中国新文学史上留下了深深的印记。

北京作为中国历史传承悠久的古都，其文化特色，在所有中国的古都中，最为深厚。此种具有丰富内涵的京味文化，是与近三百年来满族的贡献是分不开的。满族在北京世代相传地生活下来，他们热爱北京的乡土之情最为真挚，应该说，有此深情，才能有真正的京味和京味文化。此种深厚的感情，不是遗老们对故国帝京的留恋，而是发自内心深处对故乡热土的铭心刻骨的爱，其血缘的遗传基因，既是同时期京派过客们所不具备的；也是后来又一代新人，仅从语言、民俗上模仿无法学得到的。

在民国这三位满族作家作品中，此种浓郁的乡情，溢于言表。穆儒丐、老舍和王度庐都因外出谋生，长期离开过北京，他们的成名作，均是在外地写成的，但他们对北京的魂牵梦萦，最为感人。1934年穆儒丐在沈阳创作小说《财色婚姻》时，写过下面极为深挚的话语：

天下人思乡的情绪，要以北京人最为浓挚了。北京人所以容易这样思乡，也就因为北京人所需要的事物，无论精神方面、物质方面，没有一种不美备。不但生在北京的土著，一日不愿离开北京，便是在北京住有相当岁月的中外人，一样也不愿离开北京。北京的衣食住，件件惹人情思，予人以不可言喻的舒适，自然不必说了；便是赏玩游览的名胜名物，也比旁的地方多，因为这个，人们都和她亲爱着，轻易不肯和她言别。但是，人们的壮志，以及冒险精神差不多也都被她消磨了。除非是别有见地，看穿了一切，而能以四海为家的，才能把北京割爱含着眼泪和她告别。但是，乍别时的凄惶，睽离时的思慕，到底是排遣不开，永远萦绕着。①

而老舍在1941年在抗战后方，深情地怀念沦陷了的北平说：

在抗战前，我已写过八部长篇和几十个短篇。虽然我在天津、济南、青岛和南洋都住过相当的时期，可是这一百几十万字之中，十之七八是描写北平。我生在北平，那里的人、事、风景、味道，和酸梅汤、杏仁茶的

---

① 穆儒丐：《财色婚姻·一五八》，1935年2月3日《盛京时报·神皋杂俎》。

吆喝的声音，我全熟悉。一闭眼我的北平就完整的，像一张彩色鲜明的图画浮立在我的心中。我敢放胆的描写它。它是条清溪，我每一探手，就摸上条活波的鱼儿来。①

故乡北京深藏在三位满族作家的心中，他们笔尖流出的是发自内心里的热血，即使王度庐在编织武侠小说与通俗言情小说时，也总让故事在京城发生，人物在北京九门胡同里游走。不必再举人们经常在他作品中，见惯了的描写北京的风景、民俗，只随便找一个并非刻意描写的北京生活小场景，来看一看：

春天北京城落着不断的细雨，把院子下得永远是湿的，我又没有一双胶皮鞋，简直我索性除了上茅房，连屋子也不出了。店门外就是一条狭窄的胡同，这一下雨，不定多么湿，多么脏了，可是，清晨早起，便有人用曼长的声音叫卖着："榆叶梅——花来，卖花！"
……
这榆叶梅，是一种带着碧绿的像榆树的小叶，可是又累累地挂着许多含苞欲放的红色美丽的花，它比桃花的颜色还娇艳，恐怕也更为命薄。我生平不喜欢富贵的牡丹，长爱这类的"小家子气"的东西。现在我这客舍里只有这一瓶花和一个我，寂寞相对，窗外是春雨如丝。②

这里描述的是天桥附近的小胡同，不同于大宅院里"天棚、石榴、金鱼缸、胖丫头"，寂寞春雨中，小院的泥湿，让人无法出屋；却又还有着带"小家子气"的生活情调，没有牡丹花，没有丁香花，随手拈来在胡同里叫卖的榆叶梅，孤寂自赏。通过这种在春天盛开着娇艳夺目红色花朵的最普通的小花，王度庐展现出平平常常的北京人，对生活的最普通的情趣，在贫苦中得到的慰藉。这，也只有深爱北京的乡土作家，才能如此不费力地捕捉得到。

人生逃脱不了时代历史的宿命，三位作家的道路不同，而人生结局，是一样的凄凉：

---

① 老舍：《三年写作自述》，《老舍全集》第16卷。
② 王度庐：《风雨双龙剑·风尘四杰》，群众出版社2001年版。

穆儒丐，1945年以后返回北京，更名换姓成为宁裕之，不再提起曾经写过的许多小说，走进了八角鼓子弟票房，号称半亩老人，写唱单弦，自娱自乐。1953年被聘为北京文史馆馆员。1961年逝世。至今他那些大量描写北京满族人生活的小说没有再出版，他的名字也鲜为人知。

被列为武侠小说北派四大家的王度庐，1949年以后，作品被封锁、销毁，作家本人也被遗忘了半个世纪，当20世纪80年代重新提起武侠小说时，王度庐是谁？他从哪里来？他到哪里去了？连研究通俗文学的学者也已无人知晓。幸亏通俗文学研究者徐斯年教授，偶然间想到了自己早年母校的语文老师叫王度庐。这才知道，原来，新中国成立后，王度庐到东北，当了中学老师，再也不写、不提武侠小说，学生们谁也不知道他就是曾经闻名全国的武侠小说作家。"文化大革命"中，下放到农村，1977年病逝于辽宁铁岭，寂寞无声地走完他人生最后路程。

曾经在1949年以后的共和国，有过欢欣、享受过荣誉的老舍，竟也未能避免生命最后的悲惨结局。对于老舍之死，引起过许多研究者们不停地探索，至今无人有准确答案。重要的是，历史将证明：老舍会和他的作品一起，为他生身的民族而永存。记得朱光潜先生在20世纪80年代初曾说过：再过一二百年，中国现代文学能够留下的，将只会是沈从文和老舍的作品。应该说，此话有理。老舍自己谈到英国伟大的悲剧作家哈代时也说："哈代的一阵风可以是：'一极大的悲苦的灵魂之叹息，与宇宙同阔，与历史同久。'"[①]

现在，结束本文时，亦将这句话："一极大的悲苦的灵魂之叹息，与宇宙同阔，与历史同久。"奉献给以老舍为代表的具有大爱精神的民国文坛的满族小说家们。

（原载《中国现代文学研究丛刊》2009年第1期）

[①] 老舍：《景物的描写》，《老舍全集》第16卷。

香山健锐营与京城八大胡同

——穆儒丐笔下民国初年北京旗人的悲情

张菊玲

"谁教赶上这国破家亡的末运呢!"

100年前的北京城,被旗人作家穆儒丐称之为"北京土著的人民"的,是作为统治民族的清朝旗人。自从1644年8月20日福临由沈阳启程,10月10日正式建都北京,原来在关外居住的"从龙入关"的旗人也一起拥入北京。在"首崇满州"的政策指导下,旗人受到特殊待遇。福临定鼎北京的即位诏书中,明确规定:"京都兵民分城居住。"① 顺治五年八月十九日(1648年10月5日)颁布"凡汉官及商民人等尽徙南城"的谕令,八旗圈占城区房屋,汉人全部迁至外城,京师内城由八旗兵丁按指定方位居住。自皇帝至普通旗人,全在八旗这一独特的军事组织之中,他们的生活来源也全靠朝廷颁发钱粮。政治、经济、文化各方面都享有特权的大清王朝旗人,在北京整整居住了267年。据史料记载,到了清朝末年,北京八旗官兵总数是:"八旗官兵额数代有增减,举其最近者以见例,光宣之季实存名数:职官约六千六百有奇、兵丁十二万三百有奇。"② 再加上妇女、儿童,"据1908年(光绪三十四年)民政部统计,当时京师八旗人口的数

---

① 《清世祖实录》卷9。
② 《清史稿》卷130,《兵志一》。

额：内城八旗男女人口22.3248万人；外城八旗男女人口1.3523万人。内外城八旗男女人口计23.6771万人，占全城人口总数70余万的三分之一左右"①。1911年辛亥革命，推翻了清王朝，"驱逐鞑虏，恢复中华"，北京这20多万旗人遂即陷入困顿之中。不过，在民国初年，宣布退位的宣统皇帝，仍然可以在紫禁城里享受优待，王公贵族们也能暂靠原有的丰厚资产维生，唯有广大的依靠钱粮生活的普通旗人，一下子断了生活来源，真正是国破家亡，无限辛酸，而其中旗人妇女的遭遇尤其悲惨。最早将这段伤心史写成文学作品的，就是这位北京旗人作家穆儒丐，他于1922年、1923年分别在《盛京时报》发表了长篇小说《同命鸳鸯》和《北京》。

由于某种原因，穆儒丐与老舍走着完全不同的道路，最终属于伪满洲国文人之列，他的众多文学作品以及他本人，长期以来被文学史家略而不论。但是，历史本来就是多元的，历史的声音原本不止是一种，上个世纪初，中国发生翻天覆地变革之际，各种社会思潮、各个不同文学流派应运而生，即使被后来社会发展证明是错误的主张，当时也有它产生的一定基础，仍可供后来者探讨、研究。更何况一个作家一生的创作道路是漫长的，其创作思想的发展是复杂的，所创作的作品主观指导思想与客观效果也不是一致的。对于穆儒丐这位另类作家，对于他长达40年的创作，特别是他的小说创作决非不能一概全予否定。1996年12月出版的张毓茂主编《东北现代文学大系》第6集《长篇小说卷·导言》中，第一次对穆儒丐给予了极高的评价："穆儒丐创作的长篇小说《香粉夜叉》，1919年11月18日至1920年4月21日连载与《盛京时报》……《香粉夜叉》乃是中国现代文学史上第一部长篇小说。这是令人费解也是令人骄傲的事，它有着非同一般的意义。""作为中国现代长篇小说的开拓者之一的穆儒丐，是当时文坛最著名的丰产作家。""继《香粉夜叉》之后，穆儒丐又完成并发表了长篇小说《北京》、《徐生自传》等；东北沦陷时期，又出版了《福昭创业记》，堪称长篇小说创作能手。"同时，也指出穆儒丐后期作品的致命伤："《福昭创业记》'比附现实'引申到伪满洲国，提倡满日'协和'，则是这部小说致命的问题所在。大概也正是由于此，这部作品又获得第一届'民生部大臣文学赏'。至此，穆儒丐萌发于青年时期的狭隘的民族主

---

① 转引自曹子西主编《北京通史》第8卷第10章第1节，中国书店1994年版。

义，得到了极致的扭曲的表现。"①

穆儒丐，原名穆都哩，号辰公，字六田，笔名儒丐、丐。② 1880 年（光绪六年，庚辰）生于北京香山健锐营。1903 年（光绪二十九年，癸卯）在北京城内八旗学堂就读。1905 年考中为大清国留学生，去日本东京早稻田大学留学，先在师范科攻读历史地理，3 年后，又转入政治经济科学习，总计留学 6 年。当穆儒丐取得毕业证书归国之时——1911 年（宣统三年，辛亥）初，正值辛亥革命前夕，只得了一个法政科举人的虚名，没当上官，清朝就灭亡了。短时期内他曾作过军官秘书，教过书；当时北京旗族人士办的各种小报，十分流行，穆儒丐随即加入了乌泽声为社长的《国华报》当编辑，社址在琉璃厂万源夹道，自此开始了他终身为记者兼小说家的创作生涯。5 年后，穆儒丐离开北京到沈阳，1916 年春在日系报纸《盛京时报》上执笔。1918 年 1 月 15 日任《盛京时报》文艺栏《神皋杂俎》主编，之后直至伪满洲国时期，一直以此为中心，从事文学创作、翻译、文艺评论、时事评论等项工作。1944 年《盛京时报》统合华字新闻时，穆儒丐任康德新闻社理事，至 1945 年 8 月 16 伪满洲国覆亡。③

从 1915 年穆儒丐从发表第一部长篇章回体的京话小说《梅兰芳》起，到 1944 年发表的最后一部长篇小说《玄奘法师》止，在小说创作与翻译方面做了大量的工作：

1919 年：出版《梅兰芳》单行本；
　　　　翻译德国长篇章小说《情魔地狱》（125 回）；
　　　　发表长篇小说《笑里啼痕录》、《香粉夜叉》；
　　　　发表小说《毒蛇搏》、《咬舌》。
1920 年：发表长篇小说《海外掘金记》、《落溷记》；
　　　　发表小说《五色旗下的死人》、《难女的经历》、《市政》、

---

① 《东北现代文学大系》第 6 集《长篇小说卷》（上），高翔：《导言》，沈阳出版社 1996 年版。

② 参见长白山人管翼贤《北京报纸小史》，载《新闻学集成》第 6 辑，"中华新闻学院" 1943 年出版。

③ 参见村田裕子：《满洲文人的轨迹——穆儒丐和〈盛京时报〉文艺栏》，日本 1989 年 3 月《东方学报》第 61 册；参见儒丐：《悼张兴周君》（1924 年 5 月 27 日《盛京时报·神皋杂俎》）；参见金小天：《从今天向回追想（纪念〈神皋杂俎〉创刊三十周年）》（1936 年 10 月 18 日《盛京明报·神皋杂俎》）。

《奇案》。

1921年：翻译波兰长篇小说《俪西亚郡主传》（338回）；
发表小说《道路与人心》。

1922年：发表小说、《宜春里》、《战争之背景》、《锄与枪》；
发表长篇小说《同命鸳鸯》、《徐生自传》。

1923年：发表长篇小说《北京》。

1924年：发表小说《四皓》、《一个绅士》；
翻译日本谷崎润一郎《麒麟》（9回）、《艺妒》（原名《金和银》）（35回）。

1925年：发表剧本《马保罗将军》、《两个讲公理的》；
发表小说《财政次长的兄弟》。

1927年：翻译法国小说《哀史》（今译名《基度山伯爵》）（612回）。

1931年：发表小说《山药》。

1934年：发表小说《财色婚姻》。

1936年：发表小说《栗子》。

1937年：发表长篇历史小说《福昭创业记》。

1939年：翻译日本谷崎润一朗小说《春琴抄》。

1941年：翻译《谷崎润一郎集》出版；
发表长篇小说《如梦令》。

1942年：发表长篇小说《新婚别》。

1944年：发表长篇小说《玄奘法师》。

此外，穆儒丐撰写的大量时事短评、文艺评论、散文随笔等，这里不再赘录。

以上简略介绍的生平与创作的概况，可以看出这位自认是"北京土著"的满洲人，从小接受八旗学堂的传统教育，留学东洋后，受到日本明治维新后的政治思想影响，照他自己所说："当记者在日本留学的时候，那时不过二十上下的岁数（自光绪三十一年至宣统三年），什么是都喜欢新的，那时候我骂中国的东西，比现在的青年还厉害呢。"① 自然而然地，在政治上，他接受改良、革新主张，不赞成暴力革命。本想拿着毕业文

---

① 儒丐：《新剧与旧剧》，1923年9月28日—10月16日，《盛京时报·神皋杂俎》。

凭，回来报效国家，实现君主立宪政治，从事维新事业。可是，在这人生命运的转折的重要关头，却遇上了彻底推翻他的国家和民族的辛亥革命。1922年，他写作自传体长篇小说《徐生自传》时，曾经无奈而又凄凉地描绘这决定了他一生命运的最后考试：

  辛亥那年革命，真是很奇怪的事。在那年八月以前，任何明眼人，也看不出有革命的事来。就以此次学部考试而论，报考的人数，实在比往年多好几倍……谁知在考试期中，武昌的噩耗便传来了，大家跟作梦一般，也不知怎么回事，不过消息一天比一天坏。我们便在这革命声中，勉强考完。还在内阁里验放一回。那天老早的大家都在太和殿前面聚齐，得中的新贵，心里任是怎样难过，也不能不作希望之梦，到紫禁城里来面君。却也怪，这庄严灿烂的皇宫，知怎的，一点威严也没有了，不那里，都仿佛阴阴惨惨的，康雍乾三代的文治武功，深仁厚泽，也救不了末代子孙的劫数。
  此时，宣统正在冲龄，不能临朝，所以派了八堂王大臣恭代。我们六七百留学生，分十人一班，传进内阁……我是旗籍中人，不免称了一声阿哈，某某，年龄多大，满洲某旗人。然后随班退出来，验放已毕。九月初五日，皇上下上谕赐给大家举人进士等等的出身体。这首上谕，是爱新觉罗皇帝对于全国所颁布的第末一次行使权力的上谕，以后都是被逼而出的了。
  留学生考完之后，清朝的运命，已然告终了。

  穆儒丐是一个民族意识极其强烈的满洲旗人，庚子年间，八国联军攻占北京，对他的打击就很大，在《徐生自传》第四章中，穆儒丐有过这样的表述：

  我们的摇篮，祖宗的都会，神灵式凭的所在，已被八国联军打破了。勇敢的捷字队，已然尽数死在东城，作了国殇……
  国破家亡，是很惨的事，不想我小小的年纪，倒得亲眼看见。

  如今，辛亥革命使"天下大乱了"，"功名无望了"，照穆儒丐的思想与身份，他既不能"拨转马头，另行从事革命的事业"，也"不敢说是前清的逸民"。为了孝养亲老，只得在一家小报馆当记者，靠卖文维生。这时期他的思想很悲观。继《徐生自传》之后的小说《北京》，穆儒丐为主人公取的姓名为"宁和"，字"伯雍"，并且介绍说：

伯雍为人，并不是不喜欢改革，不过他所持的主义，是和平稳健的，他视改革人心、增长国民道德，比胡乱革命要紧的多，所以革命军一起，他就很抱悲观，他以为今后的政局，不但没有好结果，人的行为心术，从此更加堕落了。

这些也正是穆儒丐自己的政治见解，满怀如此悲观心情，在军阀混战的北京生活的五年中，"知道北京的政治，似乎一天比一天黑暗，北京的社会，一天比一天腐败，北京的民生，一天比一天困难"[①]之后，因他所在的报社停刊，穆儒丐离开了乡土，跑到满洲民族祖先的发祥地——故都盛京（沈阳），借曾留学东洋的背景及自己思想主张的投合，遂进到了日本人办的《盛京时报》。

20世纪20年代初，远在关外的穆儒丐，无时不思念着北京，"总想用小说的体裁，把他于此五年中所见所闻和心理所感想的事，详细的写出来"[②]。1922年、1923年在他主持的《盛京时报·神皋杂俎》上，连续发表了以北京旗人为主人公和以自身经历为素材的三部长篇小说：《同命鸳鸯》、《徐生自传》、《北京》。其中，除《徐生自传》有多篇章为留学日本的故事之外，多数篇幅都是描绘清末民初北京旗人的生活。由于穆儒丐不论是在清朝，还是在民国，都没有做过官，与普通百姓接触较为广泛；又因为在京郊旗营里生长，受过日本现代思想熏陶，力主维新改良，反对用革命手段解决社会问题，十分同情族民"陷于破产的悲境"，所以，在作品中，他始终将关注点落在北京广大旗人于民国初年悲惨生活方面，描绘出"许多悲哀无告的惨事"，借书中人物之口，穆儒丐无可奈何地叹息道："谁教赶上这国破家亡的末运呢！"[③]

穆儒丐这种观察视角、这样的慨叹、这些少见的描述，当然与我们常

[①②] 儒丐：《北京》，第15章。
[③] 儒丐：《北京》，第5章。

见的汉族作家的眼光、革命者的手笔,不尽相同;充斥书中的不少作者议论,也不会完全被我们认知;更不用说去谈论这些作品能否具有史诗性了。但是,正像复杂、多元的历史本身一样,还没有成为伪满洲国新闻界红人之前、20年代初期的穆儒丐,从他以往独特的经历与感悟,以小说的艺术形式,描绘出民国初年北京旗人的悲情生活,应该说,它们对于了解当时特殊的历史情境与氛围,算是极有意义的;即使在现在,也还具有一事实上的可读性。只是,这些作品早已列为另类,长期不为广大读者所知。限于篇幅,本文暂先不全面论述穆儒丐作品,只想着重介绍一下《同命鸳鸯》和《北京》。

"安排这老大一幕惨剧,作乱事末叶的一个点缀"

出生于北京香山健锐营的穆儒丐,发表的第一部描写乡土的长篇小说是《同命鸳鸯》,小说第一句话就是作者深情地说:"凡曾至北京者,莫不欲一观西山之风景,自颐和园经玉泉山,一直往西,真是四围山色,一派湖光,便是移在江南,也无逊色。"这正是远在关外的他,思念故乡;可他情之所系,并非西山名胜静宜园,而是静宜园左右在民国以后"成为残破不完的荒村":

这几处荒村,那里是什么村落,正是八座营业坊。看官没有看过《圣武记》么?乾隆年间绥服金川一大武功,就是这营子里人民的祖先拿血换来的。乾隆十二年,诏建这个兵营,练习云梯火器,赐名"健锐"。成功以后,这营子里的人,便世世当兵,习尚武事。至于农商等事,却不屑去为,国家也不许他们别就。直至如今弄得这样零落,他们也不明白是辈辈当兵的结果。

他写作"这篇小说的主人公,都是营子里的人",讲的是健锐营镶蓝旗的养育兵景福、荫德和孤女琴姑娘间爱情、婚姻的悲剧故事;景福与荫德两人是同学、好友,一同爱上了"小时候一块玩耍的琴姑娘"。以后,景福和琴姑娘由家长订婚,荫德成为情敌,对景福怀恨在心,秉性善良的景福并未觉察，琴姑娘对二人原来"无厚薄轻重，差不多跟亲兄弟一样"，长大后觉出荫德"有些狠厉"，遂倾心与景福。当景福、荫德在保府速成武备学堂卒业，成为禁卫军军官时，"清朝三百年社稷完了，仿佛儿戏似的完了"，禁卫军改名十六师，归了冯国璋，景福、荫德随营驻扎南京。景福要回家完婚，当连长的荫德只给了十天的假，景福与琴姑娘新婚第二在就分别了。随即十六师开到张家口，后又去外蒙古作战。战争中荫德有意派排长景福率一排兵士当前卫斥候队，到库伦探取敌情，欲置景福于死地。结果，战争失利，十六师全军覆灭。荫德被撤回家，精神愈来愈不正常，并称景福已亡，让琴姑娘改嫁于他。琴姑娘坚决不答应；在伺候景福两位老人归西后，被逼不过，于迎亲的花娇内，用剪刀刺咽喉自尽身亡。荫德遂彻底疯了。最终，景福死里逃生，从蒙古流浪乞食，回到已经十分残败的营子里，见到的却是家破人亡的惨景，于是，他到妻子琴姑娘坟前也自杀而死了。

故事的编排并不算曲折，三角关系造成爱情、婚姻悲剧的描写，也不算特别离奇。值得注意的是，穆儒丐将其标明为"哀情小说"，旨在叙述民国以后年青八旗子弟令人同情的哀情同时，更深地倾诉了自己心中对于本民族国破家亡的哀情。他在书中说过："那愁惨的景象，真是不可言喻，仿佛老天故意安排这老大一幕惨剧，作乱事末叶的一个点缀。"这样的作品，中国现代文学史上倒还少见。

首选健锐营作为故事发生的地点，除因是他生于斯、长于斯的家乡之外，健锐营更是一种象征，它见证过大清王朝的辉煌，正遭受着亡国后的悲惨，营子里的旗民是他的父老乡亲，穆儒丐不忍见健锐营一天天残破、营子里的人生活无着。最初，小说第三章，描写琴姑娘家的小园道：

时正初秋，天气晴朗。景福迤逦上了那个高台。只见秋天的枣林子，已然有点萧疏之意。十分熟透的枣儿，密排在疏枝上，被太阳照的血点一般红。枣树下的野草花兀自红紫相间，欣然微笑，在晶莹的空气里，受那太阳的温煦。还有一双一双蝴蝶，穿花乱飞，可是翅膀的力量，已然有些微弱，他们似乎已知秋天到了，等到凉风一至，花落花飞，他们也只好随着花魂，返归太虚。虽然翅膀有些疲倦，仍然勉强着飞舞，每至一朵花上，都是落半天，尽情吸那花香。当院那株老槐，枝叶仍是浓密的很，不过不夏天那样青翠葱茏，已然有些黑绿之色。槐花开得正茂，满地都是花瓣。

北京的秋天本来就是最美的季节，加上晶莹清丽的素描，穆儒丐笔下，清代末年西山脚下，这片宁静的八旗营地更是满目田园风光，被他认为"差不多是人间仙府"了。可是，民国之后，"营子里拆毁的不像了，一条巷没有几间房子存着，其余的都成了一片荒丘"。上述地方，则是另一番景象：

那株老槐，已不见了，却被何三家的锯倒卖了。那枣林子也不如从前茂盛，差不多都作柴火了。

……

凄凄的北风，由山后吹来，树枝受风，乌乌的山响。天上的星月，都暗淡了，营子里除了风声，一点声响也没有。路上也没有行人，家家早都熄了灯。可怜那饿伤了的犬，在冷风里自卫地的残喘。在五年十年以前，此地尚可称为人间仙府，今日却变成了一个可畏的魔窟了！

最让作者心痛难平的是营子里的人走投无路，只靠去施粥厂打粥勉强活下来。八旗营子里的人世世当兵，向无恒产，除去当兵，没有别的出路。作八旗兵时，平日有旗饷，死了有恤典。到了民国，营子里家家都没饭吃；在外当兵，才能给家里点补贴，只是士兵是军阀混战的炮灰，一旦战死，凭白的抛寡母寡妻，无人赡养。小说第六章、第七章中说："咱们营子的人，这月死的多了，家家都有凶报。""如今咱们营子，大不如从前了，每月一个钱也不进，若不是粥厂，大家都得饿死。""营子里的房子，都拆卖了。"小说的三位主人公家里人，一个比一个凄惨：景福的伯父是一个本分善良的典型老旗人，最后的情景却是：

细看这老人时，与以前大不相同了，发鬓雪白，好似作八九十岁的人。两只眼睛深限在眼眶里，颧骨挺高，下颚挺大，不但没有一点血色，一脸的肉都没了，乍一看去，活象一个连皮带发的骷髅。这老头子平时操劳家务，使心费力，已自伤了。近日北边一开战，侄儿音信不通；加以每家时不常的有人来信说，他们的人死了，留下寡妻，没有养赡，只供一供灵牌，便往前走了。这老头子每见一家供灵牌，他的心便要碎，已自好几十夜没睡觉，所以把老头子毁到这步田地。

从前一直游手好闲的琴姑娘的舅母何三家的，每日斗牌的生活，早已不能够了，现今只是仗着天天打粥活命，家里是穷的不成样子：

……好容易把洋火寻着，却点着一盏小三号的煤油灯。屋里陈设，都呈到眼帘了：只见两张破桌子，缺足短腿，兀自在那里摆着，想是他出阁时娘家的赔送，这几十年老朽不堪了，但分能卖几毛钱，也要和这三间老屋告辞了。炕上的炕席，大窟窿小眼儿，露着精光的炕砖。棚顶十几年没裱糊了，黑糟的老纸，一块一块的在棚顶上吊着。再看何三家的时，穿一件蓝布衫，补了好几十块，脚下地皮一般的袜子，穿双破皂鞋，脸上都失了本来的皮肉，不知几日没梳洗了，那头发乱的也就不必问了。

琴姑娘被逼自刎后，荫德"当时发了癫疾"，"已然疯疯癫癫的，失了本性"，"终日只是痴呆呆的"，"在社会上只可做一个万人指摘的话把"。他的父母"在施粥厂打来的粥"分给他吃，"他们黑暗的日月，不知几时才能度完"。

小说末章，描写景福在军队失利，辗转流亡，好容易回到了健锐营：

他进营子时，已然是黄昏以后了，只见房子拆毁了有三分之二，疏疏落落的，有家灯火，旧时的街巷，都已认不清了。他一见这个情形，他的心已然突突的跳起来，他知道他的家保不住了，他的腿已然颤起来，几乎不能行动。他勉强走到他的旧居，驻足一看，呆了！那里有什么屋宇，只剩一片瓦砾。原来他的房子皆因没人住，已被官拆了，卖了钱分散穷人。景福一见，他的家破了，知道他的人也必是亡了，他这一痛几乎昏绝。

家破人亡的景福，被逼上了绝路，他在琴姑娘的墓前自杀了，怀里揣着的绝命书上写道："我们处在现在的国家，现在的社会，又遇上这样的朋友，我们如何不死！"

"如今是笑贫不笑娼的时代"

穆儒丐记下了京郊旗营在民国后破败的惨境之后，又接着以更长的篇幅描写北京城里的广大旗人，在民国初年，因没饭吃，男人去拉洋车，女人被逼为娼的景况。这部作品他直接就命名为《北京》，并标之以"社会小说"。通过主人公伯雍在《大华日报》当编辑的五年中所见所闻，连成一串串故事：有从替皇室奔走、拥护君主立宪，见大势已去，转而乘风使舵，成为民国议员的一批前清、民国皆走红的官僚政客的丑闻；有靠剪刀加糨糊、俾昼作夜办小报的内幕；更有北京新贵、富人和各色人等，在动荡不定的时代纸醉金迷的生活——逛窑子、吃花酒、捧戏子。就在这些故事中，主人公伯雍以介入与旁观的身份，怀着对贫穷民众的人道同情，详尽揭示出贫民没有活路的惨不忍睹的生活。

清朝覆亡，北京城里20来万旗人，顷刻间断了旗饷，没有别的技能，男人最容易干的职业就是拉车，《北京》这部小说中，伯雍于民国元年三月，就是乘旗人拉的车进城的，第一场人物对话，讲的即是这个关于旗人出路的问题：

此时伯雍在车上问那车夫道："你姓什么？"车夫道："我姓德。"伯雍道："你大概是个固塞呢亚拉玛。"车夫道："可不是！现在咱们不行了。我叫德三，当初在善扑营里吃分一份饷，摔了几年跤，新街口一带，谁不知坡脚德三。"伯雍说："原先西城有个攀腿禄，你认得么？"德三说："怎么不认得！我们都在当街庙摔过跤，如今只落得拉车了，惭愧的很。"伯雍说："你家里都有什么人？"德三说："有母亲，有妻子，孩子都小，不能挣钱，我今年四十多了，卖苦力养活他们。"伯雍说："以汗赚钱，是世界头等好汉，有什么可耻。挣钱孝母，养活妻子，自要不辱家门，什么职业都可能作，从前的事，也就不必想了。"德三说："还敢想从前？想起从前，教人一日也不得活。好在我们当小兵儿的，无责可负，连庆王爷还腆着脸活着呢。"这时，德三已然把脚放快，他们二人已无暇谈话，伯雍抬头看时，已然到了西四牌楼。

上　编

人世沧桑，"从前的事，也就不必想了"，改朝换代后的旗人，多靠卖苦力维生，民国时期，北京马路上，不止有从前出名的摔跤手当车夫，连研究清史的学者，也是在车夫群中寻找到了著名满族词人纳兰性德的后代。张任政民国十九年作《纳兰性德年谱·自序》中介绍说："先生后裔""今且执挽夫之役，贾劳力以自为活，短衣蟁面，奔走于通衢间。盖自改国以还，满族之贫乏而不能为生者，什之八九，固不独先生之后为然也。"[①] 曾经红极一时的明珠、纳兰性德这样的贵族后裔都平民化了，那么，在生活水平线下挣扎的贫民，生活之艰难更是不堪想象。穆儒丐将关注的焦点、同情的重心，放在了这些人身上。尤其对于无依无靠的旗籍妇女，更是十分关注，通过小说一一展示她们的悲剧，进而对社会表示极大的愤慨。

小说的叙述，以伯雍的活动为线索，将各种人物、故事串起来。其中较多篇幅是以北京的八大胡同为背景，表现以卖淫为职业的各式妓女的生活与苦痛心态。在前门外、大栅栏迤西一带地方，妓院较多，人们通称之为八大胡同，包括"百顺胡同、韩家潭、陕西巷、石头胡同、王广福斜街、东皮条营等处"[②]。这八大胡同自民国以后火了起来，"现在当议员的，那个不逛窑子！八大胡同，简直指着他们活着"。《北京》第二章中写贪财的黄氏，撺掇要将十四五岁的亲外甥女桂花送到窑子去时，公然对桂花娘说：

"你也不想想，如今是什么时候？如今是民国了！你别想碴蹦硬正的当你那分穷旗人了。如今是笑贫不笑娼的时代，有钱的忘八，都能大三辈，有人管他叫祖宗。你看隆裕皇太后，若在好年头，他不是老祖宗么？如今谁还理他，那窑子里的女掌班，差不多都是老祖宗了。当妓女的，竟敢起名龙玉，暗合隆裕二字的声音，听说是个议员替这妓女起的，寓着革命的意思。如今什么事都大翻个儿了，窑子里的生意，好不兴旺呢！好几百议员，天天都在窑子里议事，窑子便是他们的家，我看着别提有多眼馋了。"……"你知道什么！现在八大胡同，了不得了，热闹的挤也挤不动。"……"那里就

[①] 转引自纳兰性德《饮水词》，夏承焘主编《天风阁丛书》，冯统编校，广东人民出版社，1984年版。

[②] 李家瑞编《北平风俗类征》，下册《游乐》，1937年商务印书馆发行。

是花世界，你知道前门外的窑子呀，就都在那里。"……桂花的娘说："……咱们究竟是皇上家的世仆，当差根本人家，虽然受穷，廉耻不可不顾。"黄氏见说，把脸一沉，透着有点生气，咬一咬牙，指了桂花的娘一下说："你呀你呀！可要把我呕死，我问你，锅里能煮廉耻吗？身上能穿廉耻吗？什么都是假的，饿是真的。如今没有别的法子，先得治饿。你知道我的来意么？我实在不忍你们娘儿俩，这样无着无落的，指引你们一条明路，日后发了财，我也沾她的光。谁知你还是这样不开通。别想再当旗人了！你只把桂花交给我，管保你坐在家里充老太太，使奴唤婢的。"

"桂花的父亲是一个旗下当差的，生了桂花一个女儿，革命以后，桂花的父亲死了，家里日月，本来就不富裕，自丈夫去世，更是柴米无着了，娘儿两个，天天在穷愁时活着。""别想再当旗人了"，没有劳动力的，简直没有活路。"北京的社会也不许贫民清清白白地活着，非逼得你一点廉耻也没有"，桂花这一个十四五岁的女孩子，正还在"剪纸人玩"的天真烂漫年纪，就这样被送到了妓院。比桂花年长的妓女秀卿，是自己跳进火坑的，却也还是因家里有一个老母亲和一个小兄弟，实在没有饭吃，为了母亲和兄弟不致冻馁，才作了这种生活。她在伯雍面前说出心里话：

"我当初很疑惑的，始终不知道贫寒人家的女子，为什么一到了没饭吃，就得下窑子，仿佛这窑子专门是给贫寒的人开的一条生路；除了走这条路，再找第二条路，实在没有了；或者我不知道。你想，咱们北京好几十万人，好几十里的面积，除了有相当产业的，有一个地方能养活穷人吗？年轻力壮的男子，还可以拉车养家，贫弱的女子，可找谁去呢？再遇见家无男子，光有老弱当怎样呢？老老实实饿死，大概谁也不愿意，没法子，只得自投罗网，货卖皮肉了。当我未下窑子以前，我很为难的，也打算免了这个耻辱，另寻个生活所在。寻了多少日子，也寻不着。作个小买卖，又没有资本。即或卖点糖儿豆儿的，卖的差不多比买的多了，也不能维持三口人的生活呀。我实在出于无法，含着眼泪，作了这下等营业，心里头到如今不舒服……如今听了你的话，我知道这种不良的勾当，不尽是为富不仁的罪。原因还在政治不良，社会腐败。当局为什么不想法子多设几处工厂？单单扩充八大胡同作什么？"

接着，作者借伯雍之口愤愤不平地回答说："设立工厂，开发事业，没有钱成吗？现在有人正要搂钱买皇帝作呢，哪有闲钱替穷人谋生活呢！他们扩张八大胡同，多添妓馆，第一不费公家一文，还替穷苦妇女，酬了生计，国家每月还增许多收入，何乐而不为呢！"于是，又极其愤慨地指出："你看着吧！北京完了。已过去的北京，我们看不见了，他几经摧残，他的灵魂早已没有了。""现在和未来的北京，不必拿他当人的世界，是魔窟、是盗薮、是一所惨不忍闻见的地狱。"

"京师妓馆分三级，一等即小班，二等谓之茶室，三等谓之下处。此乃营业等级之区别，别有南帮、北帮之称，则地理上之关系也。"[①] 小说先写属于一等的"小班"，《北京》第三章有一段文字描写秀卿所在的妓院：

不一会，他们溜达着进了石头胡同。走了不远，只见路东一个如意门儿，一盏电灯嵌在当中，一颗大金刚石似的，非常明亮。门楣和门垛上，悬满了铜和玻璃制的牌子，饰着极漂亮的各色绸条。那门框上另有一面铜牌，镌着"宣南清吟小班"六个字。子玖向伯雍说："你看，这个班子阔不阔？政界人来的最多，我们给他起了个别名，唤作'议员俱乐部'。"

议员们花天酒地的生活，使八大胡同的一等妓院如此阔绰。桂花被送进的陕西巷泉湘班，也"是北班中属一属二的"。桂花被装扮起来的，再学唱两句二黄，没有几天，这个雏妓成了泉湘班的台柱子，接的客人"有挺大气度"，"胸前都悬着金光灿烂的议员徽章"，"都是国民代表，参众两院的议员"。因为当时的风气，"现在当议员的，有两件流行品，彼此夸耀，第一是马车，第二是姬妾"。在热闹的八大胡同里，这样的红姑娘，不久，就会"窑变"，当上老爷们的姨太太。《大华日报》总理、议员白歆仁"议员有了，马车有了，只短一个姨"，所以，他天天在八大胡同尽情挥霍，将桂花捧为贵相知、向人炫耀的玩物；最终，桂花成为他的小妾。而秀卿"是血心热胆的人"，虽然当了妓女，却能冷眼看清这些议员真面目，与一般妓女不一样，她傲慢不羁，决不去巴结应时当令的议员，曾公开说过："我不过是个妓女，也没有给人家做姨太太的资格，也犯不上迎

[①] 徐珂：《清稗类钞》，第11册《娼妓类》，中华书局1986年版。

合老爷的心理，蔑了自己的良心。"只是如此玩世不恭的样子，使得"秀卿的生命，在这不仁的社会里头，也就很有限了"。

秀卿凄凉地临死前，伯雍到她自家的住处，看到"栉比的小房子，不知其数，间或还看见三两处三四等的下处"。简直是想象不到的污浊；又听到秀卿用生命最后的声音告诉他说：

"这里是个极浊恶极污秽的地方，通共有一千余户，都是操皮肉生涯的，细想来，怎能到这里来。但是这里虽然污秽，里面包容的不光是罪恶，而且有许多悲哀可怜无告的惨事。我希望有仁心的，及那些议员和大政治家，还有位居民上的人，都到这里来看一趟。但是他们这辈子没有到这里来的机会了；即或他们来了，也未必能发见什么罪恶和可怜的事。他们的脑子，也不过说这里是下等地方，不可来便了。他们听见这里有呻吟的声音吗？有叫苦的声音吗？有最后的哀鸣半夜的跪泣吗？大概他们在三海里、国务院里、象坊桥的议场里，做梦也梦不到，这里有许多不忍闻见的惨象，他们永远没有机会到这里来了……"

这是一个被逼为娼的妓女，不甘堕落，无奈而死之前，向社会发出最悲痛的哀告！秀卿死后，作者写伯雍到秀卿所说的下处去参观，情景确实惨不忍见：

他们也到了好几个下处，院子里窄蹩蹩的，拥着好几些人。他们的规矩，不往屋里让客，只凭一个龟奴一喊，那些失了自由没有人权的妓女，便站在本屋的门口外头，任人观览。若到了四等，便不喊见客，一间间的小屋子，里面阴惨惨的点着一盏油灯，每一个窗户上，都镶着一块一尺多大的玻璃，有客的，把玻璃放下来；没客的，便在对着那块玻璃坐着。院内游客，便从那块玻璃往里窥伺，如对眼，便知会龟奴，往屋里让。喝茶或是别的，均有价格，那就听客人的自便了。伯雍来到这样的院子，他茫然不知所谓。他见一间一间的小屋，里面点着极阴惨的灯，他已然毛骨悚然。他一想象这里面的罪恶和不道德，他简直不知人类的残忍性该当多大了。

在一个三等下处，伯雍看到一个30多岁快到40的妇人，带着一个又黑双瘦的五六岁的孩子，也在混事，"差不多要颠起来"。一问才知道，"她的男人，从前在本街拉车，一家四五口人，委实生活困难。不想她男人拉一个军人到南苑去，不但没给钱，倒挨了一顿打，回家来，便气病了。一家子立刻没饭吃了，没法子，使了一百五十块钱的押帐，把老婆押在这时混事"。后来，又去另一家四等下处：

伯雍最后又走到一块玻璃窗的前面，往里张望，只见屋里尤觉凄暗；一盏半明不灭的油灯，旁边坐着一个妇人，约在二十左右，穿着一身花道布的夹衣，正在那里掩面啼泣。她为什么哭？在伯雍固然一点也不明白，不过看那悲惨的背景，配上一个妓女，在那里啼哭，内容的惨痛，也就不问可知了……妇人道："怎能教人不哭呢！想起来真没活头，这四等窑子，也不是谁兴的，若在头二等，还可以彼此串串屋子；我们便和囚犯一样，一出屋门，被警察看见还要罚。偏巧今天一个客也没有接，眼瞧要落灯了，连灯油钱还没有着落，不睁眼的忘八，还要找我来要钱，一肚子的委屈，跟谁去说呢？所以越想越难受，不觉得哭起来。"

作者一边揭示北京广大贫民的苦难，一边又通过主人公伯雍不断地发表评议，有时是发问："贫民是自己没有能力呢？还是国家社会不教他们有能力呢？怎么北京的普通人民，男的除了拉车，女的除了下窑子，就会没饭吃呢？"有时是大段的议论："可怜的妇女，寻不出别的生路，只得飞蛾投火的，往这里硬跳。但是，长此以往，北京的社会究竟要成个什么东西呢？实在是不堪设想的事了。"从人道主义出发，对于畸形的"笑贫不笑娼的时代"，穆儒丐认为："人类社会所以有这样的现象，还是不讲人权的结果。我们没有别的称谓，只好仍然加以野蛮的徽号！"

"悲剧中的角色"——末世的旗族女子

旗人在北京生活的近300年里，创造了满汉融合的京师文化。在广大人民喜闻乐见的通俗小说领域，从乾隆年间的曹雪芹开始，经清末的文康，到民国以后的穆儒丐、老舍等北京旗人，他们用精粹的北京话，成功地写出了一部又一部独具特色的作品，形成了至今流传不断的优秀文化传统。这些作家和他们的小说，各有不同内容、各有不同贡献。比较已为人们共知的曹雪芹的《红楼梦》、文康的《儿女英雄传》、老舍的《骆驼祥子》来说，对于穆儒丐的《北京》，阅读与评论均是极少的。相对穆儒丐一生的复杂性，以及小说本身的艺术水平，可能难以和上述其他旗人作家、作品同日而语。可他的创作毕竟有着别人不能取代的特点，作为民族文化传统发展中不可或缺的一环而存在。尤其在清王朝覆灭近百年后的今天，清宫戏走红，缅怀前朝盛世、歌赞前王仁德，甚至热衷描叙末代皇帝与其所谓皇后、皇妃的"爱情"等等数不清的当代人编的故事与戏说，致使荧屏上只能有帝王后妃、名公巨卿在演绎着清代历史。针对此种误导，倒是应该将一直不大为人所知的穆儒丐的小说，介绍给现今的读者，换一个视角，让人们看到，并非只有这些为数很小的掌权者才构成历史，还有极广大的普普通通的人民，始终在承当着历史赋予他们的太多苦难，特别是"赶上国破家亡末运"的旗族妇女，其命运更悲惨。

《同命鸳鸯》也是写一对青年男女的爱情、婚姻被第三者破坏，看似常见的爱情悲剧故事，实则是在那特定历史条件下，产生于特定环境中的性格悲剧，即是清王朝被推翻、八旗制度崩溃的民族大悲剧中，无数旗人家庭的悲剧之一。作者所描写的"悲剧中角色"——女主人公琴姑娘，是一个在京郊旗营里生活的典型女子。她与景福都是没有父母的孤儿，在八旗营子里，并非个别，辈辈当兵的旗人，作战阵亡后遗下的孩子，常常归本家的叔伯或外祖家扶养。命里注定，她生来就得在艰难困苦中生活。自十一二岁起，每天晚上，孤独一人在家，问她："害不害怕？"她回答说："有月亮时，我便望月亮；无月亮时，我便数星斗，心里觉得很静，早已不知什么叫害怕。"她在艰难困苦中，形成自立、自尊的刚强性格。等到年岁长到该谈婚论嫁的年龄，她希望有个安身立命的所在，"将一段柔肠，尽都萦绕在景福一人身上"。她与景福年貌、人品相当，原本是美满的一对，他们的姻缘却屡遭磨难，在常人难以忍受的新婚别时，她深明大义地对丈夫说：

"大凡男女结婚，不过是爱情结合，旁的都是假事，以你这样一个人，何必在这上头注意呢。我自有生以来,只在艰难困苦里度生活,早把一切都看开了。所不能解脱者,便是这个'爱'字,今既得人而事,我愿斯遂。再说这里二位老人家都是很慈善的,便是你走后,我也不能受委屈,比较在舅妈那里强多了。你明天只管走你的,家里的事,你都不要惦念,我一定教你省心,绝不至教二位老人家说出闲话。"

像所有八旗营子里的妇女一样,丈夫出外当兵,从来都是由女子持家的,这是满洲民族独特的民族习惯。刚强的琴姑娘这样说了,也就这样做了,景福不在家时,她把男子的职责全给代办了。不料,突然革命了,军阀混战,营子里死的人越来越多,差不多家家有凶报。景福没有消息,荫德回来了,景福却生死不明。这时琴姑娘面对这样天翻地覆的残酷现实,心里早已有了最坏的准备:

琴姑的心,早已横了。他自觉他不是应着幸运来的。仿佛老天爷生他这人,专门教他充一个悲剧的角色。他知道他一生的幸福无望了,不如悲壮淋漓的,随他那悲剧的最后。可是,他在二位老人家跟前,仍是百般承欢,借使老人得半时安慰。

自幼没了父母的可怜的女人,她早就说过:"把一切都看穿了,所不能解脱者,便是这个'爱'字。"如今心爱的丈夫凶多吉少,既然一生无望了,她就决定宁为玉碎、不为瓦全!善良而刚烈的她,在贪财的舅妈逼她改嫁时,大义凛然地斥责说:

"你乘早闭了嘴!难道你教我进一家、出一家,随便你摆布吗?不用说你是我舅妈,便是我亲母亲,也不许这样。我与景福虽然没有几日夫妇事实,我们的情义却不是一日,我既嫁了他,便与他生死相依,有他便有我;他若死了,我便随他去,何必用你挂心!再说,他如今是死是生,还没一定,你教我上那里去!这里不是我的家吗?这二位老人不是我公婆吗?我们,活,活在一处;死,死在一块,好歹你不用管。你与我请出吧!"说着,便跪在二位老人面前,哭着说道:"公公、婆婆!不要听我舅妈的,他不是好人,他不懂人的价值,他成心来搅我们,不知道他怀着什么鬼胎。媳妇如今同你们二位老人家面前设个誓：无论有景福没有，我也要伺候你们二位老人家、养活你们二位老人家，至死不出这门；等到你二老归西之后，媳妇自有办法。"说着，哭个不止。他二老也是直哭。

仗着旗人家里姑奶奶的特殊身份，禀性很贤淑的琴姑，发出了如此义正词严的反驳话语，简直让舅妈无地自容；而她对二位老人家，掷地有声的誓言，在旗人走投无路的年代，显得极其慷慨悲壮。当别家年轻媳妇，供完灵牌，不是改嫁，便是进城去与人当佣工的时候，琴姑没有为自己打算，她指责舅妈"不懂人的价值"，为了人的尊严，她决心伺候二位老人到底，最后再去悲壮地结束自己的人生，这席话使得琴姑的形象并非全为传统意义上的孝妇、节妇，也包含了作者主张的人道、民权思想，在残败的八旗营地，闪烁了一点新时代的光彩。

把死生早已看开了的琴姑，将二位老家儿生事死葬，一手办理完后，就以没有一丝凄惶不定的态度，泰然自若地、出人意料地将自己悲剧的最后结束展现在乡亲面前：

却说那两个喜娘，把轿帘揭开，待了一会，意思是等煞气散了，再去搀扶新人。谁知上前一搀，新人动也不动；细一看时，"可不得了！"当下叫了一声，往后便倒。屋内站着的人都吓了一跳，以为是这两婆子都中了邪。半天，才慢慢到轿前去看。只见，满轿子里都是鲜红的血迹，琴姑咽喉之间，刺着一把裁衣剪刀，早已没有气息了。

琴姑以旗籍妇女刚强的个性，悲壮刚烈的结束了年轻的生命。迟回的景福，也在她的坟前，随她而去。这出悲剧也不全是平常意义的殉情，作者说是乱世末叶的"老大一幕惨剧"！景福的遗书："我们处在现在的国家、现在的社会，又遇了这样的朋友，我们如何不死！"点明了悲剧的成因。这部"哀情小说"提供的旗籍妇女琴姑形象，为后来人了解历史陈迹时，有一种让人心颤的震动。

至于穆儒丐在"社会小说"《北京》中，占不少篇幅描绘的末世悲剧中的另一女性角色——秀卿，则是一个八大胡同的妓女。妓女形象在过往的文学作品中并不少见，时代不同，作家不同，他们笔下的一个又一个被侮辱、被损害的妓女形象，都有着程度不同的崇高的人性光辉。民国初年八大胡同里的秀卿，自然不能与明代末年有胆有识、多才多艺的秦淮名妓李香君、柳如是相比。独到之处在于，穆儒丐以强烈的民族情绪、深切的人道同情，写出了陷于污秽中的北妓秀卿，与普普通通的妓女不一样的傲慢不羁的行为与思想。

《北京》第二章，叙述歆仁请伯雍他们在陕西巷泉湘班吃花酒，摆席后，"所叫条子，陆续都来了"，唯独秀卿迟迟不到，显出"软硬他都不吃，动不动就给人难堪"的怪脾气。最后，"只见进来一个姑娘，穿着一身布衣，脑袋上也没有多余装饰品，年纪差不多二十多岁了，两只天足，亭亭的身材，面皮倒很白皙，只不过隐隐的仿佛有点烟气。但是眉目之间，有些英爽之意，一看便是一个不老实的人"，"他就是秀卿，已然是个老妓"。作者就这样没有太多的赞扬地写了秀卿颇有些与众不同的出场。但在灯红酒绿、鬓光钗影中，秀卿不卑不亢地与客人周旋，并带着北方女子的豪气。顷刻间，与伯雍成为萍水的知遇。一个妓女，放着应时当令的议员不巴结，反倒垂青一个寒士，在那时自然是古怪的，伯雍也不理解："既然当了妓女，不去甜甜蜜蜜的媚人、花花稍稍的打扮，作出这玩世不恭的样子，岂不与妓业背道而驰吗？"以后，小说写伯雍他们到秀卿屋里第一次谈话时，关于妓女与嫖客的关系，秀卿说出自己十分清醒的认识："你们想，嫖客一进门，他们是怀着感情来的吗？打茶围的客，都要买一块钱的乐；住局的客，要买八块钱的乐，横挑鼻子，竖挑眼，总想赚回八倍的利益，才算心满意足。""他们总是一点好行止没有，不是嘴里胡说，便是动手动脚的，总以为自己是老爷，成心拿人当玩艺儿，其实讨厌极了！"尤其对于议员和政客，秀卿尤为特别嫌恶，当伯雍提到歆仁肯在桂花身上不惜金钱地献殷勤，"似乎能得姑娘欢心"时：

秀卿忽然把脸一沉，向伯雍说："你头一趟来，怎拿话敲打我！我告诉你，我若喜欢那样的人，我早当了一品姨太太了。二十多岁了，我还腆着脸混什么？不是我不愿意吗！"

响当当的一席肺腑之言，揭示了脾气古怪、不与世俗苟同的秀卿，所具有的独立自尊的高尚人格。对于这样的一个秀卿，伯雍逐渐有了更深的认识：

　　伯雍之看秀卿，不但可怜他，而且钦敬他。现在讲骨气的人，太少了；打算在现在的社会里面吃一碗饭，这"气骨"二字谁还敢讲！恐怕你今日讲气骨，明日便入枯鱼之肆了。不想秀卿以一个坠溷的人，他到了不忘他的气骨。他天字第一号的姨太太，不是当不上的；马车、汽车，不是坐不着的；珍珠钻石，不是戴不上的；以他的姿首，取这几样东西，真比穷酸措大，卖几篇文字挣一碗饭吃，太容易了。但是他竟不取，把能供应他这些东西的老爷们，都给得罪了。

　　在改朝换代后军阀的民国之初，社会上许多像歆仁那种人，见风就使舵，他曾赤裸裸地表明过："谁能教你升官，谁能教你发财，谁就是势力，谁就是运命之神。当然就得崇拜他，供奉他，丝毫不可侵犯。譬如前清的皇帝，当路权贵，都是运命之神，我们当然替他办事。辛亥那年，他们的神威不灵了，另换一种运命之神，就是孙文的革命派，我们就得崇拜他，替他放屁。如今他不成了，这运命之神，又移到袁大总统身上，我们不用疑惑，就得替他办事。""这便是我这几年体验出来的道理，非常有效。我的议员、我的马车、我的财产，都是由此得来的。"有骨气的秀卿，地位虽微，人格却比这些红得发紫的议员高得多。她所在的妓院，人称是"议员俱乐部"，秀卿具有血心热胆的气质，虽然没受过教育，却多少是个有思想的人，她冷眼看透了这些议员老爷们的本质，竟不怕得罪他们，直言不讳地对伯雍他们说：

　　"我见他们有时来到我这里，咕咕唧唧，不知议论些什么，有时也不避讳我，他们以为我不知道他们说得是什么。其实什么买收咧、阴谋咧、利用咧，我听得都腻烦了。由一开国会，我这里就有议员，即或我没有议员客，别的姑娘还有呢，你们不知道，我们这班子外号叫'议员俱乐部'吗！他们来到这里，无论是山南海北的人，我没听他们说过一句仁义道德为国民的话；大概买收、阴谋、利用、条件，这些话，老也没离开他们的嘴。我听说议员是能救国的，我一见各大议员的言论风采，我虽然是个妓女，对于他们诸位，也未免怪失望的，所以我对于他们渐渐的冷淡起来。"

一个妓女能有这样见识,在当时无疑是难能的,却也是难活下去的。一开始,伯雍就预示过,这样的妓女,"不久要到南下学滢子(妓女之丛葬处)去了"。随着故事的发展,伯雍与秀卿性情相投,成了忘形之交:"和至契的朋友一样,他二人差不多把形迹忘了,秀卿忘了伯雍是个嫖客,伯雍也忘了秀雍是个妓女。"可是,伯雍无力救秀卿出火坑,只能痛苦地为秀卿担忧,"每每劝他及早打个主意,不差什么的,也可以随了去。无奈秀卿的性质,终是改不了"。对于前途,他们谈过不止一次。伯雍问他:"难道一点打算也没有?"秀卿说:"怎没打算!愿意接我出去的,我不愿意;我愿意跟着走的,人家又不要我。"久而久之,秀卿终于患了肺结核的痼疾,"秀卿的生命,在这不仁的社会里面,也就很有限了"。

社会将过于沉重的痛苦压在这个刚强的弱女子身上,而她宁死也不愿出卖自己的情感、出卖自己的人格,于是她直面死亡;

其实他岂不知他的病是很利害的,他不过只是挨日子,他把社会厌烦透了,他心里此时似以泣绝人世、长眠地下,倒是一件很干净的事……他这不是往开通里想,简直是自杀的决心……他正欲借着病症的毒手,了却他的残生,消灭他的烦恼。他的病,也遂一天比一天沉重。

黑暗的社会、腐败的政治活活将一个不屈的生命扼杀了。临了,秀卿是死不瞑目的,她不仅担忧遗下老母、幼弟,无法活下去;更为自己死在一个无人道的地狱般的地方,周围还有一千余户贫弱无告的可怜女子,仍在叫苦呻吟,而悲愤不平。在托付伯雍照料其母亲、兄弟之前,她有气无力地忍着咳喘,先讲出自己心中的愤懑:

"我在这里已然住了两三年,什么无人道悲惨的事,都听着、看着了。我本打算搬开,无奈房子是很难找;他娘儿俩又没个去处,没法子只得将就着,不想我还是死在这里了。你知道阴曹有地狱,这里大概就是地狱了。不过,阴曹地狱,专收恶人;这里却专收无告贫弱的可怜女子,这却是教人不平的很!"

秀卿的死,虽不像琴姑那种悲壮惨烈,却也一样惨不忍睹,让人心里发颤。

旗籍女子在本民族有着比汉族妇女要高的地位，不只是各民族的妇女观不同，还因在满洲民族发展史上，她们有着"巾帼不让须眉"的突出贡献。到了面临灭顶之灾的时候，她们承受的苦难也就更加沉重、悲惨；她们也能在危难中，闪现出生命惨烈的光辉。健锐营的琴姑、八大胡同的秀卿，尽管生活环境不同，全能在艰难中，保持人格的自尊，极力尽到自己的人生责任。王朝的覆灭、民族的灾难，本不应由她们来负责、承当，可是，当"庆王爷还腆着脸活着"、退位的末代皇帝还在紫禁城里享乐之时，民初的社会却让广大旗籍贫民、特别是妇女没有活路。在被逼走上绝路的关口，琴姑与秀卿选择了自杀，或快速，或慢性，皆表现出"宁为玉碎，决不瓦全"刚烈的个性与共性，她们是现代文学史中尚未有过的女性形象，是穆儒丐这两部小说较为成功之处。穆儒丐以他的视角，以他的历史意识，在时代巨变的前景下，通过琴姑、秀卿两个普通旗籍女子的悲剧角色，改变了人们习惯的思维定式与文学模式，在人道思想的关注中，提出了其他作家作品所未曾提供的新意，值得我们今天重新加以审视。

沧海桑田，人世巨变，还不到100年，中国历史早已翻过好几页。健锐营，这个地名，在今天的北京地图上，找不到了；"八大胡同"这个称呼，今天的北京人，已数不清所指是那几条胡同了；旗人、旗籍，成为不再使用的旧称谓名词了；20世纪20年代初，全国民族调查，日后被正式定为56个民族之一的少数民族——满族，人口数锐减，许多旗人不再自报满族了；即使随后几次的人口普查，因民族政策的落实，满族人口已经剧增，但是，现在占少数民族人口数量前列的千万的满族人，也早已不会满语，不知祖先的满洲老姓了。满、汉融合的民族发展趋势，不可阻挡地将一切留在了历史深处。穆儒丐所写下的上述著作，也因他在后来的行为，被尘封了。不过，应该相信，这一段历史转折期的悲剧，和悲剧中的角色，仍会在这一民族记忆的皱折里不会逝去，因为它留给人类的是永远深层的警醒。

（原载《现代中国》2004年第5辑）

阅读老舍，记住曾被遮掩的民族历史文化

张菊玲

20世纪初，随着一场翻天覆地的巨变，在"驱逐鞑虏"的口号下，世代居住在北京达267年之久的满族，从当初的骁勇善战、入主中原，到盛极而衰，沦为以革命的名义"受欺侮、受歧视"的境地，以至放弃了民族习俗，隐去了民族身份特征，成为"沉默的少数"。20世纪的中国文学史大都不提及这个"善于学习、善于创造"的民族，曾经为中华民族文化做过的贡献；对于他们剽悍矫健民族精神消磨萎缩的历史教训，也缺乏深刻的警示。身为满族作家的老舍，不幸生活于这场巨变前后，自出生到最后独自直面死亡，一直在以全部生命，背负着自己民族悲剧历史的沉重十字架，他的生命经历以及用心血写下的一系列作品，成为20世纪中国文学史上绝不同于其他任何作家的独特记录。阅读老舍，可以认识到曾经被遮掩了的这一段中华民族历史文化以及人类曾经有过的血与泪的生存教训。限于篇幅，这里仅简叙一、二、三。

一、京都文化集大成的缔造者

北京是中国六大古都之一，比起西安、南京、洛阳、开封、杭州，唯有北京，具备了由地面上宏伟的宫殿建筑、胡同、四合院和生活中清脆的京片子、精致的市井文化，全面地、充满活力地构成中国京都文化的特

色，当之无愧地成为最有代表性的中国首都。必须看到：其所以能够如此，是有赖于近六七百年中，蒙古人、汉人和满洲人先后共同的努力。元大都的建设，开创了北京最早的城市布局。而蒙古人、满人对通俗戏曲的喜好，致使元大都杂剧作家云集、勾栏瓦舍兴盛，成就了一代戏曲的辉煌；到了清代，为祝贺乾隆皇帝60大寿的徽班进京，引起上自帝王后妃，王公大臣，下至在旗兵卒，对戏嗜之若狂，沿至今日，京戏被称之为"国粹"。应该特别指出的是，有清二百多年里，正是这些吃钱粮、有闲暇的旗人，与汉族民众一起，继承、创造并享受着充满京腔京韵而又丰富多彩的北京京味文化，其中对于小说的贡献尤为突出。

随着历代中国文学体裁的演进，明、清之际，通俗小说已受到人民大众的广泛喜爱。到了清代，当一般汉族文人还沿袭千百年来的文学正统，运用古文与诗歌表达思想感情时，旗人就根据自己民族的艺术喜好与审美传统，将汉族文人以为是不登大雅之堂的通俗小说，选作自己抒发性灵的最好方式。凭借他们的语言天分，旗人"不但把一些满文词儿收纳在汉语之中，而且创造了一种清脆快当的'京腔'"，得心应手地写作通俗小说，尤其是乾隆年间，满洲内务府旗人曹雪芹的长篇小说《红楼梦》成功问世，一时引起轰动，被旗人当作民族瑰宝，赞许为"传神文笔足千秋"。多年中人们争相传阅，竟然形成"闲谈不说《红楼梦》，读尽诗书是枉然"[①] 的"红学"，成为中国小说史上从未有过的盛况。从《红楼梦》以后，旗人作家用响亮的京片子写就京话小说的传统，也从未间断过，例如文康的《儿女英雄传》、顾太清的《红楼梦影》、松友梅的《小额》、冷佛的《春阿氏》、穆儒丐的《北京》等等，先后在晚清与民初出现，生动地描绘出日趋衰落的北京旗人生活，为中国小说史增添不少精彩华章。到了老舍这一代，大清覆亡，时代变迁，当北京特有的京味文化日渐消失时，愈显珍贵的是，京城那些远去了的书馆、茶楼、戏园，悠长的西皮二黄，动听的大鼓三弦，还有在四合院居住的讲礼讲面的旗人……均由无比热爱北京的老舍，在他的作品中，绘声绘色地描写了出来，经他精雕细琢形成更为典范的北京话，使这一切生动鲜活地跃然纸上，受到越来越多的读者欢迎。老舍自己即曾经无比亲切地述说过："我生在北平，那里的人、事、

[①] 得硕亭：《清代北京竹枝词·草珠一串》。

风景、味道，和酸梅汤、杏仁茶的吆喝的声音，我全熟悉。一闭眼我的北平就完整的，像一张彩色鲜明的图画浮立在我心中。我敢放胆的描绘它。它是条清溪，我每一探手，就摸上条活泼泼的鱼儿来。"[1] 北京比其他古都有幸，因为有了老舍，这个"地道的北京旗人"，他成功地为曾经繁荣昌盛的北京京味文化的历史面影"立此存照"，为我们现今的"集体失忆症"留下了抹不去的历史见证。

二、现代小说史上的扛鼎地位

满族的许多文人作家都不是以自己的母语叙述走上文坛的，他们在与汉族文化的逐渐融合中，已经能够纯熟自如地运用汉语、汉字进行文学创作，而这一切，又不像往昔一些学者所认为，满族已失去自己的文化、被汉文化同化了。其实，即使运用汉字作为书写工具，各民族不同的思想意识、不同的文化传统，仍然在其创作中起着决定作用，形成了与原有汉族文化不同的新元素，促成中华民族文化呈现多姿多彩的发展态势，所谓唐诗、宋词、元曲、明清小说，即为中华民族多元共生的文化发展结果，并非汉族一家独秀。当满族从白山黑水走进关内，凭着金戈铁马的鏖战，通过血与火的洗礼，占据了全中国政治舞台中心，当他们回视中国一次又一次改朝换代的历史教训，面对获取的胜利，内心深处则充满了危机感，所以，这个民族从出现第一批文人作家开始，就产生了甚为独特的人生思考，他们在作品中表现出的思想情绪，不是胜利者的趾高气扬，而是充满人性关怀的悲天悯人的哀情。最突出的代表，就是被认为是"初入中原……以自然之舌言情"[2] 的年青词人纳兰性德，这位富为显赫一时的权相家之长公子、贵为皇帝的贴身侍卫，却自称"我是人间惆怅客"[3]，"直视勋名如糟粕，势利如尘埃"[4]。他看到"江山满目兴亡"[5]，唱不出豪情

---

[1] 老舍：《三年写作自述》，《老舍全集》第16卷，人民文学出版社1999年版，第694页。
[2] 王国维：《人间词话》52。
[3] 纳兰性德：《通志堂集》卷6，《浣溪沙》："残雪凝辉冷画屏"。
[4] 纳兰性德：《通志堂集》卷19，附录"顾贞观祭文"。
[5] 赵秀亭、冯统一：《饮水词笺校》卷5，《望海潮·宝珠洞》，辽宁教育出版社2001年版，第396页。

满怀的凯歌，竟也像明朝遗老一样，走在明十三陵道上，咏叹起"休寻折戟话当年，只洒悲秋泪"①。纳兰性德的这类作品并非其偶然为之，整个纳兰词都充满着哀伤的情调，他的好友说纳兰词"有一种凄婉处，令人不忍卒读"②。究其缘由，除个人情感经历有悲剧因素外，纳兰性德对经历战火与自相残杀的本民族发展历史，更有深切的隐痛。一次扈从康熙帝东巡，来到祖先的发祥地，在吉林小兀喇，他道出过心声："犹记当年军垒迹，不知何处梵钟声，莫将兴废话分明。"③ 面对曾经有过的激烈争战、骨肉相残，所造成对于人性的摧残，苦痛而又无奈之余，只能随着佛家的钟声，将一切送入虚无。自认为是"别有根芽，不是人间富贵花"的天才诗人纳兰性德，在本民族创建王朝的初期，唱出的人生凄婉之曲，为后世一代代满族作家的思想与文学创作定下了感伤的基调。

隔了一代人之后，当人们惊叹《红楼梦》超出常人的思想艺术时，不禁产生"一梦红楼感纳兰"的感想。《红楼梦》作者曹雪芹的家世，与满洲皇室关系紧密，他本人又一直生活在乾隆满族作家群的文化氛围中，经历过人世间的盛衰荣辱后，纳兰等前辈苦闷的声音，更深沉地在他心中引起回响，晚年创作"字字看来皆是血"的长篇小说《红楼梦》，以"满纸荒唐言，一把辛酸泪"的悲剧故事，表达他对人生的大悲痛、大慨叹。突破了常见的"洞房花烛夜、金榜题名时"的"大团圆"结局，用提炼得炉火纯青的以北京话为基础的文学语言，成功地塑造出一系列个性鲜明、生动活泼的人物形象，写出大家族的"盛筵必散"，荣华富贵、娇妻美妾、子孙满堂，到头来落了个一场空的人生悲剧。这种经过反思、反省产生的"忽喇喇大厦将倾"的人生感喟，难能地唱出了乾隆盛世的哀音，将满洲贵族们还在醉生梦死中的民族慢性自杀的弊病，沉重而无可挽回地警醒显示出来。《红楼梦》成为中国小说史上最震撼人心灵的悲剧作品，它标志着满汉文化交融的高度成熟，奠定了它在中国古代文学中的巅峰地位，也为以后各时代满族作家的小说创作，开创了奔流不息的艺术先河，慨叹人生的悲怆，成为满族文学的主题曲。

在中国现代小说史上，老舍是自觉地秉承《红楼梦》思想、艺术传统

---

① 纳兰性德：《通志堂集》卷7，《好事近》"马首望青山"。
② 转引自冯统编校《饮水词》附《丛录》，广东人民出版社1984年版，第290页。
③ 纳兰性德：《通志堂集》卷6，《浣溪沙·小兀剌》。

的作家,他既没加入国民党,也不是共产党。"赶上了大清皇朝的残灯末庙","在这个日落西山的残景里","之能长大成人,是母亲的血汗灌养的",母亲给他的是"生命的教育"①,这位在悲苦命运中坚强勤劳的旗族妇女,将其代表自己民族尊严的独特生命气质,传承给了老舍。当轰轰烈烈的五四新文化运动爆发时,二十来岁的老舍正在北京,却没有参加。开始写小说后,老舍也不想标上时髦的革命口号,他只以自己的生命体验,接受着本民族传统的悲天悯人思想以及新时代人道思想的启蒙,认为"小说是人类对自己的关心,是人类的自觉,是人类的生活记录"②。这个自幼承受着悲剧命运的作家,始终与他生活在大杂院的父老乡亲同呼吸、共命运,他的作品关注着小人物的生存与命运,抒写着普通人性的回归,他的成名作《骆驼祥子》以及以后写的许多成功作品,无一不是描写北京普通底层民众的悲苦故事。相比同时期其他作家作品,老舍的作品既不是什么主义的演绎,也没有革命加恋爱的激进与温馨,只是真实地记下了动荡的时代里,北京普通百姓的思想、道德与生活的变迁以及他们摆脱不了的凄惨命运。老舍承担着自己民族三百年的重负,表达出了民国以后普通旗人的悲情实感。五四新文化运动后,有过许多畅销一时的作品,往往稍纵即逝,很快被读者忘记;老舍的作品不同,人们会永远记住的。朱光潜先生在20世纪80年代曾经说过:再过一二百年,中国现代文学能够留下的,将只会是沈从文和老舍的作品③。我们可以这么认为:在中国现代小说史中,老舍是具有扛鼎地位的。从满族建立清朝初期纳兰性德吟咏的人间惆怅之曲,到曹雪芹于清朝盛世书写的大家族衰落的悲剧,再到民国后老舍作品抒发普通旗人的悲情,这些杰出的满族作家,以他们独有的人生思考,前后相继地形成了满族文学始终如一的悲怆主题,以悲天悯人的大爱,对于普通人性的回归,具有永恒的人间悲剧价值。

---

① 老舍:《我的母亲》,《老舍全集》第14卷,人民文学出版社1999年版,第249页。
② 老舍:《怎样写小说》,《老舍全集》第16卷,人民文学出版社1999年版,第741页。
③ 参见朱光潜《关于沈从文同志的成就历史将重新评价》,《湘江文学》1983年第1期。

三、和着血与泪的遗民文学

　　翻开20世纪出版的中国文学史，对处于改朝换代时期，出现过的忠于故国、思念故土的作家、作品，往往都予以肯定，尤其对宋末元初、明末清初的这些作家、作品，认为是遗民文学，具有"爱国主义"精神，特别加以推崇。可是，对于清末民初这一类文学的评论叙述，却是一片空白，一批描写国破家败后的旗人悲情小说，被视而不见地遮掩了。要知道：纳兰性德的后代，成了文盲，靠拉人力车，在北京城四处奔走过活；四大名旦程砚秋，因家中无法维生，小小年纪只得去学戏时，悲伤的母亲拿出他祖先、乾隆朝名臣英和的印章，要他永不忘记……这一个又一个人世沧桑的悲情故事，就发生在民国初期的北京旗人中间。推翻了大清王朝之后，那些曾经的王亲贵戚，尚有剩余的资产财富供一时享用，而数十万生活无着的底层旗人，男的只有去拉洋车、学曲艺、唱戏；女的无奈被卖进八大胡同，生活十分悲苦。凡此情景，也曾被一些旗人作家写成京话小说发表过，可是，书写现当代文学史的一些学者们，对于这些清末民初的遗民文学，则避而不谈；即使对于老舍，也只说他是平民作家，只强调他作为一个城市贫民作家的精神历程。其实，要准确定位，应该像周恩来总理1961年所说的那样："老舍先生是满族的杰出人物，是一位名作家。辛亥革命以后，若讲自己是满族人，就会受欺侮，受歧视，所以他就不愿意讲。"[①] 老舍本人曾在20世纪30年代作过如下自述："三岁失怙，可谓无父。志学之年，帝王不存，可谓无君。无父无君，特别孝敬老母。"[②] 这便是老舍一生悲剧的宿命！大变革时代带给自己民族同胞的历史悲剧，始终是缠绕在老舍心头不解的情结，从30年代起，他就开始酝酿通过描写家族历史，反映清朝覆亡的经历。新中国成立后，旗人被称为满族，平等地加入了56个民族大家庭中，老舍真诚地高兴过，甚至得到些荣誉桂冠，十几年里，也耽误过不少创作的时间。1957年创作的话剧《茶馆》，第一次让剧中人物

---

① 周恩来：《接见嵯峨浩、溥仪、溥杰等人的谈话》，《周恩来选集》下卷。
② 老舍：《小型的复活（自传之一章）》，《老舍全集》第15卷，人民文学出版社1999年版，第422页。

说出:"大清国到底亡了。该亡!我是旗人,可是我得说公道话!""我是旗人,旗人也是中国人哪!"这是老舍对满族历史有了更深层的理性思考的结果。随着为改造了的末代皇帝溥仪写作的《我的前半生》改稿,并见史学界有《论康熙》等新观点的学术论文发表,作为具有巨大民族良知的作家老舍,到了20世纪60年代初,觉得可以真正着手从事满族历史长篇小说的写作了。历经近半个世纪痛苦地探索,没有了前辈们过于偏激的民族情绪,老舍以大智慧、大悲悯和人类大爱的现代思想与眼光,对本民族进行冷静而热烈地审视,在刚刚开始的《正红旗下》的几个章节中,成功地表述了对自己生身的民族清醒的反思与饱含血与泪的自省。他用漂亮的北京话,真实地写出晚清末年一个个"熟透了的旗人","已经失去二百年前叱咤风云的气势",这些由朝廷的铁杆庄稼养活着的旗人,见天只是"英雄气概地玩鹞子和胡伯喇,威风凛凛地去捕几只麻雀",老舍在《正红旗下》里带着深沉的悲痛,振聋发聩地做出这样的评论:"二百多年积下的历史尘垢,使一般的旗人既忘了自谴,也忘了自励。我们创造了一种独具风格的生活方式:有钱的真讲究,没钱的穷讲究。生命就这么沉浮在有讲究的死水里。"① 这是老舍饱含反思血泪,总结出来的沉痛教训,一语中的,当一个民族忘了自谴、忘了自励,也就丧失了当年拼搏奋斗的生命力,加上最高统治集团的腐朽无能,必然导致民族的没落与王朝的衰亡,这一深刻的教训,值得全人类的各个民族汲取。老舍的旗籍挚友罗常培先生在20世纪40年代时就曾说过:"我觉得只有他配写,只有他能写,他写出来的东西一定比瞬息京华和风声鹤唳一类玩艺儿意味深厚。"②

可是,善良的老舍没有想到,好容易等了几十年,已有腹稿的这部历史小说,打算以家族史开始,一共三部,来反映北京旧社会变迁、善恶、悲欢,现在,才刚刚有了个闪光的开头,却竟然"永远不能动笔了!"他痛苦地知道,"以后也永远无人能动笔了!"1966年4月,当他对同样身处逆境的老友谈及这些话语时,"老舍情绪激烈,热泪不禁夺眶而出"③;四个月之后,面对突然袭来的史无前例的"文革"风暴,他只能悲壮地选择

---

① 老舍:《正红旗下》,《老舍全集》第8卷,人民文学出版社1999年版,第472页。
② 罗莘田:《我与老舍——为老舍创作二十周年作》,昆明《扫荡报》副刊,1944年4月19日。
③ 谢和赓:《老舍最后的作品》,《瞭望》1984年8月。

了自沉！老舍的一生，以悲剧开始，以悲剧结束。粉碎"四人帮"之后，北京人艺重新上演话剧《茶馆》，当台上的老旗人说出"我爱我们的国呀，可是谁爱我呢"时，台下响起了雷鸣般掌声，人们的眼里噙满泪水。巴金先生悼念老舍时，称此话为老舍"遗言"。老舍这句无限悲凉、令人痛楚的问语，在人权被践踏的社会，以人道主义的大爱，喊出普通百姓渴望人性关怀的最强音，不仅是老舍为自己凄苦无助的满族同胞发出真挚的代言，同时也说出了屡经时代风雨苦难的全中华民族人民的共同心声。阅读老舍，最可贵的是能让人们了解到曾被遮掩的历史，只可惜，这种对于中华民族都有益的自省、自剖、自重、自醒的民族意识，以及对中华民族文化更为深入地开掘，老舍还没有说完。而老舍之后，又有谁再能如此书写呢？！上个世纪，整整一百年中，多灾多难的中华民族发生过的一些史实，在一段时间里曾经被人为地遮掩了，中国人可悲地患上了集体失忆症！300年前、300年后，满族所经历的一些史实，也曾经受到当代一些史学家、文学史家们视而不见、漠然处之、不予书写的待遇。那么，只好让我们去阅读老舍吧，正如罗常培先生所指出的："老舍自有他'不废江河万古流'的地方。"[①]

（原载《民族文学研究》2009年第2期）

[①] 罗莘田：《我与老舍———为老舍创作二十周年作》，昆明《扫荡报》副刊，1944年4月19日。

《正红旗下》悲剧心理探寻

孙玉石　张菊玲

一

将近 300 余年来，作为一个善于吸收汉民族文化而又以此进行文化创造的满族，对于中国文学的发展，在不同时期里贡献了三位杰出的作家：康熙朝"家家争唱《饮水词》"的纳兰性德；乾隆朝"传神文笔足千秋"的《红楼梦》作者曹雪芹；进入现代化进程的 20 世纪被誉为"人民艺术家"的老舍。

民族文化充分反映着民族心理，不同时期满洲族历史的特殊性，他们对于时代兴亡的敏感，形成了他们具有一种感受人生获得的同时也感受人生失去的类似的悲剧性心理。这三位作家此种人生悲剧心理尤为突出。在满洲族入关初期，纳兰性德以青春才华，将满汉文化兼备一身。贵为"乌衣门第"的长公子，对身居相国的父亲，显赫一时的权势，对自己恩命为皇帝近身侍卫，都敏锐地产生一种难言的隐忧；加上发妻早亡等个人情感的伤痛，这种人生悲剧性的心理更加浓重。他倚马填词，"以自然之眼观物，以自然之舌言情"，唱出的是充满感伤旋律、苍凉悲壮的朔方诗词与凄婉缠绵的情词。

满族入关百年之后，经历了与皇室关系密切的家庭盛极而衰的变故，曹雪芹在"秦淮风月忆繁华"与"举家食粥酒常赊"这种从生活实境到深层心理的强烈反差中，一字一泪地用小说形式，抒写了他的这种人生的悲剧意识，通过《红楼梦》贾府由盛而衰的故事，告诉人们"也不过是瞬息的繁华，一时的欢乐，万不可忘了那'盛宴必散'的俗语"。这不仅是对于一个满族家庭，也是对于整个民族无力回天的苦痛。"忽喇喇大厦将倾"的预感，把满洲贵族还在醉生梦死中慢性自杀的弊病，充分暴露了出来，引得康熙帝嫡曾孙永忠读小说时产生强烈的心灵的震撼与共鸣："几回掩卷哭曹侯！"

到了老舍先生这一代旗人，民族的处境发生了很大变化。他出世不久，就赶上庚子国变。当保护皇城的下层旗兵的父亲在对抗八国联军的战斗中阵亡以后，老舍于母亲的清苦辛劳和缕缕回忆中，艰难地在贫困中长大。他经历过大清帝国亡国、袁世凯称帝、军阀统治、五四运动，直至26岁出国，除短期到天津任教外，一直生活在北京。出国第二年，他完成了第一部长篇小说《老张的哲学》。以后，老舍一生勤奋创作，作品极丰，最著名的《骆驼祥子》、《月牙儿》以及《茶馆》等，都是写北京人的故事。由于客观条件的限制，几十年里，他一直没有直接写北京旗人的生活，可是，从他创作小说一开始，这个愿望就深深地埋在他心中。老舍认为："小说是人类对自己的关心，是人类社会的自觉，是人类生活经验的记录。"[①]"我的最初的知识与印象都得自北平，它在我血里。"[②] 他自幼到青少年，生活在北京穷苦的旗人中间，经历了旗人社会天翻地覆的变化，亲眼看到、亲身参加的种种情景，刻骨铭心，终生难忘。

在初执笔写小说的时候，新文学还没有可能为老舍提供描写满族生活的成熟文本。但是，满族文人用北京话所写旗人生活的小说不是根本不存在的。对此，老舍也不一定全然没有知晓。《老张的哲学》中就给了我们一点线索：小说的一位主人公王德，曾在一家小报馆工作。他去找工作时，报馆戴着金丝眼镜的少年，"拿着一张《消闲录》正看得入神"。而书中对报馆主笔、主任、编辑，以及编报的黑暗情形都有所揭发。

搜阅一些清末民初北京的各种小报，其中就有旗人主办的一些报纸，开辟有文艺一栏，名曰"杂俎"，常刊登文艺类作品。北京有名的《公益报》，还发起刊载小说。首登作品，即旗籍报人文实权（笔名市隐）的小

[①] 老舍：《怎样写小说》，《文史杂志》，1941年第1卷第8期。
[②] 老舍：《想北平》，《宇宙风》，1936年第19期。

说《米虎》。以后，各报都陆续刊载有用北京话撰写的通俗小说，颇受广大北京市民欢迎。民国以来，一些记者以卖文为生，一人身兼数报工作，同时分别在几家报纸连载数篇小说。根据长白山人管翼贤《北京报纸小史》[①] 提供的资料，可知清末民初一批旗籍报人小说家的简况如下：

文实权，名耀，笔名市隐，又名燕市酒徒。《公益报》、《京师公报》《燕都报》社长。自《公益报》始载小说《米虎》后，还在《爱国白话报》、《燕都报》载有《西太后传》、《梅福结婚记》、《武圣传》、《闺中宝》等。

蔡友梅，又名松友梅，笔名损公。《进化报》社长，《公益报》编辑。小说《小额》载于《进化报》，《新鲜滋味》数十种分别载于《顺天时报》、《京话日报》。

王冷佛，名王咏湘，《公益报》、《爱国白话报》编辑。据市隐提供的材料著小说《春阿氏》载于《爱国白话报》。

李仲梯，本名志恺，笔名啸天。《官话政报》社长，《平报》、《实事白话报》编辑，以小说《京尘影》著称。

穆儒丏，名穆都哩，字辰公，六田。《国华报》编辑。小说《梅兰芳》先后连载于《国华报》、《群强报》、《盛京时报》。

勋芯臣，《群强报》编辑，著《白话聊斋》刊于《群强报》。

上述报载白话小说，大都稍纵即逝，只有几部，随即印成单行本。其中有的出现得早一些，如蔡友梅的《小额》，于光绪三十四年（1908）出版，并传到日本，至今仍有新版发行；王冷佛的《春阿氏》，于宣统三年（1911）出版，在20世纪二三十年代曾一再出版。稍晚些的，有穆儒丏的写北京生活的小说。穆儒丏1919年初到沈阳日资《盛京日报》当编辑，1923年发表的小说《北京》，也出有单行本。

不大可能找到材料说明，老舍动笔写小说之前，曾经读过这一类作品。老舍是否看过这些描写北京和旗人生活的通俗小说，这一点并不重要。重要的是这一创作潮流的存在。这些小说，用地道的北京话撰写反映北京城普通旗人生活故事，虽算不上是好作品，却也难得地为清末民初旗人急剧变化的生活留下了一些真实的描写。这些作者缺乏"新文学"的思

---

① 《新闻学集成》，"中华新闻学院"，1943年。

想指导，他们的创作思想仅为开通民智，劝善惩恶。加上穆儒丐、王冷佛20世纪20年代后一直在沈阳，伪满洲国时期仍为日系报纸编辑，穆儒丐的长篇历史小说《福昭创业记》还在1937年获得"民生部大臣文学赏"。这些原因，都使这一批作家的作品后来不再被人提起了。他们没有，也不可能尽到创造以新文学形式描写满族生活作品的责任。

真正能够用新文学的形式，以时代的先进思想审视历史，用上乘的艺术笔墨来描写旗人生活的重任，责无旁贷地落在了老舍肩上。

老舍从开始进行文学创作起，就继承着从《红楼梦》到清末民初这批旗人京话小说的传统，用纯熟的北京话写他所知道的人和事。可是，由于长久地不具备能够创作直接描写旗人生活历史的作品的客观条件，使他最熟悉、最想写的内容，几十年没有写成。好容易等到了60年代初，似乎时机到了。1961年起，意识形态领域里的政策做了调整，使得学术空气和文艺创作重新活跃起来。中共领导同志与老舍谈话中，对满族本身和清朝开始几个皇帝的历史功绩作了很高的评价。清史研究也有了新突破，著名史学家刘大年发表了长篇学术论文《论康熙》，在用马克思主义批判封建主义和资产阶级反满派的同时，提出了康熙帝"在封建帝王里是一个杰出的，了不起的人物"，论证了康熙统治时期的历史应当肯定，尤其指出了："把清政权的统治看作是外国对中国的征服，这并非从阶级分析出发，而是从汉族与非汉族出发，那只会符合于资产阶级大汉族主义观点，或者是容易陷入这种观点的泥坑里。非常明显，康熙和清代前期的统治，使中国境内以汉族为主体的各民族的团结在他的漫长过程里达到了一个新的境地。"[①] 这一时期较为活跃的学术气氛，为作家自由选择题材提供了较为宽松的创作环境，终于使老舍在1961年底动笔，写作《正红旗下》这部他酝酿毕生的名著。

1962年3月的广州会议上，老舍第一次公开透露他写《正红旗下》的情景："近来，我正在写小说，受罪不小，要什么字都须想好久。"[②] 这位满族人民的优秀儿子，正用他积累了一生的才力，呕心沥血地，以家族为背景书写满族历史的鸿篇。可惜，只写了11章，才8万字，就被迫搁

---

① 刘大年：《论康熙》，《历史研究》，1961年第3期。
② 老舍：《戏剧语言——在全国话剧、歌剧、儿童剧作者座谈会上的发言》，《人民日报》，1962年4月10日。

笔了。

历史的悲剧没写完,现实的人生悲剧开始了。

当1966年4月末,这个"山雨欲来风满楼"的时节,中国"史无前例"的文化大革命的前夕,老舍到香山狼见沟去看望身处逆境的王莹、谢和赓夫妇。在这可能是他生前最后一次与老朋友倾心交谈中,吐露了他不能再写这部小说的痛苦心情。谢和赓于20世纪80年代初回忆老舍当时对王莹的谈话是:

"我自己,在过去十几年中,也吃了不少亏,耽误了不少创作的时间。您是知道的,我在美国曾告诉过您,我已考虑成熟,计划回国后便开始写以北京旧社会为背景的三部历史小说:第一部小说,从八国联军洗劫北京起,写我的家史;第二部小说,写旧社会许多苏州、扬州女子被拐卖到北京来,堕入'八大胡同'娼妓火坑的种种悲惨结局;第三部小说,写北京王公贵族,遗老遗少在玩蟋蟀斗蛐蛐中,钩心斗角,以及他们欺诈压迫下层平民的故事。可惜,这三部已有腹稿的书,恐怕永远不能动笔了!我可对您和谢先生说,这三部反映北京旧社会变迁、善恶、悲欢的小说,以后也永远无人能动笔了!……"老舍先生说到这里,情绪激烈,热泪不禁夺眶而出。王莹也很动感情,两个人相对无言,久久不能开口。我亦默坐一角,感慨万分。①

读着这段让人止不住落泪的叙述,不禁联想起《世说新语》中的"嵇中散临刑东市,神气不变。索琴弹之,奏《广陵散》。曲终曰:'袁孝尼尝请学此散,吾靳固不与,《广陵散》于今绝矣!'"老舍不到半部的"红楼",留下的是永远的遗憾!

二

粗略追踪一下写作动因的历史履痕,就会发现:老舍在40余年的创作

---

① 谢和赓:《老舍最后的作品——纪念老舍逝世十八周年》,《瞭望》1984年第39期。

生涯里，以作为满族作家的笔，写出北京满族下层人民的生活和整个满族发展兴衰的历史悲剧，始终是缠绕他心中的一个无法排遣的追求。这种沉重的心理悲剧，可以称为老舍精神世界中的"满族情结"。这种"满族清结"，可分为三个时期来观察。

第一个时期，是20世纪20年代到30年代初期。这正是辛亥革命推翻清朝统治，经过五四新文化运动，到第一次国内革命战争时期。满族的独特处境，复辟与反复辟的反复斗争，使得即使像老舍这样有强烈满族体认的作家，也自觉地将自己的情感融入整个爱国反帝的潮流中去。但在创作上，仍潜存着他特有的意识。满族语言学家罗常培教授，是老舍小学时的同学，一生的挚友。1944年，他在谈到老舍的时候，曾经披露了自己朋友的情感伤痕和最初选择北京满族生活题材写作的意向："由于幼年境遇的艰苦，情感上受了摧伤，他总拿冷眼把人们分成善恶两堆，疾恶如仇的愤激，正像替善人可以舍命的热情同样发达。这样相反相成的交错情绪，后来随时在他的作品里流露着。""老舍自有他'不废江河万古流'的地方……十年前他就想拿拳匪乱后的北平社会作背景写一部家传性质的历史小说。当时我极力鼓励他，并且替他请当地父老讲述，替他搜集义和团的材料，七年的流亡生活，遂不得不使这个计划停顿了。然而我还觉得只有他配写，只有他能写，他写出来的东西一定比瞬息京华和风声鹤唳一类的玩艺儿深厚，我尤其希望文艺界能够助成他的盛业！"[①] 当时，东北的伪满洲国已经成立。清代废帝溥仪已经登基做了日本侵略者的傀儡。罗常培的文章中，没有谈及老舍的旗籍以及"家传性质的历史小说"与北平满族生活的关系。但从这里可以看到，早在1934年，即创作日臻成熟的时候，北平满族人民的悲剧历史就已经进入了老舍文学选择的视野。幼年时候家庭的不幸遭遇，新文化熏陶下的觉醒者的历史沉思，使这一强烈的创作冲动成为他深深压抑在心中的欲望。

7年的流亡生活，使老舍的这一欲望没能得以实现。但他在自己的创作中，仍以不同的方式流露出那些特定的生活积累。如《正红旗下》中写的自己出生时的"洗三"的风俗，民国后一些人称呼"台甫"附庸风雅的习气等，都在《老张的哲学》中初有展现。下面引述的《辞王启》及与陈

---

① 罗莘田（常培）：《我与老舍——为老舍创作二十周年作》，《扫荡报·副刊》，1944年4月19日。

逸飞的交往，也透露了老舍满族生活的习性；而《歪毛儿》、《月牙儿》等小说中，又如罗常培所说，有他和老舍自身经历的许多影子。

1930年5月，曾在北京《实权日报》发表幽默讽刺小说《笔杆外史》的陈逸飞，是通俗文学团体"笑社"的成员。他们"包办"了邵飘萍主编的《京报》文艺版《小京报》。他慕名去拜访老舍未见，留下一封称老舍为"笑王"的信。老舍第二天立即写了一封回信给他，此信被称为《辞王启》："您封我为'笑王'，真是不敢当！依中国逻辑：王必有妃，王必有府，王必有八人大轿，而我无妃无府无大轿，其'不王'也明矣。我星期三（廿八）上午在家，您如愿来，请来；如不方便，改日我到您那儿去请安！"他们会面后谈的"多半是关于文艺方面的事"。老舍去青年会、师大讲演，还请陈逸飞去"站脚助威"。在写给陈逸飞的另一封问到"才子佳人小说算不算低级趣味的作品"的信里，老舍还谈道："才子佳人小说未必不好，惜写者不高明耳。其实西欧名著，多数是佳人才子的事儿，只看写法怎样耳。"[①] 从这些近于玩笑的回信与交往的忆述中，我们看到老舍那种深藏心底的天生的旗人幽默性格、对满族风俗习惯的熟悉和流露、对于写给下层人民看的通俗小说可贵的宽容的文学观念。老舍的这种旗人习惯与性格，他与北京下层旗人、汉人"三教九流"人物之间的感情联系，他对于一些朋友们的慷慨帮助，一直继续到他的晚年。[②]

第二个时期，是抗战爆发以后，20世纪30年代末到40年代。同样由于上述时代的原因，老舍不可能进入这个埋在心底的题材的写作，但这种精神世界中的"满族情绪"仍不断地在他的记忆中闪现。

1937年，老舍写了一个自传性的长篇小说《小人物自述》。完成了四

---

① 陈逸飞：《老舍早年在文坛上的活动》，《芒种》，1981年第9期。
② 黄秋耘叙述1960年春夏间与老舍的交往中说："时间一久，我发现常有些不寻常的客人来探望老舍先生。他们大都是年逾花甲的老人，有的还领着个小孩，一见到老舍先生，他们就照旗人的规矩，打千作揖行礼，一边还大声喝道：'给大哥请安！'老舍先生忙把他们扶起：'别……别这样！现如今不行那一套了，快坐下，咱哥俩好好聊聊。'接着就倒茶递烟，拿糖果给孩子吃。客人临走时，老舍先生总是从口袋里掏出一些钱来塞给对方，说是给孩子们买点心吃。老舍先生向我解释说：'唉，这些人都是几十年的老朋友了，当年有给行商当保镖的，有在天桥卖艺的，也有当过'臭脚巡'（旧社会的巡警）的。你读过我的《我这一辈子》、《断魂枪》、《方珍珠》吗？他们就是我作品中的模特儿啊！现在他们穷愁潦倒，我还有俩钱，'朋友有通财之义'嘛！别见笑，我这人是有点封建旧思想。'说罢自己先哈哈笑起来。而我却深深地被感动了。"（《不足为外人道也》，《中国青年报》，1981年1月11日）

五万字，但只发表了4节，约15000字，就因卢沟桥事变，爆发了全面的抗日战争，刊物停办，余下部分的稿子也就全都失落了。这是老舍写自己降生和幼年的故事片段。虽然主人公的名字是"王十成"，父亲不是护军，而是在外做生意，在"我"快到一周岁时，"死在了外乡"。全篇里也只字没有提到旗人。但是，从小说关于"我"的出生经历、家庭成员、贫穷处境、居住环境与生活习好等方面所描写的主要情节和细节来看，都与《正红旗下》有许多酷似和完全相同的地方。① 重新发现当时，这篇小说就被称为"是《正红旗下》的姐妹篇"②。这一"姐妹篇"揭示的老舍创作中这一题材的酝酿、深化过程，当然是极有价值的现象。

但我们更感兴趣的是它的产生所提供的关于作者内心世界的一点寓言：二十几年老舍生长的北京的旗人生活和他们沉重的悲剧，确已怎样成为老舍精神世界中挥之不去的"情结"。透过这些故事的表层意义，我们窥见了老舍情感中拥有的那个精神"宝地"。那里交织着他浓重的爱与恨，眷恋与诀别，追想与反思。小说第三节中，有这样一段深情的独白：

当我旅行去的时候，我看见高山大川和奇花异草，但是这些只是一些景物，伟丽吧，优秀吧，一过眼便不相干了，它们的伟丽或优秀到不了我的心里来，不能和我混成一个。反之，我若是看见个绿槐虫儿，我便马上看见那两株老槐，听见小姐姐的笑声，我不能把这些搁在一旁而还找到一个完整的自己；那是我的家，我生在那里，长在那里，那里的一草一砖都是我的生活标记。是的，我愿有这种私产，这样的家庭；假若你能明白我的意思——恐怕我是没有说得十分清楚——那么也许我不至于被误会了。不幸我到底是被误会了，被称为私产与家庭制度的拥护者，我也不想多去分辨，因为一想起幼年的生活，我的感情便掐住了我的理智，越说便越不近情理，爽性倒是少说的为是吧。

这份"幼年生活"，这份"私产"，是老舍人生中的珍藏，老舍创作中

---

① 《小人物自述》一至四节，初载于1937年8月1日天津《方舟》第39期，多年为佚文，经陈福康、张伟发现，重刊于1986年1月号《十月》杂志。本文以上比较，参见陈福康、张伟：《谈老舍的〈小人物自述〉》，北京《十月》，1986年1月第1期。

② 舍济：《给陈福康》，见张伟信，《谈老舍的〈小人物自述〉》，《十月》，1986年第1期。

割舍不断的潜在的冲动。有了这份精神的"私产",老舍才拥有了一个"完整的自己"。而这个"私产",这个"家庭",正是作为一个满族作家老舍的"精神家园"的象征,他的那种担心"被误会""我的意思"的"不幸"感,那种不得不"少说为是"的无奈的选择,第一次为我们非常清晰地透露了渴望进入这个创作领域但又被困惑缠绕不止的顽强而又矛盾的心理。这段话动人而珍贵。"没有说得十分清楚"的话里,吐露了20世纪满族作家老舍那颗真实的心,那种自我压抑的情愫。

抗日战争爆发,老舍以自己的笔,迅速投入了整个中华民族血与火的抗争。他没有再去寻找他"完整的自己"。但这种寻找"私产"的"记忆",仍不时在他动情的文字中闪光。1938年,老舍在一篇回述过去的文章中,讲了自己23岁那年生一场大病之前一段时间里,"与世界上的某个角落发生关系"的生活,"于是我去看戏,逛公园,喝酒,买'大喜'烟吃。因为看戏有了瘾,我更进一步去和友人们学几句,赶到酒酣耳热的时节,我也能喊两嗓子;好歹不管,喊喊总是痛快的"。"也学会了打牌",虽然"结果是回回一败涂地……只要有人张罗,我便坐下了"。文章附的《著者略历》中,自述"生于北平,三岁失怙,可谓无父,志学之年,帝王不存,可谓无君。无父无君,特别孝爱老母,布尔乔亚之仁未能一扫空也"①。这"某个角落"的短暂尝试和"略历"的自白,或许流露了老舍内心对没落旗人生活的自省与人格的自珍。

1942年,母亲在北京去世了。差不多一年之后老舍才得到这个不幸的消息。他在饱含血泪的怀念文章中,第一次详尽地回忆了母亲的身世,自己艰难的降生,父亲的死亡,家庭在八国联军烧杀北京时所遭遇的不幸,母亲撑持家境的坚强与酸辛,终生的刚强与贫苦,其中不仅包含了老舍对于母亲深厚感情的淋漓尽致的描写,在一些真实情景和生活细节上,也已经有后来《正红旗下》中故事隐约的呈现,但全文回避了"旗人"的事实和父亲牺牲的悲剧。个中苦衷不言而知。文章结尾说:"生命是母亲给我的。我之能长大成人,是母亲的血汗灌养的。我之能成为一个不十分坏的人,是母亲感化的。我的性格,习惯,是母亲传给的。她一世未曾享过一天福,临死还吃的是粗粮。唉!还说什么呢?心痛!心痛!心痛!"② 老舍

---

① 老舍:《小型的复活——〈自传之一章〉》,《宇宙风》,1938年第60期。
② 老舍:《我的母亲》,《时事新报·青光》,1943年1月13日。

三呼"心痛"的，除了母亲一生悲剧的经历之外，是他没有用笔描写出她所代表的那个时代的人群所承载的历史悲剧。这种"精神情结"，多少倾注在他此后开始的并于美国之行中完成的长篇巨著《四世同堂》的创作之中。他以母亲居住和自己生长的"小羊圈胡同"作为小说的生活背景，这是一种隐在的选择。尽管小说没有标明写旗人的生活，"祁家老人"也并非"旗人"老者的暗示。

第三个时期，是20世纪五六十年代，也就是从1957年到1964年。由于科学的民族观念和民族政策的发展实施，也由于在一定的时间里文学创作空气的相对宽松，长期郁积于老舍精神世界中的"满族情结"，获得了前所未有的释放的机遇。这一释放的标志，就是《茶馆》和《正红旗下》的产生。

1957年，老舍发表了《茶馆》，并于第二年获得了演出的成功。这个由三个时代生活片段构成的半个多世纪中国社会的缩影，倾注了老舍对于整个中国民族命运历史变迁的鲜明爱憎和沉痛思考。最精彩的第一幕里创造了描写满族生活的空间。生活悲剧的记忆背景，由一个小小的胡同移向一个清末的茶馆，找到了一个更能充分展示上下各个阶层满族和汉族人民生活的场景。在人物形象和行为所体现的强烈的社会批判意识中，谱写了一曲那个时代必然灭亡的挽歌。剧中描写的常四爷、松二爷等栩栩如生的"小人物"，"怎么活着和怎么死的"过程[①]，倾注了老舍对于满族没落八旗子弟与下层人民生活、命运悲剧深刻的理解。老舍对于满族人民形象的塑造和精神世界的探索，为中国现代文学和话剧舞台带来了世纪性的突破。这也是老舍的"满族情结"在文学创作中的第一次正面的释放。老舍有一个"庞大的创作计划"[②]。由于"反右派"斗争的政治气候与自身处境的突然变化，他没有可能沿着熟悉题材的思路继续写下去，使得成功地染指成为一次"试探"。

1959年，老舍为国庆10周年所写的一篇文章《宝地》中，在倾诉对新社会真挚情感的同时，作为新与旧的对比，也忆述了自己降生时八国联

[①] 老舍：《谈〈茶馆〉》，《中国青年报》，1958年4月4日。
[②] 胡絜青说："他想写的东西还多得很，像《茶馆》那样的作品，不过是他庞大的创作计划的一部分。"（王行之：《老舍夫人谈老舍》，见胡絜青编：《老舍写作生涯》，百花文艺出版社1981年版）

上　编

军怎样"杀入了城墙坚厚的北京城","洋刽子手们"怎样大肆烧杀抢掠,他的家经历怎样悲惨的遭遇。在这里,老舍似乎是第一次以文字形式,写到了父亲的惨死与保卫紫禁城之间的联系①。这标志老舍朝向通过撰写自传体小说来描绘满族民族悲剧史诗性作品的一个心理突破。

紧接着,1960年在全国纪念义和团起义60周年之际,老舍放下手中别的写作打算,很快创作了话剧《神拳》②。这个剧本从讴歌人民群众反对帝国主义的英雄精神的视角,正面涉及了清末民族巨大的历史遗恨。老舍从史料传说和研究文章的阅读、剧本的写作中,进一步丰富了"用新的眼光"评论历史观念,也获得了精神世界中"满族情结"释放的一种更大的自由。

在为这个剧本出版所写的后记中,他讲了自己"为什么这样关心义和团"的原因。老舍敞开心扉,非常详细地讲述了在那场空前的民族劫难中,对自己家庭悲惨遭遇的"记忆":"自从我开始记事,直到老母病逝,我听过多少多少次她的关于八国联军罪行的含泪追述。"这些追述,怎样"深深印在我的心中,难以磨灭"。而这些"比童话中巨口獠牙的恶魔更为凶暴"的兽行,"是直接与我们一家人有关的事实"。他非常具体地讲述了父亲作为每月领三两饷银的"保卫皇城"的"护军",怎样在"与联军巷战时阵亡"的悲壮与凄惨的情景。作为一个爱国者老舍,心中压抑多年的家国仇,民族恨,从一个侧面得到了释放。"不管剧本写得好坏,我总算吐出了一口气,积压了几十年的那口气!"③

科学地评价满族和清朝历史功过的思潮升华了老舍悲剧意识的境界。时代政治空气的短暂宽松,给老舍的"满族情结"带来了最佳释放的契机。《神拳》的生产,使老舍获得了进入对于满族整体悲剧更深层探讨的

---

①　老舍说:"那时候,我的父亲,带着生了锈的腰刀,去保卫紫禁城。太后和皇上偷偷地溜出宫门,落荒而逃。全城人民的命运就这么交给了炮火与洋兵。我的父亲没有再回来,没人知道他的尸骨何在。后来,他的棺材里只有一张纸,上面写着他的姓名!"(《宝地》,见《北京日报》1955年9月30日)

②　王培说,老舍正在着手写剧本《天桥》,但一天对他说:"天桥的事儿,咱们先放一放,我考虑,先写一个义和团运动的戏。"原来,老舍先生当时参加了在人民大会堂召开的义和团运动60周年纪念大会,在会上民主德国代表团把当年德国瓦德西统帅的侵略军从中国掠去的义和团团旗杆头——一个紧握的金色拳头,交还给周总理。此事使老舍万分激动。(王培:《忆老舍先生的教益》,见《戏剧报》1984年7月)

③　老舍:《吐了一口气》,《光明日报》,1961年2月21日。

219

理性的和情感心理的基石，毛泽东等中央领导人物亲自同老舍重新评说满族和康熙等皇帝的历史功绩，说满族是个了不起的民族，为中华民族大家庭做出过伟大的贡献。当时，老舍又开始明确地以满族作家身份，到内蒙古等地满族家庭访问，浮现于与他多年关切的现实生活漩涡。这些都促进了老舍进入写作以满族生活为题材自传体小说的冲动和热情。[①]

扫描满族精神情结的释放过程，从一个侧面揭示了老舍创作《正红旗下》的心理依据。

三

《正红旗下》围绕清朝末年八国联军入侵北京时自己家庭生活的背景，展开的是三重历史悲剧：一个是作者自己家庭苦难遭遇的悲剧，一个是中华民族被侵略者烧杀凌辱和奋起抗争的悲剧，一个是自己隶属的满族由盛而衰的悲剧。这三层悲剧又构成一个不可分割的整体。按照预想，这是个史诗性规模的作品，容纳下酝酿已久的这些深宏的思考，是没有问题的，在他没有可能完成的这部著作中，三个方面的悲剧都没有得到充分地展开。但在这三重悲剧中，前两种悲剧在小说《小人物自述》、散文《我的母亲》、《吐了一口气》，话剧《茶馆》、《神拳》中，都多少有过一些接近于这部小说的真实的描写，而关于最后一层悲剧，可以说到了《正红旗

[①] 1961年6月10日，周恩来接见嵯峨浩、溥杰、溥仪等人时，老舍和夫人胡絜青在座。周总理说，老舍是"满族的杰出人物"，"是一位名作家"。（《周恩来选集》下册，第130页）胡絜青说："有次总理宴请溥仪及其家族，因为老舍和我也是满族人，总理就把我们请去作陪。席间总理说，一个溥仪，一个老舍，都是满族人，过去一个是皇帝，一个是穷旗人，非但不能坐在一起，就是见了面大家也都要给皇帝下跪，今天，我们三个人都坐到了一张桌旁，变化真大啊！"（《周总理对老舍的关怀和教诲》，见《人民戏剧》1978年2月）1961年8、9月，老舍与叶圣陶、曹禺等往内蒙古参观，曾访呼和浩特的两户满族居民。据叶圣陶说："老舍为满族，有意访同族之家，询其状况。"归后，于11月发表散文《新城喜见百花新》。约1962年11月前，老舍应命润色、修改溥仪《我的前半生》一书原稿。他说："这本书总的印象是很好的。看了之后，认识了很多人，都是原先想不到的，原来那些人是这种样子。很有教育意义。溥仪这个人的变化，真是了不起。"（于浩成：《老舍先生为〈我的前半生〉改稿记实》，见《新文学史料》，1984年3月）楼适夷说：有一次上他家去，问他近来写些什么？他说："什么也没写，正在当'奴才'呀，替我们'皇帝'润色稿子呢！"（《忆老舍》，见《新文学史料》，1978年1月）此事已为写《正红旗下》搁笔之后了。

下》，才得到基于深思熟虑而产生的真正揭示。《正红旗下》里老舍最富现代性思考的精髓就在这里。因此，"满族情结"，本质上是以形象呈现对历史兴衰深层反思的追求，是以满族为典型文本，对于整体民族性弱点进行社会批评的欲望。

小说从不同的侧面展露了老舍对这一深层悲剧的痛苦心境和思考。第一，围绕自己的降生，描写了没落八旗子弟的空虚与沉沦。作者特别写了大姐的婆婆一家，大姐前来看这个新降生的小弟弟的时候，一边为母亲的昏迷不醒而落泪，一边又为小弟弟的诞生而高兴。就在这时，通过自传体小说主人公的口，作了这样的叙述："我只赶上了大清皇朝的'残灯末庙'。在这个日落西山的残景里，尽管大姐婆婆仍然常常吹她是子爵的女儿、佐领的太太，可是谁也明白她是虚张声势，威风只在嘴皮子上了。是呀，连向他讨债的卖烧饼的都敢指着她的鼻子说：'吃了烧饼不还钱，怎么，还有理吗？'至于我们穷旗兵们，虽然好歹的还有点铁杆庄稼，可是已经觉得脖子上仿佛有根绳子，越勒越紧！"这位"亲家爹"，虽是武职，"四品顶戴的佐领"，却不大爱谈怎么带兵与打仗，"我曾问过他是否会骑马射箭，他的回答是咳嗽了一阵，而后马上又说起养鸟的技术来"。"他似乎已经忘了自己是个武官，而把毕生的精力都花费在如何使小罐小铲、咳嗽与发笑都含有高度的艺术性，从而随时沉醉在小刺激与小趣味里"，"他一讲起养鸟、养蝈蝈与蛐蛐的经验，便忘了时间"。他的儿子"大姐夫"，是"不会骑马的骁骑校"。跟他的爸爸差不多，玩耍，花钱。从初一到十五，他逛遍了京城所有的庙会，他来贺喜的时候，对着刚降生不到一个月的孩子说："小弟弟，快快地长大，我带你玩去！咱们旗人，别的不行，要讲吃喝玩乐，你记住吧，天下第一！"

老舍以似乎不动声色，非常平淡的笔调，在这样一些人物的叙述中，接近着对全盘历史真实的自省与逼视：

二百多年积下的历史尘垢，使一般的旗人既忘了自谴，也忘了自励。我们创造了一种独具风格的生活方式：有钱的真讲究，没钱的穷讲究。生命就这么沉浮在有讲究的一汪死水里。是呀，以大姐的公公来说吧，他为官如何，和会不会冲锋陷阵，倒似乎都是次要的。他和他的亲友仿佛一致认为他应当食王禄，唱快书，和养四只靛颏儿。同样的，大姐丈不仅满意他的"满天飞元宝",而且情愿随时为一只鸽子而牺牲了自己。是,不管他去办多么要紧的公事或私事,他的眼睛总看着天空,决不考虑可能撞倒一位老太太或自己的头上碰个大包。他必须看着天空。万一有那么一只掉了队的鸽子,飞的很低,东张西望,分明是十分疲乏,急于找个地方休息一下。见此光景,就是身带十万火急的军令,他也得飞跑回家,放起几只鸽子,把那只自天而降的"元宝"裹了下来。能够这样俘获一只别人家的鸽子,对大姐夫来说,实在是最大最美的享受!至于因此而引起纠纷,那,他就敢拿刀动杖,舍命不舍鸽子,吓得大姐浑身颤抖。

是,他们老爷们儿俩都有聪明、能力、细心,但都用在从微不足道的事物中得到享受与刺激。他们在蛐蛐罐子、鸽铃、干炸丸子……等等上提高了文化,可是对于天下大事一无所知。他们的一生像做着个细巧的、明白而又有点糊涂的梦。

第二,老舍从清代腐败了的八旗制度上,揭示了这些旗人过着醉生梦死生活的根源。大姐家的公公和丈夫,成天过着这样"梦"一样的生活,是因为"他们老爷俩到时候就领银子,终年都有老米吃,干吗注意天有多么高,地有多么厚呢?生活的意义,在他们父子看来,就是每天要玩耍,玩得细致,考究,入迷"。不知是旗人还是汉人的姑父,是位"耗财买脸的京戏票友儿";可他死后,"我"姑母也每月照样可以"去领好几份钱粮",过着"怪舒服"的日子,成了"我们小胡同里的'财主'",老舍对于这种"铁杆庄稼"的制度,在《茶馆》里,就以剧中人物的口,作过形象的批判。到这部小说里,他以"传主"的语气,进一步作了理性的剖析。讲到福海二哥的时候,他说,"按照我们的佐领制度,旗人是没有什么自由的,不准随便离开本旗,随便出京;尽管可以去学手艺,可是难免受人家的轻视。他应该去当兵,骑马射箭,保卫大清皇朝。可是,旗族人口越来越多,而骑兵的数目是有定额的。于是,老大老二也许补上缺,吃上钱粮,而老三老四就只好赋闲。这样,一家子若有几个白丁,生活就不能不越来越困难。这种制度曾经扫南荡北,打下天下;这种制度可也逐渐使旗人失去自由,失去自信,还有多少人终身失业"。老舍一家,遭遇的正是这样悲惨的命运。"是呀,在我降生的前后,我们的铁杆儿庄稼虽然依然存在,可是逐渐有点歉收了,分量不足,成色不高。赊欠已成了一种制度。"这种制度造成了一代又一代旗人生活能力和自信心的丧失。丧失生活能力的依附性，使他们反对一切变革，成为没落制度的殉葬者；丧失了自信心，使他们失去自我再生的勇气。

小说里写到，多二爷在旗下衙门里当个小差事，收入不多，却从不在王掌柜的店里赊账。他的哥哥多老大不大要强，又懒又馋，好贪小便宜。他抱着"这年头，什么都是洋的好"的发财心情，入了基督教。他沾沾自喜地与弟弟感激牧师说："他让我入了查经班，白送给我一本《圣经》，还给了我两吊钱！"于是，弟弟多老二与他有这样的对话：

"大哥！你忘了咱们是大清国的人吗？饿死，我不能去巴结洋鬼子！"多老二斩钉截铁地说。

"大清国？哈哈！"多老大冷笑着："连咱们的皇上也怕洋人！"

"说的好！"多老二真急了。"你要是真敢信洋教，大哥，别怪我不准你再进我的门！"

"你敢！我是你哥哥，亲哥哥！我高兴几时来就几时来！"多老大气哼哼地走出去。

老舍接着这段对话说："一个比别的民族都高着一等的旗人若是失去自信，像多老大这样，他便对一切都失去信心。"到了这个地步，这个民族，遇到内部革命力量的冲击与外来侵略势力的凌辱，它的走向衰落，也就是必然的了。虽然只是一部大作品的开始，老舍已经通过情节发展与人物形象，暗示了这个民族悲剧的结局。这正是《正红旗下》区别于一般为一个生身的民族立史、展示满族风俗人情、描写下层市民悲苦命运的小说之根本所在。

说老舍通过这部小说传达他精神世界中的"满族情结"，当然不是那些大清王朝遗老遗少的顽固、腐朽的复旧心态，不是老舍自身面对西方新思潮冲击而产生的对传统文化的怀旧情绪，也不是将封建宗法社会东方文明美化的民粹主义思想残留，更不是所谓的"市民作家"在深切关怀与批判时流露出的市民阶层的保守性。这是一个具有巨大民族良知的作家，在痛苦地寻找民族生命的"根"与"脉"，是一种用现代思想与眼光，对这个民族的冷峻而热烈的审视，是以大智慧大悲悯的人文关怀走进历史矿藏的开掘。透过老舍从《茶馆》到《正红旗下》的满族题材、人物命运的生活风云和活跃脉搏，我们似乎触摸到了那颗"民族魂"伟大心脏的跳动。老舍悲剧意识根源于这样一种驱动力："这个民族怎么会这样？"

《正红旗下》试图回答的正是这个问题。《茶馆》第二幕，因为说了句"我看，大清国要完"的话，被抓起来蹲了几年牢狱，放出来后的常四爷，说了这样一段话："闹来闹去，大清国到底亡了。该亡！我是旗人，可是我得说公道话！……我是旗人，旗人也是中国人哪！"老舍描写满族这个独特的民族由盛而衰的悲剧，以及对于这一近300年历史现象的反思，已经不是局限于一个民族本身爱与憎的狭隘感情，而是站在一个现代作家历史意识觉醒的立场上，以现代性的眼光，怀有对于古老的辉煌而多灾多难的中国，对于由黑暗走向新生的中华民族一份深深的厚爱，将这一令他痛苦的历史现象，作为整个中华民族的精神遗产，进行思考，进行形象的复制，给自己，也给后代人，留下"记忆"，留下历史，留下一份饱含着血与泪的教训。

1935年9月22日，老舍在天津《大公报》上发表了短篇小说《断魂枪》。这个"把十万字的材料写成五千字的一个短篇"，表现的是三个人一桩事，"他们的一切都在我心中想过了许多回"①。小说末尾是这样的："夜静人稀，沙子龙关好了小门，一气把六十四枪刺下来；而后，挂着枪，望着天上的群星，想起当年，在野店荒林的威风。叹一口气，用手指慢慢摸着凉滑的枪身，又微微一笑，'不传！不传！'"这篇在今天看来也是老舍最为精彩的短篇小说里，似乎不是传达一般"怀旧"的情绪，似乎也不是仅仅泄露对自己艺术珍爱的襟怀，而是包含了一个意味很深的"寓言"。老舍后来曾说过，一些或是旗人，或是按照旗人规矩待他的北京社会下层的"老朋友"，怎样一直是他的小说《我这一辈子》、《断魂枪》等"作品中的模特儿"②。《断魂枪》中的沙子龙，是不是旗人并不重要。重要的是这个人物的寓言性质。正是他，把一手"五虎断魂枪"，视为自己生命的精魂。但时代变化了，武艺不时兴了，自己的镖局改成了客栈，自己的徒弟也以去学的武功当成谋生的工具，而前来一心想学"绝活"的老人，不是心怀异路，也是日薄西山了。沙子龙断然拒绝了学艺者最后的请求。于

---

① 老舍：《我怎样写短篇小说》，《宇宙风》，1936年第8期。
② 黄秋耘：《不足为外人道也》，《中国青年报》，1981年1月11日。

夜静人稀时，想起"当年"在"荒林野店的威风"，重温一身熟练的武艺，微笑中含有多少悲凉："不传！不传！"他太爱他的这一个生命的精魂了。他不是"不传"，而是清楚知道已经"不可能传"。在沙子龙的"不传！不传！"的叹息里，隐藏着老舍内心深处一个痛苦眷恋的精神世界。从20世纪的20年代到50年代，老舍这个精神世界中的意识，始终处于被压抑的状态。它像一个巨大的梦缠绕着他的灵魂。这个"梦"刚刚用血与泪写在文字上，老舍就停笔了。

《正红旗下》这部永远"未完成"的交响诗，留给我们这个世纪和下一个世纪的，永远是这样一声："不传！不传！"

（原载《北京大学学报（哲学社会科学版）》1999年第5期）

侠女玉娇龙说："我是旗人"

——论王度庐"鹤—铁"系列小说的清代旗人形象

张菊玲

　　古老的中华民族文化是由各个民族长期不断融合而形成的多元文化，能够从不同时期、不同民族加入的不同贡献进行分析，方才算是真正接触到中华民族文化的特质。可惜，成王败寇的思维习惯，常让人们对于失败一方加以遗忘，致使一些民族消失在历史长河中，连同他们曾经的民族文化，亦未能幸免。2011年，是辛亥革命一百周年，我们应当庆祝推翻封建王朝的历史性胜利，同时，也不能再对埋藏在历史深处的满洲民族的文化精神，以及他们对中华民族文化的贡献，持续着或痛加贬抑，或视而不见的研究态势了。满族入关，满族统治者入主中原，促成了满、汉文化迅速融合，近三四百年来，满族作家十分擅长通俗小说的创作，曾先后为中华民族文化做出过卓越贡献。本文打算循此思路，审视一下旗籍作家王度庐，他在满洲贵族退出中国政治舞台的民国年间，当往昔的豪强统治已变成耻辱伤痛、富贵特权已转为贫穷无能的时候，也与众多满族人群一样，悄然地抹去民族身份，隐忍不语；而作为新的一代人，为了寻求生活出路，他又承继着自己民族的优秀文化传统，选择写作不被文坛重视的武侠小说，用通俗艺术的曲笔，编织逝去王朝里活跃过的人物故事，并以其独有的悲情，重评自己民族的文化精神，进而开创了武侠言情小说中"悲剧侠情"一派，从一个侧面，为曾经发生的民族悲剧，留下沉重的历史遗响。限于篇幅，这里，我们仅先从他在中国现代文学史上留下的一群鲜活动人的清代旗人形象入手，做一些初步的分析与探讨。

上　编

一、国破病弱度庐走笔书写人间悲剧侠情

　　王度庐本名王霄羽，北京旗人。民国十五年（1926）年方17岁，即向《小小日报》投稿，开始发表小说；以后又以"柳今"为笔名，在《小小日报》的《谈天》专栏，连载杂文[①]。这些杂文，让我们看到，他从懂事起，已是中华民国的公民，既在故都北京土生土长，又接受过新文化运动思想的启蒙。当见到民国后北京的萧条、北京人的穷困之后，曾经说：民国已经过了19年，"到如今，大清国歇业，溥掌柜回老家——忍着走了——政府又一迁移，机关又一裁员，只好穷愁坐困"[②]，面对北京成了"穷北平"，"百业萧条，民生凋敝，破坏的皇城，闭门的商店，斜阳衰柳，那一点不表现出它的穷像呢"[③]。这个北京旗人，根据自身的种种遭遇，对于社会、对于人生，自然产生着无限慨叹："'白云苍狗，变幻无常'这是说天际浮云的变态，而喻人世的沧桑。实在的，人世匆匆，社会间的生活竞争，金钱魔力，真是变幻万端。""得意者不必忧，穷人将来未必不发财，坐汽车者将来虽未必至于要饭，而也许瞰窝头；人生在世，浑似一梦，一切事业，也正如浮云。"[④] 可是，当"北京城的老哥儿们，自从迁都以后，享了太'平'以后，全都有些感觉不受用"时，青年王霄羽还是满怀期望地说："我是在北京生长起来的人。""我最希望在北京未恢复以前，大家就振起精神来，建设它，布置它，改良它。"[⑤] 看到自己的父老乡亲由故国的独尊地位，下落到如今穷苦无聊境地，要唤起他们的民族自立自强精神，他认为需要有影响平民大众的平民文学家出现，于是，1930年4月12日在《小小日报》发表了一篇题为《一位平民文学家》重要短文。文章开端即说明："世界本来是平民的世界，尤其是文学家更要有一种平民

[①] 王度庐的子女在21世纪初，经过辛勤努力，从旧报纸中，找到许多原著，为我们研究王度庐的思想与创作，提供了极为珍贵资料。本文以下所引旧报资料，均蒙王度庐之女王芹女士提供，在此深表谢忱！
[②] 《小算盘》，载1930年5月20日《小小日报》。
[③] 《无聊的北平》，载1930年6月5日《小小日报》。
[④] 《浮云变幻》，载1930年9月18日《小小日报》。
[⑤] 《恢复北京》，载1930年5月7日《小小日报》。

化的精神，他才能够用文学的力量，来转移风化，陶冶民情。"进而推崇说："作《水浒》的施耐庵，作《红楼梦》的曹雪芹，以及唐诗人中的元、白，元曲中的关、白、马、郑，宋词中的柳、张，以及近代吴趼人、李伯元等小说家，他们都是平民文学家。"正是这种对文学作用的认识与对平民作家的推崇，他才在报纸上发表小说、撰写杂文。刚刚20岁出头的他，当然不是前清遗老式的"沧桑劫数之过来人"。他曾痛定思痛、冷静地分析出自己民族的今昔状况："北平早先是个首都，富丽奢华，甲于天下，居住的人民，多半是不耕而食，不工而用的，而且奢华性成，一旦失其凭依，街市冷落，生活维艰。"① 而在《一位平民文学家》中，也就能够更进一步指出："大鼓，可以说是民间的一种娱乐了；清朝之所以亡国，就是因为这能使士大夫晏安苟乐，养成人民懒惰性的大鼓所致；这袅袅的亡国之音，到了如今，只好堕落到落子馆里。"王霄羽总结出北京旗人沉迷于亡国之音的历史教训，心情是极其沉痛的；可是，对于自己民族的此种民间娱乐十分留恋的他，并未全盘否定，也还从这鼓响铿铿之中，找到了"其中有一种哀婉慷慨之音；就是韩小窗所编著的"作品，所以在文章的后半部分，详细写下对韩小窗的评介："韩小窗是前清人，大半还是旗籍；就他所编的《露泪缘》（十余段）、《宁武关》、《长坂坡》、《得钞傲妻》、《刺虎》……看来，这人确实是位有天才，有才藻，有思想的文学家；他能把他这种才学，不去作八股，不去批试帖，而能够来编大鼓，他的平民思想可见了，他的环境可见了，而他的清高也可见了。更有一件，我们听他所编的大鼓词中，颇有一种讽世，唤世，奖忠，崇孝之意；或者此人也许是个生在清末浇漓之世，而又怀才不遇，借此警众而别具一种可怜的深心者罢!?"在对清代著名的八旗子弟书作家韩小窗创作所包含之立意，及其借此警示民众之深心，给予了高度评价的同时，依稀能看到其对王霄羽本人创作方式的选择与创作思想倾向，均有着深刻影响。这篇文章的主旨是提倡做平民文学家，其实这也正是王霄羽的创作目的，亦如他在另一篇文章所表示的："一切文学艺术，以余暇出之，正可以抒发性灵，培养志气，表现自己人格。"②

民国以后的中国，军阀割据，战乱不断，民不聊生。王霄羽说："民

---

① 《乞丐》，载1930年9月12日《小小日报》。
② 《由线定书说起》，载1930年9月1日《小小日报》。

国自有史以来，就是'战'的历史。"①"在中国数十年的国家里，不独国势衰微，政治混乱，社会堕落，民生艰苦，尤其在我们的心灵上，都印着它的恶影响之深痕。"尤其是日寇铁蹄已将东北三省蹂躏，对着原本象征团圆的月亮，现在却照在山河破碎的大地，王霄羽叹息道："它，那寒澹的光明，照到我们凄沉的神州，尤其是那故乡破碎，历险逃难进关的东北同胞。咳！我不知他们，将要愁肠几转！！"② 20世纪30年代中期，王霄羽为了谋生，离开北京，四处辗转，于民国二十八年（1939）夏，寄居已是沦陷区的青岛，病弱的他，不能像自己兄弟那样奔赴抗敌前沿，无奈之下开始了长篇悲剧侠情小说的写作，在第一部《宝剑金钗》的自序中，他说：

频年饥驱远游，秦楚燕赵之间，跋涉迨遍。屡经坎坷，备尝世味，益感人间侠士之不可无。兼以情场爱迹，所见亦多，大都财色相欺，优柔自误，因是又拟以任侠与爱情并言之，庶使英雄肝胆亦有旖旎之思，儿女痴情不尽娇柔之态。此《宝剑金钗》之所由作也。去岁春间，自京来青岛，闲居无俚，遂日写一二千言，刊于《青岛新民报》，藉遣海滨风月，而销胸中块垒。③

这段文字明显表示，备尝世味之后，王霄羽对传统美好人性更为向往，在已被日寇占领的青岛，他改笔名为"度庐"，卖文维生，做起了"千古文人侠客梦"，将心中的梦想——呼唤回归传统的任侠仗义和儿女间真正的爱情，寄托于不被文坛看好、却深受平民喜爱的武侠小说的写作。其创作构思，是对旗籍前辈作家作品，如曹雪芹的《红楼梦》、文康的《儿女英雄传》的传承与发展，他独创性地写出悲剧侠情小说，蕴含着极为深沉的满族文化底蕴。清光绪二年（1876），文康出版《儿女英雄传》，全书缘起首回的回目是"开宗明义闲评儿女英雄 引古证今说人情天理"。开场的提纲是："侠烈英雄本色，温柔儿女家风，两般若说不相同，除是

---

① 《战》，载1930年8月2日《小小日报》。
② 《团圆月照破碎国家》，载1930年10月29日《小小日报》。
③ 《青岛新民报》社汇印《宝剑金钗》初版本。

痴人说梦。儿女无非天性,英雄不外人情,最怜儿女最英雄,才是人中龙凤。"① 很明显,王度庐上述自序的文字,完全与之相通。当他也写儿女英雄故事的通俗小说时,甚至给书中女主人公取名"玉娇龙",与《儿女英雄传》中女主人公十三妹的名字"何玉凤"相配,均含"人中龙凤"之意。他还特意在《宝剑金钗》第九回,专门描写德啸峰带着李慕白到燕喜堂戏院听戏,看的就是京戏《儿女英雄传》的轴子戏:"这出戏完了,就是大轴子的《悦来店能仁寺》,李慕白看见戏台上的那个十三妹,不由想起远在天涯的那位芳容、绝技兼备的俞秀莲姑娘。一阵惆怅的感情又扑在心头。这时德啸峰一面抽着水烟,一面向李慕白说:'你这样的青年侠士,应当配一位像十三妹这样的女侠才对。'"② 这一切都表明作者对《儿女英雄传》最熟悉不过了;但与此同时,他对《红楼梦》更是无比推崇,对宝、黛爱情悲剧有着深刻理解,加上深受悲怆纳兰词的影响,使得他在下笔时,没有沿着《儿女英雄传》的路子,写成妻妾美婢、功名富贵大团圆的俗套故事,而是于国破病弱的艰难处境中,选择继承《红楼梦》悲剧美学构思,饱含无限悲情,创作出包括《鹤惊昆仑》、《宝剑金钗》、《卧虎藏龙》、《铁骑银瓶》等五部作品,被称为《鹤—铁》系列小说,成了他"悲剧侠情"的武侠小说代表作。

二、抒发性灵为能文善武的侠女悲歌一曲

在"鹤—铁"系列小说中,最具艺术魅力的是《卧虎藏龙》中创造出动人心魄的侠女玉娇龙形象。玉娇龙曾在书中自报家门说:"我是旗人。"这样在民国小说中难得见到的旗人姑娘,有着无比美艳的容貌,却无女子的柔弱,她武艺高超,身怀奇技,又能诗会画,并写得一手好字,她的迷人之处,更在于她的敢作敢为,任性斗气的性格,深闺锁不住她那一颗驰放的心,她刻骨铭心地爱上了一个与她身份、地位完全不同的罗小虎,命中注定,这种异于凡响的、浪漫凄婉的爱情,铸成了一首人生慷慨昂壮的悲歌。王度庐能够给中国现代文学史留下如此令读者心灵震颤的旗人女性

---

① 《绘图正续儿女英雄全传》卷之一,上海锦章图书局石印,民国甲寅年版。
② 《宝剑金钗》第9回,群众出版社2000年版,第119页。

形象，当然也是与自己民族文化传统积淀分不开的。

由于民族文化习俗、社会时尚和地方风气的不同，形成中国南北方文化的差异，在清代尤显突出。江南经济繁荣，吴地文化发展迅速，于是出现了女作家创作的弹词大行于世，最为流行的是陈端生的《再生缘》，它详尽而大胆地叙述了一位压倒须眉的孟丽君的长篇故事，最为奇特的地方，是孟丽君女扮男装，得以中状元、当宰相；她与意中人皇甫少华难成姻缘的故事，也十分曲折，极具吸引力。汉族千百年来形成的传统积习里，认定女子无才便是德，女子无法走进社会，想要像男子那样猎取功名富贵，只有冒险地去女扮男装，这样，作者所描绘的孟丽君的成功典范，实现了千百年来无数汉族妇女的梦想，因此弹词《再生缘》得以在江南民间广泛传诵。

生活在白山黑水间的满洲民族，他们的妇女观，却非如此。从远古时代传承下来的大量萨满神话，诸如《天宫大战——恩切布库妈妈篇》、《乌布西奔妈妈》、《尼山萨满》等等，保留着众多的女性神祇，充分反映出远古时代妇女在部族中的崇高地位，并以神圣的力量，影响着一代又一代人的思想观念。在关外过渔猎生活时，满族女子除生儿育女外，也同男子一样参与采集、狩猎；而宗教生活中，还能充当萨满，是人与神之间的桥梁；征战杀伐时，又同样能成为骑马杀敌的英雄。到了清代，留在东北的旗人，仍然保留着这些民族文化的传统。康熙朝的黑龙江将军萨布素与夫人苏木，在抗击沙俄侵略第一线，并肩骑马，率兵作战，勇猛顽强，至今吉林省的宁安，仍流传着讲述他们英雄故事的长篇传说。至于到关内与汉民一起居住的旗人，满汉民族日益融合，许多原有的习俗，日渐失去；但旗人妇女不缠足，则是始终保持下来的民族习惯。清代初年，旗人妇女在街上骑马，亦是常见的现象。纳兰词中，有首著名的《浣溪沙·一半残阳下小楼》，后半阕这样写道："有个盈盈骑马过，薄妆浅黛亦风流，见人羞涩却回头。"① 才华洋溢的年轻词人，以俊美的形象，在清初的中国词坛，吹来一阵奇异的清风，这个骑在马上的满族少女，薄妆浅黛的风流体态、爽朗又带羞涩的举止，给读者一种簇新的艺术美感，为宋以来之词章中罕见。在乾隆朝创作《红楼梦》的曹雪芹，本着与江南汉族文人写作的一批

---

① 《饮水词笺校》卷5，辽宁教育出版社2001年版，第408页。

才子佳人小说不相同的艺术观,通过贾宝玉、林黛玉、薛宝钗的爱情、婚姻悲剧,创造了一个"古今不肖无双"、无比尊崇女儿的贾宝玉。还制造了一个"大观园"女儿国,让一个又一个才貌绝伦的少女,在大观园里,过着聪慧欢乐而终致凄美忧伤的生活。"阴盛阳衰"的贾府,从老祖宗贾母到凤辣子王熙凤,由妇女来掌握着府上下管理大权,充分表现出贾政、贾琏之辈,难以比拟的才能。《红楼梦》以迥然不同的妇女观,完成了自己在中华民族多元文化中独特的民族性。而清代末年的《儿女英雄传》塑造的为报父仇,身怀绝技,闯荡江湖,行侠仗义的十三妹,是由旗人作家继续创作出的自唐传奇后小说领域中断已久的女侠形象。

喜读纳兰词的王度庐,在20世纪"驱逐鞑虏"以后的时代里,满洲民族文化虽已存留不多,却还能密切接触到,耳濡目染中,凭着血浓于水的生命本能感受,得以传承着满族文化的神韵,创造出更具北方民族女子特殊魅力的侠女玉娇龙。故事刚开始,在北京居家时,玉娇龙是九门提督玉正堂的千金小姐,"乌黑的发上戴着个珠子穿成的蝴蝶,在灯影里不住颤动着。细条的身子上穿着件葱心绿的缎子旗袍,上面绣着红花,袖头露出点儿银鼠里子,大襟上的第一个钮扣上佩这一串珠子,是翠玉琢成的,垂着金穗子。两个金耳坠也在灯光下闪闪发光。这位小姐真似一条美丽而神秘的金龙一般"①。对这位美女,作者从她第一回出场起,不断反复地渲染,"小姐的容貌比衣饰艳丽";"真漂亮!画也画不了这么好的美人,简直是天仙";"这位小姐在老年人的眼中是端娴、安静,在中年人的眼中是秀丽温柔,而一般与她年纪差不多的人,又多羡慕她举止大方";她还"知书识字,才学挺高",闺房里充满淡雅书香,隔扇上嵌着许多小姐自己的书画。同时,作者也写到作为旗人家的闺女,她严格地遵守着旗人的伦理家规:"一早起来晨妆甫毕和每晚临睡前,还必须给母亲问安行礼";年满18岁时,梳上了头,换了装束,等待父母之命谈婚论嫁等等。如果只是如此写下去,小说直向言情方向发展,无甚新奇的地方,王度庐编写故事的彩笔特殊之处,就在他于言情之中,加进了武侠,又于武侠之中,加进了言情。《卧虎藏龙》极具吸引力的是这位雍容华艳的贵小姐,还有着令人惊讶的另一面:她以不为人知的神秘行踪,在京城只有星月微光的深

---

① 《卧虎藏龙》第3回,长江文艺出版社2006年版,第72页。

夜，穿着青衣，骑着青马，去铁小贝勒府盗走宝剑，在土城为救师娘碧眼狐狸而杀死官捕，将京城闹得人仰马翻，白天却像没事人一样的安闲，所作所为，无人知晓。而她心中却又深藏着难言的隐痛，在夜深人静时，神情凄惨地哭泣，"阖宅没有一个人知道，她的心绪更没有人晓得"……这样，故事越写越新奇了，于是，从小说第五回，开始倒叙往事缘起。

原来，玉娇龙前十几年住在遥远的新疆。作者倾注了无限感情，费尽心力地加以设计，让她短暂的一生，享尽了福，任惯了性，也受够了苦。玉娇龙最突出的性格是一个"独"字。玉娇龙任性随意，比十三妹更加独断独行，她独往独来，没有同伴，也不听任何劝告，决不为别人所左右。这与她高贵的旗人家庭出身密不可分，父亲在新疆且末县是钦命所差的领队大臣，尊贵无比。在边疆，在这样的家庭里，她这个天真活泼的旗人小姑娘，"七八岁之时就爱马，只要她的父母一时看不到，她就跑出宅去，见了衙门的马，她也不管是谁的，解下来，她一蹿就能骑上去，到城外跑半天，非得累得一头汗才回来。起先她也由马上摔下来过，可是到后来她的骑术也精了，最出名最劣性的伊犁马她都敢骑，而且驰骋如飞，控驭自如，衙中和营里的人没有不佩服的"①。于是，她会骑马，会拉弓射箭，还时常跟随父亲在山林里打猎。9 岁时，父亲为她请的家庭教师，原只应教她读书习字，却瞒着她父母，在神不知鬼不觉的情况下，偷偷地传授她武艺。几年后，逐渐长大的玉娇龙，不但学得经史、诗词、绘画、书文，也学得了武术。11 岁时，私窥了师父秘藏的《九华拳剑全书》。14 岁那年，师父要根据这两卷奇书，教玉娇龙一套新奇的剑法，并对她说："你的武艺可以说是完全学成了，再将我教你的那套剑法练熟，你就可以做一个女侠了。"② 也正是从这时起，玉娇龙与众不同的独特个性，更加充分地发展了。她对与师父的特别关系，十分警觉、慎行，甚至有连师父也未成想到的算计：为了不受师父掌控，她不露声色地设计将师父秘藏的剑法奇书弄到了自己手中；借着已经长大，就不再跟师父学习了；对师父后来带到新疆的"师娘"碧眼狐狸亦有防备，不但未受其制约，还强过她一头；师傅病死后，她去师父坟上，见到师父留在碑文上的诗，她很轻视师父说："真是个酸书生，无用的人！"

---

① 《卧虎藏龙》第 5 回，长江文艺出版社 2006 年版，第 143 页。
② 《卧虎藏龙》第 5 回，长江文艺出版社 2006 年版，第 145 页。

在荒凉的大沙漠里，凭着骑术好、剑法精、宝剑利，很快杀跑了众多企图抢劫的贼人，当她一个人策马前行时，"她心中想：听说和萨克的女子和蒙古姑娘，全都头梳两条小辫，自由自在地行走于沙漠，游猎于草原，现在我也这样打扮，有谁能认识我？我为什么不趁着这时到处去玩玩，试试我十载刻苦学来的武艺呢？"① 就在她想凭自己所向无敌的武艺，不雌伏深闺，而去做惊天动地的事情时，年已16岁的她，意外地遇到了雄壮健美、唱着昂壮歌儿的男子。这个男子叫罗小虎，是横行沙漠的大盗半天云。两个出身、经历、教养完全不同的年轻人，在茫茫草原上，火热地相爱了。罗小虎对美丽英武的玉娇龙一见倾心，玉娇龙也说："我虽是个富家小姐，但是我最喜爱天涯落魄的英雄！"② 彼此对这种爱恋都满怀激情、无限痴迷，可是，现实中这种无法解决的矛盾，又使他们以后的一生，付出了常人难以承受的悲苦代价。

因为她生性崇尚自然，不愿与表姐们一齐读《女四书》，使自己的行动受到约束；迷恋上勇武矫健的绿林英雄以后，他们共卧沙漠，对倾心曲，结下盟誓。罗小虎幻想与玉娇龙一起去走三山五岳；而毕竟是贵族千金的她，则要求罗小虎致力前途，改变身份，得了事、有了出身，再来她家求婚。当勇莽情深的罗小虎一次次冒险来与她会，她为一边骑着马，一边唱着悲曲，不顾一切地向她奔来的情人销魂；却同时又为之神伤，她责备他依然为盗，太没志气，恨他不长进。她厌恶安排给她的正在官场青云直上的丈夫鲁翰林，利用她高超的武艺与独特的个性，极力向这场婚姻抗争；对罗小虎这个魁梧刚强、英俊多情、飘零不幸的人，给予了无限深情。但是生在极重伦理的旗人家庭，她不能、也不愿违抗父母，而罗小虎却痴情地，甚至不顾生命危险地永远追求着她。在玉娇龙出嫁给鲁翰林的迎亲路上，罗小虎犹如一只猛虎，直奔喜轿，大闹京城。在《卧虎藏龙》第十二回，罗小虎救助陷入绝境的玉娇龙，作者写下了这对生死爱恋的情人，难舍难割却又无可奈何的一番声泪俱下的悲痛对话：

罗小虎又悄声说："我晓得你，虽然我已替你这么办了，你一定还是不愿跟我走。你是舍不得离开家，你也不能受外边的苦，我又怎能勉强

---

① 《卧虎藏龙》第6回，长江文艺出版社2006年版，第153页。
② 《卧虎藏龙》第6回，长江文艺出版社2006年版，第169页。

上 编

你？"他叹了一口气，又说："你记得早先在沙漠里咱们说的话吧？也许你早忘了！"

玉娇龙瞪起眼睛说："我凭什么忘？只是，现在我母亲还没死，我哪儿也不能去！"说完低着头又呜呜痛哭。

罗小虎拍着她的柔肩，说："不要哭！哭还是什么英雄？"他发料一会怔，又说："我走了！……你放心，我不能再胡为，也不能再鲁莽了，可是我也绝不能做官，我也不想做官了。好！如果有缘，咱俩再见，你记住了，你纵使变了心，我罗小虎这生这世也绝不能变心！"……

玉娇龙却又焦急、凄惨地叫道："小虎！你回来！"……玉娇龙扯住罗小虎，悲哽着说："你放心吧！我永远是你的，无论迟早，咱们还能见面！"

……

罗小虎说："其实你现在就是跟我走也没什么，字据已经烧了，他还能将你家里的人奈何？"

玉娇龙摇头说："不！你还是不深知道我，我知道我自己，我不该生于官家，我又不该跟你……你的遭遇是太可怜了！也被我害了这许多日，可是，我望你还得自强、上进，不可以灰心！"

罗小虎的脸色变了变，心中又烦恼又气愤，就摆摆手说："别说了！这里不是咱们谈话吵架的地方。今天的事已办完，我走了，也许我出不得这宅子就得死！"①

这便是玉娇龙与罗小虎无法逾越的、充满悲情的历史宿命。就这样，两个深爱的情人，只能各自带着自己的坚持，干了一系列令人惊心动魄的行动。玉娇龙终归是不同常人的玉娇龙，在努力摆脱社会束缚的绳索后，选择了孤独地、永远地漂泊在茫茫的沙漠之中。《卧虎藏龙》的末章，这位向往独往独来的旗人女子，于父母过世后，使用舍身还愿跳崖的奇计，冲出了贵族家庭的牢笼，舍弃了曾经的富贵荣华，与所爱的男人，最亲密地接触、绮梦重温、酬情尽义之后，即作最后决绝，独自一人走向远离凡俗、可以由自己任意作为的荒漠。

---

① 《卧虎藏龙》第 12 回，长江文艺出版社 2006 年版，第 414 页。

当喜爱武侠小说的读者们，热切盼望作者在下集能有美满结局时，《铁骑银瓶》写得并不尽如人意，有些拖沓，玉娇龙成为春龙大王，以及与他们下一代的故事，更显离奇，不如前书贴近现实生活。但漫卷全书的悲凉气息，却更具人世沧桑感，让玉娇龙与罗小虎凄凉地在荒漠雪地死在自己儿子怀里而不能相认的悲剧结局，极其催人泪下。通过他俩旖旎哀怨、可泣可歌的故事，作者所要强烈表达的意思，由他俩的儿子铁芳在《铁骑银瓶》结尾时说出：

铁芳慨然说："我父亲杨小虎一生漂泊江湖，没有登过高亲门庭，没有入过簪缨的行列。我的母亲虽是生长在宦门，是一位小姐，可是那位小姐玉娇龙，早就在妙峰山投崖尽孝身死了。后来生下我的，出玉门关去的那不是她，那是龙锦春，是春龙大王！"

……

铁芳说："我觉得走江湖，历风尘，行侠仗义，才是接续我父母的事业，才能够称为正途！"[①]

这是作者经历人生沧海之后的寄托，隐身武侠小说创作中的王度庐，十分难能地通过这位与众不同的旗人女子，用此类小说未曾写过的悲情故事，回荡起蕴含其中不为人知的自己时代与民族的悲怆旋律。

三、浓墨重彩给渐行渐远的旗人慨然存照

满洲八旗将士自甲申年间（1644）从龙入关，进入北京，清朝皇帝将北京城分为内城、外城，内城划为八块，设八旗驻地，只让旗人居住，余则全部逐出。这些原本在东北白山黑水间，世代以渔猎为生的旗人，改为依据统治民族的特权，长期在北京皇城根下，给皇帝当差，靠吃铁杆庄稼——每月领钱粮吃米——为生，既不务工，也不务农，还不能离开京师一步，如此这般，一二百年下来，旗人成为京城土著，他们的关外生活习

[①]《铁骑银瓶》下册，第19回，群众出版社2001年版，第1069页—1070页。

惯多有改变：自己的满语、满文已然丢弃，改说一口悦耳动听的"京片子"；"拙于经济"、又常年闲适的首都城市生活，致使街面上出现了各式各样"素无一技之长的人"，这些"北京城的老哥儿们"，多已不再臂架猎鹰、骑马射猎，而改为成天提笼架鸟，出入戏馆、茶楼，悠闲享乐，更有恃勇寻衅，在街面上逞凶。社会承平日久，腐败恶习日益滋生，随着岁月流逝，一个曾经强悍尚武的民族，在历史的长河中，逐渐发生变异，以致丧失了十分英勇搏击的生命活力。

清代染指小说创作的旗籍作家，直接将这些北京旗人形象先后写进作品里的，最早有乾隆年间和邦额，他的文言小说集《夜谭随录》中，名为《三官保》的短篇小说，描写了居住在安定门的满洲旗人三官保，虽系文言，却将一个既保存北方民族崇尚武勇的剽悍性格、又染上市井流气的"好汉"形象，描绘得跃然纸上。通过几个故事，叙述官三保自恃勇力，纠结同党，"睥睨一方，成为土霸"；临了，则写三官保于一夕间，"幡然而悔，遂折节读书，永不复语力"，最终"为羽林军，从征缅甸，阵殁，年甫二十有零"，篇末并载恩茂先的评赞："一跌辄悟，改过如决，若三官保，真勇者也。"① 据作者于全文开始时称三官保为友人景禄之表弟，其故事是朋友告知的。这个人物形象，应该是旗籍作家对活跃于京师街头的一类旗人的写实描写，作者在叙述三官保"刚勇自恃"的硬汉故事时，具有多重态度：膺服其"以极苦事，不稍挫"，谴责其"纵横无所忌惮"，赞扬其"改过迁善"，全面充分地描绘出三官保所葆有的男性阳刚之勇，表达了这个一贯尚武民族的作家，对继续发扬民族真勇精神的一种殷切期望。

晚清，满洲镶红旗的没落贵族文康创作了评话小说《儿女英雄传》，这部小说开宗明义说过："有了英雄至性，才成就得儿女心肠；有了儿女真情，才做得出英雄事业！"相当明白的话语。全书男主人公安龙媒，是正黄旗汉军安老爷家的一位怯公子哥儿，在家养尊处优，出外不谙世事，救父途中遇难，得遇女主人公智勇双全的侠女十三妹，仗义相救。这些故事，写得情节精彩曲折，人物生动形象，语言运用了"响亮的京片子"，更是十分成功，"悦来店"、"能仁寺"等章节，特别受到读者欢迎，被搬到戏剧舞台上演不衰。可是，其余的故事，描写双美均嫁安公子，共助安

---

① 闲斋氏（和邦额）：《夜谭随录》，岳麓书社1986年版，第229—233页。

公子追逐功名；甚至为表现"作善降祥"，竟有"何老人示棘闱异兆"的情节；结果安公子"满路春风探花及第"，位极人臣。《儿女英雄传》就是这样成败相掺地塑造出弃武从文、走科举仕途的八旗仕子，失去了阳刚之气，民族精神已经异化了的另外一种类型的旗人形象。全书情节发展中，虽涉有对科场舞弊、官场腐败等现象的揭露，但由于作者的正统道学思想的不时流露，诸如安排"何小姐证明守宫砂　安老翁讽诵烈女传"[①] 等等内容，充溢着八旗道学老夫子的陈腐之论。

到了清末改良主义盛行之际，北京也有办报的旗籍作家，为宣扬改良主义思想，在他们的报纸上，发表了一些反映京师旗人生活的京话小说，力图"开通民智"，"赏善罚恶"，内容多是专门揭示"社会之怪现象"，为了说明"国势愈危而人心愈坏"，其目的是"以辅助政府为天职，开通民智为宗旨"[②]。例如光绪三十四年（1908）七月初五发行的社会小说《小额》，作者是旗籍报人作家松友梅，小说先在《进化报》连载，用道地的北京旗人土语叙述，主人公小额是个放高利贷，专吸旗人之膏脂的地痞，与手下的碎催青皮连等人，在街面上横行霸道，忠厚善良的伊老者挨打受气。书中的故事几经周折，最终，小额改恶行善。故事有个转折性人物——人称明五爷的明保："您猜这位救命星儿是谁？是小额一个老表叔，此人姓明，当护军参领，人都称他明保明五爷。住家在西直门沟沿儿，家里是一个市世家出身，明五爷的老人家，当过一任热河儿的都统，很有几个钱。明五爷为人，极其的公正，口直心快，慷慨好施，外带着专一爱打个抱不平儿。在这个短篇的社会小说里头，总算是第一的人物啦！（也得出来一个好人啦，这些日子所叙的，类如青皮连、胎里坏等辈，真没有一个够人格的，临完啦再要不出来一个好人，也真不像话啦。）皆因性情耿直，永远不懂得应酬钻干，所以一个护军参领，就老了隐啦，不然副都统早当俗啦！"[③] 只是，作者仅让明五爷作为调解小额与伊老者矛盾而出现，没有展开叙述明五爷的其他故事。

民国以降，以大手笔、大篇幅成功描写出清代旗人群像的小说作家，

---

① 均引自燕北闲人：《绘图正续儿女英雄全传》，上海锦章图书局印行，1919 年版。
② 太田辰夫、竹内诚编《小额》第 2 页，德洵：《社会小说序》，日本平成四年八月汲古书院发行。
③ 太田辰夫、竹内诚编《小额》第 77 页，日本平成四年八月汲古书院发行。

当数王度庐[1]。在北京生长起来的王度庐,深受故乡民族文化的熏陶,十分热爱着自己的故乡。当流落到沦陷区的青岛,无奈之下开始进行武侠小说创作时,1938年11月16日起在报纸上连载的"鹤—铁"长篇系列小说,就是以故都北京为背景,字里行间充满了对北京的无限热爱,他曾通过书中人物之口,盛赞作为一朝帝都的北京说:"你瞧这街上有多么热闹呀!到底还是北京。我瞧天底下的所有的地方,哪儿也没有北京好!"[2] 小说里,作者以浓墨重彩,尽情描绘老北京的胡同街市、风景名胜的美景,不但写出最繁华的街道,俗呼为东单、西单、鼓楼前,成天有着熙攘的人群,还写到齐化门外护城河边,坐小船悠悠地逛二闸;在上元佳节看灯会上满街的花灯;去东岳庙、妙峰山烧香等等,均写得热闹异常。此外,到戏园听戏,去八大胡同寻欢,也不乏细致描绘。而对京师旗人独有的旧俗民情,不论是家庭的常态,应酬的方式,还是语言的问答,人情的冷暖,包括婚丧嫁娶、红白喜事的仪式,全都一一有着精彩的展现。当然,最为成功的应当是活跃其中的北京旗人形象,在《宝剑金钗》中,王度庐创作了一个类似明五爷式的人物——德啸峰,这位德五爷突出的表现,成为中国现代小说史上难得见到的具有慷慨义气的清代旗人形象。

《宝剑金钗》的主角虽然是侠士李慕白与侠女俞秀莲,德啸峰只不过是他们故事发展时的关键人物,亦可谓之配角,但作者的用笔并不少。直至续写的《卧虎藏龙》里,德啸峰家与玉娇龙家皆在旗,"本是老亲",玉娇龙和罗小虎之间惊心动魄的故事,每到紧急关头,也总有德啸峰出来帮忙。明显看出,在这个人物身上,寄托着王度庐对自己"心地朴厚"的父老乡亲十分诚挚的缅怀之情。[3] 德啸峰初出场时,自报家门说:"兄弟名叫德啸峰,是正白旗满洲人,现在内务堂上当差;因为平日也爱好武艺,喜同镖行朋友、护院的把式们结交,所以有人送给我一个绰号,叫铁掌德五爷。"[4] 这个清末的地道旗人,30来岁,本身武艺不算高强,只是铁砂掌

---

[1] 之前也已有数位旗籍作家描写旗人故事的作品,特别是穆儒丐在日系《盛京时报》发表的表达遗民心态、写尽民国间旗人悲情的小说,笔者另有专文论述。
[2] 《卧虎藏龙》第14回,玉娇龙携丫鬟绣春往东岳庙上香时,绣春之语。长江文艺出版社2006年版,第493页。
[3] 《小算盘》中,王霄羽曾反思说:"这个都是北京人的官派化使然,而根本也是北京人民心地朴厚,拙于经济使然。"载1930年5月20日《小小日报》。
[4] 《宝剑金钗》第8回,群众出版社2000年版,第100页。

打得不错，生性又慷慨好交，遂在北京街面上得了个小小的名声。此种存有尚武精神民族特质的生性，使他一见到武艺高强的人，就想与之结交。一个偶然机会，在看李慕白与人比武时，激赏李慕白的武艺超群，德啸峰就主动地与他交上了朋友。李慕白后来见到德啸峰铁砂掌打得不错，也佩服说"大哥的掌法真好，真是好气功"时，德啸峰却诚恳地说："得啦，我在别人眼前还可以，在你眼前我只是见笑罢了！""你要称赞我的掌法和气功，还不如称赞我的眼力。"① 按说他们不过是萍水相逢，谈不上深交，可是在李慕白初到北京之后，德啸峰一再鼎力相助，感动得李慕白认其为"毕生第一知己"。于是，这位外乡的青年侠士，凭着剑法精通和高来高去的功夫，名扬京城；两人也成了肝胆相照、生死与共的盟兄弟。

德啸峰曾自诩说："我德五生平交朋友，最是赤胆热心。"此话真正不假，李慕白"一向在乡下读书，没到外面闯练过，来到北京，一个朋友也没有"，德啸峰冒着炎热酷暑，亲自到李慕白住店探望说："我今天是特来看你。"知道李慕白在北京求职尚一时无着落，劝慰他道："兄弟你别着急，慢慢地自有机会。没事时我来找你，或是你找我去；咱俩下下棋，听听戏，或者逛逛胡同都可以。总之你不可整天在屋里瞎烦恼，因为那样，你就是钢筋铁骨，也得坏了！"② 德啸峰不仅陪李慕白一起逛胡同、听戏、游二闸，尽朋友之谊，让他散心。甚至想到李慕白"谋事无成，手头必感不裕"，又特意以写信的方式，随信赠给李慕白一百两银票。既不是大官，也不算富人的德啸峰，能够如此慷慨大方、热诚助人，在当时尚存北方民族讲义气、重情谊的旗人中出现，并非偶然。德啸峰并不是为个人的私利，他只是真诚地崇尚武艺，看到李慕白亮出超人武艺后，他曾欣慰地说："这样看来，我的眼力还不错，兄弟你真是当世一位奇侠！"德啸峰看重的是侠士的勇武与荣誉。

在北京街面上饱经世事的德啸峰，对于在北京人生地不熟的李慕白，总替他担着心，一次对他说："我怕你昨天因为酒醉，闹出什么事来，所以我才出城来。我还特意在车上带着一口刀。"③ 当德啸峰要出官差离开北京时，又曾"和婉着劝他说：'你一个人在这里，街面上又不熟，他们要

---

① 《宝剑金钗》第9回，群众出版社2000年版，第118页。
② 《宝剑金钗》第9回，群众出版社2000年版，第113页。
③ 《宝剑金钗》第11回，群众出版社2000年版，第146页。

暗算你，你都不晓得。所以我劝你在此时，锋芒不要太露'"①。不幸，正当德啸峰不在北京，李慕白就因恋上妓女纤娘，被对手陷害，叫九门提督衙门抓进了牢里。德啸峰回京后，立即到狱中探监。"本来德啸峰一个内务府当差的，平日不认识多少有权势的人"，为了救李慕白，他去找铁小贝勒求助；正遇上对手也在，当他表示"我敢拿身家担保他"时，对手威胁说："你当着官差，家里有妻儿老小，若叫李慕白这么一个人，把你牵累上，弄得你家破人亡，那才不值得呢！"德啸峰听后，"心里十分气忿，也冷笑说：'李慕白跟我虽然相交不久，但他的为人，我确实敢作保。'……'我不怕他牵累我，我敢担保他；这官司完全是冤枉！'"② 一连串铿锵有力的话语，掷地有声，不愧是著名的慷慨仗义的德五爷。当然，说话当场，德啸峰明知自己没有势力、武艺不如对手，回家后，还有些后怕；随后，也差点遭了对手的打劫。幸亏有铁小贝勒的庇护，李慕白得以出狱。德啸峰仗义助人，甚至不顾自身安危，既写得高尚，又写得合情入理。

旗人讲礼、讲面，待人接物热心周到，表现在李慕白对俞秀莲既爱恋又远离的纠缠中，尤其突出，"真不知费了多少心，着了多少急"。德啸峰及其老母亲与太太，都是想使这对有情人终成眷属的热心人，为要撮成这段良缘，他们全家人对俞秀莲的热情接待，实在令人感动。第二十七回，描写热心直性的德啸峰坦诚地对李慕白说出自己的心里话："你我的交情说不着什么叫帮助，什么叫感激。我德五生平交朋友，是赤胆热心，尤其是我对于你，敢说曾有几次，拿我的身家性命来维护你！""我跟那位姑娘本不认识，我把她请到北京来，是为与你见面。可是你始终躲避着人家姑娘，教姑娘在我家住着，并且险些给我惹出官司来，你完全不闻不问，将来可叫她怎么样呢？难道永久教她在我这里住着吗？也不像话呀！要说由着她到别处去，她现在是父母俱死，未婚的丈夫才有了下落，可又没了性命。婆家既不相容，娘家又没有人。一个十七八岁的大姑娘，就是会使双刀，不怕强暴，可也不能永久在江湖上漂流呢！"句句话入情入理，而"李慕白只是点头叹息，却不说什么。德啸峰心里实在有些气愤，就想：你这样的英雄，竟不知痛痛快快地把这件事成全了"，于是又说道："大丈

---

① 《宝剑金钗》第11回，群众出版社2000年版，第153页。
② 《宝剑金钗》第16回，群众出版社2000年版，第228页。

夫做事总要体念别人，不可净由着自己的脾气，把好事往坏里办。现在只要兄弟你一点头，俞秀莲那里由我们去说，就是将来办喜事找房子，一切都由哥哥给你办。"把话都说到这份儿上了，人人称道的这位侠士李慕白，依然固执要走，直让德啸峰"跺着脚说：'兄弟，你可真急死我了'"①。李慕白既是一定要走，德啸峰仍冒着大雪恳切地驾车出城送行，心里虽也担心仇人们以后会来惹事，自己一人难以抵挡，却什么也没说，慨然而别。王度庐一路写来，《宝剑金钗》中，虽然主要是叙述李慕白与俞秀莲的侠情悲剧故事，德啸峰只不过是为他们穿针引线，但是，相比之下，热心直性的德啸峰，要比矫情的李慕白更为有血有肉、生动感人。

尽管作者笔下写尽了德啸峰的慷慨好交、仗义助人，却也写出德啸峰为此而吃苦头，在街面上，他不是成功者。李慕白走后，果然，受到他们仇家的陷害，德啸峰被关进了刑部大牢。为这场官司，铁小贝勒曾叹气说："德啸峰那个人太好交朋友了！对朋友的事他是不管轻重，全都热心给办。譬如那杨骏如，此次他实在有私买宫中之物的嫌疑；德啸峰倘若不出头营救杨骏如，他也许不致被拉到里头。""他这官司若想洗清楚了，大概很难；不过我敢保证，绝不能叫他因为这件官司就死了。"② 当德啸峰面对着要发配到遥远的新疆，抛家别子，往冰天雪地中，去度罪犯生活的时候，"他不但不难过，反倒脸上现出笑容，仿佛十分欢喜。就听他说：'这可好极啦！借此机会我可以到新疆去玩一趟。不瞒兄弟你说，我们旗人平日关钱粮吃米，没有什么机会可以到外面去玩。而且国法也不准私自离京。所以我们旗人，十个之中倒有九个连北京城门也没有出去过的。我虽然出过几趟外差，可是也就到过东陵、西陵和热河承德。''现在好了，不是说要把我充发新疆吗？我觉得再远一点都好，我可以穿过直隶，走山西，入潼关，过西安府，走伊凉，直到新疆。什么太原府、黄河、华山、祁连山、万里长城、玉门关，我都可以路过玩玩，增长些阅历，交些朋友，有多么好呀！'……说毕，德啸峰在铁窗里不住哈哈大笑。李慕白看他这种笑，还是真笑，不是勉强的笑，自己倒真敬佩德啸峰，觉得他这种畅快、旷达，实为自己所弗如"③。是的，这样乐观豪情的话语，只有旗人

---

① 《宝剑金钗》第17回，群众出版社2000年版，第418页、419页。
② 《宝剑金钗》第31回，群众出版社2000年版，第499页。
③ 《宝剑金钗》第32回，群众出版社2000年版，第526、527页。

德啸峰才能说得出。八旗制度，原本是适宜作战的兵营编制，延循二百多年，成为太平时期束缚民族发展的特权，不事生产，不善经济，八旗的生计问题越来越严重，德啸峰身受束缚，深感自己个性受到拘束，产生这种要行走天下的想法，正表现出从白山黑水间闯荡出来，曾经融于自然、如今仍热爱自然的满洲民族本性。此种在逆境中所具有的乐天精神，是在八旗子弟书的一些段子里，常见到的旗人善于苦中作乐的幽默天性；也是吾师吴组缃先生曾经说过的老舍有"一种难言的苦趣"[①]。王度庐为德啸峰增写的这一笔，使得这位侠骨热心的旗人，形象更加充分饱满。

（原载《中央民族大学学报》2010 年第 1 期）

---

① 参见吴组缃：《〈老舍幽默文集〉序》，载于 1982 年《十月》第 5 期。

下编

师友赓飏集
SHIYOU GENGYANGJI

满族文学源流及其发展

赵志忠

满族历史悠久，其先人分别为先秦的肃慎人，汉、三国的挹娄人，南北朝的勿吉人，隋唐的靺鞨人以及宋、辽、金、元、明时期的女真族。在漫长的几千年的历史长河中，满族及其先人创造了自己的灿烂文化。满族文学源于先人文学，在继承先人文学的基础上，创造性地发展了自己的文学。曹雪芹、老舍更成为世界级的文学大师，为中国文学做出了重要贡献。

一

满族是一个古老的民族，其先人肃慎、挹娄、勿吉、靺鞨、女真、满洲是一个整体，是不同历史时期的不同称谓。不论从满族的历史，还是从语言、文学、宗教信仰、风俗习惯等方面来看，满族与其先人的关系是难解难分的。满族文学应该是满族及其先人共同创造的文学，满族文学是由肃慎文学、挹娄文学、勿吉文学、靺鞨文学、女真文学及满洲文学组成的。缺少了其中的任何一部分，满族文学都是不完整的。满族文学中保留了大量的神话、萨满神歌、传说、故事，说唱文学以及众多的作家文学作品。这些作品无疑是满族及其先人在不同历史时期创作的。

满族先人文学包括肃慎文学、挹娄文学、勿吉文学、靺鞨文学、女真文学，时间上是指从远古到公元1644年这一历史时期。这一时期的文学以民间文学为主,满族的原始神话、早期传说以及古歌、萨满神歌等均出现在这一时期。与此同时,在靺鞨、女真文学时期还出现了一些作家文学。从现有的一些资料看,满族最早的文学样式是神话和萨满神歌。满族神话虽然早已远离了我们,但《三仙女的传说》、《天宫大战》神话、萨满神话、祖先神话等仍然流传至今。《三仙女的传说》广为流传,在清代史书中几乎都有记载,在满族民间更是家喻户晓。成书于天聪九年(1635)的《满洲实录》是一部满族早期的史书,其中就有"三仙女的神话":

(满文原文略,汉文如下)

满洲源流,满洲原起于长白山之东北布库哩山下一泊,名布勒瑚里。初天降三仙女浴于泊,长名恩古伦,次名正古伦,三名佛库伦。浴毕上岸,有神鹊衔一朱果置佛库伦衣上,色甚鲜艳。佛库伦爱之不忍释手,遂衔口中。甫著衣,其果入腹中,即感而成孕,告二姊曰:"吾觉腹重,不能同升,奈何?"二姊曰:"吾等曾服丹药,谅无死理,此乃天意矣,尔身轻上升未晚。"遂别去。佛库伦后生一男。生而能言,倏尔长成。①

这是一则典型的满族族源神话。神话中说,满族是三仙女佛库伦之后,其出生地就在长白山一带。神话是人类童年的产物,是远古人类所创造的反映自然界、人与自然关系以及社会生活的具有高度幻想性的故事。作为原始初民对客观世界和人类自身的认识,她具有古朴、纯真、曲折的特点。神话是一个民族的第一文学,民族不论大小都有自己的神话。从这个意义上说,满族先人神话是满族文学之源。没有这个源,也就不会有后来满族文学的发展与辉煌。

满族及其先人一直有萨满文化信仰,萨满仪式、萨满神器、萨满神歌至今在满族民间仍有传承。萨满神歌是萨满做仪式时所演唱的古歌,并且与萨满音乐、萨满舞蹈一起构成了"诗歌舞"一体的原始艺术形式。就文学而言,萨满所唱神歌正好体现了满族古歌的特点。神本子是满族萨满神歌的主要载体,满族许多姓氏中仍然有所保留。从语言上看,满族萨满神歌仍然保留了满语母语的传统。萨满们演唱神歌时依然用满语,而不用汉

---

① 《满洲实录》卷1,中华书局影印本,2008年11月版,第4页。

下 编

语。满族萨满神歌作为民间古歌的一种形式极富于文学色彩,语言生动形象具有一定的感染力。《吉林九台佛满洲石克忒力氏萨满祭祀神本》中,有一首鹰神"安春(ki)浑(ancun giyahūn)"神歌,其中唱道:

(满文原文转写、译文)

ai i sere jalin de	为什么而说
wei mene turgun de	谁的原因
hašuri hala hala oci	众姓中的何姓
sikteri hala erin de	石克忒力哈拉
……	
ancun i giyahūn endure kai	鹰神啊
wehe i ujude	你有石头般的头
aisin i angga kai	金子般的嘴
munggun i šungku kai	银子般的下颏
teišun i meifen kai	铜一样的脖子
aisin i oforo	金子一样的鼻子
asha be sarafi	展翅飞翔
abka na be daliha	遮天蔽地
uncehen be sarafi	振尾翱翔
usiha biya be daliha	遮星蔽月
uce duka dosiha	进入房门
haha hehe ai aniya	男女属相
angga gisun aljaha	口头应许
heheri gisun biya inenggi sain	吉日吉月
endure mafa jukten sa	祭祀众神
amba amsun weilefi	制作贡品
bolgo amsun belhefi	准备贡品
baksan hiyan be dabufi	点燃一把香
juru hiyan be juleri	双炷香在前
nikan hiyan be daburengge	汉香点燃
sikteri hala baime jihe	石克忒力氏来祈求

249

```
unenggi gūnin be ginggulere      诚心敬意
ilan hošo yaksime                三面关闭
duin hošo teksileme              四角整齐①
```

满族是渔猎民族，鹰在其生活中占有重要地位。在满族萨满祭祀中，鹰被称作鹰神。上面这首鹰神神歌不仅是一首典型的祭祀神歌，而且是一首很典型的满族古歌形式。神歌对神鹰进行了极富文学色彩的歌颂，"鹰神啊，你有石头般的头，金子般的嘴，银子般的下颏，铜一样的脖子，金子一样的鼻子，展翅飞翔，遮天蔽地，振尾翱翔，遮星蔽月"。这种极富夸张的描写使鹰神的形象跃然纸上，豪迈、气势、震撼。其中 asha be sarafi（展翅飞翔），abka na be daliha（遮天蔽地），uncehen be sarafi（振尾翱翔），usiha biya be daliha（遮星蔽月）四句更是令人叫绝，韵律和谐、排比整齐、对仗清晰。头韵 a—a、u—u，两两相押。中韵 be—be—be—be 完全一致。尾韵分别为 fi—fi、ha—ha，两两相押。排比句子"asha be sarafi（展翅飞翔），uncehen be sarafi（振尾翱翔）"和"abka na be daliha（遮天蔽地），usiha biya be daliha（遮星蔽月）。对仗分别为 asha（翅膀）对 uncehen（翅尾），abka na（天地）对 usiha biya（星月）。宗教与神话历来是难解难分的。宗教里面有神话，神话里面有宗教。萨满教是一种原始信仰，其产生的年代是相当古老的，与神话产生的年代基本相同。在萨满神歌中也同样有众多的神祇，上面的鹰神就是其中的重要神灵。从一定意义上说，满族神话与满族神歌一样也是满族文学的源流之一。

在满族民间还保留了许多先人的传说，如《朱图阿哥》、《真假巴图鲁》、《珠浑哈达的故事》、《红罗女》、《黑水姑娘》、《双刀山的传说》、《大马哈鱼救金兀术》等，这些都是早期有代表性的传说。《朱图阿哥》是满族先人氏族、部落时期的传说。朱图阿哥依靠自己的善良与智慧，赢得了部落人的信任，成为第一个男穆昆达②。但在早期，满族部落中只有女人才能够作穆昆达的。这一转变无疑是对满族氏族、部落时期社会的一个重要的变革。《红罗女》是一个渤海时期的传说，在满族民间流传甚广。传说叙述了一个渤海郡王选妃子的故事，热情歌颂了红罗女不畏强暴，鄙

---

① 《吉林九台佛满洲石克忒力氏萨满祭祀神本》，石氏收藏本。
② 穆昆达：满语 mukūnda，即族长。

下 编

视富贵荣华的优秀品质,鞭笞了统治阶级的腐朽与罪恶。《大马哈鱼救金兀术》是女真时期的传说,更是将金代名将金兀术作为故事的主人公,并且把他作为正面人物形象进行歌颂。这些传说与满族先人的历史生活有着最直接的关系,把人们带到了遥远的过去,领略到了远古先人的社会历史与风土人情,同时也应该是满族文学的重要组成部分和源流之一。

另一方面,满族先人的作家文学应该从靺鞨人建立了渤海国(698—926)开始,并且在女真人建立了大金国(1115—1234)时得到了全面发展,使满族文学走上了一个新的阶段。渤海国经济发达、文化发展,历史上被称为"海东盛国",并且出现了自己的作家文学。到目前为止,在渤海国还没有发现自己的民族文字,渤海国作家创作使用的文字是汉文。比较有名的靺鞨、渤海籍作家主要有高衎、张浩、杨朴、王庭筠等,其中王庭筠的影响较大。据《金史》记载,王庭筠出身渤海世家,"金大定十六年,登进士第。三年,召为应奉翰林文字;五年,为翰林修撰。为文,能道所欲言。诗律深严,七言长篇尤工险韵。有辩十卷,文集四十卷。书法学米元章,与赵沨、赵秉文俱以名家,尤善山水墨竹。"[①] 其人可谓多才多艺,诗、词、散文及书法样样精通。此外,这一时期的散文作品主要是渤海时期的《贞惠公主墓志》和《贞孝公主墓志》[②]。两块公主墓碑的发现,不但为研究唐代渤海时期的历史文化提供了重要资料,而且对于渤海时期的文学研究提供了可靠的文本。

女真文学时期,是指从女真人建立金王朝(1115—1234)后,直到清王朝入关(1644)前的这一历史时期。其中包括金代女真文学及后来的元代、明代女真文学。这一时期应该是满族文学历史上的第一个辉煌时期,不但继承了先人的文学传统,而且还创制了自己的民族文字——女真文,出现了用自己民族文字创作的作品,产生了一大批女真族作家。到目前为止,能够见到的用女真文创作的作品不多,《大金得胜陀颂碑》是难得的一部女真文创作的作品。此碑现仍然立于吉林省松原市扶余县徐家店乡石碑崴子屯,为全国重点文物保护单位。碑文用女真大字写就,约1500余字。此碑由金代第五代皇帝世宗完颜雍于大定二十五年(1185)立石,记

[①] [元]脱脱等:《金史》,《列传》第64。见《二十五史》,上海古籍出版社、上海书店1986年版,第7213页。

[②] 刘国宾辑校:《渤海诗文辑校》,吉林文史出版社1999年版,第52—53页。

录了先祖完颜阿骨打建国立业的丰功伟绩。女真时期产生的主要作家有完颜亮、完颜璹、完颜雍、完颜璟、石君宝、李直夫等,其中完颜亮、石君宝、李直夫在中国文学史上都应该占有一席之地。完颜亮(1122—1161),史称"海陵王",为金朝第四代皇帝。其人文武双全,诗词并重,虽然留下的作品不多,但诗作气度非凡,大有帝王之气。他的词作《鹊桥仙·待月》堪称经典:

停杯不举,停歌不发,等候银蟾出海。不知何处片云来,做许大、通天障碍。虬髯捻断,星眸睁裂,唯恨剑锋不快。一挥截断紫云腰,仔细看、嫦娥体态。①

石君宝、李直夫同为元代女真族剧作家。石君宝的代表作主要有《秋胡戏妻》《曲江池》等作品,其中《秋胡戏妻》一剧至今仍在上演。李直夫的代表作是《虎头牌》,该剧直接写女真人的生活,在众多的元杂剧作品中独具特色。女真人的战争场面,女真人的风俗习惯,女真人的音乐曲牌,女真人的语言等,都得到了很好的表现。从曲牌上看,剧中多处运用了女真曲,使得全剧更具民族音乐特色。如第二折中的一段:

〔风流体〕若到那春来时,春来时和气喧;若到那夏时节,夏时节熏风遍;我可便最怕的、最怕的是秋暮天,更休题腊月里、腊月里飞雪片。
〔忽都白〕兄弟哎,我也曾有那往日的家缘,旧日的庄田,如今折罚的我无片瓦根椽,大针麻线,浑身上便是我的家缘。着甚做细米也那白面,厚绢也那薄绵。兄弟哎,你则看俺一双父母的颜面,怕到那冷时节,有甚么替换下的旧袄子儿,你便与我一领儿穿也波穿。②

其中的〔风流体〕、〔忽都白〕是地道的女真曲牌。在第二折中同时出现的女真曲牌还有〔阿纳忽〕〔唐兀歹〕。值得一提的是,在李直夫的剧作中还出现了"撒敦(sadun 亲戚、亲家)"、"民安(mingga,千)"、"普察(fuca,富察氏)"、"赤瓦不剌海(si waburu kai,你个被杀的呀)"等这样

---

① 周惠泉、米治国:《辽金文学作品选》,时代文艺出版社 1986 年版,第 223 页。
② 王季思主编:《全元戏曲》第 4 卷,人民文学出版社 1999 年版,第 194 页。

的女真语词和句子。女真族剧作家及其作品在中国戏剧史上的地位实在是不可低估。

不论是满族先人早期的神话、萨满神歌、传说，还是后来发展起来的渤海、女真时期的作家文学，她们都是后来满族文学的源流，为满族文学的发展奠定了坚实的基础。从这个意义上说，没有满族先人文学，就没有满族文学。从最初的肃慎文学到满族文学，是满族文学的一个发展过程，缺一不可，缺少任何一个历史时期的文学，满族文学是不完整的。

二

满族文学在继承先人文学的基础上，得到了进一步发展。这一时期的文学，可以分为清代文学时期（1644—1911）和现当代文学时期（1911至今）。在这400多年的发展历程中，满族文学空前发展，达到了前所未有的高度。

满族入主中原后建立了清王朝，这一时期是满族文学发展的繁荣期。我们把这一时期的文学称作"满洲文学时期"，包括清初文学、清代中期文学和清末文学三个阶段。清代文学近三百年，除了继承和发扬了先人文学外，民间文学、作家文学都得到了极大的发展。说唱文学子弟书、八角鼓、岔曲、牌子曲等影响很大，并且涌现出大量的诗人、词人、小说家、散文家和戏剧家，所有这些都是满族文学历史上从来没有过的。这一时期，不仅有用自己民族文字满文创作的文学作品，而且还有用汉文创作的文学作品。清代编辑的诗文集，如《白山诗介》、《白山诗钞》、《熙朝雅颂集》、《八旗文经》、《八旗艺文编目》等，收入了大量的作家传记与作品。仅嘉庆年间编辑的《熙朝雅颂集》中，就收入八旗诗人585名，诗作达7743首。纳兰性德、曹雪芹、文康、顾太清等人，更成为满族文学史乃至中国文学史上的重要作家。

纵观清代满族文学的发展，实际上走了两条不同的路线。一条是用自己民族语言文字的创作，另一条是用汉族语言文字的创作。满文创作由于受历史与时代的局限，流传至今的文学作品较少。我们现在可以看到了作品主要有《满文老档》、神话、萨满神歌、民歌、《尼山萨满》传说、子弟书《螃蟹段》，以及《空齐曲》、《盛京赋》、《避暑山庄诗》、《随军纪行》、《异域录》、《百二老人语录》、《满文诗稿》、《满谜》①等等。比如，流传至今的一首满族《喜歌》：

    urgun ucun
   bulari kongci kongci
   saksaha uncehen golmin
   sadun jafabumbi
   haha jui banjici orho hadumbi
   sargan jui banjici biyando fatambi.

（译文）喜歌
布拉利 空齐 空齐
花花喜鹊长尾巴，
你我俩家结亲家。
养个儿子打羊草，
生个闺女摘豆角。②

  这是一首地道的满语民歌，从清代流传至今，由黑龙江爱辉一带的满族老人演唱。民歌虽然只有四句，但比较突出地体现了满语民歌的特点。从民歌的形式上看，这是一首很典型的满族传统民歌样式"空齐曲"。第一行"布拉利、空齐、空齐"是民歌的衬词，不参加押韵。民歌的头韵为"a"，整首民歌的四行押相同的韵。民歌的尾韵是"i"，除第一行押"in"外，其他三行完全相同。从这首民歌中，我们看到了满语民歌的基本特点，以及满族民歌的传统样式。

  《尼山萨满》是用满文记录下来的萨满传说，叙述了女萨满尼山到阴间取回灵魂，救人起死回生的故事。故事中的萨满仪式、萨满神歌描写十分精彩，是一部难得的记录满族早期社会生活及其信仰的作品。《尼山萨满》已经有六种满文手抄本传世，同时在达斡尔、鄂伦春、赫哲、鄂温克等民族中也有类似的传说。这个传说也已经有俄文、日文、意大利文、朝

---

① 赵志忠：《清代满语文学史略》，辽宁民族出版社2002年版。
② 博大公等编：《满族民歌集》，辽宁民族出版社1989年版，第20页。

鲜文、德文、英文、汉文等译本在国外流传。《尼山萨满》被各国学者称作"满族史诗"和"全世界最完整和最珍贵的藏品之一"①。《尼山萨满》研究也已经成为阿尔泰学的一个新学科——"尼山学（Nishanology）"②。

用自己民族文字创作的满语文学作品，尽管从清初的《满文老档》到清末的《满谜》，以及流传至今的一些萨满神歌、民歌一直延续着，但由于受汉族文化影响日深，许多作品已经改用汉语创作了。从时间上看，汉语作品的创作从清初就已经开始了，并且一直延续至今。纳兰性德是清初最重要的词人，他的《饮水集》《通志堂集》流传于世。其词风格独具，以写悼亡、北方景色、民族风情见长。王国维曾评价他说："纳兰容若以自然之眼观物，以自然之舌言情。此由初入中原，未染汉人风气，故能真切如此。北宋以来，一人而已。"③ 这种评价被众多专家认为是对纳兰性德词的"定评"。比如，他的一首词《浣溪沙》：

一半残阳下小楼，朱帘斜挂软金钩，倚栏万绪不能愁。　有个盈盈骑马过，薄妆浅黛亦风流，见人羞涩却回头。④

这首词的惊人之笔在下半阕，写一个满族姑娘骑马的英姿。她不是浓妆艳抹，而是"薄妆浅黛"的女儿本色。她能够在众目睽睽之下，"见人羞涩却回头"，身骑快马，匆匆而过，大胆泼辣的满族女子跃然纸上。纳兰性德那些描写北国风光的词作，那些反映满族风土人情的作品也很有特色。"山一程，水一程。身向榆关那畔行，夜深千帐灯"（《长相思．山一程》）；"非关癖爱轻模样，冷处偏佳，别有根芽，不是人间富贵花"（《采桑子．塞上咏雪花》）"桦屋鱼衣柳作城，蛟龙鳞动浪花腥，飞扬应逐海东青"（《浣溪沙．小兀喇》）等词句，同样令人拍案叫绝。

另一位重要作家是满洲正白旗人曹雪芹。他的小说《红楼梦》已经走向世界，成为中国文学的标志。文学史家称《红楼梦》为中国文学史上古

---

① ［苏］M. 沃尔科娃：《满学》，载《民族史译文集》，白滨译，1979年，第7集。
② ［意］G. 斯达里：《尼山学：阿尔泰学的一个新学科》，载《国际阿尔泰学会32届会议汇编》，1989年，奥斯陆。
③ 王国维：《王国维论学集》，中国社会科学出版社1997年版，第331页。
④ 张菊玲等编：《清代满族作家诗词选》，时代文艺出版社，1987年版，第9页。

典现实主义小说的高峰。研究《红楼梦》的学问也已经成为一门国际性学科——红学。中国新红学的领军人物胡适先生说:"旗人最会说话,前有《红楼梦》,后有《儿女英雄传》,都是绝好的记录,都是绝好的京语教科书"①。这是对《红楼梦》和满族作家文康的《儿女英雄传》很好的评价。尽管对曹雪芹民族身份问题,专家们说法不一②。但《红楼梦》反映清代生活,反映了一些满族生活与习俗,是毋庸置疑的③。小说中描写的骑射、打围、放鹰习俗,辫子、箭袖、荷包服饰习俗,烤鹿肉、吃狍子、吃熊掌饮食习俗,打千的礼俗,落草的生育习俗等,都是满族传统习俗文化的反映。比如,《红楼梦》中对贾宝玉出生时的描写:

黛玉道:"姐姐们说的,我记着就是了。究竟那玉不知是怎么个来历?上面还有字迹?"袭人道:"连一家子也不知来历,上头还有现成的眼儿,听得说,落草时是从他口里掏出来的。等我拿来你看便知。"(第3回)

贾政听这话有意思,心中便动了,因说道:"小儿落草时虽带了一块宝玉下来,上面说能除邪祟,谁知竟不灵验。"(第25回)④

"落草"是满族的一种传统生育习俗。生孩子就叫落草,有点落在草地上的感觉。因为满族不分男女都要骑马射猎,四处奔波,妇女什么时候生产没有定数,走到哪儿生在哪儿。在荒山野岭,只有以草为垫,所以满族称生孩子为"落草"。

曹雪芹在写贾宝玉出生时,也用了"落草"一词,具体生动地写出了满族的这一习俗。无独有偶,在满族作家老舍先生的自传体小说《正红旗下》中,也写到了落草习俗,"在我降生前后,母亲当然不可能照常伺候大姑子,这就难怪在我还没落草儿,姑母便对我不大满意了"。⑤可见,满族的落草生育习俗历史悠久,一以贯之。

除了纳兰性德、曹雪芹之外,鄂貌图、文昭、弘晓、和邦额、敦敏、

---

① 胡适:《中国章回小说考证》,上海书店1980年版,第472页。
② 赵志忠:《曹雪芹民族身份辨析》,载《社会科学家》,2010年第8期。
③ 赵志忠:《〈红楼梦〉与满族习俗》,载《明清小说研究》,2008年第2期。
④ 曹雪芹:《红楼梦》,人民文学出版社1982年版,第52、345页。
⑤ 老舍:《正红旗下》,人民文学出版社1980年版,第2页。

敦诚、永忠、曹寅、岳端、唐英、永恩、庆兰、铁保、英和、文康、顾太清、汪笑侬等满族作家，也在各自的领域里创作出了优秀作品，为清代满族文学的发展做出了贡献。

满族文学在现代、当代文学发展中，仍然有上佳的表现。老舍为代表的"京味文学流派"，舒群、端木蕻良、李辉英、马加、关沫南等人组成的东北作家群，颜一烟、胡可等人的解放区作家，赵大年、胡昭、朱春雨、叶广芩、孙春平、赵玫等当代作家，是满族现当代文学中的代表人物。这些作家及其作品在整个中国现当代文学中占有重要地位。

满族现代小说家、戏剧家老舍（1899—1966）被誉为"人民艺术家"，京味文学的代表作家。从整个满族文学的发展历史看，老舍应该是继曹雪芹、文康之后的又一位小说大家。老舍的小说《骆驼祥子》《四世同堂》《正红旗下》，话剧《龙须沟》《茶馆》等作品，堪称中国文学之典范。这些作品不但具有纯正的北京味，而且具有浓郁的满族风情。老舍创作风格的形成不是偶然的，是在他特殊的身份，特定的环境下形成的。其中一个很重要的原因是，他熟悉北京下层人民的生活，熟悉北京语言，熟悉北京旗人的环境与心态。老舍是北京的老舍，旗人的老舍。他内心的、骨子里的东西是其他任何人所取代不了的。

与老舍同一个年代的，还有端木蕻良、舒群、李辉英、颜一烟等满族作家。端木蕻良（1912—1996）是现代文学中东北作家群中的重要作家，他的小说《科尔沁旗草原》、《鹭鹭湖的忧郁》、《曹雪芹》等有很大的影响。舒群（1913—1989）是东北作家群中的代表作家，他的小说《没有祖国的孩子》、《这一代人》、《少年 chén 女》等堪称经典之作。小说家李辉英（1911—1991）的作品《最后一课》、《万宝山》、《松花江上》等是现当代文学中的精品。马加（1910—2004）的小说《我们的祖先》、《登基前后》、《北国风云录》等有一定的影响。女作家颜一烟（1912—1997）的电影剧本《中华儿女》，小说《盐丁儿》、《小马倌和大皮靴叔叔》享誉文坛。女作家柯岩（1929—2011）的诗歌《周总理，你在哪里》，小说《寻找回来的世界》，报告文学《船长》等在当代文学中影响较大。

改革开放以后，满族作家队伍中又涌现出了一批新成员。这些作家包括朱春雨、于德才、赵大年、叶广芩、赵玫、孙春平、边玲玲、胡冬林等，还有一批新生代的作家关仁山、王家男、庞天舒、娜夜、巴音博罗、于晓威等。这些作家既扎根于民族文化的沃土，又受过良好的教育，具有十分开阔的视野。这个作家群体的创作起点很高，一下子就抵达了中国当代文学创作的最前沿，成为整个中国当代文学的重要组成部分。

赵大年（1931—）是新时期以来的一位多产作家。中篇小说《公主的女儿》、电影文学剧本《车水马龙》等作品是其代表作。《公主的女儿》是他作为满族作家的一部反映本民族生活的力作。作品描写了清代宗室后裔一家三代的曲折遭遇，从一定程度上反映了满族社会历史生活的变迁。叶广芩（1948—）从1980年开始文学创作。主要作品有小说集《风也萧萧，雨也萧萧》、《梦也何曾到谢桥》，长篇小说《采桑子》、《乾清门内》等。她的作品大多以满族家族为背景，述说北京旗人的生活变化，开创了满族家族小说的先河。赵玫（1954—）的主要作品有长篇小说《我们家族的女人》、《朗园》，散文《我的祖先》。赵玫曾说："我写了长篇小说《我们家族的女人》，用这篇作品完成了我1991年对于民族的认识"。胡冬林（1955—）的散文集《鹰屯——乌拉田野札记》、《青羊消息》，长篇小说《野猪王》是其代表作品。

在新一代作家中，"60后"的作家比较突出，如关仁山、王家男、庞天舒、娜夜、巴音博罗等。他们在各自的文学创作中取得了一定的成绩，是满族文学创作的未来与希望。关仁山（1963—），河北作家协会主席，主要作品有长篇小说《麦河》《天高地厚》、中短篇小说集《大雪无乡》等。其报告文学《感天动地——从唐山到汶川》获第五届鲁迅文学奖。王家男（1962—）著有中短篇小说集《大森林的女儿》、《乡恋》，电视剧本《多雪的冬季》等。娜夜著有诗集《娜夜诗选》、《回味爱情》、《冰唇》等，诗集《娜夜诗选》获第三届鲁迅文学奖。庞天舒（1964—）著有小说《蓝旗兵巴图鲁》、《落日之战》等。巴音博罗（1965—）的诗歌《女真哀歌》、《母语的写作》、《吉祥女真》等，是对民族历史与民族命运的反思。他们在继承和发展满族先人文学的基础上，勇于创新，紧跟时代潮流，成为中国当代文学中不可忽视的力量。

综上所述，满族及其先人文学是一个不可分割的整体。满族文学大致可以分为：先人文学时期（远古——1644），包括肃慎文学、挹娄文学、勿吉文学、靺鞨文学、女真文学；满洲文学时期（1644——1911），包括清初文学、清代中期文学、清末文学；现当代文学时期（1911至今），包括现代文学、当代文学。只有这样,我们才能够看清满族文学源流与发展的历史全貌,既不割断历史,又尊重文学发展的规律与特点,从而凸显满族文学在中国文学史上的地位与贡献。

(赵志忠,男,满族。毕业于中央民族学院汉语言文学系77级,读大学本科期间,开始师从张菊玲先生攻研满族文学,由张菊玲先生指导的学士学位论文为《〈儿女英雄传〉的语言特色》。现任中央民族大学语言文学系教授、博士生导师。)

"几回掩卷哭曹侯"

——清代宗室诗人永忠和他凭吊曹雪芹的诗

关纪新

传神文笔足千秋,不是情人不泪流。可恨同时不相识,几回掩卷哭曹侯。

颦颦宝玉两情痴,儿女闺房语笑私。三寸柔毫能写尽,欲呼才鬼一中之!

都来眼底复心头,辛苦才人用意搜。混沌一时七窍凿,争教天不赋穷愁。

这一组诗,题为《因墨香得观〈红楼梦〉小说,吊雪芹三绝句》,作者是清代乾隆年间的宗室[①]诗人爱新觉罗永忠。依文学实绩而言,永忠在清代文学与满族文学的历史上,似当占有一席并非太次要的位置;然而,多少年来,除了红学研究者之外,对他的名字却不甚了了。即便是在红学界,也多是在证实小说《红楼梦》的巨大成就时,才偶尔得以引述以上三首诗作,进而提及作者。这位诗人的生平和创作,还远未能够成为独立的题目,进入文学研究者的视野。

本文,拟以这样的次序撰写:永忠其人,他读曹雪芹《红楼梦》后凭吊作者的诗作,以及他所处的生活氛围与《红楼梦》创作的关系。当然,这样尝试,目的还是想评价一下这位需要为人们了解的诗人。

---

① 宗室,即皇族。清代制度规定,只有显祖塔克世(努尔哈赤之父)的直系子孙始得称为"宗室"。

下　编

一

　　清帝国是中华漫长封建社会的最末一代。由于内外矛盾的错综复杂，这个时代的众多课题，引起了学术界的不同认识和纷繁评议。对若干文学现象的看法，也不例外。

　　大抵说去，清政权在前期主要面对三大矛盾，即社会矛盾、国内民族矛盾和统治阶级内部的矛盾。三者交加呈现，无时或已。在满洲[①]最上层，尤其是爱新觉罗家族中，围绕皇位争夺和权利分配的苦斗，迭起于由太祖（努尔哈赤）到太宗（皇太极）、由太宗到世祖（福临，年号顺治）的交接过程。但是此阶段，清政权承受的社会矛盾和国内民族矛盾的压力很大，统治集团的内部矛盾，便不得不让位于统治集团共同的利害得失，故而内部争斗还多能归结于一定的妥协。到了康熙年间，情况变了，社会矛盾和国内民族矛盾趋向和缓，统治者内部的矛盾反倒白热化了。

　　谈永忠，就得从康熙朝诸皇子夺嫡之争说起。玄烨在位61年，排了行的皇子就有24个。因为清代皇位递补不承认长子继承权，所以皇子们窥视神器的明争暗斗，此起彼伏，绵延了三四十年。经过长久而苦恼的抉择，晚年的康熙曾对14子允禵寄予厚望，而这位封授了"抚远大将军"印信并代父西征厄鲁特蒙古叛乱的"十四阿哥"[②]，不是别人，就是永忠的祖父。岂料康熙猝崩，允禵的同母兄、皇四阿哥胤禛出示"遗诏"登上大宝，允禵的帝位期待便永告东逝。犹不仅此，做了雍正皇帝的胤禛，对诸位手足扳起铁青的面孔大加伐戮[③]。其政敌，皇八子允禩和皇九子允禟，备受凌辱，先后丧生。允禵虽然幸免一死，却奉旨长期谪守皇陵，失去自由，形同囚犯。他久居囹圄，伶仃厮熬，直挨到雍正十三年胤禛暴亡，弘历即位，才在次年（乾隆元年）获释。此时的允禵，年过半百，万念俱

[①] 满洲，是满族在清代所用族称的汉字音译写法。"满族"即"满洲族"的简化称谓。

[②] 阿哥，满族称谓，这里指皇子。

[③] 雍正皇帝胤禛，也是一位在历史上卓有政绩的杰出君主。这里不是全面评价他，而只是谈他的即位过程。他惩治政敌，是统治者本性所决定的，同时也是为了加强中央集权，故亦不应一概否定。

灰，早已蜕去了先前雄姿英发、胆气超人的风采。

恰在雍正死去这一年，公元1734年，永忠降生。允禵为了让人看出他对新皇上的感戴之意，亲自给这个新生的孙儿以"永忠"命名。

此"忠"何如？惟天知晓。作为皇权争夺战的败北派，允禵以及其子弘明、其孙永忠这一支倒了运的"天潢贵胄"在乾隆年间，虽然也陆续恢复和承袭了几个有名无实的封号，却再也没有拿到半点实权。而乾隆初年，朝中又发现了庄亲王允禄等人的结党"谋逆"，紧接着又是一番紧锣密鼓的"惩治"，不啻又向允禵一家发出了新的警示。鉴于此，颓唐的允禵，对政治再也打不起精神，他消极避世，并奉禅道。对爱孙永忠，则延请名释、宿道为之发蒙。

这样，永忠便被领上了一条毕生与佛、道规范扯不清瓜葛的路。他自号颇多，诸如"蕖仙"、"臞仙"、"臞禅"、"且憨"、"觉尘"、"如幻居士"、"九华道人"、"栟榈道人"等等，不一而足，均散发着扑鼻的佛、道气。

然而，永忠又绝非一个虔诚的信徒。家世的浮沉摇曳，给他的心灵，打上了一辈子抹不去的烙印。尽管他总是把自己隐蔽在禅悦的重重雾霭中，可是，正如一句成语所说：欲盖弥彰。

永忠在一篇文章中记下了自己幼年的一件事："周年左手取印，右把弧矢，他玩好弗愿也。王祖（引者注：即允禵）曰：是儿有奇气。"[1] 什么"奇气"？音响在弦外，无须为他人道也，只可在祖孙之间意会。不难猜测，参禅求道而外的家庭教育，在孩提时代的永忠心里播下的是颗什么种子。

18岁那年，他夜得一梦，起作《记玉具铁英剑梦异》一文，写道："壬申秋夕，梦见剑破匣飞去，白光一匣！……警觉，剑在枕畔，起视无他异。曾闻梦因想成，吾意不在是，胡乃梦成？复悟曰：此剑之灵爽也！耻不烈士用，而伴此孺弱书生耳……吾将弃书学剑乎？……剑乎，剑乎，吾将安从乎！"这就是永忠少年气盛时的思想写照。他踌躇满志，以身为一介书生为耻，却又承受着利剑在握而无处一试更不可一试的苦闷。

成年之后，他愈发看透了自己的社会处境，把昔日的壮志连同功名利

---

[1] 永忠：《记玉具铁英剑梦异》。

禄一类的非分追求，看轻了许多。乾隆二十一年，"蒙圣恩封授辅国将军"，得到的不过是一张闲置的冷板凳而已。他非但未受宠若惊，反倒不无感慨地写下了这样的诗句：

过去事已过去了，未来何必预商量。只今只说只今话，一枕黄粱午梦长。①

入世而不可得，出世而难静化。永忠只好把他那股奇气，灌注在艺术修养上。他于是成了一位被时人称为"少陵、昌陵之后，惟东坡可与论比"②的优秀诗人。

作为诗人的永忠，也还是有点生不逢时。清代康、雍、乾三朝，"文字狱"案件迭出，而犹以乾隆朝为最。本来，这种"文字狱"之风初兴，多是由于明朝遗老遗少中的笔杆子对满洲人统治大不敬而引来的。到后来，统治者以兴"文字狱"为施政方式，有些挟嫌诬陷、告密邀功之辈，乘机推波助澜、营私攫利。渐渐，连乡民野老、市井愚氓等，也有遭"文字狱"拿办的，连满洲贵族、朝廷要员，也有被席卷而去者。一时间，文人秀士人人自危，"避席畏闻文字狱，著书都为稻粱谋"③，竟成了常见的现象。生为"危险人物"允禵之后，永忠要弄墨吟诗，自然不免处处加倍地陪着些小心。履底薄冰随时要防备着给踏破，他的诗，也便难能直抒胸臆了。在一首题为《十四夜月》的诗中，他写道：

冰轮犹欠一分圆，万里清辉已可天。明夕阴晴难预定，且徘徊步画廊前。

由于诗集没向读者提供写这首诗的背景材料，要做深入剖析是困难的。但笔者仍愿稍加揣测，该诗后两句，大约就是他苦衷心思的委婉表露了。

在他的诗集《延芬室集残稿》中，绝少应制之作。非不能也，是不为

---

① 永忠：《丙子诗稿本题诗》。
② 这位时人，系乾隆年间满族小说家和邦额。该评语是他在永忠诗集中所做的眉批。
③ 清代诗人龚自珍诗句。

也。虽说他常要例行公事地天阙晋谒，但与九重至尊，他没有多余的情感可言。

他的诗集，带有禅悦色彩的，有那么几首，但是这些诗更多显示的却是诗人气质，绝不同于那些空腹诗僧硬憋出来的干瘪货色，没有"悬知溪上意，流水是经声"①一类的混话。请看：

楼角犹残照，云来夕景昏。总有风折树，旋作雨翻盆。魑魅应潜伏，蛟龙肆吐吞。天威严咫尺，危坐一诚存。②

你能说他所怀之"一诚"，完全是可怜的宗教意识吗？也许有心的读者会看出，这是在纷繁时势下，诗人对自我怀抱的一笔着意描摹，也未可知。可以想见，在"风折树"、"雨翻盆"、"魑魅潜伏"、"蛟龙吐吞"的政治风暴威慑下，作者能做些什么呢？什么也做不成。皇权的炎炎天威，步步逼迫到他的咫尺之近。正襟危坐，固守一诚，便是他仅有的一线自由了。

在永忠的诗作里，与其事佛的三心二意形成反调对照的，倒是他对秀丽自然的一往情深。这是他苦闷精神的转移和寄托。信手翻翻《延芬室集残稿》，作者对山光水色的流连，以至于对朵花片叶、滴雨丝雾的钟情，触目皆是。让我们随着诗人情思袅袅的笔锋，品味一番其中的情趣。

他状写梅花，是："冰雪珊珊韵莫加，飞琼萼绿本仙家。"③

他赞咏飞雪，却又是："骈花塞叶尽瑶瑛，一夜罡风剪刻成。"④

身临微雨笼罩的村野，他吟哦道："隐隐灌水抱山村，几曲溪流新涨痕。停午篆烟融不散，斜风细雨到柴门。"⑤

游冶雨霁的西山，他又描绘出："淡淡墨晕作煨皴，苍翠云山望里匀。老眼昏花游戏笔，不经意处却通神。"⑥

这些诗句，清新隽永，不落窠臼，读来别致，促人心驰。这使人想起

---

① 清代诗僧实讱句，转引自张毕来《红楼梦影》一文。
② 永忠：《大风雨》。
③ 永忠：《梅花》。
④ 永忠：《十一月初三咏雪》。
⑤ 永忠：《数村风雨》。
⑥ 永忠：《雨后山光》。

《清诗别裁》编纂者沈德潜在评论满洲诗人风格时说的:"吐属皆山水清音。"① 欣赏者很容易从永忠的文笔间,看出一位卓越诗人的素质与天赋。

再来读读这首题为《偶成》的诗:

东风几度恋秋千,又送黄花到槛前。有约碧桃随逝水,无端锦瑟思华年。玉阶午夜如霜月,芳甸清朝乍暖天。谁遣才人心易感,春情秋怨总缠绵。

诗人总算披露出这样的信息:他的心,之所以常常缠绵于自然风物,易为"春情秋愿"所感,竟是为着"逝水"漂去了和他有约在先的"碧桃",而"华年"又无端地再现于他的脑际。恐怕这是一种近似于"春花秋月何时了,往事知多少"的心况罢。假使不了解永忠身世与心境的读者,把诗人笔下的"逝水"、"华年"、"春情秋怨",统统看成是寻常骚客的无病呻吟,就错了。恰恰相反,诗人的愁苦道士沉疴染身却不敢呻吟,起码是不敢高声呻吟。这时,他违心地偏离自己追求自然清新的本来风格,常常不得不把诗句罩上一层朦胧的保护色,让粗率的读者浅尝辄止;而唯有会心的读者,才能捕捉住此中板眼。诗人无法排遣的感慨在于,包括帝位在内的一切昔日美好物约,都逝而不返;"华年"盛景,明明已不可逆转重演,却又无休无止地缠绵悱恻,折磨着他那颗残破的心。

易感,且多情。这才是呻吟之为呻吟的地方。说他算不上一个合格的宗教徒,却是一位颇够标准的诗人,盖缘于此。读者从他的诗集中,可以看到,原配夫人卞氏病故,他悲痛欲绝,竟一蹴而就30首《悼亡诗》②。这为自号居士的诗人,在给友人的信中,甚至于毫不掩饰地自称"予固情种"③。动之由衷,儿女情长的章句,在他的作品中,不胜摘捡。而富有咀嚼意味的,也许是下面这两首:

遣情无计奈春何,永夜相思黯淡过。自爇心香怕成梦,玉莲花上漏声多。

---

① 见《熙朝雅颂集》恒仁诗集注。
② 永忠:《延芬室集残稿》丙子稿。
③ 永忠:《延芬室集残稿》戊子稿。

265

学道因何一念痴，每于静夜起相思。遍翻《本草》寻灵药，试想何方可疗之？①

正是，"学道因何一念痴"，连诗人自己也觉得非扪心自问一下不可了。

围绕永忠出现的问号，还有不少。即便他平生最亲近的至交永瑢为其诗稿作序，也指出："臞仙，盖吾宗之异人也！同余游二十载，余未能梗概其生平为何如人。何则？痴时极痴，慧时极慧，当其痴慧两忘之际，彼亦不知为何物。然其事亲也，蔼然有赤子之风；其平居也，涣然好与禅客羽流俱；其行文也，飒然有列子之御风。往往口不能言者，笔反能书之。是彼殆以手为口者也。"

实在是个有趣的诗人，引人注目的诗人！

"极痴"与"极慧"，这正是研究和了解永忠的一把钥匙。极慧，反映了他对当时最高统治者的认识清醒，对自己的艰险处境极为明了；而极痴，则不过是为了保护自己的深谋远虑的策略方式而已。

是否可以这样来解释永忠呢：一位颇有思维头脑和艺术造诣的才子，透过自家与一己的命运，始对身临其间的政治（主要是最高统治集团清宗室的内部利害关系），得到些较爽利的认识。面对自己完全不可能变更的冷峻生活，时时还须提防着不测，他极力用人前的痴愚，掩护内在的敏慧；他企望宗教的麻醉剂助他约束精神上的求觅，甚至希冀从风月花鸟那里聊取慰藉。不过，一切每每适得其反，往事历历，合愁共恨，牵肠搅肚，方自眼底退去，又打心头浮起，无计相回避，难以名状的烦恼驱赶着他，以口代手，让曲隐的心事发泄于万一。这，从根本上规定着永忠的诗人生涯。

二

乾隆三十五年，人到中年的永忠，在重读自己的早年诗作时，不无感

---

① 永忠：《情诗二首》。

慨，写了一首小诗：

　　旧诗捡出一长吟，触起当时年少心。渐谢青红归淡泊，知音争似不知音！①

　　此时的作者已经是名扬遐迩的诗人了。诗如其人，历经波折磨难，已由初期的气韵横驰，转而趋向苍凉凄清。他明白这一诗风演变的意味。而真正使他痛苦的是，他切感身边堪称知己者寥寥，寻得知音人太难。

　　的确，永忠这样一个人，要遇知己谈何容易！然而，他还是觅到了，虽然不很多，也还有几位。

　　如前所述，满洲皇族内部的权力争夺和政治倾轧，由来已久。其牺牲品，也就远非永忠一家。爱新觉罗的多数，都无可奈何地被抛向皇权政治的圈外。非主流派的旁支宗室成员，势必年复一年地递增，他们之中，永忠式的人物，自当别有。

　　径先与永忠结为莫逆的，当推他的两位宗兄，永憲和书诚。二人在当时，也是饶有名气的宗室诗手，文学功力不在永忠之下。而他们三人所以异常契合，却另外还有深刻的原因。

　　永憲，字嵩山，较永忠年长六岁，是康修亲王崇安之子。其兄永恩袭到了爵位，他终身只作了个闲事也捞不到管的"镇国将军"，郁郁而不得志，加之生性率真不阿，使他与尸位素餐的衮衮诸公，始终保持着明显的间距。

　　书诚，号樗仙，与永憲同庚。其六世祖郑献亲王济尔哈朗曾是清初政治舞台上风云叱咤的角色。而该支宗室，后来却很少得到皇权正统派的青睐。书诚虽援例袭了个"奉国将军"的虚名，但性受狷介，不与婴世，年甫四十，即托疾辞爵，以逍遥自得。

　　乾隆三十五年左右，三人相识，一拍即合；直至终生，共同维系着极密切的过从。

　　他们的关系如何？永忠写道："嵩山外朴内含真，樗仙孤介不受尘，余也肩随二公后，有如东坡月下对影成三人。"② 言外之意，分则三人，合

---

① 永忠：《志学草壬申癸酉诗稿自评诗》。
② 永忠：《醉歌行次樗仙谢嵩山招饮》。

便一体，是没法再亲热了。在永䜐、书诚的诗中，歌颂他们之间的情谊，以至于彼此推重的类似句子，也为数不少。书诚以至于自夸他们是"羲冠鼎峙惟三人"①，把世间芸芸之众都有些不放在眼中了。

既然三人交好若此，就给我们了解永忠提供了便利。永忠一生都处在睽睽众目之下，稍有闪失，也可能惹出飞来横祸。所以，他须时刻打点些谦谦唯唯，不肯轻越雷池半步。永䜐、书诚则不然，他们还够不上为当局重点控制的"危险分子"，当然用不着那么郑重其事地装出敦厚和平之态。与永忠不同，他们的作品，讽喻时事，锋芒外向，抒发郁闷，性灵毕现——当然，也还得在"文字狱"容忍的范围之内。

笔者于是想到，可以借助永䜐、书诚的笔墨，为我们折射出永忠灵魂之屏的真实影像来。书诚在他的诗中说："长安车马如水流，出门泥土增烦忧"②；又说："骄阳炙地气腾火，百计娱心无一可"③；还说："世间万事无如酒，醉眼看花花尽丑。惟有梅花恶独醒？直使《离骚》不能取"④。不难看出，其胸中块垒是层叠沉积的。

为着什么呢？

永䜐的诗句，更直截了当。他喊出了："呜呼大地为高丘，蚁穴纷纷争王侯……贤愚到头无复别，人生扰扰何时休！"⑤ 又喝问道："君不见伏波晚岁心犹壮，明珠犀玉遭谗谤？又不见淮阴一日大功成，狡兔未尽狗即烹？"⑥

这就清楚多了。他们的一腔愤懑，是冲着薄情寡恩的同宗掌权人去的，是冲着尔虞我诈的列位王霸者去的，是冲着崎崛险巇的肮脏官场去的。这种不可扼止的情绪，在他们，既是切肤铭胸的，也是彼此与共的。永忠显然不会例外。

永忠诗中不是有不少"白鸟⑦潜缘幔，青虫暗扑窗"⑧，"飞蚊更结羽，

---

① 书诚：《醉歌行谢嵩山饮兼呈臞仙》。
② 书诚：《次韵水云道人画竹兼呈栟榈道人》。
③④ 书诚：《嵩山以二扇索写梅各题一首》。
⑤ 永䜐：《狂歌行》。
⑥ 书诚：《醉歌行》。
⑦ 诗人原注："蚊，一名白鸟。"
⑧ 永忠：《夜坐杂感》。

竟夕振雷音"① 之类的费解句子么,在这里,注脚被发现了。

为了逃避炎势,消极抗拒他们深恶痛绝的封建弊政,永忠所采取的斗争方式,正是他们协调行动的一部分。

一曰各自谢世读书。永憲之侄昭梿在《神清室稿跋》中,记载了叔父常年"独处一斗室中"读书吟诗的情形。书诚的一首《题臞仙云阴欲雪图》诗,也为我们描摹了永忠的一帧自绘像:

前山后山云垂垂,大木小木长风吹。欲雪不雪尽如晦,湖影吞空静游滁。水阔凭空随人指,此公读书声未已。彼美盈盈间一水,臞仙自画琨林子(引者注:"琨林子"亦永忠号)。

二曰相约互邀,对酒当歌,唱予和汝。此种题材的篇什,在三位诗人的集子里,都占有可观的比重。他们的眼里,世上万物不足道,只有你我他之间的理解与情谊,才是最真挚的,最富吸引力的:"风雨初涤天日朗,潇洒襟怀气逾爽。剩有黄花三两枝,人约东篱欣共赏。下车不解叙寒温,触目琳琅歌慨慷。"②"九月十日风物清,登高已罢心未平。陶公篱菊正烂漫,折简招我偕酒兵。"③ 他们不聚则已,每聚必醉。酒酣耳熟之际,便慷慨狂歌,是以为哭,以阮籍、刘伶自况,以太白、长吉互喻。这样的"诗酒唱和",远远突破了旧时文人间的空虚礼酬,呈现出一抹抹强烈的政治色调。

三曰浪迹山水,吟风赋月,陶冶情志。他们对归隐山林,种过几天西畴田亩的陶渊明,羡慕得很。可是八旗制度限定,满人无论何等身份,都不许擅离旗地。宗室人士,更不得私出京城。结果他们对祖国的名山大川向往了一辈子,到底也没有福分成游。于是,他们把自己的足迹洒遍了京郊的每片山水。书诚有诗云:"住山固无缘,游山遂无度。屈指惜秋残,趋之若公务。"④ 只有在大自然的怀抱里,他们才感到一洗平素的躁虑,心赏目悦。

---

① 永忠:《夜坐杂兴》。
② 永憲:《重阳后一日樗仙手酿潇湘春招臞仙与余同饮》。
③ 永忠:《重阳后一日樗仙招集静虚堂同嵩山赋》。
④ 书诚:《九月十四日再游罕山道院题壁》。

永忠还同他的挚友，在自己选定的理想之岸——政治漩涡冲刷不到的地方，构筑起广泛的生活情趣。琴棋书画，无所不操，无所不通。永忠儿时即善抚琴，能弹奏《平砂》、《静观》等曲目。[①] 他刚成年的书法，便得晋入骨力，为士人们推崇，友人见其"片纸只字，辄夺去藏蓄"[②]。他和书诚，都是绘画高手，均长于画梅，风格各呈千秋："臞仙写梅梅似火，道人游戏朱门可；樗仙写梅梅似冰，心已成灰身未果。"[③] 其他，习射、酿酒、种蔬、养花、植竹、蓄砚，也都是他们生活中的快事。人们说，满人多才多艺。应该看到，这是在清代这个满洲人地位特别的历史时期渐渐形成的。悠久而浓烈的汉族古代文化习尚，濡染着满洲上层有闲子弟。而永忠这一类闲散的士大夫，与强权政治相互排斥，格格不入，在诸多技艺方面反倒苦心孤诣地追索，又怎能不一展才华？从清初，到永忠那个时代，满洲人大都是以昂扬进取的姿态介入社会生活的，其中得势者，注定要将其有为的一面，发挥在政治上；而许多失势者，不甘人下，也顽强地选择施展自我的方向。所以，永忠这些人在各门技艺上的成就，内里包孕着一派蓬勃生机。（至于清后期，越来越多的满洲旗人走上艺术之路，又有些别的原因。那是后话。）

以永忠为轴心，以严酷生活下的共同体验为思想纽带的这个宗室文人集团，虽都秉性清高，却也不是完全封闭的。大浪淘金，社会政治生活的洪涛，不停地往他们眼前推出些志同道合者。乾隆三十年之后，又有几位新人物走到了他们中间来；敦诚（敬亭）、敦敏（懋斋）、额尔赫宜（墨香）、幻翁（沙城狂叟）、成桂（雪田）、兆勋（牧亭）……有趣的是，他们不但个个锦襟绣口，才华飘溢，而且大多是有一番潦落家世的爱新觉罗！

人多了，圈大了，但他们的生活志好，交往方式，以及情谊的递达，却依然沿着永忠、永㥣、书诚一并铺开的那条既定轨道伸展。敦诚、额尔赫宜和成桂，在这些人中，与永忠更亲近些。敦诚，是努尔哈赤之子阿济格的五世孙，额尔赫宜是敦诚的幼叔。自打阿济格于顺治朝被难之后，他

[①] 永忠：《延芬室集残稿》壬申初稿本。
[②] 永忠：《延芬室集残稿》戊寅稿本。
[③] 永㥣：《和樗仙画扇原韵》。

们这支已经沦为了宗室平民,"不辞种菜身兼仆,无力延师自课孙"①。到后来虽然略见转机,可也早与当朝执政结下了蒂固根深的宿怨。"同是天涯沦落人,相逢何必曾相识?"敦诚刚刚结识永忠,便对这位"貌臞心自冷"的宗弟很是倾心;而永忠,"耳熟敬亭有年",一朝邂逅,相见恨迟,自有说不尽的心头话。额尔赫宜,乃是一位风流倜傥的青年武士,偏爱浏览情诗情文,遇上了永忠这个"情种",也属求之不得,他俩频繁交换各自欣赏的文学作品。永忠在把自己写的"情诗"传寄给他时,居然再三叮咛:"再无副本,人亦未见,幸速见还,若致遗失,性命所关也!"② 可见他们心神相昭的是何内容了。

成桂也许是这个文人集团中处境尤告可怜的一位。他隶属爱新觉罗的哪一支,已于正曲无考。只知他文墨在胸却一贫如洗,多年靠永忠收留赡养。他们的关系也可见一斑了。

毫无疑问,人们未曾领略过无缘故的爱和恨。在一一认识了永忠知己们的时候,面向永忠的镜头焦距,就被调节得更加准确而清晰了。

于是,谈谈永忠读小说《红楼梦》及其挥泪悲悼曹雪芹的诗,便是十分自然的了。

三

这件事,在诗人59岁的整个生命里,尽管只是留下百十字的痕迹,却是如此赫然地引人瞩目。

34岁的永忠,从他的密友额尔赫宜手中,借到一部手抄秘本的《红楼梦》。按说,他们之间传阅文学作品,已成习惯。而这回却不然,一阅之后,却给永忠的精神世界带来了石破天惊的震动。

一部小说,把他多年固守的韬光养晦的防线崩塌了,思浪情涛破堤奔流,诗人再不能自已,笔纵龙蛇,一气挥成七绝三首。这便是本文开篇处所引录的那些动人灵台的诗句。

《红楼梦》作者曹雪芹的身世,近代以来业经专家们多方考得,众所

---

① 敦敏:《春日杂兴》。
② 永忠:《延芬室集残稿》戊子稿。

周知，而在当初，曹氏却是个不见经传的"小人物"。永忠在展读小说之前，是否会得知他的凄楚身世呢？回答，是肯定的。因为敦诚与永忠相识之先，已与雪芹深交经年，直至雪芹逝世。雪芹给他的印象是那么深，永忠与他的友谊是那么真，他不会不把雪芹讲与永忠听。

永忠了解雪芹之遭逢，不无意义。二人的家道，原来就有非同一般的联络。永忠祖父允禵，乃康熙帝极钟爱之子，雪芹祖父曹寅，亦为康熙帝得力的内务府大员。永忠一家于雍正朝之前，还称得上得天独厚的"天潢骄子"；雪芹家截止康熙朝，也是钟鸣鼎食的百年望族。永忠的祖父允禵，惨败在雍正帝之手；雪芹父曹頫，也是在雍正年间被缉办的。允禵因争帝位而遭荼毒，曹頫又为何而倒运呢？红学界的结论之一，就是说曹頫的姐姐（雪芹的姑母），上嫁作了平郡王讷尔苏的王妃，而讷尔苏在允禵代父西征时，又恰恰是允禵的左膀右臂！在雍正皇上心目中，治允禵，必得株连讷尔苏；治讷尔苏，必得株连曹頫，因为他们是一党。连锁反应就这么出现了。《红楼梦》第四回那个葫芦僧门子，曾指出贾、史、王、薛四家，是"一损俱损，一荣俱荣"。读到此处，永忠必然要把小说的艺术加工，还原成为一幕幕生活中本来就发生过的难忘场景，与小说作者同病相怜而频嗟叹叹！

自己与雪芹，相似何其多。这是永忠在读《红楼梦》时一再发觉和感慨尤烈的。家世，仅是其中之一。更多的，更重要的，在思想感情方面。

雪芹在其如椽笔下详描尽绘的封建"末世"万千气象，对永忠来说，是熟稔的，是在生活中时刻寓目感心的。小说中展现的人世间枯荣悲欢、生合死离、衰兴败成、暖冷炎凉，在今日读者眼里，即已是准确逼真、生动形象的了；那么，在彼时彼境的永忠看去，简直就是咄咄逼人、动魄惊魂的了。

"陋室空堂，当年笏满床；衰草枯杨，曾为歌舞场。"[①] 永忠和雪芹，都是罪囚之后，昔日前人所逢"烈火烹油之盛"，像过眼烟云般地飘散了，给他们留下的，只是一缕缕冥冥虚幻的感念罢了！"喜荣华正好，恨无常又到"[②]，"叹人世，终难定"[③]。他们面临凶险四布、转瞬沧桑的人生，痛感无以自主，总觉得有股不可驾驭的谜也似的力量，在无情地玩弄着他们

---

①②③ 《红楼梦》中的诗词。

的命运之筹。于是，渐渐惑于因果，遁入虚无，或趋向老庄，或近乎佛禅，以找寻蒲团自守的途径。在《红楼梦》里，作者最终为宝玉设计的，差不多就是这么一条道路，而永忠先辈为他划定，并由他自己凭据全身的，亦此准则。

雪芹在自己的作品中，公然展示了封建社会千疮百孔的肌体和已入膏肓的痼疾。因为，他确实品遍了世上的甜酸苦辣，认惯了世人的眼色与本性。永忠又何尝没有同样的体会！他们对上上下下"得志便猖狂"的"中山狼"，怀有切齿的憎恶，对一整个时代失望决绝，却又与现存的封建制度和封建阶级，有着程度不同的相依关系。他们的精神，痛苦地徘徊在"出世"与"入世"的隘口处，熬煎于"折台"与"补天"的犹移间。

"木石前盟"的宝黛爱情故事，撞击着"情种"永忠的心。他肯定不会是个色盲——在小说男女主人公性格的浓重的叛逆色彩面前，他是把"颦颦宝玉两情痴"，作为自己的意中形象来讴歌的。挣脱精神锁钥的桎梏，争取个性解放，这种思想基础，永忠是有的，早在题《西厢记》诗作中，便有表述。而颦颦和宝玉，更有反抗伪善礼教，蔑视利禄功名的共同抗争，想必也是永忠可以心领神会并寄以支持的。

令永忠喷叹不已的，正是雪芹笔下的凡此种种，激愤澎湃的诅咒，脉脉流情的挽歌，尽为永忠心底所有而笔下所无。永忠惊异了：在自己难得的几位挚友之外，还会有雪芹这样一位更其高妙和卓越的知己！抱憾哪，这位知己，只能由其作品去相识了，他已在五年前，就告别了人间……言念及此，痛感至深，千怨交迸，涕泗倾流，几回掩卷，恸哭曹侯！他恨不能邀得九泉之下的这位"才鬼"，来自己的延芬斗室，对酒述怀，一醉方休。

感情上的共鸣，思想上的认同，使永忠在自己的诗歌创作活动中，走出了有生之间最远的一步。雪芹在小说缘起处，怆然以诗发问："满纸荒唐言，一把辛酸泪！都云作者痴，谁解其中味？"投桃报李，永忠的三首诗，正是给雪芹哀魂的一个极为确切的回答，证实了在同时代的读者中，他是对雪芹书的"其中味"体会最深刻的人。雪芹逝世时，他的友好敦诚、敦敏、张宜泉都写过真情宛然的凭吊诗章，对雪芹其人其事有清醒的认识及高度的评鉴；但对雪芹的书，则还不曾写过见地精到的读后感。在《红楼梦》成书的同时，进行该书批评的那位最早的"红学家"——脂砚，虽曾对作者的创作甘苦及作品的故事设计,作过若干有益的揭示,但在认识小说写作宗旨时,他(她?)所提供的意见,又的确与作者的意图时有偏离。与永忠同时或稍后,另外也有部分的欣赏者,有幸读到《红楼梦》,甚至也有其中少数人,为小说的强烈文学功力所折服,写过些题咏诗。但这些诗,都拘泥于对作品的艺术性和情节的泛泛夸赞,离小说笔端饱蘸的深刻含意,还差着万里之遥。乾隆年间的宗室诗人明义(我斋),写了20首读红诗[1],是乾嘉时期同类诗词中最突出的,其实际,也没有突破这个樊篱。而打破这种局面的,永忠是第一人!他无愧于这个"第一人",置可能发生的追查法办于不顾,毅然将这三首诗,誊入自己的《延芬室诗集》。他那位道貌岸然的叔父弘旿,见此十分胆怯,竟在诗集中做出眉批,声明自己对小说《红楼梦》"闻之久矣,终不欲一见,恐其中有碍语也"[2],恰恰从旁衬托出永忠此举之胆识不凡。

另一方面,永忠本人的艺术修养,使他又得以在文学成就方面较好地欣赏《红楼梦》。永忠本人虽然一生中多创作诗歌,也写过少量散文,没有写过小说或戏剧,但他的文学兴致却远远超过自己笔下的文学样式。他最大的喜好是藏书,"臞仙少年心冰清,身无长物书满籯"[3];而且把更大的兴趣放在看杂书上:"常不衫不履,散步市衢,遇奇书异籍,必买之归,虽典衣绝食所不怨也"[4]。"奇书异籍",显然是指封建文学正统所鄙薄的小说、戏剧等文学体裁。因而,他能成为明清之际较早认清小说创作意义和创作规律的有眼光的文人之一。他发现,《红楼梦》的创作出于作者亲身体验,却远不仅限于一家的生活素材,而是让更广阔的社会生活"都来眼底复心头"的珍贵艺术结晶,是"辛苦才人用意搜"的文学劳动产物;他品味出,唯有匠心独运的大手笔,才"三寸柔毫能写尽"那么一个斑驳陆离的大千世界;他断言,文笔这样"传神",便是足以千秋不朽的佳作了。这些精辟的诗句,与我们今天所持的文学观念,与我们今天对《红楼梦》小说的估价,是何等的相类相投!

自然,我们亦不必溢美永忠,把他说得同雪芹一般伟大。永忠毕竟还

---

[1] 明义:《绿烟琐窗集》。
[2] 《延芬室集残稿》戊子稿。
[3] 永恚《栟榈道人歌》。
[4] 昭梿:《啸亭杂录·宗室诗人》。

是永忠。他对封建皇朝的痛绝和对新理想的追求，较之雪芹，都不可同日而语。易言之，永忠还不能像今人那样比较彻底地辨析雪芹思想的全部内涵。这倒不是囿于永忠的才力不济，而是因为他与雪芹社会经历互异。雪芹出生于锦衣花簇的家道"盛世"，享受过极顶的荣华，又亲自承受了"金满箱，银满箱，转眼乞丐人皆谤"的家境暴跌，被命运一举逐入社会底层，时常窘困到"日望西山餐暮霞"[①]的地步，他的感慨与愤激，当然是火山喷射般的强烈。而永忠，出生之前，家庭早已运交华盖，他并没有尝过一天"盛世"的丰美滋味。而终其一生，又不曾再遭到新的冲击，尽管与当朝异梦日久，而高出小康状的生活，却让他还能苟且下去。此其一。其二，雪芹早年生活在江南经济发达地域，对当时已在中国大地上崭露头角的资本主义因素，有幸目睹，其民主新精神也应运萌生。他天南地北地漂泊，人世间的苦痛忧患，对他时有启迪，其思想演进，也就可能达到时代的前列水准。而永忠却一辈子给关在京师这个死水一潭的封建堡垒里，胸间愁城难能吹进新鲜的时代气息。他又是冠以爱新觉罗"神圣"姓氏的宗室子弟，封建宗法陈规对他不会没有一点约束力。与雪芹相比，他在政治准则上与现行制度间的差距，更小些，思想感情上与世间百姓的差距，则更大些。

但是有一点，至少有一点，永忠极接近雪芹，那就是，面对冰冷无情的社会，他们绝不甘心熄灭生命之火，而是奋发自砺，使之燃烧得更加炽烈。

笔者希望能借助上述文字，恢复永忠这位饶有业绩的清代满族诗人的大致轮廓。他是不该为文学史忽略和忘却的。

在重新把永忠作为文学研究中的一个课题的时候，有个进一步的联想随之产生。《红楼梦》在古典小说史册上，是一部雄视百代的现实主义巨制。对这部书的产生，专家们已做出极为艰苦的钻研，累积了诸多成就。然而，在研究曹雪芹赖以创作的生活基础时，似乎尚有疏漏之处。笔者认为，推进对永忠以及永瑢、书诫、敦诚、敦敏等宗室文人及其集团的探讨，理当作为"红学"研究的一个重要方面。这是因为，雪芹这位辛苦才人着意搜求的，除本人经历外，大都是这类宗室、贵族人士家世、际遇、情

---

① 敦诚：《赠曹雪芹》。

绪、习性、心理等方面的材料。永忠不是也写过题"十二钗"的诗么？永𢙐不是也写过题为"访菊"、"对菊"、"梦菊"、"簪菊"、"问菊"的诗么？雪芹小说中出现的这些诗题，绝不会是相互间的偶然巧合。作为满洲内务府包衣旗人的曹氏虽非宗室，却在兴衰各阶段都与宗室成员保持着紧密联系。就整个社会而言，他们的生活，本来就处在一个共同的微观氛围之内。进一步认识永忠及其所属的宗室文人集团，肯定会有助于对雪芹和他的作品的进一步研究。有一种意见，把离开《红楼梦》作品本身的探讨，一概划定为无须注目的"红外线"，恐怕失当了。而另一种方法，撇开雪芹同时代的大量史料不予关心，而潜意追求于对曹氏十八代祖宗的考证，也不足取。只有很具体地认清作家的现实生活基础，才会更确切地认准作家的思想幽微。如果仅仅把曹雪芹的生活条件，大而化之地说成"封建末世"，便难免在研究中出现雾里看花和概念化的倾向。当然，严格地说，这里附加提出来的问题，已是本文的几句题外话了。

（关纪新，男，满族。毕业于中央民族学院汉语言文学系78级。读大学本科期间，开始师从张菊玲先生从事满族文学研究。本文系学士学位论文，指导教师张菊玲。退休前为中国社会科学院民族文学所编审、教授。）

清代满族作家和邦额与《夜谈随录》

李红雨

清初康熙年间,《聊斋志异》行世。其引人注目的成功,使得文人"摹仿赞颂者众",纷纷起而效之,争相说鬼谈狐,以致在清代的文坛上,形成了热衷于文言志怪小说的潮流。这些作品大多只是模仿《聊斋志异》的形式,借狐鬼以游戏笔墨、排遣闲情,无论在思想上还是艺术上,都远不能与《聊斋志异》同日而语。但其中也有极少数值得珍视的佳作,满族作家和邦额的《夜谈随录》便是一个代表。

在《聊斋志异》之后的文言小说中,《夜谈随录》是一支突起的异军,其与诸多的效颦之作全然不同,成就独出。但直到目前为止,《夜谈随录》还很少引起研究者的重视,这难免使人引以为憾。

一

和邦额,字闲斋,号霁园主人。乾隆三十九甲午年(1774)举人,曾官山西乐平县县令。《夜谈随录》有他写于乾隆四十四年(1779)的自序,自称其年四十四岁。据此,和邦额当生于乾隆元年(1736)。卒年不详。关于他的生平,我们所知甚少,只能从一些片段的材料中略窥知一二。

乾隆年间,京师北京聚集了一些特殊的满族文人。他们大都是宗室显宦的后裔,在满族统治集团内部无情的政治倾轧中,家道衰落,穷愁潦倒，抑郁满腔。由于"境遇冷如毡"①，于是，便流连禅道，纵情诗酒，寓身文艺。相似的遭际，织就了一条相知相怜的纽带，将他们紧密地拴连在了一起。他们诗酒唱和，过从甚密，申吐情愫，探讨文艺，"至蔚成社会侧面之一部分重要波澜"②。这些人有永忠、书诫、永蕙、敦敏、敦诚、墨香，也包括曹雪芹等人。和邦额与这些人关联密切。

爱新觉罗·永忠③，是康熙帝的重孙，也是这个文人集团的核心人物，和邦额与他有着非同一般的往还。永忠的《延芳室诗稿》，曾经经过和邦额的评点，和邦额的作品，永忠也同样细加阅读。《延芳室诗稿》中有永忠为和邦额诗稿所题的一首诗《书和霁园邦额蛾术斋诗稿后》：

暂假吟编向夕开，几番抚几诧奇哉。目昏何惜双添烛，心醉非关一覆杯。多艺早推披谒日，成名今识谪仙才。词源自是如泉涌，想见齐谐衮衮来。（永忠在句下自注：先生绮岁所填一江风传奇早在舍下。）

诗中可以看出永忠对和邦额多才多艺、捷思健笔的崇爱之情，同时，又从中得知，和邦额还有一部诗集——《蛾术斋诗稿》，和一部戏曲——《一江风》④。

从《夜谈随录》中知道，和邦额出生于一个满族官宦家庭，《请仙》一篇透露，他幼年家境颇富，祖父、父亲曾在陕西、甘肃、浙江、福建一带为官，他曾随同任上。他所交往的也常有满族上层人物。根据《夜谈随录》的记载及和邦额与永忠等宗室觉罗的特殊关系，可以推知和邦额的出身并非一般。但值得注意的是他一生却又只做过县令这样的小官，这个事实意味深远，它曲折地浮现出和邦额的家庭和这批满族文人一样，在政治角逐中也遭受了由盛及衰、坎坷挫折的变故。

就思想特点而言，和邦额与这些满族文人同中有异。和邦额曾远离京师，足迹遍历大江南北，这和一生因清廷规定锢居在京城的永忠等人很不

---

① 敦敏：《九月同敬亭子兼登道院斗母阁》诗。
② 侯愕：《觉罗诗人永忠年谱》序言，《燕京学报》第12期。
③ 永忠祖父即康熙第14子允禵。康熙颇看重允禵；雍正登位后，将他锢废，严加迫害，几致于死。直至乾隆继位，方被赦免，但其家道却从此一蹶不振。
④ 和邦额戏曲《一江风》剧本共2卷36出，敷演郑梓与高静女之事。

一样，广阔的生活阅历和对社会的直接接触，使他的眼界、胸襟均超于他周围的宗室文人之上，不只局限在个人哀怨的樊笼中，而是与整个社会呼吸相通了。现实中的污浊景象，加深了他失意、郁愤的心情。因而，较之他的满族文人朋友，和邦额思想中有更多的激愤、反抗的成分。看看敦敏那首题曹雪芹画石诗：

傲骨如君世已奇，嶙峋更见比支离。醉余奋扫如椽笔，写出胸中块垒时。

可以见出其弦外之音。这些满族贵族集团中的沦落人，大小块垒布满胸中。"物不平辄鸣"，但慑于自身家世的惨痛教训和清廷严酷的政治重压，他们虽满腹积怨，却只好压抑心底，一再隐忍。但在此时，仿效《聊斋志异》志怪小说的风气兴起，这使和邦额找到一种形式。虚妄的狐鬼故事，无疑可以是他一泻胸中块垒的最好掩护。

在《夜谈随录》自序中，和邦额意味深长地声称："谈虚无胜于言时事。"表明是在"谈虚无"，但其中实际寓含着作者和这批满族文人的难言苦衷。正因为"时事"不可言，才只好借助"虚无"的外衣。这句亦真亦假的表白，道出了作者的创作与时代政治现实的深刻矛盾。

二

和邦额在作品中展现出了广阔的社会生活，从多种侧面言及了"时事"。展读《夜谈随录》，首先令人惊异的，是对下层劳动人民生活的大量反映。

和邦额在政治上的挫折，低下的官位和已非富裕的生活，使他有机会接触到底层人民，并与他们的思想感情产生共鸣。他对广大的劳苦人民有着广泛的了解，各种各样底层人民的形象：操舟人、穷苦兵丁、城乡贫民、小生意人、被卖身的奴脾等，都成为小说故事中的主人公。作者将目光执着地盯向社会底层，这是其他同流志怪诸书所远不能相比的，这也是《聊斋志异》所不及的。

如《谭九》一篇，作者以细致的笔触描绘了一个贫寒人家的凄惨情景，真切反映出当时下层人民的辛酸生活，满纸充溢着作者的深切哀悯与同情。青年谭九探亲宵行，为一热心老妇留宿家中，其家"矮屋两椽，土垣及肩"，"室中空无所有，唯黄灯悬壁"。家中有一哺儿少妇，一身穿着"皆敝甚，露一肘一腓并两踵"。吃饭时，"瓦器绝粗，折秭为著，以盆代壶"。饭后，少妇"就灯为儿捉虱"。及就寝时，老妇又赧然相告："以贫故，一家并无被襥，屈郎甚矣！"这是一幅何等惨痛的画面，这完全不是写鬼，而是对现实生活最真实的写照。

"八旗生计"问题，是清代满族的严重问题，至乾隆时期，大部分八旗人丁便已入不敷出，衣食艰辛，常常靠典当度日，光景日见凄惨。这使满族内部贫富严重分化，矛盾日趋尖锐。对于满族下层人物的悲惨境遇，小说中也有充分反映。

《某马甲》中，作者这样描述：

马甲某乙，居安定门外营房中，甚贫，差役多误。其佐领遣领催某甲往传语："亟出应役，不则必斥革矣。"甲素与乙相善，即往见之，入门，马矢满地，破壁通邻。屋三间，秸隔一间为卧室，妻避其中。时际秋寒，乙着白布单衫。白足趿决踵鞋。甲一见，恻然曰："弟一寒如此哉！"因致佐领语，且曰："料弟贫寒，我归见牛录章京①，当为缓颊。但日云暮矣，不克入城，舍此无信宿处。"解衣付之曰："弟应久不举火，讵可以口腹相累？此衣可质钱四五千，姑将去，市肉沽酒，来消此寒夜。余者留为数日薪水费，幸勿外也！"乙赧然抱衣去。

营房去市远，曛暮未归。甲独坐炕头，寂无聊赖，检得鼓词一本，就灯下观之。有顷，闻房中哀泣声，知为乙妻苦贫。窃为感叹间，蓦见一曲背妇人，蹒跚入室，至佛案前，塞一物于香炉脚下，仍出户去，面目丑恶，酷似僵尸。甲觉其异，起视脚炉下所塞物，则纸钱十余枚，深怪之，不禁毛戴，付诸丙丁。房中泣声渐粗，倍觉凄切。潜于帘隙窥之，乙妻已作缳于梁间，将自缢。甲大惊，不复避嫌，急入救之，慰解再四，乙妻含悲致谢。

---

① 八旗职官，牛录章京即佐领。

八旗兵丁的惨境已到了贫不欲生的地步,作者揭示得何等真切而有力!

对于残害民众的贪官酷吏、恶霸豪神,和邦额则是抱着切齿的痛恨,以犀利的笔锋进行了尖锐的揭露。《张五》一篇,作者别出心裁地写了一个普通的劳动人民张五,在鬼役指使下,亲手将一位"贪财好色,滥杀酷行"的知县的魂魄拘离躯体,使其得到应有下场,同时,尽情暴露了知县的种种丑态。《猫怪》中,作者借一能作人言之猫口,痛斥它的主人、一个奸佞官吏是:"……生具蟆蚁之材,贪缘得禄。初仕刑部,以钩距得上官心。出知三州,愈事贪酷,桁杨斧锧,威福自诩。作官三十年,草菅人命不知凡几……所谓兽心人面。汝实人中妖孽,及反以我言为怪,真怪事也!"这等痛快犀利的言辞,正是作者自己激愤心声的道白。

和邦额本人并不信怪,《夜谈随录》自序就说:"予今年四十有四矣,未尝遇怪。"《诗仙》一篇中,也表露了同样的态度。和邦额认为,真正害人的妖异,并非狐鬼,而恰恰是人间这些"兽心人面"的贪官污吏。在《杂记》篇首小引中,作者深刻地谈到,世间最可怕的不是"狐之妖"、自然界中的"物之妖",而是"人之妖"。因而,作者认为不视那些"人中妖孽"为怪,反视自然界中的怪异为怪,这才是"真怪事也"!

由于政治上的失意,和邦额对于朝廷是心存嫌隙的。值得注意的是,作者在小说中不只是批判个别官吏,而是对整个封建统治的根基"朝廷制度"也抱以轻蔑戏弄的态度。《嵩粱筼》一篇写道:笔帖式嵩粱筼因狐作祟,怒摘其帽指着帽上金顶威吓狐说,此"乃朝廷制度",企图以此将狐镇服,谁知狐对这颗金顶全然不以为意,作祟更剧,致令嵩粱筼"惶惶不知所措"。官帽上的金顶,是清代朝廷尊严和统治权力的象征,而作者竟然大不敬地借狐祟加以嘲弄,其胆识实在不凡。

不只如此,和邦额在书中还"不法"地触及了清王朝的重大政事。《陆水部》一篇,讲述了后来受文字狱迫害的陆生楠被清廷贬戍察哈尔之事①,并对陆生楠抱以同情。对于这种忤触时政的情形,昭梿在《啸亭杂录》中惊呼:"至陆生楠之事,直为悖逆之词,指斥不法。乃敢公然行世,

---

① 陆生楠之案起于雍正七年(1729)。革职戍边的工部主事陆生楠因著《通鉴论》,主张古代圣人制定的分封制,反对君王权势过重,被军前正法。雍正对此案十分重视,还亲自写《驳封建论》。

初无论劾者，亦侥幸之至矣！"但蒋瑞藻则说《夜谈随录》："论陆生楠之狱，颇持直笔，无所隐讳，亦难能矣。出彼族人之手，尤不易得。"两者从不同角度赞美了作者敢于"言时事"的超人胆气。

和邦额在坎坷的道路上，真切地看到了人间的不平。作者在小说中对许多不合理的社会现象发以愤慨与感叹。《崔秀才》一篇通过世家子刘君周围的亲朋对其贫富变化而随之骤变的态度，对炎凉世态做出了真切细致的描摹，进行了痛快淋漓的针砭。《夜谈随录》中还写有一些令人心酸的悲剧故事，如《阿稚》、《藕花》、《娄芳华》等篇，都是以美丽的姑娘惨遭横死，幸福的爱情与家庭毁于一旦而告终的。在这些故事中，既没有任何美好意愿的兑现，也没有丝毫的荒诞意味，而只是美与理想的破灭，这实在是作者自身悲剧经历的反映，也是社会普遍悲剧的写照。在这点上，和邦额与曹雪芹《红楼梦》的创作有相似之处。

在和邦额身上保留很多浑朴淳厚、见义勇为的民族性格，这与他对生活的深切感受融汇在一起，使他更加疾恶如仇。和邦额在许多故事中刺恶扬善，通过狐鬼对为恶不仁者予以严厉惩罚，就这点而言，也超过了《聊斋志异》等小说。

和邦额的儒教意识较为淡薄，《夜谈随录》也较少理学的伦理说教的色彩。和邦额以对封建礼教的轻视与满族人的内在豁达，对于自由的爱情婚姻予以了热情的赞颂，在这一点上和邦额显得与蒲松龄异曲同工。但《聊斋志异》中对封建伦理、嫡庶名分等的描写和宣扬，在《夜谈随录》中则全无踪影，这与满族的民族生活传统相关。《董如彪》一篇中，作者还出格地描写了富室狐翁的长女爱上了妹夫董如彪的奴仆印儿。以尊就卑，而狐翁却高高兴兴，毫无异言，成全了他们的幸福。如此无视门第等级观念的笔墨，在极度尊崇程朱理学的清代，无疑是对封建礼教的有力挑战。

和邦额身为满族，他的创作中流溢出了浓厚的民族色彩，并展现了清代乾隆年间满族人的生活风貌。由于清代的八旗制度和满族上层的特权化，一些一味游手好闲，整日寻欢觅笑的八旗纨绔子弟应时而生。这些人引类招朋、混迹市井，干下许多荒唐乃至无良之事。对此，《夜谈随录》有着鲜明的反映。《三官保》中所描绘的八旗浮浪子弟三官保就是一个典型。三官保"美而暴戾"，"邻里畏惮，号为花豹子"。他以打架收服了另

一小地痞佟某,"佟某号佟韦驮,亦北城虎也"。看看他们整日都干些什么:

  (三官保)遂与佟约为兄弟,逐日与俱。乡邻窃叹,以为保得佟,虎角而翼矣。保居近地安门,门外旧营房之东,故有关帝庙,保与佟暨其党十余人,常聚集于其中。或掇石较力,或悬空架横木,为翻肋斗,坚蜻蜓诸戏。或以巨竹长数丈,张布为帆,仿白虎幢之制,腾掷身首,以示技巧,名目中播。入夜则聚谈开饮,评论某也强,某也弱。所言强者,必寻衅以折辱之。是以睥睨一方,称为土霸,虽屡为官司惩劝,不少悛也。

  这一段对八旗贵族子弟的顽劣行止,描摹极为细致、真实。
  满族的风俗习惯,《夜谈随录》中也有描写。如《阿凤》一篇中,狐翁夫妇要将女儿嫁给某宗伯的儿子,宗伯问:"何日亲迎?"答曰:"旗俗不亲迎,且即承慨许,当即令其趋事舅姑,敢议礼乎!"满族人喜爱民间说唱,《某马甲》中马甲某乙贫甚,坑头仍有"鼓词一本"。此外,满族人质朴豪爽的气质、特殊的主仆关系、对科考的特别心理等等,小说中都有所表现。可以说《夜谈随录》为我们提供了一幅当时北京满族社会生活的浓彩图画。
  《夜谈随录》同《聊斋志异》一样,寄托了作者的一腔"孤愤",并使人更强烈地感受到作者对现实郁积的不满。它承接了《聊斋志异》的创作精神,在花妖狐魅身后,隐藏着对社会污浊的揭露,对时弊的指陈。同时,在写作上,《夜谈随录》由于并不将一切都托寓于狐鬼,而是大量直接触及了现实生活,因而,较之《聊斋志异》反映社会现实更真切,离现实生活更近。

三

  《夜谈随录》的写作方法与《聊斋志异》类似,承袭唐宋传奇笔法,注重形象塑造和故事情节的排布描摹。在艺术上,《夜谈随录》确有一些不足之处,无论在想象的瑰丽、情节的丰富,还是艺术形象的塑造方面,都逊色于《聊斋志异》。并且，在一些篇章中，文笔也时有粗率之处，鲁迅先生就指出其"语气亦失之粗暴"。昭梿《啸亭续录》和蒋瑞藻《小说考证续编》也指出其"文笔粗犷"。但作为一部满族作家的作品，《夜谈随录》仍有其一些突出特色。

首先是作品中质朴淳厚的气质。《夜谈随录》的风格，在同类文言小说中是独具一格的。即少委婉、少曲隐、多质直、多现实。它缺乏这类故事所常有的那种斑斓的浪漫色泽。读《夜谈随录》，不是使人感到如入狐仙妖魅的奇幻之境，为其迷离的色彩所迷惑和吸引，而是使人清楚地感受到置身于现实的社会、现实的人生。这一切都出于作者对现实生活大量、真切和毫不矫饰的描摹。

请看《某太医》中对一位倚势榨财的太医的描写：

太医某，大兴人，失其姓名。轻裘肥马，日奔走于九门，以致富。延请者日积于门，非日晡不到病家，不顾病人之望眼穿也。每视一病，写一方，不论效与不效，例奉于钱，否则不至也。日暮归，从人马后，囊橐尽满。人或怪其来迟，则色然曰：甫从某王，某公主，某大老府宅中来，盖非一时势位炫赫者，不肯流诸齿也。人无如之何，任之而已。

这种质直浑朴、不施朱华的写法，小说中随处可见。如实地写出现实社会，极少虚幻的色调，予人以亲切熟悉的感觉。

其次，是作品中的地方色彩和口语化的语言。和邦额主要居住在北京，《夜谈随录》中以北京为背景的故事也最多。这些故事展现了一幅幅北京市井的风俗图景，飘溢出浓郁的北京乡土气息。在语言上，作者不拘守文言的体式，大胆揉进了北京的地方口语，使小说的语言更加活泼生动，富于生活气息。这些特点，使《夜谈随录》明显地带有北京地方色彩。请看《三官保》中三官保与佟某在北京街头打架时的描摹：

佟大言曰："汝既好汉，敢于明日清晨，在地坛后见我否？"保以掬膺，双足并踊，自指其鼻曰："我三官保岂畏人者？无论何处，倘不如期往，永不为人于北京城矣！"

写二人对话形状，活灵活现，惟妙惟肖，给读者展示了一幅绝妙的北京社会风情景象。

作者对市井俗语的吸收和提炼，多处可见。如《阿凤》中，宗伯夫人骂儿子的话："不省子岂不闻不听老人言，栖惶在眼前耶？"《噶雄》中噶雄婶母对丈夫的斥责："正所谓自将马桶向头上戴者，尚堪作朝廷堂堂二品官耶！"《铁公鸡》中媒人对铁公鸡的嘲笑："翁所谓又要马儿好，又要马儿不吃草也！"等等，都是来自民间百姓的口头语言。

其三，是作者对市井人物形象的塑造。鲁迅曾称，《夜谭随录》"记朔方景物及市井情形者，特可观"。小说中写了各种各样的市井人物，许多形象都塑造得性格鲜明、呼之欲出，突显出作者十分善于以高度性格化的语言来塑造人物。

如《赵媒婆》一篇，作者描写因说媒害人吃了官司，但仍不改故恶的赵媒婆为一贵家公子说媒。她一见公子就极口奉承说："无论公子内慧如何，即此外秀，便足削尽天下粉侯之色。遮莫老身减齿三十年，亦必拼死充作姬滕，阿谁有闺秀，肯不急论东床？"使得"左右闻者皆笑"。公子的母亲也绽颜说："无怪婆子起家，谈锋煞是犀利！"之后，媒婆来到女家，又大肆吹嘘男方："自是台阁品，老身阅人多矣，几曾见有如庐家三公子之才貌兼者？将来若不大富贵，老妇请自抉两眸子，誓不复相天下士矣！"作者以极富于个性的语言，将一个贪财好利、巧舌如簧、善于逢迎的媒婆的形象刻画得十分生动。

需要指出的是，《夜谭随录》创作上的这些特色，也是满族作家文学的通有特点。满族小说家自曹雪芹、和邦额、文康，直至当代语言艺术大师老舍，都表现出一个共同的创作特征，即以北京社会生活为背景，以现实主义的笔法，运用生动活泼的北京话，描绘出北京市井人情风俗画图，表现出强烈的现实生活气息。

《夜谭随录》真切反映了广阔的社会生活，表现了满族作家对下层人民的深切同情和对社会黑暗的尖锐抨击，流露出强烈的现实色彩和突出的民族特色。《夜谭随录》无疑应在清代文言小说和满族文学史中占有重要地位。

囿于时代、阶级和其他方面的局限，《夜谭随录》自然也存在一些糟粕和缺陷。如《双髻道人》一篇，就表现了作者与封建叛逆者的格格不入，在终极立场上，宣扬与维护了统治阶级的威势和根本利益。此外还有阐扬迷信，以及纯属志怪的笔墨和个别鄙俗的文字等等，都是显见的缺点。如鲁迅所说，《夜谈随录》还"颇借材他书，不尽已出"。书中《伊五》《落祭》《铁公鸡》《夜星子》《疡医》《噶雄》《怪风》《孝女》《义犬》《白莲教》《佟觭角》《萤火》《麻木》13篇，均系借材于袁枚《新齐谐》中的故事。虽有如上这些缺点，但瑕不掩瑜，《夜谈随录》在清际的文坛和满族文学史上，仍然散射出褶熠耀眼的光芒。

（李红雨，男，满族。毕业于中央民族学院汉语言文学系78级。读大学本科期间，开始师从张菊玲先生从事满族文学研究；本文系学士学位论文，指导教师张菊玲。现为中央民族大学期刊社编审。）

文言情爱小说叙事时间的基本模式[1]

洪坚毅

中国古代文言小说中，有一类讲述男女情事或人与神鬼狐妖情爱的故事，其历时发展，分为三个阶段：第一阶段从西汉刘向《列仙传·江妃二女传》[2]等讲述人神爱恋的故事始，至汉魏六朝，定型出一批不同故事母题的情爱故事；小说至唐代一变，涌现出如白行简《李娃传》、元稹《莺莺传》那样技巧成熟、意义深刻的佳作，形成文言情爱小说发展的第二阶段；第三阶段是明清文言情爱小说的繁荣，以蒲松龄《聊斋志异》为典范之作，融合史传、传奇、志怪各体之长，将神话现实化，将现实神话化，树起文言情爱小说艺术的高峰。

文言小说，侧重于对故事和情节的叙述。所有的故事和情节，都以因果关系为法则，通过时间上的排列，展现人物与事件，从人物的行为和事件的变化中生成情感及意义。因此，叙事时间成为小说构造的重要基础，它与小说结构的其他要素组合，产生并控制着小说的意义。罗伯特·肖尔斯说："小说的艺术就在于能使故事素材变成情节的时间顺序的人为安排上。时间对于小说是至关重要的。"[3]

本文专事探讨文言情爱小说叙事时间的构成特性及其蕴意。

---

[1] 此文是作者研究生毕业论文《论〈聊斋志异〉情爱故事小说时间的模式》的第一部分，刊于1999年第5期《内蒙古社会科学》，2000年被评为《内蒙古社会科学》创刊20年优秀论文，曾编入内蒙古社会科学院20年社科优秀成果论文集《学林撷萃》（远方出版社2000年版）。

[2] 《列仙传》，古人多不以此书为刘向撰者。鲁迅在《中国小说的历史变迁》中说："惟此外有刘向的《列仙传》是真的。"今从其说。

[3] 罗伯特·肖尔斯：《结构主义与文学》，春风文艺出版社1988年版，第121页。

一

　　小说的叙事时间是一种虚拟的时间，它包括故事时间和叙述时间。故事时间是指被叙述的那个故事所经历的时间；叙述时间即话语时间，是对故事的讲述时间。这两种时间具有关联和矛盾，因为事件的序列与话语的序列显然不同：第一、故事时间模仿自然时间形成因果时序，而叙述时间既可以遵循自然时间，也可以变异自然时间。第二、故事时间是多维的，若干事件可能在同一时间发生，同一事件也可能有不同的时间重叠，而叙述时间却无法表现"同时性"，它只能一件事接一件事地形成一个线性的话语序列。

　　故事时间最基本的模式是：〔过去〕——〔现在〕——〔未来〕。从最古老的神话传说到今天的任一情节性故事都处于这种时间框架中。例如：

　　旧题〔晋〕干宝《搜神记·弦超》记述弦超与天上玉女结为夫妻的故事。〔过去〕——弦超独居，梦遇玉女，思恋非常；〔现在〕——玉女与他成婚，后因形迹泄漏而离去；〔后来〕——分别五载，二人相逢，重修旧好。

　　〔唐〕皇甫氏《原化记·吴堪》讲述吴堪与白螺神女夫妻一场的故事。〔过去〕——吴堪少孤家贫，爱惜门前溪水；〔现在〕——吴堪水中拾白螺而得佳妇，螺女助他惩治了县宰；〔后来〕——吴堪与其妻绝迹人间。

　　《聊斋·蕙芳》故事时间的三段式是：〔过去〕——卖面为业的马二混家贫无妻。〔现在〕——仙女蕙芳自荐为妻，"马自得妇，顿更旧业，门户一新"。[①] 四五年后仙女离去，马另娶妻。〔后来〕——分别三年，蕙芳又常来探望。

　　上述三则故事是文言情爱小说三个阶段的作品，甚至可以这样提纯它的故事时间：〔过去〕一个穷男子……〔现在〕艳遇佳丽……〔后来〕幸福美满……对以上三篇情爱小说故事时间的还原，应该得出如下认识：历

[①] 本文所引《聊斋》文句，均出自铸雪斋抄本《聊斋志异》。

代文言情爱故事尽管具有不同类型的故事母题，但其故事时间的基本模式完全相同。因为文言情爱小说重在讲述一个"故事"，而传统故事都是从神话、童话、传说中嬗变而来的。稍加分析，我们就可以将任一文言情爱小说还原为一个神话、童话故事来看待。在神话和传说中，叙述话语总是在讲述："很久很久以前……发生了什么什么事情……那以后就如何如何……"故事时间基本模式便由此而产生。罗伯特·斯格勒斯说："我们把故事看作为故事，是因为我们在其中发觉了一个因果关系的或按时间顺序排列的系统。正如亚里士多德指出的那样，这个系统有一个开头，一个中间和一个结尾。"① 开头、中间、结尾便是过去、现在、未来。

故事时间三段式的实质意义在于：它提出一种从前的状态，然后讲述状态的变化，最后说明状态的结局，而这些过程是由叙述时间来完成的。相应地，叙述时间最基本的模式也是三段式：〔特征〕——〔行为〕——〔特征〕。这里借用了茨维坦·托多罗夫所使用的象征性标志法。托多罗夫在分析《十日谈》的一百个故事时，提出了一种在任何故事中概括主要情节并将其简化为象征形式的方法。他认为：一个故事是命题的某一种序列。小说的命题有两种：特征与行动。最基本的小说序列是特征——行动——特征，对应于开头——中间——结尾。一个故事的最后一个命题是第一个命题的转换。或者说，故事是关于各种特征的成功或不成功的转换。② 托多罗夫的标志法尽管粗糙，但用来考察象《十日谈》那样结构比较简单的群体作品，即用来分析框架式的传统故事是十分适用的。文言情爱小说及其代表作《聊斋志异》正是框架式的传统小说，它们的故事结构比较简单，完全可以用标志法来加以分析。

〔特征〕——〔行动〕——〔特征〕是传统小说最基本的序列。我们看到，这一序列必须通过叙述时间来体现，因为这种序列实际上是因果序列，而所有因果联系的背后都是时间的序列，序列统一于时间。正如托多罗夫所说："几乎任何因果叙事都包含时间序列，因此我们很少感受到后者的存在……在读者眼中，逻辑的连续关系较之时间的顺序连续要强烈得多，如果两者并存，则读者只见第一种。"③ 因此，叙述时间的实质是在讲述一系列的特征和行动。所以，可以将叙述时间最基本的序列看作是对人

---

①② 罗伯特·斯格勒斯：《符号学与文学》，春风文艺出版社1988年版，第140页。
③ 托多罗夫：《文学作品分析》，见《叙事美学》，重庆出版社1987年版，第39页。

物和事件的〔状态与特征〕──→〔行为与变化〕──→〔状态与特征〕的组合模式（其〔行为与变化〕中又包括一系列局部的"状态与特征"──→"行为与变化"──→"状态与特征"的转换关系）。

叙述时间三段式实质意义在于：它讲述一个故事开始时人物与事件处于何种状况，有何基本特征；进而人物出现了什么行为，事件发生了哪些变化；结局又形成了何种状况，基本特征有什么变化。并且，最终的状态与特征总是要与最初的状态与特征遥相呼应，对初始状态与特征做出成功与否、美满与否、好与否的回答。为说明叙述时间的基本模式，现以故事母题相同而创作时期相隔千余年的两篇文言情爱小说做一对比：

〔宋〕刘义庆《幽明录·刘晨阮肇》开篇说："刘晨、阮肇入天台取谷皮，远不得返。经十三日，饥。"这是故事时间的〔过去〕阶段，也是叙述时间的初始〔状态与特征〕，它提供出：刘晨和阮肇是陷入困境的孤身男子。故事时间的〔现在〕阶段，叙述语言描绘他们在山中与仙女结为夫妻，半年后被仙女送回。这一阶段是故事的主要情节所在，叙述时间展现了一系列的〔行为与变化〕——刘、阮因遇仙女而从困境中解脱，与二仙女成婚过上了神仙般的日子。这是"行为与变化"，同时也是新的"状态和特征"。然而刘、阮凡心未泯，仙女苦留不住，无奈送二人返乡，这又是"行为与变化"，由此产生的"状态和特征"显示出人神殊途，情爱不久。结尾故事时间〔后来〕阶段的叙述语言："既还，乡邑零落，已十世矣。"叙述时间的终结〔状态与特征〕是刘、阮依然孤单，依然迷失在人生的困境中。在这一故事中刘、阮的"终结状态与特征"是对其"初始状态与特征"的不美满的转换，给读者留下一种对人生和情爱无法追及的苍茫凄迷的感受。

《聊斋·翩翩》叙述时间的初始〔状态与特征〕是：状态——罗子浮幼孤，少年时走上歪路，沦为乞丐。特征——一个缺乏情爱陷入绝境穷病潦倒的男子。〔行为与变化〕——罗子浮绝处逢生，被仙女所救，娶仙女为妻，山中十五年，生子娶妇，生活美满。后罗因思念故里，携儿子与儿媳归还人间。在此一大段叙述时间的〔行为和变化〕中，包括一系列的特征——行为的相互变换转化。如罗子浮四处乞食被仙女翩翩所救，与他结为夫妻，使他摆脱了饥寒病苦的困境（行为与变化）。罗安然享乐无所忧虑（状态与特征）。转而罗又温饱思淫欲，调戏仙女花城，得子后又思归故乡（行为与变化）。故事结局，罗子浮归家后因思念翩翩，偕儿同往探视，"则黄叶满径，洞口路迷，零涕而返。"终结〔状态与特征〕表现出罗子浮依然孤独。同《刘晨阮肇》结局的特征状态一样，体现出人神阻隔，无可奈何的迷惘意识。然而，《翩翩》与《刘晨阮肇》有一处绝大的不同，《刘晨阮肇》初始和终结的〔状态与特征〕没有发生转换，但《翩翩》的终结〔状态与特征〕是对初始〔状态与特征〕的较为完满的转换。罗子浮从一个走投无路的废人变成一个对生活相当满意的人——小康之人。虽然他再寻翩翩不见，有所遗憾，但结局并不悲惨。但愿人生多美满少悲剧是《聊斋》情爱小说典型的特色，当然是作者的理想所在。

二

故事时间和叙述时间的基本模式之间即有同一性又有差异性，同一性在于它们的方向和目的相同。方向是共同遵循时间一维性；目的是指向一个完整的故事。差异性在于叙述时间同故事时间往往不能同步，叙述时间必须对故事时间有所裁剪，通过变化时间进速来形成一系列的叙述段，用排列成序的顺序段来展现故事情节。

叙事时间的两种基本模式对应关系如下：

故事时间三段式	叙述时间三段式
〔过去〕	〔初始状态与特征〕
1. 故事发生的开始时间。	1. 对故事过去时间中的人物与事件进行以描述、介绍为主的背景叙述。
2. 故事实际发生时间较长。	2. 叙述时间较短，话语进速较快。表现为省略（时间进速极快）和概括（时间进速比较快）。
3. 依自然时序为基础。	3. 叙述时间以顺序线形态为主，可以变化时序（如倒叙、补叙等）。

4. 提出人物与事件在过去	4. 提出人物或事件的初始〔状态和特征〕。时间即从前的概况。
〔现在〕	〔行为与变化〕
1. 展开故事的时间。	1. 展开叙述的时间，排列出以因果联系为组合的故事情节。
2. 故事实际发生时间相对不长。	2. 叙述时间较长，话语进速放慢。顺序段在场景（时间进速较慢）、概括、描述（时间进速停滞）中交换。
3. 依因果性和自然时序为依据。	3. 叙述时间以顺序段的形态出现，有变时序的叙述方式。
4. 提出人物与事件的发展和高潮。	4. 通过一系列〔特征〕——〔行动〕的转换说明人物与事件的行为及变化。
〔未来〕	〔终结状态与特征〕
1. 故事的终结时间。	1. 对人物与事件进行结论式的交代叙述。
2. 故事实际发生时间较长。	2. 叙述时间较短，话语进速加快，表现为叙述时间的省略和概括。
3. 模仿自然时序的可能性。	3. 叙述时间呈顺序线形态。
4. 回答故事的结局或最终概况。	4. 提出最终的人物或事件变化了的〔状态与特征〕，对初始〔状态与特征〕做出肯定与否定，成功与不成功的回答。

叙述时间对故事时间加工取舍，将故事时间分割成一个个的叙述时间段——顺序段，形成了叙事中两个时刻之间的距离——时间跨度。不同时代不同作者对叙述时间跨度和顺序段的掌握是不尽相同的，由此显现出叙事结构的高下优劣。试以《聊斋·红玉》为例来说明故事时间模式与叙述时间模式的相互关系。

故事时间的〔过去〕阶段，《红玉》开篇叙述了冯相如父子多年间的家境变化及生活状况，实际时间当然很漫长。作为叙述时间，初始〔状态与特征]通过对人物背景的介绍,提出冯相如父子的落魄窘境,暗示着需要改变这种局面。话语进速很快,用"家屡空"、"数年间"此类模糊词语迅速推故事进入正题。

故事时间的〔现在〕阶段,集中了《红玉》的主要情节,按因果时序排列为:冯相如和狐女红玉私相爱恋但不能成为夫妻,红玉帮冯娶卫氏为妻,生一子名福儿。邑绅宋氏见冯妻貌美,打伤冯家父子抢走冯妻,冯父与冯妻先后死去。冯相如怨怼深重,有侠客为其复仇杀灭宋氏一家。官府疑冯所为将其拘捕,福儿被抛弃深山。后冯被释放,孤苦伶仃,渺无生路,红玉忽然带福儿出现,与冯最终结为夫妻。〔现在〕段的故事实际发生时间并不长,只有四至五年光景。但在叙述时间的〔行为与变化〕中,叙述时间相对变长,话语进速放慢,叙述话语形成若干个时间顺序段,即叙述时间的"跨度"。从"跨度"中可以看出人物与事件的〔特征〕——〔行为〕——〔特征〕的一系列转化。《红玉》的〔行为与变化〕阶段包括五个集中的时间顺序段:第一段(约半年时间),冯相如孤单(特征状态)。——与狐女红玉相识相悦(行为变化)。——冯因不能明媒正娶,俩人无法结合(特征状态,对前一个特征的持续)。第二段(约两年时间),红玉为冯相如谋娶卫氏为妻(行为变化)。——冯得子,生活境况好转(特征状态,对前一个特征否定的转换)。第三段(不太长的时间),邑绅宋氏打伤冯父子,抢走冯妻,冯父呕血而死,冯妻自杀(行为变化)。——冯大难当头,日夜哀恸(特征状态,对前一个特征的否定转换)。第四段(约半年多时间),有侠客为冯复仇,杀灭宋氏一家,冯遭拘捕后又被释放,福儿失踪(行为变化)。——冯相如失去了所有的亲人,悲愤欲死(状态特征,对前一个特征的更加不幸的持续)。第五段(约半年多时间),冯相如否极泰来,红玉领着福儿忽然出现,与冯结为夫妻(行为变化)。——冯家"人烟腾茂,类素封家",过上了小康生活(状态特征,对前一个特征的否定转换)。这五个顺序段构成了故事的主要情节,提出了一系列人物与事件的发展变化。

故事时间的〔未来〕阶段,《红玉》的结尾告诉我们,冯相如仕进有望,红玉贤惠俊美,从此他们过着幸福的生活云云。其故事时间相当长,叙述时间较短,话语进速很快。叙述时间的终结〔状态与特征〕提示出冯相如的生活非常美满,"是科遂领乡荐。时年三十六,腴田连纤,夏屋渠渠。"完成了对初始状态与特征的成功性的转换，回答了故事开始时人物所面临的生活难题。

三

故事时间的基本模式千篇一律，过去──→现在──→未来三段式稳定不变。但是叙述时间基本模式的内涵却有规范和变异。这是由于：一、一个存在的故事可以被多种不同的叙述话语所讲述，就是说故事不变，叙述多变。二、叙述形式和文本意义之间需要不断协调，一定时代的故事中所特有的蕴意只有通过适合它的叙述方式才能更好地予以表述。叙述时间基本模式的形式内涵由于存在着如何同作品意义协调和如何编排叙述话语的问题，故常处于变异和规范中。历史的变迁，社会生活方式的变化，文学自身的发展，必然要求叙述方式的变革。因此，文言情爱小说叙述时间的模式中也一定会体现出某种各具特色的规范和变异。

汉魏六朝情爱故事叙述时间基本模式的形式内涵并不统一，叙述话语单纯质朴，情节简单，缺乏集中的描摹人物与事件的顺序段落。其初始〔状态与特征〕的叙述方式各不相同，如《列仙传·江妃二女》对二女和郑交甫的来历与身份不著一字。《搜神记·韩凭夫妇》说："宋康王舍人韩凭，娶妻何氏，美，康王夺之。"《搜神记·紫玉》的叙述是："吴王夫差小女，名曰紫玉，年十八，才貌俱美。童子韩重，年十九，有道术。"而《幽明录·刘晨阮肇》有对故事开始时间明确的记载："汉明帝永平五年……"（唐传奇的开篇多受其影响）。在叙述时间的〔行为和变化〕阶段，叙述方式也是各呈异态，或叙述简洁，或缺乏性格描述，或夹杂诗歌韵文等等。共同倾向是没有形成集中的时间顺序段，情节性不强，粗陈梗概。至于故事的终结〔状态与特征〕，个别如《列仙传·萧史传》说萧史与弄玉双双乘凤飞去，表现出婚姻自主的美好结局外，大多是悲剧性的结果。《江妃二女》情不能伸，无限遗憾；《刘晨阮肇》人神殊途，情感无奈；《搜神记·董永》与旧题〔晋〕陶潜《授神后记·白水素女》都是夫妻不能偕老；《韩凭夫妇》和《紫玉》生死相恋不得团圆。就是说，故事人物的"终结状态与特征"都是对"初始状态与特征"的一种不如愿、不成功的转换。

文言情爱小说发展到唐传奇，叙述时间的形式内涵已形成规范，其要点有三：1. 初始〔状态与特征〕的叙述话语模式初步定型，主要表现为故事开头每每将人物姓氏、家族、习性，甚至父辈、亲属、友人的情况一一列举，并明确指出故事发生的时间。2.〔行为与变化〕形成稳定的因果顺序段，能够铺开变幻起伏的故事情节，使人物与事件的变化得以充分地展示。但也存在同故事主题无关的枝蔓性叙述和同小说形式不相称的诗词及议论，造成情节连贯不紧密。3. 故事的终结〔状态与特征〕亦初具定式。一是故事的圆满结局逐渐增多，形成悲剧结局和喜剧结局并重的状况，最终特征对初始特征的肯定与否定的回答趋于明确化。二是往往带有作者本人对故事的评价，以佐证其故事的可信度和仿效《史记》"太史公曰"的史评之笔。小说至唐代而变，尽管其叙述时间模式有不完善之处，但却变异了唐以前的时间模式，推出更符合文人审美需求的叙述方式，对后世文言情爱小说给以极其稳定的规范。

《聊斋》情爱小说叙述时间的基本模式是对唐代情爱小说时间模式精益求精的改进。改进的结果，一方面提纯了它的形式，使其成为文言情爱小说的最高规范；另一方面由于其形式的完善而不能变异，窒息了此类小说发展的生命。

首先，在初始〔状态与特征〕的叙述时间内，《聊斋》情爱故事千篇一律地简述男主人公的经历和状态，放弃了唐传奇传记人物式的详尽而又支离的背景介绍，突出了人物的主要特征和状态，并且一改唐传奇那种确指故事发生时间的写法，一般不提供故事发生的年代与时间。这些都是小说叙述形式的进步。

再者，在〔行为与变化〕阶段中，《聊斋》情爱故事对叙述时间的跨度的艺术掌握娴熟而稳健，削去了唐传奇中游离于主要故事情节的枝蔓叙述，并且注重在顺序段中刻意雕琢人物的性格和神态，使人物形象（主要是女性）分外鲜丽动人。这就使人物与事件的发展变化紧密围绕作品的主题意旨，大大增强了故事的情节密度，使情节更加引人入胜，吻合了读者的欣赏习惯和欣赏心理，故从叙述形式的构成上看，《聊斋》情爱故事最趋成熟。

最后，作为故事的终结〔状态与特征〕，《聊斋》情爱作品舍弃了唐传奇的"尾巴",不谈故事的来由,不对故事人物发表意见,结尾简洁明了,可谓真正的"有意为小说。"至于有五分之二的情爱故事附有的"异史氏曰"评语,它们和故事本体之间是有分隔的,不象唐传奇那样混为一谈。此外,《聊斋》情爱故事几乎完全是喜剧式的圆满结局,故事"最终状态与特征"对"初始状态与特征"做出了一致性的成功的转换,体现出作者倾向性的寓意。唐传奇中有《霍小玉传》、《莺莺传》那样凄惋动人的悲剧性情爱故事,此种传统到《聊斋》中消失殆尽。为此,我们在欣赏《聊斋》情爱故事的风采时不得不指出:文言情爱故事到《聊斋》为止已走入困境。

　　文言情爱小说都是在讲述一个故事,而故事的重心首先是事件其次才是人物,故事情节是最为作者和读者所关注的。俄国形式主义文学批评家维克多·谢洛夫斯基区分了两种创作形式:串联的和框架的。他认为像《天方夜谭》、《十日谈》一类小说是以框架形式创作的。在框架式的神话故事中,故事的讲述者本人和故事中的人物并没有得到发展。"我们的注意力集中在情节上;行为者只是使情节得以展开的一张牌。"[1]《聊斋》情爱故事实质上也是框架式的作品,它以讲述故事情节为重心,人物的作用并不十分重要,大部分男主人公均无个性,有的甚至连名字也不提,冠以"某生"的称谓,即使将不同故事中的男主人公互相调换,也绝不影响作品的情节和意义。女主人公的形象虽然比较丰满厚实,但个性鲜明(如婴宁)者亦不多,将她们在不同故事中任意调换,也并不损害作品的情节和意义。

　　《聊斋》问世以来,由于其情爱故事具有极强的艺术感染力,所以脍炙人口,风行天下,尤为士林所重。于是继《聊斋》之后,出现一批追摹其文笔的作品,如和邦额《夜谈随录》、浩歌子《萤窗异草》、沈起凤《昔柳摭谈》、宣鼎《夜雨秋灯录》等,其中虽有优秀之作,却无法超越《聊斋》的规范。因为,作为文言情爱小说,《聊斋》的叙述形式已经封顶,叙述内容已经封闭。后人的仿作不过是对《聊斋》人物的改头换面,而叙述话语的技巧又远在蒲松龄之下。不打破以情节结构为中心的叙述模式,不改变以事件为重心的叙述内容,文言情爱小说就不会有出路。然而

---

[1] 罗伯特·肖尔斯:《结构主义与文学》,春风文艺出版社1988年版,第29页。

由于文言文形式所限和近现代外来文化的冲击，它无法实现这两项转变，于是以《聊斋》情爱故事为代表的文言情爱小说只能成为中国文学史上瑰美的化石，留与后人品赏。

（洪坚毅，男，蒙古族。1988年起师从于张菊玲先生攻读硕士学位，学位论文题目《论〈聊斋志异〉情爱故事小说时间的模式》。退休前在北京市委党校外语教研部工作。）

论纳兰性德的诗学主张与创作实践

刘亦文

在清初词坛复兴之际，年轻的满族词人纳兰性德，以其《饮水词》的340多阕词章，与当时的汉族词人陈其年、朱彝尊、顾真观等高手巨擘争雄角逐，终于脱颖超群，卓然特立，以至于出现了"家家争唱饮水词"[①]的局面。他的词，不仅在域内"传写遍于村校邮壁"[②]，而且还远播朝鲜，在那里受到了热烈的赞誉。清代以来的词评家们对性德称道不已：况周颐称赞性德为"国初第一词人"[③]；王国维誉之为"北宋以来，一人而已"[④]；胡云翼称之为"宋代以来数百年中第一大词人"[⑤]；刘大杰说他是"清代词人之冠"[⑥]；日本学者乔川时雄也认为"纳兰于清初词家中居于桂冠地位"[⑦]……纳兰性德能够享有如此殊荣，主要在于他的词章具有非凡的艺术魅力。而他的词章，是对他的诗学主张的身体力行和完美实践。纳兰性德的诗学理论和创作实践相得益彰、相映生辉。

---

① 曹寅：《楝亭诗抄》卷2。
② 吴修：《昭代名人尺牍小传》卷8。
③ 况周颐：《蕙风词话》卷5。
④ 王国维：《人间词话》卷上。
⑤ 《纳兰性德及其词》，转引自邓伟《清代第一词人和他的词——纪念满族文学家纳兰性德逝世三百周年》，《满族研究》1985年创刊号。
⑥ 刘大杰：《中国文学发展史》，1949年版。
⑦ 《满族文学兴废考》，转引自邓伟《清代第一词人和他的词——纪念满族文学家纳兰性德逝世三百周年》，《满族研究》1985年创刊号。

下 编

一、"诗乃心声","作诗欲以言情耳"——言情入微,直抒胸臆

情感是艺术尤其是诗歌的生命。中国古代诗学,很早就对这一美学原则有所认识,如《毛诗大序》说:"诗发乎情","情动于中而形于言"[1]。之后,陆机说:"诗缘情而绮靡"[2];白居易说:"感人心者,莫先乎情"[3];晚明公安、竟陵派所标举的"独抒性灵,不拘格套"[4],更加强调情感在诗中的地位和作用。

纳兰性德继承了这种思想,并且极力坚持与倡导。他说:"诗乃心声,性灵中事也","作诗欲以言情耳"。主张诗完全应该由性灵所充斥而成,所运动而生;作诗就是抒写诗人的内心情感。借此,他批评以往的作品道:"少知操觚,即爱花间致语,以其言情入微",认为"言情入微"的抒情美正是《花间词》的艺术魅力之所在;相反,"昌黎逞才,子瞻逞学,便与性情隔绝"[5],指出"逞才"与"逞学"而阻碍了情感的自然流泻使韩愈和苏轼的诗歌作品减少了艺术感染力。

纳兰词正是在总结前人的经验教训的基础上,在直抒性灵的诗学主张的照耀下,以其真挚、纯洁、浓郁、深刻的抒情,显示出吸摄人心的美感力量。况周颐说他的词"纯任性灵,纤尘不染"[6]。例如他的一首脍炙人口的情词:

正是辘轳金井,满砌落花红冷。蓦地一相逢,心事眼波难定。谁省?谁省?从此簟纹灯影。(《如梦令》)

暮春时节,一对青年男女在"满砌落花"的"辘轳金井"旁"蓦"

---

[1] 阮元刻《十三经注疏》卷1。
[2] 陆机:《文赋》。
[3] 白居易:《与元九书》。
[4] 袁宏道:《小修诗序》。
[5] 纳兰性德:《通志堂集》。
[6] 况周颐:《蕙风词话》卷5。

然相遇，便情窦突开，一见钟情，心潮澎湃激荡。然而，由于现实道德规范的束薄，两人没有办法互诉心曲，只好遗憾离开，从此，便带着怅惘之情，朝朝暮暮地相思。

又如另一首词这样写道：

相逢不语，一朵芙蓉著秋雨。小晕红潮，斜溜鬟心只凤翘。　待将低唤，直为凝情恐人见。欲诉幽怀，转过回阑叩玉钗。(《减字木兰花》)

这双心心相印的情人，一时逢见，相对无语，女主人公既激动又羞涩，低着头，腮颊泛起了红晕。男主人公的爱怜之心被悄然唤起，想要柔情细语地呼唤她，又怕感情凝注的样子被人看见。在欲言又止的片刻伫望之后，两人只能又憾然离开。他目送她渐渐远去；她转过回阑，还遥遥地敲叩着他们的定情之物向他暗示自己的心意。

虽然迄今为止我们还没有发现关于纳兰性德恋爱生活的可靠记载，但是，这两首词中所描绘的场景和抒写的爱情，的确如写自己，真实感人。有人说："容若小词，直追李主"。可比起后主同类词中："烂嚼红茸，笑向檀郎唾"、"眼色暗相钩，秋波横欲流"、"奴为出来难，教郎恣意怜"等句，纳兰性德这两首词少有轻浮的肉欲和观感，而更多地抒写纯美的心灵感应，表达出一种使人灵魂震颤的真切、细腻的情愫。

性德的爱情词，除了描写初恋的情感之外，也有传统的思妇、闺怨类题材的作品，然而最多的则是以自我为本体，抒发对妻子的爱恋与思念。例如：

客夜怎生过？梦相伴绮窗冷和。薄嗔伴笑道，若不是恁凄凉肯来么？来去苦匆匆，准拟待晓钟敲破。乍偎人，一闪灯花坠，却对著琉璃火。(《寻芳草》)

野店近荒城，砧杵无声。月低霜重莫闲行。过尽征鸿书未寄，梦又难凭。　身世等浮萍，病为愁成。寒宵一片枕前冰。料得绮窗孤睡觉，一倍关情。(《浪淘沙》)

纳兰性德原配卢氏。卢氏卒，继配官氏。夫妻之间感情深笃、趣味和谐、恩爱异常。他曾这样回忆过往事："近来怕说当时事，结遍兰襟，月浅灯深"（《采桑子·明月多情应笑我》），"红药阑边携素手，暖语浓于酒"（《四犯令·麦浪翻晴风飐柳》），"谢家庭院残更立，燕宿雕梁，月渡银墙，不辩花丛那瓣香"（《采桑子·谢家庭院残更立》），"花径里戏捉迷藏，曾惹下萧萧井梧叶"（《琵琶仙·中秋》），"被酒莫惊春睡重，赌书消得泼茶香。当时只道是寻常。"（《浣溪沙·谁道秋风独自凉》）。从中可见，纳兰性德的妻子有谢道韫一样的文采，他们之间的生活又像赵明诚与李清照似的充满雅趣。但是，"年来强半在天涯"的侍卫生活使纳兰性德很少有机会享受夫妻之间的幸福与甜蜜。他只身在外，形影相吊。凄凉孤寂的环境，常使他怀想家室的温馨，思念亲爱的妻子。上面列举的《寻芳草》，写词人客居在异地他乡，凄冷之夜，于梦中梦见自己回到了妻子身边，妻子依偎着他半娇半嗔地责备着。然而，好梦不长，灯花一坠，词人乍地惊醒，梦中那美好的情景倏然而逝，眼前剩下的只是一豆灯火。《浪淘沙》写荒凉的城郊野店，月下寒霜凝重，甚至连"砧杵"之声都给冻结，词人无法到户外去闲行漫步以排遣相思之苦。外边，传说中能够替人捎递书信的鸿雁早已飞过，可妻子的信仍未寄到。房内，词人拖着因愁情而成病的身子，彻夜难眠。他想在梦中见到妻子，但因没有收到妻子的信而无缘成梦。于是，只好想象。可这非但没有给他带来任何慰藉，反倒因想到绮窗之中妻子那孤苦难耐的情状而愈发加重了自己的思念之情。这位"自是天上多情种"的词人洒在枕前的泪水凝成了一片冰凌。其中的情感，真是缠绵悱恻，细致入微。

卢氏的早逝，给纳兰性德的心灵带来了沉重的打击。他泪如泉涌，寸肠欲裂。无论是清明时节，还是亡妻的生辰忌日；也无论是面对她的遗照，还是孤身独处于漫漫长夜，他的悲哀和痛悼之情总是绵绵不绝。为此，他写了大量的悼亡词，可谓凄凄惨惨切切，诸如《青衫湿·悼亡》（二首）、《南乡子·为亡妇题照》、《金缕曲·亡妇忌日有感》、《鹧鸪天·十月初四夜风雨其明日是亡妇生辰》、《沁园春·瞬息浮生》等等，都极其感人肺腑。看他的《蝶恋花》：

辛苦最怜天上月，一昔如环，昔昔都成玦。若似月轮终皎洁，不辞冰雪为卿热。　　无那尘缘容易绝，燕子依然，软踏帘钩说。唱罢秋坟愁未歇，春丛认取双栖蝶。

此词，词人或是仰望月亮，触景生情；或是移情于月亮，寄托哀思。但不管怎样，他都极其惋惜夫妻共同生活的短暂，怨恨妻子死诀之后自己孤苦伶仃之日的漫长。假使月轮常圆，清辉永浴，夫妻能长相厮守，那么，为了她去做温热冰雪之类的艰难辛苦的事情也在所不辞。但是，这种假设再也无法实现，爱妻已逝，跟前的一切都已物是人非。他不由得感叹他们的钟情就这样轻易地断绝！在荒凉的秋坟上哭唱祭罢，词人的情绪仍然难以平复，于是，他便幻想自己的灵魂与妻子的灵魂一起化为一双彩蝶，在春天的草丛中飞舞、栖落。读起来让人真觉"悲凉玩艳"，催人泪下。

在中国古代的伦理道德中，皇帝与后妃，文人与妓女这种非常状态下的爱情，往往被人津津乐道，也经常成为文学作品中的题材；然而，正常婚姻下的夫妻情感，却常常被视为不足挂齿的事情，甚至为世俗所禁忌。故大多数男性作家往往不在其正统文学作品中直接表露自己对妻子的爱情，即使偶尔抒写夫妻感情，也经常以"思妇"、"闺怨"形式出现，为妇女代言，他们自己的感情被转换、被掩盖、被化妆、被伪饰起来。但是，纳兰性德却冲破了这一传统的束缚，大胆、真实地描写夫妻之间笃深、甜蜜、美满的爱情生活，直接抒发自己对妻子的爱意、眷念与思念，情真意切，感人至深。

纳兰性德那些讴歌友谊的词篇，如《金缕曲·赠梁汾》《金缕曲·寄梁汾》《金缕曲·慰西溟》《潇湘雨·送西溟归慈溪》《摸鱼儿·送别德清蔡夫子》等等，对朋友或是依依惜别，或是遥遥怀念，或是吐露胸襟、交流情怀，或是劝慰友人以理解和同情给予他们人生的力量。这类词，全部写得一往情深。试析他的《水龙吟·再送荪友南还》：

人生南北真如梦，但卧金山高处。白波东逝，鸟啼花落，任他日暮。别酒盈觞，一声将息，送君归去。便烟波万顷，半帆残月，几回首，相思否？　可忆柴门深闭，玉绳低、剪灯夜雨。浮生如此，别多会少，不如莫遇。愁对西轩，荔墙叶暗，黄昏风雨。更那堪几处，金戈铁马，把凄凉助。

这是性德为送别好友严绳孙所作。上半阕，先以人生南北飘忽，朋友聚散无定的感慨直接切入，构造了强烈的惜别心势；然后布设了凄淡逝水、黄昏落花等背景渲染了悲伤的气氛。在这种心理和自然的环境中，词人展开了他与朋友难舍难分的离别场面：满酒相劝，道声别离便默然无语，站在岸边遥遥地目送朋友远行而去。"几回首，相思否？"虽是描写和询问对方，但透过言表，可以深切体会到词人自己的依依不舍的眷眷之情。下半阕，词人回忆起他们同游共处的情谊，他化用李商隐《夜雨寄北》"何当共剪西窗烛，却话巴山夜雨时"那表达男女爱情的名句，来描述自己与严绳孙的友情，其中的情感是何等的笃实浓重！他怅叹"浮生如此，别多会少，不如莫遇！"的那种恨憾，几至捶胸顿足而发。风雨黄昏，独对西轩，别愁就像墙上的叶影笼罩在他的心头，凄迷阴暗，难排难遣。金戈铁马，又将催他随扈皇帝出巡，与朋友重逢的机会因此而变得越发难得，想到这些，他倍觉凄凉，孤苦不堪。整首词都极写他对友情的留念与渴盼，情深意浓，令人回肠荡气。

纳兰词中还有一个很重要的题材——抒写他仕宦生活的苦闷。这些词，往往充满着词人为不能实现自己的政治抱负而产生的深切惆怅，也有因无法自由地施展自己的才华而滋长的忧郁情怀，还有他为空耗生命而不能饱尝生活乐趣的愁怨，也还有他企求逃避困苦境地的渴望，真可谓百感交集，郁结沉凝地传达了他的内心情感。如：

问我何心，却构此三楹茅屋。可学得、海鸥无事，闲飞闲宿。百感都随流水去，一身还被浮名束。误东风，迟日杏花天，红牙曲。　　尘土梦，蕉中鹿，翻覆手，看棋局。且耽闲觞酒，消他薄福。雪后谁遮檐角翠，雨余好种墙阴绿。有些些，欲说向寒宵，西窗烛。(《满江红》)

纳兰性德为他新建的茅屋作此《茅屋新成却赋》。他在家园中构建这所茅屋，欲以闲居隐处。这位年纪轻轻的满族新贵何以具有如此超脱现实的心理，其原因正如顾贞观所说："吾哥所欲试之才，百不一展；所欲建之业，百不一副；所欲遂之愿，百不一酬"[1]，于是，他哀叹"百感"都随

---

[1] 顾贞观为纳兰性德所作《祭文》。

流水而逝，痛悔"浮名"耽误了他对美好生活的享受。加之"棋局"翻覆、宦海沉浮，他渴望躲避灾祸，辞别官场，去过平静安闲的生活。性德说："是吾愿也，然亦不敢必也。"① 因此，他的悠悠情怀只能在寒霄中默默地向烛光诉说。顾贞观又说性德"所欲言之情，百不一吐"②，的确，他哽哽咽咽，蕴含着无尽的悲哀、惆怅、悔恨、委屈之情在其中。

纳兰性德的边塞词，艺术成就尤为突出。其中不仅以描写边塞苍凉悲壮的自然景观和艰辛寒苦的军旅生活而取胜，还充溢着浓重的情愫，也充分地体现出纳兰词的抒情美的特点。例如他的传世名篇：

山一程，水一程，身向榆关那畔行，夜深千帐灯。风一更，雪一更，聒碎乡心梦不成，故园无此声。（《长相思》）

万帐穹庐人醉，星影摇摇欲坠，归梦隔狼河，又被河声搅碎。还睡、还睡，解道醒来无味。（《如梦令》）

在风雪交加，星影摇曳的广袤苍凉的自然环境里，在山水兼程，野营陋宿的艰苦的军旅生活中，词人产生了非常强烈的孤独凄凉之感和思乡怀家之情。有时，这种心理在睡眠时化为梦，但当他还未来得及从容地享受梦境的美好，梦就被自然界的声响所打破。即使如此，他仍要"还睡、还睡"，以便继续寻梦，抑或无梦，也不让你"无味"的现实侵扰他的心境。有时，这种空幻的心愿竟然化梦不成，恶劣的自然环境扰乱了他的"乡心"，更无法到梦乡里得到某些安慰了。于是，他只好抱着怅惘，忍着悲凉，伴着风声雪声挨过漫漫长夜。在苍凉的边塞环境与艰苦的军旅生活的衬托下，词人的情怀显得越发鲜明。

二、"往往欢娱工，不如忧患作"——忧患人生，讽喻世事

纳兰性德在他的一首古诗《填词》中如是说：

---

① 纳兰性德：《与顾梁汾文》。
② 顾贞观为纳兰性德所作《祭文》

下　编

  诗亡词乃盛,比兴此焉托。往往欢娱工,不如忧患作。冬郎一生极憔悴,判与三闾共醒醉。美人香草可怜春,凤蜡红巾无限泪。芒鞋心事杜陵知,唯今只赏杜陵诗。古人且失风人旨,何怪俗眼轻填词。词源远过诗律近,拟古乐府特加润。不见句读参差三百篇,已自换头兼转韵。

  他认为:词这种文学创作,"欢娱"之辞虽然工巧,但失去了讽喻人生的作用。长期以来,词家们多沿袭这种模式,故使一般人轻视填词,从而造成了词坛的逐步没落。其实,这类作品不如"忧患"之作更有价值,比之于诗,从"诗三百"到屈原到杜甫再到韩偓的作品,其中寄托了诗人对于人生的感慨,颇具感染人心和启迪人生的力量。性德的这种认识,与朱彝尊的"词……大都欢娱之辞工者十九"[①],"宜于宴嬉乐以歌咏太平"[②]的说法是对立的。

  纳兰词,自觉地实践了他自己的"忧患"和"讽人"的主张。在这种"忧患"和"讽人"之中,表现出了鲜明的悲剧美感和人生思辨色彩。

  上面,在分析纳兰词的抒情美时,就不难看出有这样一种迹象,那就是,在那些例词中不同程度地存在着遗憾、凄凉、孤独、惆怅、苦闷、怨恨、忧郁等等具有悲剧意味的情调。一部《饮水词》,除了留给江南的那几首作品有着明显的欢娱情绪外,其他大都流露着浓郁感伤情怀,可以摘录这样的词句如下:

绣屏浑不遮愁断,忽忽年华空冷暖。(《青玉案·辛酉人日》)
丝雨织红茵,苔阶压绣纹。是年年肠断黄昏。到眼芳菲都惹恨,那更说塞垣春。(《唐多令·雨夜》)
已是深秋兼独夜,凄凉。月到西南更断肠。(《南乡子·捣衣》)
读《离骚》,愁似湘江日夜潮。(《忆王孙·西风一夜剪芭蕉》)
我是人间惆怅客,知君何事泪纵横。断肠声里忆平生。(《浣溪沙·残雪凝辉冷画屏》)
长漂泊,多愁多病心情恶。心情恶,模糊一片,强分哀乐。(《忆秦

[①②] 朱彝尊:《紫云轩集》。

娥·长漂泊》)

又到断肠回首处，泪偷零。(《摊破浣溪沙·风絮飘残已化萍》)

自那番摧折，无衫不泪，几年恩爱，有梦何妨。最苦啼鹃，频催别鹄，赢得更阑哭一场。(《沁园春·瞬息浮生》)

是重阳何处堪愁，记得当年惆怅事，正风雨下南楼。(《唐多令·塞外重九》)

个侬憔悴，禁得更添愁？曾记年年三月病，而今病向深秋。(《临江仙·永平道中》)

……不胜枚举。

用不着解析，但看其中的愁、恨、哀、惆怅、憔悴、断肠、泪、苦、哭等字，便能领会到其中的悲哀、痛苦的情感。有人统计过，纳兰词中，愁字出现了九十次，泪字出现了六十五次，恨字出现了十九次。至于凄迷、凄凉、凄咽、悲凉、寂寥、惆怅、断肠、憔悴之类的词语，触目可见。性德好友顾贞观评论纳兰词的特色是"婉丽凄清"，又说："容若词一凄婉处，令人不忍卒读。"① 词人陈其年说："《饮水词》哀感玩艳，得南唐二主之遗。"② 陈氏把填写感伤词的绝手南唐二主的成就加在了纳兰词之上，足见性德的作品在这方面的特色是非常突出的。

这种"凄清"、"凄婉"、"哀感"等忧郁、感伤的悲剧情调根源于词人与命运之间的矛盾冲突。

在这两首《金缕曲》中他这样写道：

未得长无畏，竟须将、银河亲挽，普天一洗。麟阁才教留粉本，大笑拂衣归矣。如斯者、古今能几？有限好春无限恨，没来由、短尽英雄气。

德也狂生耳！偶然间、缁尘京国，乌衣门第。有酒惟浇赵州土，谁会成生此意？不信道、遂成知己。青眼高歌俱未老，向尊前、拭尽英雄泪。

纳兰性德出生在权倾朝野的宰相之家，的确是"缁尘京国"、"乌衣门第"。父亲明珠，为了附庸风雅和政治目的，已学有丰厚的汉文化，同时

---

① 榆林丛刊《纳兰词评》。
② 陈维崧：《词评》。

笼络了大批汉族文人。这种政治、经济和文化条件,客观上为纳兰性德提供了很好的求知环境。勤奋上进的性德从小就染翰弄墨,已经诗语惊人,稍长便肆力于经济之学,颇学得了不凡的政治才能。严绳孙说:"初,容若甚少,于世无所措意。既而论文之暇,闻语天下事,无所归讳。比岁以来,究物之变态,倾辄卓然所见于中。"① 韩菼也说:"于往古治乱,政治沿革兴坏,民情苦乐,吏治清浊,人才风俗,盛衰消长之际,能指数其所以然。"② 同时,这位满族青年又继承了他们民族传统的生活方式,从小练就了精湛的骑射本领,徐乾学说:"容若数岁即善骑射,自在环卫,益便习,发无不中。"③ 满族崛起初期,他们的人生理想是驰骋疆场,献身报国,杀敌立功,建立战勋,那种原始的狄奥尼索斯的冲动,焕发为崇尚武功的英雄主义。性德从他的祖先那里遗传了这种民族精神。在三藩叛乱之时,他看到"逆节忽萌生,斩木起炎州,穷荒苦焚掠,野哭声啾啾。墟落断炊烟,津梁绝行舟。"的场景,油然而生"所伤国未报,久戍嗟六师。激烈感微生,请赋从军诗"的从军报国的志愿,他的"亲挽""银河""普天一洗"的抱负,体现出异常豪迈的英雄气概。他的"麟阁才教留粉本,大笑拂衣归矣"的设想,表露出他建立功业是为了施展自己的文武才能,报效国家,完全超越了名利欲求。然而,贵族出身,加上文武双全,注定了他在考取进士之后被任命为皇帝近身侍卫的命运。侍卫之职,在"禁廷严密"的环境中,他必须"进止有常度,不失尺寸",只能采取"性周防"④的态度小心谨慎地履行公务。每天"无事则平旦而入,日晡未退以为常",如果"值上巡幸",则需"时时在钩沉豹尾之间"⑤,过上"年来强半在天涯"的生活。这使这位"狂生"无法自由地实现自己的"英雄"理想。君父根本不像当年的平原君那样能任贤用能而使他脱离这种困境,因而,他不得不带着"无限"的"恨"与"泪",在他非常讨厌的名利场中毫不情愿地空耗着自己的青春年华。于是。他在这两首《金缕曲》的下半阕分别写道:

---

①④ 严绳孙:《哀词》,《通志堂集》卷19附录。
② 韩菼:《通议大夫一等侍卫进士纳兰君神道碑》。
③ 徐乾学:《通议大夫一等侍卫进士纳兰君墓志铭》。
⑤ 严绳孙:《成容若遗稿序》。

东君轻薄知何意？尽年年，愁红惨绿，添人憔悴。两鬓飘萧容易白，错把韶华虚费。便决计、疏狂休悔。但有玉人常照眼，向名花、美酒拚沉醉。天下事，公等在。　　共君此夜须沉醉！且由他，蛾眉谣诼，古今同忌。身世悠悠何足问，冷笑置之而已。寻思起、从头翻悔。一日心期千劫在，后身缘、恐结他生里。然诺重，君须记。

这位"狂生"只好寻求另一种"疏狂"，或是避进"柔乡"，和"玉人"一样的妻子一起赏花品酒，或是与朋友们共事文人雅趣，或像阮籍那样以"青眼"超视俗尘，放浪江湖，以摆脱官场的烦扰。他在给张纯修的信中说："日值驷苑，每街鼓动后才得就邸。昔者文酒为欢之事，今只堪梦想耳"，又说："弟比来从事鞍马间，益觉疲顿。发已种种，而执毁如昔。从前壮志，都已灰尽。昔人言身后名不如生前一杯酒，此言大是。弟是以甚慕公子饮醇酒、近妇人也。"[①] 他还告诉顾贞观说："人各有情，不能相强。使得为唐时之贺监，放浪江湖；何必学汉室之东方，浮沉金马乎？倘异日者，脱屣宦途，拂衣委巷，渔庄蟹舍，足我生涯；药臼茶铛，销兹岁月。皋桥作客，石屋称农，恒抱影于林泉，遂忘情于轩冕，是吾愿也，然亦不敢必也。悠悠此心，惟子知之。"[②]但在君父的挟制之下，他不敢执着地实现自己的意愿。所以纳兰性德与命运、社会之间的冲突是无法解决的。他对严绳孙说："弟胸中块垒，非酒可浇。"[③]这是他无法挣脱现实的困惑而产生的痛苦心理的真实道白。

其实，纳兰性德并不是因为壮志难酬才去寻求爱情和友谊的寄托，本来，他就是极其多情、极讲文人诗酒风雅因而也极其重视爱情和友谊的人。他曾多次自称"多情"和"情种"，从他大量的抒写爱情和友谊的词篇中，可以看到词人对爱情和友谊感受至深，追求至烈。他对爱情是这样认识的："一生一代一双人"，把一双人的爱情视为与生命同等并行的东西。他在一次江南行役之后告诉顾贞观说："平生师友，尽在兹帮，左挹洪崖，右拍浮丘，比仆来生夙愿，昔梦之常依也。"[④] 足见，性德对友情是生死以求，梦寐以思。但是，侍卫的职务不仅使他不能实现自己的政治抱负，就连享受夫妻之间的亲情和与朋友共事诗雅趣的机会也变得十分稀

[①②③]　《词人纳兰容若手简》。
[④]　纳兰性德:《与顾梁汾文》。

少。故他漂泊在外，索居独处时，常因别离之苦而产生孤独、凄凉、惆怅、怨恨之感。如：

霜冷离鸿惊失伴，有人同病相怜。拟凭尺素寄愁边，愁多书屡易，双泪落灯前。　莫对月明思往事，也知消减年年。无端嘹唳一声传，西风吹只影，刚是早秋天。(《临江仙·孤雁》)

别后闲情何所寄，初莺早雁相思。如今憔悴异当时，飘零心事，残月落花知。　生小不知江上路，分明却到梁溪。匆匆刚欲话分携，香消梦冷，窗白一声鸡。(《临江仙》)

前一首词，词人因看到"离鸿惊失伴"而产生了"同病相怜"之感。这是思念妻子之作。后一首词题为《寄严荪友》，词人面对"初莺早雁相思"而感慨与朋友"别后"闲情无所寄托。

在对往事的回忆中，字里行间都蕴含着性德对爱情和友谊的强烈期盼。靠寄信，靠梦想，只能带来暂时的宽慰，然而，他的心理愿望却无法在现实生活中得到充分的满足。词人的这两种愿望与现实的冲突，每每表现在他的这类作品中。

总之，侍卫之职对他来说一无是处。词人的情感和意志因此总无法与他的职业生涯和谐起来。故行役寒塞，那里的恶劣环境也往往引发词人与自然的冲突心理。如：

朔风吹散三更雪，倩魂犹恋桃花月。梦好莫催醒，由他好处行。无端听画角，枕畔红冰薄。塞马一声嘶，残星拂大旗。(《菩萨蛮》)

词中，朔风卷地，雪浪翻滚的寒塞与家中桃花暖月的情景形成了鲜明的对立。他因抵触边塞这不适的自然环境而梦到家室的温暖，但是，好梦又被画角之声催醒，代之而来的仍是塞马嘶鸣、残星拂旗的苍凉景象。性德的边塞词，大多因为心理与职务的矛盾而带来心理与自然的冲突，也因感官与自然的不适加重了心理对侍卫之职的反感。至于性德的失恋和亡妻，这种美好生活和感情的毁灭所造成的愿望与实际的冲突，更直接地具有悲剧色彩。

在纳兰词中所表现的悲剧性冲突和悲剧性抒情间，充满了词人对于人生的忧患。在这种忧患里，蕴含了性德对于人生的理性思辨。

侍卫之职使他的"英雄"之梦破灭了，外在的社会化的愿望之不能实现当然没能给他带来内在的感性上的快乐，同时，侍卫生活的高度理性化，使他意识到了感性体验的严重缺损，他经常感到追逐"浮名"而耽误了自己对于情感生活的享受，为此，他深深地觉得空耗生命的悲哀。于是他强烈地想往他本身就极其注重的夫妻爱情生活和朋友间诗酒雅聚的情谊，也渴望参禅悟道、闲处隐居以博得精神世界的充实、和谐、浑融、平衡。人是具有丰富的精神世界的血肉之躯，其精神世界分为感性和理性两大王国。一般情况下，感性和理性保持着或应该保持着平衡、和谐、统一的关系。但是，由于两者之间本身就存在着二律背反，所以，一旦有外力的严重影响，使理性过分发达而感性过分衰弱，它们原有的统一和平衡就会打破，从而造成了两者之间的疏离乃至冲突的现象，这样，人就会产生相对于其本性的异化。有的人能够敏感地体会到这种疏离和冲突给自我精神世界带来的痛苦，于是他们便努力追求建立一种新的平衡；有的人则没有意识到。纳兰性德则属于前者，他注重感性生活，渴望享受应该具有充分感性生活的生命本身，这种人生思辨无疑具有人生的美学意义。

纳兰性德写下了大量的悼古词。这位清初的满族新贵没有经历过历史的盛衰，那么，他何以产生如此多的兴亡之感？无病呻吟？不。其实，性德对历史反思也正是他对人生的忧患和思辨，他是在思考处于历史之中人的命运。看他的词（《浣溪沙·小兀喇》）：

桦屋鱼衣柳作成，蛟龙鳞动浪花腥，飞扬应逐海东青。　　犹记当年军垒迹，不知何处梵钟声，莫将兴废话分明。

在乌拉河畔，没有入关的满洲族人过着自然恬静、安居乐业的生活。然而，在这块土地上，当年曾经进行过他的祖先叶赫部与努尔哈赤率领的建州女真部之间为了夺权夺势的残酷杀戮。在这场战争中，性德的曾祖金台什被努尔哈赤所杀，从此以后，叶赫部被置于努尔哈赤及其后代的统治之下。历史的悲剧，本来就震撼着与此有关的性德的心灵，而今，他又处在皇帝的身边这个政治斗争的漩涡之中，一旦又有权利之争，那么，生灵涂炭的惨剧必将殃及于他。于是，面对军垒陈迹及其所映照的历史悲剧，他油然而生兴亡之感，在这种感慨的背后，隐含着他对于灾祸的忧患和渴求躲闪的心愿，"梵钟"所暗示的境界与关外本族同胞自然生活的场景正是他所欲寻求的净土。又如：

败叶填溪水已冰，夕阳犹照短长亭。何年废寺失题名。　驻马客临碑上字，斗鸡人拨佛前灯，劳劳尘世几时醒。（《浣溪沙》）

马首望青山，零落繁华如此。再向断烟衰草，认藓碑题字。　休寻折戟话当年，只洒悲秋泪。斜日十三陵下，过新丰猎骑。（《好事近》）

何处淬吴钩？一片城荒枕碧流。曾是当年龙战地，飕飕。塞草霜风满地秋。　霸业等闲休，跃马横戈总白头。莫把韶华轻换了，封侯。多少英雄只废丘。（《南乡子》）

临观荒城废寺，寻看残碑断碣，遥想当年的繁华，感慨今日的零落，词人认识到，历史上一些人为了追求"霸业"、建立功名而东征西伐，劳劳经营，可是，兴亡更迭，时过境迁，他们所建立的一切已幻灭、作古。历史延续至今，并且仍将延续下去，那么，处在历史的又一点上——现实之中的人仍然要含辛茹苦甚至争斗杀戮去求得什么"封侯"，其结果还是无法逃脱前人的命运——死后一切皆空，所剩唯有"废丘"。与其如此，尚不如爱惜"韶华"，珍视现实生活。性德在纵观历史的迁变中，在更宏大、更高远的境界里审视人生，达到了更加高深的精神"醒"悟。

三、"我自为我纳兰容若之词"——人格特性与艺术个性的完美结合

纳兰性德他在《原诗》一文中，深刻地抨击了当时的诗坛："十年前之诗人，皆唐之诗人也，必嗤点夫宋。近年来之诗人，皆宋之诗人也，必嗤点夫唐。万户同声，千车一辙。"的效仿、抄袭的现象，尖锐地讽刺他们是"俗学无基，迎风欲仆，随踵而立。故其于诗也，如矮子之观场，随人喜怒而不知自有之面目。"他认为，诗人应使自己的作品具有个性，必

须独抒性灵,因此,他说:"人必有好奇缒险,伐山通道之事,而后有谢诗;人必有北窗高卧,不肯折腰乡里小儿之意,而后有陶诗;人必有流离道路,每饭不忘君之心,而后有杜诗;人必有放浪江湖,骑鲸捉月之气,而后有李诗。"① 从中指出,诗人的独特性灵来自于他的人生经历的切身感受和他的人格特性。纳兰词在这方面也躬行了他自己的文艺思想,使他的作品具有鲜明的艺术个性。前面,我们已经谈到过纳兰词中所抒写的他的人生经历和切身感受,它们已在内容上显示出了自身的艺术特色,下面,将分析论述纳兰性德的人格特性和艺术个性的结合问题。

1. 豪放的民族气质的个性显现与纳兰词中的壮观格调

满族人民曾在粗犷的白山黑水之间、在骑马射猎的日常生活中,形成了豪放的民族气质。清初,这种民族气质还没有多大的迁化。纳兰性德,虽然接受了大量的汉文化,但他毕竟是这一时期满族群体中的一员,不可避免地被遗传或熏陶了他们民族的豪放气质,从他精于骑射的本领和他的英雄主义理想以及多次随扈康熙出征的军旅生涯中,不难看出他的这方面的心理因素。因而,出行边塞,尽管他的人生理想与侍卫之职之间存在矛盾冲突,也尽管边塞的自然环境恶劣、戍边的军旅生活艰苦,但是,在他的潜意识之中,他的豪放的气质作为一种心理积淀与那粗犷的自然和悲壮的生活是暗中切近的。所以,他才能把边塞的悲壮苍凉的景观和行军征戍的场面写得那么真切、生动、精彩。纳兰性德的边塞词,在词史上占有最独特、最辉煌的地位。

2. 多情的性格与纳兰词中浓郁真挚的抒情

看纳兰性德自己关于自己多情性格的表述:

十八年来堕世间,吹花嚼蕊弄冰弦。多情情寄阿谁边。(《浣溪沙·十八年来堕世间》)

漫惹炉烟双袖紫,空将酒晕一衫青。人间何处问多情。(《浣溪沙·伏雨早寒愁不胜》)

人到多情情转薄,而今真个不多情。(《摊破浣溪沙·风絮飘残已化萍》)

---

① 纳兰性德:《通志堂集》。

多情不是偏多别，别离之为多情设。(《青玉案·苏乌龙江》)

醒莫更多情，情多更莫醒。(《菩萨蛮·回文》)

曾染戒香消俗念，怎又多情?!(《浪淘沙·闷自剔残灯》)

萧瑟兰成看老去，为怕多情，不作怜花句。(《临江仙·萧瑟兰成看老去》)

其中"多情"是词人对自己这种"情种"性格的直接道白，至于"情转薄"、"莫更多情"、"为怕多情"，是词人对自己的情感无法满足、无所寄托而产生的无奈与抱怨，其背后仍然是"多情"。韩菼说性德待朋友"结分义、输情愫"①，顾贞观说他"以……朋友为肺腑。"② 故纳兰性德待人接物，敏感地把自己的丰富的感情移情到事物与他人的身上，再表现在他的词作中，使纳兰词充满了浓郁、真挚的抒情。

3. 多愁和矛盾的性格与纳兰词中的悲剧性因素

严绳孙在回忆纳兰性德的性格时说他"性近悲凉"③，梁佩兰也说："四时之气，秋为最悲；公本春人，而多秋思。"④ 性德自己认识自己的这方面性格道：

长漂泊，多愁多病心情恶。心情恶，模糊一片，强分哀乐。(《忆秦娥·长漂泊》)

我是人间惆怅客，知君何事泪纵横，断肠声里忆平生。(《浣溪沙·残雪凝辉画冷屏》)

可见，纳兰性德的多愁的性格是很突出的。纳兰性德的悲剧性格不仅在此，还在于他性格内部的矛盾性。看他的词《忆江南·宿双林禅院》：

心灰尽，有发未全僧。风雨消磨生死别，似曾相识只孤檠，情在不能

---

① 韩菼：《通议大夫一等侍卫进士纳兰君神道碑》。
② 顾贞观：《祭文》。
③ 严绳孙：《与顾贞观书》，柴德赓《严绳孙手札》一文有叙录并考定，见《史学丛录》第320—332页。
④ 梁佩兰：《祭文》，《通志堂集》卷19附录。

醒。　　摇落后，清吹那堪听。淅沥暗飘金井叶，乍闻风定又钟声，薄福荐倾城。

词人在深感"心灰冷"之时宿于双林禅院。置身于那片俗尘不染的净土，他被引发了禅僧之思。但是，他终于无法彻底超脱尘俗而完全进入六根清净的境界："有发"只是外在的表象，倒是"情在不能醒"道出了他的真实心理。在那里，他一面聆听禅院中清幽的钟声，一面回忆发生"金井"旁的爱情故事，最终还是感叹自己的"薄福"，没能与"倾城"之美的爱人共享生活的乐趣。这里反映出词人渴望超绝凡尘却又执迷于人间情感的矛盾心理。

词人的英雄理想与多情善感的性格虽然并不绝对对立，但是，两者之间至少是不能和谐统一。他曾说："不恨天涯行役苦，只恨西风吹梦成今古。"（《蝶恋花·又到绿杨曾折处》）前一句可以代表他为自己的英雄主义理想而奋斗的过程；但是，后一句的"梦"却不仅仅如此，还包括充分享受爱情和友情等愿望。假使他的英雄主义理想能够实现，那么，驰骋疆场必然会离开妻子和朋友，如此，这位天生的情种仍然无法超脱因感情生活的缺失而带来的愁苦。而从整首词和词人的感情趋势来看，性德此言实际上是感慨艰苦的行役使韶华流逝而耽误了他的许多人生愿望的满足。从中可见，这位把情感化的情格发展到极致的人，在他为英雄主义理想而奋斗的过程中，其情感总是无法顺畅和满足的，就是说，他的英雄理想与现实的多情性格是不相适的。

纳兰性德的悲剧性格也还在于他的诸多愿望与现实发生冲突后其抉择时的性格犹豫与懦弱。他想实现自己的英雄主义理想或自由地享受生命与感情，但是因为君父之愿"不敢"违，也就是无法摆脱束缚他的政治和社会枷锁，所以，他始终使自己的愿望与现实冲突着。

性德带着自己的多愁的性格和其性格内部的矛盾冲突，度过了他悲剧性的三十一岁的一生。他的早逝，甚至也与他的"多愁多病"有关。纳兰词中明显地呈现着词人与命运的悲剧性冲突和词人性格的内在冲突，也饱含着词人因此而生发的浓重的悲剧性抒情。

4. 超尘脱俗的性格与纳兰词的自然朴素之风

顾贞观评价纳兰性德的这种性格时说："其于世味也甚淡，直视勋名如糟粕，势利如尘埃。"① 韩菼说他："身在高门广厦，常有山泽鱼鸟之思。"② 吴绮也说他"身在廊庙，恒自托于江湖"。③ 性德自己又如是说："鄙性爱闲……东华软红只应埋没慧男子锦绣心肠。"④ 他在两首咏物词中写道：

非关癖爱轻模样，冷处偏佳。别有根芽，不是人间富贵花。(《采桑子·塞上咏雪花》)

莫把玉花比淡妆，谁似白霓裳？别样清幽，自然标格，莫近东墙。冰肌玉骨天吩咐，兼付与凄凉。可怜遥夜，冷烟和月，疏影横窗。(《眼儿媚·咏梅》)

雪花，不同于那些雍容富丽的俗艳之葩只贪嗜于温暖的环境，它把"根芽"生在冰冷的地方，越是寒冷"开"得越是美好。梅花，没有绿叶的衬托，没有他花的伴同，显得"凄凉"了一些，但是，它"冰肌玉骨"、"别样清幽"，不近堂皇的"东墙"，正是"自然标格"、高洁清雅。从中国诗歌咏物言志的传统来看，诗人往往把自己特殊喜爱的事物引以为自己的同类。故从中可见，性德所描写的雪花和梅花，正是他孤高傲世、超凡脱俗的性格的化身，也是他"鄙性爱闲"一句的注脚。

性德的这一性格特征，直接影响了他的词章创作。看他的词《虞美人》：

凭君料理花间课，莫负当初我。眼看鸡犬上天梯，黄九自招秦七共泥犁。瘦狂那似痴肥好，判任痴肥笑。笑他多情与长贫，不及红尘滚滚向风尘。

此阕，虽然题为《为梁汾词》，但也是他自己既标榜自我性格又标榜自己的审美偏好的词篇。从反感"滚滚红尘"与"痴肥"到欣赏"贫"

---

① 顾贞观：《祭文》。
② 韩菼：《通议大夫一等侍卫进士纳兰君神道碑》。
③ 《纳兰词》吴绮序。
④ 纳兰性德：《致严绳孙简》，《词人纳兰容若手简》。

与"瘦",足以反映出纳兰性德纳超凡脱俗的性格与他因此而喜欢自然朴素的创作的关系——纳兰词正如词人本身一样超脱"凡尘",极具自然朴素之风。

可见,纳兰性德是词史中把词人的人生经历、性格特征与自己的艺术作品结合得最好的作家。一部《纳兰词》,就好似词人的一部抒情体自传文学。索隐派把中国古典文学史上最优秀的小说中的最杰出的人物性格形象贾宝玉加在纳兰性德身上,可从另一个角度说明纳兰词的艺术特性与词人的人格特性结合得多么完美。

(刘亦文,男,满族。1988—2001年师从张菊玲先生,攻读中国明清文学研究方向硕士学位。学位论文为《纳兰词审美价值论》,本文系其学位论文部分章节。现为北京市社会科学界联合会社科基金部副主任。)

骚动的女娲

——论中国古代小说中的悍妻妒妇形象

梁沙沙

"妒"作为女子的性格特征之一，很早就记录到中国的历史典籍中了。最早一条有关妒妇的故事见于《韩非子》：卫人有夫妇祷者，而祝曰："使我无故得百束布。"其夫曰："何少也？"曰："益是，子将以买妾。"

南朝虞通之撰《妒妇记》，张瑄作《妒妇赋》，以及盛传于唐的"妒妇津"故事，使"妒妇"成为一个专用名词。到唐朝，女性的妒意往往以一种强烈、凶猛的方式表现出来，人们称之为"悍"。"大历以来，士大夫之妻多妒悍者。"[①] 从此，"妇人妒则必悍、悍则必凶"[②] 的观念深入人心，"妒悍"、"悍妻妒妇"作为专用的称谓，开始频繁地出现在历史典籍和文学作品之中。

一、夫为妻纲的颠倒

在男性极权的社会中，女性作为男子的附属品，以绝对地服从为己任，以取得丈夫的欢心作为巩固自己地位、维持自己生活的唯一合法手段。对待丈夫要像孝子对父亲，忠臣对皇帝那样毕恭毕敬、诚惶诚恐。"夫者天也，天固不可逃，夫固不可违也。""夫不御妇则威仪废，妇不事

---

① 段成式：《酉阳杂俎》卷14，中华书局1981年版。
② 李绿园：《歧路灯》第67回，中华书局1981年版。

夫则义理坠。"①

可是在这样的清规严令之下，惧内之人却各朝皆有，有时甚至会成为一代世风，以至"世上但是男子，没有不惧内的人"②。"床上夜叉坐，任金刚亦终低眉；釜底毒烟生，即铁汉无须强项。""将军气同雷电，一入中庭，顿归无何有之乡；大人面若冰霜，比到寝门，遂有不可问之处。"③ 一个男子，无论在外面如何飞扬跋扈，一回到家中，却成了"妻管严"、"床头跪"。《醒世姻缘传》第九十一回，吴推官考查自己的属下有多少惧内之人，感叹道："据此看来，世上但是男子，没有不惧内的人……除了一位老先生断了二十年弦的，再除了一个不带家眷的，其余各官也不下四五十位，也是六七省的人才，可见风土不一，言语不同，惟有这惧内的道理到处无异。"唐代裴谈甚至还有一套"畏妻"理论：

裴谈素奉释氏，妻悍妒，谈谓人曰："妻有可畏者三：少妙时，视之若菩萨，安有人不畏生菩萨？男女满前，视之若九子魔母，安有人不畏九子魔母？及五十、六十，薄施妆粉，或青或黑，视之如鸠盘荼，安有人不畏鸠盘荼？"④

把妻的可怕——历数，真是谈妻色变。

《笑史·闺戒部第十九》记载了这么几个故事：

东昏侯（南朝齐萧宝卷）宠畏潘妃，动遭呵杖，不敢忤意，乃敕虎贲，不得进大荆子。

杨弘武为司戎少常伯，尝除一人官，高宗（唐高宗）问曰："某人何因，辄授此职？"弘武曰："臣妇韦性悍，昨以此见属，臣不从，恐有后患。"帝嘉其不隐，笑遣之。

王中令铎，镇渚宫，为都统以拒黄寇，兵渐近。先是，赴镇以姬妾自随，其内未行，本以为妒。忽报夫人离京在道，中令谓从事曰："黄巢渐

---

① 班昭：《女诫·夫妇第二》。
② 西周生：《醒世姻缘传》第91回，齐鲁书社1980年版。
③ 蒲松龄：《聊斋志异》卷6，齐鲁书社1981年版。
④ 冯梦龙：《笑史》卷19，春风文艺出版社1989年版。

以南来，夫人又北至。旦夕情味，何以安处？"幕僚戏曰："不如降黄巢。"公亦大笑。

这些身为社会宠儿，天之骄子的男性们，有的是皇帝，有的是高官大臣，却对在社会和家庭地位都比他们低的妻子如此畏惧。这些惧内之人有一个共同的毛病：好色。封建礼法虽然给了男性较多的性爱空间，但"万恶淫为首"，好色贪淫终究是为礼法否定的品行上的污点。男子可以为了子嗣正大光明地纳妾，但为着一己之私欲而纳妾或眠娼宿妓就不可能那么问心无愧了。这一弱点一旦被妻子们发觉，就最有可能被当作有力的武器向丈夫进攻。而在这时候，问心有愧的丈夫们往往不敢一触其锋，只能拱手投降了。《醒世姻缘传》里的吴推官就属此类，"单单只重的是色，背着妻子先后娶了两房小妾，回到家中一见到妻子，先就惊慌胆怯，磕头赔罪。吴妻大闹了一通后也无可如何。立下规矩，轮流同宿。""这吴推官若是安分知足的，这也尽叫快活的了。他却乞儿不得火向，饭饱了，便要弄起箸来，不依大奶奶的规矩，得空就要做贼。甚至大奶奶睡熟之中，悄悄地爬出被来，干那鼠窃狗偷的伎俩，屡次被大奶奶当场捉获。"这样一个好色之徒，偏又碰上这样一个厉害的妻子，不惧内几乎是不可能的事了。同书中的主人公狄希陈也有同样的毛病。与薛素姐成亲之后，仍与旧欢妓女孙兰姬勾勾搭搭，被素姐发现后打了个半死。娶了二房童寄姐后，又对丫鬟珍珠"安着一点苟且之心"，暗地里调戏，也被寄姐查出，"打的个狄希陈没有地缝可钻"。

历代的正统观念认为，对妻子的贪恋是惧内病的根本原因。"天下好内之人，未有不惧内者……原其弊，惟好之深故爱之切，爱之切故惧之也亦深。"[①] 在丈夫而言，对妻子由爱之而敬之，由纵之而忍之，包容之，渐渐而生畏惧之心；在妻子而言，由得宠而骄横、由骄横无礼，渐渐而生藐视、凌辱之心。中国历来最理想的婚姻关系，不是亲密无间，而是"相敬如宾"。班昭认为，如果夫妻间太过亲密，就会导致言语的放纵失礼，导致妻子对丈夫的轻慢。所以丈夫如果想维持自己的尊严，就不能对妻"好

[①] 长白浩歌子：《萤窗异草》，齐鲁齐社1985年版。

之深""爱之切",而应"庄以莅之,正以率之"①,"以德易色,修己率下"②。《萤窗异草》中的田一桂,就是对卢四娘由爱生惧。在四娘的丽色之下,"房帷之爱,惟恐不深,积渐而尾大不掉,四娘之威乃日肆。"然而田一桂虽然生畏惧之心,"然遇脱辐之顷,犹常反唇相诋,未遽至俯首贴耳也"。于是四娘设下一计,每每挑动田一桂的情欲却又冷然以刀刃相拒,"如是三夕,一桂不能复耐,"长饶请罪,"渐至于流涕"。从此"巾帼之势益张,衣冠之气尽短,其情极不可问矣"。一桂之惧四娘,实是由好之故爱之,因爱之而畏之。四娘制伏田一桂,确也如作者所说,"以色故也"。

除了好色好内之外,男子性格的软弱也是惧内病的成因之一。《聊斋志异》卷六《马介甫》篇中的杨万石,在异人相助下,吃了"丈夫再造丸",如犯病似的勇敢了一会儿,又复如旧,被人称为:"不可教也"。

中国古代家庭中夫妻关系有如天平的两端,总是一边高一边低,"不是东风压了西风,就是西风压了东风",很难有平等相待的时候。传统礼教当然要求丈夫高高在上,妻子事夫如事天,但往往不甘受人摆布的女子,总要千方百计提高自己在家庭和丈夫心中的地位,实现这一目标的最重要的手段就是对丈夫的全面控制。于是针对男子性格上的种种弱点,一门悲哀的学问——御夫术产生了。

古今中外的御夫术不外两大类:智取与勇胜。《萤窗异草·田一桂》中的卢四娘与《醒世姻缘传》中的薛素姐可算是智和勇的两个典型。

作者感叹卢四娘:"四娘其女中操莽者乎?何弄夫于股掌之间,而不可测度也?"卢四娘认为丈夫田一桂是"富贵之儿,骄傲性成,非有以缚束之,少纵即逝矣"。于是从新婚之夜起,就开始实施她的御夫计划。她利用自己的美貌和丈夫的好色之心,使之对已迷恋不已,"颠倒于情中不可言喻","房帷之爱,惟恐不深,积渐而尾大不掉,四娘之威乃日肆。"又屡屡设计,不但打消了丈夫纳妾的念头,还使他完全臣服,"呼之为牛,不敢应之以马;詈之终日,不敢复以片言。"同时对婆婆孝顺温婉,"又善处戚族间,无纤毫失礼。"其目的也是为了巩固自己在家庭中的地位,让丈夫找不到出妻的借口。

---

① 长白浩歌子:《萤窗异草》,齐鲁齐社1985年版。
② 见唐人于义方《黑心符》一文。

与卢四娘相比，《醒世姻缘传》的薛素姐，其勇悍虽起到了同样的制服丈夫的效果，但却不能像四娘那样不留恶声、"欲出无名"。她说："贼贱骨头，不狠给他顿，服不下他来。"对待丈夫手段之毒辣，心性之无情，真到了匪夷所思的地步。一次怀疑丈夫与别人有了私情，"拿过一把铁钳，拧得那通身上下就是生了无数焌紫葡萄，哭叫'救人'，令人不忍闻之于耳。"又有一次怀疑丈夫私自买了衣裙送给别人，"把那书房里拿来的湖笔，拣了五枝厚管的，用火筋烧红，钻了上下的眼，穿上一根绳做成拶指，把狄希陈的双手拶上，叫他供招。"狄希陈在素姐手下，真是诸般毒刑皆经过，畏之如虎。

历代小说中的悍妻妒妇形象，勇者远比智者为多。因为妒性本是感情化的东西，在这种感情的支配下，往往会做出不计后果的举动来。能理智地控制自己的感情，机巧如卢四娘者，就相当少了。但凶悍到对丈夫如此残忍绝情的妻子，在中国古代文学作品中，薛素姐是唯一的一个。无论对丈夫是否有爱，既然丈夫被当作生活的依靠，就不可能不对之生情。悍妻妒妇的悍与妒，只是为了使自己生活得更好，使丈夫的情感尽可能地集中到自己身上，而绝不是对丈夫怀有深切的敌意。《情史》载，唐代房玄龄之妻卢夫人至妒，宁可妒而死不愿不妒而生，但这个至妒的妇人对丈夫实是一往情深："玄龄微时，病且死，曰：'吾病革，君年少，不可寡居，善事后人。'卢泣，入帷中，剔一目示玄龄，明无他念。"[①]

无论如何，悍妻妒妇们针对男子性格上的弱点，运用"御夫术"，或用智或逞勇，或智勇兼施、刚柔并济，把"妇纲"颠倒过来，使得男子们在外面神气活现，回到家中却成了"床头跪"。"诃责摈斥，不甘于父兄师长者，独忍于室内之佳人。嬉笑怒骂，姑听诸乡党州间者，专媚此闺中之少妇。"[②] 高高在上的夫权被悍妻妒妇们踏在脚下。《镜花缘》中虚构了一个女儿国，将男性与女性的行为准则完全颠倒了过来，女性拥有了至高的专制权。可是，我们应该知道，这个女儿国并非女性的理想之国。以妻为夫纲代替夫为妻纲，以不平等代替不平等，只能产生另一种悲剧，这也是悍妻妒妇这些反抗者的一个误区。

[①] 冯梦龙：《情史》，春风文艺出版社1986年版。
[②] 长白浩歌子：《萤窗异草》，齐鲁书社1985年版。

二、女人的敌人是女人

并非所有的悍妻妒妇都能辖治住丈夫、禁止丈夫的多偶制。在"不孝有三，无后为大"的口实下，男子的纵欲被礼法化、道德化，再妒悍的女子也无法光明正大地阻止丈夫纳妾，特别是在无子情形下，几个妻妾共事一夫是中上层家庭常见的事。妻与妾，在法律上有严格区别。礼法要求，地位尊贵的正妻对妾要和气宽容，以礼相待；妾则必须事妻如事母，心怀尊重畏服之情。《歧路灯》中的孔慧娘与冰梅、《聊斋志异·吕无病》中的吕无病与许氏，就是妻贤妾顺的典型代表。

不过，现实往往不能如男子所愿，让妻与妾和和美美地共事一夫，心平气和地共同分享丈夫的情爱与性爱。感情的独占性与社会地位的依附性，使她们希图完全拥有自己的丈夫，这一正当要求在一夫多妻的社会制度下，却只能以一种残酷、扭曲的方式去争取，这就是一夫多妻制的必然产物——妻妾间的争宠战。

有的人认为"弱者是弱者的敌人"，并试图通过动物实验证明这一假说：

在一小房间里放入几只动物，这些动物就会开始争斗，随后就产生了按力量大小依次排列的尊卑次序。力量大的动物获得了有利的占有食物的权利。自己的权利被强者夺走的动物，就欺负比自己弱的动物，并抢夺他们的权利。弱者即使感到敌意，也不会进攻强者，这是防己本能。它们把这种敌意转嫁给比自己更弱的弱者，通过战胜它们来解除敌意。[①]

这种关系，极像人类社会的缩影。在男性极权社会，即使有些悍妻妒妇能管辖自己的丈夫，将"妇纲"颠倒，但她们仍未能改变依赖男性、靠男性生活的弱者的命运。作为生活、地位和情感的保障，丈夫的地位是不可动摇的，她们只能把敌意加诸在同一地位的别的妻妾身上。

---

① [日]国分康教：《女性心理学》，刘启译，台湾五洲出版社，1987年版，第24页。

《金瓶梅》中的潘金莲，就是这样一个嫉妒争宠的典型。在妻妾成群的西门庆家中，对一家之主西门庆这个"打老婆的班头，降妇女的领袖"，潘金莲除了献媚市爱、力取其欢心外，毫无别的办法。她的仇恨对象，是跟她一样地位的其他女性。依靠她的美貌，机巧、不择手段，在这场争宠战中，潘金莲取得了暂时性的辉煌胜利。挑打孙雪娥，害死宋惠莲，唬死官哥儿，气死李瓶儿，逐步排除威胁自己地位和情爱生活的对手。特别是在与李瓶儿的交锋中，潘金莲的狠毒、阴险、不择手段更是发挥得淋漓尽致。

　　潘金莲在争宠战中的胜利，还有一个有利的条件，那就是正妻吴月娘的贤良不妒。西门庆称："俺吴家这个拙荆，他倒是好性儿哩。不然，手下怎生容得这些人？"在封建家法中，嫡妻的地位和权利远比妾为高。妾受妻的约束，对妻必须如对家长一样，妾犯妻与殴骂夫主同罪。妻对妾虽说不能有生杀予夺的大权，但至少也是决定其命运的一个重要因素。吴月娘的不妒，使得潘金莲在妻妾争宠战中少了一个最大的敌人。

　　如果正妻也是妒性强烈的女人，妾的命运就非常悲惨了。她们所承受的不止有男性极权专制的夫权，这有妻妾制规定的妻权。《醒世姻缘传》中吴推官背妻偷娶的两个小妾相互之间纠缠不休，"镇日争锋打闹，搅乱得家宅不安"，然而在与正妻相见后，从此被正妻严加管束，"制伏的这两个泼贷在京里那些生性不知收在哪里去了。别说争锋相嚷，连屁也不敢轻放一个。"

　　蒲松龄认为："女子狡妒，其天性然也，而为妾媵者，又复炫美弄机，以增其怒。呜呼！祸所由来矣。若以命自安，以分自守，百折而不移其志，此岂挺刃所能加乎？"[①] 他创作的邵女这一形象，就是一个"以命自安，以分自守"的顺妾典型。她不择良偶，偏偏情愿给人做妾，自称："自顾命薄，若得佳偶，必减寿数，少受折磨，未必非福。""身为贱婢，摧折亦自分耳。"她对"奇妒"的正妻金氏谦卑恭敬，甘心承受金氏对她的鞭打、火烙、针刺，无怨无悔，甚至欣然自喜，称"彼烙断我晦纹矣！"她的谦卑和殷勤侍候终于感动得妒悍的金氏转了性，对她"爱异常情"。通过这个苦尽甘来的顺妾形象，作者试图告诉身为副妻的女性，在妻妾争

---

① 蒲松龄：《聊斋志异》卷13，齐鲁书社1981年版。

宠战中，只有隐忍、谦卑，不争不妒才是取得正果的唯一手段。

在夫权与妻权的双重压迫下，妾所承受的苦难远比正妻为多，妒妾的数量也就远较妒妻为少了。一般而言，悍妻妒妇大部分属于正妻的角色，在妻妾争宠中，往往遭难的是地位更低贱的妾。

古代人婚姻不能自主，使得夫妻生活的不和谐成为家庭的通病，男性通过纳妾作为弥补。妻不能自由选择，妾则可以随意挑选。当然一般而言，妾总是比妻年轻美貌，更容易得到丈夫的宠爱。所谓"妻不如妾"，就是这个意思。受到冷落而又具有一定"主内"权力的正妻，就在嫉妒心的支配下，对妾百般挑剔、折磨。唐代段成式《酉阳杂俎》卷八载：

> 房孺复妻崔氏性忌，左右婢不得浓妆高髻，月给燕脂一豆、粉一钱。有一婢新买，妆稍佳。崔怒谓曰："汝好妆耶？我为汝妆！"乃令刻其眉以青填之，烧巢梁灼其两眼肉皮，随手焦卷，以朱傅之，及痂脱，瘢如妆焉。

《聊斋志异·邵女》中的妒妻金氏，将丈夫先后所纳的两个小妾折辱至死，对最后一个小妾邵女百般折磨，"烧赤铁烙女面，欲毁其容"、"以针刺胁下二十余下"，丈夫的纵欲和正妻的妒悍，带来的是妾的无穷苦难。

贾琏偷娶尤三姐，分散了王熙凤的专房之宠，自然成了凤姐儿的眼中钉、肉中刺，想方设法要置之于死地。她能容下平儿，一方面是迫于礼法的规矩，另一方面也是因为平儿"是个正经人，从不把这一件事放在心上，也不会挑妻窝夫的，倒一味忠心赤胆伏待他，才容下了。"她暂时容下秋桐，不过是为了借秋桐这把刀杀了尤二姐，她再杀秋桐。秋桐的结局如何，曹雪芹未曾交代，难下断论。秋桐性烈如火，又有贾赦、邢夫人做靠山，估计她的日子会比善良懦弱的尤三姐好得多。

夏金桂对待香菱和宝蟾，与凤姐不相伯仲，所差不过计谋之精巧，作风之文雅而已。她借宝蟾笼络薛蟠之心，趁机赶走了香菱，然后开始"寻趁宝蟾。宝蟾却不比得香菱的情性，最是个烈火干柴，……不肯服低容让半点。先是一冲一撞的拌嘴，后来金桂气急了，甚至于打。他虽不敢还言还手，便大撒泼性，抬头打滚，寻死觅活，昼则刀剪，夜则绳索，无所不闹。"

在妻妾争宠战中,胆怯懦弱而无助者永远处于下风,连正妻也不例外。迎春在孙家受辱,被丈夫当作仆人使唤,就因为她的懦弱无能。秋桐与宝蟾若不是性烈如火、敢打敢闹,也脱不了尤二姐与香菱的下场。凤姐与夏金桂若不是妒悍之人,恐怕也制不住好色的贾琏和呆霸王薛蟠,最终比迎春好不了多少。

妻妾争宠战的根源不在于个人品质的好坏,而在于男性极权制度下的夫权制与妻妾制。在那个时代,谋求个人在家庭中的权利与地位,希望拥有丈夫全部的爱这一人性的正当要求,不可能以争取夫妻地位的完全平等和争取一夫一妻制得以真正实行,只能以妻妾争宠、伤害同属弱者的其他女性这一不道德的手段去谋求,这真是社会赐予女性的一个极大的悲剧。

三、创作者的心态

1. 憎恶的目光——作者的意识表现

男性极权社会中的男子,向来对女性怀有既爱又恨的矛盾心理。"英雄难过美人关"的同时,又怒骂"红颜自古多误国"。女性被称作祸水,美丽的女性尤其有罪。殷纣之妲己,周幽之褒姒,陈后主之张丽华,唐明皇之杨玉环,无不被当作亡国的罪魁祸首。

唐传奇《莺莺传》突出表现了这一意识。美丽、柔弱的崔莺莺,仅仅因为被男子迷恋就被骂为"不妖其身,必妖其人"的"妖孽",而"始乱之,终弃之"的负心人张生却被誉为"善改过者"。张生对崔莺莺的迷恋最后变成了鄙夷、仇恨,只是因为这种迷恋触犯了道德观念,引发了内心的不平衡,于是就把这一罪责加诸在被动、弱小、缺少反抗力的女性身上,以消除内心的罪恶感,求取道德与理性的平衡。

一个美丽、柔弱的女子,仅仅因为被男子迷恋就要遭到这么大的谴责,对于那些不愿被动地受人摆布,试图主动掌握自己命运的悍妻妒妇——她们往往能够动摇家庭中高高在上的夫权,破坏男子恣意妄为的冲动——身为"受害者"的男子们怎能不怀着满腔的愤恨和憎恶呢?

"悍妻妒妇，遭之者如疽附于骨"①。这是男子的普遍心理。明代谢肇制的《文海波抄》中说得尤其沉痛：

人有妒妇，直是前世宿冤，卒难逃脱。非比顽嚚父母，犹可逃避；不肖兄弟，仅只分析；暴君虐政，可以远循；狂友恶宾，可以绝交也。朝夕与处，跬步受制。子女僮仆威福之柄，悉为所持。田舍产业衣食之需，悉皆仰给。衔恨忍耻，没世吞声。人生不幸，莫此为太。

确实，对于狄希陈来说，薛素姐、童寄姐是高高在上的暴君，在她们面前喜怒皆罪，动辄得咎，真的是"御恨忍耻，没世吞声"，从居家生活到外出赴宴，无不受到严格控制。《聊斋志异·江城》中的江城，对丈夫高生不但打骂视为常事，对其社交活动也严加约束，"生适戚友，女辄嗔怒""生往来全无一所"。一次高生受同窗所邀参加文社，座中有妓女相陪，高生与妓"倾头耳语，醉态益狂"的情态，全被易妆而来的江城看在眼中，从此禁锢益严，吊庆皆绝。

悍妻妒妇的所作所为，对男子的个体生活形成极大的制约作用，使之无法放纵自如为所欲为，这是他们对悍妻妒妇如此憎恶，恨不得"寝妒妇之皮而食其肉"②的根本原因，但是，他们为这种憎恨心理找到的一个最冠冕堂皇的理由，却是子嗣问题。

在"不孝有三，无后为大"的口实下，男子的纵欲被道德化、伦理化，悍妻妒妇的存在不但会破坏夫权的威信，引起妻妾间的矛盾，导致家庭的不和，也可能因妒忌而使丈夫绝后。无子而妒，则更是可恶之至了。《萤窗异草·妒祸》和《聊斋志异·段氏》两个故事，用悔恨而亡的某氏妻与改过自新的连氏来告诫身为人妻的女性：丈夫纳妾生子，只会给她们带来好处；阻挠丈夫纳妾，最终不免祸及己身。连氏临终前对女儿和孙媳谆谆告诫："汝等志之，如三十不育，便当典质钗珥，为婿纳妾，无子之情状难堪也。"在古代中国，女性没有财产继承权、所有权和支配权，只能以从父、从夫、从子取得生活的保障，夫死而无子，确实难免晚年凄凉。养子防老，对男子如此，对无独立经济地位的女子又何尝不如此。

---

① 蒲松龄：《聊斋志异》卷18《云梦公主》，齐鲁书社1981年版。
② 长白浩歌子：《萤窗异草》，齐鲁齐社1985年版。

下　编

　　在女子无才就是德的观念影响下，中国古代文学史中，男性作家占了绝大多数，我们所接触到的古代小说，也几乎都出自男性作家笔下。悍妻妒妇被描写得如此凶狠、无情，被抹上了这么多贬责之辞，实在是作者的男性中心主义导致。他们站在男性自己的立场，对有损于男性利益的悍妻妒妇大加指责。在他们眼中，女性只不过是一架具有多种功能的机器：可供玩赏，可以泄欲，既能传宗接代，又能操持家务，唯独忽略了她们作为人的本能的需要。在那么多悍妻妒妇形象中，没有一个得到了作者的称道和同情，她们得到的只有鄙夷、愤恨和嘲笑，直到清代李汝珍，才开始从女性的角度去审视她们的妒性。《镜花缘》中有这样一个场面：一个绿林大盗的夫人，在得知丈夫欲纳妾时，大闹了一场，说：

　　假如我要讨个男妾，日日把你冷淡，你可欢喜？你们作男子的，在贫贱时原也讲些伦常之道；一经转到富贵场中，就生出许多炎凉样子，把本来面目都忘了，不独疏亲慢友，种种骄傲，并将糟糠之情，也置之度外。这真是强盗行为，已该碎尸万段！……总而言之，你不讨妾则已，若要讨妾，必须替我先讨男妾，我才依哩。我这男妾，古人叫做面首：面哩，取其貌美；首哩，取其发美。这个典并非我杜撰，自古就有了。

　　作者第一次以女性的目光去看待男子的纳妾，提出了一个大胆的疑问，假如做妻子的也实行多夫制，把丈夫冷淡，做丈夫的可欢喜？既然如此，妻子对丈夫的纳妾，又怎么可能不怀妒意呢？同时代的俞正燮也明确提出：嫉妒并不是女性的恶德。在《妒非妇人之恶德论》一文中，他说：

　　妒者妇人常情……夫买妾而妻不妒，则是恝也，恝则家道坏矣。

　　恝，意即无动无衷，麻木不仁。与通常把女性的妒当作败家之根源的观点相反，俞正燮认为不妒反而会使家道败坏。虽然他并没有提出有力的证据，也没有一套令人信服的理论，但在视妒如仇的男性社会中，已经很难得了。

　　可是这寥寥无几的女性同情论者的观点根本改变不了、也代表了历代以来对悍妻妒妇的传统心理，妒悍行为仍被人们憎恶，唾弃，被当作"附骨之蛆"。

然而有时候，人们不得不承认，对于某些性情恶劣的男子，悍妻妒妇确实起到了以毒攻毒的作用。《醒世姻缘传》的作者西周生在揭示薛素姐的罪行的同时，也承认了她对狄希陈管束中的有利作用：

那狄希陈的为人也刁钻古怪的异样，顽皮挑达的倍常；若不是这个老婆的金箍儿拘系，只怕比孙行者还成精。饶你这般管教他，真是没有一刻的闲空工夫，没有一些快乐的肠肚，他还要忙里偷闲，苦中作乐，使促狭，弄低心，无所不至。

不过这一切丝毫没有改变他对薛素姐的憎恶之心。《聊斋志异·云萝公主》中的可弃，是个赌博偷盗成性，将家产荡光殆尽的浪荡子弟。其母本仙人，已预先定下侯女为可弃之妻。婚后，在侯女的严厉管束下，可弃"改行为善。妇持筹握算，日致丰盈，可弃仰成而已。"作者评道：

悍妻妒妇，遭之者如疽附于骨，死而后已，岂不毒哉！然砒附天下之至毒也，若得其用，瞑眩大瘳，非参苓所能及也。而非仙人，洞见脏腑，又乌敢以毒药贻予孙哉！

同篇中的李孝廉和松生，都是在妻子严加管束下得以成名的。然而在作者心中，悍妻妒妇虽然起到了不小的作用，也终不过是一副厉害之极的"毒药"，常人是万万不可沾及的。

2. 疗妒之方——作者的精神安慰剂

《红楼梦》第八十回，宝玉问江湖郎中王一贴有没有"贴女人的妒病方子"，王一贴胡诌了一用秋梨、冰糖和陈皮做成的"疗妒汤"。宝玉说未必见效，王一贴道："一剂不效吃十剂，今日不效明日再吃，今年不效吃到明年……吃过一百岁，人横竖是要死的，死了还妒什么！那时就见效了。"逗得宝玉大笑，骂"油嘴的牛头"。这虽说是玩笑，却可从中看到人们对悍妻妒妇既不满又无可奈何的心理。

礼教视妒为女子之恶德，属"七出"之条。既然对妒妇如此憎恶，又可以用合理合法的手段将其扫地出门，这岂不是最好的疗妒之方吗？为什么小说中的丈夫们大都迈不出一步呢？

在封建社会，离婚虽然是男子的特权，但这一特权并不是那么轻易就能使用的。在"七出"的规定下，又有"三不去"的原则：有所取、无所归，不去；与更一年丧，不去；前贫贱，后富贵，不去。在这"三不去"的情况下，无论妻子是否具备了"七出"的条件，丈夫都不能休妻。虽然历史上有因为小故而休妻的事实，但是传统心理对离婚却是持反对态度的。离婚意味着夫妻关系、亲属子女关系的破坏与扰乱，不但与传统的"和为贵"的心理相冲突，也会导致社会整体结构在局部的不平衡，自然也会受到来自统治阶层的否定和反对。于是，"鸳鸯白头"的祝愿、"劝和不劝离"的习惯、"小不忍则乱大局"的处世方式顺理成章地形成了。春秋时期，"为人妇而出"还是"常也"[①]之事，到了宋代已经形成了"以出妻为丑行"[②]的世风了，甚至于还出现了"离婚阴谴"的迷信传说。宋代李昌龄《乐善录》载"孙洪"一条，写一个为人写离书的书生，为上天所谴，未曾登上料榜，直到劝合了离婚的那对夫妇，这才得到了功名。

《醒世姻缘传》中，当狄希陈打算休妻，请周相公为自己写休书对，周相公先说了一大堆因休妻或劝人休妻而遭报应的故事，又说：

"这妻是不可休的，休书也是不可轻易与人写的……况尊嫂如此悍戾，不近人情，这断不是今生业帐，必定是前世冤仇，今世寻找来报复。天意如此，你要违了天，赶他开去，越发干天之怒，今生报不尽，来世还要从头报起。倒不如今世里狠他一狠，等他报完了仇，他自然好去。"

"前世冤仇"、"命中注定"是由"和"的传统心理愆生而出的自我安慰剂，它能使人回避了应该面对现实，同时使人比较能够心安理得地承受痛苦而又不必为自己的缺乏抗争而自我谴责。

既然休妻这一最简单有效的疗妒之方难以实施（当然也并非无人敢行，《聊斋志异·吕无病》中的王天官女就因妒悍而被休），无可奈何之中，作者们一面在塑造这一类形象时寄托了自己的满腔怨愤，一面又苦苦地寻找着希望渺茫的疗妒药方。

[①] （战国）韩非：《韩非子·说林上》卷7，《诸子集成》第8册，上海书店1991年影印本。
[②] （宋）程颢、程颐：《二程全书》卷19，东京中文出版社1985年影印本。

因果报应这一阿Q式的精神安慰法是被采用得最多的疗妒之方。《萤窗异草·郎十八》中一位年方二八的少女嫁给了一个五十多岁的鳏夫，是因为她前世因嫉妒虐婢至死，故有"老夫耄矣，之子犹少"的报应。对此，作者兴高采烈地说："死死生生，要皆妒之一字自贻伊戚也。故古今疗妒之方，应推此为第一。""今乃知天之报妒妇，必如是始快人心。"《聊斋志异·阎王》中的李常久之嫂妒悍绝伦，"妾盘肠而产，彼阴以针刺肠上，俾至今脏腑常痛。"终遭阴间严刑，臂生恶疽，直到认罪后疾病方消，"力改前辙，遂称贤淑"。作者评曰："或谓天下，悍妒如某者，正复不少，恨阴网之漏多耳。……冥司之罚，未必无甚于钉扉者，但无回信耳。"另外如同书《珊瑚》中的臧姑、《邵女》中的金氏，《阅徽草堂笔记》卷九中的某富室妇，都是因妒悍而遭因果报应。

道术在中国的兴盛，使作者又把疗妒的希望寄托到了这些神人异士的身上。《阅微草堂笔记》卷二载，某君之妻虐妾太甚，术士张鸳湖知而不平，使妻妾互易其身，"据形而论，妻实是妾，不在其位，威不能行，竟分宅各居而终。"同书卷十八载，某人四十无子，妇悍妒，万无纳妾理，常郁郁不乐。一道士以摄魂法摄妇魂，百般用刑，妇不能堪，半月后即促夫买妾。作者大加赞叹道："法无邪正，惟人所用……至器顽悍妇，情理不能喻，法令不能禁，而道士能以术制之……神道设教，以驯天下之强梗，圣人之意深矣。"

其他疗妒之方，以《聊斋志异》中的故事为例，《邵女》中的金氏是在妾的谦顺中被感化，《段氏》中的连氏迫于无子而悔过，《马介甫》中的尹氏遭悍夫虐待而自悔，《吕无病》中的王天官女被休后受人蔑视而洗心革面……如此种种，悔过自新的妒妇大都得到了作者的赞赏，有了一个美满的结局。王天官女死后，"颜色如生，异香满室"，居然有仙风焉。而那些悛恶不悔者则无不受到作者的诅咒，早早被打发进了鬼门关，潘金莲、卢四娘，薛素姐，等等，都为自己的妒悍付出了生命的代价。"善有善报，恶有恶报"，这是中国古代小说一个模式化的大团圆结局。

疗妨之方治好的不是悍妻妒妇们根深蒂固的妒性，而是男性作者的憎恨和无奈，这种大团圆的美满结局其实不过是阿Q式的精神安慰法。

四、悲剧的继续

1. 弱者仍然是弱者

童寄姐对执意要打杀丈夫狄希陈的薛素姐说："一个汉子，靠着他过日子的人，你不饶他，叫我别管哩！你再象那日下狠的打他，我就不依了！"狄希陈本是个被制服得畏妻如虎的人，"莫如老婆说出的言语不敢不钦此钦遵，就是老婆们放出像素姐那般的臭屁，也要至至诚诚捧着嗅他三日。"可是将丈夫治得如此服帖的薛素姐和童寄姐，仍然未能改变"靠他过日子"的局面。狄希陈依然是实质上的一家之主，依然是家庭盛衰的决定者，依然是社会主导力量——男性势力的一分子。只要男性极权的政治制度没有改变，即使天下之人皆惧内，也改变不了女性的依附地位。

在中国历史上，虽有少数后妃通过对皇帝的控制，或趁新皇年轻而暂时操持着国家政权，但是这一政权仍然在为着男性的利益而运转，她们丝毫改变不了男性专制的事实。武则天这个中国唯一的女皇帝，她从男性手中夺取了政权，又别无选择地把政权重新归还到男性手中。天仍是天，地仍是地，依附和被依附的关系丝毫未变。

从表面看，悍妻妒妇的颐指气使、发号施令使得妇纲颠倒、丈夫臣服，实质上，妒与悍不但未曾使女性成为强者，反而更加证明了她们的依附性与从属性。"嫉妒可以说是因为女人的地位是依靠男人为生活而又不甚安定，因此而产生的不得已的自我防卫现象。""女人对周围的动静甚为敏感，会不断地将别人与本人做一个比较，而又无法得到解脱，脑筋里总是担心自己的价值得不到他们的认定，因此造成嫉妒。"[①] 女性没有任何政治权利和经济地位，她想制服男性，因为男性一直高高在上，她不得不设法把他拉低一点，才好依赖他、才好取得安全和平衡。她嫉妒，因为她的价值不得不靠男性的认定实现。卢四娘设置种种计谋制服丈夫，是因为"富贵之儿，骄傲成性，非有以缚束之，少纵即逝矣"。丈夫小有不顺，四娘就心有怨怼，"以为笼络未至"。她破坏夫权的权威性、专制性，因为她

---

① [日]詫摩武俊：《嫉妒心理学》，欧明昭译，黑龙江人民出版社 1987 年版，第 55—56 页。

必须依赖它、受它的保护，并希望这种保护更牢固、更安全。对夫权的否定无论从原因还是从结果来看，不过是对夫权的加倍肯定。身为弱者的女性，她们既自卑，又自尊。她们一次次展示自己的能力，企图在家庭中取得主动地位，却一次次更深地陷进依附、从属的关系中不能自拔，这是悍妻妒妇逃不脱的命运和悲剧。

2. 人性的扭曲

中国封建社会提倡的是压抑人性的"存天理，灭人欲"，人们不得不克制自己的种种自然的冲动迎合苛刻的社会标准。女性受到的压抑更为严厉，女教规范无一不是在遏制人性的要求。《醒世姻缘传》中的孔慧娘这一贤妻良母形象，就是人性萎缩的最佳代表，"曲不敢争，直不敢讼"，心中的痛苦和不满丝毫不敢流露。

孔慧娘的隐忍和薛素姐的肆虐，是人性扭曲的两种表现，前者是人性的萎缩，后者是人性的变态，归根到底都是依附型人格导致的。有依附，才有服从与隐忍；有依附，才有不平和反抗。如此看来，无论贤妻良母还是悍妻妒妇，都是社会悲剧与性格悲剧的综合产物。

妒是人类的天性，只要人类还有感情存在，妒性就不可能被彻底根除，这可以说是人性的自然表现。但由于嫉妒而导致他人的伤亡、产生种种恶劣的后果，就不能不说是人性的变态和扭曲了。社会的发展不会根除人类天性中的妒性，但随着一夫一妻制的真正实施和女性社会地位的提高，独立的社会地位和经济地位以及由此而来的广阔的生活空间，使女性不再把注意力完全局限于家庭之中，不再把丈夫当作生活的唯一保护神，依附性人格的憬憬自危、害怕失宠的心理特征终将从她们身上消失，吃醋也将不再是女性的专利品。情感的纠葛也许依然存在，但把控制丈夫、取得丈夫的宠爱和欢心当作唯一取得幸福的途径这一扭曲的行为，则将永远成为历史。

女性的未来，更靠自己把握。

女性脚下的路，会很艰难。

（梁沙沙，女，布依族。1990 年毕业于中央民族大学汉语言文学系本科；1990—1993 年，师从张菊玲先生攻读硕士学位，研究方向为"明清文学与满族文学"。现为中央民族大学少数民族语言文学系教师。）

蓦然回首的困惑

——中国古代商业题材小说探寻

银长双

作为一个宗法制的农业大国，轻商现象已经在中国历史上延续了漫长的几千年。

文艺是社会生活的反映，轻商现象反映在文学作品里，就呈现了这样一种状态：无论是古代、现代还是当代，也不管是诗歌、戏剧还是小说，反映商业或商人的作品都相当少，商人在作品中常常被作为谴责对象。中国古代小说也不例外，即便是研究文学的人，也很难随口说出几篇以商业为主题、以商人为主人公的古代小说来，正因为如此，或是因为不屑一顾，或是因为确实没注意到，这方面的研究也就微乎其微，虽说已有少数学者注意到了这个现象，称之为古典文学研究的"薄弱环节"，呼吁研究者们加以重视，但对古代小说中商业描写的系统研究迄今为止仍属于垦荒阶段。

然而，对此问题的研究却有诸多意义，无论是研究古代的商业发展，还是侧重于商人形象，也无论是探索中国传统文化特征，还是分析轻商现象对现代经济的影响，都可以从古代反映商业问题的小说中找到线索。

一、民族性格的沉重羁绊与艰难突破

中国古代的商业活动是源远流长的，无论是从神话传说还是从古代商业史以及其他有关的文献中，都能找到一些线索。

传说神农氏时，"日中为主，致天下之民，聚天下之货，交易而退，各得其所"，这就是最原始的商业活动。实际上，早在原始社会末奴隶社会初就已经出现了"列缠于市"的物质交换活动，开始出现专门经营商业买卖的商人，他们"肇牵车牛，远服贾"①；又据《韩非子》记载，早在两千多年前，我国就有了用布帛做的商店招牌；而唐朝陆羽写出了在世界上也属于比较早的商品学专著《茶经》。对商业的认识，中国也早于欧洲，公元前2世纪的司马迁认识到了"夫用贫求富，农不如工，工不如商"②，而欧洲人在17世纪才有人提出类似的理论。

但在中国这个文明古国，轻商现象几乎与原始的商业活动同时出现，在这以后的几千年里，这种带有浓厚民族特色的轻商观严重束缚了商业的正常发展，直到明末清初，随着商业的逐渐兴旺，这种轻商观才有所突破。与此相适应，中国古代商业题材小说也就难以正常发育，其发展历程也只能是沿着相同的轨迹艰难前行，因为"一个民族的文化，都是由它的精神本性所决定的，它的精神本性是由该民族的境况造成的，而它的境况归根到底是受生产状况和它的生产关系所制约的。"③

中国商人尽管出现得很早，但他们一出现，就处于了最低贱的社会地位。

公元前11世纪，周灭商，封商纣王的儿子武庚为纣侯。后纣侯带领商遗民兴兵叛乱，周朝平定叛乱后，便把他们赶到了洛阳一带居住，让他们到南方去做买卖，从此做买卖几乎成了这些商遗民的专门职业，人们也就称其为"商人"。因而商人的出身原本就不好，有时他们甚至同罪犯、赘婿属于一个等级。商人的出身低贱，导致他们一开始就落到了被人轻视的地步，以后，虽然曾出现了战国末期、唐朝盛世及北宋时期短暂的商业繁荣，但商人的地位基本上没有本质变化，"士农工商"的观念始终占据主导地位，这种现象直到明末清初才有较大改变，但仍未根本上改变。

商业一开始就遭到轻视，除了商人出身低贱外，还因为它与中国的传统格调无法协调。首先是地理环境对商业的制约。古代中国基本上是个内

---

① 《尚书·酒诰》。
② 《史记·货殖列传》。
③ 参见《没有地址的信》，《普列汉诺夫美学论文集》第1卷。

陆国家，这种半封闭大陆性的地理环境，造成民族文化的单一发展，在人的心绪上导致天人合一的向内的守和与持重，在生产方式上导致了与海洋民族文化导出的商业社会文化截然不同的农业社会文化，其基本特点是封闭的、自我满足的，而商业文化则是对外的、不断进取的。

其次是小农经济对商业的排斥。作为一个典型的东方农耕民族，中国古代几千年来占支配地位的是以小农经济为主的自然经济，他们势必就不会允许商业的发达，也就会对商业和从事商业的人产生歧视，以至于后来的思想家们常提出重农轻商政策，最先用"本"来分析经济的墨子，认为农就是本；商鞅则认为富农只有农业一途。

再次，保守的家庭观念、心理意识阻碍商业的发展。小农经济带给人们的是男耕女织的小家庭生活，人们习惯于夫妻常年厮守在一起，而缺乏外出冒险的精神和勇气，经商则必然会导致夫妻分离，从而导致对常年漂泊、动荡不安的商人生活的厌恶。

中国商业之不发达，轻商现象长期存在，除了先天性的客观因素外，还因为一些人为的其歧视，它主要包括两个方面：

在价值论上，中国传统文化基本上是反功利主义的，孔子说："君子喻于义，小人喻于利"[①]，重义轻利，以道制欲，致力于人格的自我实现，贬低物质享受的价值，是中国文化传统的一个重要组成部分；而带有很大冒险性的经商活动，提倡人们去获取巨大的利润，这必然会破坏这种价值观和伦理原则。无论主导地位的儒家思想，还是不占主导地位的道家、法家思想，对商业都是持反对态度的。庄子谴责商人"见利而忘其真"。与此相适应，在中国古代文体中最发达的诗歌里，商人也是以重利轻义而成为谴责对象，白居易有"商人重利轻别离"的名句，李益也有一首《江南曲》："嫁得瞿塘贾，朝朝误妾期，早知潮有信，嫁与弄潮儿。"商人常年在外，连妻妾也要口出怨言，可见经商的不得人心。

几乎历代统治者都实行重农抑商政策，造成商人地位低下，轻商也就不可避免。这种歧视商业的现象不但宋元以前存在，即便是在商品经济较发达的明清时期，封建政府对商业发展也是心有余悸的，面对日益冲击封建经济制度的新兴商业，明清政府及各级官僚也经常采取抑商政策，对商

[①] 《论语·里仁》。

人经商进行限制、打击，如常熟县的一些小商人，"向被本县吏胥垂涎索诈"，封建官僚对商人的敲诈勒索并没有减轻多少，明末署名"天然痴叟"的小说《石点头》第八卷《贪婪汉六院卖风流》中，就刻画了一个以官压商的贪官吾受陶的形象，他利用自己的职权之便，对往来商货滥收税银，"若遇大货商人，吹毛求疵，导出事端，额外加罚"，一个小小的司税间提举，都敢任意欺压大商人，可以想象商人的真正地位。

不发达的商业及传统的轻商观，无疑阻碍了古代商业题材小说的成长。但更直接的一个原因，还是文学本身对经商现象采取了冷漠的态度。

中国的文学传统强调写意，重政治、重历史、重抒情，讲究文以载道；反映对象偏斜于群体，排斥对个人的过多渲染描述，因而中国文学史上戏剧与小说都晚出于抒情诗和散文；古代所有出名的作品，几乎都是因为反映政治。而商业题材小说反映的是一种不登大雅之堂的个体行为，本身就有悖于这种传统文学反映的规范。

就作家来说，中国古代的作者大多是知识分子出身，对商业的轻视已经造成了他们不愿意写此类的小说，再加上既没有亲朋好友从商，又缺乏和商人的亲身接触，对商业知之甚少，想写也无法下手，即使是明末清初观念有所改变的文人，或因为对商业情况的不熟悉，心有余而力不足。

"任何一个民族的艺术都是由它的心理所决定的"[①]。一个民族的艺术也必然反映出一个民族的特殊心理，中国封建社会的固有特征影响了小说的发展，小说也以自己的方式反衬出了这个社会各个发展时期的特殊情态。

明末清初，由于各方面的原因，商业发展很快，商品经济的繁荣程度几乎达到了古代社会的高峰，轻商观有所改变，一些商业发达地区甚至以经商为第一业，商业气息愈演愈浓。明末清初的商业发展给孱弱的商业题材小说注入了活力，为其发展壮大提供了先决条件。

商品经济的发达，通过以下两个方面直接地影响、推动和促进了当时商业题材小说的发展，以致出现了"三言""二拍"、《金梅瓶》等代表作。

一些思想家受到商业文化的熏陶，逐步摆脱了重义轻利等传统思想，

---

① 普列汉诺夫：《论艺术》。

强调人的价值，肯定人的逐利欲望。出生于当时中国南方最负盛名的国际贸易城市泉州的李贽就曾大声疾呼："虽大圣人不能势利之心，则知势利之心，亦吾人秉赋之'自然'矣。"① 以后，叶适提出了"以国家之力挟持商贾、流通货币"②的主张；黄宗羲提出了"工商皆本"的观点。徐芳更是大胆地提出：士人游手好闲，唯利是图，还不如商人，所以只可以称"三民"而不可以称"四民"③。

文学思想也随之出现了新的内涵，除了"三言""二拍"的作者之外，张竹坡、叶昼、金圣叹等人都提出了一些新的文学观。张竹坡把"市民文学"与"花娇月娟"的文学相区别，强调写市井的日常生活、人情世态；叶昼强调小说要写最普通、最常见的社会生活，写"人情物理"，反对"说怪、说陈"。

随着整个社会商业的繁荣，市民、商人队伍不断扩大，他们以旺盛的生命力冲击着古老的封建社会机制，致使社会观念、社会风气出现了重大变化，传统的重民轻商、重本抑末观念出现了错位。明万历张又渠辑《课子随笔钞》卷三说："男子治生为急，农工商之间，务执一业"，这里的工商已与士农并肩而立。而在徽州等地，更是一反"古时右儒而左贾"之习，"右贾而左重儒，善诎者力不足于贾去为儒，赢着才不足为儒则反而归贾"④，这里的商贾的地位更摆到了儒的上边，因而人们对商业趋之若鹜。

二、商业题材小说的跋涉历程

普列汉诺夫说："任何文学作品都是它的时代的表现，它的内容和它的形式是由这个时代的趣味、习惯、憧憬决定的。"⑤ 中国古代的商业题材小说，也总是受到各个时期社会生活的强烈影响，因而无论是在数量上还

---

① 《明灯道古录》卷上，见《李氏文集》。
② 《习学记言》。
③ 《悬榻编·三民论》。
④ 汪道昆：《太函集》，《明故处士溪阳天长公墓志铭》篇。
⑤ 普列汉诺夫：《论西欧文学》。

是在质量上，大体可分为四个时期。

宋朝以前，曾经出现过几个短暂的商业繁荣时期，但这些都远远未能彻底改变整个社会商业的不发达，未能改变人们的轻商观念，因而宋以前也基本上没出现一篇有影响的商业题材小说。大致说来，这个时期的商业题材小说有三个特点：

首先是篇幅短小。《焦湖庙祝》[1]《卖胡粉女子》[2]、《弘氏》[3]、《传书燕》[4] 等不过几百字。

其次是没有具体的商业描写。虽然主人公是商人，但作者表现的主题却很少是经商致富，如《卖胡粉女子》，表现的是这位女子的爱情故事，而不是她如何卖粉致富，《焦湖庙祝》则描写商人汤林祈福做黄粱梦的故事。

再次是商人的形象反面者居多。如隋薛海思《板板三娘子》[5] 写一个开黑店的老板娘，利用魔法把旅客变成驴子，既吞没了旅客财物，又能出售驴子获利，靠这种见不得人的勾当发财。

这个时期商业题材小说人物形象塑造得较成功的是小说《间丘子》[6]。它描写家产万计的大贾之子仇生，为了做官，千方百计奉承、巴结门望清高的官僚郑氏，郑氏虽然"累受其金钱赂遗"，但对这位商人子弟总是嗤之以鼻，从未以礼相待，反对他任意斥骂，后仇生自觉羞愧难当，只得弃官闭门，竟以此忧郁而死。小说真实反映了唐代商人地位之地下，并表明，在轻商观念严重的社会，商人的钱袋根本无法与官僚士人的权势相匹敌，他们的地位并没有因富足而提高。

宋元时期，为了增加财富，封建政府出台了许多农业生产的措施，农业的发展，也相对刺激了商业的发展，商品经济日益活跃，商业的繁荣程度较前有很大的提高，江南一带的城镇逐渐兴盛起来，市民势力壮大，社会上产生了一个新阶级，那就是中产阶级的工商人士，作为其中的一个重要组成部分，商人地位得到一定的提高，商业也有所发展。随着整个社会

---

[1] 普列汉诺夫：《论西欧文学》。
[2] 刘义庆：《幽明录》。
[3] 颜之推：《冤魂志》。
[4] 王仁裕：《开元天宝纪事》。
[5] 《太平广记》卷6，第286。
[6] 张渎著，转引自张友鹤选注《唐宋传奇选》。

下 编

商业的发展，这个时期的商业题材小说无论上数量上还是质量上都超过了从前，尤其是顺应市民需要的话本小说的兴起，更为反映经济创造了条件，这使得商业题材小说不但作品增多，而且反应面更宽广。

由于宋元商业的发展，轻商观念有所缓和，人们对商人的态度有所改变，因而这时期小说中的商人，许多是作为宣扬、肯定的对象。《陶四翁》中的染坊主陶四翁，花了四百万钱买了假染料，经纪人要替他把这些假货转卖给小染坊，陶四翁却把这些染料全部烧光，宁可自己亏本，也不再去坑害别人，作者赞扬了这个诚实商人"宁我误，岂可误他人耶？"的高尚品德。这类商人还有技艺高超的卖油翁[1]、重义讲情的卖酒人幸思顺[2]、冒险救死因而不图报的张翁夫妇[3]、知恩图报的巨富[4]、长期拾金不昧的小茶馆主人[5]等。尽管如此，这时期仍没出现有影响的商业题材小说，人物形象也没有很成功的，但必须肯定的是，宋元商业题材小说的发展，题材上、观念上都为明清商业小说的繁荣提供了借鉴，因而它的承前启后作用的是很明显的。

到了明清时期（指 1368—1840 约 400 多年内），商业题材小说有了突飞猛进的发展，其中一个重要原因，就是当时商品经济的极大繁荣。

明末清初，某些经济政策的改革，推动了商品经济的发展，出现了经济的萌芽。商品化生产的扩大，为商业发展提供了物质基础；商品经济得到空前发展，城镇愈益繁荣。

江南一带很快成为全国经济发展中心，工商业发展居于全国前列。手工业作坊发达，许多工厂作坊已具有相当规模，"染房罢而染工散者数千人"。一些市镇的纺织行业出现了机工、机户，产生了雇佣工人的手工场主，这些手工场主随着生意的扩大，慢慢发展成为了近代大商人的雏形，从他们的发家中我们已经可以看到资本主义商品经济的影子。

由于江南一带商业最发达，小说中描写的经商内容大都发生在这一带。

---

[1] 《卖油翁》，见欧阳修：《归田录》。
[2] 《盗不劫幸秀才酒》，见苏轼：《志林》卷3。
[3] 《布张家》，见洪迈：《夷志坚》乙集卷7。
[4] 《林积》，见李元纲《厚德录》卷2.
[5] 《茶肆高风》，见王明清：《青杂说》。

明清时期的商业题材小说是短篇小说的主流，代表了中国古代短篇商业题材小说的高峰。

首先，是"三言""二拍"商业题材小说。

"三言""二拍"有一个共同特点，即它们第一次把包括商人在内的市民作为小说的主人公，商人形象出现得很频繁。"三言"中涉及商业描写的小说有近二十篇，主要有《蒋兴哥重会珍珠衫》、《新桥市韩五卖春情》、《杨八老越国奇逢》、《乔彦杰一妾破家》、《蒋淑真刎颈鸳鸯会》、《卖油郎独占花魁》、《施润泽滩阙遇友》、《徐老仆义愤成家》。"二拍"中此类小说有十多篇，主要有《转运汉巧遇洞庭红波斯胡指破龟龙壳》、《乌将军一饭必酬陈大郎三人重会》、《叠居奇程客得助三救厄海神显灵》。"三言""二拍"中的这些商业题材小说，其成就已远远超过在此之前的同类小说，代表了中国古代商业题材小说的高峰，不但商人形象丰富多彩，有血有肉，而且已经开始描写商人经商的一些细节，真实地反映了明末清初商品经济的发展情况，其包含的社会含义已经超出了商业本身。

一定的文学作品总是对当时社会生活的反映，同样，"三言""二拍"中的商业题材小说也从不同角度、不同程度的给后人提供了当时商业发展的一些内容，使我们能够从中领略到许多商业文化气息。

"三言""二拍"商业题材小说主要贡献之一，在于它从不同的侧面反映了晚明商品经济的繁荣景象，给后来者留下了一幅幅真实的商业画面。

《施润泽滩阙遇友》最能说明这个问题。小说本意是称赞施复的品德，但却客观地再现了江南一些发达城镇新兴商业的兴旺，小说开头就详细描绘了盛泽镇的盛况："镇上居民稠广……具以蚕桑为业。男女勤谨，络纬机杼之声，通宵彻夜。""那市上两岸绸丝牙行，约有千百余家，远近织坊织成绸匹，俱到此上市。四方商贾来收买的，蜂攒蚁集，……"

不但市镇商业有了发展，商品经济意识甚至已经在农村发展、蔓延，《青楼市探人踪红花场假鬼闹》（《二刻拍案惊奇》卷四），描写一位四川农村地主，一改农产品极少交换的习俗，大规模改种经济作物，把产品投入市场赢利。

"三言""二拍"还反映了一些近代资本主义商业的萌芽，如《新桥市韩五卖春情》，描写吴防御开了个丝绵铺，又叫儿子在新桥开了一个铺，通过放债把机主控制住，这样他的商业活动便与商品生产有了密切的

下　编

联系。

　　与明末社会生活商业地位提高相适应,"三言""二拍"商业题材小说也表现出了商人地位的提高,反映了当时社会重商趋利的风气,这可以通过下面几方面表现出来。

　　首先是通过人物对经商的看法表现出来。最明显的例子是《乌将军一饭必酬陈大郎三人重会》中的入话。王生一长大,杨氏想到的就是凑钱让他去经商,认为这"也是正经"。小说塑造了杨氏这个一意从商的女性形象,赞扬了她对经商的痴情和锲而不舍,反映了当时普通人对经商的热衷。而在《赠芝麻识破假形撷草药巧谐真偶》中,名门马少卿也认为"经商亦是善业,不是贱流",把自己的女儿嫁给客商蒋生。

　　其次是通过小说人物弃官经商、弃学从商表现出来。在"读书不就"时弃学经商,"凑些资本,买办货物,往漳州商贩",并得到妻子支持,鼓励他"速整行李,不必迟疑。"《十五贯戏言成巧祸》中的刘君荐,也是"先前读书,后来看了不济,却去改业做生意。"

　　此外,一些地主也放弃土地而改营工商业,如苏州大地主王宪(《醒世恒言》卷十二),太湖大财主高赞(《醒世恒言》卷七)等。由于这些原本是权贵阶层的加入,而使商人的身份和地位得到提高。

　　再次是通过作者对小说中商人的态度表现出来。在"三言""二拍"中,商人们并不像人们所想象的那样人人重利轻义,作者不但以赞赏的笔调,描写了商人的经商致富过程和对经商的一往痴情,塑造了许多的正面商人形象,还态度鲜明地褒扬了商人们在商业活动和人际交往中所表现出来的忠厚、整治、恪守信义等高尚品德,重利也重义。如《二刻拍案惊奇》卷十五中见义勇为的徽商,偶遇一妇人抱小孩欲跳水自尽,不但阻止她,而且替她还清了欠债。

　　经商者一年四季在外奔波,风餐露宿,且带有极大风险,这些辛酸苦辣是常人难以体会的。李贽从理解和同情的角度总结了经商的苦处:"挟数万之资,经风涛之险,受辱于关吏,忍诟于市易,辛勤万状,所挟者重,所得者末。"

　　经商的另一个困难,是商人常年在外,难以顾及家庭,常导致家庭破裂。

　　"三言""二拍"形象地再现了商人们的这种艰辛。《杨八老越国奇逢》就对这种艰辛作了概括：

> 人生最苦为行商，抛弃妻子离家乡。餐风宿水多劳役，披星戴月时奔忙。

上文提到的王生三次经商都遭强盗抢劫，及蒋兴哥外出经商导致妻子偷情，也都从一个方面反映了经商之不易。

在爱情婚姻问题上，"三言""二拍"中的商人，或表现出了许多前人没有的新思想、新观念，或者比前人做得更大胆，走得更远。主要表现在：

传统伦理观念有所松弛。新兴思想的熏陶，走南闯北的经历，使得一些商人学会了尊重女性，不再死抱住封建的贞洁观，最典型的事例是商人蒋兴哥对待失节妻子的态度。

蒋兴哥外出经商，常年不归，其妻三巧儿寂寞难耐，与商人陈大郎偷情，蒋兴哥回家途中知道后，首先责怪自己"贪着蝇头微利，撇她少年守寡"，虽休了妻子，但仍念夫妻之情，在休书及回答岳丈责问时"不忍明言"其妻的过失，还把十六只箱笼全部给了三巧儿。同样，卖油郎秦重能最后战胜王孙公子的地位和金钱，赢得美妓莘琴瑶的纯真爱情，正是凭着他对女性人格的尊重和体贴。

放纵性欲。商人长期在外，妻妾不在身边，常借自己的钱财，或勾人妻女，或逛院嫖妓，放纵性欲。如上文提到的陈大郎，常年离家在外面贩籴大米，偶遇三巧儿，便"一篇精魂被摄去，心心念念的放他不下"，采取连欺带骗的办法，终于达到了和三巧儿私通的目的。

此外，普通市民的婚恋生活，也明显受到了商业的渗透，如李甲与杜丽娘的情爱，就弥漫着一股强烈的商业气息。

第二部分是文言小说中的商业题材小说。这类小说以《聊斋志异》为代表，其他如《子不语》（袁枚）、《谐铎》（沈起凤）、《阅微草堂笔记》（纪昀）等也有一些。

《聊斋志异》是蒲松龄著的文言志怪小说，虽然其主题和作者的旨意是描写志怪而非商业，但由于它产生于商品经济发展时期，因而也就自觉或不自觉地在书里描写了一些经商现象，塑造了一批商人形象。与"三

言""二拍"等白话小说相比,《聊斋志异》中的这些小说呈现出下列特点:

反映面不如白话小说宽,形象也不如白话小说丰满,即便是其中描写得比较成功的商人,也远不如白话小说中的商人形象那样给人留下深刻印象。如《王成》,描写王成在狐仙指导下两次经商。这篇小说反映出工商业市场的一些特征,但王成这个物却显得苍白无力。其他如《种梨》等,都是只反映了商人的某件小事,其形象也就无法鲜明、深刻。

经商多与鬼神联系起来,《王成》、《齐天大圣》、《刘夫人》、《双灯》、《翠仙》、《房文淑》、《白秋练》、《雷曹》、《鸦头》等都是如此。《刘夫人》中的女鬼刘夫人,把她身前骨肉廉生邀来墓中,教会他从事商业活动,把他改造成了一个"贾"。

对从商尽管表现了一些新观念,但总的思想仍是保守的。

最明显的例子是对弃学经商的态度。尽管作者也承认它的合理性,却认为那是出于万般无奈,只是为了谋生糊口才被迫去做,读书中举才是最重要的。《刘夫人》中的刘夫人请廉生"持泛江湖",廉生"辞以少年书痴",刘夫人也认为"读书之计,先于谋生",廉生成为商人后,仍不弃学,"操筹不忘书卷,所与游,皆文士"。

对商人贬斥多而颂扬少。在蒲松龄笔下,商贾大多唯利是图,视财如命,小说对这些商人进行嘲笑和鞭挞。《种梨》中的卖梨贩,最终受到梨去财空的惩罚;《金陵乙》中的卖酒人,则是个为了赢利而不惜在酒中放毒的奸商,后来又欲淫人妻,受到了"化为狐"的报应。

《聊斋志异》中的许多商贾,都有言而无信、奸诈狡猾的特征。某商贾看上了少女佃侯,不顾佃侯已与满生相爱,企图出高价夺走,并设计使满生入狱,骗细侯嫁给他。(《佃侯》)。《聊斋志异》还反映了商人对爱情、友情的轻视。当所爱的人因病须割肉相救时,王化成一口拒绝了,鲜明地表现了他不能为爱情做出牺牲的态度(《连城》)。

第三部分,以《金瓶梅》为代表的长篇小说

评论《金瓶梅》,人们往往着眼于它对封建社会的描写上,而鲜少重视它反映中国商业文化的开创性。实际上,《金瓶梅》作为我国第一部、也是古代唯一一部以商人为主人公,大规模描写商业活动的长篇小说,塑造了西门庆这个长篇小说中的第一个商人主人形象。

《金瓶梅》一书反映的内容可以说是包罗万象，但通过西门庆等人的经商活动，广泛、逼真地反映了明代的商品经济发展情形，才是一条串通全书的经，而其余诸如官僚活动、家庭女人等内容，只是为这条经线服务的纬线。

　　《金瓶梅》直接描写了山东地区运河沿线的商业繁荣景象。书中多次描绘了大运河畔的临清及清河的商业活动，还对当时商业最发达的江浙一带的丝织、棉纺手工业的蓬勃发展做了间接而充分的描写。这些描写是与明中叶后苏杭、湖州、松江、南京等地手工业发达的史实相符合的。

　　《金瓶梅》还反映了一些明代后期城市商市发展得很有特色的内容，如盐引、香蜡等。盐引是明清政府发给部分商人运销食盐的专利权证，书中多次描写西门庆做盐引生意的情况，如49回，蔡状元新任两淮巡盐，西门庆便想尽千方百计把他请到家，大送财礼，细心款待，蔡状元高手一抬，便答应将西门庆的三万盐引早支放一个月，西门庆从中取了一笔盐利，盐利也就成为西门庆发财的一个重要途径。

　　《金瓶梅》还经常提到官府采购大量香蜡及商人买卖之的情形，这可能与明中叶以后的道教佛教盛行有关。李智、黄四就是专门跟官府做香蜡生意的商人，他们不惜借西门庆的高利贷去贩卖香蜡，说明当时的香蜡生意是很好做的。借债经营已成为当时的常情，西门庆就是个高利贷者，除了李智、黄四向他借外，刘学官、华主簿、徐四铺等也都欠他的债，高利贷成了西门庆等大商人发财的又一途径，同时也说明部分高利贷资本正在转化为产业资本或商业资本。

　　《金瓶梅》反映的商品经济发达内容，还表现在书中出现了许多与商业有关的谚语，俗语，如"买卖不与道路为仇"（16回），"秀才无假漆无真"（45回）、"不将辛苦意，难得世人财"（59回）。"宁可拆本、休要饥损"（62回）、"要的般般有，才是买卖"（66回）、"乖不过喝的，贼不过银匠，能不加架儿"（69回）。

　　《金瓶梅》关于16世纪中国封建社会商品经济发展的描写，不但真实地反映了那个时代商业发展的方方面面，而且促进、推动了我们对小说本体的地位和价值的重新认识。

　　首先是《金瓶梅》主题思想的探讨

　　如果我们未能对《金瓶梅》中的商业描写加以足够重视，那么对小说主题的认识，则很容易落入传统的窠臼，即认为《金瓶梅》如同诸多的古典小说一样，主要反映了中国封建社会的黑暗，但掩卷之余，以为并不尽然。《金瓶梅》有明显不同于其他小说之处：全书的内容总离不了"财"、"色"二字，"财"为"色"，"色"为"财"，《金瓶梅》的主旨，是描写西门庆经营商业的发财史，通过西门庆等人物，白描般地刻画明末时期商品经济的发展情况，以及许多大小商人的家庭生活，看似作者随手拈来的商业内容，其实才是全书最为重要、最有价值的部分。

其次是《金瓶梅》地位的再认识

在中国文学史上，《金瓶梅》无疑占有相当重要的地位。它是中国第一部以描写家庭生活为主的长篇小说，对《红楼梦》的出现有着直接的启迪和影响，仅此一点，《金瓶梅》便已具备重要价值，而如果能透过《金瓶梅》对明朝商业社会的描写，无疑，我们还会找到这部小说的其他开创性之笔。

《金瓶梅》是中国历史上第一部以商人为主人公，大规模描写商业活动的长篇小说。

从作者反映出来的商业思想来看，《金瓶梅》也远远超出它之前的商业题材小说。"三言""二拍"的商业题材小说较为真实地反映了商业发展景象，但它对经商的态度远不如《金瓶梅》鲜明。《金瓶梅》中的商人，都是经商有术的人物，西门庆就没有丝毫的自卑心理，而西门庆的发迹也说明，商人可以做、商人也能做官，这是前所未有的。

《金瓶梅》还是一部反映明代商业的"史记"。"三言""二拍"的商业题材，虽然为数不少，但因为篇幅的限制，它只能反映某个商人的短暂经历，截取商业社会的某个片段，而不可能对整个社会的商业发展加以系统描述，能做到这一点的只有《金瓶梅》这部小说，它通过叙述西门庆所进行的一系列商业活动，全面、真实地揭示了明代社会商业发达的情况，使人们能从中看到当时社会对商业的趋之若鹜，商品经济对整个社会的冲击，商人在社会中的实际地位，以及官商结合等，作品艺术地显示出，无论是在深度还是广度上，明末商品经济在全国范围内的发展都超越了以前各个朝代。

除《金瓶梅》外，《水浒传》《儒林外史》等长篇，虽然不是以写商人为主，但也多少表现了一些商业文化气息，尤其是《儒林外史》，以四个市井奇人（其中三个是商人）作结笔，就寄托了作者一定的思想观念。三个商人都是普通的小本生意人，却都有着高尚的人品，极强的自尊自爱，寄情于琴棋书画，在内心开辟了一个自我调适、自我完善的精神境界。另外还有一部必须提到的《蜃楼志》，主人公是广东十三行商总苏万魁的儿子苏吉士，而以清代对外贸易的海关和洋商活动为题材，本来可以成为一部很有价值的长篇商业题材小说，但作者的侧重面却放在了主角苏吉士的风流韵事上，全书作为商业小说的价值也比不上《金瓶梅》，但作品以中国早期买办资产阶级——洋商和海关关员作为描写对象，有一定的时代特色，而且这种题材在中国小说史上第一次出现，因而仍具有很高的文学价值。

三、商贾形象剖析

商业题材小说虽然没有成型，但还是为我们塑造了许多丰富多彩的形象。

中国古代的商人，基本上可以分为两种，即行商与坐贾，在经商方式上，几千年来的传统商人都恪守着几条原则，始终没有跳出前人布下的樊篱。早在先秦时期，名相吕不韦就已提出了经商的"奇货可居"原则，著名商人和商人思想家陶朱公、白圭，在总结《孙子兵法》的基础上，写出了两本商业经营著作——《积著之理》和《治生之术》，其中最主要的一条思想就是"人弃我取，人取我予。"

小说中无论行商还是坐贾，他们的经商手段几乎都遵循了以上的原则。

先看行商。《金瓶梅》的孟锐，便是一个往返鲁、豫、陕等省的行商，67回写他"不久又起身往川、广贩杂货去"，这位长途贩运商一出门便"定不的年岁，还到荆州买纸，川、广贩香蜡"，此外，徐老仆和西门庆虽然某些方面有新兴商人的特点，但在长途贩运这一经营方式上，他们与传统的经营手法并没有什么新的区别，只是路途更远，贩运规模更大而已。

再看坐贾。从唐朝温庭筠的《干䐟子·窦义》中的窦义，到"三言""二拍"中的文若虚程宰，都是"人弃我谌取，奇赢自可居"的获利者。

《转运汉遇巧洞庭红·波斯胡指破龟龙壳》中的文若虚，开始做生意时，是"百做百不着"，后偶随一个海外贸易商出海，因没本钱，只好买一些名叫"洞庭红"的水果，以充食用。不了船到吉零国后，当地人没有见过这种东西，"物以稀为贵"，竞争取购买。文若虚到底是行商出身，见有利可图，便抬高价钱，幸运的赚了一笔。返回时，海风把他们刮到一个荒岛上，文若虚遇见床大一个败龟壳，当作稀奇把它拉了回来，又受同伴的嘲笑。不曾想此龟壳乃奇世珍宝，被一识货的波斯商人用五万两买去，从此文若虚成了"闽中一个富商"。

在商人眼里，经商是为了赚钱，而赚钱又为了玩女人，这样他们经商的最终目的之一便寄托在红颜女色上面，女人成了他们永恒的弥留，永久的魅力，沉溺于女色之中也就成了中国商人的致命弱点。在上面提到的小说中，好色的商人比比皆是，诸如"三言""二拍"中的乔彦杰、秦重、陈大郎、沈洪、吴山，《聊斋志异》中的某商贾（《细侯》）、赵东楼（《鸦头》），《金瓶梅》的西门庆、陈经济等。

《乔彦杰一妾破家》中的乔彦杰，家有妻室，经商途中偶见一美妇，"生得肌腴似雪，鬓挽乌云，"乔彦杰一见便心生荡漾，"心甚爱之"，当即便用一千贯文财礼娶了这个叫春香的妇人做妾。在乔彦杰看来，经商只是玩女人的必要手段。

《卖油郎独占花魁》中秦重对莘美娘的追求，虽然后来由嫖妓女变成了男女爱情，他的这一行动同时也表现了商人自我意识的觉醒，但并不能改变他最初那种经商赚钱玩女人的本质。

《金瓶梅》中的西门庆，更是一个借助钱财玩弄女色的淫棍，这早已为人所论证，但西门庆的玩女人基础是什么，却鲜少提出，实际上，西门庆的好色与其经商是分不开的，西门庆的历史，就是一部如何经商挣钱、如何玩女人的历史，即财为色，色为财也。

西门庆最先勾引的是潘金莲，此时他已是"发迹有钱"的商人，经商致富直接帮助他完成了这个第一次。以后，他又凭借手中的钱财，先后占有了李瓶儿、玉楼、春梅、林太太、惠连、王六儿等，据统计，被西门庆勾引到手的女人，有名有姓的就达20多人。西门庆之所以花大力气苦心经营，除了他本人爱财，还因为财能生色，正因为如此，西门庆更愿财色两得，比如娶李瓶儿和孟玉楼，但西门庆最先看中的还是这两个女人的姿色，然后才是她们手中的钱财。由此看来，红颜女色虽然不是西门庆经商的全部目的，但至少是一个重要目的。

中国商人诞生时地位就很低，在以后的发展过程中，虽然有少数富贾获得了一定的社会地位，如春秋以来的十几位富商大贾，曾被司马迁收入《史记·货殖列传》中，但绝大部分商人仍缺少独立人格，没有受到应有的尊重，商人鼻祖陶朱公、白圭尽管被司马迁立传，但他们创建的一个颇有特色的学术思想流派——商家（货殖家），却长期被忽视，直到近代新式资本主义工商业出现后，思想学术界才有人对他们的思想感兴趣。

现实中的商人地位如此，小说中的商贾也就难以抬头。且不说唐小说《阎丘子》中的商贾之子仇生，尽管家有万贯之财，也只能对官僚郑氏摇尾乞怜，忍受百般凌辱，即便是到了商人地位有明显提高的明清，大部分商人都没能改变寄人篱下的存在形态。

《徐老仆义愤成家》中的徐老仆，五十多岁了仍替主人日夜操劳，经过十多年的经商，终于使得主人"家私巨富"，他也成了一个名副其实的经商能手，如此，仍改变不了他的仆人身份。

《金瓶梅》中的李智、黄四，是专门做官府生意的合伙经营商，经常跟官府揽大宗的香蜡生意，表面看来很有地位，但每做一次都要通过低三下四地向西门庆、徐内相等有钱有势者借高利贷。中等商人如此，像西门庆这样有钱有势的大商人是否就不需要攀依权势了呢，事实并非如此，且不说西门庆的有钱有势无疑是沾了官府的光，就是在他成大官富贾后，他仍不能离开官府，仍需要官僚势力的扶持。第40回，蔡御史新任两淮巡盐，西门庆借机把他请到家，细心款待他，为的是使蔡御史对自己的三万引淮盐"青目青目，早些支放"。正是与他有关系的官僚的照顾和帮助，才使得西门庆的生意越做越红火。

由此可见，在中国封建社会，即使是已经出现资本主义萌芽的明清至近代，商人们仍未能完全脱离寄人篱下的生活。

对商人来说，经商只是一种手段，只是希冀通过经商来积聚财富，借此达到他们的最终归宿：或爬高官赢得地位，或买田产造福子孙，或就功名光宗耀祖，即便是商人本身达不到，也要让子孙完成夙愿，最后达到否定自己对经商生活的认可，这与我们几千年来养成的传统思想是一致的，历来舆论认为：商人有钱后成为大地主、大官僚才是正道，因此我们可以说，引发人们经商致富的动机中，实际已包含了否定或摧毁商业发展的因素。

秦重娶了妻子，并把家业挣得花锦般相似，但"生下两个儿"，并没有子承父业，而是"俱读书成名"；《杨八老越国奇逢》中的杨八老弃学从商、重操祖上旧业，但这显然是生活所迫，而一旦境况有所改观，一切又将复原。他的两个儿子"长大成人，中同年进士，又同选在绍兴一郡为官"，杨八老的理想在商界转了一圈，终于在儿子身上实现。

古代小说中的这些商人，否定自己的另一种形式是不图扩大商业规模，而是动辄添置家产，坐享其成，他们的这种行为表明他们对商业实际是缺乏信心与兴趣的，更不愿承担那份冒险。徐老仆为主人颜氏挣得一笔钱财后，首先想到的便是回去"商议置办些田产"；文若虚靠"洞庭红"赚了一笔钱后，再"说着货物，我就没胆气了，只是守了这些银钱回去罢！"，从他身上很难找出一点利滚利的雄心；《聊斋志异》凡商人几乎都是不图扩大经商、扩大再生产而买田置产走稳当道路的人。

在这些商人中，西门庆算是一个比较有志气的，商业经营发展很快，成为当地一个有名的大商贾，但即便如此，西门庆身上也照样表现出了一定的对商业的否定，自己住在豪门大院的同时，又买了家坟隔壁赵寡妇家的庄子和田地，为日后生意做不成后留后路。

到了明末清初，商品经济得到迅速发展，在东南沿海一带，已逐渐出现了一些资本主义生成方式的萌芽，一些传统商人也部分摆脱了传统的桎梏，在他们身上出现了一些新兴商人的特征，但由于固有势力的坚如磐石和封建政府对商业的抑制政策，更由于这些商人本身的摇摆性、软弱性和不成熟性，使得这些被称为"新兴商人"的人，只是带有了某些新兴商人的痕迹，而更多的则是在有意无意之中表现出了传统与新兴的双重性与不确定性，新与旧的两种势力在他们身上很难分清孰轻孰重。

徐老仆的经商方式应该说已与传统的倒买倒卖有所不同，他所贩的漆是靠他直接深入到专业商品生产基地买的，少花了许多本钱，已带有一定的近代资本主义工商业味。但另一方面，徐老仆只是一个为主人效劳的仆人，他经商的原因是因忠于主人，这不能不说带有奴隶社会的烙印。

施复原本只是一个小手工场主，经过几年努力并得到一笔意外之财。于是他便"又买了左边一所大房居住，开起三四十张绸机，又讨几房家人小厮,把个家业收拾得十分完美",此时的施复,已是一个有雇佣工的、带有资本主义萌芽性质的手工业主,有人甚至认为他的出现,"使得中国古代小说长期徘徊于封建社会的灰暗,闪现出新的曙色"①。但从本质上看,施复身上的封建商人比重更多些,他的潜意识,他的思想都还不具备新兴商人的特征,而且他的经营成功也是更多地依赖了幸运,这绝不是一个新兴商人的最大特色。

在西门庆身上,这种传统商人和新兴商人的二重性表现得更为明显。仅仅因为西门庆雇佣工人或是不买土地而认为他是代表资本主义萌芽时期的新兴商人,固然难以自圆其说,但如果因西门庆把财富用于消费而不是用于再生产,以及勾结官府而认为他是个封建传统商人,也不能够站住脚跟。

从西门庆身上这种二重性的对立与统一中,我们看到了资本主义萌芽带来的人的价值观的变化,尽管这种变化仍然保留了不少传统思想的痕迹和表现出某些病态特征,我们却不能不承认它表现了商业文化对传统的冲击,预示了一种文化模式的转换,一种对"以物的依赖性为基础的人的独立性的"追求,人们已逐渐摆脱了重义轻利的偏颇观念,而追求一种以金钱为根底的生活模式。在西门庆家里,绝对看不到贾府里那种表面温文尔雅而骨子里却透着霉毒的家长制,更没有为女性贞洁树的碑碣。从这一点看,西门庆与其他商人比,其作为新兴商人的特征更为明显,尽管我们还是难以把他确切的归入哪一类中。

小说中的西门庆,很明显地身兼商人、官僚和恶霸三者,但在他的身上,起主导作用的是商人的工于经商、用各种手段增值财富的品格。最主要、最能体现他性格特点的身份,无疑是商人。

从家世看,西门庆原本就是商人,"父亲西门达,原走川,贩卖药材,就在这清河县前,开着一个大大的生药铺"。(第14回)西门庆的日常活动,显然是以经商为主,即便是他当官以后,去官府也只是应付差事,他当官的目的的只是希望抬高自己的商人地位,以便有利于经商,西门庆每天操心过问的就是手下人的经商情况,商业在他心目中高于一切,甚至远远超过对女人的喜爱。

---

① 啸马:《中国古典小说人物审美论》。

西门庆的致富，虽说有人斥为"受贿、掠夺、放高利贷"，但应该看到，他靠收贿、掠夺获得的财富只是小部分，更多地靠的是从商和放债。

作为商人，西门庆对商业是轻车熟路的，而且他具有精明、敢作敢为和心狠手辣的特点，因而他的经商，既不是像程宰一样靠仙人指点，也不是像文若虚那样靠运气，而是靠自己的七十二般武艺。

首先，西门庆是精通商业的，而且能抓住机会，表现出商人特有的魄力，第33回写道，应伯爵认识的一个湖州商人何官儿，有五万两丝绒要卖掉，西门庆抓住他要急于回家这一点，用四百五十两银子就买了下来，并且立即开了个绒线铺子，转手就高价出售，"一日也卖数十两银子"。

西门庆从商的聪明，还表现在他很会利用手下人经商，使他们能各抒己长。应伯爵是西门庆最好的兄弟，一天无所事事，似乎是个吃闲饭的主，但西门庆愿意养着他，除了友情这一层外，还因为他交往广大，又懂生意，所以西门庆利用他去收罗商业信息，西门庆也确实靠应伯爵做成了几笔生意。另外，西门庆手下的陈经济、韩道国、甘出身、傅自新、贲四，几乎都是"写算皆精"的经商能人，西门庆都能按他们各自的特点合理使用，使他们把劲用在刀刃上。

马克思在谈到商人的社会作用时指出："商人对于以前一切都停滞不变，由于世袭而停滞不变的社会来说，是一个革命的要素……现在商人来到了这个世界，他当然是这个世界发生变革的起点。"[①] 但在中国传统的轻商观念制约下，商人无论如何是难登大雅之堂的，因而在中国几千年的古代文学史中，我们竟很难找出几部真正具有代表性的商业题材小说来，也很难举出已为世人公认的商人形象，即便是偶有一二，也常因我们的偏见或不屑一顾而被弃之一旁，没有引起足够的重视。

（银长双，男，仫佬族。1990—1993年师从张菊玲先生攻读硕士学位，研究方向为"明清小说与满族文学"，撰有《宗室盛昱和他的〈郁华阁文集〉》和《美的徘徊——对魏晋人格美的一点思考》等论文。后长期从事电视新闻工作，先后供职于北海电视台和桂林电视台。现为桂林电视台副台长、主任记者，广西师范大学兼职教授。）

---

① 马克思：《资本论》第3卷。

清代满族诗人铁保

李金希

有清一代，满族文坛诗人大量涌现，正黄旗人铁保为其代表之一。

铁保（1752—1824），字治亭，一字铁卿，号梅庵，旧谱姓觉罗氏，后改栋鄂氏，乾隆三十七年（1772）进士。从乾隆四十一年（1776）补文选司主事，承袭恩骑慰始，至嘉庆四年（1799）二月降补内阁学士，虽职衔屡有更动，然皆在京为官。嘉庆四年三月补盛京兵部侍郎，十二月补漕运总督。嘉庆七年（1802）十二月后，历官广东巡抚、山东巡抚、两江总督。嘉庆十四年（1809）以失察山阳县谋毒冒赈案谪戍乌鲁木齐，次年充叶尔羌办事大臣，旋升喀什噶尔参赞大臣，七月补授翰林院侍讲学士，仍留参赞之任。嘉庆十六年（1811）补授浙江巡抚，未赴任即升授吏部侍郎兼管国子监事务。嘉庆十九年（1814）以在新疆时误听人言枉杀人命案免职并遣戍吉林。嘉庆二十三年（1818）释回，授司经局洗马。道光元年（1821）以老病乞休。道光四年（1824），卒于北京。

历官乾、嘉、道三朝的铁保，饱尝过仕途的沉沉浮浮，为典型的满洲大臣，同时又是与刘墉、翁方纲、永瑆齐名的书法家，并以编纂《熙朝雅颂集》而成为民族文化的重要整理者，凡此皆可以专文深入研究。本文仅从与百龄、法式善并称"北方三才子"且有自著诗文集《惟清斋集》的诗人铁保入手，对其诗论及诗作进行一番粗浅的探讨。

下　编

力主性情的诗歌理论

铁保的诗歌理论，主要通过其为他人及自己的诗集所作序跋及所编选的八旗诗集表达出来，总体看为一种力主性情的理论。其《自编诗文集序》云：

> 今之读数行书，有朝学搦管，暮已成集，不知天下学问为何物，无足责矣。今有老于一偏，名闻一时，而终无一字示人，问其故，则曰："耻不如古人，不可问世。"此其人又未免轻视古人，吾不知其自分居何等已夫？古人之为诗文，抉经史之精华，发天地之奥，一赋必十年，一诗必经岁，作为文章，如日月之经天，江河之行地，彪彪焉，炳炳焉，与天地不朽，此其所以传也。今以草芥聪明，一知半解，拾前人之牙慧，盗前人之糟粕，作为一文，作为一诗，辄欲与古人争高下，其亦不知量矣。且诗文之有李、杜、韩、苏，犹政事之有萧、曹、房、杜也，犹理学之有周、程、朱、张也。今之人叩以经济，责以道义，全不敢以古人自况，而独以此雕虫末技不如古人为耻，不亦过乎？且文以记政，诗以道性情，孔子曰："辞达而已矣。"未闻有必如何起，必如何结，必如何敷衍也。今则舍自己语言略不经意而寻行数墨，求皮相于古人之唾余，以为是为秦汉，是为六朝，是为唐宋八家，观者又啧啧称赏，登之梨枣，传为楷模，皇皇大篇，而按之了无一定切要。此诗文之所以日趋日下，久且衰靡不振也。

铁保从"诗以道性情"的诗学观出发，批评了草草成文及耻不如古人两种倾向，认为这两种倾向都是"欲与古人争高下"，皆不足取。李、杜、韩、苏之所以被文坛仰为泰山北斗，主要在于他们博大的胸襟以及源于这种博大胸襟之性情。铁保所批评的两种人不解乎此，只是迂腐地空谈诗"必如何起，必如何结，必如何敷衍"，故"皇皇大篇，而按之了无一字切要"，空洞无物。有鉴于此，铁保《恒益亭同年诗文集序》云：

> 人必有古人之胸襟才识，然后可以为古人之文、古人之诗。何者为

汉,何者为八家,体裁虽殊,性情则一。得其道者,片言只字亦别具不可磨灭之气,可以上下百年,纵横万里,非必裁锦为文,敲韵为诗,猥足排倒一世也。吾友益亭以卓荦之姿,处偃蹇之遇,虽饔飧未继,裘葛不更,而抑塞磊落、酣歌啸傲于卿士大夫间。境遇愈穷,骨气愈峻,可为真有古人之胸襟才识矣。故其所为之诗、古文辞,不必以章句盗袭古人,亦不必以法度绳尺古人,而其发乎性情,见乎歌咏,自息息与古人相通,此其所以为益亭之文、益亭之诗,而非他人所貌袭也。夫渊明之高旷,少陵之忠挚,太白之超逸,其人已足千古。后世但学其诗而不问性情与古人之同与否,是丘陵学山,汗池学海,而不知山与海之所以高且大。

铁保以恒益亭之诗文为例,在序文里再次说明了基于本人之胸襟才识而写作性情之诗的重要。

这些论述,与当时汉族诗坛上的性灵派诗论极其相似,因此得到了此派领袖袁枚的嘉许。铁保典试江南时,曾亲自造访随园,袁枚作有《铁冶亭典试江南入山见访》七首对之进行褒奖。在《随园诗话补遗》卷五中,袁枚又说:"冶亭侍郎典试江南,先有人抄其两绝句来,云:'镇日丹铅笑未遑,书生习气总荒唐。文魔字债轮番应,客到时闭客去忙。''不信烟霞癖已成,闲游到处结鸥盟。同行尽道山中好,多少山人喜入城。'后冶亭人场,于开门放水菜时,即托监临以诗幅见寄。佳句如:'水落鱼龙依岸近,天高星斗上船红'、'秋悬野色明沙嘴,天纵江声到石头'、'愁里逢春惊老至,中年得女当儿看。'俱妙。"

袁枚是乾嘉时期的诗坛领袖,从当时"随园弟子遍天下,提笔人人讲性情"的情形来看,袁枚诗论对铁保的影响是显而易见的。但铁保与袁枚的诗论又有不尽一致的地方。在表述上,铁保历来都是只谈"性情"而不谈"性灵",而袁枚诗论是时或"性情",时或"性灵","性情"与"性灵"并谈。"性情"主实,注重诗歌的题材内容;"性灵"主空,注重诗歌的艺术技巧。铁保云:

诗之为道,不妨假借故美人香草诸什,就本地风光,写空中楼阁,离奇诡变叠出不穷。迨后诗家日多,诗境益窄,一经假借,便落窠白,拾前人牙慧,忘自己性情,神奇化为臭腐,非具鲁男子真见者已。故于千百古大家林立之后，欲求一二语翻陈出新，则唯有因天地自然之运，随时随地，语语纪实，以造化之奇变，滋文章之波澜，语不雷同，愈真愈妙。我不袭古人之貌，古人亦不能囿我之灵。言诗于今日，舍此别无良法矣。(《续刻梅庵诗抄自序》)

　　夫诗之为道，所以言性情也。性情随境遇为转移，乐者不可使哀，必强作慷慨激烈之语，以为学古，失之愈远。故穷愁落拓、草野寒士之咏，不可施之庙堂；高旷闲达、名山隐逸之作，不可出之显宦。(《秀钟堂诗抄序》)

　　余曾论诗贵气体深厚。气体不厚，虽极雕琢，于诗无当也。又谓诗贵说实话。古来诗人不下数百家，诗不下数千万首，一作虚语敷衍，必落前人窠臼，欲不雷同，直道其实而已。盖天地变化不测，随时随地各出新意，所过之境不同，则所陈之理趣各异。果能直书所见，则以造物之布置，为吾诗之波澜，时不同，境不同，人亦不同，虽有千万古人不能笼罩我矣！学者多服予言。(《梅庵自编年谱》)

铁保认为诗歌独抒性情，只有通过"语语纪实"的途径来实现。人的境遇不同，喜怒哀乐等主观思想感情自然不同，直道其实，便不会落前人窠臼。铁保还以自己的经历为例对这一问题加以说明：

　　诗随境变，境变则诗亦迁。古人汇千百家为诗而诗不同，一人汇千百诗为集而诗亦不同，境为之也。余自髫龀随先大夫官于易，易为古名区，多慷慨悲歌之士。涉荆卿颍波，登金台故址，少年意气，动与古会。然时方攻举子业，不专事吟咏，偶有所作，率写胸臆，不拘拘于绳墨，故其诗出于性情流露者居多，此一境也。通籍后，观政吏部，筮仕之始，志气发扬，不知天下有难处事，抑塞磊落不减少时，此一境也。既擢詹事，镌级家居，初列校书之班，再迁农曹之秩，入世渐深，意气初敛，诗格亦为之稍变，此又一境也。戊申冬，余年三十又七，膺广庭相国荐，廷试第一，不四十日由翰林学士擢礼侍与经筵兼都统典试事，感荷殊荣，自惭非分，此又一境也。夫诗成于我，境成于天，少壮易其时，穷达易其遭，喜怒哀乐易其节，强而同之，不亦颠乎？(《梅庵诗抄自序》)

铁保对其诗歌四种境界的申述，再次证明了其诗论的一大特征；"随时随地，语语纪实"、"语不雷同，愈真愈妙"，主张以深厚真实的思想感情来达到所期望的美感效果。这种主张与袁枚的"性灵说"比较，不同之处显而易见；袁枚"性灵说"固然重"性"，然更偏于"灵"。如说"自三百篇，至今日，凡诗之传者，都是性灵，不关堆垛。"强调以追求诗的灵趣来增强诗歌的艺术魅力。

铁、袁二人诗论主张的联系与区别，充分体现出铁保诗论的民族特色。

满族在其发展过程中，学习并大量吸收了汉族传统文化，这决定了两种文化不可避免的相似性。具体到满族作家文学，诸如用汉文创作、承接汉族传统文学体裁等等，都显示出汉族文学的影响。但是，满族文学在清代中国文艺的百花园中，又毕竟是一块新的园地，有着自己特殊的内质，诗论自不能例外。传统的汉族诗论，从先秦直至明清，经过漫长的发展，出现了各种流派，内容囊括了诗歌创作的方方面面。清代满族文学从一开始就有了现成的诗歌理论可以吸收。而吸收什么和怎样吸收，这又是一个必须认真考虑的问题。满族文学对汉族诗论的吸收，是以其特定的政治、文化背景为依据的。在入关之前，满族的历史使命是统一中国，确立本民族王朝的统治地位。入关之后，他们则负有维护清王朝统治的责任。统治民族的地位决定了他们的文化活动带有极强的功利性。所以在诗歌理论的建树上，他们自然而然地注重诗歌功能论的探讨，迅速地接受了汉族儒家诗教传统，清代最高统治者的提倡尤为尽力。玄烨说："联惟诗之为教，所以成孝敬，厚人伦，美教化，移风俗，其用远矣！"弘历说："且诗者何？忠孝而已耳！离忠孝而言诗，吾不知其为诗也。"他们进而认识到诗歌"成孝敬"、"厚人伦"、"美教化"、"移风俗"的社会作用只能通过抒发性情来加以实现。所以玄烨又说："诗者心之声也，原于性而发于情，触于境而宣于言。凡山川之流峙，天地之显晦，风物之变迁，以至君臣、父子、夫妇、兄弟、友朋之间，古今治乱兴亡之迹，无不可见之于诗。而读其诗者，虽代邈人湮，而因声识心，其为常为变，皆得于诗遇之，故曰：'感天地而动鬼神，莫善乎诗。'"这种从汉儒解诗的理论中所吸纳的观点，对满族文人的诗歌理论颇具影响。纳兰性德就曾说："诗乃心声，性情中事也。'发乎情，止乎礼义'，故谓之性。""挚虞曰：'诗发乎情，止乎礼义。'此为诗之本也，未闻有临摹仿效之习也。"其他满族诗人对于"诗道性情"观点的遵循亦常见于他们的言论中，不一而足。植根于此种民族传统诗论，在清代汉族诗坛派别林立、各执一端争论不休的时候，铁保遂有所区别、同中有异地接受了性灵派诗论主张。

当然，铁保诗论最重要的民族特色，更在于这种诗论与满洲民族的深层特性息息相关。乾隆尝言："满洲本性朴实，不务虚名。"这种"纯朴持家，教忠励孝，不为粉饰"的民族性格，影响到满族诗论，便是崇真尚实，提倡自然天成。雍正帝胤禛说自己的诗是"因诗纪事，借以陶写性情而已"。纳兰性德说："人必有好奇缒险、伐山通道之事，而后有谢诗；人必有北窗高卧、不肯折腰乡里小儿之意，而后有陶诗；人必有流离道路、每饭不忘君之心，而后有杜诗；人必有放浪江湖、骑鲸捉月之气，而后有李诗。"如此等等，皆强调诗歌创作与诗人阅历的关系。在谈及编选八旗诗集的感受时，铁保说："余读古诗不如读今诗，读今诗不如读乡先生诗。里井与余同，风俗与余同，饮食起居与余同，气息易通，瓣香可接。其引人入胜，较汉魏六朝为尤捷，此物此志也。"所谓"较汉魏六朝为尤捷"云云，倾注了铁保深厚的民族感情。也正是这种深厚的民族感情，使铁保对那些表现本民族纯朴性格的"真"诗欣赏不已。在编选《白山诗介》时，铁保说："是集之选，就当时之际遇，写本地之风光，真景实情，自然入妙。不但体裁不拘一格，即偶有粗率之句，亦不妨存之，以见瑕瑜不掩之意。"既然如此，铁保诗论强调"语语纪实"也就成了他继承和发扬民族传统的必由之路，它以与袁枚诗论对艺术技巧的强调相区别而获得了自身的独立性。

铁保诗论的积极意义，通过清初到乾嘉诗坛诗论状况的考察可见其大端。中国诗论经过明代李贽及公安"三袁"反对前后七子复古主义的斗争，到清代诗歌言情理论已占上峰。但是，"性情"在各家汉族诗论中又有不同的解释，其中多数注重所谓"学人之诗"或"儒人之诗"，过分强调学问的重要。因而袁枚提出性灵派诗论主张，跳出"学人之诗"或"儒人之诗"的樊篱而创作"诗人之诗"或"才人之诗"，从而推动清诗的解放，其功绩无疑是巨大的。但袁枚诗论亦有自身的缺点，其"性灵说"对空灵的过分崇尚，给他本人及性灵派其他成员的诗作所带来的负面效应即是"浮滑"。所以法式善说："随园论诗专主性灵，余谓性灵与性情相似而不同远甚,门人鲍鸿起辨之尤力,尝云:'取性情者,发乎情止乎礼义,而泽之以风、骚、汉、魏、唐、宋大家,俾情文相生,辞意兼至,以求其合。若易情为灵,凡天事稍优者,类皆枵腹可办。由是谈街俚语无所不可,芜秽轻薄流弊皆不可胜言矣。'余深是之。"这种对性灵派诗论的指斥很有见地,故《清史稿》袁枚本传评价道:"其所作亦颇以滑易获世讥云。"铁保诗论以其对"真"的强调,避免了性灵派诗论的缺陷,其对诗歌创作与诗人阅历之关系的重视,更符合诗歌艺术的审美规律。

满洲大臣人生观的表现

主张诗写性情、语语纪实的铁保,又是其诗歌理论的躬身实践者。诗集《梅庵诗抄》和《玉门诗抄》的大量诗作,真实地表现了这位典型满洲大臣的人生观。

一为尚文精神的歌咏。前述满族对汉文化的学习,发端于关外时期,但真正尚文之风的兴盛,则是清王朝入关之后。入关使满族取得了优越的政治及经济地位,生活环境相对稳定,同时更日夕濡染于汉文化之中,因而本民族文人大量涌现,名家辈出。到乾嘉时期,从宗室王公到文武官吏,再到布衣清士,乃至闺阁仆婢,已形成一支文化大军,彬彬之气,大盛于时。故袁枚说:"近日满洲风雅,远胜汉人,虽司军旅,无不能诗。"铁保生当其时,自幼即折节读书,"于制艺及诗、古文词自觉有得",又"于举业之暇,寝食于李、杜、韩、苏诸集"。对汉族传统文化产生了浓厚兴趣。入仕后,铁保对最高统治者提倡向汉文化学习的本意理解更为深刻,自云"移俗敢期千古业,济时端赖数行书",认为"得地千里不如一贤"、"多文以为富",并积极投身于康乾文治,不遗余力地推行儒学传统:前后九次出任乡、会试及翻译科考官,革除科场弊端,选拔了许多后来显名于政坛、文坛的有才之士;出任地方官时,以振兴文教为己任,于山东巡抚任内亲讲《圣谕广训》;先后整饬泺源书院,新建济南书院,添设尊经、正谊二书院。一代儒臣铁保写道:

落木澹秋夕,幽栖白屋冥。寒葩横短砌,斗雀堕疏棂。室小书尽席,

心闲笔效灵。诗禅参一指，兀坐合忘形。(《幽栖》)

小闲依白屋，秋色老街塈。蜂冷低穿牖，花残卧出篱。耽书成独赏，得句欲居奇。木叶萧萧落，何人正下帷。(《小闲》)

诗人于斗室中陈列大量书籍，公务之暇便吟诗作赋，大有物我两忘之态。而"耽书成独赏，得句欲居奇"亦颇似汉族儒士耽溺讴吟的风格。

二是尚武精神的赞歌。皇太极曾为满洲族定下祖规，要求学习汉文化的同时，别忘了习"国语骑射"，以免"待他人割肉而后食"。这无疑是为了保持本民族文化特色及战斗力。对于这条祖规，后世历朝皇帝皆极强调。但是，有感于政治斗争的残酷，总有一部分满洲贵族借助于对汉族诗酒文化的追求，高歌闲适，参禅味道，以排遣内心苦闷，逃避社会现实。满洲族原有的那种杀敌报国、建功立业的蓬勃之气在他们身上逐渐淡化，越到后来越是如此。皇室是权力之争最为集中的地方，这种现象在宗室文人中就表现得最为明显。从顺康时期的高塞开始，这一传统即已发端，之后的文昭、岳端等又加以继承。迨到乾嘉时期，永忠、书诚、敦敏、敦诚等一大批宗室文人又沿着这一道路发展。而其他八旗子弟因脱离生产，在民族优越感的驱使下，享受着特权，随着历史的推移，他们的"国语骑谢"也日益荒疏，战斗力大为削弱。最高统治者当然有所警觉，雍正、乾隆都因此申斥过八旗官兵。乾隆还采取过一系列措施，如恢复秋狝木兰活动、立训守冠服骑射碑、对八旗将士习骑射进行奖优罚劣等。虽有效果，但八旗骑射废弛确也成了不可逆转之势。这一方面反映了满洲民族心理素质的变异，另一方面也酝酿着其有所得必有所失的必然悲剧。自幼习文的铁保，却对这一悲剧有着深刻的认识，自觉地保持着满洲民族的尚武传统。乾隆五十七年（1792），铁保较射中布靶，赏戴花翎。而习射亦为其家庭生活的一大乐趣。在《吟余习射图小照自序》一文中，他将射圃描写得极为美丽诱人，更不无炫耀地描绘了其夫人如亭习射的情景。基于此，这位游牧民族的后人，在歌咏尚文精神的同时，也不禁对民族尚武精神大加颂扬：

何人射虎北平北，有客截蛟东海东。琢鹿城边战场古，黄金台下骥群空。颓波怒啮石子母，落木惊撼风雌雄。书生凭吊气龃龉，怀铅握椠徒雕

虫。(《放歌》)

忆及古代战将"射虎"、"截蛟"的飒爽英姿，诗人不禁感到自身的渺小，表达了由衷的景仰之情。他诗亦言"漫道书生无臂力，一翻驾驭壮心同"、"当年骑马挂佳士，此日雕虫愧丈夫。"他甚至愧为书生，想做投笔从戎的班生了。

三是荣辱不惊人生态度的自白。选择了科举取士道路，又未失去民族尚武精神的铁保，将王朝事业看得极重，尝言："已谙世故贫非病，未报君恩老不休。"以其一生的表现观之，铁保也确是把"报君恩"作为自己的人生理想并极力实践的。除推行儒学传统外，铁保在治河方面也采取过许多措施，并获嘉庆帝高度评价："心无畛域，深得大臣之体。"而铁保在出任地方官时在革除各种弊端方面亦做出了颇值书写的实绩：嘉庆四年出任盛京兵部侍郎兼奉天府尹，督理九边门事，到任后发现民屯每被旗屯欺凌，遂提出旗民一体，但分曲直，不分强弱，旗屯敢有欺凌民屯者，定将严办的命令；在漕督任内，针对弊端重重的漕运，铁保改革陋规，提出了十一项措施；巡抚山东时，铁保抓了军队的整顿训练，同时整顿混乱的财政；在两江总督任内，铁保做了五件大事，即严查灾赈、速办新漕、筹备海防、整顿营伍、急端士习。在民族文化的整理方面，铁保主持编纂的《熙朝雅颂集》共辑满洲、蒙古、汉军八旗585位作家的7743首诗作，共134卷，所收作家作品的数量和范围皆为满族文学史上空前之规模。置身于乾隆中期以后帝王奢侈享乐、挥霍无度，大小官吏贪污成风、鱼肉百姓，满汉官员动辄得咎的环境，铁保官场不如意事亦不在少，60岁之前所受革职黜降等处分就不下九次，能有如此作为实属幸运。这位寄希望于投身王朝事业以实现其人生价值的满洲大臣"每见及此，心境豁然"。与此相关，铁保在其诗作中写道：

阳燧逼骄阳，真精贯曜灵。阴燧濯寒魄，气乃通沧溟。物理妙机械，天地何珑玲。感者如探券，应者如建瓴。达人事达观，趋避都忘形。(《杂诗四首》之一)

这是从自然界之机理感悟人生，亦是诗人以自己的人生观对自然的观照。"达人事达观，趋避都忘形"则直接表现了一种"不以物喜，不以己悲"的达观情怀。他诗中如"物性随所宜，贵贱两不害"、"宦场容倔强，得失总休论"等等，表述的都是同一种精神旨趣。贬谪新疆后，铁保应干的功业已几近完成，"一切可欣、可喜、可羡、可惊、可愕之事，一举而空之"。虽为谪居，无异休息。铁保遂放声高歌："旅怀不用人排解，到处褒斜是坦途"、"壮怀幸不颓唐甚，身是瀛洲第一仙"、"荣落名场六十春，不生欢喜不生嗔。"

粗犷雄健的写景抒怀之作

铁保诗云："我亦高歌性不羁，每逢名迹则留题"、"莫负良游边塞外，每逢佳处合留题。"铁保一生为官，足迹遍及大江南北，所到之处必纪之以诗。其诗作让人领略到祖国南北的山山水水、风土人情。而其成功者，当推那些描写北地景物的粗犷雄健之作。

乾隆三十七年（1772），铁保会试得中，从此开始了他的仕宦生涯。在京为官期间，铁保日与友人"携酒果游翠微山、钓鱼台、蓟门烟树诸胜，吟咏最多"，显示出这位满族诗人的诗作风格。《登西山最高处》云：

落木淡萧瑟，飒然成暮秋。操幽坐翠微，顾影谁为俦。傲睨四山外，飘渺苍烟浮。犬牙错绣壤，村落围平畴。茫茫滹沱水，锦带西南流。遥遥天目峰，脉引昆仑邱。高瞻惬远抱，眢尔忘百忧。何事岘山翁，空怀千古愁。

暮秋时节，诗人站在西山最高处，已成顶天立地之势。而极目远眺，四山之外缥渺的苍烟，华北平原上大片的村落，茫茫远流的滹沱水，脉起昆仑的天目峰，都不禁使诗人心胸为之开阔，人世间的百端烦恼遂荡然无存。诗歌境界所呈现出来的，是一种至阳至刚之美。其他如写钓鱼台"白日被广野，惊风薄长林"，写秘魔崖"巍巍百尺崖，突兀云荡胸"，写龙泉"阴壑气渺茫，元牝郁昏黝"等等，所追求的都是同一种美学境界。这种美学境界在铁保扈跸滦河时所做的边塞诗中得到了发展。《古北口道中》

之二云：

> 大漠天高风已商，萧萧落木野云黄。草深僻路客谈虎，日暮远山人收羊。飞瀑千寻横雪练，平沙十里走星茫。道逢猎骑归来晚，敕勒声摇满地霜。

秋日的塞上，放眼四望是茫茫的大漠、千寻的飞瀑、遍地的雪霜，还有行进的路人、暮色降临时远山的牧羊人。而归来的猎骑高唱那首流传朔方千古的《敕勒歌》，于雄浑中更平添了一种豪放的气势。此等豪兴在巡抚山东时的诗作中亦有表现。《望华不注山》之一云：

> 危峰铁立势嶙峋，瘦削芙蓉济水滨。岳麓岗峦通地脉，海天风雨变秋旻。齐师战已迷陵谷，李白诗犹动鬼神。搔首丹梯登有日，招邀多士蹑清光。

写华不注山铁立于济水之滨，有突兀之势。又引人《水经注》中春秋时鲁季孙行父与晋郤克率师追击齐师三周华不注的典故，并提及山上所刻李太白的诗作，于豪迈中又见出历史的深沉之感，可谓"气体深厚"。另如写大明湖"北去灵源环岱岳，东南云气接沧溟"，写趵突泉"翻空为讶坤灵圻，邻海宁愁地穴枯"等，皆有一种或阔大或强劲的态势。

贬谪新疆时期，铁保依然以"玉门关外有康庄"的自信心情写下了平生最出色的诗作：

> 天山如天高，我到天山顶。万笏峰怒排，矗立儿孙等。上有关侯祠，小坐啜山茗。雪花大如掌，迎风若操挺。茫茫长安道，万里秋烟迥。（《登天山小憩》）

> 天山本天然，屹立自雄贵。回视吴越山，都增脂粉气。严风搜弊裘，积雪塞空翠。小憩关侯祠，征夫半憔悴。（《忆旧游十二首》之十）

刚到谪居地，诗人便登上天山极顶，赞叹于"万笏峰怒排，矗立儿孙等"、"雪花大如掌，迎面若操挺"的壮丽景观。又将自然雄贵的天山与带有浓浓脂粉气的吴越山相比,增强了诗作的壮美效果。

嘉庆十五年(1810),铁保被起用为叶尔羌办事大臣,旋升喀什噶尔参赞大臣,饱览了新疆的奇异风光。对景抒怀,诗作更狂放不羁。《放歌行》云:

惊飙为轮云为旗,出门大笑穷攀跻,章亥有步不能涉,凌虚飞蹋昆仑西。昆仑西遇浮邱子,携我飘渺直上青云梯。走眼尽八荒,俯首看四夷。八荒四夷小如粟,向误芥子为须弥。江海等勺水,泰岱如丸泥。举头天日近,侧身云雾低。吁嗟呼!古来蛮触斗蚊睫,朝为吴越暮楚齐。六经戈戈剩糟粕,二十一史全无稽。划然发长啸,巨响訇岩溪,青天高尺五,吐气成虹霓,十洲三岛罗眼底,琼楼玉阙鸣天鸡。归来为补壮游事,茫茫春梦无端倪。

诗人以新疆地区特有的自然风貌为基础,想象飞身直上昆仑之巅,"走眼尽八荒,俯首瞰四夷,八荒四夷小如粟,向误芥子为须弥。江海等勺水,泰岱如丸泥,举头天日近,侧身云雾低。"这是何等的气魄!而"六经戈戈剩糟粕,二十一史全无稽"更是忘乎所以的大胆狂言。雄奇的自然之景与豪情万丈的主观心性融为一体,遂使诗作显示出撼人心魄的崇高之美。

其实,写到南方景色,铁保亦不从香软处着墨。在漕督任内,铁保曾督漕北上,自云"水行四阅月,荻岸维舟,篷窗听雨,耳目为之一新,兴致得诗数千首,以识岁月。"此即《淮西小草》之由来。兹录两首:

万里长淮水,奔流肘腋间。星离平楚近,帆到大江还。估客船为市,津门浪作关。临河据高阁,清梦出烟寰。(《临淮关望淮水作》之一)
岩壑环滁郡,肩舆入翠屏。烟萝沈大野,玉笋插苍冥。晚稻沿溪熟,秋云带雨青。高风怀六一,渺矣醉翁亭。(《滁州道中》)

无论描写淮水,抑或滁州道中所见,皆突出其壮阔。故张振德说:"若夫格律之精严,气味之浑穆,读者自领之。"

杨钟羲《雪桥诗话》卷四有云:"冶亭尚书有《读乡前辈遗诗感赋》

十二首，梧门祭酒有《奉校八旗人诗集题咏》五十首，虽采葺尚未能备，评骘亦未尽允，然亦可见北方诗派之大凡。"所引铁冶亭与法梧门的诗作此不赘录，要为指出北方诗派的主要风格在清雅疏放和雄健方刚两个方面，而满族诗人由于受历史上的游猎民族、彼时代的统治民族等因素形成的昂扬的民族精神和民族审美意识的影响，尤以雄浑的格调见长。综观铁保之前，纳兰性德和文昭的诗作都较有名，然性德英年早逝，文昭的宗室身份又限制了其阅历。而铁保寿命较长，且大江南北、大河上下无所不至，这使其有充裕的时间、带着丰富的阅历以手中之笔将一生所见所感形诸歌咏。虽然铁保把自己不同时期的诗作分成四境，却是那粗犷豪放的一贯风格充分表现了北方才子的精神气质，使其成为北方诗派的杰出代表。在其时汉族诗坛江南才子辈出的情况下，这位满族诗人那为数众多的写景抒怀之作便显示出了自身的价值，从而奠定了铁保在满族文学史上的地位。

（李金希，男，苗族。1993—1996年师从张菊玲先生攻读硕士学位，本文为其硕士学位论文。现任中国民族博物馆办公室主任。）

《儿女英雄传》版本定型过程考论

李亚平

文康的《儿女英雄传》是一部很有影响的评话小说，自清同治时成书、光绪间刊行以来，一直以自己的特色吸引着广大读者，也为历来的小说史家所瞩目。

平步青、曼殊、周作人、胡适、李玄伯、郭箴一、刘大杰等先贤，范宁、刘荫柏、刘叶秋、林薇等前辈，陆续对《儿女英雄传》作者家世、人物形象、语言艺术等问题发表过很好的看法。但若论及该书的版本研究，则相对薄弱，文章非常少，主要见之于柳存仁《伦敦所见中国小说书目提要》、孙楷第《中国通俗小说书目》《关于〈儿女英雄传〉版本》、弥松颐《儿女英雄传·后记》、太田辰夫《欣喜与挑剔》、周华斌《中国通俗小说总目提要·儿女英雄传》等，尤以弥松颐的成果最丰。弥先生也是钞本的第一发现人。

本文借助《儿女英雄传》钞本提供的信息，结合校勘学、版本学乃至文学研究的各方面成果、手段与笔者访书经历，对《儿女英雄传》版本的先后承继关系及定型过程等问题，提出自己的合理推断。

从五十三回之钞本到四十回之初印本

北京图书馆藏《儿女英雄传》旧钞本，线装 1 函 18 册，册为 1 卷，共 18 卷。卷一为缘起首回、一至三回；卷二至卷十七，卷各两回；卷十八为第三十九回。楷书抄于白绵纸,半页9行,行24字。框高18厘米,宽13.5厘米。书题《儿女英雄传评话》,无今所见各序、原载序文、弁言,每回均题"儿女英雄传评话第×回"①。

钞本第三十九回,与光绪四年初印本《儿女英雄传》有较大出入。亦不同于今所见各版本。钞本第三十九回,文字简净。如②:

两个听了	梁材华忠二人无法
便叫了打杂儿的	□叫了打杂□的
帮着到行李车上松绳解扣	帮着到行李车上□□□□
把箱子抬进来	把箱子抬进来
忙着解夹板拆包皮	□□□□□□□
找钥匙开锁头	找钥匙开锁头
(光四本)	(钞本)

今诸印刻本均多出了"松绳解扣""忙着解夹板拆包皮"这些细节。

又如:

程相公也说道:"老翁,你平日只说'以德报德',如今直是以怨报德了。"安老爷说道:"我主意已定,你们不必多说。"便站起身来,叫叶通跟着,叫打杂的捧着那装银两的拜匣,跟着出了店。(钞本)

而初印本、董评本,在程相公的问话之后,多出了以下情节:(1)安老爷解释'以德报德';(2)叶通解释八折。合计多出了1700余字。

又如,安老爷给谈尔音送银子,安老爷有这样一段对话③:

大人,此话再休提起	大人,□□□□□□
假如安学海不作河工知县	从前之事也是我命该如此
怎的有那场事	□□□□□
作河工知县而不开口子	□□□□□□□

---

① 参见弥松颐校释《儿女英雄传》后记,齐鲁书社1989年版,第1068页。
②③ 比初印本少的文字,以"□"号空出;不同的字句,以加点排出。

366

下　编

怎的有那场事	□□□□□□
河工开口子而不开在该官工段上	□□□□□□□□□□□
又怎的有那场事	□□□□□□□
这叫做天实与之	□□□□□□
与我究属甚么相干	□□□□□□□□
大人且把这话搁起	此话搁开，再休提起
是必莫忘方才那几句刍尧之言	□□□□□□□□□□□
作速回乡	还是大人即速回乡
切切不可流落在此	□□不可流落在此
这倒是旧属一番诚意	这□是旧属一番诚意
（初印本）	（钞本）

钞本只用了一句"从前之事也是我命该如此"，今各印本却连用了三个"怎的有那场事"。

综上所述，钞本的文字，较之今见各本，或简在细节，或简在情节，或简在对话。

钞本之第三十九回，分回也异于通行版本。起始即"话说安老爷，叫华忠把那个改装道士带进来……"，回末"作只见他也不说长也不问短，也不磕头也不礼拜，只把身子一扭，靠在一扇隔窗跟前，拿绢子捂了自己脸，就呜儿呜儿的放声大哭起来。这正是：话到万难开口处，且凭双眼诉君知。要知长姐儿这一哭又哭出些什么把戏来，且听下回书交代。"实际包括今诸印本之第三十九回整回、第四十回半回。

钞本第三十九回与今各通行本异文在1万字左右，主要的出入在今本第三十九回。弥先生[①]曾有断语，今所见无论什么本子，都不外乎两大系统，即：光绪四年（1878）戊寅初印本，和光绪六年（1880）庚辰还读我

---

① 即人民文学出版社中国文学编辑室著名编辑弥松颐先生。他是《儿女英雄传》钞本的主要研究者。主要观点有：钞本早于任何印本，乃马从善刊削后13卷之前、仅有40卷可读的稿本，甚至可能是光绪四年据以排印的底本，总之是更接近文康原本的一个佳善之本；钞本的首回较今各本多出39字，可证原稿有53回；钞本第8回有一诸本并脱钞本独存例，由此，钞本或许是初印时据以刻印的底本，或再予过录的稿本；钞本较诸刻本文字精到准确；钞本第39回与今本有较大出入。详见弥先生以钞本主校的《儿女英雄传》，齐鲁书社1989年出版。

367

书室主人（董恂）评本①。但钞本并不属于这两者中任何一种。

钞本既然不同于今所见各本，是初印本在前，还是钞本在前，换句话说，是初印本删减成为钞本，还是钞本增补而成初印本呢？

一般来说，小说钞本的时间总是早于各印刻本。除了书法等特殊原因，绝没有印本已经刊行，好事者仍不辍手钞这种难登大雅之堂的稗史说部的。况且《儿女英雄传》虽仅41回，洋洋洒洒50余万言，相当于一个长篇规模。但是，小说史上钞本与刻本的情形较复杂，仅此还不足以证明《儿女英雄传》钞本一定早于诸刻本。这还需要从小说中寻找到一些内证。

这样的内证还是存在的。

内证之一：成熟的回目联语，当能恰当反映本回内容，且不允遗漏。这样一来，时间上愈晚出的本子，其回目联语的艺术概括愈精当。钞本第三十九回，回目作"包容量一诺义周贫，邓九公九旬双生子"，但其正文还有安公子高升参赞大臣、安公子纳妾等情节。显然，钞本回目有所遗漏。而初印本第三十九回只说到邓九公父女挽留安老爷，说"要知邓九公同安老爷登泰山望东海之后，还要去到个甚的地方，见个甚等样人，下回书交代"了。第四十回回目作"虚吃惊远奏阳关曲，真幸事稳抱小星禂"，再来讲述安公子如何升任乌里雅苏台参赞大臣，即所谓"虚吃惊远奏阳关曲。"接着又叙述安公子纳长姐为妾，及经人周旋，安公子改放山东学政，即所谓"真幸事稳抱小星禂。"显然，初印本的回目联语更显成熟，因而时间上要晚出一些。

内证之二：从现有材料来看，《儿女英雄传》最初是由文康家的师爷交付聚珍堂付刻。马从善在序中明确说出"竟从刊削"，他对文康的原本显然有过加工。时间上稍晚的本子，有了他人加工痕迹，甚至有大刀阔斧的删改，就离文康原本原貌稍远。反之，版本越早，越接近作者原貌，其文字表达就越准确精当。就拿上面所举例子来说，初印本作"两个听了，便叫了打杂儿的……"这里的"两个"究竟指哪两个？根据上下文，应该是"梁材华忠两个"，上文有"便叫梁材华忠两个来"可证。但诸刻本在中间又杀出个程相公的问话，"老伯，我那五两头不忙，那是老人家要买

---

① 参见弥松颐校释《儿女英雄传》后记，齐鲁书社1989年版，第1068页。

阿胶用的，等到了山东再把我不迟。"这儿又跟着说"两个"，所指模糊，从语法上似乎就指"程相公梁材两个"。查钞本，此处作"梁材华忠二人无法"，这就十分明确，决不会出现误会。

内证之三：小说第八回，"妹子你听我这话，可是我特来救安公子，不是特来救你<u>的不是。"张金凤道："话虽如此说，要不是姐姐到此，那个救我</u>一家性命，这就不消再讲了。""的不是"至"那个救我"23字，诸印本皆无，致使此段对话不畅①。检之钞本，此处各刻本夺画线23字。若说钞本从初印本、董评本而来，这处脱文就无法解释了。

综上所述，我们认为，钞本《儿女英雄传》早于诸印刻本。《中国通俗小说总目提要》云："现存最早版本为光绪四年北京聚珍堂活字本"②，有误。当改为"现存最早刊本（或印本）为光绪四年北京聚珍堂活字本"。

钞本仅39回，不见今第四十回后半回，今所见东海吾了翁弁亦云"补缀成书"。文康生前是否完成了《儿女英雄传》全书的创作？在缘起首回的最后，今各刊刻本均为"……一个楔子，但请参观，便见分晓"。但钞本在"一个楔子"之后，还有下面一段话：

后面便有五十三回正书，连这回缘起，共是一百零八个题目，合着吾了翁归结批语，列为二十四卷。

共39字。下接"但请参观，便见分晓"，结束缘起首回。首回加53回正文，共54回，每回两句回目联语，共是108个题目，恰好关合书中几出的《正法眼藏五十三参》、24卷③。钞本在18卷39回以后，应当还有6卷、14回文字。

正文中有些文字，系马从善未刊削尽处，亦可证原书有五十三回规模。如第二十八回，"不道那燕北闲人还有大半部文章，这《儿女英雄传》才到第二番结束。"若依40回书，此第二十八回已过了一多半，作者却说"还有大半部文章"④，即后面还有25回正文，且都是长篇大论的大回文

---

① 参见弥松颐校释齐鲁书社版《儿女英雄传》后记，第1070页。
② 江苏省社科院明清小说研究中心编《中国通俗小说总目提要》，第701页。
③ 参见弥松颐校释齐鲁书社版《儿女英雄传》后记，第1069页及上册"三十回钞本书影"。
④ 参见弥松颐校释齐鲁书社版《儿女英雄传》，第1075—1076页。

章，所以才说是大半部。又如第三十七回有"演出这过半的人情天理文章，未完的儿女苦难公案"。若依 40 回书，此处已近尾声，作者却说第三十七回是已经"过半"，即还有 16 回文章。马从善序云"书故五十三回"，信然。原本确有 53 回，回目正文均有①；文康确已完成了《儿女英雄传》全书创作，搭起了 53 回的回目和正文。可惜我们所见的钞本，乃不完全的残本，在流传过程中失去了后 14 回〈即第四十回至第五十三回〉文字及吾了翁归结批语。

钞本缘起首回提及东海吾了翁重订《正法眼藏五十三参》，并易其名为《儿女英雄传评话》。这与今各印本说法关合。修订者为东海吾了翁，信然。检以经吾了翁修订后的钞本，第三十九回情节呼应不够，如邓九公说："你费点事儿，这里头还得绕绕笔头"，下文却没有如何绕笔头的交代，这与燕北闲人一贯有伏必应的风格不符。末一回对人物性格吻合得不够，如上文引例，安老爷只说了句"我主意已定，你们不必多言"，再无解释，显得态度生硬，缺乏应有的耐心。安老爷既以忠孝节义的形象出现，如何能不做到以理服人，让人心服口服呢？甚至于个别地方还出现了漏洞，如第三十九回，戴勤赴山东给安老爷报信，他说的是安龙媒"赏了头等辖，加了个副都统衔，放了乌里雅苏台参赞大臣。"其实，安公子赏加副都统，发生在戴勤出发后。戴勤如何能未卜先知呢？小说中这样叙述道："一路回到下处，便忙着打发小厮回家回明太太。并叫戴勤来，打发他上山东禀知老爷，忙了半日。一宿无话。"显然，这个晚上安公子就把一切都交代明白了。次日戴勤、四喜儿、安公子同时出发，一个去山东，一个回西山，安公子则上朝谢恩。但戴勤的"赏了副都统衔"的话，无疑是先说了。后文公子跟班小厮四喜儿回说，"奴才大爷赏了头等辖，放了乌里雅苏台参赞大臣"，可证。综上所引诸例，这位东海吾了翁并未完成全书的修订。同时我们也注意到，钞本从头至尾，直至第三十九回，文字均精当准确，实为诸刻本所不及。推测吾了翁重订此书，大致分为两步：(1) 修订文字；(2) 修订情节。第一个步骤，显然已全部结束；至于情节的修订，只进行到第三十八回，就因为某种突发变故〈可能是患重病、死亡一类〉而中断。前引缘起首回最后，又提到了吾了翁还写有对全书的归

---

① 参见弥松颐校释齐鲁书社版《儿女英雄传》，第 1069 页。

结性批语。也就是说,东海吾了翁连修订全书的工作也未全部完成,居然首先写下了归结批语。最具备这种特殊身份可能的,只有一个人,那就是作者文康。

再小说中随处可见"诙词谐趣",如尹其明①谐隐其名。则吾了翁也即无聊翁。燕北对东海,闲对无聊〈闲则无聊,无聊即闲〉,人对翁,二者何其相似。燕北闲人就是东海吾了翁,这两个别号都是文康辞官后的自嘲。重订者吾了翁(包括写归结批语的),其实就是文康本人。文康不仅完成了全书的创作,还完成了过半的修订工作。正因为尚有部分重订工作没有完成,遂使后人有"笔墨龛陋"一类说法。

尽管如此,钞本的文字却远较他本完整。前文所述,第八回有"的不是张金凤道话虽如此说要不是姐姐到此那个救我",诸本脱文钞本独存。钞本行款为9×24字,上述所夺文恰值一整行。想是手民刻印时,一时看岔了眼,错行脱落②。其他诸本并脱钞本独存例如:即古之所谓寓钱也以寓钱喻制钱(第四回)、姑娘要说受他甚么作践(第七回)。加点处今各刻本均脱。由此,这个钞本或许就是初印时据以刻印的底本,也就是马从善据以刊削后十三回之前的稿本。马从善"于友人处得此一编",即此。不过,马从善比我们幸运,他应当见到了后13回,也见着了吾了翁归结批语。

钞本与初印本的继承关系,在前38回中表现得相当直接。第三十九回有不少异文,也能看出初印本袭用钞本痕迹。如③:

早有褚一官同他那班徒弟门客	褚一官早□□□□□□□□
大家张罗着在府城里叫了两班小戏	□□□□□□□□定了一班小戏
这日厅上也挂了些寿幛寿联	□□□□也挂了些寿幛寿联
大家也送了些寿桃寿面	□□□□□□□□□□
席上摆着寿酒	□□□□□□
台上唱着寿戏	台上唱的是《八仙庆寿》
男客是士农工商俱有	来的官客□□□□□

---

① 《儿女英雄英雄传》第17、18回。
② 参见弥松颐校释齐鲁书社版《儿女英雄传》后记,第1070页。
③ 比初印本少的文字,以"□"号空出;不同的字句,以加点排出。

女眷是老少村俏纷来	女眷不少
有的献个寿意的	□□□□□□
有的道句寿词的	□□□□□□
无非拜寿贺寿	□□□□□
祝寿翁的百年长寿	□□□□□□□
把个邓九公乐的	把个邓九公乐的
张罗了这个又应酬那个	张罗了这个又应酬那个
（初印本）	（钞本）

就以"台上唱的是《八仙庆寿》"一句而论，初印本此处作"台上唱着寿戏"，似乎不存在直接的父子关系。但是，《八仙庆寿》这个剧目名不过是换了个地方，在今通行各本第四十回又出现。安公子改任山东学政后，去拜见乌明阿老师，师母却抱怨乌大人，这时只见他老师"皮着个脸儿向安公子说道：'我因为今年是你师母个正寿，所以又弄了俩人，台上个八仙庆寿的意思……'"同样是庆寿，不过钞本中为邓九公庆，初印本就为乌师母庆正寿了。此中的一脉相承关系，还不是昭然若揭吗？

马从善从友人处得到了53回钞本《儿女英雄传评话》，在交付聚珍堂之前，对原本作了适当的加工。这些加工，分以下四个方面：

（一）刊削。这是马从善老实承认的，"其余十三卷残缺零落，不能缀缉，且笔墨拿陋，疑为夫已氏所续，故竟从刊削。"除了马氏所认为的后面的情节粗陋不堪这个原因外，刊削的真正原因或许在于书坊主人对小说字数的限制。书坊刊书所为谋利，篇幅过长，字数太多，一则活字不够，一则乃无名之辈的作品，全本刊印，成本太高，聚珍堂决不愿冒这个险。因此，书坊可能对字数有严格限制，这也是可以理解的。

从第四十一回至第五十三回，共13回文字，马从善一概刊削以尽。这是马氏刊削工作的主要部分。我们已无从窥知这后13回的全貌。只能从小说中有伏必应的一些文字出发，大致推断一二：

（1）第十三回，安学海寻访十三妹之前，有"还要做一品夫人"字眼，推想这后十三回应该有安公子如何官至一品，何玉凤张金凤姊妹成诰命夫人的描写。

（2）第二十一回，安老爷对海马周三说过一段话，"看你众位身材凛凛，相貌堂堂，倘然日后遇着边疆有事，去一刀一枪，也好给父母博个封赠。"这似乎是后来边疆战乱，安龙媒将这些好汉收为部下，借以立下功勋的伏笔。所谓边疆者，设想为西北（若乌里雅苏台）或西南〈如贵州〉，绝非是山东。今本第四十回中，长姐儿在屋内闲望时，一个喜鹊落在房檐上，叫了三声，望东南飞去。山东正在京都东南，当是长姐去山东的预兆。推想文康原稿中，此处喜鹊不是往东南飞去，而是向西北飞（或西南飞）。

（3）从第二十三回起，长姐儿登场，关于长姐儿的文字也逐回增多，推想四番以后当有"长姐儿正传"，甚至可能暗示安公子会去西南平定苗族叛乱。

（4）我们未能见上的部分里，除了安公子活跃的英雄形象必然出现外，也应该有一些能人（如今本中赵飞腿，铁肩膀一类人物）、一些所谓军师（如今本中的顾肯堂、李素堂之流）来与安龙媒共建功业的。

其实马从善所刊削的正文还有第四十回后半回。今所见第四十回后半回，实际是原稿第三十九回后半部分。马从善在第三十九回增加了约1万字，遂成今天我们所见到的这种分回情形。对这半回文字不予明确交代，与下文所谓"移花接木"术一样，都是马从善有意为之，为的是避免后人觉察出原稿与马氏加工稿的具体联系。笔者甚至怀疑，钞本后13回的遗失，也是马从善的功劳，譬如说，他在以钞本为据完成加工后，就毁掉了后13回，这也是极可能发生的事。

上文提到钞本首回最后，较今印本多出39字。实际上这39字不能算作脱文，乃马从善有意刊削的。这一小段话的前半部分，"五十三回""一百零八个题目"，可证马序中所谓"书故五十三回"。但是，马从善所担心的是"吾了翁归结批语"。经过一番偷梁换柱，钞本中的吾了翁归结批语，摇身一变为初印本的原载序文（详见后述"移花接木"）。马从善不愿让人看出归结批语与原载序文的内在关联，所以不惜将这39字全部刊削以尽了。

小说史上的任何修订重订，总免不了对文字有所点窜。马从善也不例外。这种点窜，自然也包括删字减字。譬如，不少语句，马从善或许认为不够精炼，遂予以删减。前38回如：

"教安太爷留着转送人罢"（第二回）。转送人，拒绝的口气浓，意味着送与第三人（在安老爷、谈尔音之外的）。马氏删去"转"字。

"又安得有如许的耳聪明"（第二十六回）。文康以评书人口气对听众说话，故言"耳聪明"。马氏去掉"耳"，大直突，有不客气之嫌。

（二）补缀。这一点是马从善不太老实地承认的（详后"移花接木"）。东海吾了翁弁言有"原书半残阙失次"，"补缀成书"的说法。这篇弁言的真正作者，其实是马从善。弁言不过是马氏专为"疑为夫已氏所续"伪造的依据。

马氏补缀，主要是情节上的补缀。检以钞本第三十九回，就发现今本多出了许多情节（有，则√；无，则×）：

马氏所补情节	大约字数	钞本	初印本	齐鲁本页码
安老爷开讲侍坐章	4600	×	√	966
邓九公生传文	2000	×	√	960
安老爷释以德报德	800	×	√	943
叶通释八折	800	×	√	945
姨奶奶孩子	260	×	√	945
姨奶奶问候长姐	220	×	√	956
姨奶奶还礼	170	×	√	956

马从善斗胆补缀的真正原因，并不是他所说的"原稿半残阙失次"，而是一时技痒。初印本第三十九回有"这桩事不比听戏，可正弹在安老爷的痒痒筋儿上了。"若把"安老爷"三字改为"马从善"，正为马从善斗胆补缀之写照。检以初印本，第三十九回为43页，第四十回为79页，也就是说，第四十回相当于两回的规模。如前所述，钞本第三十九回相当于今本第三十九回和第四十回半回。马从善为了给他一时技痒所补缀出的情节腾地方，将原本第三十九回"赶"了半回文字到第四十回。马氏所补部分，并非情节发展的必然需要，完全是多出来的。如安老爷开讲侍坐章，叶通释八折，都与高头讲章有关，完全是一个多年老西宾声口[1]，这正与马从善自己承认的"余馆于先生家最久"相关合。当然，邓九公生传文，

---

[1] 参见弥松颐校释齐鲁书社版《儿女英雄传》后记，第1070页。

安老爷解释以德报德，或许还有填补漏洞的初衷。但安老爷开讲侍坐，叶通释八折，就完全是一个多年坐馆师爷在炫耀他的所谓学问。其实，安老爷所谓"三子之言毕，而夫子之心伤矣"，实有所本，《随园诗话》、《咫闻轩剩稿》均有涉及①，并非马从善所独创。马氏又杜撰出四位圣人后裔，与全书"以眼前粟布为文章"的风格不符；突然让叶通表现一番才能，真是给"燕北闲人找出许多累赘"来了，下文作者将做怎样文章来呼应杰出的叶通呢？难道后几番还有个"叶通正传"不成？

除了增补情节外，马从善还为全书设计了一个尾巴。文康原本乃53回，现在改在第四十回结束，那么，重新设计一个结尾就变得十分必要了。这就是今所见各本最后：

此书原为十三妹而作，到如今书中所叙，十三妹大仇已报，母亲去世，孤仃一人无处归着，幸遇邓、褚等位替安公子玉成其事，这就是本书初名《金玉缘》的本旨。后来安公子改为学政，陛辞后即行赴任，办了些疑难大案，政声载道，位极人臣，不能尽述。金玉姊妹各生一子，安老夫妻寿登期颐，子贵孙荣，至今书香不断。这也是安老爷一生正直所感。

但下面的部分，却真的是文康原作第五十三回的结尾：

这燕北闲人守着一盏孤灯，拈了一枝秃笔，不知为这部书出了几身臭汗，好不冤枉！列公，说书的话交代到这里，算通前澈后交代过了，做个收场，岂不妙哉！

这段话也被马从善提前至第四十回来。

此外，马从善还增补了序文、弁言。马从善序被认为可信度较高，从而回答了不少关于《儿女英雄传》研究的疑问，如"文康为勒保次孙"，"先生少袭家世余荫"，"书故五十三回"，等等。这一点当予以肯定。同时，马从善又炮制了所谓弁言，其初衷不过是坐实序言中"疑为夫已氏所续"的说法，遂使刊削有名。这篇弁言亦题"东海吾了翁"，把后来关于

---

① 据朱一玄《明清小说资料选编》引，齐鲁书社1989年版。第871页有平步青《霞外攟屑》卷9《小栖霞说稗》。

文康的研究导入一个误区，在此马从善要首当其咎。

（三）移花接木。马从善讳莫若深的是，他还对吾了翁归结批语改头换面，偷梁换柱，使之变为"观鉴我斋""原载序文"。我们出于如下理由，认为今所见之原载序文，就是钞本提及的吾了翁归结批语：

（1）"原载"二字，分明提醒我们，原来就有这篇序文，并非出于他人（包括马从善）的杜撰；

（2）历来学术界公认，这篇原载序文系作者伪托性质（注16），也即这篇序文可能出自文康手笔；

（3）原载序文的确具备归结性质。这只需看以下字眼就一目了然了。"近有燕北闲人所撰《正法眼藏五十三参》一书，厥旨颇不谬是，特惜语近齐东之野""其书以天道为纲，以人道为纪，以性情为宗旨，以儿女英雄为文章。其言天道也，不作元谈，其言人道也，不离庸行，其写英雄也，务摹英雄本色，其写儿女也，不及儿女之私。本性为情，援情入理，有时诙词谐趣，无非借褒弹为鉴影而指点迷津，有时名理清言，何异寓唱叹于铎声而商量正学。"谁说这些文字不带总结性呢？

（4）原载序文中，对《红楼梦》有"谈情"的形容，"世遂多信为谈情"，对《儿女英雄传》有"喷饭"的说法，"假名壶芦提禅语，以文其陋，予以为每况愈下，但供喷饭也"。小说第三十四回也说"世人略常而务怪，厌故而喜新，未免觉得与其看燕北闲人这腐烂喷饭的《儿女英雄传》小说，何如看曹雪芹那部香艳谈情的《红楼梦》！"当我们在小说中看到"曹雪芹作那部书，不知合假托的那贾府有甚的牢不可破的怨毒，所以才把他家不曾留得一个完人，道着一句好话"之类明显贬斥的文字，就不禁想到了原载序文中"《红楼梦》至今不得其人一批"的遗憾。这与我们熟知的《儿女英雄传》乃文康有意反拨《红楼梦》而作也相吻合。

（5）马从善为何要删去钞本缘起首回最后那39字？若是吾了翁归结批语即今所见之原载序文，答案就显而易见了。

综上所述，我们认为今所见之原载序文，即钞本首回提到的吾了翁归结批语。"原载序文"四字为马从善所加。"雍正逢摄提格上巳后十日"是否文康原题，已难详考。但归结批语原题为"东海吾了翁识"。马从善先是杜撰了一个观鉴我斋的弁言，然后将"观鉴我斋"与"东海吾了翁"倒了个，遂成为我们今天所见的这种情形：观鉴我斋的原载序文、东海吾了翁的弁言。

（四）每一次加工整理，都对原著有一定的篡改。马从善之整理《儿女英雄传》也不例外。许多语句、许多文字，都被马氏加以径改。这种文字改动，大多数情况下，不是越改越好，而是恰恰相反。如："金玉姊妹望着老爷应这句话"（第三十六回）。上文有舅太太转述了张太太要庆贺的想法，并追问"姑老爷说使得使不得罢"，接着应该说安老爷如何应答，故有"望着老爷应这句话"。马氏改为"庆贺罢"，与下句"长姐儿都不错耳轮儿的听老爷怎么个说法"也衔接不上。

尽管如此，马从善毕竟是整理了《儿女英雄传》并交付聚珍板印行。在马从善之前，《儿女英雄传》只能在亲友朋友间这个狭小圈子里以钞本流传；在马从善之后，《儿女英雄传》才走向了社会。《儿女英雄传》的印本时期，可以说是由马从善一手促成的，从而为将来的广为流传迈出了坚实的一大步。如果我们可以在《儿女英雄传》的接受史上树立几座丰碑的话，那么，第一座里程碑非马从善莫属。

……

（李亚平，男，汉族，博士。1993—1996年师从张菊玲师攻读硕士学位，硕士学位论文为《〈儿女英雄传〉版本定型过程考论》。论文原文为三部分：从五十三回之钞本到四十回之初印本；初印本及其复刻；由无评的初印本到有评的董恂评本。此处仅收录论文第一部分。现任职于解放军总政治部某部，大校军衔。）

太清词成因初探

茹绛丽

引 言

顾太清（1799—1877），满洲镶蓝旗人，姓西林觉罗氏，名春，字梅仙，号太清，晚号云槎外史，工诗词，有诗集《天游阁集》、词集《东海渔歌》传世，晚年又著《红楼梦影》二十四回，加之其为乾隆玄孙贝勒奕绘侧室的特殊身份，太清才名曾传颂一时，尤以太清词最为人称道："八旗论词，有'男中成容若，女中太清春'之语"①

太清词清隽自然，朴实言情，具真淳本色。清末四大词家之一的况周颐（夔笙）论及太清词时曾说："太清词得力于周清真，旁参白石之清隽，深稳沉著，不琢不率，极合倚声消息。求其诣此之由，大概明以后词未尝寓目，纯乎宋人法乳，故能不烦洗伐，绝无一毫纤艳，涉其笔端。"② 所以其极赞太清词"闺秀中不能有二"。③ 太清词在满族文学中占有重要的地位，也是中国古典词坛上继李清照、朱淑真后又一位杰出的女词人。

本文拟从以下五部分探究太清词成原因。

---

① 徐世昌：《晚晴簃诗汇》卷 188，闺秀。
② 西泠印社本《东海渔歌》序。
③ 西泠印社本《东海渔歌》卷 4 评注。

下 编

一、家学渊源

史载太清乃鄂尔泰曾孙女。鄂尔泰，字毅庵，西林觉罗氏，官至保和殿大学士，善指画，但鲜为人知。太清祖父鄂昌是鄂尔泰的侄子，为雍正举人，授主事，历官道员、布政使、四川巡抚。雍正十三年（1735）因枷毙罪人及受贿被逮捕，旋遇赦。累官至甘肃巡抚。乾隆二十年（1755）受胡中藻《坚磨生诗钞》案牵连逮捕入京；抄家又得所著《塞上吟》，内有怨妄语，逼令自杀，家产籍没，其后代成为罪人之裔，家道渐渐中落。至太清父亲鄂实峰时，仅以游幕为生，后来移家香山，娶香山富察氏女为妻。

17岁前的太清，一直居住在北京。从太清《天游阁集》中看，太清应有一兄一弟，一姊一妹。兄字少峰，或称仲兄，乙未有诗《中秋寄仲兄》，丙申又有《岁暮寄仲兄·用东坡〈和子由苦寒见寄〉韵》一诗，中有"旅食恐不周，多病凋丰颜。一月寄两书，一书五六篇。告我客中事，略有好因缘。县令与之游，我闻心欢喜。吾兄本书生，所余惟青毡"等语，似乎其兄是个儒生，做州县的幕宾。妹名霞仙，戊戌有《往香山访家霞仙妹》、《中秋后一日同云林、湘佩、家霞仙雨中游八宝山晚晴，湘佩先归，予同云林联辔送霞仙回香山》，庚子有《四月十四日同家少峰兄、霞仙妹携钊、初两儿游八宝山，以首夏犹清和为韵，成此五律》一题，以及颇多携诸女伴游宴之中，亦往往有霞仙在内，可知霞仙似乎亦家居香山。辛丑有题《楚江姊丈奕湘画墨牡丹图》诗，冒注："楚江为果毅亲王之后，袭奉恩镇国公，谥曰恪慎。"此为太清姊归处。弟名知微，辛丑有《三月光阴，五更风雨，多病怀人，殊觉无聊，恰值知微弟过访，细论篆法，可谓良有宜也》一诗，中有"幻园弟子真无愧"句，自注："知微篆法受之太素道人"。则可知其弟亦娴文艺，且与奕绘（太素道人）有传习之雅。

由此看来，太清生活在一个有很深的文化渊源，风雅之气浓郁的家庭之中，这自然给太清以很好的熏陶，为她以后的诗词创作奠定了良好的文学基础。可惜的是，关于太清十七岁前的经历，史料记载得很少，她的词集，诗集亦为入荣府之后所做。少女时的太清有无诗词之作，其作如何，不可得知，这实在是个遗憾。

二、夫妇唱和

太清词成的一个重要原因是太清奕绘夫妇的唱和。

奕绘（1799—1838），字子章，号太素，别号幻园、幻园居士、太素道人、妙莲居士、观古斋主人。出生在文化氛围浓重的王侯之家（曾祖父为乾隆皇帝，祖父永琪，父亲绵亿，都擅长文学与书画），加之名师教诲，自幼便博学多才，12岁就能作诗；稍长，精通中西之学，且深有造诣。太清与奕绘本有亲属关系，太清家道中落后，曾一度在荣府中指点陪伴奕绘的姊妹作文，26岁时嫁给奕绘为侧室。太清奕绘夫妇伉俪情深，喜好风雅，能诗词，擅书法，又精于金石书画的鉴赏，这些给其夫妇生活增加了丰富多彩的内容。他们诗词唱和，别号相配——"太清"配"太素"，就连词集名称也相对，《东海渔歌》对《南谷樵唱》。道光十年（1831），奕绘的正室妙华夫人去世以后，奕绘亦未再另娶。两人吟诗作画，并辔游山，携手出游，即景唱和；吟诗作画，听经访道，又度过了九年幸福生活，正所谓"九年占尽专房宠，四十文君傥白头"① 是也。

这种生活反映在太清词中，便是大量的夫妇吟咏唱和之作。在《东海渔歌》中，有《高山流水·次夫子清风阁落成韵》《沁园春·桃花园次夫子韵》《风入松·春灯次夫子韵（二首）》等。在《风入松·春灯次夫子韵》中："好景何如今夕，新诗载入芸编"，从中可见其当时愉悦的心情。在中国古典诗坛中，夫妇同时工诗善词，且都有一定造诣，这是绝无仅有的。

打开太清词作，可知其极喜出游。尤其太素在时，联骑出游几乎成为其夫妇生活的主要内容。白云观、天宁寺、潭柘寺、慈溪、万佛堂、黑龙潭、大觉寺、灵光寺、善果寺等，都留下了夫妇共游的足印，且成为太清诗词之作吟咏的主题之一。《浪淘沙》曾描绘了夫妇俩春游的情景，副题写道："春日同夫子游石堂，回经慈溪，见鸳鸯无数，马上成小令"：

---

① 冒鹤亭：《太清遗事诗》。

花木自成蹊，春与人宜。清流荇藻荡参差，小鸟避人栖不定，飞上杨枝。　归骑踏香泥，山影沉西，鸳鸯冲破碧烟飞，三十六双花样好，同浴清溪。

春光明媚时，词人与丈夫联骑游罢归来，仍不失雅兴，见到鸳鸯，联想自身，幸福之情溢于笔端。徐珂《清稗类钞》中说："太清尝与贝勒雪中并辔游西山，做内家装束，披红斗篷，于马上拨铁琵琶。手洁白如玉，见者咸谓为王嫱重生也。"从中可见其艳色娇姿，逸情风致。

太素以十金易得古玉笛一枝，且约同吟，先成《翠衣吟》一阙，太清乃作："听，黄鹤楼中三两声。仙人去，天地有余清！"

这"天地有余清"五字，真与"曲终人不见，江上数峰青"有异曲同工之妙。词作既无结构上的腾挪变化，又无语言上的深加锻炼，眼前所见，心中所思，直言以道，却如风行水上，自然成文，寥寥十六字，比太素那阙慢词，要出色许多。难怪雪林女士评曰："以少少许胜人多多许"。

另有《鹧鸪天·冬夜听夫子论道，不觉漏三商矣，盆中残梅香发，有悟赋此》，可知共同的旨趣给夫妇生活增添了新的内容，使得在较长时期内，词人能在一个愉悦的心境、环境下进行创作，日常的吟唱切磋自然大大地提高了词人的创作水平，激发了词人自觉创作意识，她的创作激情在夫妇共享的艺术天地中得到了健康成长的机会。

但是，处于末代王朝后期的满洲贵族，已不能再过不食人间烟火的超尘出世的生活了。身为天潢贵胄的奕绘夫妇，也已注意到了最高统治阶段内部的种种痼疾。他们把眼光从日常的吟咏酬唱移到一些严峻的社会现象上来。尤其奕绘，博才多学，满怀抱负，但壮志难酬，因而悼古伤今的历史使命感和责任感油然而生。奕绘的忧患意识和关注现实思想，对于太清的人生观、生活观以及词风都有很大的影响，以"听梨园太监陈进朝弹琴"为题，奕绘与太清都各作一词。奕绘为《江神子》、太清为《烛影摇红》：

江神子·听□□梨园太监陈进朝弹琴

三朝阿监一张琴。觅知音，少知音。牢记乾隆、嘉庆受恩深。一曲汉宫秋月晓，颜色惨，泪涔涔。　老奴空抱爱君心。借长吟，献规箴，弹

《鹿鸣》、《鱼丽》戒荒淫。玉轸金徽无用处，歌羽调，散烦襟。

烛影摇红·听梨园太监陈进朝弹琴

雪意沉沉，北风冷触庭前竹。白头阿监抱琴来，未语眉先蹙。弹遍瑶池旧曲，韵冷冷，水流云瀑。人间天上，四十年来，伤心惨目。　　尚记当初，梨园无数名花簇。笙歌缥缈碧云间，享尽神仙福。太息而今老仆，受君恩、沾些微禄。不堪回首，暮景萧条，穷途歌哭。

在词中，奕绘对于道光朝的指责很直露、深刻。他一方面明写"牢记乾隆嘉庆受恩深"而不提道光；另一方面又指斥道光的"荒淫"，不理国政，感叹陈进朝"借长吟，献规箴"只是"空抱爱君心"。相比而言，太清的词则较含蓄，但词人"太息而今老仆，受君恩，沾些微禄"，已是"不堪回首"了。全词笔调深沉，对老太监的不幸遭遇抱以无限同情——"暮景萧条，穷途歌哭"，使人如听金徽羽调，有无限苍凉之思。

"太清春生嘉道间，其经眼盛衰已如此。盖自宣宗嗣祚……内忧外患，纷起迭乘，宫府萧然，迥非承平之旧矣。"① 可见，当时国势日蹙。而丈夫英年早逝（奕绘40岁死，死前已赋闲在家），对她无异是一个巨大的打击，使她从向日尊荣娇纵的贵妇生活之外约略领会到别一种人生，有机缘比较真切地窥得生活的阴暗面，感逝伤己——"死生转觉人情切，进退须防道路差"；"过眼韶华成逝水，惊心人事等浮沤"；"半生尝尽苦辛酸"（《定风波·恶梦》）……苏轼说过："大凡为文当使气象峥嵘，五色绚烂，渐老渐熟，乃造平淡。"绚烂之极归于平淡。对于太清来说，生活如此，词风亦如此。在经历了众多的人生磨砺后，太清的词趋于沉郁。试看下词：

踏莎行·老境

老境蹉跎，寄情缃素。闲身伴作书丛蠹。年来多病故人疏，生涯赖有山中兔。　　梦去慵寻，曲城自顾。唾壶击缺愁难赋。敢将沦谪怨灵修，虚名早被文章误。

---

① 郭则沄：《知寒轩谈荟》甲集卷3。

抑郁嗟叹，感伤今昔，不能不沉痛，不能不感慨，充分体现了其词"深稳沉著，不琢不率"的特点。

三、闺阁文友

太清词成的原因还与清代兴起的群体型的"闺秀"韵事有关。

中国是礼仪之邦，自古以来，"士有百行，女唯四德"。女子更以"内言不出"为戒，以"不以才炫"自律，结果造成中国古代文学史上杰出的女性寥若晨星。王鹏运在《小檀栾室汇刻百家闺秀词序》中回顾过妇女词的历史说："词始于晚唐，盛于两宋，起初多托之闺襜儿女之辞，以写其郁结绸缪之意。诚以女子善怀，其缠绵悱恻，如不胜情之致，于感人为易入。然夷考其时，《花间》所载，乃绝无闺彦词。即两宋妇人佳作，李清照，朱淑真哀然成集外，余亦皆断香零粉，篇幅畸零。"这其中的原因，幼遐认为是："生长闺闱，内言不出，无登临游观唱酬啸咏之乐，以发抒其才藻。故所作无多，其传亦不能远，更无人焉为辑而录之。亦如春花时鸟，暂娱观听已耳，不重可惜乎？"从封建社会中妇女处境地位等方面着眼，这分析是正确的。"内言不出"是戒规，无登临之乐是人身被羁缚，才情遭压抑，而更无人去辑录。相比而言，清代妇女大胜于前。前人著作中通常称为"闺秀"的女性作家，到清代其数量之浩瀚，名家之众多，真正是盛况空前，史所未有。当社会逐渐由封闭走向开放时，有范围的"登临游观唱酬啸咏"活动，在清代"闺秀"这个阶层开始增多。尤其一些官宦贵族妇女，无衣食之忧，劳碌之苦，共同的兴趣和爱好使她们不断结伴出游，宴夜赠答，吟咏唱和，久而久之便成为一个小型文学团体。太清的周围，也有这样的文学团体。

在太清词中，除了记载太清夫妇酬唱及郊外游春外，亦提到了不少志趣相同的朋友。其中多为杭人，如阮许云姜，许石珊枝，孙许云林，武沈湘佩……而考恽珠《国朝闺秀正始集》诸人大都有小传作品。她们平素游宴酬唱，吟诗作画，过着闲散适意的生活。太清的诗词之作，便有不少篇幅记录了与这些朋友们交往的生活。

西子妆·三月十三日邀佘季瑛、吴孟芬、钱伯芳、陈素安诸姊妹小集红雨轩看海棠，用吴梦窗韵

风信几番，半春过了。绛雪吹成香雾。待看草色入帘青，敞疏窗小轩花坞，东风慢舞，更吩咐留春且住，愿年年到花开时候，良朋如许。休轻误，有限韶华，不许匆匆去，蓬门花径为君开。隔春阴，海棠盈树，拈题索句，莫辜负阳春同赋，最关心、万点禁风著雨。

太清诗词题目有一大特点，那就是喜用长句来命题。尤其太清诗集《天游阁集》，更是以日记体的形式为题。细细看来，有时几乎天天有咏作，与朋友们的游宴赠答，亦往往可从题中看出时间，出游伙伴及地点。这便给我们研究太清生平及创作以很重要的参考资料，而了解一个词人的生活经历，对探讨其作品风格的形成是至为重要的。《西子妆》不仅体现了这一特点，而且是太清与其闺阁文友生活的一个典型反映。

词作开篇便点出了时令：季节变换，已是春天了。万物复苏，东风拂面，空气中散发着春天所特有的香气，绿绿的小草也爬满帘栊周围，红雨轩中的海棠竞相怒放。这样的美好时光，当然不能轻易误过，邀约诸姊妹来家中（红雨轩）看海棠，"拈题索句"，结社作诗，实在是词人心中所向往的乐事。所以，词人在极度兴奋的心情下暗许心愿：愿年年到花开时候，良朋如许。词作平淡自然，不事雕琢，于娓娓细语中见其深情。

太清是个极重友情的人。她认为"知己谈心，人生乐事"（《天游阁集》卷四）。所以，与朋友们的每次出游及宴访赠答，她都有记录；同时，她也希望朋友们"莫辜负阳春同赋"的机会，尽兴开怀，畅所欲言。

另外，词人诗作中亦多次提到"社中诸友"，且有不少原注为"社课"的作品，如诗有《秋柳》《寻辽后梳妆楼故址》《忆西湖早梅》《红叶》《水床》《暖炕》《女游仙》等，词亦有《高山流水·听琴》《凄凉犯·咏残荷用姜白石韵》《鹊桥仙·牵牛》《塞上秋·雁来红》等。"社课"乃诗社结集时命题所作，其大多为咏物。由此，我们可确证，当时在太清周围确实存在着一个小的文学团体，至于其社名，则有待进一步考证。

综观清代妇女词领域，我们不难发现其词人群体的地域及家属特征。姊妹、妯娌、姑嫂、婆媳以及母女构成一个个小型群体，夫妇酬唱及"一门联吟"成为佳话，在清代普遍存在于南北。《红楼梦》中写大观园女子

联吟结社的场面，以及曹雪芹注意反映"闺阁中历历有人"的创作意图，便与当时的这种文学风尚有密切关系。（参看周汝昌《曹雪芹小传》第135—136页）即以太清来讲，她不仅工诗词，她的妹妹霞仙亦能诗，常于她笔墨同游伙伴中出现。另外，在《天游阁集》中，曾有《暮春闲吟得四句，值秀塘媳、叔文以文两女姑嫂学诗，倩予代写遂成此律》诗。可见，就连自己的家庭也颇不落寞，好风雅之气很浓。

这样的家庭氛围和闺阁往来，不仅大大丰富了词人的生活：不断的出游，使词人眼界大开，从而拓宽了词作内容，使作品注入了新鲜的内容；而闺中唱和，则使词人得到相互切磋和指正，大大提高和丰富了词人的创作。对于词人声名的传播，同样有着巨大影响。孟森先生在《心史丛刊·丁香花》中说："太清词翰遍传诸公间，集中投赠题咏如潘芝轩尚书，阮芸台相国，皆有斯文声气之雅，其余宗室王公，如定郡王之流，恒有篇什相投。"文中又说："太清名盛当时，文士多有得一赠答为幸者。"而《天游阁集》庚子诗有一题亦说："钱塘陈叟字云伯，以仙人自居，著有《碧城仙馆诗抄》，中多绮语，更有碧城女弟子十余人代为吹嘘。去秋曾托云林以莲花笺一卷，墨二锭见赠……"云林、云姜为德清许周生之女，与太清极密。云姜为阮芸台相国之子妇，其表姊汪允庄，为陈云伯子妇，注有《自然好学斋诗钞》中言："太清曾托许云林索题〈听雪小像〉，效花蕊宫词体，题八绝句报之"。可见太清的闺中文字之契，确实亦传播了其词名。

奕绘死后，太清失去依宠之人，受到家庭摈斥，带着两儿两女移居西城养马营。环境日恶之时，她的文友们给了她不少帮助，使她嫠居不忘咏吟，在精神上得到极大满足。可惜的是，几位挚友，如云姜、珊枝、纫兰都先后举家离京，她们之间的友谊只能靠鸿雁来传递。于是在太清的词作中，赠别怀念友人便成为一个主题。词作触目感怀，涉笔成思，缕缕关怀，丝丝情意，动辄可感。我们看她一首《江城梅花引·雨中接云姜信》：

故人千里寄书来，快些开，慢些开，不知书中安否费疑猜。别后炎凉时序改，江南北，动离愁，自徘徊。　　徘徊、徘徊，渺予怀。天一涯，水一涯。梦也梦也，梦不见，当日裙钗。谁念碧云，疑伫费肠回。明岁君归重见我，应不是，别离时，旧形骸。

读完这首词，感到一股深挚怀友之情扑面而来。俞陛云《诗境浅说》云："凡咏寄书者，多本于性情。"太清词正是直抒性情，捕捉了接信瞬间那种特定环境中欢欣与忧虑交织的心态。一"快"一"慢"，极为贴切地表现出深藏于心中的矛盾情怀，那种深切关怀友人命运的情感跳荡跃然纸上。"别后炎凉"，意关两端，既点出时序的更替自夏入秋，又寓意世事的变化莫测。在一般的情况下，接友人的来信，总是令人欣慰的，只有关系友人命运的事，才会出现"费疑猜"那种复杂矛盾的心情。这种对人的特定环境中典型感情的开掘是很真实，很深刻的。

　　过片处连叠"徘徊"，既与上片结句"自徘徊"连环回叠，又巧妙地紧连着"渺予怀"三字。其中暗用苏轼《前赤壁赋》中"渺渺兮予怀，望美人兮一方"句意，寄托着对千里以外友人的无限相思盼望之苦。然而，"天各一方"，连梦也不来一个。思之至切，有时会长久伫立碧空下发呆。一个"凝"字，不仅写出了伫立之长久，而且词人凝神远思的神态也可触可感。可谓"词中有我"。上片说"不知书中安否费疑猜"，这里又说"谁念碧云，疑伫费肠回"。一个是接信瞬间忧喜交加的矛盾心情；一个是日思夜梦不得想见的苦痛怀思。两种感情，两样笔触——前者白描，直抒胸臆；后者具象，寓情于景。最后寄以期望，而进一步以"不是旧形骸"来强调词人念友的相思之苦。

　　《江城梅花引》用《江城子》和《梅花引》复合而成，自二字、三字一顿，至四、五、七、九言，句式参差变化，错落相间，加上响亮的韵脚，因而极具节奏感。这同作者关切友人安否，心中猜疑激荡的感情十分谐和。从这种节奏中，可以感受到作者那种荡漾于心中的怀友之情的韵律化流动，而这种情绪之流又是通过明白晓畅的语言载体自肺腑中汩汩流出，没有一点生硬晦涩的痕迹，因而显得"情文相生，自然合拍"（况周颐）。

　　词史中，似这般怀友之作并不罕见，但占有如此之多篇幅来表达深挚念友之情的，却不多有。作为一个女词人，能像男作者那样拥有诸多文友，经常赠答酬谢，吟咏唱和，这亦是太清词的一大特征，前代李清照虽才华过人，但较之这一点，定会自愧弗如。也缘由此，太清词作更散发出一道耀眼的异彩来。

四、风雅生活

琴棋书画，向来被文人当作陶冶性情的高雅生活方式。清代后期，满汉文化经过国朝初期的激烈碰撞后，已以一种较为固定的模式存在下来。"国家恩养八旗，至优至渥"，在民族优越感驱使下，他们的"国语骑射"日益荒疏，而汉文化中的吟诗作画却成为贵族们日常生活中的雅事。尤其乾隆以后，满族在书画、鉴赏、藏书等方面均有很高造诣。清前期的几位皇帝均雅好书画，在他们的奖掖提倡下，王公贵族子弟也多游艺于笔墨，昭梿曾感慨地说："余素不善书，人争嗤之，深以为耻。"这说明能书擅画在满族贵族中已蔚然成风。

太清亦善绘画，尤善花卉，其诗词集中题自画的诗词便有牡丹、海棠、秋菊、水仙、折枝蜡梅等数十幅。如道光丁酉八月追忆南山野渡杏花而画杏花一桢，其自题《燕归梁》一阕云：

得意东风快马蹄。细草沙堤。几枝丰艳照清溪。垂杨外，小桥西。
写来还恐神难似，肥和瘦，要相宜。碧纱窗下倩君题。聊记取，旧游时。

另外，在其加上诗词之作中有大量题画诗，其中所题有山水、人物、花卉、树木，贴切传神，具意生动，彰显出太清深厚的艺术底蕴。据说，太清书法秀丽超逸，与其词，画并称三绝。可惜，其手迹殊不多见，成为今人的一大遗憾。

太清夫妇亦精于鉴赏，收藏古书画甚多。她家的名画有：唐寅《麻姑图》、《忆江南水村》、倪云林的《清閟阁图》、王翚《赤壁之游》、钱元昌《升恒图》、王叔明《听松图》、恽南田画册等。

《醉翁操·题云林〈湖月沁琴图〉》是一首题画之作，所题乃云林所绘的《湖月沁琴图》：

悠然，长天。澄渊，渺湖烟。无边，清辉灿灿兮婵娟。有美人兮飞仙。悄无言，攘袖促鸣弦。照垂杨素蟾影偏。　　美君志在、流水高山。问君此际，心共山闲水闲？云自行而天宽，月自明而露溥，新声和且圆。轻微徐徐弹。发曲散人间。月明风静秋夜寒。

　　词人一落笔便将读者引入一个清静出尘的环境之中：悠然长天，无边月色；湖烟渺茫，朦胧波影——天地间无半点纤尘的高逸境界。紧着词人忽做异想，她从清辉灿灿的婵娟月，联想到嫦娥飞下湖边，对月弹琴。天上广寒，湖中婵月，岸边琴女又构成一幅朦胧的写意画，而这一切都"沁"在澄澄的湖水和茫茫的烟雾之中……词人把全身心都沉浸在"湖月沁琴"这缥渺混茫的意境之中了。词的下片进一层阐释画情画意，将烟水迷离，寂静出尘的背景，画中人无言攘袖，慢促鸣弦的神韵，赋予志在高山，志在流水的感情升华，词中有景，有人，有情，有意，唤起读者无限悠然遐思。"问君"二句，由月下抚琴和俞伯牙，钟子期故事而发问，然而琴女并未作答，唯有天宽云行，明月露清，只有道观所奏之曲散落人间。此时，秋月溶溶，秋夜静静，秋寒微微……

　　题画诗，最重要的便是须"诗中有画"，这首题画诗显然不经意便做到了这一点。难得的是女词人并非纯客观地叙述画面，词人以原画为本，注重刻画意境，借以感情阐发，使画境、乐境、词境，同画家、琴女、词人的心境谐一融合，有动有静，有声有色，有景有情，既隽永灵妙，"极合宋人消息"，又"饶有烟水迷离之致"（况周颐语）。她的题自画诗《海棠扇答云姜》云："疏点愁飞雨，丰技欲化烟。"正是词人题画词艺术风格的写照。

　　太清夫妇亦知晓音律，冒广生《天游阁集》附评曾提到她同丈夫"并马游西山，马上弹铁琵琶，手白如玉，琵琶黑如墨，见者谓是一幅〈王嫱出塞图〉。"有一回，奕绘重金购得古玉笛一枝，夫妻共同吹奏，一起填词。可见西林太清夫妇确是一对"知音"，《爱月夜眠迟·本意》中有"众丝再鼓，谱入瑶琴"句，刻画了一个对月抚琴的贵妇形象，似乎正是词人自身的写照。

　　太清夫妇，尤其奕绘，本就是功名淡薄之人，舒适恬淡的生活使他们追求精神享受的最高境界，这自然而然地会选择一种与世无争的风雅生活，达到独善其身的目的。尤其满族原是一个尚武的民族，骁勇善战，驰骋疆场。入主中原后，满汉两种文化发生强烈撞击，从而使民族自身的生活方式、思想意识和民族素质发生明显的变化。从贵族中产生的满族文人，逐渐崇尚汉族传统文化，追求一种闲适恬淡，宁静飘逸的人生，佛道两种思想互为补充地渗入满族作家作品中，这在作为宗室文人的奕绘夫妇身上，亦有体现，他们为自己起号为太清、太素，与僧道尼等方外之人交游互访，游历观览古寺院，在晨钟暮鼓的环境中体悟人生，向往适意。《鹧鸪天·冬夜听夫子论道，不觉漏三商矣，盆中残梅香发，有悟赋此》中表达了"世人莫恋花香好，花到香浓是谢时"的人生体验，《冉冉云·雨中张坤鹤过访》更总结出"唯有真知最高尚"的人生真谛。难怪其在《静坐偶成》中感慨道："一番磨炼一重关，悟到无生心自闲。探得真源何所论，繁枝乱叶尽须删。"

这种优游的生活，高雅的情趣，使得太清在诗词创作上不断追求真善美的最高艺术境界，于浓浓的书卷气中，表现出典雅，深沉的风度，从而形成其词作独具内在美的风格。

五、率真气质

身为旗籍女子，太清有着自己独特的个性，她能骑马，和丈夫出游时，总是并辔垂鞭，"放怀同策马，悦耳杂鸣禽"①，饱览湖光山色；她能饮酒，朋友招饮时，直到"夜已中矣"，还"未得尽欢"……在太清的身上，表现出一种豪迈，率真的气质。《喝火令》充分显示出太清这种独特的个性来。

己玄惊蛰后，一日中雪中访云林。归途雪已深矣，遂拈小词书于灯下

别后情尤热，交深语更繁，故人留我饮芳樽。已到鸦栖时候，窗影渐黄昏。　拂面东风冷，漫天春雪翻，醉归不怕闭城门。一路琼瑶，一路没车痕。远山近树，装点玉乾坤。

---

① 《天游阁集》卷3《二十日游戒台晚宿南谷》。

词人无丝毫矫揉造作，信笔挥毫，表现出萧然林下的大家风范：冒雪访友，开怀畅饮，交友如此深厚，已非汉族女子常有的情趣和个性；而踏雪返家，"醉归不怕闭城门"的兴致，则更是满族女子独具的风韵。加上"一路琼瑶，一路没车痕。远山近树，装点玉乾坤"的银装素裹，使读者强烈地感受到天地间银装素裹的壮美及满溢胸襟的豪迈洒脱之气。无怪沈善宝《名媛诗话》中说："太清才气横溢，援笔立成。待人诚信，无矫矜习气，倡和皆即席挥毫，不待铜钵声终，俱已脱稿。〈天游阁集〉中诸作，全以神行，绝不拘拘绳墨"。这率真的天性，加上执着的情怀，便形成太清词"为人间留取真面目"的独特风格。

金缕曲·自题听雪小照

兀对残灯读，听窗前、萧萧一片，寒声敲竹。坐到夜深风更紧，壁暗灯花如菽。觉翠袖衣单生粟，自起钩帘看夜色，压梅稍，万点临流玉，飞霰急，响高屋。　　乱云堆絮空谷。人苍茫、冰花冷蕊，不分林麓。多少诗情频到耳，花气熏人芬馥。特写入生绡横幅。岂为平生偏爱雪，为人间、留取真眉目。阑干曲，立幽独。

冬夜挑灯夜读之时，窗外传来萧萧风声，顿觉衣衾生寒。掀帘一看，近处窗前的梅梢上已挂满了雪花，极目远望，大地一片苍茫，远处的空谷，林麓早已分不清楚。在万籁俱静的冬夜，女词人独立窗前，看看漫天飞舞的雪花，听着飞霰撞击屋顶的声响，嗅着蜡梅独放的幽香，不禁心旷神怡，诗兴大发，挥毫泼墨，把眼前所见，心中所感，绘成画卷……女词人平生爱雪，洁白无瑕，晶莹剔透，颇似词人自己，于是她抒写了自己的内心世界：为人间，留取真眉目。

打开太清词，我们可看到，无论是情深意切的夫妻情，朴实真挚的朋友情，平易深沉的慈母情，笃挚深厚的主仆情，以及嫠居的抑郁酸辛，无一不是太清饱含深情的心曲吐露。

作为一个"真"人，一个不容忽视的方面，就是她对孩子们的深沉之爱。《天游阁集》中有《三月二十四日送钊儿往完县勘地亩以此示之》一诗，把"儿行千里母担忧"的心境，用白描的手法表达得淋漓尽致；又有《初九日清风阁望钊儿》："老眼凭高看不清，忽闻林际马嘶声。今朝驰马登山者，十七年前此日生！"抓住了一瞬间心情的体现，表达了做母亲的最切的盼望和最大的骄傲。下面我们来看一首词：

迎春乐·乙未新正四月，看钊儿等采茵陈

东风近日来多少？早又见蜂儿了。纸鸢几朵浮天杪，点染出晴如扫。暖处有星星细草，看群儿缘阶寻绕，采采茵陈荃苣，提个篮儿小。

东风乍起，群蜂绕眼，纸鸢浮空，群儿采药。文章一开头就给人以春日融融的感觉，春光明媚下，年轻的母亲带着孩子们走出户外，在蓝天白云下，安详地看着孩子们奔来跑去地采药。太清用亲切爱抚的笔触，白描传神的手法，将一幅生气盎然的暮春景色和平易深沉的母爱，用图画的形式向我们展现开来，使人感到一种恬静淡然之美充斥画中。情之使然，于自然淳朴之中见真情，正是太清词的特点之一。

满族是一个从白山黑水中走出来的游牧民族。入之中原后，其崇尚自然的民族特性给清初词坛吹来了一股清新自然的气息，"纳兰容若以自然之眼观物，以自然之舌言情"[1]，其原因便是"初入中原，未染汉人习气"[2]其后的岳端、文昭、铁保等，以粗犷直拙、豪放质朴的笔法，表达了他们追求真实自然，浑朴冲淡的艺术情趣。传承至太清时，其率真的天性，执着的情怀，加之过人的才华，深厚的文学功底，更使作品显出真率自然，朴实言情的独特风格来。

试看下面一首《风光好春日》：

好时光，恁天长，正月游蜂出蜜房，为人忙。　　探春最是沿河好，烟丝袅。谁把柔丝染嫩黄，大文章。

此词以常语造新意，开篇立意，歌颂了大好春光，抓住春日天长、蜂忙、柔丝嫩黄及人们踏春的足迹等典型特征，用轻盈活泼的语言，展现了一幅生机勃勃、万物复苏的春光图，自然爽捷而情趣盎然。

词至清代，已用其实在的、充分发达的抒情功能，表征着这一文体早

---

[1][2]　王国维：《人间词话》。

就不再是"倚声"小道,不只是浅斟低唱,雕红刻翠徒供清娱的"艳科"了。表现在创作手法上,那就是词人常用白描的手法来表现深刻的思想感情。太清词中,已尽剔脂、粉、金、翠等词,以浅俗之言,发清新之意,语言似拙实工,以俗生雅。试看:

春将至,晴天气,消闲坐看儿童戏。(《惜分钗·咏空冲》)

昨日送春归了,枝上残江渐少。帘外绿阴多,满地落花谁扫?休扫!一任东风吹老。(《如梦令·送春》)

鲜荠登盘乍吐花,嫩苗争长傲春奢,已知草色迎年绿,略有新黄发柳芽。山之蹲,水之涯,风丝日影暖香加。岁朝图上应添写,小白微青最可夸。(《鹧鸪天·元日咏荠菜用去年韵》)

这些语言看似说话,表面看来平淡无奇,可是内蕴极其深厚,犹如醇酒,越品越觉有味。白描手法的运用,则更是自纳兰容若起满人创作手法的传承。所以,太清词极自然,极真率,字句上不刻意雕琢,而风韵自成,天机活泼,笔墨流畅,处处表现出她落落大方的态度来,实非一般的矫揉造作所能望其项背。李白诗有"清水出芙蓉,天然去雕饰",恰可用来形容太清词。

然而,再读太清词,我们可发现,这率真自然,却决非率尔染翰,不修毛疵。词人以其女性特有的敏锐和含蓄,加之深厚的艺术功底,常把一幅幅玲珑幽雅的画卷展现在读者的眼前,从而显出太清词意境幽远的特点来。

在中国古代诗文理论中,意境是指作者的主观情意与客观物境相互交融而形成的艺术境界。词人论词则更以为意境为准。王国维说:"词以境界为最上。有境界则自成高格,自有名句。"太清词多为赏花游景,描写闺情,涉及世事的内容又很少,然其能直逼"国初第一词人"纳兰容若,其魅力亦在于此。无怪乎况蕙风说:"妍秀韶令,自是容若擅长;若以格调论,似乎容若不逮太清。太清词,其佳处在气格,不在字句,当以全体大段求之,不能以一、二阕为论定,一声一字为工拙。"太清词,精工巧丽,备极才情,结构手法多种多样,一切都似浑然天成。其词境既迥别于宏博浑灏的刚美之象,也不同于密丽绮妍的柔美之作,而颇以幽独沉郁取胜。我们试举《早春怨·春夜》一词来看其中特色：

> 杨柳风斜，黄昏人静，睡稳栖鸦。短烛烧残，长更坐尽，小篆添些。江楼不闭窗纱，被一缕春痕暗遮。淡淡轻烟，溶溶院落，月在梨花。

这首词最大的特点就在于词人以优美的抒情笔调刻画了春宵的美景，建构出一个美妙动人的意境，而又从字里行间传达出一种淡淡的愁思，一份难以名状的分离痛苦。词人在春光明媚之际，偏偏摄取了春夜的镜头，着力描写黄昏、栖鸦、残烛、轻烟、幽独的院落和惨淡的梨花，色彩黯晦，情调凄婉。词人春夜怀人的抑郁心情通过一组夜景表现得淋漓尽致。全词像一座玲珑的象牙宝塔，层层精致，艺术造诣极高。严迪昌在论及此词时说："顾春词造诣之高，体现在烹词炼句自然精工，无着意刻画痕迹，又善构意境。如《早春怨·春夜》轻勾淡画，把春夜温馨骀荡的气息抉发以出，令人可从中呼吸感知到。"这段文字分析得颇为精到，亦印证了况周颐对其"直窥北宋堂奥"的赞誉。

由于太清善构意境，常常在景物的刻画中融入词人自己影像，达到情景交融，情韵俱到，典雅高致的艺术境界，所以她的词作常显出气格颇高的特点来。加之婉约清丽，淡雅怡人的笔触，其词作更加沁人心脾，耐人寻味。

太清以其典雅，深沉的气质，灵敏活泼的心灵和豪放率真的才情形成了其词作卓然独步的艺术风格：笔端豪迈，一洗铅华；造境幽远，而不失之晦涩；用词明白浑朴，但不落俗滑，故每于自然清隽之中含深稳沉着之致，显出很高的气格来。可以说，满人的倚声史，自纳兰容若起，在太清手中画出了一个圆满的句号。

（茹绛丽，女，满族。1993—1996年间，师从张菊玲先生攻读硕士学位，本文系硕士学位论文。现任职广东深圳延康科技有限公司。）

论太清词的艺术美

吴 敏

有清一代，词，这一中国古典文学独特的文体，呈现出最后的辉煌。200多年间，虽词人辈出，女词人却是凤毛麟角，唯有特别杰出的成绩才偶然被记录下来，不计其数的妇女被禁锢在深闺里，无人知晓。与太清同时代的女词人吴藻，曾名动大江南北。而太清词，极富个性，笔端舒展豪迈，以气格致胜，一时间亦名噪京师，与吴藻齐名并驾。

自然美与个性美的和谐统一

太清学词之初，多读古人旧作，以得其气味。她广泛涉猎两宋词，曾选宋词三卷，并先后集词选中七言句，得绝句73首。开始，先和宋人词多首，其中有黄山谷、姜白石、周紫芝、柳永、张孝祥、张元幹、周邦彦、吴梦窗、蔡伸、李清照。以后，有一、二效唐人体、效刘克庄体；较多则是用前人韵，有周邦彦、姜白石、吴梦窗、柳永、张玉田、苏轼、秦少游等，尤喜柳永、周邦彦、姜白石、吴梦窗。

太清在道光十五年乙未（1835），开始大量倚声填词，明显地展现出她在这方面独特的才华。天资聪敏用力复劬，又得奕绘相互帮助，于是太清词清丽脱俗成绩斐然。

也是自这一年起，太清结识了一批随夫来京师的江南才女，使她的生活圈子得以扩展，而她们之间的诗词酬唱，更使得太清词添加光彩，措辞清新秀丽，表达了女友间深挚情谊。

如太清自四月在法源寺看海棠时初识许云姜后，两人即频繁赠答，云姜送太清一团扇，太清填词作答，乃成《暗香·谢云江妹画梅团扇，次姜白石韵》：

风枝霁色，胜临流万点，吹开羌笛。日暮何人，翠袖凌霜一枝摘。写出疏香冷韵，谁得似、琅嬛仙笔。感昨日、团扇题诗，寄我伴吟席。南国，夜月寂。记庾岭五湖，千树堆积。昔游最忆，卅载相思梦魂隔。爱此冰纨小影，竹叶撼、一窗晴碧。剩点检红箫谱，旧词证得。

云姜扇面画的是梅花，人又从杭州来，加之姜白石原词的境界，恰称其情；太清选取此调，按律谐声，自能声情吻合。上片称赞云姜所绘梅花，感谢馈赠。下片由梅花与画梅主人来自西子湖畔，引起自己对美丽南国的无限思念。"记庾岭五湖，千树堆积。昔游最忆，卅载相思梦魂隔……"把自己当年游江南时所见到的庾岭五湖、千树梅花盛开时的景色，与对女友真挚的情谊，一并融入词情画意之中。太清的灵心善感，创造出一种物我相通相应的特殊艺术氛围。与姜白石原有的词境、词意相比，太清自有独特个性，这也正是她敢于知难而上的创作风格。

依谱填词的创作，太清能够做到这种程度，充分表明她极力想在这受多重约束的小小艺术空间里创造出一个独立的宇宙，既不同于无数在词坛早已做出辉煌成绩的前贤，也不同于同时代名噪士林的其他女词人。她的词亲和自然，融自然美于个性美之中。如《江城子·记梦》堪称太清词的代表作：

烟笼寒水月笼沙，泛灵槎，访仙家，一路清溪，双桨破烟划。才过小桥风景变，明月下，见梅花。　　梅花万树影交加，山之涯，水之涯，影塔湖天，韶秀总堪夸。我欲游遍香雪海，惊梦醒，怨啼鸦。

这是一首描绘梦境的词，词一开始就对梦里美好的江南景色进行了大笔渲染："烟笼寒水月笼沙，泛灵槎，访仙家，一路清溪，双桨破烟划。"先化用一首人们熟知的唐诗名句为开头，在朦胧的月光下，一叶轻舟在烟水迷离之间划水而过，驶过流淌着涓涓清水的小溪，又驶过水乡中的小桥，令人销魂。笔锋突然一转，描绘出了一个如梦幻的仙境。在一轮明月照射下，一片梅花林斑斑离离与之交相叠印。正是："梅花万树影交加，山之涯，水之涯，影塔湖天，韶秀总堪夸。"思之极，情之深。也许少年时代的太清游览江南是留给她的印象太深刻了。多少年来，她一直魂牵梦萦江南秀丽的景色，在她的诗词作品中，曾多次对江南景色进行描绘追忆。故此，在这首词中，太清把山水相连，月色朦胧，万点梅花，和谐美妙的自然景色一气呵成。最后喊出一句发自肺腑的心声："我欲游遍香雪海，惊梦醒，怨啼鸦。"惆怅寓意深长。全词动中有静、静中有声，情景交融，给人以美的享受。同时也记叙了太清对江南美景的情思，但这种思念与愿望在现实生活中又不能实现，只好将它寄托在梦中虚幻的境界中，在这美妙的意境中去重游故地，来书写她心中真挚深刻的江南情怀。一阕《江城子·记梦》实在是一幅美妙的画梦图。如选取了朦胧素淡的水墨，作为这幅画梦图的基本色调。先以唐诗名句固定了全词所写梦境的时间与地点，一下子就引入人们稔知的意境。紧紧抓住江南月夜朦胧的自然美景，舒展作者在词意创作上的个性美，是两者达到完善的结合。写景而使情在景中，其能摇荡心魄者，即景亦情。

强调大自然的审美价值，大自然是人类的审美对象，是人类美感的对应物，是人类审美意识的触媒。太清一些记叙生活小景的词，也清新自然，明白如画，表现大自然中生命的觉醒与跳动。如《迎春乐·乙未新正四月，看钊儿等采苤苢》：

东风近日来多少？早又见蜂儿了。纸鸢几朵浮天杪，点染出晴如扫。暖处有星星细草。看群儿、缘阶寻绕。采采茵陈苤苢，提个篮儿小。

太清用细腻的文笔勾画出一幅东风乍起，草木萌生，群蜂翩翩飞舞、纸鸢在空中飘飞，晴空万里之下，万物随春季共同萌发的美好图画。"暖处有星星细草。看群儿、缘阶寻绕。采采茵陈苤苢，提个篮儿小。"寥寥数语，展现在眼前的是这样一幅景象，春色融融的大自然里，一群天真活泼的儿童，手提篮儿，在星星点点的绿草间采苤苢。让人有一种"气之动物，物之感人，故摇荡性情"的感觉。

太清词的自然美与个性美还体现在咏物,如《江城子·落花》以花喻人,不落纤艳与媚俗。

花开花落一年中,惜残红,怨东风。恼煞纷纷,如雪扑帘栊。坐对飞花花事了,春又去,太匆匆。　惜花有恨与谁同,晓妆慵,忒愁侬。燕子来时,红雨画楼东。尽有春愁衔不去,无端底,是游蜂。

咏物词不脱不粘,因落花而想到游蜂,中有情思,联想也极为巧妙。况周颐在《东海渔歌》注中对此曾评曰:"一片空灵,天仙化人之笔。"以花喻人,这也是太清用词的妙处之一。"花开花落一年中,惜残红,怨东风。"道出了太清对人生岁月来去匆匆的无奈惆怅心情。再添上"燕子来时,红雨画楼东。尽有春愁衔不去,无端底,是游蜂。"加倍渲染出自春至秋,花落纷飞,愁思深广,衔不去理还乱的心绪。她的咏物词不仅表现在以花喻人之处,还能以少少许胜人多多许。太清词的个性美就在于,她就是她自己。

"佳处在气格,不在字句,当以全体大段求之,不能一二阙论定,一声一字为工拙。"(况周颐评)所谓气格,大体上指的是作家在全篇作品中流荡的气势与格调,太清词达到了自然美与个性美的和谐统一。如《喝火令·己亥惊蛰后一日,雪中访云林,归途雪已深矣,遂拈小词,书于灯下》:

别久情尤热,交深语更繁,故人留我饮芳樽。已到鸦栖时候,窗影渐黄昏。　拂面东风冷,漫天春雪翻。醉归不怕闭城门。一路琼瑶,一路没车痕。远山近树,妆点玉乾坤。

这首词,充分表达了太清与云林间质朴的情感。"别久情尤热,交深语更繁。"在孤独丧夫又遭家难的艰难岁月中,女友间深厚的友谊是太清最大的慰藉。道光十九年乙亥,惊蛰后一日,太清冒雪访云林,百感横生,淋漓感慨,以"人、繁"两字道出了两人间的真挚感情,在此情此景的氛围中,两人开怀畅饮,不知不觉"已到鸦栖时候,窗影渐黄昏。"是情有余味无尽的感觉。寡居后,太清内心虽充满了伤痛,但当她迎着刺骨的寒风、漫天飞舞的大雪"醉归不怕闭城门。"时,全词却不见一个愁字,只用一个醉字来表达她的心境,足见太清的艺术匠心。"一路琼瑶,一路没车痕。远山近树,妆点玉乾坤。"一气呵成,不矫揉造作,以豪逸之笔,绘出了一片银白世界,北国风光千里雪飘的气势。情景交融,令人读后流连忘返,显示出大自然与人世间的和谐美,呈现出怡悦视听的艺术魅力,同时也显示了太清词所具备的独特神韵。

旋律美与意境美的有机结合

词,是最富于音乐性的文学表现形式。词,不称作而称填,产生之初,必依乐家制成的曲调,让句度长短,字音轻重,一一与乐家的抑扬高下谐和适应,才能付之管弦,为歌者所唱,故填词称倚声,每一曲调各有不同的情感,倚声填词为悲为喜,为哀为乐,必与乐声相应,声与音谐,方为合格。词乐消亡之后,所有以前人形式填词者,只能就其文字细加揣摩,先注意其音节态度,某调宜写某种感情;再就句读之长短,字音之轻重以及谐韵疏密变化,求得一曲调所宜表现的情绪。太清一生涉猎极广,对于词浓厚的音乐旋律极为关注,虽不能如柳永、周邦彦、姜白石等人精于音律、创制新调,但她有知音听琴的艺术修养。在贝勒府典雅的生活环境中,"僚属阿禅泰、鄂克陀、尼玛兰皆侍从谈经论文,鼓琴赋诗。"因此,太清通过词的用句变调,处理节奏,使她的词读时朗朗上口,明快流动。如《醉翁操·题云林湖月沁琴图小照》:

悠然,长天。澄渊,渺湖烟。无边,清辉灿灿兮婵娟,有美人兮飞仙。悄无言,攘袖促鸣弦。照垂杨,素蟾影偏。 羡君志在,流水高山。问君此际,心共山闲水闲?云自行而天宽,月自明而露溥。新声和且圆。轻徽徐徐弹。法曲散人间。月明风静秋夜寒。

与太清交往的众多女友中,善于鼓琴者不少,其中云林就弹得一手好琴,曾自绘《湖月沁琴图小照》,太清为之作这首题画诗。深厚的音乐修养使太清词,用韵得当。词一开篇便以自然流畅的旋律,使画中云林弹琴的情景跃然而出，闲淡清幽，音繁节促，在涓涓的流水之中一位婀娜多姿的丽人"攘袖促鸣弦"，仿佛能听到了鸣泄玉的琴声。对此，太清发自心底地赞叹道："羡君志在，流水高山。……新声和且圆。轻徽徐徐弹。"从而表达了对高山流水知音的追求及盛赞之情。让人们在"云自行而天宽，月自明而露溥"的画面里和着美妙的琴声，在"月明风静秋夜寒"的优美意境中回味无穷。

丰富的音乐修养及造诣，加之她善于汲取前代词家如柳永、周邦彦、吴文英、姜白石等重音律的长处，虽然生活在词曲早已消亡的晚清，太清却能用心选调用词，将就句调的参差，音律的节奏，语调的轻重缓急，叶韵的疏密清浊，使太清词的声调之美，化为音乐的旋律美，随文字流出，铿锵和谐，抑扬顿挫。如前所述的《江城子·记梦》，在句法上张弛得当，用韵甚密，层层深入，灵动突变，用峰回路转、烟水朦胧的美景，传达一种跌宕起伏、迷离恍惚的心境，以流畅欢快的旋律，使文字更多柔韧，更多灵活，声色俱备，视觉与听觉交互为用，更加增添太清词的艺术感染力。

艺术之道本于天籁，在音律失传之后，善填词的作家只要用心表现自己的音节，就能创作成功，词是最便于表现人的内心情调的。太清在这方面亦称得上大家。她曾填过一阕充满激情、极富音乐美的《江城梅花引·雨中接云姜信》：

故人千里寄书来，快些开，慢些开，不知书中安否费疑猜。别后炎凉时序改，江南北，动离愁，自徘徊。　徘徊、徘徊，渺予怀。天一涯，水一涯。梦也梦也，梦不见，当日裙钗。谁念碧云，凝伫费肠回？明岁君归重见我，应不似，别离时，旧形骸。

这首词以朴实、真切的语言，表达出太清与密友离别后的焦虑、期盼的心境。"故人千里寄书来，快些开，慢些开，不知书中，安否费疑猜。"形象生动地刻画出太清接到云姜书信时，激动不已，欢欣与思念交织在一起的心情。同时也表现出太清与人交往率真、热情的人生态度。全词急中有缓，张弛并宜，以自然清灵之笔把拆信前的急切心情和对友人的离别愁绪，一下子全部倾泻于笔端。"梦也，梦也，梦不见，当日裙钗。谁念碧云,凝伫费肠回?明岁君归重见我,应不似,别离时,旧形骸。"语言舒展流畅,一任情感直泄,滔滔奔流不停。太清词表达的真情之流,不仅是将有意义的字合成一首诗,她还像音乐家一样,让声响随文字流出,以声传神,这一气呵成的韵律,激发起人们的共鸣共感。将音乐的旋律美与意境美有机地结合在一起,太清词的艺术魅力在此。

画面美与词情美的巧妙搭配

太清不仅工诗善词,而且在绘画艺术方面也有很深的造诣,太清夫妇收藏有大量名人书画,常在鉴赏之后附以题画之作。道光十四年甲午(1834)八九月间,太清自己开始提笔作画,最初一幅,画的是冬花小幅,并有题画词,赠予已出嫁的二女孟文。奕绘随即写了两首《题太清画绝句》,表示对太清绘画艺术的赞赏:"卿宜为画我为诗"。正因这对绘画艺术的喜爱,致使画家太清所填的词,也就做到了词中有画,画中有声,构成了太清词的又一明显艺术特色。如《忆江南·题唐伯虎画江南水村五首》(此处选其四):

江南好,春草满芳洲。山上孤亭才落日,门前高柳系归舟,童子曳双牛。

江南好,云影接山光。负米人行莎草径,论文客坐读书堂,晚饭菜根香。

江南好,桑柘一村村。万点鸭儿浮远岸,几家稚子候柴门,风雨近黄昏。

江南好,如练暮江清。绕屋蒹葭秋露白,对门丘壑晚山明,闲话豆花棚。

唐伯虎的画是一首无声的诗,太清的词是一幅有声的景。太清以洗练的语言,把一幅五彩斑斓的江南景色,有层次、有色彩的跃然纸上,落日前,高柳系归舟,童子曳双牛;山光云影,人行草径,客坐读书堂,晚饭菜根香;水乡处处种桑柘,黄昏时,成群鸭儿浮远岸,各家小孩在门前等候大人们回家；秋江暮如练，蒹葭秋露白，劳作了一天的人们在豆棚下闲话家常；一轮明月照耀下的杨柳树梢，折射出迷人的光芒，哗哗的流水声从屋旁的小桥下传来，茅屋里，一盏油灯下是纺织的农家妇女，放眼望去，远处是如星的渔火。多么迷人的江南渔村景色。读太清这五首小词，唐伯虎的原画仿佛就在眼前，画面美与词境美交融生辉。

太清在绘画、品画时，总是恰到好处地将自己对人生的思考倾注于诗词当中，她的词不仅体现出词人极富魅力的一生，而且也透出老庄、道家关于人生、自然和艺术哲学思想对太清的影响。如《长相思·为陈素安姊画红梅小幅》：

深胭脂，浅胭脂。细蕊繁英压满枝，清香入梦迟。　　乍开时，欲谢时。铁干铮铮瘦影欹，东风著意吹。

太清一生极爱梅花，在众多咏梅词中或比附清品，或寄托幽思，倾诉了对梅花的爱慕之情。这首题画的小令，从梅花的颜色"深胭脂，浅胭脂"，到梅花的形态"细蕊繁英压满枝"，再至梅花的品味，"清香入梦迟"，描绘出一幅清香高洁、沁人心脾的繁荣景象。笔锋突转，"乍开时，欲谢时"，说明梅花的寿命很短；但它却"铁干铮铮"，咏梅的情调起了变化，几笔就将梅花高雅清洁、不畏严寒的品格，淋漓尽致地表达出来。太清笔画中的梅花美，词情也寓意深长，容人事于风景之中，跌宕多姿，揭示出词人在作画题词时对人生、自然及艺术真谛的理解，收到了很好的艺术效果。

太清词的画面美还在于她注意色彩的搭配：以无言的色彩，唤起人们审美联想，是画家太清独具的慧眼。仅以一首小词《风光好·春日》为例：

好时光，渐天长。正月游蜂出蜜房，为人忙。　　探春最是沿河好，烟丝袅。谁把柔条染嫩黄，大文章。

太清这首词，以轻松明快的笔调，点化出一派初春的景象。上半阕用词精炼、雅致俏丽。简单明快地把春天有声有色地描绘出来。接着，太清又绘出一幅沿河两岸，雾雨蒙蒙，似袅袅轻烟，嫩黄色的杨柳在春风中飘舞的景色。这可以称得上是描绘北京春景最典型的画面，只有太清的大手笔，才能如此敏锐、如此准确地抓住早春的嫩黄色泽，做出这般高格调的文章。

诗、词与画相结合，是中国画的传统艺术，自宋代以来就流行"诗是无形画，画是有形诗"之说，历代也曾有不少著名的诗画俱佳的人物，留下了许多诗画交融的艺术精品。尤以明、清两代的文人画为甚，几乎全部都有诗词离踞画上。被誉为诗、书、画三绝的扬州画家郑燮，享誉一时，他的诗画风格独特，对宗室画风有过影响。而至太清笔下，由于她在绘画、诗词上的特殊造诣，不但经常为画题诗，更多是为画倚声填词，她的作品，词中有画，画中有声，交相叠印，给中国传统题画诗词史上增添了新的篇章。

"写就新图颜色嫩，书成小令墨痕香"。画面美与词情美构成了太清词独有的艺术魅力。

语言美与境界美的匠心协调

以朴实的辞藻，表达意义深远的词情，以精炼直白的语言，直述人生真谛。太清在填词用句时，多用白描，淡笔勾勒，明净自然。她的词所撷取的喻象多系身边日常所见之物，但往往产生神奇的艺术效果，这是她的独到之处。

如前所举《江城梅花引·雨中接云姜信》，就以明白流畅、而又含义深厚的语言，十分准确、生动地表达了人们接到盼望已久的书信时，瞬间涌起的欢欣与思念交织的激动心情。她以清灵之笔，朴实言情，用朗朗上口的语言，一任感情直泻千里，使人读之真挚感人。后来，因长时间没有收到云姜来信，太清填写了一阕《浪淘沙慢·久不接云姜信，用柳耆卿韵》，表达她深切的思友心情：

又盼到、冬深不见，故人消息。况当雪后，几枝寒梅，绿萼如滴。对暗香疏影思佳客。细思量、两地相思，怕梦里、行踪无准，各自都成悲戚。　　无极。九回柔肠，十分幽怨，几度写付宫阙。鸿雁空延伫，虽暂成小别，也劳心力。回首当初，在众香国里花同惜。　　恁无端，寒来暑往，天天使人疏隔。知何时、共剪西窗烛，万千言与语，叨叨向说。却还愁，说不尽、从前相忆。

如诉家常话，以平淡的言语遥寄对远方好友的思念之情。"又盼到冬深，不见故人消息……细思量两地相思，怕梦里行踪无准，各自都成悲戚。"在当时，由于女子的社交范围极为狭窄，太清尤为珍惜与女友们相聚的日子。"知何时共剪西窗烛，万千言与语，叨叨相说。却还愁，说不尽从前相忆。"感情的流露极为真挚自然，纯以白描见长。况周颐评这首词说："朴实言情，宋人法乳，非纤绝之笔，藻缋之工，所能梦见。"可见太清填词的功力。

太清词言语美的另一重要特色，还在于其明白说话，既像口语又像词，善于用平常、朴素而又富于表现力的语言，表达出深刻而真挚的思想感情，创造出一个和谐完善的艺术整体——无技巧的艺术境界。如《惜分钗看童子抖空冲》：

春将至，晴天气。消闲坐看儿童戏。偕天风，鼓其中，结彩为绳，截竹为筒。空空。　　人间事，观愚智。大都制器存深意。理无穷，事无终，实则能鸣，虚则能容。冲冲。

以平铺直叙的语言为首，"春将至，晴天气。消闲坐看儿童戏。"从人们日常的游戏中去感悟人生的真谛："人间事，观愚智。大都制器存深意。理无穷，事无终，实则能鸣，虚则能容。"太清不假雕饰，纯用白描，洗尽铅华，摆脱了尘俗的浓妆艳抹。她的这首词，让人们在愚智、穷终、实虚中去体会人生，同上阕观儿童嬉戏的气氛一起，归结成对人生的感叹。最后，以"冲冲"为结。无论结构、布局、遣词、造句等方面，作者都经过了严密的构思和细致的安排，读者在读词时，仿佛感觉作者只是在自然流露。女词人能于朴实无华之中体现匠心，是真正的白描高手。

太清所做的闺怨词、咏物咏花词、也不落旧臼，语言清新自然，明白如画。如《早春怨·春夜》：

杨柳风斜，黄昏人静，睡稳栖鸦。短烛烧残，长更坐尽，小篆添些。红楼不闭窗纱，被一缕春痕暗遮。淡淡轻烟，溶溶院落，月在梨花。

词的起首，以"杨柳风斜，黄昏人静，睡稳栖鸦"，描绘出一幅春夜静谧温馨的图画；继而，又以"短烛烧残，长更坐尽，小篆添些"，来表达词人春夜独步怀人的幽静境界。从她化用的晏殊诗，可以悟出——晏殊《寓意》诗，后四句是"几日寂寥伤酒后，一番萧瑟禁烟中。鱼书欲寄何由达？水远山长处处同。"晏殊诗明白表达，太清词则含而不露。头两句，看似写景，实际上把词人主观感情灌注于自然景物之中。使情景交融，物我一体。通过对"红楼不闭窗纱，被一缕春痕暗遮。淡淡轻烟，溶溶院落，月在梨花"的描写，把听觉与视觉相互结合，勾画出一幅春睡迟起的画面。这便是太清词在遣词、造句方面所体现出的匠心。

况周颐曾评说太清词不浅露，"深稳沉着"。这是太清词用语功力的卓著之处。词句浅显，不等于内蕴的浅显，太清词的妙处，就在于"寄深于浅"，遣字造语多以浅近语汇为之，有时不妨掺入适应的白话。在当时，这是书面语发展的趋势，同时，也反映了太清驾驭语言的能力。

在我国古代词坛上，继李清照、朱淑真之后，西林太清是又一位杰出的女词人，她笔端豪迈而无妇女纤艳之习，艺术造诣极高。近年有研究者夏纬明称："清代词学昌盛，名家辈出，女词人之中，当推顾太清为首。""为人间留取真眉目，不仅是太清人格的真实体现，也是太清词在艺术上所具有的独特美。"

（吴敏，女，满族。1995—1998年，师从张菊玲教授攻读硕士学位，本文系硕士学位论文。现为中国人寿保险股份有限公司高级管理干部。）

论清代宗室诗人永忠的生平与创作

吴雪梅

永忠，是我国清代乾隆时期的宗室文人，也是满族作家群中重要的一员。他的文学创作以诗歌为主，所作大量诗篇，反映了这位宗室异人真实的思想情绪和生活状态，同时也折射出一批满族文人的处世心态和精神风貌。本文从永忠身世、交游、佛道思想和诗歌创作四个方面，对他的生平和创作进行探讨。

身世殊不幸

永忠，字良辅，号渠仙、臞仙、栟榈道人、延芬居士等。生于雍正十三年（1735）六月，卒于乾隆五十八年（1793）五月。著有《延芬室集》。

永忠是康熙帝曾孙，其祖父允禵，是康熙第十四子，与雍正帝为同胞兄弟。永忠虽出身近支宗室，却生来不幸。他的祖父允禵因精明矫健、战功累累，深受康熙帝赏识，是康熙朝皇储的有力竞争者之一。然而，这位叱咤风云、踌躇满志的将军，在储君之争中失利，雍正初年被革去爵位兵权，囚禁达13年之久，到乾隆即位才获释，精神上受到难以平复的打击和折磨，也由此改变了自身和子孙的命运。

允禵被释后，珍惜自己的虎口余生，皈依佛门，不问政事，只对皇上感恩颂德。雍正十三年十一月，乾隆帝封允禵次子弘明为多罗贝勒，是时正是弘明长子永忠出生6个月，允禵为表示对新皇的忠诚，为爱孙命名曰

"忠",这种刻意的表白,无非是为了换得晚年的安宁。允禵不仅自己皈依佛门,也教导子孙参禅悟道、学诗习画,以远避名利纷争。他珍爱永忠聪慧绝伦,特让方外好友剩山和尚、雪亭上人,为其童年师保。在《延芬室集》丙申《粹如纯禅师语录序》中,永忠回忆道:"余自童时,即承先王祖训诲,以佛法不可思议,留心梵典,向上提撕,故于佛理,人之最深。……水边林下,时遇高人,茶话之余,必伸参请。"深解皇室斗争之残酷的允禵,引导永忠习佛道,即在向最高统治者表明自己及家族与世无争的态度,以保证家族的平安。

乾隆二十一年二月初一,永忠封授辅国将军。在这一年的诗稿扉页上,永忠写了一首无题诗:

过去事已过去了,未来何必预商量。只今只说只今话,一枕黄粱午梦长。

所言"过去事已过去了",则正说明永忠没有忘记过去家族遭遇的不幸,在乾隆高压统治下,他只能消解愁怨,苟安现状,吃斋念佛,说一些颂扬圣恩,鼓吹休明的话。

永忠之父弘明,也热衷于佛道。乾隆三十三年他去世之前,将手制道人所用之棕衣帽和拂尘,送给诸子。永忠非常珍惜父亲所赠的笠拂,遂自号"栟榈道人",并向永㥣等宗兄征诗纪之。永㥣作诗《栟榈道人歌》,记述此事:"癯仙先人余叔行,高怀雅量久望洋。寅恭夙夜匪一日,谦谦令德卑弥光。付君以意不以物,愿以筌蹄视笠拂。笠遮俗眼拂却尘,融融心地长生春……"永㥣道出了弘明赠永忠笠拂的真意,即希望永忠通过事佛,排除功名利禄的干扰,保持纯洁本性;同时,也向世人表示自己不过问政治的出世意向。永㥣的哥哥永恩,也作诗赞扬弘明见识远大,教子有方:"世人徒知富贵名,富贵不淫乐贫穷,吾叔不学肉食踪,挥麈谈道道德成。癯仙风度更冰清,孝思未忘罔极情。"[1] 永忠一直不忘乃祖乃父的教导,把精力才华大半贯注于禅道两途,"在家来学忘家禅"[2],参禅味道,是永忠生来就被安排的命运。

---

[1] 永恩:《栟榈道人歌和嵩山弟韵》。
[2] 永忠:《延芬室集》。

永忠虽贵为天潢一派，且又才华出众，但乾隆帝绝不会重用父皇政敌的后代。"有心投弱笔，无路请长缨"，永忠的出身，注定了其一生贵而不显。他在政治上断无机会建功立业，只封了一个辅国将军的空头衔以及右翼宗学总管、第四族教长之类的闲官，始终游离于权势之外。

此外，永忠自身的家庭生活也很不幸。乾隆十五年，16岁的永忠，奉旨娶辽东上元县知县卞兆清之女为妻。然而，夫妇仅生活了6年，卞氏就于乾隆二十一年病逝了。永忠与卞氏情深意笃，发妻韶华早逝，生死阻隔，令人伤痛，使他深感命运之无情。乾隆二十五年，永忠26岁时长子绵庚夭折，这对他是又一沉重打击。永忠30岁时，继妻舒穆禄氏卒；32岁时次子卒；33岁时父弘明去世；38岁时四子死，母亲病逝；40时，三娶妻那拉氏卒，三子绵周夭折；次年妾赵氏死。永忠正值壮年，而家庭屡遭不幸，他悲叹道："半载间妻亡、子故、妾殁，茕茕老鳏，亦可怜人也。幸早闻大道，空色双即，随分度日，游戏人间耳。"① 佛道信仰虽然给永忠以安慰，但是身世及家事的诸多不幸，也使永忠的人生观转向悲观消极。乾隆五十年，永忠患病，作临终诗，并示族人：

早知幻泡了闲情，一枕游仙梦未成。自不谨身因有疾，何曾住念入无生。一般红杏梢头月，仿佛青松楼上笙。才鬼灵神都掉脱，虚空原不着诗名。(《六月初四日力疾作》)

可见永忠风烛残年时悲观消极的心态。永忠只有五子绵算，活到65岁，按例袭封奉国将军，无子，过继堂兄绵默之子奕年为嗣。永忠没有嫡系的后代，这不能不说是永忠家族的悲剧。

交游无显宦

乾隆年间，宗室文坛出现了恒仁、弘晓、弘旿、永忠、永恚、书诚、敦敏、敦诚等众多诗人，并与他们周围的曹雪芹、和邦额、明义等八旗名

---

① 永忠：《延芬室集》。

士共同组成的一个满族作家群。这批文人的出现，与皇室内部的政治斗争密切相关。他们多因父祖在皇室斗争中失利，受到牵连，而被排斥于官场之外，一生郁郁不得志。由于他们遭际大致相同，思想感情与艺术追求相通，所以经常在一起诗酒唱和。永忠，是这个群体中一个典型代表。永忠一生结交的朋友多是宗室文人，如觉罗成桂、永恚、书诚、墨香、敦敏、敦诚、永璥、弘旿等，他们在政治上颇不得意，而艺术上却又都各有奇才，永忠的思想和文学创作均受到他们的影响。

觉罗成桂，字雪田，是永忠少年时即相知的挚友。他才华横溢，为乾隆丙子年进士，但却一生清贫，"晚年贫病甚，仰生活于癯仙将军"①。永忠有一首《招雪田饮地藏精舍》，对雪田的遭际寄予同情："薄酒难成醉，思交佳客欢。献酬参老衲，局束笑儒冠。霜菊香何晚，寥天风正寒。怜君不得意，数问聿斯观。""聿斯"乃唐经名，永忠与成桂同是壮志难酬，只有寄情于佛道，在经书教义中寻找寄托，追求闲适脱俗的生活。成桂"粗头乱服，具有逸趣"②，永忠亦"不衫不履，散步于街衢"③，这都是他们追慕魏晋文人风度的体现。

永忠20多岁时，始与永恚、书诚两位同宗兄弟相识，很快便过从甚密。永恚字嵩山，礼烈亲王代善五世孙，康修亲王崇安之子。其侄昭梿追忆，"叔父耽嗜吟咏，生平以书卷友朋为性命，每当匡坐啸歌左右。图史手一编，不少释暇，则偕同人荣骑郊原，选胜探幽，竟日忘倦，与癯仙、樗仙、敬亭诸宗人尤称莫逆。"④永恚性格豪爽耿直，他在诗中借典抨击皇室内部的争权斗争以及带给后代的苦痛："呜呼大地为高邱，蚁穴纷纷争王侯。侧身欲上九嶷顶，问天何事独留万古愁。"⑤永恚才识出众，抱负不凡，他想有所作为，但"四十仍无斗大州"⑥，只封了徒有虚名的镇国将军，永忠曾作《过嵩山见神清室壁悬长剑戏作》：

笑君长铗光陆离，日饮亡何空尔为？怀铅提椠老蠹鱼，行年四十犹守雌。我少学剑壮无用，英雄气短风月辞。不如乞我换美酒，醉歌《金缕》

---

① ② 杨钟羲：《雪桥诗话》卷7。
③ 昭梿：《啸亭杂录》卷2。
④ 昭梿：《神清室诗集跋》。
⑤ ⑥ 永恚：《神清室诗集》。

搏纤儿。

永蕙亦作诗答：

壁上宝剑蛟龙子，拔渊真有风雨起。嵩山留此亦何愚，四十无用心不死。男儿当作万夫豪，学书学剑真徒劳。拍浮自足了一生，剑换美酒书换螯。(《重为长剑篇戏示瘫仙兼以自嘲》)

这两首赠答，表现了两个人胸怀抱负同有壮志难酬的感受，"多少壮怀同落拓，明时甘共老耕桑"①。现实没有给他们施展才干的机会，他们只有"深羡达人陶居士"②，在游山玩水、诗酒雅集的生活中，求得适意。

书诚，字季云，号樗仙，郑献亲王济尔哈朗六世孙，袭封奉国将军。书诚"性慷慨，不欲婴世俗情"③。乾隆三十年，书诚36岁，即托疾辞爵，隐居灌读草堂，汲井种菜。永忠作诗相赠，赞扬书诚摆脱名利羁绊，返还自然的高洁品格：

早辞禄林隐林泉，不为轻身伴地仙。抱瓮灌读斜阳下，研朱读易晚凉天。伊周事业存千古，蛮触功名信偶然。祖德家风期不坠，一径好与嗣君传。(《赠樗仙宗兄》)

书诚辞爵归隐，不是为了成仙得道，而是不愿参与当前争权夺利的斗争。永忠称赞他虽怀使政治休明之志，却能安于守拙的美德。

书诚、永蕙、永忠三人成为情投意合的挚友，对友情的歌咏是他们诗的主题之一，如书诚《醉歌行谢嵩山招饮兼呈瘫仙》："吾兄淡泊含天真，谓我孤僻能绝尘。更有瘫仙最潇洒，峨冠鼎峙惟三人。如对鲁连与太白，虽不入用实超轶。清言默会怡远神，意旨稍卑便显责……"永忠也写诗："嵩山外璞内含真，樗仙孤介不受尘，余也肩随二公后，有如东坡月下对影成三人。"④ 歌颂三人同声相和的友谊。

---

①② 永蕙：《神清室诗集》。
③ 昭梿：《啸亭杂录》卷2。
④ 永忠：《延芬室集》。

乾隆三十一年起，永忠与敦敏、敦诚兄弟及其叔父墨香，开始往来甚密。敦敏、敦诚是曹雪芹的挚友，宗室文坛上重要的诗人。他们也因祖辈在皇室斗争中失败而受到牵累，始终处于被排斥的地位。虽曾一度在外任职，但多数时间在北京闲居，居常以和朋友作诗、饮酒、游山玩水自娱。敦诚更以"闲慵子"自况，并建宜闲馆作为招朋呼友、诗酒雅集之地。敦诚喜作水游，永忠有诗纪之：

何必曲舡长相浮，清狂学得晋风流。东华识我初谈艺，右阙逢君亦订游。下笔诗成珠脱手，放歌声壮海吞喉。愿期破浪乘风去，杯水坳堂小芥舟。（《敬亭喜作水游每晤必订泛舟》）

诗中借水游一题，抒发了他们渴望干一番事业却无用武之地的慨叹。

永忠、永𤧚、书诫、敦敏、敦诚等境遇相似的宗室子弟，他们不为世俗名利所拘束，追求闲适自然、超逸旷达的生活，形成一种脱俗高雅的文化生活风尚。他们皆嗜酒，且喜自酿美酒，书诫自制竹叶酒名"颐志春"，永𤧚以菊叶制酒名"彭泽春"，他们时常聚酒豪饮，诗歌答和，借以抒发怀抱。"日对梅花衔酒卮，醉中聊以全真我。"[1] 诗酒雅集是这群文人主要的生活内容，这种生活情景，既是他们愤世嫉俗的曲折表现，也是与世无争、消极避祸的方式。

永忠和他周围的宗室文人，都是才华横溢的人物，政治上却极不得意，他们经历或目睹了宦海风波，荣衰沉浮，体会到荣华富贵一朝灰飞烟灭的失落。人情冷暖、世态炎凉，往往使他们因深惧权贵之风险，而转向逃避现实。他们无力改变现状，也不想再介入纷争，便在诗酒中寻求寄托，在禅道中寻求庇护，以退隐超脱为高，以洁身自好为尚。傲世鄙俗、追求闲适自得的生活，是他们较普遍的心态和生活状态。侯堮在《永忠年谱叙言》中概括永忠："以诗酒书画为玩世之资，以蒲团养生为性命之髓。本其风度以与宗人及满汉学者相标榜，至蔚成社会侧面之一部分重要的波澜，如曹霑、敦诚、书诫、永𤧚等，皆披靡于此种风气之下。"永忠和这批满族文人基于共同的思想情绪而结成的文化圈，相互间诗词唱和，情投

---

[1] 永𤧚：《神清室诗集》。

潜心研佛道

访僧问道、游寺入观,是永忠、敦诚等这批宗室文人生活的主要内容。他们皆为自己取有佛道意味的雅号,如永瑆号"素菊道人"、弘旿号"瑶华道人"、允禧号"紫琼崖道人"等,最为典型的是永忠。永忠弱冠之年,即以剩山、雪亭上人为童年师保,"平生与僧客羽流俱"[①],他为自己取的雅号就有渠仙、臞禅、且憨、九华道人、香园、觉尘、玉海生、栟榈道人、琨林子、如幻居士、喜花禅客等,充满佛道气息。他的《延芬室集》中,仅仅记述游寺及与佛道交往的诗近达300首之多,占诗歌总数的五分之一,充分反映了他从事参禅悟道活动及对佛道的认识和态度。

永忠自幼即在祖父教诲下拜剩山和尚、雪亭上人为师,参读佛经,习诗学画。永忠一生遍游京郊名寺古刹,他交游的僧人,在《延芬室集》里留有记载的有剩山、豁然、二憨、奕文、雪亭、介庵、永觉、在衡、秀岩、永闻、墨禅、莲筏、量周、达天、颜诚、如初等。这些僧人多能诗文琴画,永忠时常与他们诗歌答和、谈禅论道。

永忠的启蒙老师剩山和尚,对他影响很大。剩山,名明贤,字无方,江西人,后移隐于西山弥勒寺。剩山遁迹孤山,行踪不定,永忠16岁时与之初会,后时时书信往来。17岁时,见剩山有枚闲章,上刻"卖呆",亦仿刻一枚,上书"买呆",并作《买呆记》:"……呆可卖乎,曰不可,既不可卖而欲卖之,是真呆矣,买呆亦由是也。由此论之,呆幻巧幻,卖呆亦幻,焉往而非幻乎。若顶门具眼者,自当异于是。要之,幻之中作话计者,莫妙于呆!故余不嫌钝置,而亦自镌于石曰:'买呆',并欲买剩公之呆云。"

剩山也作跋曰:"余故蓄呆,走遍诸方,求下顾而售之者,竟无有,今忽遇人尽脱去,自今以后,当作伶俐僧,岂不大快平生乎?"

这两段话看来颇似《红楼梦》中僧人道士的话,永忠和剩山都是痴呆

---

① 永惪:《神清室诗集》。

之人，不苟合于世。这个"呆"和宝玉的"痴"一样，就是任性自由，不受世俗污染的脾性。"卖呆"天下无二人，"买呆"亦无二人，可见17岁的永忠与剩山如此相契。剩山深解永忠累于家世而受到的种种精神禁锢，鼓励他冲破禁锢，保持自由的天性。

乾隆二十四年，剩山圆寂，圆寂前一天，留书两封给永忠，一以谢别，一以付法，其付法纸云："三元要旨，佛祖心髓，临济纲宗，潭沱密继。要能窥见根源，直许大根利器。欣逢良木一株，本在朝廷高植。将为临济大树，旁分吾宗法雨，老僧未放过伊，印以潭沱印子。"可见剩山对25岁的弟子永忠深为看重。

永忠中年以后，与莲筏、永闻等僧人交往密切。永闻禅师"为人恳切朴直，俗缘已空。对客谈次，或坐而睡，人不较也"。永忠曾冒雨前往探望。而永闻"茶皆雨水"①，足见永闻生活之超尘脱俗。

永忠在几十年与僧人的交往中，不断写有大量诗作，反映了他对佛教的逐步理解。

自爱花宫静，频来谒道潜。鲸鸣分午供，鸽驯噪晴檐。广说一乘法，能消三伏炎。菩提如可证，香瓣为师拈。

幽静的寺院里，只有鸽子的叫声。在佛堂听法，令人心静神宁。诗中借拈花微笑之典表达对禅宗的赞扬。虽然一心向佛，但世俗的欲念还没有洗净，诗人在香烟缭绕的佛堂读经，体会到参禅的情趣，然而在世俗中，又不曾达到天淡云闲的佳境。永忠晚年潜心研究梵典，常"默坐冥心，悟三乘之近理"②，诗多禅意，如《次韵樗仙贻竹杖》：

扶病年来仗短筇，壮游兴减怯登峰。一枝竹具玉金质，八句诗披云海胸。勘破风流归幻寄，等闲与夺笑禅锋。知君持赠非无意，教踏毗卢向上宗。

"竹杖"典出姚广孝《自题像》："勘破芭蕉竹杖子，等闲彻骨露风

---

① ② 永忠：《延芬室集》。

412

流。"唐某禅师云:"你有竹杖子,我与你竹杖子,你无竹杖子,我夺你竹杖子。"书诫赠竹杖给永忠,即示意永忠潜心向佛,达到禅宗的最高境界。与香火结缘,是永忠前世就注定的命运,"梦证前身已是僧"[1];这种命运也延及到永忠的儿子,"小儿况寄佛门,易子而教期长年"[2]。不仅自己皈依佛门,也叫儿子信佛,这也是为了家族能平安地生存下去吧。

永忠亦颇好道。他对道教的涉入,不及对佛教那样全面而深刻,主要是常去参与白云观的一些活动。那时北京最大的道观白云观,香火很盛,观中道士与宗室文人多有过从。永忠与白云观中李道士相契。李道士名阳玉,是雍乾两朝的帝师。乾隆三十三年,李道士羽化,永忠诗以哭之:

倏然已返白云乡,鹤路青霄看渺茫。案上丹经虚日月,胸中紫篆秘文章。七旬饱啖天家饭,虾蛓亲承帝座香。我是尘中霞外契,凭龛哭笑两无妨。(《哭白云观李四尊师名阳玉,正月二十九日羽化》)

永忠认为,身为道教以外的人士,面对神龛,悲伤也许是多余的。因为道教无有喜悲,即所谓看破生死,所以才能忘却年岁的长短,看透是非,才能忘却是非的名义,由此才能遨游于广阔的空间,寄托心灵于无穷的宇宙。永忠在35岁时染病,白云观跌坐一枝香,病魔忽退:

寄愁愁去阴魔起,瞽示情生道不亲。有限风光难把捉,无端雪月欲留春。颠狂昨已非高士,忏悔今仍是道人。一炷心香消百虑,还丹赫赫与天邻。(《止酒次嵩山韵》)

诗中永忠抒发了对时光短暂、世事无常的慨叹,从前的风流狂狷已不是高士所为,今天却成为企求长生不老的道人。永忠虽然不相信长生不老之说,对修道也曾产生疑惑,但是排除私虑以求获得生命的超脱和自由,却是他奉道的初衷。

永忠一生都与佛道两界交往,这对他的生活方式,人生观均产生深刻

---

[1][2] 永忠:《延芬室集》。

的影响。但是，他始终也没有成为宗教的虔诚信徒。他与僧人道士交往，参加宗教活动，并非真的想跳出三界之外，与青灯黄卷为伴，只是"随分度日，游戏人间耳"①，宗教生活只是一种消遣和精神寄托，借以聊慰苦心，发泄多余的精力而已。永忠18岁时游白云观，在歌颂其"万古长春观，清都道士家"之后，又说"方蓬虽荒唐，玩业恣游剧"。他曾潜心研究梵业，然而又称自己"犹门外汉也"②。参禅悟道使他心泰神宁，帮助他创造了一种消闲自得的生活方式，而他认为不过"笔墨道场游戏事"③，"赏花饮酒都随分，作佛成仙未必然"④，这都说明了永忠没有真正地笃信宗教，为宗教思想所主宰。佛道二教，始终作为永忠人生不得意的隐遁之所，作为精神空虚的寄栖之地，作为平居时清雅的生活方式和养生炼形、修身保命的绝妙良方。在没有新的思想体系产生并发挥影响作用的当时，永忠和历代知识分子一样，只能游离于儒、释、道三教之间，在功名无望之时，不得不求解脱，任运随缘，悠然自得，以此平衡心理。

数十年与僧客羽流的交往，永忠从思想到气质都受到熏染，佛道之气已深入骨髓，这也是这位宗室异人之异处——俗而不凡。他与志同道合的宗室兄弟以聚酒狂歌为乐事，追慕清风明月、离尘逃世的雅士情趣。禅道之好和文人本性的相互作用，将永忠塑造成为一个亦佛亦仙，非佛非仙的宗室异人。

适性写诗篇

永忠一生多才多艺，诗书琴画，皆精妙入格，在宗室文坛占有重要地位。昭梿在《啸亭杂录》卷二中，称其"诗体秀逸、书法遒劲，颇有晋人风味"。他的文学创作以诗歌为主，毕生作品辑成《延芬室集》，这是他一生生活状态和思想情绪的写照。但是或者出于政治避祸的考虑，《延芬室集》始终没有得以刊行，只以稿本传世。

《延芬室集》大抵以编年为序，自乾隆十二年（1747）永忠13岁起，至乾隆五十七年（1792）永忠58岁止，创作前后历时45年。永忠留下来

---

①②③④　永忠：《延芬室集》。

的诗大约 1500 首，此外，还有散文 30 余篇，词 10 余首。由于清廷禁止无外任的宗室离开京畿，永忠的生活范围受到限制，他无法接触到更广阔的社会场景，诗歌触及社会现实和矛盾的不多。他自己曾说："余之诗，纪光景、纪兴会，多指题赋物"[①]。的确，他的诗歌多记述游山玩水、诗友兴会以及访僧问道的生活，但他毕竟是一个身份特殊，经历特殊，思想敏锐的诗人，他的诗歌反映出"宗室异人"真实的思想情绪和生活状态，且有特殊的意义，而其诗歌风格也有着独特的情调。

永忠的宗兄永䜣在《延芬室集》跋中评价永忠：

> 瘫仙，盖吾宗之异人也，同余游二十年，余未能梗概其生平为何如人。何则，痴时极痴，慧时极慧，当其痴慧两忘之际，彼亦不自知其身为何物。然其事亲也，蔼然有赤子之风；其平居也，淡然好与禅客羽流俱；其行文也，飒然如列子之御风，往往口不能言者，笔反能书之，是彼殆以手为口者也……

何为"痴时极痴、慧时极慧"？这里的"痴"、"慧"与宝玉的"痴"一样，即任性由情，是永忠追求自由个性、自然率真疏狂的性格的表现。永忠虽然大部分时间过着悠闲富足的贵族生活，但在那个时代，各种有形无形的密网禁锢着每一个人，使永忠感到现实世界无法获得自由，无法实现个性的解放，只有在自己构筑的理想世界中才能摆脱羁绊，自由驰骋。同时，良好的教育，高深的文化修养，也促成了他对高品位的境界的追求，这是儒家独善其身信条的具体体现。永忠的诗歌中时而流露出对自由与高洁志趣的向往，如其在《看鹤图》中写道：

> 画个仙人下翠微，箬冠轻利华颠稀。闲扶藤杖溪滩立，万里云天看鹤飞。

仙人来去自由，不染凡尘，而鹤又为雅禽，姿美性洁，作者借放鹤的典故，表达追求高洁生活的志趣。

---

① 永忠：《延芬室集》。

永忠虽然自幼即被祖父领上参禅味道、诗酒书画的避世之途，但是，作为一个宗室贵族，他不仅始终置身于现实之中，而且是一个有政治理想的诗人，他也曾有建功立业的壮志，在《与剩山论篆刻》中，他就曾表示：

刀笔非浅学，圣智寓其中。吾生蓄壮志，岂肯事雕虫。此语质剩山，心怀将无同。

永忠长于篆刻，但视其为雕虫小技，其所蓄壮志为何，未曾明言，他还认为以此语与剩山探讨，定会与其观点不同，说明他的人生观与僧人相去甚远，参禅打坐，只是无可奈何而已。永忠虽壮志未泯，但终难实现，只封个空爵，授个闲官，按例五天上一次朝，决无过问政治的机会，一生大部分时间过着"富贵闲人"式的生活。他26岁时写下《述怀》诗：

吾生已听天，触处任因缘。官散朝参简，身闲诗酒牵。勘书红杏旦，较射绿杨边。即此为幽事，犹嫌未自然。

言吾生已听天，实为不想听天的无奈，任凭因缘实为不信因缘的慨叹，因政治无为转而放情诗酒，勘书较射，打发时间，处处体现出诗人心中的不平和不静。乾隆四十八年，永忠在《晓起吟》中回顾道：

叨列清班廿八年，躐云无路谢夤缘。随宜饮啄纵称隐，与世推移自号仙。万卷书中销永日，一枝笔下写遥天。闻鸡不少侵星侣，也羡闲官自在眠。

永忠对自己"随宜饮啄"、"与世推移"的生活，既感厌倦又无可奈何。他不可能有改变命运的机遇，只有躲在艺术的天地中，游山玩水，饮酒赋诗、参禅味道打发时光。对功名利禄的淡泊、对人性自由的向往，追求适意的生活境地，自然成为他诗歌的主题。永忠一生足迹不出京郊的山水，这虽然限制了他的眼界和创作题材，但他善于于平常景物中体会怡然自得的境界。如《翠微山顶午坐口占》：

山静无人觉昼长，澄观亭上午风凉。眼前境界阔如许，身外浮名奚较量。花气微重石径侧，鸟声时送曲阑弯。了无一事相干涉，少小诗情亦并忘。

诗人在寂静无人的山间独坐，凉风轻拂，鸟语花香，望着眼前宽阔无边的世界，感到个人的渺小、功名利禄的无聊。作者在大自然的浸润之中，体会到物我两忘的境界。永忠对自然风物、田园风光的描绘，对恬淡自如的生活的抒写，在诗集中俯拾即是，如《过墨翁抱瓮山庄》：

荆扉多野趣，满眼菜畦青。近水因穿沼，连林别起亭。主人容啸咏，过客漫居停。黄菊全开日，还来倒绿醽。

野趣盎然的山野小屋，满眼是碧绿的菜畦，与主人赏菊饮酒，别有一番情趣。住惯了京师府邸的永忠，如此向往恬淡自由的乡居生活，其实是他渴望摆脱世俗羁绊，以获得身心自由的体现。

在《延芬室集》中，有三首绝句，堪称传世佳作，即永忠作于乾隆三十三年的《因墨香得观红楼梦小说吊雪芹三绝句》：

传神文笔足千秋，不是情人不泪流。可恨同时不相识，几回掩卷哭曹侯。

颦颦宝玉两情痴，儿女闺房语笑私。三寸柔毫能写尽，欲呼才鬼一中之。

都来眼底复心头，辛苦才人用意搜。混沌一时七窍凿，争教天不赋穷愁。

这三首诗历来为红学家所重视，成为研究《红楼梦》的重要依据。永忠与曹雪芹同时而不相识。乾隆三十一年，永忠方与曹雪芹的挚友敦敏、敦诚、墨香等交往，其时雪芹已去世二年，而三年以后，他才从墨香处，读到《红楼梦》这部旷世奇书。永忠得知曹雪芹"穷愁"而死，他以未能与曹雪芹生前相识而痛感遗憾，更是几度为曹雪芹的才高命蹇而哭泣，高度评价曹雪芹为"才鬼"、"传神文笔"。在当时《红楼梦》被视为"谤书"，多数贵族阶层唯恐构祸，不敢读之，而永忠如此知音激赏曹雪芹，并作诗纪之，表现了其过人的胆识。

《红楼梦》何以引起永忠如此强烈的共鸣？

清王朝发展到雍乾盛世，也是封建社会开始走向衰落的时代，在那花柳繁华的背后，各种腐败现象有增无已，社会矛盾日益尖锐激化。曹雪芹以其敏锐的艺术直觉，深刻而生动地刻画了一个大家族由盛而衰的过程，描绘了"夕阳无限好，只是近黄昏"的末世生活画面。他创造《红楼梦》，不仅取材于自己及家族的若干事实，也取材于更广大更复杂的社会现实，或许也有敦敏、敦诚等周围亲友的事实。同为一个文学圈的永忠，他对上层统治集团的斗争深为了解，对曹雪芹所描绘的生活极为熟悉，对富贵闲人宝玉的思想性格、生活经历也必然感同身受。宝玉无疑凝聚着这批文人的某些共同特征：疏于功名富贵、厌弃争权夺利、争取爱情自由、追求个性解放。然而在现实中又找不到出路，也脱离不了他所置身的家族社会，迷茫苦闷之后，只有选择无为的出路。永忠和曹雪芹等一批文人，或多或少地感觉到本阶级的腐朽，他们不愿看到它的衰败，又无力挽救大厦将倾的局面，思想上浸着浓厚的悲剧意识。"不是情人不泪流"，除了反映他们情感世界物伤其类的共鸣外，也是他们对社会现实深感苦闷、失落的心态的真实写照。在永忠看来，曹雪芹虽然能以三寸柔毫，用意搜求，写尽世态人情，然而，与其"七窍凿升"，终身穷愁，不如返璞归真，一片混沌，达到禅宗的最高境界。

结　语

光阴似水，往事如烟。转眼间，一代宗室异人永忠撒手尘寰已200余年。特殊的家世、特异的资质、特定的年代，共同造就了这位奇异的诗人。他的命运多舛，他的生不逢时，他的纵情任性，他的多愁善感，都堪称是那个时代满族贵族知识分子的典型。都言《红楼梦》是封建末世的百科全书，而永忠之所经所历，所思所想，所歌所写，又何尝不是于冥冥之中为《红楼梦》做了最佳的注脚呢？

永忠的经历告诉我们，封建社会已走到了尽头。新时代的曙光已经闪现，人性的解放已为时不远，君权、礼教必将随着时代的发展，永远成为历史的尘迹。

（吴雪梅，女，满族。1995—1998年，师从张菊玲先生攻读硕士学位，本文系硕士学位论文。现任职于首都师范大学图书馆，为副研究馆员。学术方向为古籍整理、古典文献研究、古籍书目数据库建设。）

论描写清末旗人生活的子弟书

朱俊玲

子弟书又称清音子弟书，是一种地道的满族曲艺形式，它是以八旗子弟为主体的文艺。

据清光绪年间震钧的《天咫偶闻》卷七所载："旧日鼓词有所谓子弟书者，始创于八旗子弟。其词雅驯，其声和缓，有东城调、西城调之分。西调尤缓而低，一韵萦行良久。此等艺内城士夫多擅场。而瞽人其次也。然瞽人擅此者，如王心远、赵德璧之属，声价极昂，今已顿绝。"

子弟书始创于乾隆初年，盛行于乾隆中后期，清王朝覆灭之后，子弟书遂亦成为绝响。由于它是民间说唱文学，作者多不可考，其中仅有几位著名的作者如韩小窗、罗松窗、鹤侣等人为子弟书的代表作家。子弟书的内容十分丰富，有取材于明清通俗小说；有取材于传奇、戏曲；有取材于旗人生活和北京民俗。从艺术形式看，子弟书只有唱段，没有读白，一唱到底，以三弦为主要伴奏乐器。早期有满语、汉语混合在一起演唱的"满汉兼"体，有满语、汉语分开来的"满汉合璧"体，后期则全以汉语演唱只有极少的满语词而已。子弟书演唱的底本大多以传抄、传唱的形式流传，北京西直门大街有专门抄卖子弟书曲本的书店，名为"百本张"。清代北京的蒙古车王府曾收藏了大批曲本，后来曲本散落民间，1925年这些曲本被重新发现引起学术界轰动。多年来人们对子弟书进行整理，迄今为止，已有七种汇集出版的子弟书选集。这份珍贵的文化遗产，堪称内容丰富、数量众多的庞大艺术宝库，亟待深入研究。

本文仅取一隅，只从反映清末旗人生活的角度，进行一些粗浅的探讨，以助我们了解认识已逝去的历史与文化。

一、市井旗人文化的产物

有清一代的 200 多年间，满族的精神与文化不断嬗变。到了清代中后期，满族文化由宗室诗酒文化的繁荣，转向市井旗人文化的昌盛，长年在都城闲暇之余，无事可为的八旗子弟，多借各种带有北方特色的曲艺，如评书、岔曲、相声、子弟书、数来宝、莲花落等等，遣性怡情。于是，到茶馆去听这些"玩意儿"，是八旗子弟最喜爱的消闲娱乐方式。最早，嘉庆年间介绍京师旗人风俗的《草珠一串》中，就曾描绘了这样的生活。作者是满洲旗人得硕亭，他在其中一首诗的末尾小注里说："内城旗员，于差使完后，便易便服，约朋友茶馆闲谈，此风由来久矣。"年久成风，终于形成了清代独特的京师市井旗人文化。皇城内有不少著名的众多表演评书、子弟书、岔曲的书茶馆，有一批又一批深受欢迎的著名曲艺艺人，有无数总来听"玩意儿"的"书腻子"——他们多是长年泡茶馆，有经验、懂品味的旗人。100 多年间，多少美好的时光中，流动着这种充满京音、京韵、京味的子弟书唱曲，让多少老少旗人在其中消磨着生命。现在，这一切都已成为历史的陈迹，这些场所、这些演员、这些听众、这些曲调，均已消逝，唯有剩下的写在纸上的子弟书曲本，尚能供后人欣赏。从子弟书《拐棒楼》的唱词中，可以依稀见到有关子弟书表演时的情景。子弟书的唱者是"尖团清音"、"韵雅悠扬"、"雅谑流转"；听者是"一个个点头闭目手连圈"、"齐喝采"、"哄堂笑"，这就是子弟书在茶余饭后消愁解闷的典型表演形式。

编写子弟书的作者们也常不时地在卷首、卷末或行文中，表白自己的创作目的与写作环境。有的是——

客居旅舍甚萧条，采取奇书手自抄。偶然得出书中趣，便把那旧曲翻新不惮劳。也无非借此消愁堪解闷，却不敢多才自傲比人高。渔村山左疏狂客，子弟书编破寂寥。（《天台传》）

有的是——

顷刻间变迁冷暖无非戏，不道人情等戏场。借谱歌词消我闷，任教大雅笑荒唐。(《连升三级》)

看得出，子弟书作者们，功名潦倒，生居困境，事闲泼墨，借题发挥，既破闷解愁，又消遣性情。满族原是一个马背上引弓射箭的尚武之族，那时他们的人生理想是驰骋疆场，献身报国。可是，定鼎北京后由于八旗制度的局限性，这些居住在北京城内的旗人逐渐走向萎缩、颓废，白山黑水成了遥远的回忆，建功立业的雄心消失得无影无踪，当初开拓进取的精神因故步自封而消磨殆尽，他们只想沉醉于美酒佳肴、浅吟低唱中。

傅惜华在其《子弟书总目》中，共著录子弟书曲目446种，一千数百部。如此浩瀚的作品是中华民族的优秀文化遗产，是中国曲艺史上罕见的。它的内容十分丰富，有取材于文学名著如《三国演义》、《水浒传》、《西游记》、《金瓶梅》、《红楼梦》等白话小说；有取材于戏剧《琵琶记》《牡丹亭》、《一捧雪》、《长生殿》等；还有与京剧同题的《一疋布》、《连升三级》等。其中表现旗人生活的子弟书，更具有重要的历史和文化意义。这些子弟书是清代旗人生活的真实写照，子弟书作家深谙旗人的生活，以自己独有的眼光，用生动形象的语言和具体可感的人物形象，清晰地再现了那个时代旗人的精神世界和现实生活。其中子弟书中描旗人生活的共计51篇。

二、世风日下的慨叹

满洲族有过耀武扬威的短暂时代，但到了子弟书写旗人生活时，满族已是雄风不再了。对社会不良风气的感叹，侍卫、先生等旗人的对个人命运的悲叹，成了这类子弟书中的主流。在子弟书中以"叹"为题材的共有14篇，是封建社会末世的感应，也是旗人生活走向衰败的见证。这些以"叹"为主题的子弟书，抒写了各阶层旗人的困境。

首先应特别注意的，是子弟书写了一批侍卫叹。它们是《少侍卫叹》、《老侍卫叹》、《女侍卫叹》，再加上《侍卫论》，四篇子弟书成功地描绘了清代后期王朝侍卫的真实生活，不论老少侍卫都同声发出哀叹。这四篇子弟书的作者都是鹤侣。鹤侣，名奕赓，爱新觉罗宗室子弟，庄襄亲王第五世子，为咸丰同辈人。道光年间任过御前侍卫，在《侍卫论》中，他就有"我鹤侣氏也是其中过来人"之语。《侍卫论》这篇子弟书，不过是以文学的手法，勾画了一群侍卫形象。它是对清代宫廷侍卫生活的全面分析和论述，作者用极其精练的语言论及了宫廷侍卫的身份、地位及其组成，并且重点分析了侍卫队伍中的六种"小人"，为我们了解和认识清代宫廷侍卫生活提供了真实的资料。侍卫，是清代的一种武职，满语称辖。侍卫不仅地位显赫，且有较高的待遇，平时还会有许多外快可捞，自然应当尽职尽责；但是许多侍卫却道德败坏，品行不端，深遭作者痛恨。作者将他的嘴脸一一公布于世。在鹤侣笔下，社会上的各种丑恶嘴脸在这里都能找到，可见作者对于侍卫内部状况揭露之深刻，对这种人物之深恶痛绝。全篇结束处，作者感叹道："最可羡是天公斡旋真个巧，怎就把这一群济世的英雄都聚在大门？非是我口齿无德言词峻险，我鹤侣也是其中过来人。"这些人和事都发生在奕赓身边，故而描写起来文字不多，但种种人物的表里神态却刻画得惟妙惟肖。这样的青年侍卫会有什么战斗力，国家能有什么前途呢？《老侍卫叹》写一个70岁的老侍卫晚年的悲惨境地，诗中描写了"朝回日日典春衣"，"挎竹篮每向坟边乞祭馀"的低下生活，与往日"翠羽加冠多荣耀"、"平民执戟侍金门"的荣耀生活，形成了鲜明的对照。妻子嫌丈夫"当差使四十余年没托堪，交朋友见天恋恋在三和居"。而丈夫埋怨妻子过去"每日三餐拣着贵的吃，戴的是赤金点软翠，穿的俱是蚕吐的丝。出分子总是你去要把长车雇，走亲戚人家有迁求你就不踏泥。"这一对年近七旬的老夫妻，年轻有钱时，过着花天酒地的生活，到了晚年过着无煤拢火、无米下锅、无衣御寒的凄凉的生活。八旗兵丁的蜕化表现在日常生活中毫无谋生能力，常常是鲜衣美食尽情挥霍不计后路，每月领到的饷银几天就分文不剩，然后靠典当维持生活，但只要一有钱在手，马上就想着痛快享受一番。晚清时，满族人大都犯这种毛病，这位老侍卫也是如此。为了能够吃一顿饭，穷疯了的老侍卫可谓挖空心思，把家里能当的东西全当了，就连炕上的破被卷，当差的翎管儿、破靴子，也不能幸免。《女侍卫叹》写一位侍卫妻子对侍卫生活的抱怨，充满儿女情长。

到了清代末年，玩乐、赌博、票戏、吸毒成了许多旗人的生活内容。有一位满族情调很浓的作品，为《风流公子》，其中这位公子年龄不足18

岁，作者用了大量笔墨首先对人物进行了外表描定，"这是谁家几阿哥，竟把燕山秀气夺"，刻画出这位阿哥秀外慧中的形象。在作者笔下，这位风流公子几乎是一位无所不会、无所不能的全才。他勤奋好学，遍览经史子集，精琴棋书画，工诗词篆刻，同时又兼通满汉语，熟知古今，注重旗人的"本分"，文武兼长，可谓风流倜傥，是满族人最理想的人才模式。但这种贵族公子置身于当时龌龊的环境中，很难洁身自好，作者将这位人见人爱的小阿哥置于险恶的环境之中，使读者对他的前程深深担忧。《须子谱》、《须子论》、《捐纳大爷》勾勒了三位贵族子弟的生活，他们"文武不学不贸易"，只会胡闹寻乐、吸鸦片、听书看戏，流连烟花巷，毫无进取之心。这些纨绔子弟，是当时旗人贵公子中比较普遍的形象，他们只会吃喝玩乐，挥霍家私，坐吃山空后，便成天自艾自怨，痛苦呻吟。

　　子弟书还揭露了晚清社会的不良风气，如赌博、吸毒、票戏对家庭经济生活的破坏。在《为赌嗷夫》、《为票嗷夫》中借妻子之口，批评丈夫"误入歧途、执迷不悟"，致使"败产倾家"，这种典型的旗人家庭由于忽略生计往往一贫如洗，负债累累。《为赌嗷夫》中的女子本指望过一种夫唱妇随的幸福生活，谁知道所嫁非人，丈夫整日流连赌场，不管家用。这位女子过着忍饥受寒的日子，想想将来的岁月，黯然神伤。那时，妇女没有独立的社会地位和经济地位，生活要依靠丈夫。这位妇女的心理活动是那个时代赌徒妻子的共同心声。《为票嗷夫》中妻子报怨丈夫，"在炕上蹲着唱奇闻三矮，拿个本子宪书唱扣窑。好德行妆男扮女行哭行笑，也是奔三十咧疯不疯来勺不勺。"这位丈夫只管每天去庙内学唱戏，深更半夜回家还要苦练，妻子对这个只知学戏，对家里什么不都管的丈夫非常不满。《苇连换笋鸡》，是写一老兵一贫如洗想吃只鸡，好容易用破凉帽和破梆铃换了只鸡，又赊了壶酒，酒足饭饱之后，倦眼迷迷，误了差事，正值上司巡视，于是老兵丢了差事，生活更加艰难。老兵的形象是很常见的旗人形象，这类旗人今朝有酒今朝醉，正事统统可以抛到九霄云外，于是形成一种恶性循环，生活越来越艰难。

　　子弟书作者的笔触，不自觉中也由身边的风俗画卷，伸向了时代发生的重大事件。二酉氏创作的《碧玉将军》便是其中的名篇。据有关专家考证，碧玉将军，即清道光帝的侄儿奕经（1791—1885），满洲镶红旗人。当英帝国主义发动鸦片战争，侵占我浙东定海、镇海、宁波三城后，1841

424

年10月18日，道光帝任命奕经为扬威将军，调集内地数省军队，前往浙江应战①。出人意料，这位扬威将军竟把此次临危受命，关系国家生死存亡的重任，看成荒淫玩乐和聚敛财富的好时机。从北京到浙江，一路上沉湎于酒色歌舞之中，"每日里，饮酒谈心，偎红倚翠，他将这军前如花下，虎帐作兰房"。同时，借机"飞檄各省，征调钱粮"，巧立名目，搜刮民脂民膏。短短时间内，侵吞珠宝无数，翡翠堆积如山，因此获得了翡翠（碧玉）将军的雅号。由这样的将军担负拯救民族危亡的重任，结局如何，可想而知。他畏敌如虎，不敢领兵出战。等到朝廷下了战令，再也不能回避与敌寇交锋。他此时不禁胆战心惊，万虑俱灰。尤其想到封建官僚平日的享乐生活将因战死而失去，这位碧玉将军深感悲哀。他的头脑里没有一丝一毫想到自己负有重责须把敌寇赶出国门。令他特别惋惜的是，拚命搜刮得来的金山银屋，到头来将付之东流，除了留下南省军民的怨恨，什么也得不到。这是碧玉将军的肺腑之言，又是作者的辛辣的讽刺。《碧玉将军》的重要意义，不仅在于深刻揭露腐败将军的丑恶灵魂，而且通过鸦片战争失败的描述，预示了清王朝难以抗御帝国主义的野蛮侵略，中国行将沦为半殖民地半封建社会的历史命运。当中国近代史刚刚揭开第一页，子弟书已经做出这样的感应。

三、儿女之情的渲染

子弟书是靠乐器伴奏来演唱的鼓词之一，在京都市井旗人中间应运而生，故此也就最擅长表现儿女情长的世俗生活内容，不论是改编传统小说、戏剧，还是描写现实生活，都爱选取日常生活中的儿女故事，以便拉近与听众的距离，取悦听众。与说评书稍有不同，子弟书目中有大量改编《金瓶梅》、《红楼梦》、《西厢记》、《牡丹亭》的曲目，这是评书所没有的。其余改编的传统小说与戏剧的子弟书，也以才子佳人故事居多，即使是改编历史小说，也非着重描写征战杀伐，还是以写日常世俗生活的男女感情为主。在本文涉及描写旗人现实生活的子弟书中，也有表现出极其鲜

---

① 见关德栋、周中明编《子弟丛钞》（上），上海古籍出版社1984年版，第398页。

活的男女家庭生活、男女之情的内容。

出现较早的"满汉兼"体的《拿螃蟹》是一篇生动活泼的家庭喜剧，叙述的是住在屯里的满族年青阿哥与他的媳妇吃螃蟹的故事，因为没见过螃蟹，不知道吃法，闹了一连串的笑话。没见过螃蟹，不知怎么提螃蟹，使这一对小夫妻费尽力气，两口子一齐动了手，好容易忙了半晌，总算把螃蟹扣在锅里煮熟了，又不知怎么吃法，最终请来二姨儿教他们，才使他们尝到螃蟹的鲜味。这篇子弟书属早期作品，满语、汉语夹杂在一起叙述，充满新鲜活泼的民间艺术气息，小两口形象极其生动，语言富个性特色。小媳妇无可奈何就骂起丈夫来："骂的个阿哥忍耐撅着嘴，一声不哼似哑吧"，等到吃得好吃时，又高兴地说："叫了声亲丈夫再去买，千万的莫惜钱。"小两口欢乐幸福的生活跃然纸上。这是早期的"满汉兼"子弟书作品堪称杰出的代表作之一。

另外《鸳鸯扣》也很值得一提，洋洋洒洒 24 回，极为细致地描述了一户满族贵族之家公子成亲的始末，从中可以了解当时旗人保媒、定亲、办嫁妆、送亲、成亲、回门的规矩风俗。成亲时唱子弟书、八角鼓的、说相声的热门非凡。可见这些娱乐活动在满族贵族成亲时是必不可少的，保媒之后未来的女婿去太人家拜访认亲，反映了满族宗法制度没有汉族严格，相对而言还比较重视内亲，留有早期母系社会的影子。

为了迎合听众，子弟书中津津乐道男女私合之情的作品，有《公子戏鬟》、《绣荷包》、《鸳鸯扣》、《调春戏姨》、《续戏姨》、《家主戏鬟》等，格调都不高。

四、消闲娱乐形式的展示

打开车王府所藏的子弟书，可以看到一系列描绘市民游乐活动的书目，将京师市民消闲娱乐的地点、方式，以及表演各式曲艺的著名艺人，都通过子弟书得以充分展示。

《逛护国寺》通过叙述一个人闲逛的经过，将当时护国寺庙会的盛况描绘出来。护国寺庙会琳琅满目，目不暇接，热闹非凡。作品不只是一处不漏地细写出庙会的买卖、玩意、更写出这位逛庙会的人，是常来的老主顾，对摊主和玩意儿也是极熟、极懂行，对什么东西、什么玩意儿都一一品评一番，在评泥人张的手艺时，说："这人儿眉眼儿精神做的真奇特，就只是哄孩子拿在家中，一会的工夫稀烂无存。"这样的市井旗人真正是活得闲散自在，有滋有味，夏日长天饭后无聊，原来是"欲待出城听天戏，偏偏今天是坛辰"，听不成戏就吩咐家人套车备马，到护国寺赶庙会。这位主人公到护国寺并不是头一回，他是什么都见过，什么都吃过，什么都玩过，什么都用过，真正如老舍先生所说："就是每天要玩得细致、考究、入迷。""二百多年积下的历史尘垢，使一般的旗人玩忘了自谴，也忘了自励，我们创造了一种独具风格的生活方式：有钱的真讲究，没钱的穷讲究，生命就这么沉浮在有讲究的一汪死水里。"[①]《逛护国寺》这部作品，不仅陈列着五色斑驳、光怪陆离的清代都城庙会场景，更活脱脱地刻画出生活在这京城里活得讲究、玩得潇洒的清王朝末年的市井旗人的典型形象。

鹤侣的《集锦书目》子弟书，以文字游戏的形式，将子弟书150余种书目连缀成篇目，描写人们游寺、饮茶并观看子弟书演出的情景，既保留了子弟书的篇目，又绘出了市井旗人游乐场景。比较有资料价值的，还有介绍当时在北京红极一时的曲艺艺人演出情况的几部子弟书：如介绍评书艺人石玉昆的《评昆论》，介绍评书艺人郭栋儿的《郭栋儿》，介绍唱岔曲的艺人随缘乐的《随缘乐》，介绍姓马的相声演员的《风流词客》，还有介绍表演杂技的12岁女孩的《女斛斗》，为清代北京市的民俗留下了生动具体的史料。

虽然，描写世风日下与男女之情的子弟书，看起来显得良莠不齐，但毕竟作为一个民间艺术的整体，子弟书弥补了我国古代叙事诗的不足，如我国戏曲研究专家赵景深教授1984年在为《子弟书丛钞》作序时所指出的那样，子弟书中一些作品是优秀的叙事诗。"中国叙述诗过去著名的只有《孔雀东南飞》和《木兰辞》，现在子弟书这类叙事诗却是大量的，其中好多篇杰作并不比《孔雀东南飞》和《木兰辞》逊色。"

子弟书充满了满洲民族艺术独有的幽默、风趣的特色，又从一个侧面，表现出清王朝已是残灯末路，濒于灭亡了，同时对于渐失生命搏击力

[①] 老舍：《正红旗下》。

的民族精神，做了一处无可奈何、苦中作乐的记录。于是，随着革命潮流的冲击，不论是由于艺术的主观因素，还是由于客观的社会环境，八旗子弟书完成其历史使命，遂成历史绝响。

（朱俊玲，女，蒙古族，博士。1997—2000年，师从张菊玲先生攻读硕士学位，本文系硕士学位论文。现为中国戏曲学院副教授。）

《红楼梦》"芙蓉"辨

——论"芙蓉"的象征意义与黛玉、晴雯形象、命运的构思

陶 玮

在我国古代诗文中,"芙蓉"出现的频率可谓极高。"芙蓉"在历史上很早就同时指向两种花卉:一种是水中的荷花,又名"芙蓉""水芙蓉";一种是陆生的灌木或小乔木,名为"木芙蓉",简称"芙蓉",别名拒霜花,与木槿、扶桑同为锦葵科木槿属落叶乔灌木,其色近似荷花,其花形似牡丹。在古诗文中,"芙蓉"有时指水芙蓉,有时特指木芙蓉,并且在不同朝代、不同地域各有指代习惯,这就带来了后世读者认识上的混乱。

关于"芙蓉"的困惑同样出现在了《红楼梦》里。《红楼梦》中祭晴雯的《芙蓉女儿诔》中的"芙蓉"、黛玉所掷花签上"风露清愁"的"芙蓉",究竟是指荷花还是木芙蓉,一直是一个受到关注的话题,但论争多年,无论是草根红学还是主流红学,抑或是民间大众,至今尚未能形成共识。大部分人认为,她们必定只能是水中高洁的荷花,有人却执意认为,应该是水边孤傲的木芙蓉;有人认为,晴雯是木芙蓉,黛玉是水芙蓉;而有人则提出,雪芹笔下的"芙蓉"融会了水芙蓉和木芙蓉的特点,因此二者都无不可,只是一种文学想象,不必较真。

总之,关于象征黛、晴的"芙蓉",究竟是水芙蓉还是木芙蓉,仍然是一个没有探讨清楚的问题。而"芙蓉"这一意象,涉及曹雪芹对于晴雯特别是林黛玉形象和命运结局的构思,对于理解人物形象、故事情节、作品的思想内容和艺术结构,都有着重要的意义,因此,这个一直悬而未决

的问题仍然是值得探讨的。

在此，试对《红楼梦》中指代黛玉、晴雯的"芙蓉"意象加以辨析，以更确切地把握木芙蓉在中国古典文化中的象征意义，以及这些象征意义在《红楼梦》中的运用，从而，也试图更为接近理解曹雪芹所塑造的这两个人物的个性、气质、命运，了解《红楼梦》的构思初衷。

"芙蓉生在秋江上"

——《芙蓉女儿诔》中的"芙蓉"和花签上的"芙蓉"都是木芙蓉

1. 水莲开尽木莲开——秋季盛开的芙蓉是木芙蓉

曾有先贤指出，分辨诗词中水木芙蓉的办法，第一个就是要看这芙蓉所开的时令。

水芙蓉荷花，民间认为她的生日是农历六月二十四日，农历六月是荷花盛开之时。在我国大部分地方，"六月菡萏为莲"，到农历八月渐渐凋零，莲蓬满池。秋天，荷花乃至荷叶、莲蓬大都凋残零落，成为一池"残荷"，这一点多数人都不会有意见。

而木芙蓉始开于仲秋八月，盛时是农历八九月，在南方温暖的地方，则能开到农历十月份。

> 孟后主于成都城上遍种芙蓉，每至秋，四十里如锦绣，高下相照，因名锦城，以花染缯为帐，名芙蓉帐。（宋·赵抃《成都古今集记》）
>
> 此花艳如荷花，故有芙蓉、木莲之名，八九月始开，故名拒霜。生于陆，故曰地芙蓉。（明·李时珍《本草纲目·木部》）
>
> 木芙蓉……其干丛生如荆，高者丈许。其叶大如桐……冬凋夏茂。秋半始着花，花类牡丹、芍药，有红者、白者、黄者、千叶者，最耐寒而不落，不结实。（明·李时珍《本草纲目》）

水芙蓉（荷花）已经凋谢的时节，木芙蓉才开始绽放，因此人们说："水莲开尽木莲开。"（白居易《木芙蓉花下招客饮》）《植物名实图考》载："木芙蓉即拒霜花。"可见，木芙蓉是在霜寒露冷的金秋时节与菊花、桂花同芬芳。

木芙蓉最晚在唐代普遍进入了诗人们的视野，宋代是吟赏木芙蓉的高峰期，宋代几乎大多数著名的作家，都留下过关于木芙蓉的名篇佳作。在古人留下的欣赏木芙蓉的诗词作品中，大多是称叹它的带霜而开、独冠群芳的秋季佳卉的秉性。历代文学作品中关于秋天"拒霜"盛开的木芙蓉的描写并不鲜见，试举例如下：

是叶葳蕤霜照夜，此花烂熳火烧秋。（唐·刘谦《木芙蓉》）
谁怜冷落清秋后，能把柔姿独拒霜。（宋·刘理《木芙蓉》）
千林扫作一番黄，只有芙蓉独自芳；唤作拒霜知未称，看来确实最宜霜。（宋·苏轼《和陈述古拒霜花》）
满庭黄叶舞西风，天地方收肃杀功。何事独蒙青女力，墙头催放数苞红。（宋·陆游《拒霜》）
木落林疏，秋渐冷，芙蓉新拆。（宋·白君瑞《木芙蓉》）
新开寒露丛，远比水间红。艳色宁相妒，嘉名偶自同。（宋·韩愈《木芙蓉》）
芙蓉金菊斗馨香。天气欲重阳。（宋·晏殊《诉衷情》）
八月寒露下，朵朵开红葩。（宋·王禹偁《栽木芙蓉》）
堪与菊英称晚节，爱他含雨拒霜清。（明·吴孔嘉《木芙蓉》）
棠梨花正幽，更芙蓉开暮秋。（明·孟称舜《娇红记》）
八月中秋，凉飙微逗，芙蓉却是花时候。（《金瓶梅》第十回"义士充配孟州道妻妾玩赏芙蓉亭"）

由此可见，在古代诗词曲文中，盛开于秋季的木芙蓉具有和菊花一样令人尊敬的"拒霜""耐霜"品格，她在落木萧萧的秋天，和菊花、桂花一同灿放于清霜冷雨间，备受赞誉。因此才有古代诗文中极其常见的所谓"金菊对芙蓉""蓉桂竞芳""秋艳芙蓉"之语。

这样，从时令上看，就很容易理解和区分水芙蓉与木芙蓉——盛放在夏季的是水芙蓉，拒霜在秋季的是木芙蓉。

而《红楼梦》中黛玉和晴雯的芙蓉，指的都是秋季开放的芙蓉。

《芙蓉女儿诔》中第一段就已经很清楚地指明祭芙蓉时正是秋季：

维太平不易之元，蓉桂竞芳之月，无可奈何之日，怡红院浊玉，谨以群花之蕊、冰鲛之縠、沁芳之泉、枫露之茗，四者虽微，聊以达诚申信，乃致祭于白帝宫中抚秋司秋艳芙蓉女儿之前。(《红楼梦》第 78 回)

"蓉桂竞芳之月"自然是秋，"秋艳芙蓉"更明指出此芙蓉乃艳于秋季之木芙蓉。此外，"况金天属节，白帝司时""连天衰草""雨沥秋垣"描写的更都是秋。

小说描写晴雯死后：

恰好这是八月时节，园中池上芙蓉正开。(《红楼梦》第 78 回)

晴雯被逐之后，时间是"话说王夫人见中秋已过"，晴雯被逐后过了几日才夭逝。这"八月时节"是中秋过后几日的八月下旬。八月下旬正是《红楼梦》所描写的金陵或北京地区"水莲开尽木莲开"的时节。依此，至少《芙蓉诔》中的芙蓉，是指"正开"于"八月时节"的木芙蓉。"正开"指开得正好，此时虽然荷花可能还有晚开的几朵，但肯定并非开得正好，多已是莲蓬高举，绿肥红瘦。而木芙蓉是盛开怒放之时，才可以说"正开"。

所以，从时令上判断，代指晴雯的芙蓉女儿或芙蓉花神，正是秋季盛开的木芙蓉。

而林黛玉所掷芙蓉花签上的"风露清愁"四字，也暗含着秋意。"风露"在古诗文中往往与秋意相连，给人以风寒露冷之感，"风露飒已冷，天色亦黄昏"（白居易《秋槿》）、"风露高寒接素秋"（陆游《芳华楼夜宴》）、"风露澹秋容，汀洲肃秋气"（宋·程公许《重阳后一日亲友会饮于沧洲以初九未成旬重阳》）等，均是以"风露"描写清秋景致。可以想见，在古代诗文中，"风露"多数特指秋夜里的凉风冷露，即便华美如"金风玉露"，也是指的秋风秋露。

"清愁"当然也是用来形容清冷的、萧瑟的秋愁最为贴切。

"莫怨东风当自嗟"更是对秋芙蓉特有的传统描写。虽然从所引的欧阳修《明妃曲》来看，主要是感叹"红颜胜人多薄命"，但是若结合其他以同样寓意来描写木芙蓉的古诗文来看，就能体会到其实借此诗意写的还是木芙蓉。且看：

天上碧桃和露种，日边红杏倚云栽。芙蓉生在秋江上，不向东风怨未开。（唐·高蟾《下第后上永崇高侍郎》）

这没有开在东风（春风）中而生在秋天的江上的芙蓉，当然是木芙蓉。这点在后文将有详细论证。

2. 花水相媚好——"池上芙蓉"是木芙蓉

因为《红楼梦》在《芙蓉诔》前后的描写中两次提到"池上芙蓉"，很多读者认为与池水相关的当然是水芙蓉，也就是荷花。不少学者已经详细说明，这是一种未能深究所带来的误解，然而仍然有人无视这一显而易见的正常推理。其实，在阅读古诗文时，对其所描写的"芙蓉"的时令、生长环境、形态特征进行分析，大部分情况下能判断出同样与水亲近的芙蓉，究竟是水芙蓉还是木芙蓉。而这由古典诗文中获得的判断知识，用到《红楼梦》中的芙蓉上，是完全适用的。

的确，木芙蓉是陆生灌木或小乔木，生长范围很广，但是古代园林造景学认为："芙蓉二妙，美在照水，德在抗霜。"木芙蓉最美、最讲究的姿态是沿水岸生长，园林中主要植于池畔、溪边、水际或墙角、楼头，并配以山石、垂柳。即便不是富贵人家的园林，乡野之人在大自然中种植木芙蓉，也多沿江、沿溪、沿湖，在大江大湖等阔大水边种植大量木芙蓉，形成芙蓉江、芙蓉溪、芙蓉池、芙蓉塘等等美丽景致。这些都有诗为证：

芙蓉生在秋江上，不向东风怨未开。（唐·高蟾《下第后上永崇高侍郎》）
涉江虽已晚，高树搴芙蓉。（唐·钱珝《江行无题一百首》）
芙蓉宜植池岸，临水为佳。若他处植之，绝无丰致。（《长物志》）
西边野芙蓉，花水相媚好。（宋·苏东坡《王伯扬所藏赵昌花四首芙蓉》）
傍碧水，晓妆初鉴，露匀妖色。（宋·白君瑞《木芙蓉》）
水边无数木芙蓉，露染胭脂色未浓。（宋·王安石《木芙蓉》）
芙蓉襟闲，宜寒江，宜秋沼，宜轻阴，宜微霖，宜芦花映白，宜枫叶

摇丹。(明·吕初泰《花政》)

江边谁种木芙蓉,寂寞芳姿照水红。(清·赵执信《题画芙蓉》)

芙蓉丽而开,宜寒江秋沼。(清·陈扶摇《花镜》)

因此,古代诗文中描写木芙蓉常常提到"池上芙蓉""池边芙蓉""芙蓉江""芙蓉塘""生在秋江上"等,不能简单判断,认为那一定就是水芙蓉,相反,与节令以及意境相结合判断,极有可能是木芙蓉。例如:

涉江采芙蓉,欲采寄所思。所思今何在,望断天一涯。将花照秋水,秋水清且漪。行乐不得再,日暮空凄悲。(宋·邓允端《涉江采芙蓉》)

湖上野芙蓉,含思秋脉脉。娟娟如静女,不肯傍阡陌。诗人杳未来,幽艳冷难宅。(宋·欧阳修《芙蓉花》)

照水枝枝蜀锦囊,年年泽国为谁芳。朱颜自得西风意,不管清秋昨晚霜。(宋·舒亶《和刘理西湖芙蓉》)

今年古寺摘芙蓉,憔悴真成泽畔翁。聊把一枝闲照水,明年何处对霜红。(宋·张耒《芙蓉》)

满池红影蘸秋光,始觉芙蓉植在旁。赖有佳人频醉赏,和将红粉更施妆。(宋·朱淑真《芙蓉》)

芙蓉照水弄娇斜,白白红红各一家。近日司花出新巧,一枝能著两般花。司花手法我能知,说破当知未大奇。乱剪素罗妆一树,略将数朵蘸胭脂。(宋·杨万里《栟楮江滨芙蓉一株发红白二首》)

亚白方依稀记得昨夜五更天,睡梦中听见一阵狂风急雨……先去看看一带芙蓉塘如何……门前芙蓉花映着雪白粉墙,倒还开得鲜艳。(清·韩邦庆《海上花列传》第六十一回:"舒筋骨穿杨聊试技,困聪明对菊苦吟诗")

以上几例,都未说明是何种芙蓉,但从时令和水边种植、意境幽冷等特点,均可判断为木芙蓉。

因此,《红楼梦》所写"池上"芙蓉,不仅不能断定为水芙蓉,相反,结合时令在秋以及关于"花枝""花丛"等描写,可以断定《芙蓉诔》所指必是木芙蓉无疑。

而芙蓉美在照水，令人联想到林黛玉出场时的描写：

娴静如娇花照水，行动处弱柳扶风。(《红楼梦》第3回)

对文字敏感的读者，面对这娇柔静美的照水的花朵，能不领会到，她与在古代诗文中频频出现的"照水弄娇斜"的木芙蓉，绝对是如出一辙的？

而黛玉所掷花签"莫怨东风当自嗟"，引申到含义相同的"芙蓉生在秋江上，不向东风怨未开"，则可以推测，作者心中所想，必是木芙蓉。这木芙蓉生在"秋江"之上，风流袅娜、清丽绝伦如娇花照水。

3. 他日葬侬知是谁——以"芙蓉"相喻，是对晴黛共同的死谶

《芙蓉女儿诔》中，赞美晴雯"其为性则冰雪不足喻其洁"，意思是晴雯品性高洁，不沾染任何俗世污浊，个性真率本色，没有虚伪娇饰。而在历史上被誉为芙蓉花神的石曼卿和丁度，都是这样率真本色的人。

石曼卿和丁度在死时，都被认为是去做芙蓉花神了。书面记载如下。

[石]曼卿卒后，其故人有见之者，云：恍忽如梦中言："我今为鬼仙也，所主芙蓉城。"欲呼故人往游，不得，忽然骑一素骡，去如飞。(宋·欧阳修《六一诗话》)

庆历中，有朝士将晓赴朝，见美女三十余人，靓妆丽服，两两并马而行，观文丁度按辔于其后，朝士惊曰，丁素俭约，何姬之众耶，有一人最后行，朝士问曰，观文将宅眷何往，曰，非也，诸女御迎芙蓉馆主耳，俄闻丁卒。(宋·叶梦得《石林燕语》)

去当芙蓉城主、芙蓉馆主，是一种死谶。这种诗意的想象和追悼方式，从宋代以来，在民间及文坛，都流传久远。再例如：

如馆如城几艳丛，拒霜不觉老西风。曼卿人见骑驴去，丁度仙游按辔空。惆怅二公皆死谶，浅深十里尚秋红。且图席地看花醉，肯羡豪家绣褥工。(宋·董嗣杲《芙蓉花》)

大暮安可醒，一痛成千古。岂真记玉楼，果为芙蓉主。(清·敦敏

《懋斋诗钞·吊宅三卜孝廉》）

　　苏轼诗曰："芙蓉城中花冥冥，谁其主者石与丁。"而石与丁，都是个性朴直率真、不染俗浊、不懂逢迎的人。宋代就有了芙蓉城的传说，而且把石曼卿、丁度的去世传说为去当芙蓉城主、芙蓉馆主。一离世就被传说为芙蓉花神的，多是性情率真、不同凡俗之人——也是禀清灵明秀之气而生之人。石曼卿，据载其人"有慷慨坦荡之气"。《宋史本传》说："延年（石曼卿）为人，跌宕任气节"，"延年虽酗放，若不可撄以世务"，"卓尔不群"，"英豪之气"。丁度，北宋人，性朴实，不重仪表，一生任职较多，建树亦多，很受仁宗器重，称为"学士"，不直呼其名。

　　木芙蓉又是痴情女子的一种象征。传说，古代有一女子，丈夫溺死于水中。这女子不甘心丈夫就此死去，每日在水边端坐，目不转睛地凝视水面，企盼着丈夫从水中出现。水边的野花映在水面，她在花的倒影中恍惚看见了丈夫的面容。从此这花就被命名为"夫容"。女子以"夫容"相伴终生，不再另嫁。

　　而在封建时代，没有被封建礼教束缚，不掩饰自己的情感，甚至表现出执著痴情，肯定是最率真、最质朴、最本色的人。

　　按照《红楼梦》作者的说法，像黛、晴这样禀轻灵明秀之气生的人，"若生于公侯富贵之家，则为情痴情种"。

　　而黛、晴二人最大的共同点，就是对宝玉都怀有一腔炽热的情感，并且最终都因为这种炽热的情感付出了生命的代价。是深情、多情、痴情的典型。

　　在《芙蓉女儿诔》之后，宝玉怀着对晴雯的满腔感情，紧接着写下了《姽婳词》。这首长长的歌行，含义是很深的，并不是简单的应对贾政的考察。实际上这是对《芙蓉女儿诔》未尽情感的再一次尽情宣泄，从另一种角度去祭奠晴雯，是另一种形式的悼亡诗。《姽婳词》表面上追颂林四娘，实际上是为晴雯作赞歌。与《芙蓉诔》不同，这首诗是借写林四娘的节烈勇敢来歌颂晴雯，《芙蓉诔》实际诔的是黛玉，至少是二人共用一诔。而《姽婳词》才是真正独为晴雯所做的祭文。在作者心中，晴雯是死于对宝玉的忠贞热烈的情感，是忠贞的烈性女子。这种观念无疑有很浓厚的封建思想意识，不可否认，《红楼梦》也赞美这类封建时代特有的忠诚于主人的侍女，例如绿珠就是。晴雯归于忠贞的林四娘、绿珠一类，而袭人归于息夫人一类。当然，这部分思想内容可能要涉及《红楼梦》成书过程的讨论。

总之，与宝钗、袭人的圆于世故、善于周旋、长于掩饰自己真实情感相对应，晴雯、黛玉都是痴情、多情、感情炽热的，她们对自己的情感很少矫饰，喜怒形于色，一心痴于情。她们的个性中都有更多本真、本色的体现。宝钗和袭人都能把对宝玉的心藏于深处，黛玉、晴雯却四处张扬着在那个时代被视为极度危险的内心情感。

本真、质朴、率性、感情炽热，这样的人是作者心目中禀清明灵秀之气而生的人，是与石曼卿、丁度这些文士相类的，是可以做芙蓉城主、芙蓉馆主的人，是木芙蓉的化身。"红云半压秋波急，艳妆泣露娇啼色，佳梦入仙城，风流石曼卿。"（高观国《菩萨蛮》）晴雯、黛玉都是这样的风流之人。

听到晴雯死讯，宝玉恍惚间在小丫鬟的导引下认定她是去做了芙蓉花神。说她是"白帝宫中抚秋司秋艳芙蓉女儿"。这种说法正合宝玉的痛心爱慕之意。

晴雯的死在前八十回已经写了，但黛玉的结局在后四十回，这使得对后四十回的作者有怀疑的读者不太接受现在看到的黛玉焚稿而死的写法，不少人认为黛玉应该另有写法。但无论如何，黛玉在后四十回肯定不会善终，这是大多数人同意的。

在书中很多地方，都有对于黛玉的夭亡的暗示。例如，黛玉葬花，以及她所创作的《桃花行》："侬今葬花人笑痴，他日葬侬知是谁。"

《芙蓉女儿诔》早已公认，"诔晴雯，实诔黛玉。"（脂批）黛玉从木芙蓉丛中突然出现，把小丫环吓了一跳，以为是晴雯现身，惊呼为鬼。黛玉见宝玉改诔文："茜纱窗下，我本无缘；黄土垄中，卿何薄命！"（《红楼梦》第3回）像是在说自己，不由骤然变色，心中也觉不祥。这里描写的是一种不祥的征兆，一种死谶。

总之，作者描写晴雯之死时，宝玉并不知道以后黛玉也会如此悲凉地离世，生平第一次面对心爱的人儿的惨死，心痛得无以复加，当然要用自认为最真挚、最美好的怀念方式来祭奠她，因此让他心目中冰清玉洁的晴雯成为芙蓉花神是对她最好的祭奠方式。在作者的巧笔中，这种对晴雯的祭奠，其最终目的是为了黛玉的死谶。

除了他，别人不配作芙蓉

——只有木芙蓉娇美孤傲的寓意能够涵盖黛玉独有的神韵

既然晴雯、黛玉都是芙蓉，为什么书中掷花签一段又说：

只见上面画着一枝芙蓉，题着"风露清愁"四字，那面一句旧诗，道是：莫怨东风当自嗟。注云："自饮一杯，牡丹陪饮一杯。"众人笑说："这个好极。除了他，别人不配作芙蓉。"黛玉也自笑了。(《红楼梦》第63回)

这是因为，晴雯被封为芙蓉花主，是悲愤欲绝的宝玉借用了古时人们为了怀念石曼卿和丁度，假说他们做了芙蓉花神的浪漫想象，这里用芙蓉花神，更多的是一种表达追悼的方式。对晴雯的祭奠，其最终目的是为了黛玉的死谶，这个宝玉所诔的木芙蓉，其真实指向是林黛玉，它预言着林黛玉最终的结局也是"仙逝"。

而掷花签一节，花签上的花卉，主要用途是预言主人公的命运，同时也涵盖着主人公最重要的性格特征。众人笑说："这个好极！除了他，别人不配作芙蓉。"而"黛玉也自笑了"，说明对于这个"芙蓉"，众人认可，黛玉满意，必然是作者煞费苦心求索得来，是作者颇为得意的一笔，是最能涵盖林黛玉神韵风采的。

1. 娴静如娇花照水——木芙蓉的静美是"病西施"黛玉的独有写照

前面提到，芙蓉美在照水，并常与垂柳伴生，一派清秋景致，令人联想到林黛玉"娴静如娇花照水，行动处弱柳扶风"。当然外表酷似黛玉的晴雯也有几分"病西施"的娇弱美，但是却缺少黛玉端庄静美、清雅诗意的神韵和内涵。

历史上以木芙蓉来形容娇艳美人由来已久。

木芙蓉的品种很多，有大红千瓣、白千瓣和半白半桃红千瓣；有一日内晨正白、午微红、夜深红的醉芙蓉；三天内由白而稍红而大红的添色芙蓉；一日白、二日鹅黄、三日浅红、四日深红、落时紫色的弄色芙蓉；更有花色红白相间的鸳鸯芙蓉和一本九色的九子芙蓉。除了红白两种主色外，另有一种黄色的芙蓉花极其名贵罕有。

木芙蓉颜色艳丽清雅，花朵大如人面，十分像妙龄女子的笑靥。同一朵花从雪白变淡粉，淡粉变酡红，这种颜色很容易令人联想到美人的红颜。

把木芙蓉的花色与佳人联系在一起，最早似乎可以追溯到汉代。在唐五代以前，用木芙蓉的美色来形容娇艳绝伦的美女十分流行。这时，木芙蓉与水芙蓉的指意区分得并不明显，因为，本来就是因为色状相似，才共用一名，仅仅用于对美人面的比喻，两种花都无不可。如今硬要从中区分出水木芙蓉，并无十分意义。例如：

文君姣好，眉色如望远山，脸际常若芙蓉，肌肤柔滑如脂。（描写卓文君，《西京杂记》卷二）

太液芙蓉未央柳，芙蓉如面柳如眉。（描写杨贵妃，唐·白居易《长恨歌》）

新开寒露丛，远比水间红。艳色宁相妒，嘉名偶自同。（唐·韩愈《木芙蓉》）

幽石生芙蓉，百花惭美色。（唐·钱起《蓝田溪杂咏二十二首·石莲花》）

郎有蘼芜心，妾有芙蓉质。（唐·曹邺《筑城三首》）

细加鉴赏，这里面还可区别出水木芙蓉，作为一种美貌的比拟，水木芙蓉都是清丽、娇艳、柔美的象征，二者都艳丽妩媚、娇艳欲滴，区别微乎其微，其中还往往有认为木芙蓉比水芙蓉更红艳动人的意思。

到了对人的精神世界更为重视的宋代，吟咏木芙蓉的诗篇中，木芙蓉的美首先是一种慵懒娇艳之美，它或依偎在小窗前，或垂照于碧水幽波之上，明艳动人，娇艳婀娜，多比拟晓起梳妆的明艳女子或午后微醉的慵懒美人。

怜君庭下木芙蓉，袅袅纤枝淡淡红。晓吐芳心零宿露，晚摇娇影媚清

风。(五代·徐铉《庭下木芙蓉》)

正似美人初醉着,强抬青镜欲妆慵。(宋·王安石《木芙蓉》)

慵妆酣酒夕阳浓,洗尽霜痕看绮丛。(宋·范成大《题羔羊斋外木芙蓉》)

明妆炫朝丽,醉态羞晚困。(金·党怀英《西湖芙蓉》)

午醉未醒全带艳,晨妆初罢尚含羞。未甘白贮居寒素,也著绯衣入品流。(元·蒲道源《转观芙蓉》)

晴雯与黛玉虽一个是小姐,一个是丫鬟,两个人却都被目为"病西施",平日里都娇弱无比,慵懒过人。

黛玉在贾母的关照下,由丫鬟妈子伺候着,娇贵无比,而晴雯呢,身为丫鬟,本应勤快些,不料主仆两个人竟然因为同样的娇懒,而被袭人、麝月报以同样的不满:

大夫又说好生静养才好,谁还烦他做?旧年好一年的工夫,做了个香袋儿,今年半年,还没拿针线呢。(黛玉,《红楼梦》第32回)

麝月笑道:"你今儿别装小姐了,我劝你也动一动儿。"(晴雯,《红楼梦》第51回)

"你倒别和我拿三撇四的,我烦你做个什么,把你懒得横针不拈,竖线不动……"(晴雯,《红楼梦》第63回)

"意绵绵静日玉生香","潇湘馆春困发幽情",写的是黛玉"午睡未醒"的娇慵妩媚。晴雯被王夫人唤去质问的那一段,写的也是晴雯久病卧床、午睡初醒的美艳:"睡中觉才起来,正发闷——钗亸鬓松,衫垂带褪,有春睡捧心之遗风。"

两个病西施,病重时红颜楚楚的模样,颇像木芙蓉的醉颜酡红:

"还要往下写时,觉得浑身发热,面上作烧,起至镜台前揭起锦袱一照,只见腮上通红,自美压倒桃花,却不知病由此萌"。(黛玉,《红楼梦》第34回)

宝玉因记挂着晴雯袭人等事,便先回园里来.到房中,药香满屋,一

人不见,只见晴雯独卧于炕上,脸面烧的飞红,又摸了一摸,只觉烫手。(晴雯,《红楼梦》第52回)

能被形容为木芙蓉的女子,必是十分清丽动人、娇艳无比美人儿。在美貌和高傲上,黛玉和晴雯自然都当仁不让。若是仅仅这点美貌和傲气,用清丽、健康、高洁的水芙蓉荷花来形容也是足够的。但娇弱、慵懒、因病或醉引起的面色酡红则是木芙蓉独有的情态。

只是,前文已详细说明,木芙蓉更令人浮想联翩的,是她临水照影的那份静雅和幽思,那是一种娇弱美人的外表、敏感诗人的内心的融合。而这种"娴静如娇花照水"正是黛玉特有的娴雅情态,正所谓"半临秋水照新妆,澹静丰神冷艳裳"(明·吴孔嘉《木芙蓉》);"湖上野芙蓉,含思秋脉脉,娟娟如静女,不肯傍阡陌,诗人杳未来,幽艳冷难宅。"(欧阳修《木芙蓉》)晴雯远无这样的情思与神韵。与木芙蓉如出一辙的"风露清愁"是黛玉独有的气质,是他人无法趋近的。

既美丽娇弱,而且娴静典雅,孤芳自赏,的确只有黛玉才配得上。

综上,贵为千金小姐的黛玉,贱为使唤丫鬟的晴雯,都十分娇懒柔弱,而且都有一种与其他大观园女子不同的病态的娇艳,因此都被称为"病西施"、"美人灯"。身体娇弱、性情敏感、个性多愁所带来的慵懒娇贵,加上天生丽质,使两个人有着接近的娇艳慵懒之美,都喻为木芙蓉并无不妥。不过,晴雯作为丫鬟,更多的是俏丽可人,开朗泼辣;而饱读诗书、惯弄笔墨、诗才敏捷、孤高自许的黛玉有着更多的文化内涵,并且具有多愁善感的情感世界,更具有涓涓静女、清雅文士的特点,其神韵上真正与木芙蓉相得益彰。因此,在外形和神韵上,除了林黛玉,没有人能真正配得上芙蓉花。对晴雯喻以木芙蓉,更多的是一种哀悼,甚至是为了引出对林黛玉死谶。这也体现了"晴为黛影"的创作手法。

2. 孤标傲世偕谁隐——"芙蓉"的隐士寓意堪喻孤洁自赏的黛玉

清高、孤傲、敏感、任性,不肯逢迎权贵,孤高自许,眼里无人,不懂得经营自己的人生关系网,不入权贵眼,这是黛玉与晴雯的共同特点,但一个是饱读诗书的千金小姐,一个是身为下贱的丫鬟,表现的方式大有不同。而木芙蓉特有的隐士象征意义,则只有具有诗人、文人气质的孤洁遗世的黛玉才配得上。

在《红楼梦》的书首，作者借雨村之口，说有一种人是禀清明灵秀之气所生的：

"若生于公侯富贵之家，则为情痴情种，若生于诗书清贫之族，则为逸士高人，纵再偶生于薄祚寒门，断不能为走卒健仆，甘遭庸人驱制驾驭，必为奇优名倡。"（《红楼梦》第2回）

林黛玉自然是富贵人中的情痴情种，而生于薄祚寒门的晴雯，虽然不是奇优名倡，但是也并不"甘遭庸人驱制驾驭"，她"身为下贱，心比天高"。

"禀清明灵秀"所生的这类人都是逸士高人的胚子，是封建时代特有的一种文人群体，多数是因各种原因无法步入仕途的文人，空有满腹诗书，空有凌云壮志，却不能施展，只能隐居于世外。他们怀才不遇，孤高自许，独善其身。

黛玉出身高贵，但身世凄凉，幼失母亲投靠外祖母。寄人篱下，却不肯逢迎，一味任情任性，只关心宝玉的心，除此以外，吟诗弹琴，葬花调鹦，遗世而独立，孤芳自赏，本来才貌双全，却不被视为做贾府儿媳妇的首选。晴雯呢，是个孤儿，被卖做丫鬟，无依无靠，却不知道为自己的未来筹划，一心只想跟着宝玉，只知道在宝玉面前因娇恃宠，争风吃醋，不如袭人八面玲珑，善于结交权贵，结果远不如袭人受王夫人和凤姐的喜爱，甚至在有人进谗之前，王夫人根本不知道她视如心肝的宝贝儿子身边有这个心灵手巧、美貌过人的丫鬟，空有美貌和巧手的晴雯在王夫人面前仅一次露面就以惨受打击告终。

除了个性孤傲，隐士肯定至少得首先是文人，而且是才气横溢、多愁善感的文人。这一点，晴雯难以问津。晴雯空有与黛玉相似的外表，也具有和黛玉一样的任情任性的率真个性，但是出身微贱，没有受过文化教育的她终究只能成为黛玉的一个相似的影子。

从个性上说，黛玉和历史上那些怀才不遇只能孤芳自赏的隐士、逸士、君子非常接近。恰恰在古典诗文中，木芙蓉常常被誉为高洁的隐士。

花中被誉为隐士的，最著名的是菊花，菊花开在清冷秋风之中，有傲霜美名，更因为陶渊明"采菊东篱下"的隐士情怀使菊花千古流芳。但菊花花型单薄，缺少华贵娇艳的贵族美人气质，用来比拟黛玉晴雯，不甚妥当。木芙蓉开得比菊花还更晚，花期更长，并且常常种植于水边，霜风中美艳异常，既具有绝代佳人的艳美丰韵，更有清高、孤傲、遗世独立的隐士、君子气质。历来被认为是清丽、脱俗、孤高、别有雅趣的象征。

谁怜不及黄花菊，只遇陶潜便得名。（唐·黄滔《木芙蓉三首》）
落尽群花独自芳，红英浑欲拒严霜。（宋·王安石《拒霜花》）
千林扫作一番黄，只有芙蓉独自芳；唤作拒霜知未称，看来确实最宜霜。（宋·苏轼《和陈述古拒霜花》）
满庭黄叶舞西风，天地方收肃杀功。何事独蒙青女力，墙头催放数苞红。（宋·陆游《拒霜》）
堪与菊英称晚节，爱他含雨拒霜清。（明·吴孔嘉《木芙蓉》）
此花清姿雅质，独殿众芳；秋江寂寞，不怨东风，可称俟命之君子矣。（清·汪灏《广群芳谱》）
凡有篱落人家，此种必不可少，如或傍水而居，而岸不见此者，非主俗之人，即薄福不能销售之人也。（清·李渔《闲情偶记》）
木芙蓉潇洒无俗姿……（清·高士奇《北墅抱瓮录》）

而水芙蓉荷花，虽可象征高洁美人、高尚君子，却没有孤傲隐士的这层寓意。

总之，木芙蓉不仅娇艳欲滴，且拒霜傲秋，隐居于田园水畔，不为权贵所器重，因此，既被视为花中绝世美人，同时也被视为花中高洁隐士。这两种特性恰好黛玉均具有。以文人雅士的隐者态度来衡量，当然是黛玉更与木芙蓉相亲相近，因此，这是众人觉得除了他，别人，哪怕是晴雯，都配不上木芙蓉的原因。在作者心目中也是如此，所以在给晴雯写了《芙蓉女儿诔》的同时，却明里暗里不断强调"诔晴雯实诔黛玉"，说明晴雯做了芙蓉花主的假说是对林黛玉的一种隐喻。

"莫怨东风当自嗟"

——木芙蓉与牡丹之争喻宝钗黛玉之关系及命运

很多读者不能理解,为什么要以木芙蓉来比拟黛玉,因为与黛玉"双峰对峙"的宝钗是以"花中之王"——牡丹——来比拟,而木芙蓉在名花谱中根本无法与牡丹抗衡,甚至还不如水芙蓉荷花的地位,因此很多人宁愿相信黛玉花签上的那枝芙蓉是水芙蓉荷花。有的人认为晴雯可用芙蓉比喻,地位尊贵的黛玉则不应该。其实,若了解在古代文学中,木芙蓉这一文学意象中很重要的一面寓意,就知道以木芙蓉来与牡丹抗衡,其实是渊源有自,而且用于隐喻钗黛之间相互抗衡的关系,是极为恰当的,并且"木芙蓉"的意象,与《红楼梦》作者对于小说主题、主线、人物塑造、人物命运的总体构思有着密切的关联。

1. 一样花开为底迟——生不逢时的秋牡丹是晴黛在荣国府地位的写照

在民间以牡丹作为富贵象征的同时,木芙蓉并不落后,无数留存下来的绘画作品、民间工艺中的吉祥图案可以证明,木芙蓉和牡丹在吉祥寓意中是地位相当的。"芙"与"富"谐音,"蓉"与"荣"谐音,"花"与"华"谐音,在古代通用,所以芙蓉花历来被人们用于象征富贵荣华。寓意为将交上好运,带来荣华富贵。

例如,牡丹配芙蓉花,寓意"荣华富贵";绘一只鹭鸶和莲花,寓"一路连科"之意;绘一只鹭鸶和芙蓉,称"一路荣华";绘一只鹭鸶和牡丹,称"一路富贵";芙蓉桂花则是"夫荣妻贵";由芙蓉、桂花、万年青三种瑞草借谐音手法组成的吉祥图案,称为"富贵万年";牡丹、菊花、芙蓉、灵芝及蝙蝠等吉祥图案,寓福寿如意、富贵长寿之意。

木芙蓉美丽、优雅、绚丽、高贵,"花房腻似红莲朵,艳色鲜如紫牡丹"(白居易),在民间也常常作为富贵花卉出现,但是名气和地位却不如在外形和品格上近似的牡丹、荷花甚至菊花。牡丹,《花经》和《瓶史》列为一品九命;菊花,《瓶史月表》列一品九命;荷花,《花经》和《瓶史》列为三品七命。而《花经》中木芙蓉九品一命、《瓶花谱》木芙蓉六品四命,都是低微的品阶。

同时,牡丹,被尊为"花中之王";荷花,被尊为"花中君子";菊花,被尊为"花中隐士"。一个个地位显赫。木芙蓉具有他们全部的美艳与品德,却少有人知,更无一个像样的名号!

这和现实仕途十分相像,有才华的文人士子比比皆是,但是能够凭着真才实学通过各级考试脱颖而出,得到朝廷和皇帝重用的总是少数。高中的人从此飞黄腾达，名声大振；落第的人却前途渺茫，黯然销魂，甚或从此殒落，泯然在芸芸众生之中。

因此，木芙蓉才被人们用作失意的隐士、落第的才子的象征——明明才高八斗、志存高远，却不被重用。

文人们以木芙蓉自许，觉得自己空有满腹才华，却得不到赏识，得不到建功立业、飞黄腾达的机会，就像木芙蓉空有傲人的美丽和品格，却幽居在山野田间。

《群芳谱》在介绍木芙蓉时，感叹："此花清姿雅质，独殿众芳；秋江寂寞，不怨东风，可称俟命之君子矣。"深含对于容貌美艳、气质清雅绝伦却命途冷清的木芙蓉的怜惜之意。

那么，怀才不遇是为何？作为花来说，人们归咎于它没有得到春风的垂青，独自开放在清冷的秋风之中，是由于生不逢时，才成为"俟命之君子"。就像现实中的才子们、志士们没有得到朝廷的重用，遭遇冷落。

就这样，木芙蓉成为落第、隐士等怀才不遇之士寄托情怀，大鸣不平的载体。诗人们替这花愤愤不平，同时也道出了自己的苦闷。

本自江湖远，常开霜露馀。争春候秾李，得水异红蕖。（唐·霍总《木芙蓉》）

四十里城花发时，锦囊高下照坤维。虽妆蜀国三秋色，难入豳风七月诗。（唐·张立《咏蜀都城上芙蓉花》）

不向横塘泥里栽，两株晴笑碧岩隈。枉教绝世深红色，只向深山僻处开。万里王孙应有恨，三年贾傅惜无才。缘花更叹人间事，半日江边怅望回。（唐·崔橹《山路木芙蓉》）

冰明玉润天然色，凄凉拚作西风客，不肯嫁东风，殷勤霜露中。（宋·范成大《菩萨蛮》）

紫萼排荜露微红，不比春花对日烘。冷落半秋谁是侣，可怜妖艳嫁西风。（宋·陈经国《木芙蓉》）

小池南畔木芙蓉，雨后霜前着意红。犹胜无言归桃李，一生开落任春风。（宋·吕本《木芙蓉》）

野花能白又能红，也在天工长育中。长对秋烟颜色好，岂知人世有春风。（宋·李公明《芙蓉》）

江边谁种水芙蓉，寂寞芳姿照水红。莫怪秋来更多怨，年年不得见春风。(清·赵执信《题画芙蓉》)

他们质问，与荷花菊花相比，木芙蓉有什么不如它们的呢？

谢莲色淡争堪种，陶菊香秾亦合羞。谁道金风能肃物，因何厚薄不相侔。(唐·刘兼《木芙蓉》)
肯与红莲媚三夏，要同黄菊向重阳。(宋·洪迈《芙蓉》)
秋风无意开俗眼，俗眼不开须在侬。接篱斜欹勿嫌重，满穆何恤惊儿童。岂必黄金菊，叹古辛白玉锺。(宋·韦骧《木芙蓉词》)
托根不与菊为奴，历尽风霜未肯降。本是无心岂有怨，年年清艳照秋江。(宋·赵瞽《书刁光允木芙蓉画幅》)
千林摇落见孤芳，销得诗人赋拒霜。高压菊花还独步，静窥池水试新妆。自怜衰病追欢懒，忽睹骚吟引兴长。何必采江重比并，佳名艳色正相当。(宋·王之道《次韵徐伯远木芙蓉》)
三冬已至休争气，九月将残未觉寒。自有荣华趁时节。免从兰菊论丰端。(宋·吕南公《晓过城隍街马上看木芙蓉》)

当文人们为木芙蓉鸣不平时，与春天盛开的牡丹相对，把花型近似牡丹的木芙蓉称为秋牡丹，偏爱孤芳自赏、高洁遗世的文人们，向牡丹挑战、为木芙蓉大鸣不平：

黄鸟啼烟二月朝，若教开即牡丹饶，天嫌青帝恩光盛，留与秋风雪寂寥。(唐·黄滔《木芙蓉》)
妖红弄色绚池台，不作匆匆一夜开。若遇春时占春榜，牡丹未必作花魁。(宋·郑域《木芙蓉》)
尘世鸾骖那肯驻。尚忆层城，仙苑飞琼侣。能共牡丹争几许。惜花对景聊为主。(宋·赵师侠《蝶恋花·癸卯信丰赋芙蓉》)
若比洛阳花盛品，万枝开遍瑞云红。(宋·韩维《芙蓉五绝呈景仁芙蓉五绝呈景仁》)
却笑牡丹犹浅俗，但将浓艳醉春风。(宋·方岳《木芙蓉》)

下 编

未甘白纻居寒素,也着绯衣入品流,若信牡丹南面贵,此花应自合封侯。(元·蒲道源《转观芙蓉》)

这些,都不过是文人雅士们将怀才不遇的情结寄托在了木芙蓉之上而引发的各种花语。

综合了以上历代文人诗文中木芙蓉与牡丹之间的纷争所蕴含的寓意,可以探想,《红楼梦》中掷花签这段描写,体现了作者对于人物性格、命运构思中的精心对比。

宝钗——

只见签上画着一支牡丹,题着"艳冠群芳"四字,下面又有镌的小字一句唐诗,道是:"任是无情也动人。"又注着:"在席共贺一杯,此为群芳之冠,随意命人,不拘诗词雅谑,道一则以侑酒。"(《红楼梦》第63回)

黛玉——

只见上面画着一枝芙蓉,题着"风露清愁"四字,那面一句旧诗,道是:

"莫怨东风当自嗟。"注云:"自饮一杯,牡丹陪饮一杯。"(《红楼梦》第63回)

两相比较,牡丹花签无疑具有无人可以企及的王者地位。而黛玉的木芙蓉花签却形影相吊,充满凄凉嗟叹之意。妙的是孤芳自赏地"自饮一杯"还不够,却还要王者牡丹"陪饮一杯"。为什么是牡丹陪饮?联想到春牡丹的繁华丰盛与秋牡丹的清冷孤寂,以及那些春秋牡丹地位之争的满含愤懑和酸楚的诗文,读者方可以体会到作者此时复杂的情感。

回想对她们的命运和地位具有决定权的元妃、王夫人等人对她们微妙的态度,例如元妃省亲,以及后来元妃赐物的薄厚高低,宝钗送燕窝给黛玉,王夫人驱逐"眉眼有些像你林妹妹"的晴雯等情节来看,无疑黛玉和晴雯一样,是相对不被重视,受到忽视和冷落的,并且很早就被打入另册,不具备与宝钗、袭人竞争的资格和能力。

作者对此报以了深刻的同情和哀叹。

总之，木芙蓉生在秋江上，摇曳于霜风之中，其清冷的境遇与生在春风中、妖娆于宫苑之中尽享贵人青睐的碧桃、红杏以及艳冠群芳的牡丹难以比拟，就像现实中，命运不济、不受重视、没有地位的黛玉、晴雯与宝钗、袭人等得到贵人赏识的地位高女子相比。

2. 芙蓉虽好不成春——木芙蓉预示着黛玉晴雯在选媳竞争中的落选

木芙蓉早先被誉为绝世佳人，后来加上了出世隐者的寓意，再后来，许多文人把对仕途坎坷、举子落第的失落和愤懑寄寓到木芙蓉之上，表达怀才不遇的苦闷，她成为落第失意的象征。

林黛玉芙蓉花签上的诗句"莫怨东风当自嗟"，原诗是欧阳修的《明君曲》：

汉宫有佳人，天子初未识；一朝随汉使，远嫁单于过。绝色天下无，一失难再得。虽能杀画工，于事竟何益！耳目所及尚如此，万里安能制夷狄！汉计诚已拙，女色难自夸。明妃去时泪，洒向枝上花；狂风日暮起，漂泊落谁家？红颜胜人多薄命，莫怨东风当自嗟。

《明君曲》表面上写的是王昭君空有绝世美貌，因性情耿直不肯贿赂画工而没有机会得到汉帝面见，最终被朝廷糊里糊涂送给了匈奴人，汉帝追悔莫及，而昭君命运已难以改变，只得自叹红颜薄命，不敢埋怨君主不识。诗的寓意实是指在仕途中没有得到贵人赏识、没有得到期待的官职所带来的失落感，这是由高蟾干谒高侍郎所做的落第诗《下第后上永崇高侍郎》化用而来的，高蟾诗如下：

天上碧桃和露种，日边红杏倚云栽；芙蓉生在秋江上，莫向东风怨未开。

碧桃与红杏都是春天盛开的花，是得到东风垂青的幸运花，象征得到赏识、仕途顺畅之人；而木芙蓉在清冷的秋风（西风）中开放，处境凄凉，象征受到冷遇、仕途坎坷之人。东风、春风在历史上历来就是皇帝和朝廷或高官垂青的象征，例如"羌笛何须怨杨柳，春风不度玉门关"。"莫怨东风当自嗟""不向东风怨未开"，意思相同，都是说只能怨自己生不逢时，运气不好，没有在春天开放，只能开放在清冷的秋风之中，忍受冷落与寂寞，这不是春天的过错，错就错在自己开放在西风中，不能怨东风没有垂怜——其实这里面饱含对命运、对东风的怨尤。还是晏殊说得直截了当：

霜华满树，兰凋蕙惨，秋艳入芙蓉；胭脂嫩脸，黄金轻蕊，犹自怨春风。（宋·晏殊《少年游》）

数枝金菊对芙蓉。摇落意重重。不知多少幽怨，和露泣西风。（宋·晏殊《诉衷情》）

作者郑重其事地给了黛玉这样一句诗，其含义显而易见。那就是，黛玉虽然才貌俱佳，并且得到宝玉的真爱，但是，在家长们的反复选择中，结果她是落选了的。就像王昭君没有机会得到赏识，不被当权者所了解赏识，被忽略和牺牲掉了。就像木芙蓉在名花地位上作为秋牡丹输给了艳冠群芳的春牡丹，她输给了同样爱慕宝玉、但是更符合封建礼教和封建家族需要的薛宝钗。她所珍爱的爱情失利于世俗的婚姻制度面前，东风究竟还是压倒了西风。

而锋芒毕露的晴雯呢？在与"温柔和顺"的袭人的竞争中，为王夫人所极度厌恶和无情抛弃。

晴雯、黛玉都才高貌美，却都落选，本来宝玉心目中黛玉至尊，晴雯至亲，都是要一生一世在一起的人，在可以有妻有妾的时代，这两人对他来说是不能没有的。结果黛玉在择媳过程中败下阵来，晴雯在竞争姨娘中送了小命。她们怀抱着对宝玉的深情，在自觉不自觉中参与了豪门儿媳的竞选，都以惨烈的失败告终，作者把她们比拟为木芙蓉，寄托了一种为其抱不平，为其喊冤，充满遗憾、同情、心痛的情怀。

这就是木芙蓉所昭示的黛玉与晴雯的命运结局。只不过，晴雯是在毫无准备中惨死，令宝玉在痛悼中联想到芙蓉花主；而花签上的那枝木芙蓉，却是作者苦心设计用来预示黛玉的爱情和命运结局的。

在世俗生活中，不是东风压倒西风，就是西风压倒东风，谁能够成为赢家，往往难以预料。这枝木芙蓉，体现着深刻的人生哲理。

综上所述，《红楼梦》之《芙蓉女儿诔》中晴雯所谓的芙蓉花神，指的是木芙蓉，芙蓉花神是宝玉沿用古人芙蓉馆主、芙蓉城主的传说祭奠追念晴雯的一种方式。并且，《芙蓉诔》诔晴雯实诔黛玉，这个芙蓉花神的哀悼意义和象征意义是晴雯黛玉共用的。其真实指向是林黛玉，它预言着林黛玉最终的结局也是"仙逝"。

而掷花签的芙蓉，指的是除了林黛玉，在神韵上、个性气质上谁也无法配得上的集美人气质、隐士精神于一身的木芙蓉；尤其木芙蓉在历史诗文中形成的暗示落第、仕途不济、屈居牡丹之下等象征意义，是对宝钗、黛玉在贾府的地位、关系以及最终在择媳事上也就是二人与宝玉的爱情婚姻结局的一种比喻。木芙蓉秋牡丹最终敌不过艳冠群芳的春牡丹，东风压倒了西风。以木芙蓉比喻黛玉乃至晴雯，主要是对黛玉外貌、气质、个性、神韵的赞美，也是对黛玉不得遂愿的预示和同情。当然这里面蕴含着深刻的人生体验。这就是《红楼梦》中木芙蓉这一意象的独特象征意义。

（陶玮，女，壮族。1988—1992年就读于中央民族学院汉语言文学系，在纳兰性德及《红楼梦》研究等方面，多得张菊玲先生指教。本科毕业论文为《论纳兰性德》，指导教师为张菊玲先生。现就职于中国艺术研究院文化艺术出版社。）

后　记

　　这是一部张菊玲教授与我们——她的部分弟子——的学术合集。

　　菊玲先生（1937—），早年就读于北京大学中文系，本科毕业随即转入攻读研究生课程，导师是学术大家吴组缃教授。组缃师翁之道德文章，对她的一生影响深广。

　　菊玲先生走出她的学生时代，即进入了教学生涯，至今就要届满半个世纪。20世纪80年代以来，她在满族文学和明清小说的研究方向上致力颇深，不仅以其特有的民族文化使命感及学术探索敏感度，锐意开拓，著书立说，成为国内知名的学术专家，并且戮力开蒙于后学，培养起一批相关方面的治修人才。先生是国内最早在大学本科教授满族古典文学课程的教师，亦是最早指导满族文学方向研究生的导师。在当代中国满族文学的学术范畴，菊玲先生乃一代学术名家，其成就是突出的和明确的，在学界享有广泛影响。

　　作为菊玲先生的弟子，我们始终感戴于恩师的学识人品。大家都清楚，先生总是将自己平生的课徒育材，与其心爱的学术研究，看得同等重要。

　　出版这部师生学术合集，动议于去年。从先生的角度，愿意以此形式来纪念与大家的学术缘分；而弟子们，则欲借此来表达对恩师从教50周年的庆贺之情。这样，编辑出版此书，遂成彼此的共同愿望。

　　这部文集分为上下编。上编均为先生单篇著述之精选；下编则系我辈的一些习作，这其中大多数文章是当年由菊玲先生亲自指导的学位论文，也有个别篇目为后来所撰写。